ବଞ୍ଚିବାର ଦିନ

ବଞ୍ଚିବାର ଦିନ

ତରୁଣକାନ୍ତି ମିଶ୍ର

ବ୍ଲାକ୍ ଈଗଲ୍ ବୁକ୍ସ
ଭୁବନେଶ୍ୱର, ଓଡ଼ିଶା

BLACK EAGLE BOOKS
Dublin, USA

ବଞ୍ଚିବାର ଦିନ/ ତରୁଣକାନ୍ତି ମିଶ୍ର

ବ୍ଲାକ୍ ଇଗଲ୍ ବୁକ୍ସ : ଭୁବନେଶ୍ୱର, ଓଡ଼ିଶା • ଡବ୍‌ଲିନ୍, ଯୁକ୍ତରାଷ୍ଟ୍ର ଆମେରିକା

BLACK EAGLE BOOKS

USA address:
7464 Wisdom Lane
Dublin, OH 43016

India address:
E/312, Trident Galaxy, Kalinga Nagar,
Bhubaneswar-751003, Odisha, India

E-mail: info@blackeaglebooks.org
Website: www.blackeaglebooks.org

First International Edition Published by
BLACK EAGLE BOOKS, 2023

BANCHIBARA DINA
by **Tarun Kanti Mishra**

Copyright © **Tarun Kanti Mishra**

Cover Art : **Nandita Mishra**
Interior Design: Ezy's Publication

ISBN- 978-1-64560-354-2 (Paperback)

Printed in the United States of America

ସୌମ୍ୟା ଓ ଶୋଭନ...
ତୁମରି ସ୍ମୃତିରେ

ସୂଚୀପତ୍ର

ଭିତର ମଲାଟ

ସକାଳେ ସ୍କୁଲରେ ପହଞ୍ଚିଲା ପରେ ସୁଶାନ୍ତ ଫିସ୍ ଫିସ୍ କରି ମୋ କାନରେ କହିଥିଲା- ଆଜି ଗୋଟେ ବଡ଼ ଖରାପ ଖବର ଅଛି ।

- ଖରାପ ଖବର ?

ମୁଁ ଚାରିଆଡ଼କୁ ଚାହିଁଲି, କିନ୍ତୁ ଅନୁମାନ କରି ପାରିଲି ନାହିଁ ଖରାପ ଖବରଟା କ'ଣ । ଆଉ ଟିକିଏ ଚେଷ୍ଟା କରି ଭାବିଲି, ପଚାରିଲି - କ'ଣ ଏଣ୍ଡୁଅଟା ମରିଗଲା ?

ଏଣ୍ଡୁଅ ଆମଠୁ ତିନିଟା କ୍ଲାସ୍ ଉପରେ ପଢୁଥିବା ପିଲା, ତା'ର ଭଲ ନାମ ରାହୁଲ । ସେଟା ଭାରି ଦୁଷ୍ଟ ପିଲାଟେ, ପାନ ବିଡ଼ି ସିଗାରେଟ୍ ଖାଇବାଠୁ ଆରମ୍ଭ କରି କ'ଣ ଯେ କ'ଣ ଖରାପ କାମ ନ କରେ, କହିବା କଥା ନୁହେଁ ।

: ନା, ଏଣ୍ଡୁଅ ମରି ନାହିଁ । ସେମାନଙ୍କ ଘରେ ସମସ୍ତେ ପିକ୍‌ନିକ୍ ଯାଇଛନ୍ତି । କପିଳାସ ।

ତେବେ ଖରାପ ଖବରଟା କ'ଣ ? ମୁଁ ମନକୁ ମନ ଭାବିଲା ପରି ପାଟି କରି ପଚାରିଲି ।

: ଯୋଗେଶ ସାର୍‌ଙ୍କ ଚାକିରୀଟା ସରକାର ଖାଇଦେଲା ।

: କ'ଣ କହିଲୁ ?

କଥାଟା ମୁଁ କିଛି ବୁଝି ପାରିଲି ନାହିଁ । ଏଇ କେତେଦିନ ତଳେ ଗାଆଁରେ ସମସ୍ତେ କୁହାକୁହି ହେଲେ, ଆମ ସ୍କୁଲଟା ସରକାରୀ ସ୍କୁଲ ହୋଇଗଲା । ତା'ପରେ ଦିନେ ସଭା ହେଲା ସ୍କୁଲ ବାରଣ୍ଡାରେ, ଜଣେ କିଏ ଅଫିସର ଆଉ ଜଣେ ପଲିଟିକ୍ସବାଲା ଆସି ଭାଷଣ ଦେଲେ । କହିଲେ ବହୁତ ଭଲ ହେଲା, ଏଥର ସ୍କୁଲର ଉନ୍ନତି ହେବ, ନୂଆ କୋଠାଘର ତିଆରି ହେବ, ଲାଇବ୍ରେରୀ ହେବ, ଫୁଟବଲ୍ ହକି ଖେଳା ହେବ । ସମସ୍ତେ ତାଳି ମାରିଥିଲେ ଖୁସିରେ । କିନ୍ତୁ ଆଜି ଏମିତି କଥା ଉଠିଲା କୁଆଡୁ ?

– ତୁ ତ ସବୁଦିନ ବୋକା, ତତେ ମୁଁ କହିବି କ'ଣ...

ସୁଶାନ୍ତ କହିଲା ଭାରି ଗମ୍ଭୀର ହୋଇ।

କହିଲା : ସରକାରୀ ସ୍କୁଲ ହେଲା ମାନେ ଏଥର ସବୁ କଥା ଇଞ୍ଚପଟାରେ ଚାଲିବ। ବୁଝ ମୁଁ ଯାହା କହୁଛି। ସରକାର ଗୋଟେ ଇଞ୍ଚପଟା ତିଆରି କରିଛନ୍ତି। କେତେଟା କ୍ଲାସ୍ ରୁମ୍ ରହିବ, କେତେ ବଡ଼ କୋଠା ହବ, କେତେ ଜଣ ସାର୍ ପାଠ ପଢ଼େଇବେ, ସବୁ ସେ ଇଞ୍ଚପଟାରେ ହରଣ ଗୁଣନ କରି ସରକାର ଠିକଣା କରନ୍ତି। ସେଇ ଇଞ୍ଚପଟାରେ ହିସାବ କରି ସରକାର ଚାରିଟା ଚାକିରୀ ରଖିଲା; ଯୋଗେଶ ସାର୍‌ଙ୍କ ଚାକିରୀଟା ଖାଇଦେଲା।

– ଯୋଗେଶ ସାର୍ ଏବେ କରିବେ କ'ଣ ?

ମୁଁ ପଚାରିଲି ଆଉ ଗୋଟେ ବୋକା ପ୍ରଶ୍ନ, ସୁଶାନ୍ତଠୁ ଆଉ ପଦେ ଗାଳି ଖାଇବାକୁ ପଡ଼ିବ, ଏକଥା ଜାଣି ସୁଦ୍ଧା।

ସୁଶାନ୍ତ କିନ୍ତୁ ମତେ ଏଥର ଗାଳି ଦେଲା ନାହିଁ। ଚୁପ୍ କରି ରହିଲା, କ'ଣ ଭାବି ହେବା ପରି।

ମତେ ମୋ' ସ୍କୁଲଟା ଭାରି ଭଲ ଲାଗେ। ସ୍କୁଲ୍‌କୁ ଯିବା ରାସ୍ତାର କିଆବଣ, ପଣସଗଛ, ବଉଳଗଛ, ଉଇହୁଙ୍କା, ଗୋବରପୋକ, ଜାତିଜାତିକା ପ୍ରଜାପତି। ମତେ ଭାରି ଭଲ ଲାଗେ ସ୍କୁଲ୍ ପଡ଼ିଆର ତାତିଲା ମାଟି, ସଞ୍ଜବେଳର ସୁଲୁସୁଲିଆ ପବନ, ସ୍କୁଲ ବାରଣ୍ଡାର ଆବୁଡ଼ା ଖାବୁଡ଼ା ଚଟାଣ, ଛେଳି ପିଠି ପରି କଳା ମଚମଚ ପୁରୁଣା ବ୍ଲାକ୍‌ବୋର୍ଡ଼।

ସବୁଠୁ ଭଲ ଲାଗେ ଯୋଗେଶ ସାର୍‌ଙ୍କ କ୍ଲାସ।

ତାଙ୍କ ହସଟା କେମିତି ଗୋଟେ ଅଲଗା ରକମର। ବେଳେବେଳେ ସେ ହସ ଦିହକୁ ଆଉଁଶି ଦେଇ ଚାଲିଯାଏ।

କ୍ଲାସ୍‌ରେ ପାଠପଢ଼ା ସରିଗଲା ପରେ ଗୋବିନ୍ଦ ସାର୍ ସାଇକେଲ ମାରି ତାଙ୍କ ଗାଆଁକୁ ପଳାନ୍ତି, ଏଠୁ ବାର କିଲୋମିଟର ଦୂରରେ ତାଙ୍କ ଗାଆଁ। ବିଭୂତି ସାର୍ ଯାଆନ୍ତି ତାଙ୍କ ଡାଲିଚାଉଳ ଦୋକାନକୁ, ରାଜୁ ସାର୍ ଯାଆନ୍ତି ଯୁବକ ସଙ୍ଘ କ୍ଲବ୍‌ରେ ତାସ୍ ଖେଳିବା ପାଇଁ, ହେଡ୍ ପଣ୍ଡିତେ ବସନ୍ତି ତାଙ୍କ ଟିଉସନ୍ ଇସ୍କୁଲରେ। କିନ୍ତୁ ଯୋଗେଶ ସାର୍‌ଙ୍କ କଥା ଅଲଗା।

କ୍ଲାସ୍ ସରିଲା ପରେ ସେ ସ୍କୁଲ ବଗିଚାରେ କଟାନ୍ତି ସମୟ, ଫୁଲ ଗଛରେ ପାଣି ଦିଅନ୍ତି, ଲେମ୍ବୁ ଗଛରୁ କଲମି ତିଆରି କରନ୍ତି, ଖତଗଦାରେ ଶୁଖିଲା ପତ୍ର ଜମା କରନ୍ତି, ତା'ପରେ ଗୋଟେ ପିଜୁଳିଗଛ ତଳେ ବସି ବହି ପଢ଼ନ୍ତି, ଯଦି ସୂର୍ଯ୍ୟ ଅସ୍ତ ହୋଇ ନ ଥାଏ।

ଗୋଟେ ମଜା କଥା ଯେ ତାଙ୍କୁ ଭଲ ଧନୁଶର ମାରିଆସେ। ନିଜେ ରକମ ରକମ ଧନୁଶର ତିଆରି କରି ପିଲାଙ୍କୁ ଦିଅନ୍ତି, କହନ୍ତି: ଖବରଦାର, କାହା ଦିହକୁ ଲକ୍ଷ୍ୟ କରି ମାରିବ ନାହିଁ। ଖାଲି ଏଇଠିକୁ ଲକ୍ଷ୍ୟ କରି ମାର। ଏଇ ବ୍ରହ୍ମଚକ୍ରକୁ।

ଛୋଟ କନାରେ ତିଆରି, ପ୍ରଭୁ ଜଗନ୍ନାଥଙ୍କ ଆଖି ପରି ଗୋଟିଏ ଚକ୍ରକୁ ଦେଖାଇ କହନ୍ତି ଯୋଗେଶ ସାର୍।

ଏଣ୍ଟୁଅଟା ଭାରି ଛତରା। ଦିନେ ସେ ମତେ କହିଲା: ଜାଣୁ, ବ୍ରହ୍ମଚକ୍ରକୁ ଇଂରାଜୀରେ କ'ଣ କହନ୍ତି ? ଷଣ୍ଢ ଆଖି, ବୁଲସ୍ ଆଇ। ତୁ ଷଣ୍ଢର ଆଖି ଦେଖିଛୁ !

ଦେଖ କେଡ଼େ ଛତରା ପିଲା ସିଏ !

ପାଠପଢ଼ା ଛଡ଼ା ଆହୁରି ଅନେକ କଥା କ୍ଲାସ୍‌ରେ କହନ୍ତି ଯୋଗେଶ ସାର୍। ମହାତ୍ମାଗାନ୍ଧୀଙ୍କ ପିଲାଦିନ କଥା, ଆବ୍ରାହମ୍ ଲିଙ୍କନ୍‌ଙ୍କ ଜୀବନୀ, ପଣ୍ଡିତ ଗୋପବନ୍ଧୁଙ୍କ କଥା। ବିଜ୍ଞାନ, ପୁରାଣ, ହସ୍ତକର୍ମ, ଏମିତି ବହୁତ କଥା ଜଣାଅଛି ତାଙ୍କୁ।

ସଞ୍ଜରେ ଘରକୁ ଫେରି ମୁଁ କାନ୍ଦି ପକେଇଲି। ବାପା କହିଲେ: କିରେ କ'ଣ ହେଲା, କ'ଣ ଆଜି ବି ତୁ ହେଡ଼ସାର୍‌ଙ୍କ ଠାରୁ ମାଡ଼ ଖାଇଲୁ ?

କାନ୍ଦକୁ ସମ୍ଭାଳି ମୁଁ କୌଣସି ମତେ କହିଲି : ଖାଇଦେଲା... ସରକାର ଖାଇଦେଲା ଯୋଗେଶ ସାର୍‌ଙ୍କ ଚାକିରୀ।

ବାପାଙ୍କୁ ଆଗରୁ ଜଣାଥିଲା। ଟିକିଏ ଗମ୍ଭୀର ହୋଇ ସେ କହିଲେ – ହଁ, ଯୋଗେଶବାବୁ ଆଉ ରହିପାରିବେ ନାହିଁ ସ୍କୁଲରେ।

: କାହିଁକି ରହିପାରିବେ ନାହିଁ ?

: ସେ ପରା ସବୁଠୁ ଜୁନିଅର୍। ମାନେ ସବୁଠୁ ସାନ...

: ତା' ମାନେ... ତା' ମାନେ... ମୁଁ ସବୁଠୁ ସାନପିଲା ବୋଲି ତୁମେ ମତେ ଘରୁ ବାହାର କରିଦେବ ? ଘରେ ଶୋଇବାକୁ ଜାଗା ନାହିଁ ବୋଲି...

ବାପା ଟିକିଏ ଚୁପ୍ ରହିଲେ। ମୋ' ମୁଣ୍ଡକୁ ଆସ୍ତେ ଆସ୍ତେ ଆଉଁସି ବୁଝାଇବାକୁ ଚେଷ୍ଟା କଲେ ସରକାରଙ୍କ ନିୟମ କ'ଣ। ଶେଷକୁ କହିଲେ- ଯୋଗେଶ ବାବୁଙ୍କ ଲାଗି ଦୁଃଖ ଲାଗୁଚି ହଁ, କିନ୍ତୁ ସ୍କୁଲ ପାଇଁ ବଡ଼ ମଙ୍ଗଳ ହେଲା। ସରକାର ଏବେ ସବୁକଥା ବୁଝିବେ।

ପରଦିନ, ଯୋଉଦିନ ଯୋଗେଶ ସାରଙ୍କ ଶେଷଦିନ ଆମ ସ୍କୁଲରେ, ତାଙ୍କ ମୁହଁଟା କେମିତି ଭାରି ଅଲଗା ଦିଶୁଥିଲା। ହସ ହସ ମୁହଁଟିଏ, ପୁଣି କେମିତି ଦୁଃଖ ଦୁଃଖ, ଘର ଛାଡ଼ି ଦୂରକୁ ଗଲା ପରି। ସକାଳର ପ୍ରାର୍ଥନା ସଭାରେ ସେ ଭାରି ଖୁସି ଖୁସି

ଜଣାପଡୁଥିଲେ, କିନ୍ତୁ ଶେଷକୁ ଦିଶିଲେ କେମିତି ଖରାରେ ଝାଉଁଳି ପଡ଼ିଥିବା ଧଳା ମନ୍ଦାର ଫୁଲଟିଏ ପରି ।

ଖେଳଛୁଟି ପରର ପ୍ରଥମ ପିରିୟଡ଼ ଥିଲା ତାଙ୍କର । ଆମ ଲାଗି ତାଙ୍କର ଶେଷ କ୍ଲାସ୍ ।

ସବୁଦିନ ସେ କ୍ଲାସକୁ ଆସନ୍ତି ଠିକ୍ ସମୟରେ, ଘଣ୍ଟା କଣ୍ଟା ମିନିଟ୍ କଣ୍ଟା ଧରି । କିନ୍ତୁ ଆଜି ସେ ଆସିଲେ ଦଶମିନିଟ୍ ଡେରିରେ ।

ତା' ଆଗରୁ, ଖେଳଛୁଟିବେଳେ ସେ ବସିବସିକା ତାଙ୍କ ଜିନିଷପତ୍ର ବନ୍ଧାବନ୍ଧି କରିଥିଲେ । କେତେ ବା ଜିନିଷ, ସବୁ ଧରି ସେ ରହୁଥିଲେ ଆମ ଇସ୍କୁଲ୍‌ର ଆଉଟ ହାଉସ୍‌ରେ । ହେଡ୍‌ସାର୍ କହିଥିଲେ, ଭଲ ହେଲା, ଯୋଗେଶ ସେଇଠି ରହିଯାଉ । ଇସ୍କୁଲ୍‌ଟାକୁ ରାତିରେ କିଏ ତ ପୁଣି ଜଗିବାକୁ ପଡ଼ିବ । ଆଜିକାଲି ଶଳେ ଚୋରମାନେ ଯାହା ଉତ୍ପାତ ହେଲେଣି...

ଗୋଟିଏ ଟ୍ରଙ୍କ୍ ଓ ଗୋଟିଏ ବ୍ୟାଗ୍‌ରେ ସାର୍‌ଙ୍କର ସବୁତକ ଜିନିଷ ଆଗରୁ ରଖା ସରିଥିଲା । ଜିନିଷ ମାନେ ତ ଦି'ଚାରିଟା ଜାମା ପେଣ୍ଟ, ଗୋଟେ ସୀତାର୍, ଗୋଟେ କୁନି କ୍ୟାମେରା, ଆଉ ମେଞ୍ଚେ ବହି । ଖାଲି ସୀତାର ଯନ୍ତ୍ରଟା ବାହାରେ ଥିଲା, ବାକି ସବୁ ଭିତରେ ।

କ୍ଲାସ୍‌କୁ ଆସି ଯୋଗେଶ ସାର୍ କହିଥିଲେ : ପିଲାମାନେ, ଆଜି ଆଉ ଇଂରାଜୀ ପଢ଼ିବା ନାହିଁ । ଆଜି ତୁମକୁ ଦି' ଚାରିଟା କଥା କହିବି । ଆମ ସଂସ୍କୃତ ଭାଷାର କେତେଟା ଶ୍ଳୋକ । ହଁ ଶେଷକୁ ପଞ୍ଚତନ୍ତ୍ରର ଗୋଟେ ଗପ ବି ।

ସତ କହିବି, ନ ହେଲେ ମୋର ବହୁତ ପାପ ହୋଇଯିବ, ସେଦିନ ସାର୍ କ୍ଲାସରେ ଯାହା ଯାହା ପଢ଼ାଇଥିଲେ, ସେଥିରୁ ବହୁତ କଥା ମୁଁ ଶୁଣି ନାହିଁ । କାନରେ ଶୁଣିଥିଲେ ବି ମନରେ ରଖିପାରି ନାହିଁ । ପିରିଅଡ଼ଯାକ ମତେ ଭାରି କାନ୍ଦ କାନ୍ଦ ଲାଗୁଥିଲା, ମୋ' ପାଖରେ ସୁଶାନ୍ତ ବସିଥିଲା, ତା' ମୁହଁଟା ବି ଫଣ ଫଣ ।

ସାର୍ ଆମକୁ ବହୁତ କଥା କହିଥିଲେ, ଅନେକ ଭଲ ଭଲ କଥା । ଅନର୍ଗଳ ସଂସ୍କୃତ ଶ୍ଳୋକ ପଢ଼ିପଢ଼ିକା । କହିଥିଲେ ସବୁବେଳେ ସତ କହିବ, ବଡ଼ଙ୍କୁ ଭକ୍ତି କରିବ, ଦୁଃଖୀଲୋକଙ୍କୁ ଭଲପାଇବ । କେବେ ଡରିବ ନାହିଁ, ଜାଣିଥିବ ସଦାବେଳେ ତୁମ ପାଖେ ପାଖେ ଭଗବାନ ଅଛନ୍ତି । ଧ୍ରୁବ କଥା ମନେ ଅଛି ତ, ମନେଅଛି ନଚିକେତାଙ୍କ କଥା ?

ମୋର ସବୁ କଥା ମନେଅଛି । ଧ୍ରୁବ ଗପଠୁ ଆରମ୍ଭ କରି ଧର୍ମପଦ କଥା, ଅଭିମନ୍ୟୁ କଥା, କାଶାବାଏଙ୍କା କଥା, ଏକଲବ୍ୟ କଥା ।

ଏକଲବ୍ୟ ଗପଟା ଦିନେ ଶୁଣିସାରି ସୁଶାନ୍ତ ଭୟଙ୍କର ରାଗିଯାଇ ଠିଆହୋଇ ପଡ଼ିଥିଲା। କହିଥିଲା ସାର୍, ଏଇଟା କରପ୍ସନ୍ ସାର୍, ଘୋର୍ ଦୁର୍ନୀତି !

ସୁଶାନ୍ତ ମୋ'ଠାରୁ ବୁଦ୍ଧିଆ ସତ, କିନ୍ତୁ ଏକଥା ସେ ଜମା ନିଜେ ଭାବିକରି କହୁ ନାହିଁ, ସେ ଏକଥା ଘରେ ଅବଶ୍ୟ କାହାଠୁ ଶୁଣିଚି। ବୋଧେ ତା' ନନାଙ୍କ ଠାରୁ।

ଯୋଗେଶ ସାର୍ ଅଳ୍ପ ହସିଥିଲେ। ସେ ତାଙ୍କ ନିଜ ବୁଢ଼ା ଆଙ୍ଗୁଠିଟିକୁ ଏମିତି ଚାପି ଧରି ଥାଆନ୍ତି, ଯେମିତି ସେ ନିଜେ ହିଁ ଏକଲବ୍ୟ।

: ନା, ଏହାର ନାମ ନିୟତି। ଅନେକ ଭଲ କଥା ଘଟେ ସଂସାରରେ, ତା'ରି ଭିତରେ ଏମିତି ସବୁ ଘଟଣା ବି। ସଂସାରରେ ଭଲ କଥା ଘଟିବ ବୋଲି ଅନେକଙ୍କୁ ତ୍ୟାଗ କରିବାକୁ ପଡ଼ିଥାଏ, ବଳିଦାନ ଦେବାକୁ ପଡ଼ିଥାଏ। ତୁମକୁ ବି ମନେ ମନେ ପ୍ରସ୍ତୁତ ରହିବାକୁ ହେବ, ଜଗତର ହିତ ଲାଗି। ଯେମିତି ଧର୍ମପଦ, ଯେମିତି ଅଭିମନ୍ୟୁ।

ଏକଥା କହିଥିଲେ ଯୋଗେଶ ସାର୍, ମାତ୍ର ଦଶବାର ଦିନ ତଳେ। ମତେ ଲାଗିଥିଲା ସେ ଠିକ୍ କହୁଥିଲେ। ସେଦିନ ସ୍କୁଲ ଫେରିବା ବାଟରେ ଏଣ୍ଟୁଅ ମୋ' ଠାରୁ ଚକୋଲେଟ୍ ଛଡ଼େଇ ନେଇ ଯାଇଥିଲା, କିନ୍ତୁ ମୁଁ ତା'କୁ କିଛି କହି ନ ଥିଲି। ନିତ୍ୟାନନ୍ଦ ହସିଥିଲା, କହିଥିଲା, ମାଇଚିଆ।

କ୍ଲାସ ଛାଡ଼ି ଯିବା ଆଗରୁ, ଯୋଗେଶ ସାର୍ ତାଙ୍କ ଶେଷ କ୍ଲାସ ଛାଡ଼ିଯିବା ଆଗରୁ, ଆମକୁ ଠିଆ ହେବାକୁ କହିଥିଲେ। ତା' ପରେ କହିଥିଲେ : ପିଲାମାନେ, ଏବେ ତୁମକୁ ମୁଁ ଗୋଟିଏ ଶ୍ଳୋକ ଶିଖାଇବି, ଯାହା ଭିତରେ ଅଛି ଏ ପୃଥିବୀର ପରମ ରହସ୍ୟ, ଚରମ ସତ୍ୟ। ପାଶ୍ଚାତ୍ୟ ବୈଜ୍ଞାନିକମାନେ ବି ଏହି ଶ୍ଳୋକକାରଙ୍କ ନିକଟରେ ନତମସ୍ତକ।

ଏତିକି କହି ଯୋଗେଶ୍ ସାର୍ ସୁନ୍ଦର କରି ଗାଇଲେ :

ପୂର୍ଣ୍ଣମଦଃ ପୂର୍ଣ୍ଣମିଦଂ ପୂର୍ଣ୍ଣାତ୍ ପୂର୍ଣ୍ଣମ୍ ଉଦଚ୍ୟତେ।
ପୂର୍ଣ୍ଣସ୍ୟ ପୂର୍ଣ୍ଣମାଦାୟ ପୂର୍ଣ୍ଣମେବାବଶିଷ୍ୟତେ।।

ତିନି ଥର ଏମିତି ଗାଇବା ପରେ, ଆଶ୍ଚର୍ଯ୍ୟର କଥା, ମୋର ପୂରା ଶ୍ଳୋକଟି ମନେ ରହିଗଲା। ତା'ର ଅର୍ଥ ବି, ଯାହା ସାର୍ ସୁନ୍ଦର କରି ବୁଝାଇ ଦେଇଥିଲେ।

ଆମେ ଭାବିଥିଲୁ, କ୍ଲାସ୍ ଛୁଟି ହେବା ପରେ ଯୋଗେଶ ସାର୍‌ଙ୍କ ଫାରୁଏଲ୍ ହେବ, ବିଦାୟ ସଭା। କିନ୍ତୁ ଏଣ୍ଟୁଅ କହିଥିଲା : ଫାରୁଏଲ୍ ହବ ନାହିଁ। ହେଡ଼ ସାର୍ ମନା କରିଦେଲେ। କହିଲେ: ସାର୍‌ମାନେ ରିଟାଏଡ୍ କଲେ ସଭା କରାଯାଏ, କିମ୍ବା କିଏ ଯଦି ହଠାତ୍ ମରିଯାଏ ତ। ଯୋଗେଶ ସାର୍‌ଙ୍କ ଲାଗି ଫାରୁଏଲ ସଭା ହେବ ନାହିଁ।

ସ୍କୁଲ୍ ଛୁଟି ହେବାର ଆଗ ପିରିୟଡ଼ ଥିଲା ଖେଳ ପିରିୟଡ୍। ଯାହାର ଯାହା ଇଚ୍ଛା ସେ ଖେଳିବ।

ମୁଁ ଖେଳପଡ଼ିଆକୁ ଗଲି ନାହିଁ।

ଧୀରେ ଧୀରେ, ନିଜକୁ ନିଜେ ଲୁଚେଇଲା ପରି ମୁଁ ଆଉଟ୍ ହାଉସ୍‌କୁ ଗଲି, ଯୋଉଠି ଯୋଗେଶ ସାର୍ ରହନ୍ତି।

ଆଉଟ୍ ହାଉସ୍ ଆଗେ ଭାରି ଅସନା ଥିଲା। ଯୋଗେଶ ସାର୍ ରହିବା ପରେ ସବୁ ପରିଷ୍କାର, ପରିଚ୍ଛନ୍ନ। ବାରଣ୍ଡା ତଳକୁ ଫୁଲଗଛ, ଗୋଲାପ, ମଲ୍ଲୀ, ସଦାବିହାରୀ। ଏ ପାଖକୁ ଡାଳିମ୍ବ, ପିଜୁଳି, କମଳାଲେମ୍ବୁ। ପିଲାମାନେ ମନକଲେ ଡାଳିମ୍ବ, ପିଜୁଳି, ଲେମ୍ବୁ ତୋଳି ପାରିବେ, କିନ୍ତୁ ଫୁଲଗଛ ଛୁଇଁବା ମନା।

ଭାରି ଶୂନ୍‌ଶାନ୍ ଲାଗୁଥିଲା ଚାରିଆଡ଼େ।

ଯୋଗେଶ ସାର୍ ଭିତରେ ବସି ତାଙ୍କ ବ୍ୟାଗ୍ ସଜାଡୁଥିବେ ହୁଏତ। ଦହିଚୁଡ଼ା ଖାଇ ବସିଥିବେ ହୁଏତ। ନ ହେଲେ ଟିକିଏ ବିଶ୍ରାମ ନେଉଥିବେ।

ମୋ' ପାଦ ହଠାତ୍ ଅଟକିଗଲା।

ଯଦି ଏଇନା ଯୋଗେଶ୍ ସାର୍ ବାହାରି ଆସିବେ, ମତେ ଦେଖିବେ, ମୁଁ ତାଙ୍କୁ କହିବି କ'ଣ ? କ'ଣ ମୋର କହିବାର ଅଛି ? ମୁଁ ଏତେ ଛୋଟ ପିଲାଟେ...

ମୁଁ କିଛି ନ କହିଲେ ବି ସେ ମୋ ମନକଥା ବୁଝିପାରିବେ। ମୋ ପିଠି ଥାପୁଡ଼ି ଦେବେ ଆସ୍ତେ ଆସ୍ତେ। ଯେମିତି ସେ ମୋ ପିଠି ଥାପୁଡ଼େଇ ଦେଇଥିଲେ ମୁଁ ଗଣିତରେ ଶହେରୁ ଶହେ ନମ୍ବର ରଖିଥିଲି ବୋଲି।

ଘର ଭିତରୁ ଯିଏ ବାହାରି ଆସିଲା ସିଏ ବେଣୁଭାଇ, ଆମ ସ୍କୁଲର ପାର୍ଟଟାଇମ୍ ପିଅନ। ତାଙ୍କ ହାତରେ ଗୋଟିଏ ଝାଡୁ ଓ ଗୋଟିଏ ବାଉଁଶିଆ।

ବେଣୁଭାଇ ମତେ ଦେଖିଲେ, କହିଲେ - ମାଷ୍ଟ୍ରେ ତ ପଳେଇଲେଣି, କେବେଠୁ।

ବେଣୁଭାଇ ଆଉ କିଛି କହିଥିଲେ। ମୁଁ ଅଧା ଶୁଣିଲି, ଅଧା ଶୁଣି ନ ଥିଲି। ତାଙ୍କ କହିବା ଅନୁସାରେ ଯୋଗେଶ ସାର୍ ଆମ କ୍ଲାସ୍ ସାରିବା ପରେ ସିଧା ସିଧା ଯାଇଛନ୍ତି ନଦୀବନ୍ଧ ଆଡ଼କୁ।

ସେ ଆଉ କହିବା ଦରକାର ନ ଥିଲା। ମୁଁ ମନେ ମନେ ଦେଖିପାରୁଥିଲି ସେ ଦୃଶ୍ୟ। ହାତରେ ଓଜନିଆ ଟ୍ରଙ୍କ୍, ଗୋଟିଏ କାନ୍ଧରେ ଗୋଟିଏ ବ୍ୟାଗ୍, ଆର କାନ୍ଧରେ ସୀତାର୍ ବାଦ୍ୟ। ସେ ଚାଲିଛନ୍ତି ନଦୀବନ୍ଧରେ, ଆଗକୁ କେହି ନାହିଁ, ପଛକୁ କେହି ନାହିଁ। ଏକୁଟିଆ।

ଏକୁଟିଆ ଏକୁଟିଆ ସେ କେତେ ବାଟ ଯାଇପାରିବେ? କେତେ ଦୂରରେ ଥିବା ଗୋଟେ ଦେଶକୁ?

ମୁଁ ବାରଣ୍ଡା ଉପରେ ବସି ପଡ଼ିଲି।

ସୁଲୁସୁଲିଆ ପବନରେ ଗୋଲାପ ଗଛର କଢ଼ିସବୁ ମୁଣ୍ଡ ହଲାଉଥିଲେ, ଡାଳିମ୍ବ ଗଛ ଡାଳରେ କେମିତି ଶିରି ଶିରି ଭାବ। ଯେମିତି ସେମାନେ ସୀତାର୍ ଶୁଣୁଛନ୍ତି, ଯୋଗେଶ ସାର୍ ବଜାଉଥିବା ସୀତାର୍।

ଆକାଶରେ ମେଘ ଥିଲା, ଦୂର ପାହାଡ଼ କଡ଼ରେ ଅସ୍ତ ହେଉଥିବା ସୂର୍ଯ୍ୟ। ପବନ ନିଃଶ୍ୱାସ ନେଉଥିଲା, ଥଣ୍ଡା ଥଣ୍ଡା ହାଲୁକା ହାଲୁକା ନିଃଶ୍ୱାସ।

ଯୋଗେଶ୍ ସାର୍ କହିଥିଲେ : ପୂର୍ଣ୍ଣମଦଃ ପୂର୍ଣ୍ଣମିଦଂ, ପୂର୍ଣ୍ଣାତ୍ ପୂର୍ଣ୍ଣମ୍ ଉଦଚ୍ୟତେ...

କହିଥିଲେ : ଭଗବାନ ପୂର୍ଣ୍ଣ, ସଂସାର ବି ପୂର୍ଣ୍ଣ। ତା'ପରେ ସେ ଶବ୍ଦକୁ ଶବ୍ଦ ଭାଙ୍ଗି କହିଥିଲେ... ପୂର୍ଣ୍ଣରେ ପୂର୍ଣ୍ଣ ଯୋଗକଲେ ପୂର୍ଣ୍ଣ ହୁଏ, ପୂର୍ଣ୍ଣରୁ ପୂର୍ଣ୍ଣ ବିୟୋଗ କଲେ ସେହି ପୂର୍ଣ୍ଣ ହିଁ ରହିଯାଏ।

କ୍ଲାସ୍‌ରେ ବସି ସେଦିନ ମୁଁ ଅବଶ୍ୟ ବୁଝିପାରିଥିଲି, ଭଗବାନ ସଂପୂର୍ଣ୍ଣ, ପୃଥିବୀ ବି ସଂପୂର୍ଣ୍ଣ। ଏକଥା ବି ବୁଝି ପାରିଥିଲି ଯେ ପୂର୍ଣ୍ଣରେ ପୂର୍ଣ୍ଣ ମିଶିଗଲେ ପୂର୍ଣ୍ଣ ହିଁ ହେବ। କିନ୍ତୁ ପୂର୍ଣ୍ଣରୁ ପୂର୍ଣ୍ଣ ଚାଲିଗଲେ, କେମିତି ପୂର୍ଣ୍ଣ ହିଁ ରହିଯିବ, ବଡ଼ କଷ୍ଟ ଲାଗିଥିଲା ମତେ ବୁଝିବା ପାଇଁ।

ଏବେ, ଯୋଗେଶ ସାର୍‌ଙ୍କ ନିରୋଳା ବାରଣ୍ଡାରେ ବସି, ମୁଁ ବୁଝିପାରୁଥିଲି, ସେ ଠିକ୍ କଥା ହିଁ କହିଥିଲେ। ସେତିକି ବୁଝିଲାବେଳକୁ ମୋ' ଆଖିକୁ ଟୋପାଏ, ଟୋପେ ମାତ୍ର, ଲୁହ ଚାଲିଆସିଥିଲା।

ଲଳିତ ଆଖ୍ୟାନ

ଆକାଶର ମେଘ ଟୋପା ଟୋପା ବରଫ ହୋଇ ତଳକୁ ଖସିଲା ବେଳକୁ ଚାରିଆଡ଼ ଅନ୍ଧାର ହୋଇ ଆସିଥିଲା।

ହାତଘଡିରେ ସମୟ ସନ୍ଧ୍ୟା ସାତଟା। ଉତ୍ତର ସୀମାନ୍ତର ମଞ୍ଜଥରା ପବନ, ଆକାଶର ବରଫ ଶୀତଳ ଉତ୍ପୀଡନ ଭିତରେ ନିର୍ବାକ୍ ଛିଡା ହୋଇ ରହିଥିଲେ ରାସ୍ତା ଦି'କଡର ଲମ୍ବା ଲମ୍ବା ମେପଲ୍ ଓ ସିଡର୍ ଗଛ ସବୁ।

ଲେକ୍ ଶାମ୍ପଲେନ୍ ଏଠାରୁ ଶହେ ପନ୍ଦର ମାଇଲ୍ ଦୂରରେ, ଅଲ୍‌ବାନି ସହରର ସୀମା ଆରମ୍ଭ ହେବ ପଇଁଚାଳିଶ ମାଇଲ୍ ପରେ।

ଦିନଟି ଆଜି କିନ୍ତୁ ଭାରି ଚମତ୍କାର ଥିଲା, ସେପ୍ଟେମ୍ବର ମାସର ଶୀତ ଓ ଉଜ୍ଜ୍ୱଳ ଖରା ଭିତରେ। ଅସୁମାରି ଫୁଲ ଓ ସବୁଜିମା ଭିତରେ ରାସ୍ତା ସାରା ଥିଲା ଲହୁଣିଭିଜା ଏକ ନରମ ଅନୁଭବ।

ଉପମାଟି ଆଦୌ ମୋର ନୁହେଁ।

ବିସ୍ତୃତ ରାଜପଥର ଗୋଟିଏ ଲେନ୍‌ରୁ ଅନ୍ୟ ଲେନ୍‌କୁ ଗାଡି ବୁଲାଉ ବୁଲାଉ ଚିନ୍ମୟ ମୋ ଆଡକୁ ଚାହିଁ କହିଥିଲା, ତୋ'ର ମନେ ଅଛି ରମାକାନ୍ତ ରଥଙ୍କ ସେଇ କବିତାଟି ? 'ମଟର ଭିତରୁ ରାସ୍ତାର ସୌନ୍ଦର୍ଯ୍ୟ' ?

ତା'ପରେ ସେ ନିଜେ ଗୁଣୁ ଗୁଣୁ ହୋଇ ପଦଟିଏ ଗାଇଥିଲା-

ଆମର ମଟର ଚାଲେ ଘଣ୍ଟାକରେ ପଚାଶ ମାଇଲ,
ରାସ୍ତାରେ ଆଲୁଅ ବୋଳି, ରୁଟି ଦେହେ ଲହୁଣି ଯେମିତି –
ମହାଶୂନ୍ୟେ ଜନପଥେ ଘଣ୍ଟାକରେ ପଚାଶ ମାଇଲ୍ !

ମୁଁ ଆଶ୍ଚର୍ଯ୍ୟ ହୋଇ ତା'କୁ ଚାହିଁଥିଲି। ନିଉୟର୍କ ବିଶ୍ୱବିଦ୍ୟାଳୟର ଫିଜିକ୍ସ

ଅଧ୍ୟାପକ ଚିନ୍ମୟ ରାୟ ଓଠରେ ରମାକାନ୍ତ ରଥଙ୍କ କବିତା ! ମଣ୍ଟ୍ରିଏଲ୍ ନିଉୟର୍କ ରାଜମାର୍ଗରେ ?

ଚିନ୍ମୟ କହିଲା- ଏଇ ରାସ୍ତାରେ ମୁଁ ଅନ୍ତତଃ ପନ୍ଦର ଥର ଆସିଥିବି । କିନ୍ତୁ ପ୍ରତିଥର କେମିତି ନୂଆ ନୂଆ ଲାଗେ, ନୂଆ କିଛି ସୌନ୍ଦର୍ଯ୍ୟ । ଏଇ ବାଆଁ ପଟ ପାହାଡକୁ ଥରେ ଦେଖିବୁ ତ ! ଠିକ୍ ଯେମିତି ଗୋଟିଏ ପେଙ୍ଗୁଇନ୍ ପକ୍ଷୀ ଡେଣା ମେଲାଇ ଠିଆ ହୋଇଛି ...

ଏମିତି ଖୁସିଗପ ଭିତରେ ହଠାତ୍ ବଦଳି ଯାଇଥିଲା ରାସ୍ତାର ଦୃଶ୍ୟ, ପ୍ରଥମେ ସୂର୍ଯ୍ୟ ଲୁଚିଗଲା ମେଘ ଭିତରେ, ତା'ପରେ ଅଳ୍ପ ଅଳ୍ପ ପବନ, କିଛି ବର୍ଷା ଓ ଶେଷକୁ ବରଫ ।

ଛାୟାଛବିର ଦୃଶ୍ୟ ପରି, ଅଚାନକ ।

ନିଉୟର୍କରେ ମୋ' ରହଣି ମୋଟାମୋଟି ବେଶ୍ ଭଲରେ କଟିଥିଲା । ତିନି ଦିନ ଭିତରେ ଯାହା ଯାହା ଦେଖିବା କଥା, ବ୍ରୁକ୍ଲିନ୍ ବ୍ରିଜ୍ ଠାରୁ ଆରମ୍ଭ କରି, ଏଲିସ୍ ଆଇଲ୍ୟାଣ୍ଡ, ଷ୍ଟାଚ୍ୟୁ ଅଫ୍ ଲିବର୍ଟି ପର୍ଯ୍ୟନ୍ତ ସବୁ ଦେଖି ସାରିଥିଲି, ପେଟ୍ରୋ-କେମିକାଲ୍ ସେମିନରରେ ଭାଗ ନେଇସାରିବା ପରେ ।

ଚିନ୍ମୟ କହିଥିଲା - ନିଉୟର୍କରେ ଯାହା ଦେଖିବାର ଅଛି ଦେଖିନେ । ତା'ପରେ ଯିବା ଲେକ ଅଞ୍ଚଳକୁ, ନିଉୟର୍କ ଷ୍ଟେଟ୍‌ର ଲେକ୍ ଏରିଆ ।

ଜାଣି ନ ଥିଲି, ଏତେ ହ୍ରଦ ରହିଛି ନିଉୟର୍କ ରାଜ୍ୟରେ । ପ୍ରାୟ ସାତ ହଜାର ସାତ ଶହଟି ହ୍ରଦ ।

ଆଜି ସନ୍ଧ୍ୟାରେ ଆମର ଯୋଜନା ଥିଲା, ଅଲ୍‌ବାନି ସହରରେ ରହି, ସକାଳୁ ନିଉୟର୍କ ଫେରିଯିବାର । ଦିନଟିଏ ରହି, ତା'ପରେ ଫେରିଯିବି ଭାରତବର୍ଷ ।

ଅଲ୍‌ବାନି ନିଉୟର୍କ ରାଜ୍ୟର ରାଜଧାନୀ । ଛୋଟ କିନ୍ତୁ ସୁନ୍ଦର ସହରଟିଏ ।

ଆମର ଗାଡ଼ି ହଠାତ୍ ଛେଚି ହୋଇଗଲା ଗୋଟିଏ ରାସ୍ତା ବିଭାଜକ ପଥରରେ । ଦୁମ୍ କରି ଶବ୍ଦ ହେଲା, ତା'ପରେ ଗାଡିଟି ଅଟକିଗଲା ରାସ୍ତା କଡରେ ।

ଆମ ଚାରିପାଖେ ଅନ୍ଧାର, ମୁଠା ମୁଠା ବରଫ ଓ ନିର୍ଜନତା ।

ଦାମିକା ଲେକ୍‌ସସ୍ ଗାଡି, କିଛି କ୍ଷତି ହୋଇ ନ ଥିଲା କେଉଁଠି, କିନ୍ତୁ ଏତିକି ସ୍ପଷ୍ଟ ହୋଇଗଲା ଅନ୍ଧାର ଭିତରେ, ଏମିତି ପାଗରେ ବେଶି ଦୂର ଯାଇହେବ ନାହିଁ ।

ଗାଡିର ଜି.ପି.ଏସ୍. ମନିଟରରୁ ଜଣା ଯାଉଥିଲା, ଅଲ୍‌ବାନି ଏଠାରୁ ଅଠେଇଶ ମାଇଲ ଦୂର । ନିକଟତମ ଜନପଦ ସାରାଟୋଗା ସ୍ପ୍ରିଙ୍ଗସ୍ । ତିନି ମାଇଲ ଦୂରରେ ।

ଗାଡିକୁ ଧୀରେ ଧୀରେ ରାସ୍ତା ଉପରକୁ ଆଣି, ଆଗକୁ ଯିବା ବେଳେ, ଚିନ୍ମୟ

କହିଲା- ବେଶି ଦୂର ଯାଇହେବ ନାହିଁ ଏ ପାଗରେ। ସାରାଟୋଗା ସ୍ପ୍ରିଙ୍ଗ୍ସ୍ ଦେଖିବୁ ?

ସାରାଟୋଗା ସ୍ପ୍ରିଙ୍ଗ୍ସ୍ ବିଷୟରେ କିଛି ପଢ଼ିଥିଲି, କୌଣସି ପତ୍ରପତ୍ରିକାରେ। ଏଠାରେ ରହିଛି ବିଶ୍ୱପ୍ରସିଦ୍ଧ ଅନେକ ପ୍ରସ୍ରବଣ, ବିରଳ ଖଣିଜ ଜଳର। ମିନେରାଲ୍ ପାନୀୟ ସହିତ ଏଠି ରହିଛି ଅସଂଖ୍ୟ ଜୁଆ ଆଡ୍‌ଡ଼ା। ତା' ସହିତ ରେସ୍ କୋର୍ସ, ନାଇଟ କ୍ଲବ୍।

ଇଚ୍ଛା ଅନିଚ୍ଛାର କଥା କିଛି ନ ଥିଲା। ବରଫଝଡ କମିଯିବା ପର୍ଯ୍ୟନ୍ତ ଆମର ଦରକାର କିଛି ସାମୟିକ ଆଶ୍ରୟ। ସାଟେଲାଇଟ୍ ରେଡିଓର ସୂଚନା ଅନୁସାରେ, ବରଫଝଡ କମିଯିବ ଦୁଇ ଘଣ୍ଟା ପରେ।

ଚିନ୍ମୟର ଲମ୍ବା ଲେକ୍‌ସସ୍ କାର ଏବେ ଯେଉଁଠି ଅଟକିଲା, ତାହା କୌଣସି ବାର୍ ନୁହେଁ, କ୍ୟାସିନୋ ନୁହେଁ, ରେଷ୍ଟୋରାଁ ବି ନୁହେଁ।

ଫିଲା ଷ୍ଟ୍ରିଟ୍‌ର ଏକ ଅପ୍ରଶସ୍ତ ଗଳିରେ, ଅଳ୍ପ ଆଲୁଅରେ, ଦେଖାଯାଉଥିଲା ଛୋଟ ବହିଦୋକାନଟିଏ, ବେଶି ଗହଳି ନ ଥିଲା ସେଠି।

-ତତେ ଗୋଟିଏ ଚମତ୍କାର ଜିନିଷ ଦେଖାଇବି।
ସିଟ ବେଲ୍‌ଟ ଖୋଲୁ ଖୋଲୁ କହିଲା ଚିନ୍ମୟ, ଗାଡିର ପାର୍କିଙ୍ଗ୍ ଆଲୁଅ ଜଳାଇ ଦେଇ।

-'ଲିରିକାଲ୍ ବାଲାଡ୍'। ମନେଅଛି ଉଇଲିୟମ ୱାର୍ଡସୱାର୍ଥଙ୍କ ସେହି ବହିର ନାଆଁ ?

ବହିପତ୍ର ବିଷୟରେ ମୋର ଆଗ୍ରହ କମ୍। ଇଞ୍ଜିନିୟରିଂ ପାସ୍ କଲା ପରେ ବହି ପଢ଼ିବାର ଏତେ ବାଧ୍ୟବାଧକତା ନ ଥିଲା ମୋ' ପାଇଁ। ୱାର୍ଡସୱାର୍ଥଙ୍କ ସମ୍ପର୍କରେ ମୋର ଏତିକି ମାତ୍ର ମନେଅଛି ଯେ ତାଙ୍କର ଗୋଟିଏ କବିତା 'ଲୁସି ଗ୍ରେ' ଆମର କଲେଜରେ ପଢ଼ାଯାଉଥିଲା ଓ ସାହିତ୍ୟ ପଢ଼ାଉଥିବା ଅଧ୍ୟାପକ ଜଣକ ମତେ ବାରମ୍ବାର ଭର୍ତ୍ସନା କରୁଥିଲେ ଯେ spontaneous overflow of powerful feelingsର ଉପଯୁକ୍ତ ବ୍ୟାଖ୍ୟା କୌଣସି ମତେ ମୋ ଦ୍ୱାରା ହୋଇପାରିଲା ନାହିଁ।

ଗାଡିର ଦରଜା ଖୋଲିଲା କ୍ଷଣି ଏକ ଅଦୃଶ୍ୟ ଆତତାୟୀ ପରି ଝାମ୍ପି ପଡିଲା ଦୁର୍ଦ୍ଦାନ୍ତ ବରଫ ପବନ। ପଞ୍ଜରା ହାଡକୁ ଭାଙ୍ଗି ଦେବା ପରି।

ମୁଁ ଗାଡ଼ି ଭିତରେ ବସି ରହିଲି।

ଚିନ୍ମୟ ଇତି ମଧ୍ୟରେ ଫୁଟ୍‌ପାଥ୍‌ରେ ଠିଆ ହୋଇସାରିଥିଲା। ସେ ହାତ ଠାରି ଡାକିଲା ସାମନା ଦୋକାନ ଆଡକୁ ଯିବାପାଇଁ।

-ଭିତରଟା ବେଶ୍ ଉଷୁମ। କଫି ବି ମିଳିବ, ଚମତ୍କାର ଷ୍ଟାର୍‌ବକ୍ କଫି।

ମୁଁ ପଦାକୁ ବାହାରି ଆସି ଓଭରକୋଟ୍‌ର ଜିପର୍ ବନ୍ଦ କଲି। ଦାନ୍ତଚିପି କହିଲି – ଓଃ କି ଶୀତ !

ଦୋକାନର ପ୍ରବେଶ ଦ୍ୱାର ବେଶ୍ ଅପ୍ରଶସ୍ତ। ଗୋଟିଏ ପୁରୁଣା ବ୍ୟାଙ୍କ୍ ବିଲଡିଙ୍ଗ୍‌ର ପଛଦ୍ୱାର ପରି। ସାମନା କାଚ ଦରଜାରେ ଲେଖାଥିଲା – 'ଲିରିକାଲ୍ ବାଲାଡ୍'।

ଭିତରଟା ଉଷୁମ ହିଁ ଥିଲା, ମୋଟାମୋଟି ନିରୋଳା ବି। ଏମିତି ଥଣ୍ଡା ପାଗରେ କ୍ୟାସିନୋ ହିଁ ଚମତ୍କାର ଆଶ୍ରୟ, କିମ୍ବା ମଦ୍ୟଶାଳା। ବହିଦୋକାନରେ ଏବେ କାହାର କି ଗରଜ !

ମତେ କିନ୍ତୁ ସ୍ଥାନଟି ବହିଦୋକାନ ଭଳି ଲାଗୁ ନ ଥିଲା। ବରଂ ମନେ ହେଉଥିଲା ଗୋଟିଏ ପୁରୁଣା, ଅସଜଡା ଲାଇବ୍ରେରୀ ପରି। ଥାକ ଥାକ ଅସଂଖ୍ୟ ବହି, ଅଧିକାଂଶ ସେଥିରୁ ପୁରୁଣା।

-ବେଶ୍ ପୁରୁଣା ଏ ବହିଦୋକାନଟି। ଏଥିରେ ଏମିତି ବି ବହି ରହିଛି, ଯାହା ଶହେ ବର୍ଷ ତଳର ପ୍ରଥମ ମୁଦ୍ରଣ।

ନିମ୍ନ ସ୍ୱରରେ ଏପରି କହୁ କହୁ ଚିନ୍ମୟ ମୋତେ ନେଇ ଯାଇଥିଲା ସୁଡଙ୍ଗ ଭିତରକୁ।

ସୁଡଙ୍ଗ କହିବା ହିଁ ଠିକ୍ ହେବ। ପଛକୁ ପଛ ଅଣଓସାରିଆ, ଅସମାନ ଆୟତନର ଅନେକ କୋଠରି। ପୁରୁଣା ଭୁଲ୍‌ଭୁଲେୟା ପରି।

-ଆଗେ ଏଇଟା ଗୋଟିଏ ବ୍ୟାଙ୍କ୍ ଘର ଥିଲା, ଥାକ ଥାକ ଟଙ୍କା ରହୁଥିଲା ଏଇ ଭଲ୍‌ଟ ଭିତରେ। ଏବେ ଅଛି ପୃଥିବୀର ଅନେକ ବିରଳ, ଦୁଷ୍ପ୍ରାପ୍ୟ ବହି। ପୁଣି ଦୋକାନର ନାଆଁଟି ବି କି ଚମତ୍କାର ! 'ଲିରିକାଲ୍ ବାଲାଡ'୍ !

ଦୁଇ ଶହ ବର୍ଷ ତଳେ ୱାର୍ଡସୱର୍ଥ ଓ କୋଲେରିଜ୍ ଗୋଟିଏ ବହି ଲେଖିଥିଲେ, 'ଲିରିକାଲ ବାଲାଡ୍' ନାମରେ। ସାଧାରଣ ମଣିଷର ଭାଷା ଓ ଭାବନାକୁ ନେଇ। କହିଥିଲେ, ଏ ବହି ଏକ ନୂତନ ପରମ୍ପରା ଆଣିବ କବିତା ଜଗତରେ, କଳ୍ପନାର ଦିଗନ୍ତରେ। ପ୍ରକୃତରେ ତାହା ହିଁ ଘଟିଥିଲା। ଲଳିତ ଆଖ୍ୟାନର ନୂତନ ଯୁଗଟିଏ ଆରମ୍ଭ ହୋଇଥିଲା ତା'ପରେ।

ସଂକ୍ଷେପରେ ଏତିକି କହି, ଚିନ୍ମୟ କହିଥିଲା – ତୋ'ର ମନେ ଅଛି, ପିଲାଦିନେ ପାଠ ପଢ଼ିବାବେଳେ ଇଂରାଜୀ ସାର୍ କହୁଥିଲେ spontaneous over-flow of powerful feelings? 'ଲିରିକାଲ୍ ବାଲାଡ୍' ବହିର ପ୍ରଥମ ପୃଷ୍ଠାରେ ଏକଥା ଲେଖିଛନ୍ତି ଉଇଲିୟମ୍ ୱାର୍ଡସୱର୍ଥ। କହିଛନ୍ତି, ଏହାହିଁ ସୃଜନଶୀଳତାର ମୂଳପିଣ୍ଡ।

ବହି ସବୁ ପଡ଼ି ରହିଥିଲା ଚଟାଣରେ, ଆଲମାରିରେ, କାଠ ଟେବୁଲ୍ ଉପରେ। ଜଣେ ଅଧେ ଗ୍ରାହକ ନଇଁପଡି ଓଲଟାଇ ପାଲଟାଇ ବହିସବୁ ଦେଖୁଥିଲେ। ଗୋଟିଏ ଦୁଇଟି ପୃଷ୍ଠା ପଢ଼ି ଠିକ୍ କରୁଥିଲେ ବହିଟି କିଣିବେ କି ନାହିଁ।

- କେତେ ବହି ଥିବ ଏ ଲାଇବ୍ରେରୀରେ, ମାନେ ଏଇ ଦୋକାନରେ ?

- କେହି ଜାଣନ୍ତି ନାହିଁ। ମାଲିକ ବି କହିପାରିବ ନାହିଁ। ହୁଏତ ଏକ ଲକ୍ଷ ବହି।

ବହିର ଦାମ୍ ମତେ ଅବାକ୍ କରିଦେଉଥିଲା। କାହାର ଦାମ୍ ଏକ ଡଲାର, କାହାର ଦାମ୍ ଚାରି ଶହ ପଚାଶ ଡଲାର୍ ଅର୍ଥାତ୍ ବତିଶ ହଜାର ଟଙ୍କା।

-ବହିଟିଏ ଆବିଷ୍କାର କରିବା ହିଁ ଏଠି ଏକ ଚମତ୍କାର ସୁଖ। ବୋଝ ବୋଝ ପୁରୁଣା ବହିର ସ୍ତୂପ ଭିତରୁ ହଠାତ୍ ମୁକ୍ତା ପରି ବାହାରି ଆସେ ଦୁଷ୍ପ୍ରାପ୍ୟ ଗୋଟିଏ ବହି। ସେ ପୁଣି ଭୁଲ୍ ଠିକଣାରୁ। ଷ୍ଟିଫେନ୍ ହକିଙ୍ଗ୍‌ସଙ୍କ ବିଜ୍ଞାନ ବହି 'A Short History of Time' ଛପି ରହିଥାଏ ଇତିହାସ ବହିଙ୍କ ଗହଳିରେ, ଆରିଷ୍ଟୋଫେନସ୍‌ଙ୍କ ନାଟକ 'The Birds' ପ୍ରାଣୀ ବିଜ୍ଞାନ ଥାକରେ।

-କଫି ପିଇବା କଥା କହୁଥିଲୁ। କଫି କୋଉଠି ମିଳିବ ?

-କଫି ?

ଚିନ୍ମୟ ବଡ ଆଗ୍ରହରେ ଗୋଟିଏ ବହି ତଳୁ ଉଠାଇ ନେଇ ହାତରେ ଧରିଥିଲା। ବହିଟି ତଳେ ଥୋଇଦେଇ ମୋ' ମୁହଁକୁ ଚାହିଁଲା। କହିଲା – ସେ ପାଖକୁ ଚାଲ।

ଏବେ ପୁଣି ସୁଡଙ୍ଗ ପରି ସଂକୀର୍ଣ୍ଣ ବାଟରେ ଯିବାକୁ ହେଲା ଆହୁରି ଭିତରକୁ। ଆହୁରି ପୁରୁଣା ବହିର ସ୍ତୁପ, ପୁରୁଣା କାଠ ଆଲମାରି।

ଅଣଓସାରିଆ ପ୍ୟାସେଜ୍ ଦେଇ ଯାଉ ଯାଉ ହଠାତ୍ ମୋ' ଦେହରେ ଘଷି ହୋଇଗଲେ ଜଣେ ଭଦ୍ରଲୋକ। ଭୀଷଣ ଅନ୍ୟମନସ୍କ ଥିଲେ ସେ ଅବଶ୍ୟ। ଗୋଟିଏ ଭଙ୍ଗା କାଠ ସିନ୍ଦୁକ ଭିତରୁ ବହିଟିଏ କାଢ଼ି ଉଠି ପଡିବା ବେଳକୁ ଦେହରେ ଦେହ ବାଜିଗଲା।

ଚମକିପଡି ସେ ମୋତେ ଚାହିଁଲେ। ଏମିତି ଆଶ୍ଚର୍ଯ୍ୟ ହୋଇ, ଯେମିତି ସେ ପବନରେ ଭାସୁଥିବା କିଛି ପଦାର୍ଥ, ଶବ୍ଦ ଓ ସ୍ପର୍ଶ ତାଙ୍କ ଅନୁଭବର ବାହାରେ। ସମ୍ଭବତଃ ସେ ଏଠାରେ ନ ଥିବା ହିଁ କଥା।

ଭଦ୍ରଲୋକଙ୍କ ଦେହରେ ଥିଲା ଗୋଟିଏ ପୁରୁଣା ଡେନିମ୍ ଜ୍ୟାକେଟ୍। ଉଦାସ ମୁହଁରେ ନିଶ୍ଚଳ ଦୁଇ ଆଖି, ଭାଙ୍ଗ ପଡି ଆସିଥିବା କପାଳ, ଧଳା ଚାମର ପରି

ଗୋଛାଏ ବାଳ ମୁଣ୍ଡରେ। ଭଦ୍ରଲୋକଙ୍କ ବୟସ ଷାଠିଏ ହୋଇପାରେ, ହୋଇପାରେ ବି ସତୁରି।

'ବ୍ୟସ୍ତ ହେବେ ନାହିଁ, ଦୋଷ ଖାଲି ଆପଣଙ୍କର ନୁହେଁ' ଚିନ୍ମୟ କହିଉଠିଲା ମୁଁ କିଛି କହିବା ଆଗରୁ।

ଭଦ୍ରଲୋକ କିଛି କହିଲେ ନାହିଁ। ତାଙ୍କ ଆଖିର ପାଣିଚିଆ ଦୃଷ୍ଟିରେ ଯେମିତି କିଛି କୁହୁଡି ଲେପି ହୋଇ ଯାଇଥିଲା।

କଫି କାଉଣ୍ଟର ପାଖେ ଠିଆ ହୋଇ ଚିନ୍ମୟ କହିଲା- ଭଦ୍ରଲୋକଙ୍କ ନାମ କେଭିନ୍। କେଭିନ୍ ପାର୍କର୍ ଆଣ୍ଡରସନ୍।

- ତୁ ତାଙ୍କୁ ଜାଣୁ ନା କ'ଣ?

- ଏଠି ଅନେକ ଲୋକ ଜାଣନ୍ତି।

କଫି କାଉଣ୍ଟର ପାଖରୁ ଥାଇ ଦେଖି ହେଉଥିଲା ବହିଦୋକାନର ଅଭ୍ୟନ୍ତର। ତା' ଭିତରେ ଗୋଟିଏ ଛାଇପରି ଅନିଶ୍ଚିତ ଦିଶୁଥିଲା ଭଦ୍ରଲୋକଙ୍କ ରୁଗ୍ଣ ଦେହଟି।

- ସେ ଏ ଦୋକାନକୁ ନିୟମିତ ଆସନ୍ତି। ସପ୍ତାହରେ ଅନ୍ତତଃ ଥରଟିଏ। ଗତ ଚାଳିଶ ବର୍ଷ ଧରି।

କଫି କପ୍‌ର ଉଷ୍ମତାକୁ ଦୁଇ ହାତପାପୁଲିରେ ସାଉଁଟି ରଖି ମୁଁ କହିଲି – ଭଦ୍ରଲୋକ ଜଣକ ତୋ' ପରି ଜଣେ ପ୍ରଫେସର୍ ନା କ'ଣ?

- ନା, ପ୍ରଫେସର୍ ନୁହନ୍ତି। ବି.ଏ. ପାସ୍ କଲା ପରେ ସେ ପାଠପଢା ଛାଡିଦେଲେ। ଅଚାନକ।

- ଏଠି ସେ ନିୟମିତ ଆସି କ'ଣ ସବୁ ଖୋଜନ୍ତି? କି ପ୍ରକାର ବହି?

- ଗୋଟିଏ ବହି। ଗୋଟିଏ କବିତା ବହି।

କାଚ ଝରକା ଦେଇ ଚିନ୍ମୟ ବାହାରକୁ ଦେଖିଲା। ବାହାରେ ଏବେ ବରଫ ବର୍ଷାର ବିରାମ ଘଟିଛି। ବତିଖୁଣ୍ଟର ଆଲୁଅରେ ରାସ୍ତା ଦିଶୁଛି ପରିଚ୍ଛନ୍ନ ଉଜ୍ଜ୍ୱଳ।

- ଆମକୁ ଶୀଘ୍ର ଫେରିବାକୁ ହେବ। କିଏ ଜାଣେ, ପୁଣି ହଠାତ୍ ଅସରାଏ ବର୍ଷା ଆସିଯାଇପାରେ!

ମୋ' ଅଲକ୍ଷ୍ୟରେ କେତେବେଳେ ଚିନ୍ମୟ ତିନୋଟି ବହି ବାଛି ସାରିଥିଲା ଦୋକାନରେ। ମୋଟ ମୂଲ୍ୟ ମାତ୍ର ସାତ ଡଲାର୍। କ୍ୟାସ୍ କାଉଣ୍ଟର୍‌ରେ ବହିର ଦାମ୍ ତୁଟାଇ ସାରି ଆମେ କାର୍‌ରେ ଆସି ବସିଲୁ। ଗାଡିର ଉଜ୍ଜ୍ୱଳ ଆଲୁଅରେ ରାସ୍ତା ଲମ୍ବିଗଲା ପାରଦର ତରଳ ସ୍ରୋତ ପରି।

- ଗୋଟିଏ ମାତ୍ର କବିତା ବହି ସେ ଲୋକଟି ଖୋଜୁଛି ଗତ ଚାଳିଶ ବର୍ଷ ଧରି?

- ହଁ, ଛୋଟ ଗୋଟିଏ କବିତା ବହି। ସଂକ୍ଷିପ୍ତ ଥିଲା ଚିନ୍ମୟର ଉତ୍ତର।

- ଜଣେ ଲୋକ ସତରେ କବିତାକୁ ଏତେ ବେଶି ଭଲପାଏ!

- ସେ କବିତା ବହିଟି କେଭିନ୍ ପଢିବାକୁ ଚାହୁଁ ନାହିଁ। ସେ ଚାହୁଁଛି ସେହି କବିତା ବହିଟି ନଷ୍ଟ କରିଦେବାକୁ।

- ନଷ୍ଟ କରିଦେବାକୁ?

- ହଁ, ଯଦି ସେ କେବେ ଦିନେ ବହିଟି ପାଏ, ତାକୁ ଚିରି ଟିକ୍ ଟିକ୍ କରି ହଡ୍‌ସନ୍ ନଦୀରେ ଫିଙ୍ଗିଦେବ। ସେ ବହିର ଗୋଟିଏ ମାତ୍ର କପି ଅଛି ସଂସାରରେ, ତା' ଜାଣିବାରେ। ତା'କୁ ସେ ନଷ୍ଟ କରିଦେବାକୁ ଚାହେଁ।

ଟିକିଏ ଚୁପ୍ ରହି ମୁଁ ପଚାରିଲି – ଲୋକଟି କରେ କ'ଣ?

- ଅଣ୍ଡରଟେକର୍। ଯେଉଁମାନେ କବରଖାନା ଦାୟିତ୍ୱରେ ରହନ୍ତି, ଶବ ସଂସ୍କାର କରନ୍ତି।

ରାଜପଥ ଉପରେ ଆମର ଗାଡି ଚାଲିଥିଲା। ଫାଙ୍କା ରାସ୍ତା, ମଝି ମଝିରେ ଅନ୍ଧାର, ପୁଣି କିଛି ଉଜ୍ଜ୍ୱଳ ଗତିଶୀଳ ଆଲୋକ। ଚିନ୍ମୟ ଗୁଣୁ ଗୁଣୁ ହୋଇ ଟିକିଏ ଗୀତ ଗାଇଲା, ହୁଏତ ଏଲଟନ୍ ଜନ୍ କିମ୍ବା ଆଉ କାହାର। ତା'ପରେ ଗାଇଥିଲା,

ମହାଶୂନ୍ୟେ ଜନପଥେ ଘଣ୍ଟାକରେ ପଚାଶ ମାଇଲ୍
କାହାକୁ ଭେଟିବାପାଇଁ? ଆତ୍ମାଶୂନ୍ୟ ଭୂତଙ୍କ ଗହଳି ...

ଆମ ପଛଆଡୁ ଗୋଟିଏ ଏସ୍.ୟୁ.ଭି. ମୋଟରଗାଡି ଶବ୍ଦ କରି ଆମକୁ ଟପିଗଲା, ଭୁଲ୍ ଲେନ୍‌ରେ। କ୍ରମଶଃ ଗାଡିଟି ଅଦୃଶ୍ୟ ହୋଇଗଲା ସାମନା ଅନ୍ଧାର ଭିତରେ।

ଚିନ୍ମୟ କହିଲା – ଲୋକଟି ହୁଏତ ଫେରିଛି ଜୁଆ ଆଡ୍‌ଡାରୁ। ପକେଟ୍ ଫାଙ୍କା, ପେଟରେ ଭର୍ତ୍ତି ହୋଇରହିଛି ମଦ। ଠାକୁରଙ୍କୁ ଡାକ ବାଟରେ ଯେମିତି ସେ କାହାର ପ୍ରାଣ ନେଇ ନ ଯାଏ।

- ସେ ଲୋକଟା ବହିଟାକୁ ଚିରି ଜାଳି ନଈ ଭିତରେ ଫୋପାଡି ଦେବାକୁ କାହିଁକି ଚାହୁଁଛି?

- କୋଉ ଲୋକ? ଓ ... କେଭିନ୍ ପାର୍କର ଆଣ୍ଡରସନ୍!

ଟିକିଏ ନୀରବ ରହିଲା ଚିନ୍ମୟ। ଜି.ପି.ଏସ୍. ମନିଟର୍‌ରୁ ଦେଖିଲା ରାଜରାସ୍ତାରେ ଆମ ଗାଡିର ଅବସ୍ଥିତି। ତା'ପରେ କହିଲା – ତା'କୁ ଦେଖିଲେ ବିଶ୍ୱାସ କରିବା କଷ୍ଟ, ଦିନେ ସେ କବିତା ଲେଖୁଥିଲା। ମୋଟାମୋଟି ଭଲ କବିତା।

... ସେତେବେଳେ ସେ ସିଟି କଲେଜର ଛାତ୍ର ଥିଲା। ଭଲ ପାଉଥିଲା

ଗୋଟିଏ ଝିଅକୁ, ତା'ଠାରୁ ଦୁଇଟି କ୍ଲାସ୍ ତଳେ ପାଠ ପଢୁଥିବା ଝିଅ ଏଲିନାକୁ। ସହରର ସବୁଠାରୁ ସୁନ୍ଦର ଝିଅ। ସବୁଠାରୁ ବଡ ଅଭିଜାତ ପରିବାରର ବି।

ରାସ୍ତା ଫାଙ୍କା। କିନ୍ତୁ ଆଗରେ ଟ୍ରାଫିକ୍ ସିଗ୍‌ନାଲ୍ ଦେଖି ଗାଡି ଟିକିଏ ରଖିବାକୁ ପଡିଲା। ଚାରିଆଡେ ନିର୍ଜନ, ନିଶବ୍ଦ। କାନକୁ କେବଳ ଶୁଭୁଥାଏ ବୁନ୍ଦ ବୁନ୍ଦା ବରଫର ଟୁପ୍‌ଟାପ୍ ଶବ୍ଦ, ଯେମିତି କେହି ଜଣେ ଅଶରୀରୀ କବାଟରେ ଶବ୍ଦ କରୁଛି, ସେ ଚାହେଁ ଭିତରକୁ ଆସିବା ପାଇଁ। ତା'ର ଦରକାର ସାମାନ୍ୟ ଉଷୁମ ଆଶ୍ରୟ।

ଟ୍ରାଫିକ୍ ପୋଷ୍ଟ୍‌ର ଲାଲବତି ଲିଭିଯାଇ ସବୁଜ ହୋଇଥିଲା। ଆମ ଗାଡି ଚାଲିବାକୁ ଆରମ୍ଭ କଲା ଆଗକୁ।

ଗାଡ଼ି ଭିତରର ଅନ୍ଧାର ଏବେ କେମିତି ସାନ୍ଦ୍ର ହୋଇଉଠିଲା, ନୀରବ ପୁଣି ବାଙ୍‌ମୟ ଅନ୍ଧାର। ତା'ରି ଭିତରେ ଚିନ୍ମୟ କହିଥିଲା ଗପଟିଏ, ଗପ ନୁହେଁ, ସତସତିକା କାହାଣୀ। ସଜାଇ ଲେଖିଲେ ଗପଟି ହେବ ମୋଟାମୋଟି ଏହିପରି :

ବେଶ୍ ଚାପା ଲାଜକୁଳା ସ୍ୱଭାବର ପିଲାଟିଏ ଥିଲା କେଭିନ୍। ପାଠ ପଢୁଥିଲା ଏକ ପ୍ରକାର ଭଲ। କିନ୍ତୁ ତା'ର ସ୍ୱପ୍ନ ଥିଲା କବି ହେବାକୁ। କବିତା ସେ ଲେଖିବା ଆରମ୍ଭ କରିଥିଲା ପିଲାଟି ଦିନରୁ। ସାରାଟୋଗା ଟାଇମ୍‌ସ୍‌ରେ ତା'ର ପ୍ରଥମ କବିତା ବାହାରିଥିଲା ସତର ବର୍ଷ ବୟସରେ।

ହଠାତ୍ ଦିନେ ଏଲିନା ନାମକ ଅଚିହ୍ନା ଝିଅଟିଏ କେଭିନ୍‌କୁ କହିଥିଲା କ୍ୟାମ୍ପସ୍‌ର କଫି ହାଉସ୍‌ରେ - ଆପଣଙ୍କ 'ଏପିଟାଫ୍' କବିତାଟି ଭାରି ସୁନ୍ଦର ହୋଇଛି। କିନ୍ତୁ ଗୋଟିଏ ଭୁଲ୍ ରହିଯାଇଛି ସେଥିରେ। କ୍ରିସାନ୍ଥେମମ୍ ଫୁଲ ଡିସେମ୍ବରରେ ଫୁଟେ ନାହିଁ, ଅନ୍ତତଃ ଆମ ସହରରେ।

ଆଶ୍ଚର୍ଯ୍ୟ ହୋଇ ଝିଅଟିକୁ ଦେଖିଥିଲା କେଭିନ୍। ଏତେ ସୁନ୍ଦର ତା'ର ମୁହଁଟି, ଏତେ ଉଜ୍ଜ୍ୱଳ ତା'ର ଆଖିର ଭାଷା !

ଅସ୍ଫୁଟ ସ୍ୱରରେ ସେ ପଚାରିଥିଲା :

- ଆପଣଙ୍କୁ ମୋ' କବିତା ଭଲ ଲାଗିଲା ?

- ବହୁତ !

ଟିକିଏ ଚୁପ୍ ରହି କେଭିନ୍ କହିଥିଲା — କ୍ରିସାନ୍ଥେମମ୍ ଡିସେମ୍ବରରେ ଫୁଟେ ନାହିଁ ମୁଁ ଜାଣେ। କିନ୍ତୁ ଫୁଟିଲେ କେତେ ଭଲ ହୁଅନ୍ତା କହନ୍ତୁ ତ !

ଝିଅଟି ବିସ୍ମିତ ଆଖିରେ ଚାହିଁଥିଲା କେଭିନ୍‌କୁ। କିଛି ଆଉ କହି ନ ଥିଲା।

କେଭିନ୍ ବେଶି କବିତା ଲେଖୁ ନ ଥିଲା, ଲେଖିପାରୁ ବି ନ ଥିଲା। କିନ୍ତୁ ଯେଉଁ କେତୋଟି କବିତା ସେ ଲେଖୁଥିଲା ସ୍ଥାନୀୟ ପତ୍ରିକାରେ, ପ୍ରତିଟି କବିତା

ପ୍ରକାଶ ପାଇବା ପରେ ସେ ଅଧୀର ଆଗ୍ରହରେ ପ୍ରତୀକ୍ଷା କରୁଥିଲା ଏଲିନାର ମତାମତକୁ। ତା'ର ସ୍ନିଗ୍ଧ ଚାହାଣି ଓ ମଧୁର ଉଚ୍ଚାରଣରେ ସେ ଖୋଜି ପାଉଥିଲା ଅନ୍ୟ ପୃଥିବୀର ମାୟା।

ଏଲିନାକୁ ସେ କେତେ ଭଲ ପାଉଥିଲା କହିପାରିବ ନାହିଁ, କିନ୍ତୁ ସେ ବୁଝିଥିଲା, ଜାଣିଥିଲା ଭଲ କରି, ଯେ ଏଲିନାଠାରେ ସମର୍ପିତ ତା'ର ସମଗ୍ର କାବ୍ୟସତ୍ତା ଓ ଏଲିନା ବିନା ତା'ର ଲେଖିବା ହିଁ ଅକାରଣ।

ତା'କୁ ଯେତେବେଳେ ଏକୋଇଶ ବର୍ଷ ବୟସ, ସେତେବେଳେ ସେ ତା'ର ଏକୋଇଶଟି କବିତାକୁ ଏକାଠି କରି ଗୋଟିଏ ଛୋଟ କବିତା ବହି ଛାପିଥିଲା, ନିଜ ଖର୍ଚ୍ଚରେ, ସହରର ଗୋଟିଏ ଛୋଟ ପ୍ରେସ୍‌ରେ। ନୂଆ ବହିଟି ହାତରେ ଧରି, ବିଭାତ ସୁଖରେ କିଛି କ୍ଷଣ ବସିରହିବା ପରେ, ସେ ପକେଟରୁ କଲମ କାଢ଼ି ବହିର ପ୍ରଥମ ପୃଷ୍ଠାରେ ଲେଖିଥିଲା, 'ଏଲିନାକୁ' ଏବଂ ହାତରେ ବହିଟି ଧରି ଏଲିନା ପାଖକୁ ଯାଇଥିଲା।

ଖୁବ୍ ଖୁସି ହୋଇ, ପ୍ରଗଲ୍‌ଭ ଧନ୍ୟବାଦ ଦେଇ, ଏଲିନା ତା'କୁ ଗୋଟିଏ ସୁଖବର ଦେଇଥିଲା। ଆସନ୍ତା ରବିବାର ସନ୍ଧ୍ୟାରେ ତା'ର ବିବାହ ସମ୍ପନ୍ନ ହେବ, ସେଣ୍ଟ ପ୍ୟାଟ୍ରିକ୍ ଚର୍ଚ୍ଚରେ। କେଭିନ୍ ଯେମିତି ନିଶ୍ଚୟ - ନିଶ୍ଚୟ ଆସେ ସେଦିନ।

ସେହି ରବିବାର ରାତିରେ ହିଁ ନିଆଁ ଲାଗି ପୋଡ଼ିଯାଇଥିଲା ପ୍ରେସ୍‌ର ଗୋଦାମ ଘର। ଅନ୍ୟାନ୍ୟ ଅନେକ ବହିପତ୍ର ସହିତ କେଭିନ୍‌ର ସଦ୍ୟ ମୁଦ୍ରିତ ନଅ ଶହ ଅନେଶତ ଖଣ୍ଡ କବିତା ବହି ଜଳି ପାଉଁଶ ହୋଇଯାଇଥିଲା।

କେବଳ ଖଣ୍ଡିଏ ବହି ରହିଯାଇଥିଲା ଅକ୍ଷତ। ଯେଉଁ ବହିରେ ଲେଖାଥିଲା, 'ଏଲିନାକୁ'।

କେଭିନ୍ ଆଉ କୌଣସି କବିତା ବହି ତା'ପରେ ଛାପି ନାହିଁ, ଧାଡ଼ିଏ ଆଉ କବିତା ବି ଲେଖି ନାହିଁ। ସେ ତା'ପରେ ପାଠ ପଢ଼ିଥିଲା ଆଉ ତିନି ବର୍ଷ। ପଢ଼ା ଶେଷ ପରେ ସେ ତା' ବାପାଙ୍କ ବ୍ୟବସାୟ ହିଁ ଗ୍ରହଣ କରିନେଇଥିଲା, ଗୋଟିଏ ଅଣ୍ଡରଟେକର୍ ହିସାବରେ। ସହରର ସବୁଠାରୁ ନିର୍ଭରଯୋଗ୍ୟ, ମୋଷ୍ଟ ପ୍ରଫେସନାଲ୍ ଅଣ୍ଡରଟେକର୍। ଭାରି ସୁନ୍ଦର ଏପିଟାଫ୍ ତିଆରି କରିପାରେ କେଭିନ୍, ଅତି ସୁଲଭ ମୂଲ୍ୟରେ ଯୋଗାଇଦିଏ କଫିନ୍।

ଦୂରରୁ, ବେଶ ଦୂରରୁ, ଏବେ ଦିଶୁଥିଲା ଟ୍ରୟ୍ ସହରର ଆଲୋକମାଳା। ପାହାଡ଼ ଉପରେ, ପୁଣି ହଡ୍‌ସନ୍ ନଦୀର ସ୍ୱଚ୍ଛ ଜଳରାଶିରେ ଟିକ୍ ଟିକ୍ କରୁଥିଲା ଅଗଣିତ ଆଲୋକ ବିନ୍ଦୁ।

କାର୍ ଦରଜାରେ ଏବେ ଟୋପା ଟୋପା ବରଫର କରାଘାତ ନ ଥିଲା। ଚାରିଆଡେ ଏବେ ନିଶ୍ଚୁପ୍। ଆଶ୍ରୟ ନେବାକୁ ଚାହୁଁଥିବା ଅଶରୀରୀ ଇଚ୍ଛାଟିଏ ଅପସରି ଯାଇଛି ଅନ୍ଧାର ଭିତରେ।

ଚାପା ଦୀର୍ଘନିଃଶ୍ୱାସ ଭିତରେ ମୁଁ ପଚାରିଥିଲି ଚିନ୍ମୟକୁ – ତା'ପରେ କେବେ ଦିନେ ଏଲିନା ସାଙ୍ଗେ କେଭିନ୍‌ର ଦେଖା ହୋଇ ନାହିଁ?

-ନା। ଭବିଷ୍ୟତରେ କେବେ ଦେଖା ହେବାର ଆଶା ବି କମ୍। ବିବାହର ଦିନ କେତୋଟି ପରେ ଏଲିନା ଅଷ୍ଟ୍ରେଲିଆ ଚାଲିଗଲା, ସ୍ୱାମୀ ସହିତ।

-କିନ୍ତୁ ସେ କବିତା ବହି ଖଣ୍ଡିକ ...

-ଏ ସହରରେ ସମସ୍ତେ ଯାହା କରନ୍ତି। ହୁଏତ ମାଗଣାରେ, କିମ୍ବା ଅଳ୍ପ କିଛି ଦାମ୍‌ରେ ବହିସବୁ ଦେଇଦିଅନ୍ତି 'ଲିରିକାଲ୍ ବାଲାଡ୍' ବହିଦୋକାନକୁ। ପେଟି ପେଟି ବହି ଆସେ, ଜମା ହୁଏ ଦୋକାନ ଭିତରେ, ଧୀରେ ଧୀରେ ଲୋକ କିଣି ନିଅନ୍ତି। କିଛି ରହି ବି ଯାଏ।

... ଏଲିନା ତାହା ହିଁ କରିଥିବ। ଅଷ୍ଟ୍ରେଲିଆକୁ ସବୁଦିନ ଲାଗି ଚାଲିଯିବା ପୂର୍ବରୁ ସେ ଦେଇଯାଇଥିବ ତା'ର ସବୁତକ ବହି, ପାଠପଢ଼ା ବହି ସମେତ।

ଚିନ୍ମୟ ତା'ପରେ ଅସ୍ୱାଭାବିକ ଭାବରେ ନୀରବ ହୋଇଗଲା। ବାହାରେ, ଗାଡି ଦେହରେ ପବନ ଘଷି ହୋଇଯିବାର ଶବ୍ଦ, ଚକ ତଳେ ବରଫର ଭଗ୍ନାଂଶ ଲୀନ ହୋଇଯିବାର ଶବ୍ଦ କାନକୁ ଶୁଭୁଥିଲା ବେଶ୍ ପରିଷ୍କାର।

ସାରା ଦିନଟି ମୋର ବେଶ୍ ବ୍ୟସ୍ତତାରେ କଟିଗଲା। ସେହି କ୍ଳାନ୍ତି ଏବେ ମୋ' ଆଖିପତାକୁ ଭାରି କରି ଦେଉଥିଲା ରହି ରହି।

ମୁଁ କେତେବେଳେ ସାମାନ୍ୟ ତନ୍ଦ୍ରାରେ ଢୋଳେଇ ପଡିଲି ମନେ ନାହିଁ। ହାଲୁକା ନିଦ ଭିତରେ ମୁଁ ସ୍ୱପ୍ନରେ ଦେଖିଲି କେଭିନ୍‌କୁ। ସେ ବହି ଖୋଜୁଛି, ପାହାଡ ପାହାଡ ବହି ଗଦା ଭିତରୁ ସେ ଖୋଜୁଛି ଖଣ୍ଡେ ବହି। ପୁରୁଣା, ରଙ୍ଗଛଡା ଖଣ୍ଡେ ଚଟି ବହି। ତିରିଶ ପୃଷ୍ଠାର।

ବହି ଖୋଜୁ ଖୋଜୁ ସେ ଆହୁରି ବୁଢ଼ା ହୋଇଯାଇଛି, ଆହୁରି ନିସ୍ତେଜ, ବିବର୍ଣ୍ଣ। ତା' ହାତର ଲମ୍ବା ନଖ ବାଜି ଚିରିଯାଉଛି ପୁରୁଣାବହିର ପୃଷ୍ଠା, ଫିଟି ଯାଉଛି ମଲାଟ, ଗୁଣ୍ଡ ହୋଇ ଗୋଟି ଗୋଟି ଅକ୍ଷର ଝଡିପଡୁଛି ତଳକୁ।

ତା'ପରେ ହଠାତ୍ ସେ ପାଇଛି ଖଣ୍ଡିଏ ବହି, ସେହି ବହି ଯାହାକୁ ସେ ଖୋଜୁଥିଲା ଏତେ ଦିନ ଧରି, ଏତେ ବର୍ଷ ଧରି।

ଅଧୀର ଆଗ୍ରହରେ ସେ ବହିଟି ଫିଟାଇ ଦେଖୁଛି। ସେ ଦେଖୁଛି ଆଶ୍ଚର୍ଯ୍ୟ

ହୋଇ ଯେ ବହିର ପ୍ରତିଟି ପୃଷ୍ଠାରୁ ଲିଭି ଯାଇଛି ଅକ୍ଷର। ସାଦା କାଗଜର ତିରିଶ ପୃଷ୍ଠା ରହିଛି ବହି ଭିତରେ, ଗୋଟିଏ ଅଲେଖା ପୁରୁଣା ଡାଏରୀର ପୃଷ୍ଠା ପରି।

କେଭିନ୍ ନିରାଶ ହେଲା ନାହିଁ। ସେ ଆଣ୍ଠୁମାଡି ବସିପଡିଲା ତଳେ, ପକେଟରୁ ଗୋଟିଏ ପରକଲମ ବାହାର କରି ଆରମ୍ଭ କଲା ଲେଖିବାକୁ, ସେ ବହିର ଶୂନ୍ୟ ପୃଷ୍ଠାରେ, ଏମିତି ଏକାଗ୍ର ଧ୍ୟାନରେ, ଯେମିତି ଏହା ଛଡା ତା'ର ଜୀବନରେ ଆଉ କିଛି କରିବାର ନାହିଁ।

ମୋର ହାଲୁକା ନିଦ ଭାଙ୍ଗିଗଲା ହୁଏତ, କିମ୍ବା ଭାଙ୍ଗିଲା ନାହିଁ। ମୁଁ ଭାବୁଥିଲି ତା'ରି ଭିତରେ, ଯଦି କେବେ ଦିନେ ସତରେ କେଭିନ୍ ଖୋଜି ପାଇବ ତା'ର ଈପ୍ସିତ ବହି ଗୋଟିକ, ସେ ତା'କୁ ନେଇ କରିବ କ'ଣ? ସେ କ'ଣ ସତରେ ବହିଟି ଜାଳିଦେବ ଓ ତା'ର ମୁଠା ମୁଠା ପାଉଁଶ ଫିଙ୍ଗିଦେବ, ହଡ୍‌ସନ୍ ନଦୀର ପାଣିରେ, ଅବା ସେ ଛାତିରେ ଜାକି ଧରିବ ତା'କୁ ଅମୂଲ୍ୟ ନିଧି ପାଇଲା ପରି, ଅବଶିଷ୍ଟ ଜୀବନ ପାଇଁ ଏକ ସ୍ୱପ୍ନର ଭଗ୍ନାଂଶକୁ ଫେରିପାଇଲା ପରି?

ଚିନ୍ମୟକୁ ପଚାରି ଲାଭ ନାହିଁ, ତା'କୁ ବି ଅଜଣା ଥିବ ଏ ପ୍ରଶ୍ନର ସଠିକ୍ ଉତ୍ତର।

ବାସୁ

'ବାସୁ, ବାସୁ!'

ପାହାନ୍ତି ଅନ୍ଧାର ଭିତରେ କିଏ ଡାକିବାର ଶୁଭିଲା, ଧୀର କଅଁଳ ସ୍ୱରରେ।

ବାସୁ ସେତେବେଳେ ସ୍ୱପ୍ନ ଦେଖୁଥିଲା, କ'ଣ ଗୋଟିଏ ଭଲ ସ୍ୱପ୍ନ। ସ୍ୱପ୍ନରେ ସେ କ'ଣ ସବୁ ଦେଖୁଥିଲା କିଛି ମନେ ପଡିଲା ନାହିଁ, କିନ୍ତୁ ଭାରି ଭଲ ଲାଗୁଥିଲା।

ସେ ଶୋଇଲା କଡ଼ ଲେଉଟାଇ। ଚାଦର ଟାଣି ନେଲା ବେକ ପର୍ଯ୍ୟନ୍ତ।

'ବାସୁ! ବାସୁ!'

ସେଇ କଅଁଳ ଆଦରର ଡାକ।

ବାପା ଡାକୁଛନ୍ତି।

ସେ ଧଡ଼ପଡ଼ ହୋଇ ଉଠି ବସିଲା, ଆଖି ମଳି ନିଦ ଝାଡ଼ିଲା, ତା'ପରେ କିଛି ମନେ ପଡ଼ିଲା ଭଳି ଦୌଡ଼ିଲା ବାଡ଼ି ପଟକୁ। ବସି ପଡ଼ି ପରିସ୍ରା କଲା। ବହୁତ ବେଳୁ ତା'କୁ ମୂତ ମାଡୁଥିଲା, ସ୍ୱପ୍ନ ଓ ନିଦ ଘୋରରେ ସେ ଏକଦମ ଭୁଲିଯାଇଥିଲା।

ପରିସ୍ରା କରିସାରି, ଅଧା ଆଖି ବୁଜି ବୁଜି ସେ ଦାନ୍ତ ଘଷିଲା, ପାଇଖାନା ଗଲା। ତା'ପରେ ଆସି ବସିଲା ଦୁଆର ପିଣ୍ଡାରେ।

ଏଥର ବେଶି ଆମ୍ବ ଆସିନି ଗଛରେ, ଗଲା ବର୍ଷ ବହୁତ ଆସିଥିଲା। ସେ ଭାବିଲା ମନକୁ ମନ।

ଆମ୍ବ ପାଚିବା ସମୟରେ, ତା'ର ମଞ୍ଜନା କଥା ମନେ ପଡ଼େ।

– ମଞ୍ଜନା! ଇଏ ଗୋଟେ କି ନାଆଁ ବା!

ପ୍ରଥମେ ଦେଖା ହେଲା ଦିନ ସେ କହିଥିଲା, ନାକ ଟିକିଏ ଉପରକୁ ଟେକି।

– ବାବୁଘର ଦେଇଛନ୍ତି।

ଗର୍ବରେ, ଗମ୍ଭୀର ସ୍ୱରରେ ଉତ୍ତର ଦେଇଥିଲା ଝିଅଟି। ବୟସ ଲାଗୁଥିଲା ବାର ବର୍ଷ ଠୁ କମ୍।

- କୋଉ ବାବୁଘର !

- ମୋ ବୋଉ ଯାହାଘରେ ପାଇଟି କରେ। ଗାନ୍ଧୀ ପାର୍କ ସେପାଖେ।

ଝିଅଟିକୁ ଭଲ କି ଦେଖିଥିଲା ବାସୁ। ଉହୁଁ, ଏଗାର ବର୍ଷଠୁ କଦାପି ବେଶି ନୁହେଁ। ମୋ'ଠୁ କମ୍‌ସେ କମ୍ ଦୁଇବର୍ଷ ଛୋଟ।

- ଆମ୍ବଟେ ତୋଳି ଦେବୁ ?

ଏ ଆମ୍ବ ଗଛ କିଏ ପୋତିଛି ଜଣା ନାହିଁ। କିନ୍ତୁ ଘର ସାମନାରେ ଅଛି ବୋଲି ବାସୁର ବିଶ୍ୱାସ ଏ ଗଛ ସେମାନଙ୍କର। ପଡିଶା ଲୋକେ ତାହା ହିଁ ମାନି ନେଇଛନ୍ତି।

ବାସୁ ଦେଖିଲା ଝିଅଟିକୁ, ଉଜ୍ଜ୍ୱଳ ଆଖି, ଗାଲ ଦୁଇଟି ପୁରିଲା ପୁରିଲା, ଠିକ ପାଚିଲା ଆମ୍ବ ପରି।

ଦୁଇଟି ପାଚିଲା ଆମ୍ବ ହାତରେ ପାଇଲା କ୍ଷଣି ଝିଅଟି ଦୌଡ଼ିଥିଲା ଘରକୁ। କୁଆଡି କି ନ ଚାହିଁ।

କେବେ କେବେ ଦେଖା ହୁଏ ତା' ପରେ।

- ତୁମ ବୟସ କେତେ ?

ବାସୁ କହିଥିଲା- ତେର ବର୍ଷ।

- ଭାରି ଖରାପ ବୟସ।

ଗମ୍ଭୀର ହୋଇଯାଇ କହିଥିଲା ମଞ୍ଜୁନା।

- ମାନେ ?

ମଞ୍ଜୁନା ବୁଝେଇ ଦେଇଥିଲା, ତେର ବର୍ଷଠୁ ବିପଦ ଆରମ୍ଭ। ବାବୁଘର କହୁଥିଲେ ବୋଉକୁ।

- କି ବିପଦ !

- କେଜାଣି ବାବା କି ବିପଦ। କିନ୍ତୁ ବିପଦ ନିଶ୍ଚୟ। ତା'କୁ ଜାଣିବା ଶୁଣିବା ଲୋକେ ଟିନି-ବୟସ କହନ୍ତି। ଉଣେଇଶ ବର୍ଷ ପର୍ଯ୍ୟନ୍ତ ଟିନି-ବୟସ। ଟିନି ବୟସରେ ଭାରି ହୁସିଆର ହବ, ନହେଲେ ଗଲା ! ସବୁ ବରବାଦ୍ !

ଟିକିଏ ଚୁପ ରହି ଝିଅଟି କହିଲା, ତୁମକୁ ଡର ମାଡୁନି, ଦିନ ରାତି ସାପ ସାଙ୍ଗରେ ରହୁଚ, ଖେଳୁଚ !

- ଡରିବି କାହିଁକି ! ତୁ କ'ଣ ତୋ' ଘର ଲୋକଙ୍କୁ ଡରୁ ? ତୋ' ବାପା ମାଆଙ୍କୁ ?

- ଧେତ ! ଇଏ ଗୋଟେ କଥା !

ବାପା ସବୁବେଳେ କହନ୍ତି ବାସୁକୁ, ସେମାନେ ଆମ ଘର ମଣିଷ ପରି। ଭାରି ନିରୀହ ଜୀବ। ଲୋକେ ଖାଲି ତୁଚ୍ଛାରେ ଡରି ଯାଇ ମାରି ଦିଅନ୍ତି ପିଟି ପିଟି, ବଡ଼ ନୃଶଂସ ଭାବରେ।

ବାପାଙ୍କ ସ୍ୱର ଏବେ ଶୁଭୁ ନ ଥିଲା ଘର ଭିତରୁ। ସେ ବୋଧେ ଦିହିପହର ପାଇଁ ରୁଟି ସନ୍ତୁଳା ତିଆରି କରୁଛନ୍ତି। ଏଇନା ପାଇଁ ଚୂଡ଼ା ଚକଟା। ତା'ପରେ ସିଏ ବାହାରି ଆସିବେ ବେଶଭୂଷା ହୋଇ। ମୁଣ୍ଡରେ ଚୂଳ, ଦେହରେ ନାଲି ଓ ହଳଦୀ ଜରିଲଗା ପୋଷାକ, ହାତରେ ଡମ୍ବରୁ।

କହିବେ, ଚାଲ ଚାଲ, ଖରା ତେଜୁଛି। ଚନ୍ଦ୍ରବୋଡ଼ାକୁ ଖରା ବଇରି।

ପାଞ୍ଚ ରକମର ସାପ ଥିବେ ପେଡି ଭିତରେ। ଅହିରାଜ, ତମ୍ପ, ଚିତି, ରଣା, ଚନ୍ଦ୍ରବୋଡ଼ା। ରଣା ଛାଡ଼ି ବାକି ସମସ୍ତଙ୍କର ଉତ୍କଟ ବିଷ।

ବିଷ ଲାଗି ଭୟ ନାହିଁ। ବାପାଙ୍କ କୋଥଳି ଭିତରେ ଅଛି ନାନା କିସମର ଔଷଧ, ଗଦ, ଡେଉଁରିଆ। ସାପ ଖେଳ ଦେଖାଇ ସାରି ସେ ଏ ସବୁ ବିକନ୍ତି, କେବେ କେମିତି କାହା ହାତରେ ମାଗଣାରେ ଧରେଇ ଦିଅନ୍ତି। କହନ୍ତି, ଭାବୁଛନ୍ତି କି ମିଛ କଥା କହି ଭଣ୍ଡେଇ ଦେଉଛି ଆପଣଙ୍କୁ, ପଇସା ଲୋଭରେ ! ପଇସା କମେଇବାର ଥିଲେ କେତେ କମାନ୍ତିଣି। କମ୍ପାନୀ ଖୋଲି ଓଷଦ ବିକି ଟାଟା-ବିର୍ଲା ହେଇ ସାରନ୍ତିଣି ! କିନ୍ତୁ ଗୁରୁ-ମନ୍ତ୍ର ନେଇଛି, ଲୋଭ କରିବିନି, ପଇସା ଭଣ୍ଡି ନେବିନି। ସେବା ହିଁ ଧର୍ମ ! ଗୁରୁ କହି ଯାଇଛନ୍ତି।

- ବାପା, ତୁମକୁ କେବେ ସାପ ଚୋଟ ମାରିଚି ! ବିଷାକ୍ତ ସାପ !

ହଠାତ ବାସୁର ଛାତି ଭିତରୁ ହୁଳାଏ ନିଆଁ ଉଠି ଆସିଲା ମୁଣ୍ଡ ଯାଏଁ, ତଣ୍ଟି ଭିତରଟା ପୋଡ଼ିବାକୁ ଲାଗିଲା, ଆଖି ଭିତର ବି।

ସେ ଗୁମୁରି ଗୁମୁରି ଡାକିଲା, ବାପା !

ବାପା ଅବଶ୍ୟ କିଛି ଉତ୍ତର ଦେଲେ ନାହିଁ। ଘର ଭିତରଟା ଲାଗୁଥିଲା ଶୂନ୍‌ଶାନ। ଯେମିତି କେହି ନାହାନ୍ତି, ନ ଥିଲେ।

ବାସୁ ଘୋଷାରି ହେଲା ପରି ଘର ଭିତରକୁ ଗଲା। ପ୍ରଥମେ ଶୋଇବା ଘର। ଶୋଇବା ବିଛଣାଟା ସେମିତି ପଡି ରହିଚି ଭୂଇଁରେ। ଯୋଉ ବିଛଣାରେ ସେ ଶୋଇଥିଲା ଟିକେ ଆଗରୁ। ବାପା ପାଖକୁ ଆସିଥିଲେ, ଆଦର କରି, ଚୁପ୍ ଚୁପ୍ ଡାକିଥିଲେ ବାସୁକୁ। ଯେମିତି ସେ କରନ୍ତି ସବୁଦିନ। ମାଆ ମରିଗଲା ଦିନଠୁ।

- ବାପା !

କେହି ନ ଥିଲେ ଘର ଭିତରେ। ସବୁଆଡ଼ ଶୂନ୍‌ଶାନ୍। ରୋଷେଇ ଘର ଫାଙ୍କା। ଚୁଲି ଜଳି ନାହିଁ ତିନିଦିନ ଧରି। ବାପାଙ୍କ ଚପଲ ପଡିଛି ଦାଣ୍ଡ ପିଣ୍ଡାରେ, ଯେମିତି ଚପଲ ଖୋଲି ଭିତରକୁ ଯାଇଛନ୍ତି। ଫେରିବେ।

ନା, ଫେରିବାର ନାହିଁ।

- ବାପା!

କାନ୍ଦ କାନ୍ଦ ସ୍ୱରରେ ଡାକିଲା ବାସୁ, ତେର ବର୍ଷର ବିପଦପୂର୍ଣ୍ଣ ବୟସର ବାସୁ।

ସବୁଆଡ଼ ନୀରବ, ଶୂନ୍‌ଶାନ୍।

ନା, ନୀରବ ନୁହେଁ, ହିସ୍ ହିସ୍ ସ୍ୱର ଶୁଭୁଚି କାହାର, ଘର ଭିତରୁ।

ସୁଲତାନ୍‌ର ସ୍ୱର। ବାପାଙ୍କ ଗେଲବସରର ସୁଲତାନ୍।

- ଦେଖୁଚୁ କେମିତି ଚାହିଁଛି ଆମକୁ, ପୁରା ନବାବଙ୍କ ପରି!

ସେଇ ନାଗ ସାପର ନାଆଁ ଦେଇଥିଲେ ବାପା: ସୁଲତାନ୍। ସେ ସବୁ ସାପଙ୍କୁ ନାଁ ଦିଅନ୍ତି। ଘର ମଣିଷ ପରା!

- ବାପା!

ଅବିଶ୍ୱାସ କଲା ପରି, ଗୋଟିଏ ଦୁଃସ୍ୱପ୍ନକୁ ଝାଡ଼ିଝୁଡ଼ି ଫିଙ୍ଗି ଦେବା ପରି ସେ ଆଉ ଥରେ ଡାକିଲା। ଅନୁଚ୍ଚ ଥିଲା ତା'ର ସ୍ୱର।

ଅନୁଚ୍ଚ ଥିଲେ ବି, ସୁଲତାନ୍ ଶୁଣି ପାରିଥିଲା ସେହି ଡାକ। ସେ ପୁଣି ହିସ୍ ହିସ୍ କଲା ତା'ର ବିଷାକ୍ତ ପାଟିରେ।

ଏଇ ସୁଲତାନ, ତିନିଦିନ ତଳେ, ବାପାଙ୍କ ମୁଣ୍ଡରେ ଚୋଟ ମାରିଥିଲା।

ଚୋଟ ମାରିସାରି ସେ ନିଜେ ବି ଆଶ୍ଚର୍ଯ୍ୟ ହୋଇ ଯାଇଥିଲା। ବାପା ବସି ପଡ଼ିଥିଲେ 'ଉଫ୍' କହି।

ସେଦିନ ଖରା ଥିଲା ପ୍ରଚଣ୍ଡ, ଜ୍ୟେଷ୍ଠ ମାସର ଖରା। ବାପାଙ୍କ ସାଙ୍ଗରେ ସେ ବାହାରି ଥିଲା ସାଳିଆସାହି। ସେମାନେ ଅବଶ୍ୟ ଗଳିକନ୍ଦିରେ ହିଁ ବୁଲନ୍ତି: ଭୋଇସାହି, ହାଡ଼ବାଇ, ପାଣ୍ଡରା, ବମିଖାଲ, ଗଧିଆଖାଲ। ସେଠି ଭଲ ପଇସା ମିଳେ, ଲୋକଙ୍କ ହାତରେ ସମୟ ଥାଏ, ମନ ଥାଏ, ମସ୍ତି ଥାଏ। ନଙ୍ଗଳା ନୁଖୁରା ଛୋଟ ପିଲାଙ୍କଠୁ ଆରମ୍ଭ କରି ଧଇଁ ପେଲୁଥିବା ଅଷ୍ଟକଷ୍ଟ ବୁଢ଼ାଙ୍କ ପର୍ଯ୍ୟନ୍ତ, ସମସ୍ତେ ଜୁଟି ପଡନ୍ତି। ସାପ ଖେଳ ଦେଖନ୍ତି, ବାପାଙ୍କ ଗୀତ ଶୁଣନ୍ତି ଭାରି ଆଗ୍ରହରେ।

ବାପା ବସି ପଡ଼ିଥିଲେ ଉଫ୍ କହି। ରକ୍ତ ବାହାରି ନ ଥିଲା, ଖାଲି ଲାଲ ପଡ଼ି ଯାଇଥିଲା କପାଳର ସେହି ଅଂଶ, ଓଦା ଓଦା ଅଠାଳିଆ ଦିଶୁଥିଲା ଆଖିକୁ। କୁନି ପିଲାଟିଏ ଚୁମା ଦେଲେ ଯେମିତି ଓଦା ଓଦା।

ବାପା ତାଙ୍କ କୋଥଳି ଭିତରୁ ଛୋଟ ଖଣ୍ଡେ ଶୁଖିଲା କାଠି ପରି ଜିନିଷ ବାହାର କଲେ, ପାଣିରେ ଘଷି ଚନ୍ଦନ ମାରିଲା ପରି କପାଳ ସାରା ବୋଳିଦେଲେ। ବାସୁକୁ ଚାହିଁ କହିଲେ ଚାଲ ଯିବା, ଡେରି ହେଲାଣି।

କହିଲେ ସିନା, ବେଶ ପୋଷାକ ପିନ୍ଧୁ ପିନ୍ଧୁ, ଥକି ଯାଇ ଥିବା ପରି ବସି ପଡିଲେ ଭୂଇଁରେ। କହିଲେ, ଭଲ ଲାଗୁନି ଦିହଟା।

କପାଳର ସେହି ଜାଗାଟା ଏବେ ବେଶି ଫୁଲି ଯାଇଥିଲା।

ବାପା କହିଲେ ପୁଣି ଥରେ, ଭଲ ଲାଗୁନି ରେ ଦିହଟା।

ସେ କ'ଣ ଭାବି କୋଥଳି ଫିଟାଇ ଆଉ କିଛି ପଦାର୍ଥ କାଢ଼ିଲେ। କିଛି ଜିନିଷ ଚାଟିଲେ, କପାଳରେ ଘଷିଲେ, ନାକରେ ଶୁଙ୍ଘିଲେ। ତା'ରି ଭିତରେ ସେ ଗୁଣୁ ଗୁଣୁ କଅଣ ମନ୍ତ୍ର ବୋଲୁ ଥାଆନ୍ତି। ବିଷ ମନ୍ତ୍ର।

ଡରି ଡରି ବାସୁ କହିଲା, ବାପା, ରଘୁ ମଉସାଙ୍କୁ ଡାକିବି ?

ପୁଣି ପଚାରିଥିଲା, ବାପା, ଡାକ୍ତରଖାନାକୁ ଯିବା ?

: ନା ରେ, ବ୍ୟସ୍ତ ହେ'ନା। କାଲି ସଞ୍ଜଠୁ ଦେହଟା କିମିତି କିମିତି ଲାଗୁଛି, ନିଦ ହେଇନି ରାତିରେ, ସେଇଥି ପାଇଁ ଥକା ଲାଗୁଚି। ତୁ ଟିକେ ମୋ' ମୁଣ୍ଡଟା ଆଉଁଶି ଦେଲୁ...

ବାସୁ ବାପାଙ୍କ ମୁଣ୍ଡ ଆଉଁଶି ଦେଲା, ପାଦ ବି ଚିପି ଦେଲା।

ବାପା ଶୋଇ ପଡିଲେ ନିଦରେ।

ମଣିଷଟିଏ ଏମିତି ମରିଯାଏ ଚୁପ୍‌ଚାପ୍! ଏମିତି ଚାହୁଁ ଚାହୁଁ!

ବାସୁ ଏବେ ଚେଷ୍ଟା କଲା କାନ୍ଦିବାକୁ। ଛାତି ରୁନ୍ଧି ଦେଉଥିବା କୋହରେ।

କାନ୍ଦିବା ଏତେ କଷ୍ଟ ? ମରିଯିବା ଯଦି ଏତେ ସହଜ, ଆପଣା ଛାଏଁ ନିଃଶ୍ୱାସ ବାହାରି ଯିବା ଭଳି, ଟିକିଏ କାନ୍ଦି ପକେଇବା ଏତେ କଷ୍ଟ କାହିଁକି !

ତିନିଦିନ ତଳର କଥା, କିନ୍ତୁ ଲାଗୁଛି ବର୍ଷ ବର୍ଷ ତଳର। କିମ୍ୱା ଘଟି ନାହିଁ, ଘଟିବାକୁ ଯାଉଥିବା କିଛି ଭବିଷ୍ୟତ।

ସବୁ ଏମିତି ଗୋଳିଆ ପୋଳିଆ, ଅସ୍ପଷ୍ଟ।

ସଞ୍ଜ ବେଳକୁ ସେଦିନ ଛାଇ ପରି, ଅଶରୀରୀ ପରି ଏ ଘର ଭିତରେ ଘୁରି ବୁଲିଥିଲେ ଅନେକ ମଣିଷ। ରଘୁ ମଉସା, ପଣ୍ଡୁ ଭାଇନା, ନରି ଅଜା, ହାଡ଼ିଆ ଅଜା, ରାଖାଲ୍ ମାମୁ, ଆହୁରି ଅନେକ ଲୋକ, ଚିହ୍ନା ଅଚିହ୍ନା। ସେମାନେ ଆସିଲେ, ଚାଲିଗଲେ। ବାପାଙ୍କ ଦେହ ଯାଇଥିଲା ମଶାଣିକୁ, ଫେରିଲା ନାହିଁ। ବାସୁର ମନେ ନାହିଁ, ମଶାଣିରେ ଏତେ କାଳ ବସି ବସି ସେ କ'ଣ କରିଥିଲା। ତା'କୁ ଖାଲି

ସବୁବେଳେ ଡର ଲାଗୁଥିଲା ଯଦି କିଏ ତା'କୁ ପଇସା ମାଗେ, ସେଇ ମଶାଣିରେ, ସେ କ'ଣ କରିବ ! ତା' ପାଖେ ତ ପଇସା ନାହିଁ !

ତା'କୁ କେହି ପଇସା ମାଗିଲେ ନାହିଁ। କେହି ଜଣେ କହିଲା, ଦାନବୀର ହରିଶ୍ଚନ୍ଦ୍ରଙ୍କ ପୁଅକୁ ସାପ କାମୁଡି ଥିଲା, ତା'କୁ ପୋଡ଼ିବାକୁ ତାଙ୍କ ପାଖରେ ପଇସା ନ ଥିଲା। ସେ କଥା ବୁଝିପାରି ସରକାର ଏବେ ଆଉ କାହାଠୁ ପଇସା ମାଗୁ ନାହାନ୍ତି, ମଶାଣିରେ। 'ହରିଶ୍ଚନ୍ଦ୍ର ଯୋଜନା' ଗୋଟେ କରିଛନ୍ତି, ରେଡ଼ିଓରେ କହୁଥିଲା।

ଘରକୁ ଫେରି ବାସୁ ଆଶା କରିଥିଲା ସେ ବାପାଙ୍କୁ ଦେଖିବ। ସେ ସେମିତି ଶୋଇଥିବେ ଘର ଭିତରେ, ଚାରି କାତ ମାରି, ଆରାମ-ସେ। ବାସୁକୁ ଦେଖି ପଚାରିବେ, କିରେ କୁଆଡେ ଭାଗିସ୍ ହେଇ ଯାଇଥିଲୁ ଏତେବେଳ ଯାଏଁ ? ତତେ ମୁଁ ସେତେବେଲୁ ଅପେକ୍ଷା କରିଛି ! ତତେ ଭୋକ ନାହିଁ କି !

ଘରେ କିନ୍ତୁ କେହି ନ ଥିଲେ। ଶୂନ୍ ଶାନ୍ ଘର। ଖାଲି ଭୋକ ଅପେକ୍ଷା କରି ରହିଛି।

ସଞ୍ଜରେ ପଣ୍ଟୁ ଭାଇନା ଆସିଥିଲେ। ହାତରେ ଟିଫିନି-କାରିଆ ଧରି। ରୁଟି, ସନ୍ତୁଳା, ଗୁଡ଼ କ୍ଷୀରି। କହିଲେ ନରମ ସ୍ୱରରେ, ଖାଇ ଦେ। କାନ୍ଦେ ନା, ମନ ଖରାପେ କରନା। ଭଗବାନଙ୍କ ଇଚ୍ଛା, ମଣିଷ ନାଚାର। ତୋ' କକା ପାଖକୁ ଖବର ଯାଇଛି। କାଲି ଆସିବ। ତୁ ଦେ ଖାଇଦେଇକି ଶୋଇ ପଡ଼।

ସେ ଟିକେ ଠିଆ ହେଲେ, କହିଲେ, ତତେ ଆମ ଘରକୁ ରାତିରେ ନେଇ ଯିବାକୁ ଧେଡ଼-ବୋଉ କହୁଥିଲା ଯେ, ଶଶୁର ମନା କଲେ, ଅଶୋଉଚିଆ ତ ! ଠାକୁର ମାରା ହେବେ।

'ରାତିରେ ଜମା ଡରିବୁନି' କହି ପଣ୍ଟୁ ଭାଇନା ଚାଲିଗଲେ।

ଭୋକ ନ ଥିଲା, ଶୋଷ ନ ଥିଲା, ନିଦ ବି ନ ଥିଲା।

ଖବର ପହଞ୍ଚିଲା କି ଜଣା ନାହିଁ, କକା ଆସି ନ ଥିଲେ। ଏଯାଏ ଆସି ନାହାନ୍ତି। କକା ଆସିବେ ବୋଲି ବାସୁର ସେତେ ଭରସା ବି ନାହିଁ। କକାଙ୍କ ସହିତ ବହୁତ ପାଟିତୁଣ୍ଡ ହେଇଥିଲା ବାପାଙ୍କର। ସେ ଭଲ ପାଇକି ଗୋଟେ ଅଲଗା ଜାତିର ଝିଅକୁ ବାହା ହେଇ ପଡ଼ିଥିଲେ ବୋଲି। ରାଗିମାଗି ସେ ବସ୍ତି ଛାଡି ପଳେଇଥିଲେ, ଅନେକ ଦିନ ତଳେ। ଦିନେ କେବେ ଆସି ନାହାନ୍ତି।

ସେପାଖରେ କିଏସେ କାଶିଲା, ସେପଟ ଘରେ।

ଠିକ ବାପାଙ୍କ କାଶ।

ବାସୁ ଗଲା ସେପଟ ଘରକୁ। କେହି ନ ଥିଲେ।

ବାପାଙ୍କ ଭୂତ ?

ସତରେ କଅଣ ଥାଆନ୍ତି ଭୂତପ୍ରେତ ?

ବାପା ତ ହସି ଉଡେଇ ଦିଅନ୍ତି। ଭୂତଫୁତ କେହି ନାହାନ୍ତି। ସବୁ କଳ୍ପନା।

ମାଆ, ବଞ୍ଚିଥିଲା ବେଳେ, କହେ ଥରେ ଥରେ, ମୁଁ ଭୂତ ଦେଖିଲି। ମତେ ଲାଗିଲା ଶଶୁରଙ୍କ ପରି। ଭାରି ଡର ମାଡ଼ିଲା।

ବାପା ହସନ୍ତି ପାଟିକରି। ଡରିଲ କାଇଁକି ! କ'ଣ ଭାବୁଥିଲ ତୁମକୁ ମାରି ପକେଇବେ, ବେକ ମୋଡ଼ି ପକେଇବେ !

ମାଆ କହେ, ନାଇଁ, ଗୁରୁଜନ ତ ! ବଞ୍ଚିଥିବା ବେଳେ ବି ତାଙ୍କୁ କେତେ ଡରୁଥିଲି !

ବାସୁ କେବେ ମାଆର ଭୂତକୁ ଦେଖି ନାହିଁ। ଯେତେ ମନ କଲେ ବି। କିନ୍ତୁ ସ୍ୱପ୍ନରେ ଦେଖେ ନିୟମିତ। ବହୁତ ଭଲ ଲାଗେ। ଯୋଉଦିନ ଦେଖେନି ଭାରି ଦୁଃଖ ଦୁଃଖ ଲାଗେ।

କାହାର ଦୀର୍ଘ ନିଃଶ୍ୱାସ ଶୁଭିଲା ଘର ଭିତରେ, ଏଇ କୋଠରୀ ଭିତରେ ହିଁ।

ବାପାଙ୍କର, ମାଆର, ତା' ନିଜର ?

ନା, ପେଡି ଭିତରେ ଥିବା ସାପର ! କୋଉ ସାପ ? ଅର୍ଜୁନ, ସୁଲତାନ, ରାଜ କପୁର, କପିଳେନ୍ଦ୍ର ଦେବ ?

ସମସ୍ତେ ଏବେ ଶୋଇଛନ୍ତି ପେଡି ଭିତରେ। ଗଲା ତିନି ଦିନ ଧରି।

ସେମାନେ ବି ଖାଇ ନାହାନ୍ତି ତିନି ଦିନ ଧରି।

ସେମାନେ ଅବଶ୍ୟ ମଣିଷଙ୍କ ପରି ଦିନକୁ ତିନି ବକତ ଖାଆନ୍ତି ନାହିଁ। ସପ୍ତାହରେ ଥରଟେ ବୋଲି ଖାଆନ୍ତି, କୁନି ସାପମାନେ ଦି'ଥର।

ସେମାନଙ୍କ ଖାଦ୍ୟ ଘରେ ଅଛି, ବାପା ରଖିଛନ୍ତି।

ନା, ସେମାନେ ଦୁଧଭାତ ଖାଆନ୍ତି ନାହିଁ। ଦୁଧ ବି ପିଅନ୍ତି ନାହିଁ। ସେମାନେ ଖାଆନ୍ତି ଜିଆ, କଳାପୋକ, ମୂଷା, ବେଙ୍ଗ, ଚଢେଇ ମାଂସ, ସେମାନଙ୍କର ଅଣ୍ଡା।

ବାସୁର ମନେ ନାହିଁ ସେ କଅଣ ଖାଇଛି, କାଲି ରାତିରେ, ତା' ଆଗ ଦିନ ରାତିରେ।

ସେ ଉଠିଲା, ରୋଷେଇଘର ଭିତରକୁ ଗଲା। ବୋଧେ ରାତିରେ କଅଣ ଖାଇଛି। ଅଇଁଠା ବାସନ ପଡିଥିଲା ତଳେ। ଅଗଣାରେ ବି ଅଇଁଠା। ମନେ ପଡ଼ିଲା ଏବେ, ମାଆ ତା'କୁ ସ୍ୱପ୍ନରେ ଉଠେଇଥିଲା, କହିଥିଲା, ଖାଇ ଦେ ରେ କଅଣ ଦି'ଟା। କେତେ ଏମିତି ମୁହଁ ଶୁଖେଇ ବସିବୁ। ମତେ କଷ୍ଟ ଲାଗୁଚି, ତୋ' ବାପାକୁ

ବି। ଯାଆରେ ଧନଟା ମୋର, ଖାଇ ଦେ, ଶିକାରେ ମୁଆଁ ଅଛି, ବାପା ରଖିଛନ୍ତି, ଖାଇ ଦେ।

ନିଦରୁ ଉଠି ବାସୁ ମୁଆଁ ଖାଇଥିଲା। କଦଳୀ ବି ଖାଇଛି।

ସେ ମାନେ ମାଆର କଥା। ବାପାଙ୍କ କଥା। ବାପା କହନ୍ତି, ବଡ଼ ହୋଇ ସେ ବି ହେଉ ଗୋଟେ ସାପୁଆ କେଳା। ଆଉ କିଛି ଧନ୍ଦା ପୋଷିଇବ ନାହିଁ ଆମକୁ। ଯେ ଆମ ଧର୍ମ ପରା !

କିନ୍ତୁ ସରକାର ଯେ ମନା କରିଦେଇଛନ୍ତି ! ସାପ ଖେଳ ଦେଖେଇବା ବେଆଇନ୍ ବୋଲି କହିଛନ୍ତି।

ବାସୁ ଭାବେ, କହିଥିଲା ବି ଥରେ।

ଆରେ ସରକାର ତ କେତେକଥା କହୁଛନ୍ତି, ମଦ ପିଇବ ନି, ଜାତି ଅଜାତି ମାନିବନି, ଯଉତୁକ ଦିଆ ନିଆ ହବ ନି! ଇଏ ସବୁ ତ ଭୋଟ ପାଇଁ ଗୋଟେ ଗୋଟେ ପ୍ରଚାର। ତୁ କଅଣ ଭାବୁଚୁ ତୋ' ଶଶୁର-ଶଳାଠୁ ଯଉତୁକ ନ ନେଇ ତା'କୁ ଏମିତି ମୁଁ ଛାଡ଼ିଦେବି ? ବାପା ହସନ୍ତି ଠୋ ଠୋ ହୋଇ।

ବାହାଘର କଥା ଭାବିଲେ, କାହିଁକି କେଜାଣି ବାସୁକୁ ଭାରି ଲାଜ ଲାଗେ। ମଞ୍ଜୀନାର ମୁହଁଟା ଦିଶିଯାଏ ଆଖି ସାମନାରେ। ଆହୁରି ଲାଜ ମାଡ଼େ।

ପେଡି ଭିତରେ ଖଡ଼ଖଡ଼ ଶବ୍ଦ। କପିଳେନ୍ଦ୍ରଦେବର। ସେ ଭାରି ଉତ୍ପାତିଆ ହୁଏ ଦିନେ ଦିନେ ରାତିରେ। ଛାଡ଼ ମତେ, ମୁଁ ପଳେଇବି। ମତେ ତୁମେ ଏଇ ପେଡି ଭିତରେ ରଖିଚ କାହିଁକି ? ଜାଣ ନା କି ମୁଁ କପିଳେନ୍ଦ୍ରଦେବ ବୋଲି ?

ସବୁ ସାପଠୁ ସେ ବେଶି ଅବାଧ, ଉତ୍ପାତିଆ। ଖେଳ ଦେଖାଇବା ବେଳେ କଥା ମାନେ ନି, ବାପାଙ୍କ ଉପରେ ଫଁ ଫଁ ହେଉଥାଏ।

ସେଇଥିପାଇଁ ବାପା ତା'କୁ ନାଁ ଦେଇଥିଲେ କପିଳେନ୍ଦ୍ରଦେବ। ରାଜକପୁରଟା ଭାରି ଖୁସିବାସିଆ, ସବୁବେଳେ ଅଙ୍ଗଭଙ୍ଗୀ କରୁଥିବ, ଫୁଟାଣି ଫାଜିଲ୍ ହେଉଥିବ। ଅର୍ଜୁନ ସବୁବେଳେ ଚୁପ୍‌ଚାପ୍, ଗମ୍ଭୀର। ଏକ ଲକ୍ଷ୍ୟରେ ଚାହିଁ ଥିବ ତୁମକୁ। ସ୍ଥିର ହୋଇ।

ସମସ୍ତେ ଏବେ ଚୁପଚାପ୍। କେବଳ ଗୋଟିଏକୁ ଛାଡି। କପିଳେନ୍ଦ୍ର, ସେ ଚାହୁଁଚି ମୁକ୍ତ ହେବାକୁ। ସେ ଜାଣି ସାରିଛି ତା' ନିଃଶ୍ୱାସରେ, ପବନରୁ, ଶୂନ୍ୟତାରୁ, ନିବୁଜ ଘର ଭିତରୁ, ବଦଳି ଯାଇଛି ପୃଥିବୀର ଦୃଶ୍ୟପଟ। ସେ ମୁକ୍ତି ଚାହେଁ ଏବେ।

ଠିକ ଅଛି। ସେ ମୁକ୍ତି ଦେବ। ବାସୁ ଉଠି ବସିଲା ଛିଣ୍ଡା ମଶିଣାରୁ।

ସେ ଲୁଗା ପାଲଟିଲା, ବାହୁଙ୍ଗି ସଜ କଲା। ଶୋଷ ଲାଗୁଛି, ପାଣି ପିଇଲା ଦି ଢୋକ।

ତା'ପରେ କାନ୍ଥ କୋଣର ତିନି ହାତିଆ ଠେଙ୍ଗା ଧରିଲା ଶକ୍ତ ହାତମୁଠାରେ।

ବାହୁଙ୍ଗିରେ ଝୁଲି ପଡିଲା ବେଳକୁ ପେଡ଼ି ଭିତରର ସାପମାନେ ଆଶ୍ଚର୍ଯ୍ୟ ହୋଇଗଲେ। ଭିତରେ ଥାଇ ଅନୁମାନ କଲେ, ଆଜି ଯେଉଁ କାନ୍ଧ ଉପରେ ସେମାନେ ଝୁଲିଛନ୍ତି, ସେ କାନ୍ଧ ଗୋଟେ ଅଲଗା କାନ୍ଧ। ବଳିଷ୍ଠ ନୁହେଁ, ଚଉଡ଼ା ନୁହେଁ। କିନ୍ତୁ ଦେହର ଗନ୍ଧ ପରିଚିତ, ଆପଣାର। ସେମାନେ ମୁହଁ ପୋତି ଶୋଇ ରହିଲେ ପେଡ଼ି ଭିତରେ।

ଘରଠୁ ଟିକିଏ ଦୂରରେ କାଳଝରି ଜଙ୍ଗଲ। ଆଗଭଳି ଜଙ୍ଗଲ ନାହିଁ, କିନ୍ତୁ ଲୋକଙ୍କ ଚଳପ୍ରଚଳ କମ, ଶୀଘ୍ର ରାତି ଆସିଯାଏ, ଡେରି କରି ଫେରେ।

ଏଇଠି ଆଗରୁ ବାଘ ଭାଲୁ ବାହାରୁ ଥିଲେ, ଠେକୁଆ ହରିଣ। ଏବେ ସେମାନେ ନାହାନ୍ତି, ଅଛନ୍ତି ନେଉଳ, ଶିଆଳ, ଗୁଣ୍ଡୁଚି ମୂଷା, ଜାତି ଜାତିକା ଚଢେଇ ଓ ସାପ। କେଳା ସାହିର ଅନେକ ଏଠୁ ଆସି ସାପ ଧରନ୍ତି।

ଗୋଟିଏ ଝଙ୍କାଳିଆ କରଞ୍ଜ ଗଛ ତଳେ, ବାସୁ କାନ୍ଧରୁ ବାହୁଙ୍ଗି ଓହ୍ଲାଇଲା। ବସି ପଡ଼ିଲା ଗୋଟେ ପଥର ଉପରେ।

ବାପାଙ୍କ ସାଙ୍ଗରେ ସେ କେବେ କେବେ ଏଠିକି ଆସିଛି। ବାପା ଜଙ୍ଗଲ ଭିତରେ ଖୋଜନ୍ତି କଅଣ ସବୁ ଚେରମୂଳିକା। ସାରା ଦି ପହର ଖୋଜି ଖୋଜି ସେ ପାଇବେ ଏତିକି ଟିକିଏ ଚେର କି ମୂଳ, କିମ୍ବା କିଛି ବି ନୁହେଁ।

ଏ ସବୁ ଚେର ମୂଳ କଅଣ ସତରେ ବିଷ ଝାଡିଦିଏ ଦେହରୁ ?

ସେ ପଚାରେ। ବାପା ହସନ୍ତି। ଯେମିତି ଏଭଳି ବୋକା ବୋକା ପ୍ରଶ୍ନର ଉତ୍ତର ଦେବା ନିରର୍ଥକ।

ଯଦି ଚେର-ମୂଳି-ଗଦ ସତରେ ବିଷ ଝାଡିଦିଏ, ବଞ୍ଚେଇ ଦିଏ ମଣିଷକୁ, ତେବେ କାହିଁକି, ତେବେ କାହିଁକି...

ବାସୁ କାନ୍ଦିବାକୁ ଲାଗିଲା ନୀରବରେ। ଲୁହ ପୋଛିଲା ନାହିଁ ଆଖିରୁ, ସିଙ୍ଘାଣି ପୋଛିଲା ନାହିଁ ନାକରୁ।

ଏମିତି ଗଲା କିଛି ସମୟ। କେତେ ସମୟ ?

ଦୂରରୁ ଦେଖାଗଲା କାହାର ଛାଇଟିଏ। ଗୋଟିଏ ଝିଅର। ଠିକ ମଞ୍ଜନା ପରି, ସେମିତି ଉଚ୍ଚତା, ସେମିତି ଦେହ।

ଛାଇଟି ଲୁଚିଗଲା।

ବାପା ମରିବା ପରଦିନ ମଞ୍ଜନା ଆସିଥିଲା। ଚୁପ୍ କି ଠିଆ ହୋଇଥିଲା ବାରଣ୍ଡା ତଳେ। ଏମିତି ଅପରାଧୀ ପରି, ଯେମିତି ସେ କ'ଣ ଗୋଟେ ଦୋଷ କରିଦେଇଛି। ଅକ୍ଷମଣୀୟ ଦୋଷ। ସେ ଚୁପଚାପ୍ କାନ୍ଦିଲା କିଛି ସମୟ; ତା'ପରେ, କିଛି ନ କହି ଚାଲିଗଲା।

ମାସେ ତଳେ, କି ବୋଧେ ତା' ଆଗରୁ, ମଞ୍ଜନା କହିଥିଲା, ମୁଁ ବାହା ହେଇ ଯାଉଛି।

: କଅଣ କହିଲୁ ?

: ମୁଁ ବାହା ହେବି। ଫଗୁଣ ମାସରେ।

ସେ କହିଲା ଏମିତି, ଯେମିତିକି ସେ କାଲି ଯାତରା ଦେଖିବାକୁ ଯାଉଛି, ଖଣ୍ଡଗିରି ଛକରେ।

: ତୁ ବାହା ହେବୁ ?

:ହଁ, ଝିଅପିଲା ହେଇଚି, ବାହା ହେବିନି କେମିତି ! ସାନ ଆଈ କହିଲା, ବାହା ତ ହବାର ଅଛି, ଡେରି ତେବେ କାଇଁକି ! ଯେତେ ଶୀଘ୍ର ଝିଅଟାକୁ ବିଦା କରିଦେବ ସେତେ ମଙ୍ଗଳ।

ସର ସର ଶବ୍ଦ ହେଲା କୁଆଡୁ। ସାପଟିଏ ଘାସ ଉପରେ ଚାଲି ଯିବାର ଶବ୍ଦ ? ଶୁଖିଲା ପତ୍ରଟିଏ ଝଡ଼ି ପଡ଼ିବାର ଶବ୍ଦ ?

ଚାରିଆଡ଼ ନିଶବ୍ଦ, ନିର୍ଜନ। କେହି ନାହିଁ।

ବାସୁ ଦେଖିଲା ସାପପେଡ଼ିକୁ। ଚାରିଟି ସାପ। ଶୋଇଛନ୍ତି ? ଅପେକ୍ଷା କରିଛନ୍ତି ?

ସେ ଖୋଲିଲା ଗୋଟିଏ ପେଡ଼ି।

ଭିତରୁ ମୁଣ୍ଡ ଟେକିଲା ଅହିରାଜ। କପିଳେନ୍ଦ୍ରଦେବ। ପଚାରିଲା ଆଖିରେ ଚାହିଁଲା ବାସୁକୁ।

ଯା' !

ହାତ ଠାରିଲା ବାସୁ, ଦୀର୍ଘ ସରଳରେଖାରେ। କହିଲା, ଯା' ଚାଲିଯାଆ।

ଯେପରି ଆଗରୁ ଚୁକ୍ତିବଦ୍ଧ ଥିଲା, ସେହିପରି ସାପଟି ପେଡିରୁ ବାହାରି ଆସିଲା, ଘାସ ଉପରେ ସରସର ହୋଇ ଦ୍ରୁତ ଗତିରେ, କିଛି ଦୂର ଯାଇ, ଗୋଟିଏ ଉଈ ହୁଙ୍କା ଭିତରେ ଅଦୃଶ୍ୟ ହୋଇଗଲା।

ପଶିଯିବା ପୂର୍ବରୁ ଥରଟିଏ ସେ ଦେଖିଥିଲା ବାସୁକୁ। ତା' ଆଖି ଭିତରେ କ'ଣ ଭାଷା ଥିଲା, ଜାଣିବା ସହଜ ନ ଥିଲା।

ଅର୍ଜୁନ ବି ଚାଲିଗଲା ତା' ବାଟରେ, ଟିକିଏ ଦ୍ୱିଧା ଭିତରେ, ସାମାନ୍ୟ ସନ୍ଦିଗ୍ଧ ଅନିଶ୍ଚିତତା ଭିତରେ। ସେ ବି ପଶିଗଲା ଗୋଟିଏ ଉଇ ହୁଙ୍କାରେ, ଆହୁରି ବଡ଼, ଆହୁରି ପ୍ରାଚୀନ।

ରାଜକପୁର କିନ୍ତୁ ବହୁତ ଛଇ ଦେଖାଇଲା। ପେଡ଼ି ଭିତରୁ ବାହାରି ଆସି ସେ ପେଡ଼ି ଚାରିପଟେ ତିନିଥର ପ୍ରଦକ୍ଷଣ କଲା, ଦୁଇଥର ବାସୁ ଚାରିକଡେ, ଥରଟିଏ ତା' ନିଜ ଚାରିପଟେ। ତା'ପରେ ସେ ଅପେକ୍ଷା କଲା ବାସୁର ନିର୍ଦ୍ଦେଶକୁ। ମୁଣ୍ଡ ଟେକି।

ବାସୁ କହିଲା - ଯା' !

ରାଜକପୁର ବୁଝିଲା ନାହିଁ ଯେମିତି।

- ଯା' !

ସେ ଗଲା ନାହିଁ। ତା'ର କିଛି ବୋଧେ ପଚାରିବାର ଥିଲା।

- ଯା' ଭାଗ, କହୁଛି।

ରାଜକପୁର ଗଲା ରାସ୍ତାରେ ରାସ୍ତାରେ।

- ସିଆଡେ ନୁହେଁ!

ରାଜକପୁର ଫେରି ପଡିଲା, ସରସର ହୋଇ ଚାଲିଗଲା ଜଙ୍ଗଲ ଭିତରକୁ।

ଶେଷ ପେଡ଼ି ଭିତରେ ଥିଲା ସୁଲତାନ୍। ଢ଼ାଙ୍କୁଣୀ ଖୋଲିବା ଆଗରୁ ବାସୁ ଶକ୍ତ କରି ଧରିଲା କଳା ମଚ ମଚ ତିନି ହାତିଆ ଠେଙ୍ଗାକୁ। ଗୋଟିଏ ହାତରେ। ଆର ହାତରେ ପେଡ଼ି ଫିଟାଇଲା।

ଭିତରେ ଶୋଇଥିଲା ସୁଲତାନ୍, ନିର୍ଜୀବ ରବର କଣ୍ଢେଇ ପରି। ମୁଣ୍ଡ ଗୁଞ୍ଜି ଦେଇଥିଲା ପେଟ ତଳେ। ଢ଼ାଙ୍କୁଣି ଫିଟିବା କ୍ଷଣି ସେ ମୁଣ୍ଡ ଟେକିଲା।

- ବାହାରି ଆ।

ବାସୁ କହିଲା ଶାନ୍ତ ସ୍ୱରରେ।

ଦେହରେ ଯେମିତି ଶକ୍ତି ନାହିଁ, ନିର୍ଜୀବ। ସୁଲତାନ ହଲଚଲ ହେଲା ନାହିଁ।

- ତୁ ମୋ ବାପାଙ୍କୁ ମାରି ଦେଇଛୁ। ତତେ ମୁଁ କ୍ଷମା ଦେବି ନାହିଁ।

ବାସୁର ହାତ ମୁଠା ଦୃଢ଼ ହୋଇ ଉଠିଲା ଶକ୍ତ ଠେଙ୍ଗା ଉପରେ।

ସାପଟି ଦେଖିଲା ବାସୁକୁ, ତା' ହାତର ଉଦ୍ୟତ ଅସ୍ତ୍ରକୁ। ତା'ର କିଛି ପ୍ରତିକ୍ରିୟା ନ ଥିଲା।

- ତୁ କାହିଁକି ମାରିଦେଲୁ ବାପାଙ୍କୁ ? କ'ଣ ସେ ଦୋଷ କରିଥିଲେ !

...ତତେ ସେ ଭଲ ପାଉଥିଲେ, ପୁଅ ଭଳି। ମୋ' ଭଳି। କହ ତୁ କାହିଁକି...

ସାପଟି ଚାହିଁଥିଲା ବାସୁକୁ। ସ୍ଥିର ଆଖିରେ। ଶାନ୍ତ ଆଖି, କରୁଣ ଆଖି।

ବାସୁ ଠେଙ୍ଗାକୁ ଉଞ୍ଚାଇଲା, ଲକ୍ଷ୍ୟ ଠିକ ସୁଲତାନର ସରୁ, ତ୍ରିକୋଣୀୟ ମୁଣ୍ଡ।

ସୁଲତାନ ଦେଖିଲା ଠେଙ୍ଗାକୁ, ବାସୁର ଦୃଢ଼ ହାତ ମୁଠାକୁ, ତା'ର ଦୁଇଟି ଆଖିକୁ।

ଉଦ୍‌ଗତ ଲୁହ ଓ କ୍ରୋଧକୁ ଢ଼ୋକି ଢ଼ୋକି ବାସୁ କହିଲା, କହ ତୁ, କାହିଁକି ମାରିଦେଲୁ ମୋର ବାପାକୁ! ତତେ ସେ ବାପ ଭଳି ଭଲ ପାଉଥିଲେ, ତୋ'ର ବି ବାପା ଥିଲେ ସେ, ଆଉ ତୁ ...

ସାପଟି ଧୀରେ ଧୀରେ ବାହାରି ଆସିଲା ପେଡ଼ି ଭିତରୁ। ସୂତାରେ ବନ୍ଧା ଖେଳନା ସାପ ପରି। ମାଟିରେ ଶୋଇ ରହିଲା, ମୁହଁ ଗୁଞ୍ଜି। ତା'କୁ କାନ୍ଦିବା ଜଣା ଥିଲେ ସେ କାନ୍ଦି ପାରି ଥାଆନ୍ତା, କଥା କହି ଆସିଥିଲେ କହି ବି ପାରି ଥାଆନ୍ତା, ହଁ ବାସୁ, ସିଏ ବି ମୋ' ବାପା। ମୁଁ କ'ଣ ସତରେ ତାଙ୍କୁ ଦଂଶି ଦେଇଛି, ଜାଣି ଜାଣି, ମୋ' ବାପକୁ! ମୁଁ କ'ଣ ଗୋଟେ ସ୍ୱପ୍ନ ଦେଖୁଥିଲି, ବୋଧେ ମୋ ମା'କୁ, ମତେ ଗେଲ କରୁଥିଲା, ହଠାତ ପେଡ଼ି ଖୋଲିଗଲା, ଏତେ ଗୁଡ଼ାଏ ଆଲୁଅ ମୋ ଉପରେ ଝାମ୍ପି ପଡିଲେ ଶାଗୁଣାଙ୍କ ପରି, ମୁଁ ଅନ୍ଧ ହେଇଗଲି ସେଇ ଆଲୁଅରେ।

ସୁଲତାନ୍ ଦେଖିଲା ବାସୁ ହାତର ଠେଙ୍ଗା କ୍ରମଶଃ ନଇଁ ଆସୁଛି ତା' ଦେହ ଉପରକୁ। ଦେହକୁ ଦୁଇଗଡ଼ କରି ଦେବା ପରି ତୀବ୍ର, ଭୟାନକ।

ସେ ସ୍ଥିର ହୋଇ ରହିଲା। ଯେମିତି ସେ ମରି ସାରିଚି, ଏ ଦେହ ତା'ର ଦେହ ନୁହେଁ।

ବାସୁ ଦେଖିଲା ସୁଲତାନର ଦୁଇ ଆଖିକୁ।

ତା' ହାତ ଅଟକି ଗଲା। ସାପ ଆଖିରେ ବି ଲୁହ ଥାଏ! ସାପ କାନ୍ଦି ପାରେ?

ସେଇ ଲୁହ ଦେଖିବାକୁ ସେ ରହିଗଲା।

ସେ ଏବେ ବୁଝି ସାରିଥିଲା, ତା'କୁ ବଞ୍ଚିବାକୁ ହେବ, ବାପାଙ୍କ ପରି ସାପୁଆ କେଳା ହୋଇ, ଏ ସାରା ଜୀବନ। ସୁଲତାନ୍ ସହିତ ତା'କୁ ଘୁରି ବୁଲିବାକୁ ହେବ ଏ ଗଳିରୁ ସେ ଗଳି। ଏ ରାସ୍ତାରୁ ସେ ରାସ୍ତା। ଅର୍ଜୁନ ତା' ପାଖକୁ ଫେରି ଆସିବ, ରାଜକପୁର ଫେରି ଆସିବ, କପିଳେନ୍ଦ୍ରଦେବ ବି।

ସେ ଦେଖି ପାରିଲା ସତକୁ ସତ ତିନୋଟି ଯାକ ସାପ, ଅର୍ଜୁନ, କପିଳେନ୍ଦ୍ରଦେବ,

ରାଜକପୁର, ଫେରି ଆସୁଛନ୍ତି ଜଙ୍ଗଲ ଭିତରୁ। ପଛକୁ ପଛ, ଧାଡ଼ି ବାନ୍ଧି। ରାଜ କପୁର ପଛରେ ଥାଇ ବହୁତ ଷ୍ଟାଇଲ ମାରୁଚି।

ଲୁହରେ ତା' ଆଖି ଦୁଇଟା ଅନ୍ଧ ହୋଇ ଯାଇଥିଲା। ତା' ଚାରିପାଖ ପୃଥିବୀରେ ଖାଲି ସମୁଦ୍ରର ଲୁଣି ପାଣି। ଭାସି ଯିବା ପାଇଁ, ଭସେଇ ନେବା ପାଇଁ। ସେ ଆଖି ଖୋଲିଲା ନାହିଁ।

ସେ ଅନୁଭବ କଲା, ତା' କପାଳରେ କାହାର ଶୀତଳ ହାତର ସ୍ପର୍ଶ। ନରମ, ଅନିଶ୍ଚିତ।

ସେ ଆଖି ଫିଟାଇଲା।

ଦେଖିଲା, ପାଖରେ ଠିଆ ହୋଇଛି ମଞ୍ଜନା। ଏଇ ମଞ୍ଜନା, ବୋଧେ କାଲି ରାତିରେ, ସ୍ୱପ୍ନରେ, କହିଥିଲା, ତତେ ମୁଁ ଛାଡି କୁଆଡେ ଯିବି ନାହିଁ ରେ ବାସୁ, ରହିବି ତୋ' ପାଖେ ମୁଁ, ସବୁ ଦିନ।

ଅହଲ୍ୟା

ସତୀ-ପର୍ବତର ଶେଷ ପ୍ରସ୍ଥ ଉଠାଣି ଥିଲା ସବୁଠୁ ଲମ୍ବା, ସବୁଠାରୁ ଦୁର୍ଗମ। ଦେଢ଼ ଫର୍ଲଙ୍ଗ ରାସ୍ତାକୁ ଲାଗିଗଲା ଚାଳିଶ ମିନିଟ।

ତୀଖ ପାହାଡର ସବା ଶେଷ ପଥର ଉପରେ, ସାବଧାନରେ ପାଦ ରଖିସାରି ରଘୁପତି ପଛକୁ ଚାହିଁଲା।

ପଛକୁ ଚାହିଁବା ଦରକାର ନ ଥିଲା। ପାଖରେ, ଖୁବ ପାଖରେ ଠିଆ ହୋଇଥିଲା ସ୍ତ୍ରୀ ଲୋକଟି। ସେ ବୋଧେ କଅଣ କହିବାକୁ ଚାହୁଁ ଥିଲା, କିନ୍ତୁ କିଛି କହିଲା ନାହିଁ। କ୍ଳାନ୍ତ ଦୁଇଟି ଆଖିରେ ସେ ଦୂରକୁ ଚାହିଁଲା। ପଛରେ ଛାଡି ଆସିଥିବା ଗାଆଁକୁ। ପାହାଡ଼ ଆଢୁଆଳରେ ଲୁଚି ଯାଇଥିବା ଗାଆଁକୁ।

ରଘୁପତି ମୁହଁରୁ ଝାଳ ପୋଛିଲା, କମିଜ ଛାତିର ଗୋଟେ ବୋତାମ ଖୋଲିଦେଲା। ମନେ ମନେ ହିସାବ କଲା ଆଉ ଦେଢ଼କୋଶ ରାସ୍ତା: ବାମନ ଗୁମ୍ଫା ପାରି ହୋଇ ଝିଇଣ୍ଟିପଦର।

ଝିଇଣ୍ଟିପଦର ପାଖେ, ଭୁଆଶୁଣି ବରଗଛ ତଳେ ଅପେକ୍ଷା କରିଥିବେ କହ୍ନେଇ ବାବୁ, ଗାଡି ଧରି। ପରମା ବି ଥିବ।

କହ୍ନେଇ ବାବୁ କାଲି ରାତିରେ ଖବର ଦେଇଥିଲେ, ସେ ହନ୍ତାପଡା ଆସି ପାରୁ ନାହାନ୍ତି। ଗାଡି ଖରାପ, ଜମା ଷ୍ଟାଟ୍ ନେଉନି। ଗାଡି ସଜିଲ କରି, କିମ୍ବା ଆଉ ଗୋଟେ ଗାଡି ଯୋଗାଡ଼ କରି, ସେ ଆସି ଅପେକ୍ଷା କରିଥିବେ ଝିଇଣ୍ଟିପଦର ପାଖେ। ସେ, ମାନେ ରଘୁପତି, ଆସାମୀକୁ ଧରି ଯେମିତି ପହଞ୍ଚି ଯାଏ, ଦିନ ଏଗାରଟା ସୁଦ୍ଧା। ବାରଟାରେ ଆସାମୀ ହାଜିର ହେବ କୋର୍ଟରେ।

'ବଡ ସଡକରେ ସମୟ ଲାଗିବ, ଛବିଶ କିଲୋମିଟର ରାସ୍ତା। ତୁ ଆସିବୁ

ଶଟ୍‌କଟ୍‌ରେ, ସତୀ ପରବତ ବାଟ ଦେଇ, ସେଇଠୁ ବାମନ ଗୁମ୍ଫା।' କହ୍ନେଇ ବାବୁ କହିଥିଲେ।

ଏବେ ସକାଳ ସାଢେ ଆଠ। ଦେଢ଼ କୋଶକୁ ଲାଗିବ ଦି'ଘଣ୍ଟାରୁ କମ। ଗଡାଣି ରାସ୍ତା ଅଛି ଆଗକୁ, ବାମନ ଗୁମ୍ଫା ପାରି ହେବା ପରେ।

ପୁଣି ପଛକୁ ଦେଖିଲା ରଘୁପତି। ସ୍ତ୍ରୀଲୋକଟି ସାବଧାନରେ ଚଢୁଛି ଗୋଟିଏ ମୁଣ୍ଡିଆ ପଥର ଉପରକୁ।

ପଥର ମୁଣ୍ଡିଆ ଉପରକୁ ଚଢିବା ଦରକାର ନ ଥିଲା। କାହିଁକି ସେ ଚଢ଼ିଛି ପଥର ଉପରେ! ସେଇ ପଥର ତଳକୁ, ଦୁଇଶ ଫୁଟ ତଳେ, ଗହୀର ଶୁଖିଲା ନଦୀ। ପାଦ ଖସିଗଲେ କିମ୍ବା ଡେଇଁ ପଡିଲେ ...

ରଘୁପତି କିଛି କହିବା ଆଗରୁ ଆସାମୀ ପଥରରୁ ଓହ୍ଲେଇ ପଡିଲା, ମୁହଁର ଝାଳ ପୋଛିଲା, ହାତ ପାପୁଲିରେ।

ସେ ବୋଧେ ଚେଷ୍ଟା କରୁଥିଲା ଦେଖିବାକୁ, ବୋଧେ ଶେଷ ଥର ପାଇଁ ଦେଖିବାକୁ, ତା' ଗାଆଁକୁ। ସେଇଠି ସେ ଛାଡି ଆସିଛି ତା'ର ତିନି ବର୍ଷର ଛୋଟ ପିଲାଟିକୁ।

ସେ କାଲି ସକାଳୁ ହିଁ ଆରେଷ୍ଟ୍ ହେବାର ଥିଲା। କହ୍ନେଇବାବୁ ସବ-ଇନ୍ସପେକ୍ଟର ଆସିଥିଲେ, ପରମା ହାବିଲଦାର ଥିଲା, ସରପଞ୍ଚେ ଥିଲେ। ସମସ୍ୟା ହେଲା ଛୋଟ ଛୁଆ କାହା ଜିମା ରହିବ। ସରପଞ୍ଚେ କହିଲେ, ମୁଁ ଠିକଣା କରିଦେଉଛି। ସଞ୍ଜ ସୁଦ୍ଧା। କାଲି ସକାଳୁ ସକାଳୁ ତା'କୁ ଆସି ଆରେଷ୍ଟ କରିନେବେ, ଭୁଆଶୁଣି ମାଇପିଟା, କୁଆଡେ କଅଣ ଭାଗି ଯାଉଛି!

ଭାଗିବାର ସମ୍ଭାବନା ହିଁ ନ ଥିଲା। ସେ ସେମିତି ପଡି ରହିଥିଲା ମଶିଣା ଖଣ୍ଡିକ ଉପରେ। ଯେମିତି ସିଏ ନରହତ୍ୟା କରି ନାହିଁ, ନିଜେ ନିଜେ ମରି ଯାଇଛି।

ଅହଲ୍ୟା ମରି ନ ଥିଲା। ପଥର ପରି ନିସ୍ପନ୍ଦ ହୋଇ ପଡି ରହିବା ଆଗରୁ ଟିକିନିଖି କହିଥିଲା ସମସ୍ତ ଘଟଣା। ସେ କାହିଁକି, କିଭଳି ପରିସ୍ଥିତିରେ ତା' ସ୍ୱାମୀକୁ ମାରିଦେଲା ଆଗଦିନ ରାତିରେ।

କେହି କଥାଟା ଜମା ଗ୍ରହଣ କରି ପାରି ନ ଥିଲେ, କ୍ଷମା କରି ନ ଥିଲେ। ହଁ ହେଲା ଦଣ୍ଡେଶ୍ୱରଟା ଦୁଷ୍ଟ, ମଦ ପିଏ, ସ୍ତ୍ରୀକୁ ବରାବର ପିଟେ, ଛୋଟକାଟର ଚୋରିଚମାରି ବି କରେ। ତା' ବୋଲି ମଣିଷଟାକୁ ଜୀବନରେ ମାରିଦେବୁ, ତୁ ପୁଣି ସ୍ତ୍ରୀଲୋକଟେ!

କହ୍ନେଇବାବୁ କହିଲେ ରଘୁପତିକୁ, ତୁ ଥାଆ ଏଠି ରାତିକ। ନଜର ରଖିଥିବୁ। ତାଲା ଠୁକି ଦେଇଥିବୁ ସବୁଆଡୁ। ଆମେ ଆସିବୁ ସକାଳୁ, ଆଠଟା ଆଗରୁ।

ଗାଡ଼ି ଧରି ଫେରି ଯାଇଥିଲେ କହ୍ନେଇବାବୁ, ତାଙ୍କ ସାଙ୍ଗେ ପରମା ହାବିଲଦାର। ପଛେ ପଛେ ଲାଶ ଗଲା ମହାଯାତ୍ରା ଗାଡ଼ିରେ।

ଘରେ ମଢ଼ ପରି ପଡି ରହିଥିଲା ଅହଲ୍ୟା। ସାରା ଦିନ।

କନେଷ୍ଟବଳ ବାବୁ କଅଣ ଭୋଜନ କରିବେ ?

ରଘୁପତିକୁ ଆଗ୍ରହରେ ପଚାରିଥିଲେ ସରପଞ୍ଚ ବାବୁ।

ରଘୁପତି କହିଥିଲା, ଯାହା ଯେମିତି ଗଣ୍ଡେ ହେଲେ ଚଳିଯିବ।

ସଞ୍ଜକୁ ଖବର ପଠେଇଲେ କହ୍ନେଇବାବୁ, ସକାଳେ ହନ୍ତାପଡ଼ା ଯାଇ ହବନି। ଗାଡି ଖରାପ। ମରାମତି ଚାଲିଛି। ତୁ ଆସାମୀ ଅହଲ୍ୟା ନାଏକକୁ ଧରି ଆସିବୁ, ଶଟକଟ୍ ବାଟରେ, ପାହାଡ ଚଢି, ଝିଇଣ୍ଟିପଦର ଯାଏ। ତୋ' ସାଙ୍ଗରେ ଯୋଗୀ ସାହୁ ଗ୍ରାମରକ୍ଷୀକୁ ବି ଧରିକି ଆସିବୁ। ଦିହେଁ ତା'କୁ ଆଣିବ ହୁସିଆରୀରେ। ଝିଇଣ୍ଟିପଦରରେ, ସେଇ ବୁଢା ବରଗଛ ମୂଳେ, ମୁଁ ଅପେକ୍ଷା କରିଥିବି ଗାଡ଼ି ଧରି, ପରମା ହାବିଲଦାର ବି ଥିବ।

କହ୍ନେଇ ବାବୁ ପରାମର୍ଶ ଦେଇଥିଲେ, ଆସାମୀର ହାତରେ ଆଉ ଅଣ୍ଟାରେ ଦଉଡି ବାନ୍ଧିବୁ, ଦେହ ଭଲକି ସାର୍ଚ୍ଚ କରିବୁ ବାହାରିବା ଆଗରୁ। ଯୋଗୀ ସାହୁ ଚାଲିବ ଆଗେ ଆଗେ, ଆଉ ତୁ ଥିବୁ ପଛରେ। ଦେଖ ବାଟରେ ରହିବନି କୋଉଠି, ସିଧା ଝିଇଣ୍ଟିପଦର, ଠିକ୍ ସେଇ ଭୁଆଶୁଣି ବରଗଛ ମୂଳରେ ମୁଁ ଅପେକ୍ଷା କରିଥିବି।

ଅହଲ୍ୟା ଉଠିଥିଲା ଖୁବ ଭୋଅରୁ, ଛୁଆକୁ ଧରି କାନ୍ଦିଥିଲା ଘଡ଼ିଏ, ତିନି ବର୍ଷର ବକଟେ ଛୁଆ କିଛି ବୁଝୁ ନ ଥାଏ, ଏତେ ଲୋକଙ୍କ ଗହଳି, ଏତେ ବଡ଼ ପାଟିରେ କଥାବାର୍ତ୍ତା, କାଲି ସକାଳ ଠାରୁ। ବାପାକୁ ସେ ଦେଖିନାହିଁ, ଯୋଉ ଘରେ ବାପା ଶୋଇଥିଲା ରାତିରେ, ସେ ଘର ଭିତରେ ସିଏ ନାହିଁ। ତାଲା ପକେଇ ଦେଇ ଯାଇଛି କିଏ ଗୋଟେ ଅଚିହ୍ନା ନିଶୁଆ ଲୋକ।

ମାଆ ତା'କୁ ଗେଲ କଲା। କିନ୍ତୁ ଏତେ କାନ୍ଦୁଥିଲା କାହିଁକି ! ତା'କୁ ଆହୁରି ଆଶ୍ଚର୍ଯ୍ୟ ଲାଗିଲା, ମା' ଯେତେବେଳେ ତା'କୁ ଲୁଚେଇ ଲୁଚେଇ ଦୁଧ ପିଇବାକୁ ଦେଲା। ଏଇ କେତେ ଦିନ ଆଗରୁ ମା' ବହୁତ ଗାଳି ଦେଉଥିଲା, ଦୁଧୁ ପିଇବାକୁ ମାଗୁଥିଲେ; କହୁଥିଲା, ବୁଢ଼ାଟେ ହେଲୁଣି, ଆହୁରି ଦୁଧୁ ପିଇବାକୁ ମନ ! ବାପା କାନ ମୋଡ଼ି ଦେଉଥିଲା। ଆଜି ସେ ମାଆ ଛାତିରେ ମୁଣ୍ଡ ଗୁଞ୍ଜି ଦେଲା ପ୍ରଚଣ୍ଡ ଲୋଭରେ।

ଦେଖି ବି ଥିଲା, ମା' ଛାତିରୁ ଯେତିକି କ୍ଷୀର ଝରୁନାହିଁ, ତା'ଠୁ ବେଶି ଲୁହ ଝରୁଛି ଆଖିରୁ।

ଟିକିଏ ପରେ କିଏ ଡାକିଲା, ହଇରେ ଭୁନା ଆଇଲୁ ଆଇଲୁ ଦେଖିବୁ, ମାଙ୍କଡ଼ ନାଚୁଛି ହାଡ଼ିଆ କକାର ବାଡ଼ିରେ! ଚଟ୍ କିନା ସେ ମାଆ କୋଡ଼ରୁ ଉଠି ପଡ଼ିଲା, ମାଙ୍କଡ଼ ଦେଖିବାକୁ। ମାଆ କ୍ଷୀର ତ ଅଛି ରାତିଯାକ ଚୁଚୁମିବାକୁ।

ମା' ଛାଡୁ ନ ଥିଲା, ଆହୁରି ଆହୁରି କାନ୍ଦୁଥିଲା।

ମାଆଟି ଜାଣିଥିଲା, ମିଛ ମାଙ୍କଡକୁ ଖୋଜି ଖୋଜି ଶେଷକୁ ନ ପାଇ, ଘରକୁ ଫେରି ଆସି ସେ ଦେଖିବ ଘରେ ମାଆ ନାହିଁ।

ମାଆର ଫାଶି ହୋଇ ଯାଇଛି ଜାଣିବାକୁ ତା'କୁ ଅନେକ ଦିନ ଲାଗିବ, ଅନେକ ବର୍ଷ।

ସକାଳେ ଯୋଗୀ ସାହୁ ଆସିଲା ନାହିଁ। ତା' ସ୍ତ୍ରୀ କହି ପଠେଇଲା ସେ ଘରକୁ ଫେରି ନାହାନ୍ତି କାଲି ରାତିଠୁ। କୁଆଡେ ଅଛନ୍ତି ଜଣା ନାହିଁ। ସମସ୍ତେ ଜାଣିଥିଲେ, ତା' ସ୍ତ୍ରୀ ବି। ଏ କଥା ବି ଜଣା, ସେ ଯୋଉଠି ଅଛି, ସେଠୁ ଫେରିବାର ସମୟ ନ ଥାଏ, ଫେରିଲେ ସେ ନିଜ ଆୟତ୍ତରେ ଥିବାର ସମ୍ଭାବନା ବି କମ୍।

ଆସାମୀକୁ ଦିନ ବାରଟା ସୁଦ୍ଧା କୋର୍ଟରେ ହାଜିର କରିବାକୁ ପଡିବ। ରଘୁପତି ଏକାକୀ ବାହାରି ଥିଲା ଆସାମୀକୁ ଧରି।

ରଘୁପତି କପାଳରୁ ଝାଳ ପୋଛିଲା, ଦେଖିଲା ଆକାଶକୁ। ଖରା ତେଜୁଛି ଧୀରେ ଧୀରେ। ଆଗକୁ ଆହୁରି ଦି କୋଶ ରାସ୍ତା, ଉଠାଣି ଗଡ଼ାଣି। କହିଲା, ଶୀଘ୍ର ଶୀଘ୍ର ଚାଲ। ସାର୍ ତେଣେ ଅପେକ୍ଷା କରିଥିବେ ଗାଡି ଧରି।

ଆସାମୀ ଅହଲ୍ୟା ଲୁହ ଢଳଢଳ ଆଖିରେ ଫେରି ଚାହିଁ ଦେଖିଲା ଛାଡି ଆସିଥିବା ବାଟ। ମାଇଲିଏ ଲମ୍ବା ରାସ୍ତା।

ସ୍ତ୍ରୀଲୋକଟି ହାତରେ ଛୋଟିଆ ବୁଜୁଲିଟିଏ। ତା' ଭିତରେ ଶାଢ଼ୀ ବ୍ଲାଉଜ ଦିଖଣ୍ଡି, ଡବାଏ ମୁଢ଼ି, ପାଣି ବୋତଲ। ତା' ସାଙ୍ଗରେ ଆଉ ଗୋଟିଏ ଜିନିଷ ବି।

-ଏଇଟା କଅଣ! ବାହାରିବା ଆଗରୁ, ଖାନ ତଲାସୀ କଲା ବେଳେ, ପଚାରିଥିଲା ରଘୁପତି। ଇଏ କି ଜିନିଷ?

ସେ ଥିଲା ଗୋଟିଏ ନିଦା ପଥର।

- କେଦାରନାଥ। ପ୍ରଭୁ କେଦାରନାଥ।

ଫିସ୍ ଫିସ୍ ସ୍ୱରରେ କହିଥିଲା ଅହଲ୍ୟା। ତା' ବାପା ଦେଇଛନ୍ତି, ବାହାଘର ପରଦିନ, ଝିଅ-ବିଦା ବେଳେ। କେଦାରନାଥରୁ ଆସିଥିବା ଜଣେ ସାଧୁବାବା ଦେଇଥିଲେ।

ଝିଅ ସୁଖରେ ରହିବ ଘର ସଂସାର କରି, ବହୁତ ଆଶା ଥିଲା ବୁଢ଼ାବାପର। କିନ୍ତୁ କପାଳରେ ନ ଥିଲା। ଅହଲ୍ୟା ଆଖି ଲୁହ ପୋଛିଲା।

ପଥର ଉପରେ ଝୁଣ୍ଟି ଭାରସାମ୍ୟ ହରାଇବାକୁ ଯାଉଥିଲା ଅହଲ୍ୟା। ସମ୍ଭାଳି ନେଲା। ବନ୍ଧା ହୋଇଥିବା ହାତ ଦୁଇଟା ତା' ପାଇଁ ଏବେ ବୋଝ ପାଲଟି ଯାଇଛି। ଅସୁବିଧା ହେଉଛି ଚାଲିବାକୁ। ଅଢ଼େଇ ଘଣ୍ଟାର ରାସ୍ତା। ପାହାଡିଆ, ଖାଲ ଢ଼ିପ ରାସ୍ତା।

-ପାଣି ପିଇବି।

ସେ କହିଲା ଧୀର ସ୍ୱରରେ।

ଗୋଟିଏ ହାତ ଖୋଲିଦେଲା ରଘୁପତି। ସ୍ତ୍ରୀଲୋକଟି ବୁଜୁଲି ଭିତରେ ପାଣି ବୋତଲ ଅଣ୍ଡାଳିଲା। ତା' ହାତରେ ଛୁଇଁ ହେଇଗଲା ସେହି ଶାଳଗ୍ରାମ ଗୋଟିକ। ମୁହୂର୍ତ୍ତକ ପାଇଁ ତା' ହାତଟି ଅଟକି ଗଲା।

ରଘୁପତି ବି ଦେଖିଥିଲା ବୁଜୁଲି ଭିତରେ ଆସାମୀ ଅହଲ୍ୟାର ହାତ ଅଟକି ଯାଇଥିଲା ନିଦା ପଥର ଉପରେ। ବେଶ ଓଜନିଆ ଶକ୍ତ ପଥର। ମୁଣ୍ଡ ପଛପଟୁ ଛେଚି ଦେଲେ ମୃତ୍ୟୁ ସୁନିଶ୍ଚିତ। ସେ ସତର୍କ ଆଖିରେ ଲକ୍ଷ୍ୟ କଲା ଅହଲ୍ୟାର ହାତକୁ।

ଅହଲ୍ୟା ପାଣି ବୋତଲ କାଢି ଦି ଢ଼ୋକ ପିଇଲା, ତା'ପରେ ଠିପି ବନ୍ଦ କରି ଭିତରେ ରଖିଲା। ସେହି ଅବସରରେ ତା' ହାତ ପୁଣି ଛୁଇଁଲା କେଦାରନାଥଙ୍କ ଶିଳାକୁ।

: ବାପା !

ସେ କାନ୍ଦିଲା ନୀରବରେ।

ରଘୁପତି ନ ଦେଖିଲା ଭଳି ମୁହଁ ଫେରାଇ ନେଲା।

ରାତିରେ, ରୋଷେଇଘର ବାରଣ୍ଡାରେ, ଅହଲ୍ୟା ପିଟି ପିଟି ହତ୍ୟା କରିଥିଲା ତା'ର ସ୍ୱାମୀକୁ। ରଘୁପତି ଦେଖିଛି ତା'ର ମଲା ଦେହ। ଗାଆଁ ଲୋକେ କହିଥିଲେ, ସ୍ତ୍ରୀଲୋକଟା ସେମିତି ଦୁଷ୍ଟ ନୁହେଁ, ଶାନ୍ତ, ଆଉ ପାଠୋଇ ବି। ଭଲ ରାନ୍ଧି ଆସେ, ସିଲେଇ ଜାଣେ। ଭାରି ଭଲ ପାଏ ଗୀତ ଗାଇବାକୁ। ଦଣ୍ଡେଶ୍ୱରଟା ଥିଲା ଗୋଟେ ଚଣ୍ଡାଳ। ଭାରି ଦୁର୍ଦ୍ଦାନ୍ତ, ଦୁଷ୍ଟ। କିନ୍ତୁ ତା'କୁ ଏମିତି ମାରିଦେବା ଜମା ଠିକ ହେଲାନି।

: ମତେ ସେ ଭାରି ଦୁଃଖ ଦେଉଥିଲେ ହଜୁର। ବହୁତ ଦୁଃଖ।

କହିଥିଲା ଅହଲ୍ୟା ସବଇନ୍ସପେକ୍ଟର ବାବୁଙ୍କୁ, ତାଙ୍କ ବୁଟ ପିନ୍ଧା ପାଦ ପାଖରେ ବସି। କହିଥିଲା, ସବୁଦିନେ ମାଡ଼ ଦେଉଥିଲେ, ମତେ, ମୋ ଛୁଆକୁ। ଯାହା ହାତରେ ପଡିଲା ସେଥିରେ। ମଦ ପିଇ ଆସନ୍ତି, ମାଡ଼ ମାରନ୍ତି। ତା'ପରେ ମୋ ଉପରେ ପାଶବିକ ଅତ୍ୟାଚାର କରନ୍ତି, ଅମଣିଷ ପରି, ସବୁ ଦିନ, ମୋ ଛୁଆଟା ସାମନାରେ।

ନୋଟ କରୁ କରୁ ସବ-ଇନ୍ସପେକ୍ଟର ସାହେବ ଅଟକି ଯାଇଥିଲେ। ସ୍ୱାମୀ ସ୍ତ୍ରୀ

ସମ୍ପର୍କ ଭିତରେ ରେପ୍ ଜିନିଷଟା ଧର୍ତ୍ତବ୍ୟ ହେବ କି ନାହିଁ ଭାବିଲେ। ପୁଣି ଟିପିଲେ, ହତ୍ୟା ସମୟର ଟିକିନିଖି ବିବରଣୀ। ଗୋଟିଏ କଥା ସ୍ପଷ୍ଟ ଥିଲା, ଆସାମୀ ଅହଲ୍ୟାର ସ୍ୱାମୀକୁ ମାରିବାର କୌଣସି ଯୋଜନା ନ ଥିଲା, ତା' ପାଇଁ ସେ ରାତିରେ ତିନି ରକମର ତରକାରୀ କରିଥିଲା, ତା' ମନ ପସନ୍ଦର ମାଛ ହଳଦୀପାଣି। ସେ ଜାଣି ନ ଥିଲା କାଠପିଢ଼ା ଓ ସଂଢୁଆସିରେ ମଣିଷ ଏମିତି ମରିପାରେ, ଏମିତି ମୃତ୍ୟୁ।

ନିଜକୁ ରକ୍ଷା କରିବାକୁ ସେ ସଂଢୁଆସିରେ ପ୍ରଥମେ ଗୋଟିଏ ପାହାର ଦେଇଥିଲା, ତା'ପରେ ସ୍ୱାମୀ ହାତରୁ କାଠ ପିଢ଼ା ଛଡେଇ ନେଇ ଆଘାତ କରିଥିଲା କେତେ ଥର, କହିଥିଲା, ସବୁଦିନ ପିଟୁଛ ଏଇଥିରେ, ସବୁ ଦିନ! ଆଜି ଦେଖ, କେମିତି କାଟେ! ଦେଖ ଆଜି, କେମିତି କାଟେ ମୋ' ଦେହକୁ!

ନିଶାରେ ଟୁଳୁଟୁଳୁ ହେଉଥିବା ଦଣ୍ଡେଶ୍ୱର ପିଣ୍ଡାରୁ ଖସି ପଡ଼ିଥିଲା, ମୁଣ୍ଡ ଛେଚି ହୋଇ ଯାଇଥିଲା ପଥର ପାହାଚରେ।

ନରହତ୍ୟାର ଶାସ୍ତି ଫାଶି ଦଣ୍ଡ। କିମ୍ବା ଆଜୀବନ ଜେଲ। କୋର୍ଟ ଇଚ୍ଛା କଲେ ଅବଶ୍ୟ ଚଉଦ ବର୍ଷ ଜେଲ ଦେଇ ପାରନ୍ତି।

ରଘୁପତି ଚାହିଁଲା ଆସାମୀର ମୁହଁକୁ। ଆସାମୀ ଦେଖୁଥିଲା ଆକାଶକୁ, ଆକାଶର ମେଘକୁ। ଭାରି ଆଶ୍ଚର୍ଯ୍ୟ ହୋଇଗଲା ପରି। ଯେମିତି ସେ ଆକାଶ ଦେଖିନାହିଁ, ମେଘ ଦେଖିନାହିଁ ଜୀବନରେ।

ଆସିବା ଆଗରୁ ସରପଞ୍ଚ ବାବୁ ରଘୁପତି ହାତରେ ଚାରିଟା କଦଳୀ ଦେଇଥିଲେ, କହିଥିଲେ ସାଙ୍ଗରେ ଥାଉ। ଆମ ବାଡ଼ି କଦଳୀ। ତା' ସହିତ ଦୁଇଟା ବାଡ଼ିପିଜୁଳି ବି ଦେଇଥିଲେ।

ବାହାରିବା ବେଳେ, ଅହଲ୍ୟା ମୁଣ୍ଡରେ ଓଢଣା ଦେଇ, ସରପଞ୍ଚଙ୍କୁ ମୁଣ୍ଡିଆ ମାରିଥିଲା। ଯେମିତି ସେ ବାପ ଘରକୁ ବାହାରିଛି, କାଲିକି ଫେରି ଆସିବ।

ଭୁନା ପାଖରେ କୋଉଠି ନ ଥିଲା।

-କଦଳୀ ଖାଇବ? ରଘୁପତି ପଚାରିଲା।

ଅହଲ୍ୟା କିଛି ବୁଝି ପାରିଲା ନାହିଁ।

- ଭୋକ ଲାଗୁଚି? ଖାଇବ?

ମୁଣ୍ଡ ହଲାଇ ନାହିଁ କଲା ଅହଲ୍ୟା।

ଅଳ୍ପ ଭୋକ ଲାଗୁଥିଲା। ରଘୁପତି ଦୁଇଟା କଦଳୀ ଖାଇଲା। ପାଣି ପିଇଲା। ଟିକେ ପରେ ତା'କୁ ପରିସ୍ରା ଲାଗିଲା।

-ବାଥ୍ ରୁମ ଲାଗୁଚି କି ? ଯିବ ?

ଅନ୍ୟ ଆଡକୁ ମୁହଁ କରି ଅହଲ୍ୟା ମନା କଲା।

- ମୁଁ ଟିକେ ଆସୁଚି !

ଦି' ପାଦ ଆଗକୁ ଯାଇ ରଘୁପତି ଅଟକି ଗଲା। କାନ୍ଧର ବନ୍ଧୁକଟା ଅଡୁଆ କରିବ। ସେ ଫେରି ଆସି ଅହଲ୍ୟାକୁ କହିଲା, ଏଇଟା ଧରିଥାଅ। ମୁଁ ଏଇ ଆସିଲି।

ସେ ଯେ ବଡ଼ ବୋକାମି କଲା, ପରିସ୍ରା ବସୁ ବସୁ ବୁଝି ପାରିଲା ରଘୁପତି। ଆସାମୀ ହାତରେ ବନ୍ଧୁକ ! ମୃତ୍ୟୁଦଣ୍ଡ ପାଇବାକୁ ଯାଉଥିବା ଅପରାଧୀ ଜିମାରେ ବନ୍ଧୁକ !

ପରିସ୍ରା ସାରି, ଲଟା ଉହାଡରୁ ବାହାରି ଆସି ସନ୍ତର୍ପଣରେ ଦେଖିଲା ରଘୁପତି। ସ୍ତ୍ରୀଲୋକଟି ବସିଚି ଚୁପ୍‌ଚାପ୍, ତଳକୁ ମୁହଁ କରି। ଦୁଇ ହାତରେ ମୁଠାଇ ଧରିଚି ବନ୍ଧୁକକୁ, ସବୁ ବିପଦ ଭିତରେ ଏକମାତ୍ର ସାହାରା ପରି।

ରଘୁପତି ଆସୁଥିବା ଦେଖି ସେ ହଠାତ୍ ଉଠି ପଡ଼ିଲା।

- ସାବଧାନ !

ଚିତ୍କାର କରି ସେ ଦି ପାଦ ଆଗେଇ ଆସିଲା। ହାତରେ ଥିଲା ବନ୍ଧୁକ।

ରଘୁପତି ଚମକି ଉଠିଲା ଜୋରରେ। ତା' ପାଦ ଅଟକି ଗଲା।

ଅହଲ୍ୟା ପୁଣି ଥରେ ଚିତ୍କାର କଲା - ସାବଧାନ, ସାପ ! ନାଗ ସାପ ! ଘୁଞ୍ଚି ଯାଅ !

ରଘୁପତି ଦେଖିଲା, ହଳଦୀ ରଙ୍ଗର ସାପଟିଏ ତା' ଆଗ ଦେଇ ଚାଲି ଯାଉଛି। ମାଟି ଉପରେ ସର ସର ହୋଇ। ସାପଟି ଲୁଚିଗଲା ଘାସ ପତ୍ର ଭିତରେ।

- ଚମ୍ପା ନାଗ। ଭାରି ବିଷ।

ଅହଲ୍ୟା କହିଲା। ବନ୍ଧୁକଟି ବଢାଇଦେଲା ରଘୁପତି ହାତକୁ। ତା'ପରେ, ସାରା ପୃଥିବୀରେ ଯେମିତି କିଛି ଘଟି ନାହିଁ, କିଛି ଘଟିବାର ନ ଥାଏ, ସେ ଭଳି ନିସ୍ପୃହତାରେ ଆଗକୁ ଆଗକୁ ଚାଲିବାକୁ ଲାଗିଲା।

ବାମନଗୁମ୍ଫା ପାଖରେ ପହଞ୍ଚି, ତଳକୁ ଓହ୍ଲାଇ ଆସିଲେ ଦୃଶ୍ୟ ପୁରାପୁରି ଅଲଗା। ସବୁଜ କ୍ଷେତ, ସବୁଜ ଜଙ୍ଗଲ, ସବୁଜ ଘାସ। ଝରଣାରେ ଅଳ୍ପ ଅଳ୍ପ ପାଣି।

ଦୂରରୁ, ଅନେକ ଦୂରରୁ, ଦେଖା ଯାଉଥିବା ଶିବ ମନ୍ଦିର ଆଡକୁ ଚାହିଁ ଟିକିଏ ଅଟକି ଗଲା ଅହଲ୍ୟା। ହାତ ଯୋଡ଼ି ନମସ୍କାର କଲା। ଗୁଣୁଗୁଣୁ ପ୍ରାର୍ଥନା ବୋଲିଲା କିମ୍ବା କିଛି କହିଲା ଠାକୁରଙ୍କୁ, ଅଳି କଲା ପରି। ବାଟରେ ଆସିବା ବେଳେ ତିନୋଟି ମନ୍ଦିର ପଡିଥିଲା, ଗାଆଁ ମୁଣ୍ଡର ମଙ୍ଗଳାଶାଳା ସମେତ। ସବୁଠି ସେ ଟିକେ ଟିକେ ଅଟକି ଯାଇଥିଲା, ମୁଣ୍ଡିଆ ମାରିଥିଲା। ପ୍ରାର୍ଥନା କରିଥିଲା।

କଅଣ ସେ ମାଗୁଛି ଠାକୁରଙ୍କୁ ହାତ ଯୋଡ଼ି ! ଆସନ୍ନ ଜେଲଦଣ୍ଡରୁ ତ୍ରାହି,

ଛେଉଣ୍ଡ ହୋଇ ଯାଇଥିବା ପୁଅଟି ଲାଗି ସୁକଲ୍ୟାଣ, ନା ସ୍ୱାମୀର ଆତ୍ମାର ସଦଗତି ? କିମ୍ବା ନିଜ ପାପର ଅନୁଶୋଚନା ?

ହୁଏତ ସେ ମନ୍ତ୍ର ବୋଲୁଥିଲା ଅନୁଚ୍ଚ ସ୍ୱରରେ, କିମ୍ବା କିଛି କହୁଥିଲା ମନକୁ ମନ।

ବଡ଼ ହତଭାଗିନୀଟିଏ। ବଡ଼ ଦୁଃଖିନୀ। ରଘୁପତିର ଭଉଣୀଟିଏ ଥିଲା, ସୁଭଦ୍ରା। ଗୋଟିଏ ବୋଲି ଭଉଣୀ, ଗେଲବସରର। ବାହା ହୋଇଥିଲା ବଡ଼ ଜାକଜମକରେ, ଭାରି ଖୁସିରେ ଝଲମଲ ହୋଇ। କିନ୍ତୁ ଅନେକ ଦୁଃଖ ଥିଲା ସୁଭଦ୍ରାର କପାଳରେ। ଶାଶୂଘରେ ବହୁତ କଷ୍ଟ ପାଇଲା, ଭାରି ହୀନିମାନ ହେଲା। ସ୍ୱାମୀଟା ମନ୍ଦ ପ୍ରକୃତିର, ଶାଶୂ ବି ଦୁଷ୍ଟ। ଦିନେ ରାତିରେ ସୁଭଦ୍ରା ବେକରେ ରଶି ଲଗେଇ ଦେଇଥିଲା।

ରଘୁପତି ଦେଖିଲା, ଅହଲ୍ୟା ଶିବ ମନ୍ଦିରକୁ ଚାହିଁଚି ଅପଲକ ଆଖିରେ। ପଥର ପରି ସ୍ଥିର ଅବିଚଳ। ତା' ମୁହଁଟି ଦିଶିଗଲା ସୁଭଦ୍ରାର ମୁହଁ ପରି।

ତିନୋଟି ଜୀବନ ନଷ୍ଟ ହୋଇଗଲା ରାତିକ ଭିତରେ। ତିନୋଟିଙ୍କୁ ନେଇ ଗଢ଼ା ପରିବାର। ଏ ସ୍ତ୍ରୀଲୋକଟି ସାରା ଜୀବନ ଜେଲରେ ଭିତରେ ରହିଲେ କାହାର କଅଣ ଉପକାର ହେବ ! କୋଉ ସମାଜ, କୋଉ ସରକାର, କୋଉ କୋର୍ଟ କଚେରୀର !

ଅହଲ୍ୟା ପାଖକୁ ଆସିଲା। ଚେଷ୍ଟା କଲା ହସିବାକୁ, ଅତି କଷ୍ଟର ହସ, ହସି ପାରିଲା ନାହିଁ। ତା' ଆଖି ଛଳଛଳ ହୋଇଗଲା। ସେ ହାତ ଠାରି ଦେଖାଇ ଦେଲା ଦୂରକୁ, କହିଲା - ସେଇଠି ମୋ ବାପଘର, ମୋ ଗାଆଁ।

ଶିବ ମନ୍ଦିର ଅନ୍ତରାଳରେ ବାପଘର ଗାଆଁ ଦିଶିଲା ନାହିଁ। ଧୂଆଁଟିଆ ଆକାଶ ହିଁ ଦିଶୁଥିଲା। ନିର୍ଦ୍ଦୟ ଆକାଶ।

-ତୁ ଯାଆ।

ଅହଲ୍ୟା କିଛି ବୁଝି ପାରିଲା ନାହିଁ।

-ତୁ ଚାଲିଯାଆ ତୋ' ଗାଆଁକୁ। ମୁଁ କାହାକୁ କିଛି କହିବି ନାହିଁ। ବଡବାବୁଙ୍କୁ କହିବି ନାହିଁ, କୋର୍ଟରେ କହିବି ନାହିଁ, ମୋ ଭାରିଯାକୁ କହିବି ନାହିଁ, ଜଗନ୍ନାଥଙ୍କ ରାଣ କାହାକୁ କହିବି ନାହିଁ। ତୁ ଯାଆ, ନିଖୋଜ ହୋଇ ଯାଆ କୁଆଡେ ଯାଇ। ଏଡ଼େ ବଡ଼ ସଂସାର ! ଯାଆ କୋଉଠି ଯାଇ ଲୁଚି ପଡ଼, ନିଶ୍ଚିହ୍ନ ହେଇ ଯା' !

ଅବିଶ୍ୱାସ ଭରା ଆଖିରେ ଅହଲ୍ୟା ଦେଖିଲା ରଘୁପତିକୁ। ଭୟରେ, ଆତଙ୍କରେ।

ତା' ଆଖିରୁ ଭୟ ଓ ଆତଙ୍କ ଲିଭି ଲିଭି ଆସିଲା. ଆକାଶର କଳା ମେଘ ଅନ୍ତର୍ହିତ ହୋଇ ଗଲା ପରି।

ସେ ଆସିଲା ନିକଟକୁ । କହିଲା, ଭାଇ ତୁମେ ମତେ ମାରି ଦିଅ । ତୁମେ ମତେ ଗୁଳି କରି ମାରିଦିଅ ତୁମ ବନ୍ଧୁକରେ ।

ରଘୁପତି ଚାହିଁଲା ସ୍ତ୍ରୀ ଲୋକଟିକୁ ଆଶ୍ଚର୍ଯ୍ୟ ହୋଇ ।

ସେ କହିଲା, ମତେ ଫାଶୀ ହୋଇଗଲେ ଭଲ । ଶାନ୍ତିରେ ମରିଯିବି । କିନ୍ତୁ ଯଦି ଫାଶୀ ନ ହୁଏ, ଯଦି ସାରା ଜୀବନ ପାଇଁ ଜେଲ ହୋଇଯାଏ ? କେମିତି ମୁଁ ବଞ୍ଚିବି ଏତେ ଗୁଡ଼ାଏ ଦିନ, ଜେଲ ଭିତରେ ? କି ଆଶା ନେଇ ମୁଁ ବଞ୍ଚିବି, କାହା ଲାଗି ବଞ୍ଚିବି ?

... ଭାଇ, ମୋତେ ତୁମେ ମାରି ଦିଅ । ତୁମେ କହିବ ତୁମେ ମତେ ଗୁଳି କରିଦେଲ, ମୁଁ ଖସି ପଳାଇ ଯାଉଥିଲି ବୋଲି । ତୁମକୁ ତା'ପରେ ପୁରସ୍କାର ମିଳିବ । ବଡ଼ ପୁରସ୍କାର ।

ଦୁଇ ହାତରେ ଓ ଅଣ୍ଟାରେ ଶିକୁଳି-ବନ୍ଧା ସ୍ତ୍ରୀଲୋକଟି, ଯାହାର ନାମ ଅହଲ୍ୟା, ତା'ପରେ ଆଣ୍ଠୁ ମାଡି ବସି ପଡ଼ିଲା ଭୂଇଁରେ, ରଘୁପତିର ପାଦ ତଳେ ।

■

ଆବନ୍ଧ

ଥାନା ଇନ-ଚାର୍ଜ ହୋଇ ଯୋଗ ଦେବାର ସପ୍ତାହେ ପରେ ମୋର ସେହି ଲୋକଟି ସହିତ ଦେଖା ହୋଇଥିଲା।

ଲୋକଟିର ଦୁର୍ବଳ ଶୀର୍ଣ୍ଣ ମୁହଁଟିରେ କିଛି ବିଶେଷତ୍ୱ ନଥିଲା, କେବଳ ଆଖି ଦୁଇଟିକୁ ବାଦ ଦେଲେ।

ପାହାନ୍ତା ପହରକୁ ମୁଁ ପାଖ ଗାଆଁରୁ ଫେରୁଥିଲି, ଗୋଟେ ରାତିଅଧିଆ ଗଣ୍ଡଗୋଳର ସମାଧାନ କରି, ଲୋକଟି ସହିତ ମୋର ଭେଟ ହୋଇଗଲା, ତାଳ ଓ ଖଜୁରୀ ବଣର ଅନ୍ଧାରିଆ ଗଳି ବାଟ ଭିତରେ।

ମୋତେ ଦେଖି ସେ ଟିକେ ଚମକି ପଡ଼ିଲା, ମୁଁ ବି ଆଶ୍ଚର୍ଯ୍ୟ ହୋଇଗଲି।

ସେ ମୋତେ ଚିହ୍ନି ନଥିଲା, ଆଗରୁ ହୁଏତ ଦେଖି ବି ନଥିଲା, ସେ ଟିକେ ଆଡେଇ ଠିଆ ହୋଇଗଲା।

ମୁଁ ତା'କୁ ପଚାରିଲି, କୁଆଡେ ବାହାରିଚ?

ସେ କିଛି କହିଲା ନାହିଁ। ମୁଁ ତା' ହାତକୁ ଚାହିଁଲି। ସେ ହାତରେ ଧରି ଥିଲା ଗୋଟିଏ ଟିଫିନ ବାକ୍‌ସ, ଲିଭିଯାଇଥିବା ଲଣ୍ଠନ ଓ ଖଣ୍ଡିଏ ବହି।

ଲୋକଟି ନିରୁତ୍ତର ରହିଲା, ଯେମିତି ପ୍ରଶ୍ନଟି ତା' ପାଇଁ ଉଦ୍ଦିଷ୍ଟ ନୁହେଁ।

ରାତି ଅନିଦ୍ରା ହୋଇ ମତେ ଭାରି କ୍ଲାନ୍ତ ଲାଗୁଥିଲା, ମୁଁ କିଛି ନ କହି ମୋ ବାଟରେ ଚାଲିଗଲି।

ଲୋକଟି ସହିତ ମୋର ପୁଣି ଦେଖା ହୋଇଥିଲା ରାତି ନଅଟାରେ, ଗାଁ ସେପାଖ ଶ୍ମଶାନ ରାସ୍ତାରେ। ଶ୍ମଶାନ ସେପାଖେ ଆଉ କିଛି ନାହିଁ, ଖାଲି ଜଙ୍ଗଲ ରାସ୍ତା ଓ ପଙ୍କ ପୋଖରୀ।

'କୁଆଡେ ଯାଉଚ?'

ଲୋକଟି ଏଥର ବି କିଛି ଉତ୍ତର ଦେଲା ନାହିଁ, ମଇଳା ଲଣ୍ଠନ ଆଲୁଅରେ ବାଟ ଦେଖି ଦେଖି ଆଗକୁ ଯିବାକୁ ଲାଗିଲା।

ତା' ହାତରେ ଥିଲା ସେହି ଆଲୁମିନିୟମ୍ ଟିଫିନ ବାକ୍ସ ଓ ବହି ଖଣ୍ଡେ।

ରାତି ଅନ୍ଧାରରେ ଏ ବାଟେ କେହି ଯିବା କଥା ନୁହେଁ। ଏ ବାଟେ ହୁଏତ ଗୋବିନ୍ଦପୁର ହାଟକୁ କମ୍ ସମୟ ଲାଗେ, କିମ୍ବା ପ୍ରାଇମେରୀ ସ୍କୁଲକୁ ଯିବାକୁ ପାଖ ପଡେ, କିନ୍ତୁ ଲୋକେ ଏ ବାଟ ଦେଇ ପ୍ରାୟ ଯାଆନ୍ତି ନାହିଁ।

ଲୋକଟି ଧୀରେ ଧୀରେ ଶ୍ମଶାନ କଡ଼ ଶିମୁଳି ଗଛ ଉହାଡରେ ଅଦୃଶ୍ୟ ହୋଇଗଲା। ଛାଇଟିଏ ପରି।

କିଛିଦିନ ପରେ ଜାଣିଲି ଲୋକଟି କଥା କହେ ନାହିଁ, କଥା ସେ କହିନାହିଁ ଅନେକ ଦିନ ଧରି।

ଶରଧାପୁର ଗ୍ରାମଟି ଏତେ ବଡ଼ ନୁହେଁ, ଆଗରୁ ଏଠି ଗୋଟେ ଆଉଟ୍‌ପୋଷ୍ଟ୍ ଥିଲା; ଗତ ବର୍ଷ ଥାନାରେ ପରିଣତ ହୋଇଛି। କ୍ୱାର୍ଟର କି ଅଫିସ ଘର କିଛି ନାହିଁ, ପଞ୍ଚାୟତ ବାଲାଏ ଅଫିସ ପାଇଁ କିଛି ଜାଗା ଛାଡି ଦେଇଛନ୍ତି।

ଗାଆଁ ଚାରିପାଖେ ପାହାଡ଼, ଜଙ୍ଗଲ, ଖରାଦିନେ ଶୁଖି ଯାଉଥିବା ନଦୀ।

ପ୍ରମୋସନ ପାଇ ଆସିଥିଲି, ଏଣୁ ସନ୍ତୁଷ୍ଟ ଥିଲି। ହାକିମ ବି କଥା ଦେଇଥିଲେ ଏଠି ବର୍ଷେ ଖଣ୍ଡେ ରହିଲା ପରେ ଭଲ ଜାଗା ଦେଖି ରଖିଦେବେ।

ଛୋଟ ଗାଁଟି ଭିତରେ ପୋଷ୍ଟ୍ ଅଫିସ, ଆର.ଆଇ ଅଫିସ, ଜଙ୍ଗଲ ବିଭାଗର ଦଦରା ଡାକ ବଙ୍ଗଳା। ମତେ ଡାକ ବଙ୍ଗଳାରେ ରୁମ୍‌ଟିଏ ମିଳିଥିଲା, ଅସ୍ଥାୟୀ ଭାବେ ରହିବା ପାଇଁ।

ସେଇ ଡାକ ବଙ୍ଗଳାର ବାରଣ୍ଡାରେ ବସି ମୁଁ ଦିନେ ବଡି ସକାଳୁ ଚା' ପିଉଚି, ସେହି ଲୋକଟିକୁ ଦେଖିଲି ରାସ୍ତାରେ। ଚୁପଚାପ୍ ସେ ଚାଲୁଥିଲା କୁଆଡ଼କୁ ନ ଚାହିଁ।

ଲୋକଟି ହାତରେ କଳା ପଡିଯାଇଥିବା ଲଣ୍ଠନ, ଟିଫିନ୍ ଡବା ଓ ବହି ଖଣ୍ଡିଏ।

ଲୋକଟାର ହାତରୁ ଠକ୍ କରି ବହିଟି ଖସି ପଡ଼ିଲା। ସେ କିନ୍ତୁ ସେମିତି ଚାଲିବାକୁ ଲାଗିଲା, ଅନ୍ୟମନସ୍କ ଭାବରେ, କୁଆଡ଼କୁ ନ ଚାହିଁ।

: ତୁମ ବହିଟା ଖସି ପଡ଼ିଲା....

ମୁଁ ପଛରୁ ଡାକିଲି। ସେ ମୁହଁ ଫେରାଇ ମତେ ଦେଖିଲା, ତା'ପରେ ତଳେ ପଡିଥିବା ବହିକୁ। ସେ ନଇଁ ପଡି ବହିଟି ଉଠେଇ ନେଲା।

: କି ବହି ସେଇଟା ?

ମୁଁ ପଚାରିଲି ।

ନୀରବରେ, ବିନୀତ ଛାତ୍ର ପରି ସେ ବହିଟି ଦେଖାଇ ଦେଲା । ଖଣ୍ଡେ ଗଣିତ ବହି ।

ଆଉ କିଛି ନ କହି ଲୋକଟି ଚାଲି ଗଲା ତା' ବାଟରେ ।

ମତେ ଆଉ କପେ ଚା' ଢାଳି ଦେବାକୁ ଆସିଥିବା ବୋଲହାକ ପିଲାଟି କହିଲା, ସେ ବୁଢ଼ା କାହାକୁ କିଛି କଥା କୁହେ ନାହିଁ ।

: କାହିଁକି ?

: ତା' ମନ ! ସେତେବେଳେ ଆପଣ ଯଦି ଏଠି ଥାଆନ୍ତେ, ସିଧା ତା'କୁ ଜେଲ ଠୁକି ଦେଇ ଥାଆନ୍ତେ !

ମୁଁ ପୁଣି ପଚାରିଲି : କାହିଁକି ?

: ସବୁକଥା ହାବିଲଦାର ବାବୁ କହିବେ । ନାଇଁ ସିଏ ତ ବହୁତ ପରେ ଆସିଲେ, ସରପଞ୍ଚ ବାବୁଙ୍କୁ ସବୁ ଠିକ୍ ଠିକ୍ ଜଣା ।

ପଞ୍ଚୁବାବୁ ସରପଞ୍ଚ ନିଜଆଡୁ ସେ କଥା କହିଲେ । ଦିନକ ପରେ ।

ନିଶା ନିବାରଣ ଉପରେ ପଞ୍ଚାୟତ ଗୋଟିଏ ସଭା କରିଥଲେ, ଗାନ୍ଧୀ ଜୟନ୍ତୀ ଦିନ, ମତେ ଡାକିଥିଲେ, କହିଥିଲେ ଆପଣଙ୍କୁ ଛାଡି ଏ ମିଟିଙ୍ଗ୍ କରିବାର କିଛି ଅର୍ଥ ନାହିଁ ।

ମୁଁ ଯାଇଥିଲି । ପ୍ରାଇମେରୀ ସ୍କୁଲର ବାରଣ୍ଡାରେ ସଭା ବସିଥିଲା ।

ସଭା ସରିବା ପରେ ଚା' ପିଉ ପିଉ ମୁଁ ପଞ୍ଚୁବାବୁଙ୍କୁ କହିଥିଲି, ଇସ୍କୁଲ ଘର କରିବାକୁ କ'ଣ ଆଉ କୋଉଠି ଜାଗା ମିଳିଲା ନାହିଁ ? ଗାଁ ଭିତରେ ଏତେ ଜାଗା ପଡିଛି !

: ସବୁ ସେଇ ରାଜନୀତି ଆଜ୍ଞା, କାହାକୁ କ'ଣ ଆଉ କହିବା !

ସରପଞ୍ଚ କହିଲେ ପ୍ଲେଟରେ ଚା' ଢାଳି ପିଉ ପିଉ ।

: ନରଣଗଡ଼ ବାଲାଏ କହିଲେ ତାଙ୍କ ଗାଆଁରେ ସ୍କୁଲ ହବ, ଗୋବିନ୍ଦପୁର ବାଲାଏ କହିଲେ ତାଙ୍କ ଗାଆଁରେ ସ୍କୁଲ ହବ, ଆଉ ଆମ ଗାଆଁ ଲୋକେ ବି ଛାଡିଲେ ନାହିଁ । ଭାରି ଯୁକ୍ତିତର୍କ ହେଲା ମିଟିଙ୍ଗରେ ।

....ଶେଷକୁ ଜିଲାପାଳ ସାର୍ ଚିଡ଼ିକି ଯାଇ ତହସିଲଦାରଙ୍କ ହାତରୁ ମ୍ୟାପ ଖଣ୍ଡିକ ଛଡେଇ ନେଲେ । ନାଲି କଲମରେ ଗୋଟେ ଚିହ୍ନ ଦେଇଦେଲେ, କହିଲେ, ଇସ୍କୁଲ ଘର ଏଇଠି ହବ ।

ସ୍କୁଲ ଘରଟି ଏବେ ଛିଡା ହୋଇଛି ତିନୋଟି ଗାଆଁର ଠିକ୍ ମଝିରେ, ଜ୍ୟାମିତିକ କେନ୍ଦ୍ର ବିନ୍ଦୁ ଉପରେ, ଅପନ୍ତରା ଭୂଇଁରେ। ଏ ପାଖରେ ବୁଦାବୁଦା ଜଙ୍ଗଲ, ସେପାଖରେ ଶ୍ମଶାନ। ଏଇ ମୁହଁସଞ୍ଜ ଅନ୍ଧାର ଭିତରେ ବି ଚାରିଆଡ଼ ଦିଶୁଚି ନିଃସଙ୍ଗ ପରିତ୍ୟକ୍ତ।

ଚା' ପ୍ଲେଟ୍ ଓଠ ପାଖକୁ ନେଇ ମୁହଁ ଫେରାଇ ନେଲେ ପଞ୍ଚୁବାବୁ। ବିମର୍ଷ ସ୍ୱରରେ କହିଲେ, ସ୍କୁଲ ଘରଟା ଏଇଠି ନଥିଲେ ସେ ଦିନର ସେଇ ଘଟଣାଟା ଘଟି ନଥାନ୍ତା।

: କୋଉ ଘଟଣା ?

...ଆପଣ ଦେଖିଥିବେ ତ ତାଙ୍କୁ ? ସାଧୁପଣ୍ଡିତଙ୍କୁ !

କହିଥିଲି, ସାଧୁପଣ୍ଡିତ ବୋଲି ମୁଁ କାହାରିକୁ ଜାଣି ନାହିଁ।

: ଆପଣ ଆଙ୍କା ଦେଖି ନାହାନ୍ତି ? ସବୁଦିନ ସକାଳେ ସଂଜରେ ଏଇ ବାଟେ ଯାଆନ୍ତି, ହାତରେ ଧରିଥାଆନ୍ତି ଖଣ୍ଡେ ଗଣିତ ବହି, ଗୋଟେ ଲଣ୍ଠନ !

: ହଁ, ଦେଖିଚି ତ ! ଲୋକଟା ପାଗଳ ନା କ'ଣ ?

: ଆପଣ ଯେମିତି ଭାବିବେ।

ଦୂରରୁ ଖସ୍ ଖସ୍ ଶବ୍ଦ ଶୁଭିଲା, ଚଢ଼େଇମାନେ ଗଛ କୋରଡ ଅନ୍ଧାର ଭିତରେ ଫଡ ଫଡ ହେଲେ।

: ସେଇ ଭାଲୁଟା କି କଅଣ ! ମଝି ମଝିରେ ଭାରି ଉତ୍ପାତ କରେ। ଚାଲନ୍ତୁ ସାର୍ ଫେରିବା। ଆପଣଙ୍କ ଡିନର୍ ଖାଇବା ଟାଇମ୍ ହୋଇ ଗଲାଣି।

ସେଦିନ ନୁହେଁ, ପରଦିନ ବୋଲହାକ କରୁଥିବା ପିଲାଟି ପଚାରିଲା, ଆପଣ ସାର୍ ଭୂତ ଦେଖିଛନ୍ତି ? ମାନେ ସତ ସତିକା ଭୂତ !

ସେତେବେଳେ ରାତି ଏଗାରଟା। କଙ୍କଡ଼ାପଟିରେ ଗୋଟେ ଚୋରି କେଶ୍ ତଦନ୍ତ କରି ଫେରିଥାଏ। ଭାରି ଥକା ଲାଗୁଥିଲା, କ'ଣ ଟିକେ ଖାଇଦେଇ ଶୋଇ ପଡିବା କଥା।

: ଏଇ ଡାକବଙ୍ଗଳାରେ ଗୋଟେ ଭୂତ ରହୁଥିଲା, ବହୁତ ବର୍ଷ ତଳେ। ଏବେ ତ ବୁଢା ହେଇଗଲାଣି, ଆଉ ବାହାରୁ ନାହିଁ। କିନ୍ତୁ ଗାଆଁ ସେ ମୁଣ୍ଡ ଇସ୍କୁଲ ଘରେ ପିଲା-ଭୂତଟିଏ ଅଛି। ଦିନେ ଦିନେ ରାତିରେ ଭାରି କାନ୍ଦେ। ସାରା ରାତି କାନ୍ଦୁଥାଏ।

ମୁଁ ଏ ଆଲୋଚନାରେ ଭାଗ ନେବାକୁ ଆଗ୍ରହୀ ନଥିଲି, ଛକଡି ଖୁବ ଗପୁଡା ଟୋକା, କଥା କହି କହି ରାତି ପୁହାଇ ଦେବ। ସେ ବାସନ ଉଠାଇ ଚାଲିଗଲା।

ଚୋରି ମାମଲାରୁ ଜାତିଆଣ କନ୍ଦଳ, ଦୁଇ ଗାଆଁ ଭିତରେ। ମତେ ଚାରି ଦିନ ବ୍ୟସ୍ତ ରହିବାକୁ ପଡିଲା, କଙ୍କଡାପଟିରେ କଟିଗଲା ଦୁଇଟା ରାତି।

: କାଲି ବି ସେ ଆସିଥିଲା ରାତିରେ, ଆରାମ କରି ଶୋଇଥିଲା ରାତିଯାକ ଆପଣଙ୍କ ଗଦି ଚଉକିରେ।

ଛକଡି କହିଲା, ମୁଁ ଡାକ ବଙ୍ଗଳାକୁ ଫେରିବା ପରେ।

: କିଏ ସେଇ ବୁଢା ଭୂତ ?

: ହେତ୍ ସାର୍ ! ଟିକିଏ ଲାଜେଇ ଗଲା ଛକଡି, ମୋ ପରିହାସରେ। କହିଲା, ମୁଁ ସାର୍ ସେଇ ଅଲକ୍ଷଣୀ କାଳି ବିଲେଇଟା କଥା କହୁଥିଲି। ସବୁଦିନ ସେ ଓର ଉଣ୍ଡି ବସିଥିବ, କେମିତି ଯାଇ କି ଆପଣଙ୍କ ଗଦି ଚଉକି ଉପରେ ବସିପଡିବ, ନଥି କିନା। ସେଇ ଚଉକିଟା ଉପରେ ତା'ର ଯୋଉ ଲୋଭ ! ଝୁଅ ଜାଣିନାଇଁ ଯେ ସେଇଟା ଗୋଟେ ପୁଲିସି ହାକିମର ଚଉକି, ଗୋଟେ ବୁଲେଟରେ ଫାଆଁ ....

ମୁଁ ଖାଇ ବସିଲି। ସେ ପୁଣି ଆରମ୍ଭ କଲା, କାଲି ରାତିଠୁ ସେ ପୋଡ଼ାମୁହିଁ କେତେବେଳେ ଯାଇ ଶୋଇଛି, ମତେ ଜଣା ନାହିଁ। ଆଜି ସଂଜକୁ ଯେମିତି କବାଟ ଖୋଲିଛି, କୁଦି ତ ପଡିଲା ମୋ ଉପରକୁ, ଗର୍ଜନ କରି, କଟମଟ ଆଖିରେ, ଯେମିତି ମତେ ଜୀଅନ୍ତା ଖାଇଯିବ ! ସତେ ଯେମିତି କି ମୁଁ ତା'କୁ ଜାଣିଶୁଣି ଭିତରେ ବନ୍ଦ କରିଦେଇଥିଲି।

ଏଇ ଖାଲି ଡାକବଙ୍ଗଳା ଭିତରେ ଛକଡ଼ିର ତିନୋଟି ସହଚର। ଗୋଟିଏ ନେଉଳ, ଗୋଟିଏ କାଳି ବିଲେଇ ଓ ଗୋଟିଏ ପକେଟ ଟ୍ରାନଜିଷ୍ଟର। ବିଲେଇ ସହିତ ତା'ର ବନ୍ଧୁତ୍ୱ ସେତେ ଶାନ୍ତିପୂର୍ଣ୍ଣ ନୁହେଁ।

କହିଲି : ଜହ୍ନି ଚଡ଼ଚଡ଼ିଟା ଭାରି ଭଲ ହେଇଚି। କାଙ୍କଡ଼ ଏବେ ମିଳିଲାଣି ହାଟରେ ? ଏଠି କେନ୍ଦୁ ମିଳେ ପରା !

ଗାଲରେ ହାତ ଦେଇ ବସିଥିଲା ଛକଡି, କ'ଣ ଭାବି ଭାବିକା। କହିଲା, ଯଦି ଚବିଶ ଘଣ୍ଟା ରୁମ୍ ଭିତରେ ଅଟକି ରହି ବିଲେଇଟା ଏମିତି ଛଟପଟ ହେଇ ଯାଉଚି, ପାଗଳ ହେଇ ଯାଉଚି, ତେବେ ଭାବନ୍ତୁ ତ ସାର୍, ଦୁଇ ମାସ ଗୋଟେ ରୁମ୍ ଭିତରେ ତାଲା ପଡି ରହିଗଲେ କି କଷ୍ଟ ହେଇଥିବ ସେ ପିଲାଟିର ! କି ସାଙ୍ଘାତିକ କଷ୍ଟ !

ଛକଡ଼ିର କଥା ମତେ ଅବୋଧ ମନେ ହେଲା। ମୋ ଅଇଁଠା ଭାତ ଖାଇବାକୁ ଅପେକ୍ଷା କରିଥିବା କଳା ବିଲେଇଟି ଗୋଟିଏ ଅଶରୀରୀ ଆତ୍ମା ଭଳି ଚାଲିଗଲା ବାରଣ୍ଡାର ଅନ୍ଧାର ଭିତରେ।

ସେହି ଅନ୍ଧାର ଭିତରକୁ ଚାହିଁ ଛକଡ଼ି ଚେଷ୍ଟା କଲା କିଛି ଖୋଜି ଦେଖିବାକୁ। କିଛି ଅସ୍ପଷ୍ଟ ସ୍ୱର ଶୁଣିବାକୁ। କହିଲା, ମତେ ଲାଗେ ପିଲାଟି ସେଇଠି ବସି କାନ୍ଦୁଛି, ଏକୁଟିଆ। ଅନ୍ଧାର ଭିତରେ, ସାରା ରାତି।

... ସେ ମୋ'ଠୁ ଦୁଇ ବର୍ଷ ସାନ ଥିଲା, ପଢୁଥିଲା ତୃତୀୟ ଶ୍ରେଣୀରେ।

... ସେ ମରିଗଲା, ତା'କୁ ସେମାନେ ମାରିଦେଲେ।

ପୁରା ବୃତ୍ତାନ୍ତଟି ସେ ମତେ କହିଥିଲା ସେଇ ରାତିରେ। ସେ ଏମିତି ଏକ କାହାଣୀ ଯାହା ରାତିର ନିଦ ହଜାଇ ଦେବ।

ତା' ପରଦିନ କଙ୍କଡ଼ାପଟିରୁ ମୁଁ ଫେରିଲା ବେଳକୁ ସଞ୍ଜ ହୋଇସାରିଥିଲା। ବାଟରେ ସେହି ପ୍ରାଇମେରୀ ସ୍କୁଲ, ସେହି ନିର୍ଜନତା, ସେହି ଅନ୍ଧାର। ସାତ ବର୍ଷ ତଳେ ଏଇ ସ୍କୁଲ ଭିତରୁ ଶୁଭୁଥିଲା ବିକଳ କାନ୍ଦର ସ୍ୱର, ଗୋଟିଏ ସାତ ବର୍ଷର ପିଲାର। କେହି ଶୁଣିପାରିଲେନି ସେହି କାନ୍ଦ, ସେହି କୋହ।

ସାଧୁ ପଣ୍ଡିତ ପାଠରେ ଯେମିତି ପ୍ରବୀଣ, ଶୃଙ୍ଖଳାରେ ସେମିତି କଠୋର। ତୃତୀୟ ଶ୍ରେଣୀର ପିଲାଟିଏ ମିଶାଣ ଫେଡାଣ ଜାଣିବ ନାହିଁ, ସାତକ ପଣକିଆ ମୁଖସ୍ତ ଦେଇ ପାରିବ ନାହିଁ, ଏ କେମିତି କଥା! ପିଲାଟା ବି ଭାରି ଦୁଷ୍ଟ, ପଡ଼ିଆରେ ଧାଉଁଥିବ ପ୍ରଜାପତି ପଛରେ ପାଗଳଙ୍କ ପରି, ଏଣୁ ଏଣୁ ଛବି ଆଙ୍କି ପକାଉଥିବ ଗଣିତ ଖାତାରୁ କାଗଜ ଚିରି, ଝରକା ସେପାଖର ଏଣ୍ଡୁଅ କି ଗୁଣ୍ଡୁଚିମୂଷାକୁ ଅନେଇ ଥିବ ପାଠ ନ ଶୁଣି, ଏ ସବୁ ତ ଆଦୌ ଭଲ ଲକ୍ଷଣ ନୁହେଁ!

ଖରା ଛୁଟି ଆଗ ଦିନ ପର୍ଯ୍ୟନ୍ତ, ଏତେ କରି ଶିଖେଇବା ସତ୍ତ୍ୱେ, ସାତକ ପଣକିଆ ଠିକ୍ ଠିକ୍ ମୁଖସ୍ତ ଦେଇ ନ ପାରିବା ଅପରାଧରେ, ତା'କୁ ଦଣ୍ଡ ଦେବାକୁ ନିଷ୍ପତ୍ତି ନେଲେ ପଣ୍ଡିତ ମହାଶୟ। ଚାରିଟା ବେଳେ, ଲମ୍ବା ଦୁଇମାସ ପାଇଁ ସ୍କୁଲ୍ ଛୁଟି ହେବା ଦିନ, ଘୋଷଣା କଲେ ବରଜୁ ଆଜି ସ୍କୁଲରେ ଡିଟେନ୍ ରହିବ। ତିନିରୁ ସାତକ ଯାଏ ପଣକିଆ ଦଶ ଥର ଲେଖିବ, ତା' ସାଙ୍ଗରେ ମିଶାଣ ଫେଡାଣ ପଚିଶ ଖଣ୍ଡ। ସ୍କୁଲପିଅନ୍ ଖୁସିରାମ ପାଇଁ ନିର୍ଦ୍ଦେଶ ରହିଲା, ସେ ଯେମିତି ଜଗି ବସି ଦେଖୁଥାଏ, ସଞ୍ଜ ଠିକ୍ ଛଅଟା ହେଲା ପରେ ବରଜୁ ଘରକୁ ଯିବ। ତା'ପରେ ତାଲା ପଡିବ ସ୍କୁଲରେ। ଆଗରୁ ନୁହେଁ।

ଖୁସିରାମ ଲୋକଟା ମନ୍ଦ ନୁହେଁ, ସ୍ନେହୀ ମଣିଷ, ପିଲାଙ୍କୁ ଭାରି ଭଲପାଏ, ତା'ର ଖାଲି ଗୋଟିଏ ଦୁର୍ବଳତା। ଟିକେ ନିଶା ପାଣି ଅଭ୍ୟାସ ଅଛି, ଅଫିମ ହେଉ, ମଦ ହେଉ, ଗଞ୍ଜେଇ ହେଉ। ସ୍କୁଲ ବାରଣ୍ଡାରେ ବସିବସି ଚିଟା ଲାଗୁଥିଲା, ସେ ଅଫିମ ଟେଳାଏ ପାଟିରେ ଜାକି ଘୁମେଇବାକୁ ଲାଗିଲା। ତା' ନିଦ ଭାଙ୍ଗିଲା ଠିକ ଛଅଟା ବେଳକୁ। ସେ କାଳ ବିଳମ୍ବ ନ କରି, ଆଦେଶ ମୁତାବକ, ସ୍କୁଲ୍ ଘରେ ତାଲା ପକେଇଦେଲା। ତା'ପରେ ଘରକୁ ଗଲା। ରାତି ଗାଡିରେ ସେ ଚାଲିଗଲା ହଜାରିବାଗ, ଗୋଟିଏ ବସ ଓ ଦୁଇଟି ଟ୍ରେନ ବଦଳାଇ। ସେଇଠି ତା' ଶଶୁର ଘର।

ରାତି ଆଠଟା ଯାଏ ଯେତେବେଳେ ବରଜୁ ଘରକୁ ଫେରିଲା ନାହିଁ, ତା' ବିଧବା ମାଆଟି ଭାରି ବ୍ୟସ୍ତ ହୋଇ ପଡ଼ିଲା । ପଡ଼ିଶାଘରର ଜଣକୁ ଧରି ଖୋଜାଖୋଜି କଲା । ରାସ୍ତାଘାଟ, ଦୋକାନ ବଜାର, ସାଙ୍ଗସାଥୀଙ୍କ ଘର, ନଈ ପୋଖରୀ କୂଅ, ପାହାଡ଼, ଜଙ୍ଗଲ । ସ୍କୁଲକୁ ବି ।

ସ୍କୁଲ୍ ଘରେ ପହଞ୍ଚିଲା ବେଳକୁ ରାତି ବାରଟା । ଝାଡ଼ବଣ ସେପାଖରେ ଶ୍ମଶାନର ନିଆଁ; ଅଧାଜଳା ଚିତାଟିଏ ମଡ଼ମଡ଼ ଭାଙ୍ଗି ପଡୁଛି ପାଉଁଶ ହୋଇ, ଧୂଆଁ ହୋଇ । ପବନରେ ପୋଡା ମାଂସର ଗନ୍ଧ । ସେହି ଆଧିଭୌତିକ ଅନ୍ଧାର ଭିତରେ ସ୍କୁଲ ଘରଟି ଆଚ୍ଛନ୍ନ ହୋଇ ରହିଥିଲା, ସତେ କି ବିପନ୍ନ ଆତଙ୍କରେ ଅଚେତନ ।

ବିଧବା ମାଆଟି ପୁଅକୁ ଡାକିଲା ପାଟି କରି, ତା' ତଣ୍ଟି ପଡିଯାଇଥିଲା କାନ୍ଦି କାନ୍ଦି, ଡାକି ଡାକି । ସ୍କୁଲ୍ ଘର ଭିତରୁ କିଛି ଜବାବ ମିଳିଲା ନାହିଁ । ଗଛ କୋରଡ ଭିତରେ ଚମକି ଉଠି ପଡୁଥିବା ଶାବକ ପକ୍ଷୀମାନଙ୍କୁ ମାଆମାନେ ପ୍ରବୋଧ ଦେଇ ଶୁଆଇ ପକେଇଲେ । ବୁଲା କୁକୁରଟିଏ ଭୁକିଲା ଦୁଇଥର । ସ୍କୁଲ ଘରଟି ସତେ କି ଜାକିଜୁକି ହୋଇଗଲା ଭୟ ଓ ଆଶଙ୍କାରେ ବିବଶ ଶିଶୁଟିଏ ଭଳି । ଅବା କାନ୍ଦିକାନ୍ଦି ଶୋଇଥିବା ନବଜାତ ପରି । ଗହୀର ନୀରବତା ଭିତରେ ମହୁଲ ଫୁଲ କେତୋଟି ଝରି ପଡିଲେ ଟୋପା ଟୋପା ନିରାଶା ପରି ।

ବରଜୁ ନିଖୋଜ ହୋଇଯାଇଥିଲା ସେଦିନ ସଞ୍ଜୁଠୁ । ଯେମିତିକି ମିଳେଇ ଯାଇଛି ପବନରେ । ଖୁସିରାମ କୌଣସି ସୁରାକ ଦେବାକୁ ମହଜୁଦ୍ ନ ଥିଲା ଗାଁରେ, ସାଧୁ ପଣ୍ଡିତ ବି ନଥିଲେ, ନୀଳଗିରି ଯାଇଥିଲେ ପଞ୍ଚଲିଙ୍ଗେଶ୍ୱରଙ୍କୁ ଦର୍ଶନ କରିବା ପାଇଁ ।

ଛକଡି କହିଥିଲା, ଆପଣ ଆଜ୍ଞା ଭାବି ପାରୁଚନ୍ତି କେମିତି ସେ ପିଲାଟି କଟେଇଥିବ ସେ ଦିନ ଗୁଡ଼ାକ ! ମଶାଣି ସେପାଖ ଇସ୍କୁଲ ଘର ଭିତରେ ଏକୁଟିଆ, କେହି କୁଆଡେ ନାହାନ୍ତି ! ସାଙ୍ଗରେ ଖାଲି ଭୋକ ଶୋଷ ଭୟ ଅନ୍ଧାର ।

ବାନା ଗଉଡ଼ କୁଆଡେ କହିଥିଲା, ଜାଣିଚ ନା ଜଗୁଭାଇନା, ଇସ୍କୁଲ ପଛ ପଟେ, ମଶାଣି ସେପାଖ ଅନ୍ଧାର ବୁଦା ମୂଳରେ, ଗୋଟେ ପାତାଳୀ ଭୂତ ବସା କରିଛି... ଦିନରେ କାନ୍ଦୁଥାଏ, ରାତି ଯାକ ହସୁଥାଏ, ଭାବ ଯେମିତି ଛୋଟ ପିଲାଟେ ! ସେଦିନ ବଉଳା ଗାଈଟା ହଜି ଯାଇଥିଲା, ଖୋଜି ଖୋଜି ସେଇଠି ହାବୁଡି ଯାଇଥିଲି, ଆଉ ମୁଁ ଯାଏ କୁଆଡେ ଲୋ ମୋ' ମାଆ, ସେଇ ପାତାଳୀଟା ତ ଚିଚାରି ପକେଇଲା, ଗାଁ ଗାଁ ଶବ୍ଦରେ, ଜାଣି ତ ପାରିବ ନାଇଁ କୋଉଠି ଆସ୍ଥାନ କରିଛି, ଆକାଶରେ ନା ପାତାଳରେ !

ଦୁଇ ମାସ ପରେ ସ୍କୁଲ ଖୋଲିଥିଲା, ଅତି ହୃଦୟ ବିଦାରକ ଥିଲା ସେହି

ଦିନର ଦୃଶ୍ୟ। ଚଟାଣରେ ପଡିରହିଥିଲା ଗୋଟିଏ ବାଳକର ପଚି ସଢ଼ି ଯାଇଥିବା ଶବ, ମଶାଣିର ଅସଂଖ୍ୟ ଶବ ଗନ୍ଧ ଭିତରେ କ୍ରମଶଃ ବିଲୀନ ହୋଇ ଯାଇଥିଲା ସେ ଦେହର ଗନ୍ଧ। ପିଲାଟି ବଞ୍ଚିବାକୁ ସବୁ ପ୍ରକାର ଚେଷ୍ଟା କରିଥିଲା। ଡାକି ଡାକି ଥକି ଯିବାପରେ ସେ ଚେଷ୍ଟା କରିଥିଲା ଜୀଇ ରହିବା ପାଇଁ, କୌଣସି ପ୍ରକାରର ଜୀବନ। ସେ ତା' ସାହିତ୍ୟବହିରୁ କେତେ ପୃଷ୍ଠା ଖାଇ ଦେଇଥିଲା, ତା' ନିଜ ସ୍କୁଲ ପୋଷାକର କେତେକାଂଶ, ନିଜ ଦେହର ବିଷ୍ଠା ବି। ବଞ୍ଚିବାକୁ।

କାନ୍ଦି କାନ୍ଦି ପଥର ପାଲଟି ଯାଇଥିବା ବିଧବା ସ୍ତ୍ରୀଲୋକଟି ଆଉ ଲୁହ ଗଡାଇ ନଥିଲା, ଲୁହ ଆଉ ଉଦ୍‌ବୃତ୍ତ ନଥିଲା ତା' ଆଖିର ଅଶ୍ରୁଗ୍ରନ୍ଥିରେ। ସେ ଘୁଷୁରି ଘୁଷୁରି ଆସି ବଡ଼ ବଡ଼ ଆଖିରେ ପିଲାଟିକୁ ଦେଖିଥିଲା, ଛୁଇଁଥିଲା ତା'ର ଛିଣ୍ଡା ବହି ଓ ପୋଷାକକୁ, ତା'ର ଗୁହ-ବୋଳା ହାତକୁ।

ଛକଡ଼ି ମତେ କହିଥିଲା ଥରଟିଏ, ଆଖି ମଟ ମଟ କରି : ପୁଲିସ ସେମାନଙ୍କୁ ଫାଶିରେ ଲଟକେଇ ଦେବା ଉଚିତ ଥିଲା। ସେ ମାଷ୍ଟ୍ରଙ୍କୁ ଆଉ ସେ ପିଅନ୍‌ଟାକୁ।

ପିଅନ୍‌କୁ ପାଇବା ଅବଶ୍ୟ ସମ୍ଭବ ନଥିଲା। ଖୁସିରାମ ମନକୁ ପାପ ଛୁଇଁଥିଲା ହୁଏତ, ସେ ଶଶୁର ଘରେ କେତେଦିନ ରହିବା ପରେ ହଠାତ୍ କୁଆଡେ ଅନ୍ତର୍ଦ୍ଧାନ ହୋଇ ଯାଇଥିଲା।

କିନ୍ତୁ ସାଧୁପଣ୍ଡିତ ସଶରୀର ଉପସ୍ଥିତ ଥିଲେ। ସ୍କୁଲ ଖୋଲିବା ଦିନ।

ସେ ଛିଡ଼ା ହୋଇ ଦେଖିଥିଲେ ଚଟାଣରେ ପଡି ରହିଥିବା ପିଲାଟିକୁ, ତା' ପାଖରେ ନିର୍ବାକ୍ ବସି ରହିଥିବା ମାଆଟିକୁ। ପଶୁ ପରି ନିର୍ବୋଧ ଆଖିରେ ମାଆଟି ଦେଖୁଥିଲା ତା' ଚାରିଆଡକୁ, ପିଲାଟିର ଦେହକୁ ଛୁଉଁ ଥିଲା, ବହିବସ୍ତାନିକୁ ଦେଖୁଥିଲା, ଧରିବାକୁ ଚେଷ୍ଟା କରୁଥିଲା ପିଲାଟିର ଗୁହ ଲାଗିଥିବା ହାତକୁ।

ତା' ମୁହଁରେ କିଛି ଭାବ ନଥିଲା, ଭାବାନ୍ତର ନଥିଲା।

ଆଖି ଦୁଇଟା ଥିଲା ପଥର ପରି କଠିନ, ଲୋତକଶୂନ୍ୟ।

ସେ ହାତ ବଢ଼ାଇ ଧରିଲା ତଳେ ଲୋଟି ପଡିଥିବା ଗଣିତ ବହିଟିକୁ। ସେ ବହିଟି ଥିଲା ଅକ୍ଷତ; ଖଣ୍ଡିଏ ବି ପୃଷ୍ଠା ସେଥିରୁ ଚିରି ନ ଥିଲା। ବହିଟି ଭିତରୁ କିଛି ଖୋଜି ଦେଖିବାକୁ ଚେଷ୍ଟା କଲା ସେ, ଶୁଖିଲା ପଥୁରିଆ ଆଖିରେ। ତା'ପରେ ସେ ଫୋପାଡ଼ି ଦେଲା ବହିଟିକୁ, ସାଧୁ ପଣ୍ଡିତଙ୍କୁ ଲକ୍ଷ୍ୟ କରି।

ସାଧୁପଣ୍ଡିତ ନଇଁ ପଡି ବହି ଖଣ୍ଡିକ ହାତରେ ଧରିଲେ, ଅନ୍ଧଟିଏ ପରି ଅଣ୍ଡାଳି ଅଣ୍ଡାଳି।

ମାଆଟି ତା'ପରେ ଉଠିପଡି, କୁଆଡିକୁ ନ ଚାହିଁ, ଦୌଡିବାକୁ ଲାଗିଥିଲା

ରାସ୍ତା ଉପରେ। ବଣ ଭିତରକୁ ଅଜଗର ପରି ଲମ୍ବି ଯାଇଥିବା ରାସ୍ତାରେ। ପଛେ ପଛେ, ବାଟବଣା ହୋଇ ଯାଇଥିବା ପରି, ପାଦ ଗଣି ଗଣି ସାଧୁ ପଣ୍ଡିତ ଚାଲିଥିଲେ ସେଇ ଜଙ୍ଗଲ ରାସ୍ତାରେ।

ଜଙ୍ଗଲ ଭିତରେ, ଗୋଟିଏ ଲଣ୍ଡା କୂଅ ଭିତରେ ଗଳି ପଡିଥିବା ମାଆଟିର ମଲାଦେହ ମିଳିଥିଲା, ଦିନକ ପରେ। ସେଦିନ ସାଧୁ ପଣ୍ଡିତ ମଧ୍ୟ ସେଠାରେ ଉପସ୍ଥିତ ଥିଲେ। ସ୍ଥିର, ବିମୂଢ଼, ଚଳହୀନ। ଗଣିତ ବହିର ପ୍ରଶ୍ନଚିହ୍ନଟିଏ ପରି।

ଜହ୍ନରାତି

ଆକାଶର ଖଣ୍ଡ ଖଣ୍ଡ ମେଘ ଏକାଠି ଯୋଡ଼ି ହୋଇଯିବା ପରେ ଛବିଟିଏ ଉତ୍‌କୀର୍ଣ୍ଣ ହେଲା ଧୂମାଭ ନୀଳିମାରେ : ଓଠ ତଳେ ହାତରଖି ଚୁପ୍‌ଚାପ୍ ବସିଥିବା ଝିଅଟିଏ।

ପବନ ବହିଲା ଆସ୍ତେ ଆସ୍ତେ। କୃଷ୍ଣଚୂଡ଼ା ଗଛରୁ ଝରିପଡିଲା ଆଞ୍ଜୁଳାଏ ନାଲି ନାଲି ଫୁଲ।

ନୀରବତା ଭାଙ୍ଗି ଯୁବତୀଟି କହିଲା – ତୁମ ମନ କ'ଣ ଭଲ ନାହିଁ?

ଯୁବକଟି ଯା' ଭିତରେ ଟିକେ ଅନ୍ୟମନସ୍କ ହୋଇଯାଇଥିଲା। ବାସ୍ତବତାକୁ ଫେରି ଆସି ଉତ୍ତର ଦେଲା – କାଇଁ, ନା' ତ!

ଝିଅଟି ଚାହିଁଲା ଯୁବକର ମୁହଁକୁ। ପଚାରିଲା – କ'ଣ ଏତେ ଭାବୁଚ?

ମୃଦୁ କୁଣ୍ଠିତ ହସ ହସିବାକୁ ଚେଷ୍ଟା କରି ଯୁବକଟି କହିଲା - ନା।

-ନା ମାନେ?

-ନା, କିଛି ଭାବୁନାହିଁ।

ଝିଅଟି କହିଲା – ଏଇ ଦେଖୁଚ ଆକାଶକୁ। ସେ ମେଘଯାକ ମିଶି ଗୋଟେ ପକ୍ଷୀରାଜ ଘୋଡା ପରି ଦିଶୁନାହିଁ?

ଯୁବକ ଚାହିଁଲା ଆକାଶକୁ ସନ୍ଦିଗ୍ଧ ଆଖିରେ। ପାଛୁଡା ଧାନର ଚୋପା ପରି ବିସ୍ତାରିତ ମେଘ ଆକାଶର ଏପାରି ସେପାରି।

ମୁହୂର୍ମୁହୂ ବଦଳୁଥିବା ମେଘ ପରିଧିରେ ଅନେକ ଚିତ୍ରକରଙ୍କ ସ୍ୱାକ୍ଷର। ସେ ଛବିରେ ରହିଛି ପକ୍ଷୀରାଜ ଘୋଡା, ଥାକ ଥାକ ପାହାଡ ଭିତରର ସୂର୍ଯ୍ୟ, ନଈ ଭିତରେ ଓଲଟି ଯାଉଥିବା ଡଙ୍ଗା, ଓଠ ତଳେ ହାତରଖି ଚୁପ୍‌ଚାପ୍ ବସିଥିବା ନିରିମାଖି ଝିଅଟିଏ।

ଅନେକ ସମ୍ଭାବନାର ଚିତ୍ର ଉକୁଟି ଉଠୁଥିଲା ମେଘଲଗ୍ନ ଆକାଶରେ। ପୁଣି ମିଳେଇ ଯାଉଥିଲା ହ୍ରଦ ଉପରର ଛାଇ ପରି।

ଯୁବତୀଟି କହିଲା - ପକ୍ଷୀରାଜ ଘୋଡା ବୋଲି ସତରେ କ'ଣ ଅଛି ! କେତେ ଅଦ୍‌ଭୂତ ମଣିଷର କଳ୍ପନା କହିଲ !

ଯୁବକଟି ଆସ୍ତେ ଆସ୍ତେ ମୁଣ୍ଡ ହଲାଇଲା। ଛୋଟପିଲାର ଜିଦ୍ ମାନିନେଲା ପରି।

ଝିଅଟି ହାତଘଣ୍ଟାକୁ ଦେଖିଲା। କହିଲା – ମୋ' ଘଡି ବନ୍ଦ ହୋଇଯାଇଛି ବୋଧେ। କେତେଟା ବାଜିଛି ତୁମ ଘଣ୍ଟାରେ ?

-ଛଅଟା ବାଜିବାକୁ ପାଞ୍ଚ ମିନିଟ୍ ବାକି।

-ଏ ଘଣ୍ଟାଟା କିଣି ମୁଁ ଝାମେଲାରେ ପଡିଗଲି। ତିନିଥର ବନ୍ଦ ହୋଇଗଲାଣି ଏ ମାସକ ଭିତରେ।

ଯୁବକଟି ବେକ ଲମ୍ୱେଇ ଝିଅଟିର ହାତଘଡିକୁ ଚାହିଁଲା, ଯେମିତି ତାହା ଏକ ଦର୍ଶନୀୟ ବସ୍ତୁ, ଦେଖିବାକୁ ହିଁ ପଡିବ।

ଲନ୍‌ର ଘାସ ଉପରେ ଲମ୍ୱି ଆସୁଥିଲା ଗୋଧୂଳିର ଛାଇ। ପାର୍କ୍‌ର ଗହଳି ବଢୁଥିଲା ଓ ପବନରେ ଶେଷ ମାର୍ଗଶୀରର ଆଦ୍ୟ ଶିହରଣ।

ଝିଅଟି ଘାସ ଉପରେ ଆଉ ଟିକିଏ ଆରମ କରି ବସିଲା, ଗୋଟିଏ ଆଣ୍ଠୁ ଉପରେ କହୁଣୀ ଭରା ଦେଇ। ଯୁବକଟି କ'ଣ ମନେ ପଡିଗଲା ପରି ଛାତି ପକେଟରେ ହାତ ମାରିଲା ଓ ତା'ପରେ ମନେ ମନେ କାହାକୁ କ୍ଷମା କରିଦେଲା ପରି ମ୍ଳାନ ହସିଲା।

ଆଜି ବି ତା' ଇଣ୍ଟରଭିଉରେ ଭଲ ହେଲା ନାହିଁ। ସେଇ ଚିରାଚରିତ ସାକ୍ଷାତକାର; ସେଇ ପୁରୁଣା ପ୍ରଶ୍ନ, ଭିନ୍ନ ଶବ୍ଦରେ, ଭିନ୍ନ ତୁଣ୍ଡରେ।

ଉତ୍ତର ମିଳୁ ନଥିବା ଏତେ ପ୍ରଶ୍ନ ରହିଚି ପୃଥିବୀରେ, ଏତେ ଅମୀମାଂସିତ ଜିଜ୍ଞାସା; ତଥାପି କେତେ ସହଜ ଜୀବନର ଧାରା, କେତେ ସଂତୃପ୍ତ ମଣିଷର ମନ !

ଇଣ୍ଟରଭିଉ ବୋର୍ଡରେ ପାଞ୍ଚଜଣ ସଦସ୍ୟଙ୍କ ମୁହଁକୁ ଚାହିଁ ହଠାତ୍ ମନରେ ଦୟା ଆସିଯାଇଥିଲା ଯୁବକଟିର। ସେମାନଙ୍କ ପ୍ରଶ୍ନ ସବୁ ତୀର ପରି ତା' ଆଡକୁ ଛୁଟି ଆସୁଥିଲା ବେଳେ, ସେ ବୁଝି ପାରୁଥିଲା କିଭଳି ଏକ ଅଜ୍ଞାନ ଦୀନପଣରେ ବଞ୍ଚି ରହିଛନ୍ତି ତା' ସାମ୍ନାରେ ବସିଥିବା ସବୁଜାକ ମଣିଷ। ସେମାନଙ୍କ ଗୋଟିଗୋଟି ପ୍ରଶ୍ନ ସହିତ ଯେମିତି ଗୁନ୍ଥି ହୋଇ ରହିଥିଲା ଶହ ଶହ ମୂଢତାର ପ୍ରଶ୍ନବାଚୀ।

ଗୋଟିଏ ବର୍ଗମିଟର କେତେ ବର୍ଗଇଞ୍ଚ : ଏଇ ପ୍ରଶ୍ନଟି ପଚାରି, କ୍ଳୀବ ଆତ୍ମଶ୍ଳାଘାରେ ଚିକ୍‌ଚିକ୍ କରୁଥିବା ପ୍ରଶ୍ନକର୍ତ୍ତାଙ୍କ ଆଖି ଦୁଇଟିକୁ ବିନା ସର୍ତ୍ତରେ କ୍ଷମା କରିଦେଇ, ଯୁବକଟି ବାହାରି ଆସିଥିଲା ସାକ୍ଷାତକାର କକ୍ଷ ଭିତରୁ। ବାହାରର

ଖୋଲା ପବନରେ ଛାତି ଭର୍ତ୍ତି ପ୍ରଶ୍ୱାସ ଟାଣିନେଇ ସେ ଭାବିଥିଲା - ଆଃ, ତଥାପି ମୁଁ ବଂଚିରହିଛି ଏଇ ପୃଥିବୀରେ !

ଗତ ତିନି ମାସ ଭିତରେ ଏ ଥିଲା ସପ୍ତମ ସାକ୍ଷାତକାର। ଗତ ତିନିବର୍ଷ ଭିତରେ ... ନା – ସେ ସଂଖ୍ୟା କେଉଁ ହିସାବ ଖାତାରେ ନାହିଁ।

-କାଲି ରାତିରେ ମୁଁ ଗୋଟେ ଅଦ୍‌ଭୂତ ସ୍ୱପ୍ନ ଦେଖିଲି। ଆକାଶ ଆଡୁ ଆଖି ଫେରେଇ କହିଲା ଝିଅଟି।

ଯୁବକଟି ହୁଏତ ପଚାରିଲା କି ସ୍ୱପ୍ନ କିମ୍ବା କିଛି ପଚାରିଲା ନାହିଁ। ପାର୍କ୍ ସେପାଖ ରାସ୍ତାରେ ଧାଡ଼ିବାନ୍ଧି ଚାଲିଗଲେ କର୍ପୋରେସନ୍‌ର ତିନି ଚାରୋଟି ଟ୍ରକ୍; ଶବ୍ଦ ଓ ଧୂଆଁ ଭିତରେ ଆକ୍ରାମାକ୍ରା ହେଲା ପରି।

-ମୁଁ ସ୍ୱପ୍ନ ଦେଖିଲି ଗୋଟେ ନିଝୁମ ରାତିରେ ଏକା ଏକା ମୁଁ ଯାଉଛି ଗୋଟିଏ ଜଙ୍ଗଲ ଭିତରେ। ଅଗନା ଅଗନି ବନସ୍ତ, କେହି କୁଆଡେ ନାହାନ୍ତି। ହଠାତ୍ ଅନ୍ଧାର ଭିତରୁ ବାହାରି ଆସିଥିଲେ ଜଣେ ସନ୍ନ୍ୟାସୀ। ମୋ' ପାଖକୁ ଆସି କହିଥିଲେ, କାଲି ତୋ' ଜୀବନରେ ଗୋଟେ ଅଦ୍‌ଭୂତ ଘଟଣା ଘଟିବ। କାଲି ହିଁ! ଏତିକି କହି ସେ ଅଦୃଶ୍ୟ ହୋଇଯାଇଥିଲେ। ମ୍ୟାଜିକ୍ ଭଳି।

-ଖୁବ୍ ସୁନ୍ଦର ସ୍ୱପ୍ନ। ଅନେକ ଦିନ ଯାଏ ମନେ ରହିବା ପରି।

ଯୁବକଟିର ସ୍ୱରରେ ଶ୍ଳେଷ ନ ଥିଲା, ପରିହାସ ନ ଥିଲା, କିନ୍ତୁ କିଛି ଥିଲା ଯାହା ସହଜ ଭଙ୍ଗୁର ଅନୁଭବକୁ ଅଳ୍ପ ଉଖାରି ଦେଲା ଭଳି।

ଝିଅଟି ପୁଣି କହିଲା, ମୁଁ କେବେ ରାଶିଫଳ ପଢ଼େ ନାହିଁ। କିନ୍ତୁ ଆଜି ସକାଳେ ହଠାତ୍ ଗୋଟେ ଇଂରେଜୀ କାଗଜର ରାଶିଫଳ ପୃଷ୍ଠାରେ ମୋ' ଆଖି ପଡି ଯାଇଥିଲା। ଜାଣିଚ ସେଥିରେ କ'ଣ ଲେଖାଥିଲା ?

ଯୁବକଟି କିଛି ନ କହି ନୀରବରେ ଚାହିଁଲା ଝିଅଟିକୁ।

-ଲେଖାଥିଲା, ଆଜି ଦିନଟି ତୁମ ପାଇଁ ଅବିସ୍ମରଣୀୟ ହୋଇ ରହିବ। ଯେ କୌଣସି ଏକ ମିରାକ୍‌ଲ୍ ପାଇଁ ପ୍ରସ୍ତୁତ ଥିବ ମନେ ମନେ।

ଯୁବକଟି ଦାନ୍ତ ମଝିରେ ଚାପି ରଖିଥିଲା ଛୋଟ ଖଣ୍ଡେ ଘାସ-ପତ୍ର। ତା'କୁ ଥୁକି ଦେଇ କହିଲା– ମିରାକ୍‌ଲ୍ ?

-ହଁ।

-ତୁମେ ମିରାକ୍‌ଲ୍‌ରେ ବିଶ୍ୱାସ କର ?

-କରିବାକୁ ଖୁବ୍ ଇଚ୍ଛା ହେଉଛି।

ଯୁବକ ଚାହିଁ ଦେଖିଲା ତା' ପାଖେ ବସିଥିବା ବାଇଶ ବର୍ଷର ତରୁଣୀଟିକୁ।

ଏବେ ତା' ମୁହଁରେ ପଡ଼ିଥିଲା ସଂଧ୍ୟାଲଗ୍ନ ଆକାଶର ହାଲୁକା ଜ୍ୟୋତ୍ସ୍ନା, ତା' ସହିତ ପାଖ ଲ୍ୟାମ୍ପପୋଷ୍ଟ୍‌ର ନୀଳାଭ ଆଲୋକ। କି ଅଭିଳାଷ ନେଇ, କି ବିଶ୍ୱାସରେ ସେ ଏଠି ବସି ରହିଛି ! ଦେଖିଲେ କେହି ଜାଣିବ ନାହିଁ ଯେ ତା' ବାପା, କାନକୁ ଶୁଭୁ ନ ଥିବା, ଆଖିକୁ ଦିଶୁ ନ ଥିବା ଅଥର୍ବଟିଏ, ଭାଇଭାଉଜଙ୍କ ନିଅଣ୍ଟିଆ ସଂସାର ଭିତରେ ସେ ନିଜେ ଏକ ଅବାଂଛିତ ଅଂଶୀଦାର ଏବଂ ଆଉ ଚଉଦ ସପ୍ତାହ ପରେ, ବନ୍ଦୋବସ୍ତ ବିଭାଗର ଅସ୍ଥାୟୀ ମୋହରିର ଚାକିରୀଟି ଚାଲିଗଲା ପରେ, ସଞ୍ଜବେଳର ଚାହାକପ୍‌ଟି ଉପରେ ତା'ର କୌଣସି ନୈତିକ ଅଧିକାର ରହିବ ନାହିଁ।

ମିରାକ୍‌ଲ୍, ମିରାକ୍‌ଲ୍ ! ମନେମନେ ଗୁଣିହେବା ପରି କହି ଲାଗିଲା ଯୁବକଟି। ତା'ପରେ ପଚାରିଲା- କୁହ ତ, ଓଡିଆରେ ଏ ଶବ୍ଦର ପ୍ରତିଶବ୍ଦ କ'ଣ ?

ଅଦ୍‌ଭୂତ ବିସ୍ମୟ, ଚମତ୍କାରିତା, କୁହୁକ, ଦୈବୀ ଘଟଣା, ନା ଆଉ କ'ଣ ? ଓଡିଆରେ ସବୁବେଳେ ଭଲ ନମ୍ବର ରଖୁଥିବା ସତ୍ତ୍ୱେ ଝିଅଟି କହି ପାରିଲା ନାହିଁ କ'ଣ ଏ ଶବ୍ଦର ଅର୍ଥ।

-ମିରାକ୍‌ଲ୍ ଘଟିଥାଏ ସ୍ୱପ୍ନରେ, ଆଉ ମ୍ୟାଜିକ୍ ଅନ୍ଧାରୁଆ ଷ୍ଟେଜ୍ ଉପରେ। ତୁମେ ଜାଣ ଭଲ କରି, ଦୁଇଟା ଯାକ ମିଛ।

ଯୁବକଟି କହିଥିଲା ଶେଷ ନିଷ୍ପତ୍ତିରେ ପହଞ୍ଚିଥିବା ପରି।

-ମତେ କିନ୍ତୁ ଭାରି ଭଲ ଲାଗେ ମ୍ୟାଜିକ୍ ଆଉ ମିରାକ୍‌ଲ୍ ବିଷୟରେ ଭାବିବାକୁ। କୁହ ତ, ଏତେ ଏତେ ଘଟଣା ଘଟୁଚି ସଂସାରରେ; କାହିଁକି ଗୋଟେ ମିରାକ୍‌ଲ୍ ଘଟିଯିବ ନାହିଁ ଆମ ଭିତରେ, ଆମ ଦିହିଁଙ୍କ ଭିତରେ ?

-ଯଥା ?

-ଏମିତି ତ ହୋଇପାରେ : ହଠାତ୍ ପକ୍ଷୀରାଜ ଘୋଡାଟିଏ ଆସି ପହଞ୍ଚିଯିବ ଆମ ସାମନାରେ, ଆଉ ଆମେ ଦୁହେଁ ତା' ପିଠିରେ ବସି ଉଡିଯିବା ଗୋଟେ କୁହୁକ ରାଇଜକୁ।

ଯୁବକଟି ଝିଅଟିର ଆଖିରେ ଆଖି ରଖିଲା। ଦୁରନ୍ତ ଅଭିଳାଷ ଓ ଉତ୍ତେଜନାରେ ଝଟକି ଉଠିଥିଲା ଝିଅଟିର ଦୁଇଟି ଆଖି।

-କିମ୍ବା ଏମିତି ବି ହୋଇପାରେ। ଅଦ୍‌ଭୂତ ଫୁଲଟିଏ ଫୁଟିବ ଏଇ କେତକୀ ଗଛର ଡାଳରେ। ତା' ବାସ୍‌ନାରେ ମହକିଯିବ ଚାରିପାଖ। ତା'ପରେ ଆମର ଭୋକଶୋଷ ବୋଲି କିଛି ରହିବ ନାହିଁ। କିଛି ଆଉ ରହିବ ନାହିଁ ଦୁଃଖ କଷ୍ଟ ବୋଲି। ଏମିତି କ'ଣ ସମ୍ଭବ ନୁହେଁ!

-କିମ୍ବା ?

-କିମ୍ବା ହଠାତ୍ ବର୍ଷା ଆସିବ, ସୁନ୍ଦର ବର୍ଷା। ସାତରଙ୍ଗର ପାଣି ବର୍ଷୁଥିବ ଆକାଶରୁ, ଓଦା ହୋଇ ଯାଉଥିବ ପୃଥିବୀ, ଗଛପତ୍ର ସବୁ କଅଁଳି ଉଠୁଥିବ ସେ ବର୍ଷା ଭିତରେ। ମେଘ ଛାଡିଗଲା ପରେ ଗଛପତ୍ରରେ ମୁକ୍ତା ପରି ଝଟକୁଥିବ ଅସଂଖ୍ୟ ଫୁଲ ଫଳ।

ଯୁବକଟି ଏଥର ଲମ୍ବ ହୋଇ ଶୋଇ ପଡିଲା ଘାସ ଉପରେ। ଆକାଶକୁ ମୁହଁ କରି। ନୀରବରେ କିଛି ସମୟ ଭାବିଲା, ଯେପରି ସେ ଝିଅଟିର ମଲ୍‌ଟିପୁଲ୍ ଚଏସ୍ ପ୍ରଶ୍ନର ସମାଧାନ ନିର୍ଣ୍ଣୟ କରୁଛି।

ତା'ପରେ ସେ ହସି ଉଠିଲା ମନକୁ ମନ।

-ହସିଲ ଯେ !

ଝିଅଟି ପଚାରିଲା।

-ଗୋଟିଏ ନୁହେଁ, ତିନୋଟି ମିରାକ୍‌ଲ୍ ଆଜି ରହିଛି ତୁମ ଭାଗ୍ୟରେ। ତିନି ତିନୋଟି ମିରାକ୍‌ଲ୍।

ଶୂନ୍ୟକୁ ତିନୋଟି ଆଙ୍ଗୁଠି ଦେଖାଇ କହିଲା ଯୁବକଟି- ପ୍ରଥମ ସୌଭାଗ୍ୟ, ଆଜି ଟାଉନ୍‌ବସ୍‌ରେ ଘରକୁ ଫେରିବା ବେଳେ ତୁମକୁ ବସିବା ଲାଗି ସିଟ୍ ଖଣ୍ଡେ ମିଳିଯିବ। ଦ୍ୱିତୀୟ ସୌଭାଗ୍ୟ, ବସ୍‌ରୁ ଓହ୍ଲାଇ ଘରକୁ ଯିବା ରାସ୍ତାରେ ତୁମକୁ ଦେଖି ମିହିର ସ୍ୱାଇଁ ଅସଭ୍ୟ କମେଣ୍ଟ ମାରିବ ନାହିଁ ଓ ତୃତୀୟ ସୌଭାଗ୍ୟ, ଘରେ ପହଞ୍ଚିଲା ପରେ ତୁମକୁ ଦେଖି ଭାଉଜ ହସିବେ, କହିବେ : ମିତା, ତୁମକୁ କପେ ଚାହା କରିଦେବି ?

ଆହତ ଆଖିରେ ଝିଅଟି ଚାହିଁଲା ଯୁବକଟି ଆଡକୁ। ତା'ପରେ ଧୀରେ ଧୀରେ ମେଘ ଭିତରେ ଲୁଚି ଯାଉଥିବା ତ୍ରୟୋଦଶୀର ଜହ୍ନକୁ।

-ୟା'ଠୁ ଅଧିକା କ'ଣ କିଛି ଘଟିବ ନାହିଁ ତୁମ ମୋ ଭାଗ୍ୟରେ ? ଯେତେ ଚାହିଁଲେ ବି ?

-କାଉଁରୀକାଠି ବୋଲି କିଛି ଜିନିଷ ନାହିଁ ଯେ ସେଥିରେ ତୁମେ ଯାହା ଛୁଇଁ ଦେବ ତାହା ସୁନା ପାଲଟି ଯିବ। ଆଉ ଆଲାଦୀନ୍‌ର କୁହୁକ ଦୀପ : ସେ ତ ରହିଛି ଆରବ୍ୟ ରଜନୀର ସ୍ୱପ୍ନରେ।

-ସ୍ୱପ୍ନ ବି ସତ ହୋଇଯାଏ ! ଖାଲି ବିଶ୍ୱାସ ରଖିଲେ ହେଲା।

ଝିଅଟି ଏତିକି କହିବା ଭିତରେ ଦପ୍ କରି କ'ଣ ଗୋଟିଏ ଜଳି ଉଠିଲା ତା' ସ୍ମୃତିକୋଷ ଭିତରେ। ନିମିଷକ ପାଇଁ।

-ଆଜିର ଖବରକାଗଜ ପଢିଛ !

-କୋଉ ଖବରକାଗଜ ? ଯୋଉଠି ତୁମ ରାଶିଫଳ ବାହାରିଥିଲା ?

ଯୁବକଟି ହସିବାକୁ ଚେଷ୍ଟା କଲା ।

-ହଁ, ସେଇ ଖବରକାଗଜ । ତା'ର ମଝି ପୃଷ୍ଠାରେ ଥିଲା ଗୋଟିଏ ଧାଡ଼ି । ବିଲ୍ ଗେଟ୍ସ୍ କହିଥିବା ଗୋଟିଏ ବାକ୍ୟ ।

-କିଏ ?

- ବିଲ୍ ଗେଟ୍ସ୍ ।

-ଓ, ପୃଥିବୀର ସବୁଠାରୁ ଧନୀ ଲୋକ !

-ଧନୀଲୋକ ଢେର୍ ଅଛନ୍ତି ଏ ପୃଥିବୀରେ । କିନ୍ତୁ ସେ ଯାହା କହିଛନ୍ତି ସେଇଟା ବଡ଼କଥା । ସେ କହିଛନ୍ତି –Future belongs to those who believe in the beauty of their dreams'. ଭବିଷ୍ୟତ ସେମାନଙ୍କ ହାତରେ ଯେଉଁମାନେ ...

-ଥାଉ, ଓଡ଼ିଆ ଅନୁବାଦ କରିବା ଦରକାର ନାହିଁ । ଏକଥା ତାଙ୍କ ଆଗରୁ ଆଉ ଜଣେ ଭଦ୍ରଲୋକ ବି କହି ସାରିଛନ୍ତି । ସଫଳତାର ଉଚ୍ଚା ପାହାଡ଼ ଉପରେ ଠିଆ ହୋଇ ଏକଥା କହିବା ଭାରି ସହଜ ।

ଯୁବକଟି ଏଥର ତା'ର ଶୋଇବା ସ୍ଥାନରୁ ଉଠି ବସି ସାରିଥିଲା । ତା' ଆଖିରେ ଥିଲା ଟିକିଏ ନିଆଁଝୁଲ ।

-ମିଷ୍ଟର୍ ବିଲ୍ ଗେଟ୍ସଙ୍କୁ ଥରେ କହିବ ତୁମର ଏଇ ଭ୍ୟାନିଟି ବ୍ୟାଗ୍ ଭିତରୁ ଗୋଟିଏ କୋହିନୂର ହୀରା ବାହାର କରି ଆଣିବେ ସ୍ୱପ୍ନ ଦେଖି କିମ୍ବା ମନ୍ତ୍ର ଫୁଙ୍କି ଫୁଙ୍କି ।

ଝିଅଟି ଆଖି ଫେରାଇ ଦେଖିଲା ତା' କୋଳ ଉପରେ ଥିବା ଭ୍ୟାନିଟି ବ୍ୟାଗ୍‌ଟିକୁ । ପୁରୁଣା ଶସ୍ତା ଗୋଟିଏ ବ୍ୟାଗ୍, କୃତ୍ରିମ ଠେକୁଆ ଚମଡ଼ାରେ ତିଆରି । ସାତବର୍ଷ ତଳେ, ତା' ଜନ୍ମଦିନରେ ତା'କୁ ବାପା କିଣି ଦେଇଥିଲେ । ସେଇ ବାପା, ଯିଏ ଏବେ କାନକୁ ଶୁଭୁ ନଥିବା, ଆଖିକୁ ଦିଶୁ ନଥିବା ଅଥର୍ବଟିଏ ।

-ଆଉ ମୋର ଏଇ ହ୍ୟାଣ୍ଡ୍ ବ୍ୟାଗ୍ ଭିତରୁ, ମିଷ୍ଟର୍ ବିଲ୍ ଗେଟ୍ସ୍ ବାହାର କରି ଦେଇ ପାରିବେ ବର୍ଷକୁ ଦୁଇଲକ୍ଷ ଡଲାର୍‌ର ଗୋଟେ ଚାକିରୀ, ୱାଶିଙ୍ଗଟନ୍ ଡି.ସି.ରେ ?

ଝିଅଟି କହିଲା- ମୁଁ ପାରିବି । ବ୍ୟାଗ୍‌ଟା ମୋ' ହାତକୁ ଦିଅ ।

ନିହାତି ସାଧାରଣ ଫୋଲିଓ ବ୍ୟାଗ୍ ଖଣ୍ଡିଏ, ଯାହା ଭିତରେ ଖାଲି ଗୁଡ଼ାଏ କାଗଜପତ୍ର ହିଁ ରହିଛି । ନୂଆ ପୁରୁଣା ଇଣ୍ଟରଭିଉ ଚିଠିରୁ ଆରମ୍ଭ କରି, ଦ୍ୱିତୀୟ ଶ୍ରେଣୀ ଗେଜେଟେଡ୍ ଅଫିସରଙ୍କ ତସ୍‌ଦିକ୍ ଚିହ୍ନ ଥିବା ମାର୍କସିଟ୍ ଓ ଚରିତ୍ର ସାର୍ଟିଫିକେଟ୍ ।

-ତୁମର ବ୍ୟାଗ୍ ଭିତରୁ ମୁଁ ବାହାର କରି ଆଣିବି ଗୋଟେ ଅଲୌକିକ ଜିନିଷ। ମତେ ଦିଅ ତୁମ ବ୍ୟାଗ୍‌ଟି –

ଆକାଶର ଜହ୍ନ ଏବେ ବିଚିତ୍ର ବିସ୍ମୟରେ ମେଘ ଉହାଡରୁ ମୁହଁ ବାହାର କରି ଦେଖିବାକୁ ଆରମ୍ଭ କରିଥିଲା। ପବନରେ ଥିଲା ଅଳ୍ପ ଅଳ୍ପ ଶୀତଳ ଶିହରଣ। କିନ୍ତୁ ଝିଅଟିର ମୁହଁରେ ଦି'ଟୋପା ଝାଳ ଜମି ଆସିଥିଲା। ଚିବୁକ ତଳେ।

ଫୋଲିଓ ବ୍ୟାଗ୍‌ଟି ହାତରେ ଧରି ନୀରବରେ କିଛିକ୍ଷଣ ବସି ରହିଲା ଝିଅଟି। ଆଖି ବନ୍ଦ କରି। ଯେମିତି ମନେ ମନେ ମନ୍ତ୍ର ପଢୁଛି କିମ୍ବା ନିଜକୁ ନିଜେ ପ୍ରତ୍ୟୟ ଦେବା ପରି କିଛି କହୁଛି।

ଫୋଲିଓ ବ୍ୟାଗ୍ ଭିତରେ ଅସଂଖ୍ୟ କାଗଜପତ୍ର। ତା'ଭିତରୁ ଯେଉଁ ଖଣ୍ଡିକ କାଗଜ ସେ ପ୍ରଥମେ କାଢିଲା, ତାହା ଗୋଟିଏ ଚରିତ୍ର ସାର୍ଟିଫିକେଟ୍। ଶ୍ରୀମାନ୍ ଦେବାଶିଷ ଜଣେ ଅତ୍ୟନ୍ତ ସଚ୍ଚରିତ୍ର, କର୍ମଠ ଓ ପ୍ରତିଭା ସଂପନ୍ନ ଯୁବକ। ମୁଁ ତାଙ୍କର ଉତ୍ତରୋତ୍ତର ସାଫଲ୍ୟ କାମନା କରୁଛି। ତା' ତଳକୁ ପଢି ହେଉ ନଥିବା ଗୋଟିଏ ଦସ୍ତଖତ।

ତା'ପର କାଗଜ ଖଣ୍ଡିକ କୌଣସି ବ୍ୟାଙ୍କ୍ ପରୀକ୍ଷାର ରିଗ୍ରେଟ୍ ଲେଟର୍। ତା' ସହିତ ବାହାରି ଆସିଲା ଇଣ୍ଟରଭିଉ ପାଇଁ ଦୁଇଟି କଲ୍ ଲେଟର୍। ଗୋଟିଏ ବାଙ୍ଗାଲୋର୍‌ରେ ଓ ଅନ୍ୟଟି ଅଗରତାଲାରେ। ଦୁଇଟିଯାକ ସାକ୍ଷାତକାର ଯିବା ସମ୍ଭବ ହୋଇ ନଥିଲା, ପାଖରେ ପଇସା ନଥିଲା ବୋଲି।

ପ୍ରତିଟି କାଗଜ ବାହାରିବା ଅବସରରେ ଯୁବକଟିର ଓଠରେ ଏକ ଅଦ୍‌ଭୁତ ହସ ଖେଳି ଯାଉଥିଲା। କାମିନୀ ଗଛର ଛାଇ ତଳେ ସେ ହସଟି ମନେ ହେଉଥିଲା ବଡ ଦୁର୍ବୋଧ୍ୟ, ଅସଫଳ ଚିତ୍ରକାର ହାତରେ ଅଙ୍କା ଛବିଟିଏ ପରି।

ଛୋଟ ଗୋଟିଏ ଫୋଲିଓ ବ୍ୟାଗ୍ ଭିତରେ ଏତେ ଗୁଡିଏ କାଗଜପତ୍ର ଠୁଳ ହୋଇ ରହିପାରେ, ସେକଥା ନ ଦେଖି ବିଶ୍ୱାସ କରିବା କଷ୍ଟ। ବ୍ୟାଗ୍‌ଟି ଭିତରେ ଠେସି ହୋଇ ରହିଥିଲା କମ୍ପିଟିସନ୍ ସକ୍‌ସେସ୍ ରିଭିୟୁର କେତୋଟି ପୁରୁଣା ସଂଖ୍ୟା, ଖବରକାଗଜରୁ କଟା ନିଯୁକ୍ତି ବିଜ୍ଞାପନ, ଗୋଟିଏ ଲଟେରୀ ଟିକେଟ୍, ସେକ୍ରେଟାରୀଏଟ୍‌ର ଦୁଇଟି ଦିନିକିଆ ଏଣ୍ଟ୍ରି ପାସ୍, କେତୋଟି ଚକୋଲେଟ୍ ଖୋଳ ଓ ଶେଷରେ ଦୁଇ ତିନୋଟି ଖୋଲା ଯାଇ ନ ଥିବା ଚିଠି। ସେଥିରୁ ଗୋଟିଏ ରେଜିଷ୍ଟ୍ରି ଚିଠି ମଧ୍ୟ ରହିଛି।

-କ'ଣ ଅଛି ଯା' ଭିତରେ ?

ରେଜିଷ୍ଟ୍ରି ଚିଠି ଖଣ୍ଡିକ ହାତରେ ଧରି ଝିଅଟି ପଚାରିଲା।

ଯୁବକଟି ଏ ପ୍ରଶ୍ନର ଉତ୍ତର ଦେଇ ପାରିଲା ନାହିଁ। ହୁଏତ କୋଉ କମ୍ପାନୀର ଇଣ୍ଟରଭିଉ ଚିଠି, କିମ୍ବା ରିଗ୍ରେଟ୍ ଲେଟର୍। ଅନେକ ଚିଠି ଠିକ୍ ସମୟରେ ଖୋଲିବାକୁ ସମୟ ନ ଥାଏ, ଇଚ୍ଛା ବି ନଥାଏ।

-କ'ଣ ଅଛି ଏ ଲଫାପା ଭିତରେ !

-ପ୍ରେମପତ୍ର। ଖୋଲି ଦେଖ ନା !

ଅଳ୍ପ ହସି କହିଲା ଯୁବକଟି।

ଝିଅଟି କିନ୍ତୁ ଲଫାଫାଟି ଖୋଲିଲା ନାହିଁ, ହାତ ଦେଇ କେବଳ ଅନୁଭବ କଲା ସେହି ଚିଠିଟିର ଅସ୍ତିତ୍ୱ। ଏମିତି ସନ୍ତର୍ପଣରେ, ଯେମିତି ତାହା କିଛି ଜଡପଦାର୍ଥ ନୁହେଁ, ତା' ଭିତରେ ନିଃଶ୍ୱାସ ନେଉଛି ସୂକ୍ଷ୍ମାତିସୂକ୍ଷ୍ମ ସତ୍ତାଟିଏ।

-ତୁମେ ଏ ଚିଠି ଖୋଲିଲ ନାହିଁ କାହିଁକି ? ପାର୍କ୍‌ର ଶୀତଳ ଅନ୍ଧାର ଭିତରେ ଅତି ମୃଦୁ ଶୁଣାଗଲା ଝିଅଟିର ସ୍ୱର।

ଯୁବକଟି କିଛି ନକହି କାନ୍ଧ ଝାଙ୍କିଦେଲା ଥରଟିଏ, ଯାହାର ଅର୍ଥ ମୋତେ ଏ ପ୍ରଶ୍ନ ପଚାର ନାହିଁ। ତୁମର ଯଦି ଇଚ୍ଛା, ଖୋଲିପାର।

ଝିଅଟି ଆଖି ଫେରେଇ ଦେଖିଲା ଲଫାଫାଟିକୁ। ତରଳ ଅନ୍ଧାର ଭିତରେ ଅଦ୍‌ଭୂତ ଦିଶୁଥିଲା ଚିଠିଟି। ଏମିତି ହାଲୁକା ଚିଠିଟିଏ, ଯେମିତି ପବନରେ ଭାସିଯିବାକୁ ହିଁ ତିଆରି।

କ'ଣ ଅଛି ଯା' ଭିତରେ ? କୋଟିଏ ଟଙ୍କାର ଲଟେରୀ ପୁରସ୍କାର, ଭଲ ଦରମାର ଖଣ୍ଡେ ଚାକିରୀ, ନା ଅନ୍ୟ କେଉଁ ନକ୍ଷତ୍ର ଖଚିତ ସୁନେଲି ଭବିଷ୍ୟତର ମାନଚିତ୍ର ? କ'ଣ ଅଛି ?

ଝିଅଟି ଲଫାଫାର ମୁହଁଟି ଚିରିଦେଲା। ଘାସପତ୍ରରେ ପବନ ଘଷି ହୋଇଯିବା ପରି ଅସ୍ପଷ୍ଟ ଶୁଭିଲା କାଗଜ ଚିରିବାର ଶବ୍ଦ। ଲଫାଫା ଭିତରୁ ବାହାରି ଆସିଲା ଛୋଟ ଖଣ୍ଡେ କାଗଜ, କ୍ୱାର୍ଟର୍ ସାଇଜ୍‌ର।

ଉତ୍ତୀର୍ଣ୍ଣ ସଂଧ୍ୟାର ଛାୟାଚ୍ଛନ୍ନତା ଭିତରେ ସେ ଚିଠିଟି ଦିଶୁଥିଲା ସାଦା କାଗଜ ପରି ସଫେଦ। ଯେମିତି ଧାଡିଟିଏ ବି ଲେଖା ନଥିଲା ସେଥିରେ।

ଝିଅଟି ଝୁଙ୍କି ପଡିଲା କାଗଜଟି ଉପରକୁ। ନିଷ୍ପଲକ ଆଖିରେ ଯେମିତି ସେ ପଢିବାକୁ ଚେଷ୍ଟା କରୁଥିଲା ଏକ ଅଲୌକିକ ଭାଷାର ପ୍ରତିଲିପି। ଏଭଳି ଭାଷା, ଯାହା କେବଳ ତା'ର ହିଁ ବୋଧଗମ୍ୟ ହେବ।

ସେ ଚିଠିଟିକୁ ଥରଟିଏ ପଢିଲା, ଆଉଥରେ ଓ ଆହୁରି ଥରେ। ତିନିଥର ଚିଠିଟି ପଢିବା ପରେ ତା' ଦୁଇ ଆଖିରେ ଟୋପାଟୋପା ଲୁହ ଭର୍ତ୍ତି ହୋଇଯାଇଥିଲା।

ତା'ର କୋମଳ ସ୍ୱରତନ୍ତ୍ରୀ ଭିତରୁ ଯେଉଁ ଅସ୍ଫୁଟ ସ୍ୱରଟିଏ ବାହାରି ଆସିଲା, ତା'ର କାରଣ ନିର୍ଣ୍ଣୟ କରିବାକୁ ମେଘ ଉହାଡରୁ ଉଙ୍କି ମାରିଲା ତ୍ରୟୋଦଶୀର ଜହ୍ନ, ଶୀତଳ ନିର୍ଜନତା ଭିତରେ ରହିରହି ନିଃଶ୍ୱାସ ନେଉଥିବା ପବନ ଓ ଦେବଦାରୁ ଗଛର ଝୁଲନ୍ତା ଡାଳ ଉପରେ ଦୋଳି ଖେଳୁଥିବା ଅନ୍ଧାର।

ଯୁବକଟି ଏବେ ଆଶ୍ଚର୍ଯ୍ୟ ହୋଇ ଦେଖିଲା, ଏକ ଅଲୌକିକ ମହିମାରେ ବିବର୍ତ୍ତିତ ହୋଇଯାଇଛି ସାରା ପାର୍କ୍‌ର ପରିବେଶ। ତା' ଭିତରେ, ତ୍ରୟୋଦଶୀର ଜ୍ୟୋସ୍ନା ତଳେ, ଝିଅଟି ଦିଶୁଥିଲା ହାତରେ କୁହୁକ ଦୀପ ଧରି ବସି ରହିଥିବା ପରୀ କନ୍ୟାଟିଏ ପରି।

ଯୁବକଟି ହାତ ବଢେଇ ତା'କୁ ସ୍ପର୍ଶ କରିବାକୁ ଚେଷ୍ଟା କଲା। କିନ୍ତୁ ତା' ପୂର୍ବରୁ ପରୀକନ୍ୟାଟି ଢଳି ପଡିଲା ତା' କୋଳ ଉପରେ, ଆକାଶରୁ ଝରି ପଡୁଥିବା ରଙ୍ଗୀନ ସ୍ୱପ୍ନଟିଏ ପରି।

ଜହ୍ନ ଏବେ ନିଶ୍ଚିନ୍ତରେ ଫେରି ଯାଉଥିଲା ମେଘ ଉହାଡ ଭିତରକୁ। ପବନ ମିଠାମିଠା ନିଃଶ୍ୱାସ ନେଉଥିଲା, ରହି ରହି, ଅଳ୍ପ ଅଳ୍ପ ଅନ୍ଧାର ଭିତରେ।

■

ନ ଦେଖିଥିବା ବାଟ

ବସ୍‌ରେ ବସିବାର ପାଞ୍ଚ ମିନିଟ୍ ଭିତରେ ପିଲାଟି ଫିସ୍ ଫିସ୍ କରି କହିଥିଲା: ଅପା, ମତେ ସୁସୁ ଲାଗୁଚି।

ବସ୍‌ରେ ବେଶ୍ ଭିଡ। ଦେଢ଼ ଘଣ୍ଟା ଡେରିରେ ଆସି ପହଞ୍ଚିଛି ବସ୍‌ଷ୍ଟାଣ୍ଡ୍‌ରେ, ଆଗକୁ ରାସ୍ତା ଅଛି ଆଠ ଘଣ୍ଟାର।

ପିଲାଟି ଚାହିଁଲା ସେଇ ଗହଳିକୁ, ବାହାରର ଟାଇଁଟାଇଁ ଖରାକୁ। ପୁଣି ଥରେ କହିଲା ଚାପା ସ୍ୱରରେ, ଅପା ମତେ ସୁସୁ ଲାଗୁଚି।

ବସ୍‌ରୁ ଓହ୍ଲାଇ, ଗୋଟେ କାଠକ୍ୟାବିନ୍ ପଛପଟେ ପରିସ୍ରା କରିଆସି, ପିଲାଟି କହିଲା: ଅପା, ଭୁବନେଶ୍ୱର ପାଖରେ ଗୋଟେ ଚିଡିଆଖାନା ଅଛି ନା ! ଡାକ୍ତରଖାନାଠୁ ସେଟା କେତେ ଦୂରରେ !

ପିଲାଟି ଧୈର୍ଯ୍ୟ ଧରି ଅପେକ୍ଷା କଲା, ଅପା ତା' କାମ ସାରିବାକୁ। ପର୍ସ୍‌ରେ ବସ୍ ଟିକେଟ୍ ଦୁଇଟି ସାଇତି ରଖିବାକୁ, ହାତ ବ୍ୟାଗ୍‌ରୁ ପାଣି ବୋତଲ କାଢ଼ି ଦି' ଢୋକ ପିଇବାକୁ, ଶେଷରେ ମୁହଁର ବିନ୍ଦୁ ବିନ୍ଦୁ ଝାଳ ପୋଛିବାକୁ।

ସେ ପୁଣି ପଚାରିଲା: ଅପା, ଚିଡିଆଖାନାରେ କ'ଣ କ'ଣ ସବୁ ଅଛନ୍ତି ? ବଣ ମଣିଷ ଅଛନ୍ତି ଚିଡିଆଖାନାରେ !

କାଲି ଯେତେବେଳେ ଭୁବନେଶ୍ୱରକୁ ଆସିବା ପାଇଁ ଅପା ଜିନିଷପତ୍ର ସଜାଡୁଥିଲା, ସେ ଅରାଜି ହେଉଥିଲା ସାଙ୍ଗରେ ଆସିବାକୁ। କହିଥିଲା : ତୁମ ଦେହ ତ ଖରାପ, ତୁମେ ଯାଅ ଡାକ୍ତରଙ୍କ ପାଖକୁ। ମୁଁ ରହିଯିବି, ପିନୁହେରିକାଙ୍କ ଘରେ।

ପିନୁ ତା'ର ସବୁଠୁ ପ୍ରିୟ ସାଙ୍ଗ। ତା'କୁ ଭାରି ଭଲ ଗୁଡ଼ି ଉଡ଼େଇ ଆସେ।

ମତେ ଏକା ଏକା ଭଲ ଲାଗିବନି ରେ... ଅପା କହିଥିଲା, ତୁ ପୁଣି ଡରିବୁ ରାତିରେ।

ଅପା ଠିକ୍ ହିଁ କହିଥିଲା। ପିନୁ ଆଉ ମାନି ସାଙ୍ଗରେ ସେ ସିନା ଦିନ ଯାକ କଟେଇ ଦେବ, ଖେଳି ବୁଲି, ହେଲେ ରାତିରେ ଅପା ପାଖରେ ନ ଶୋଇଲେ ନିଦ ଯେ ହେବ ନାହିଁ!

ଢେର ଡେରିରେ ସେମାନେ ଶୋଇଥିଲେ କାଲି ରାତିରେ। ଅପାର ଛାତିରେ ଫେର୍ ସେମିତି କଷ୍ଟ ହେଲା, ସେ ଛଟପଟ ହେଲା ବିଛଣାରେ, କ'ଣ ବଟିକା ସବୁ ଖାଇଲା, ପବନରେ ବସିଲା, ଭାରି ଶୀତ କଲାରୁ ପୁଣି ଖଟକୁ ଆସିଲା, ହାତରେ ବହି ଖଣ୍ଡେ ଧରି ବସିଲା, କେଜାଣି କେତେ ରାତିରେ ସେ ଶୋଇଲା।

ଅପା, ତତେ ଆଜି କେମିତି ଲାଗୁଚି!

ସକାଳୁ ଉଠି ସେ ପଚାରିଥିଲା। ଅପାର ମୁହଁ ହସିଲା ହସିଲା ଦିଶୁଥିଲା, ତା' ମାନେ ତା'କୁ ଆଜି ଭଲ ଲାଗୁଚି। ଅପା କହିଥିଲା ଜଲଦି ଜଲଦି ଚୁଡ଼ା ଖାଇଦେ, ବସ୍ ବେଳ ହେଇଯିବ।

ଭୁବନେଶ୍ୱର ପାଖେ ଗୋଟେ ଚିଡିଆଖାନା ଅଛି ବୋଲି ପିନୁ ତା'କୁ ଆଗ କହିଥିଲା। ଚିଡିଆଖାନାର ନାଆଁ କାଳେ ନନ୍ଦନକାନନ। ବହୁତ ରକମର ପଶୁପକ୍ଷୀ ଅଛନ୍ତି ସେଇଠି, ଗୋଟେ ଖେଳନା ଟ୍ରେନ୍ ବି।

ପିନୁ କିନ୍ତୁ କହି ନ ଥିଲା ସେଠି ବଣ ମଣିଷ ଅଛନ୍ତି କି ନାହିଁ। ସେଇ କଥା ସେ ପଚାରୁଥିଲା ଅପାକୁ। ଅବଶ୍ୟ ସେ ସେଠିକି ଯିବାକୁ ଜିଦି କରିବ ନାହିଁ, ଏଇ ଏମିତି ଖାଲି ଜାଣିବାକୁ ପଚାରୁଥିଲା।

ଅପାଠୁ କିଛି ଉତ୍ତର ନପାଇ ସେ ପୁଣି ଥରେ ପଚାରିଲା: କହିଲୁ ନି ତ ଅପା ନନ୍ଦନକାନନରେ ବଣମଣିଷ ଅଛନ୍ତି କି ନାହିଁ?

ସେ ଦେଖିଲା ଏଥର, ଅପା ନିଦରେ ଟିକେ ଢୁଳେଇ ପଡିଚି।

ହଁ ବିଚାରୀ ଟିକେ ଶୋଇପଡୁ। କାଲି ରାତିରେ ସେ ଜମାରୁ ଶୋଇ ପାରିନାହିଁ। ଓଃ କି କଷ୍ଟ ହୁଏ ତା'ର ବେଳେବେଳେ! ଆଖିକୁ ତା'ର ଲୁହ ଆସିଯାଏ।

ନା ନା ନା ଅପା ତା'ର ଜମାରୁ ନାକକାନ୍ଦୁରୀ ନୁହେଁ, ପିନୁର ବଡ଼ନାନୀ ପରି। ଯୋଉ ଦିନ ବାପା ଟ୍ରକ୍ ତଳେ ଚାପି ହୋଇ ମରିଗଲେ, ସେଦିନ ଅପା କାନ୍ଦି ନଥିଲା ଭେଁ ଭେଁ ହେଇ। ଭାରି ଚୁପ୍ ଚାପ୍ ଥିଲା ସେ, ଗୋଟି ଗୋଟି ସବୁ କାମ କରିଥିଲା, ଥାନା ଯିବାଠୁ ଆରମ୍ଭ କରି ମଶାଣି ଯାଏ।

ଖାଲି କହିଥିଲା କାନ୍ଦୁରା କାନ୍ଦୁରା ଆଖିରେ, ଆମର ଆଉ କେହି ରହିଲେ ନାହିଁ ରେ ଜିତୁ, କେହି ନାହିଁ।

ଛାତିରେ କଷ୍ଟ ହୁଏ ବୋଲି ଅପା ସବୁଦିନ କାମକୁ ଯାଇ ପାରେ ନାହିଁ,

ରେଜିଷ୍ଟର ବାବୁ କହନ୍ତି ଏତେ ଛୁଟି ନେଲେ ଅଫିସ୍ କାମ ହେବ କେମିତି ! କେମିତି ହେଲେ ମାନେଜ୍ କର ରେଷ୍ଟ୍ ନେଇ ନେଇକା।

ଆର ଗାଁର ଡାକ୍ତରବାବୁ କହିଲେ ଏ ରୋଗର ଏମିତି ଚିକିତ୍ସା ହେଇ ପାରିବ ନାହିଁ, ତୁମକୁ ଭୁବନେଶ୍ୱର ଯିବାକୁ ହେବ। ଆପୋଲୋ ହସପିଟାଲ୍।

ବାପା ମରିଗଲେ ବୋଲି ଟ୍ରକ୍ କମ୍ପାନିବାଲା କ'ଣ ଟଙ୍କା ଦେଇଥିଲେ, ଅପା ସେ ଟଙ୍କାକୁ ବ୍ୟାଙ୍କରେ ରଖିଦେଇଥିଲା, କହିଥିଲା ଜିତୁ ଏ ପଇସାରେ ପାଠ ପଢିବ, କଲେଜ୍ ଯିବ।

ଜିତୁ କହିଥିଲା : କାହିଁକି ? ତୁ ବାହା ହବୁନି ! ତୋ' ବାହାଘର ପାଇଁ କ'ଣ ପଇସା ରଖିବୁ ନି !

ବାହାଘର କଥା କହିଲେ ଅପା କେମିତି ଲାଜେଇଯାଏ। ସେତେବେଳେ ପିନୁର ବଡନାନୀ ବସିଥିଲେ ପାଖରେ। ଅପାର ମୁହଁଟା ଟିକେ ଲାଲ୍ ପଡ଼ିଗଲା , ସେ କହିଲା ଯା' ଭାଗ୍, ବେଶି କଥା କହି ଶିଖିଚି।

ଆଜି ସାଙ୍ଗରେ ଆସିବାକୁ ଅବଶ୍ୟ ରାଜି ଥିଲେ ରେଜିଷ୍ଟରବାବୁଙ୍କ ଶଳା। କହିଥିଲେ ଦି' ଦିନ ତଳେ, ମୁଁ ତୁମକୁ ନେଇଯିବି ଅହଲ୍ୟା, ମୋର ଭୁବନେଶ୍ୱରରେ ଭଲ ଚିହ୍ନାଜଣା ଅଛି, ରାତିଟା ବି ରହିଯିବା ସୁବିଧାରେ।

କେଜାଣି କାହିଁକି ଅପା ତାଙ୍କୁ ଭଲ ପାଏ ନାହିଁ। ଜିତୁକୁ ବି ସେ କେମିତି ଭାରି ଯେ' ଯେ' ଲାଗନ୍ତି। ଜିତୁକୁ ଭଲ ଲାଗେନି ତାଙ୍କଠୁ ଚକୋଲେଟ୍ କି କୁର୍‌କୁରେ ନବାକୁ। ଖାଲି ଲୋଭରେ ଯାହା ନେଇଯାଏ। ଖାଇସାରି ଭାବେ ନ ଖାଇଥିଲେ ଭଲ ହେଇ ଥାଆନ୍ତା।

ଜିତୁ ଟିକେ ଢୋଳେଇ ପଡିଥିଲା, ଅପାର ଡାକରେ ନିଦ ଭାଙ୍ଗିଲା।

ବସ୍ ଅଟକିଥିଲା ଗୋଟେ କୋଉଠି। ଲୋକେ ତଳକୁ ଓହ୍ଲାଇ ଚା' ପିଉ ଥାଆନ୍ତି, ଗପ କରୁଥାଆନ୍ତି, ପରିସ୍ରା କରୁଥାଆନ୍ତି।

ଅପା ପଚାରୁଥିଲା ଜିତୁକୁ ଭୋକ ଲାଗୁଚି କି ନାହିଁ, ସେ ନାହିଁ କରିଦେଲା କାରଣ ସେ ଜାଣିଥିଲା ଅପା ତା'କୁ ଗୋଟେ ମୁଢିମୁଆଁ ଖାଇବାକୁ ଦେବ ବ୍ୟାଗରୁ କାଢି। ମୁଢି ମୁଆଁ ତା'କୁ ଜମାରୁ ଭଲ ଲାଗେନି। ଅପା ପର୍ସରୁ ପଇସା କାଢିଲା, କହିଲା ଭଲ ସିଙ୍ଗଡା ମିଳେ ଏଠାରେ, ଖାଇବୁ!

ସେ ମୁଣ୍ଡ ଟୁଙ୍ଗାରିଲା।

ଅପା କିନ୍ତୁ ସିଙ୍ଗଡା ଖାଇଲା ନାହିଁ, ଯଦିବା ତାକୁ ଭଲ ଲାଗେ ବରା ସିଙ୍ଗଡା ଆଳୁଚପ୍। ସେ ମୁଢିମୁଆଁ ଖାଇଲା। କହିଲା ମୋ ଦିହଟା ଆଜି ଭଲ ନାହିଁ ତ !

ମିଛ କଥା। ସେ ପଇସା ଖର୍ଚ୍ଚ କରିବାକୁ ଚାହୁଁନାହିଁ, କେଜାଣି ବାବା କେତେ ପଇସା ଖର୍ଚ୍ଚ ହେବ ଡାକ୍ତରଖାନାରେ। କାଳେ ଭାରି ଲୋଭି ଡାକ୍ତରଖାନାଟେ।

ସିଙ୍ଗଡା ଦି' କଳ ଖାଇ ସାରି ସେ ଅପାକୁ ଚାହିଁଲା, କହିଲା ଆଉ ଖାଇ ପାରୁନି। ତୁ ଖାଇବୁ !

ଅପା କହିଥିଲା ଖାଇ ଦେ ଖାଇ ଦେ, ପୁଣି ଭୋକ ଲାଗିବ ବାଟରେ।

: ନାଃ ଆଉ ଖାଇ ପାରିବି ନାହିଁ। ପେଟ ଫୁଲ୍ !

ଅପା ତା' ହାତରୁ ଅଧାଖିଆ ସିଙ୍ଗଡାଟି ନେଇ ଖାଇଥିଲା। କହିଥିଲା ସିଙ୍ଗଡା ଭାରି ଭଲ ହେଇଚି।

ଅପାକୁ ସିଙ୍ଗଡା ଭଲ ଲାଗେ।

ଅପା ମୁହଁ ଉପରକୁ କରି ବୋତଲରୁ ପାଣି ପିଇଲା ଢୋକେ, ତା'ପରେ ହଠାତ୍ ପିଇବା ବନ୍ଦ କରିଦେଇ ଡ୍ରେସ୍‌ଟା ସଜାଡିଲା। ଛାତିର ଓଢଣୀଟା ଟାଣିଦେଲା। ଜିତୁ ଦେଖିଲା ସେପାଖ ସିଟ୍‌ରୁ ଲୋକଟେ ଅପା ଆଡ଼କୁ ଅନେଇଚି, ବଡ ବଡ ଆଖି କରି। ଜିତୁକୁ ଏଇଟା କେଜାଣି କାହିଁକି ଭାରି ରାଗ ମାଡେ ! କାହିଁକି ଯେ ସେମାନେ ସବୁ ଏଡେ ଏଡେ ଆଖିରେ ଚାହାନ୍ତି ଅପାକୁ। ଅପା ତ କାହାର କିଛି କ୍ଷତି କରୁନି।

ଅପା ପ୍ରକୃତରେ କାହାର କିଛି କ୍ଷତି କରେନି। ସମସ୍ତଙ୍କୁ କଥା କହେ ହସି ହସିକା। କେବେ କେବେ ମଣ୍ଡାପିଠା କି ଚିତୋଉ ପିଠା କରି ପଠାଏ ପଡିଶା ଘରମାନଙ୍କୁ। ଭଲ ଚିତୋଉ ପିଠା କରି ଆସେ ଅପାକୁ, ନଡିଆ ରସ ଦେଇ। ଆମ୍ବ ଆଚାର ବି କରି ଜାଣେ ଖାସା।

ଘନପିଇସା କହୁଥିଲେ ଏକୁଟିଆଟା କେମିତି ଯିବୁ ମୁଁ ଯିବି କି ସାଙ୍ଗରେ, ନହେଲେ ଶମ୍ଭୁକୁ ନେଇଯା ସାଙ୍ଗରେ, ଅପା ରାଜି ହେଇ ନଥିଲା। କହିଥିଲା ଏଥର ତ ଖାଲି ଚେକପ୍ ହବ। ପରେ ଦରକାର ହେଲେ କହିବି। ଅସଲରେ ଅପାର ଚେକପ୍ ପରେ ସାଙ୍ଗେ ସାଙ୍ଗେ ଗୋଟେ ଅପରେସନ୍ ବି ହେଇଯାଇପାରେ, ବଡ ଅପରେସନ୍। ଆମ ପାଖରେ ପଇସା ଅଳପ ଅଛି ତ, ଦେଖି ଚାହିଁ ଖରଚ କରିବାକୁ ହବ। ନୁହେଁ ?

କେତେଦିନ ତଳେ ଅପା ଜିତୁକୁ ଡାକି କହିଥିଲା : ଜିତୁ ଟିକେ ଆସି ଶୁଣିଲୁ ଇଆଡେ। ଜିତୁ ଯାଇଥିଲା।

ଗୋଟେ ଛୋଟ ଟ୍ରଙ୍କ୍ ଭିତରୁ ଗୁଡ଼େ କଅଣ ଜିନିଷ କାଢୁଥିଲା ଅପା। ଜିତୁ ପାଖକୁ ଆସିଲା ପରେ କହିଲା : ଏଇ ଦେଖିଥା ଏ ଜିନିଷ ଗୁଡାକ। ଏଇ ପ୍ଲାଷ୍ଟିକ୍ ଡବାଟା ଭିତରେ ଅଛି ବାପାଙ୍କ ଟଙ୍କାର ରସିଦ୍, ମାନେ ଯୋଉ ଟଙ୍କାଟା ବ୍ୟାଙ୍କ୍‌ରେ ଅଛି; ଏଇଟା ଆମ ଘରର ପଟ୍ଟା; ଏଇଟା ମୋ ଚାକିରୀ ଅର୍ଡର୍, ଏଇଟା ମୋ ଏଲାଇସି

କାଗଜ, ଷାଠିଏ ହଜାର ଟଙ୍କାର, ଭଲ କି ଦେଖିଥା ଏଇଟାକୁ, ଆଉ ଏଇ ପୁଟୁଳିରେ ଅଛି ବୋଉର ସବୁ ତକ...

ଏତିକି କହୁ କହୁ ଅପାର ଆଖି ଛଳ ଛଳ ହେଇ ଯାଇଥିଲା।

ଜିତୁ କହିଲା, ଏଗୁଡା ମତେ ଏଇନା ଦେଖଉଚୁ କାହିଁକି ! ତୋ'ର କୁଆଡେ ଏବେ ଯିବାର ଅଛି କି ?

ଅପା କିଛି ନକହି ଶୁଖିଲା ମୁହଁରେ ସବୁ ଜିନିଷ ବାକ୍ସରେ ପୁରାଇ ଥିଲା। ଟିକେ ପରେ କାନିରେ ମୁହଁ ପୋଛି, ହସିବାକୁ ଚେଷ୍ଟା କରି କହିଥିଲା, ଆଜି ତୋ' ଲାଗି ଗୋଟେ ବଢିଆ ଜିନିଷ ରାନ୍ଧିଚି, କହିଲୁ କଅଣ ?

ଜିତୁ ଜମା ଦେଇପାରେନି ଏମିତିକା ପ୍ରଶ୍ନର ଉତ୍ତର।

: ଆରେ ବାଃ ! ମିଠା କାନିକା !

ରୋଷେଇଘରେ ପହଞ୍ଚି ଜିତୁ ତାଳି ମାରିଥିଲା ଖୁବ୍ ଆନନ୍ଦରେ। ଚଟ୍‌ପଟ୍ ଖାଇ ବସିଥିଲା, ମିଠା କାନିକା ସାଙ୍ଗରେ ଖଜୁରୀ ଖଟା।

ଦି ଦିନ ପରେ ଅପା କହିଥିଲା ବୁଝିଲୁ ଜିତୁ, ସବୁ ଲୋକ ସମାନ ନୁହନ୍ତି। ଭଲ ଅଛନ୍ତି, ମନ୍ଦ ଅଛନ୍ତି।

ଟିକେ ନୀରବ ରହି ଅପା ପୁଣି କହିଥିଲା, ଘନ ପିଇସା ଭଲ ମଣିଷ, ଶମ୍ଭୁଟା ବି ଭଲ। କିନ୍ତୁ ରତିକାନ୍ତ ବାବୁଟା ଭଲ ନୁହେଁ, ଗୋବିନ୍ଦ ବାବୁ ବି।

... ତୁ ସବୁବେଳେ ସାବଧାନ ଥିବୁ। ବୁଝିଲୁ ?

ଜିତୁ ବୁଝିପାରୁ ନଥିଲା। ହଠାତ୍ ଏସବୁ ଅପା କହିବାର ମାନେଟା କ'ଣ।

ବୋଧେ ଅପା ଭାବୁଚି କେତେଦିନ ପରେ ବାହା ହେଇ ପଳେଇଯିବ।

କିନ୍ତୁ ଜିତୁ ଜାଣେ ଅପା ତା'କୁ ଛାଡି ଯିବ ନାହିଁ। ତା'କୁ ଅପା କହିଚି କେତେଥର, ଯଦି ଏ ଘର ଛାଡି କେବେ କୁଆଡେ ଯାଏଁ ତ ତତେ ସାଙ୍ଗରେ ନେଇଯିବି। ତୁ ରହିବୁ ମୋ ପାଖରେ ଯେତେଦିନ ତୋ' ପାଠପଢା ନ ସରିଚି।

କାଲି ରାତିରେ ଜିନିଷ ସଜ କରୁ କରୁ ଅପା ତା' ଡାକ୍ତର ରିପୋର୍ଟ୍ ଗୁଡା ମନଧ୍ୟାନ ଦେଇ ଦେଖୁଥିଲା, ଆଉ କଅଣ ସବୁ ଭାବୁଥିଲା। ଭାରି କଷ୍ଟ ପାଉଚି ତ ଛାତିରେ, ବହୁତ କଷ୍ଟ, ଭାବୁଥିଲା ଶୀଘ୍ର ଭଲ ହବ କି ନାହିଁ।

ଜିନିଷ ସଜାଡି ସାରି ଅପା ଚର୍‌ଚର୍ କରି କ'ଣ ଗୁଡାଏ କାଗଜ ଚିରିବାକୁ ଲାଗିଲା।

: ଅପା, କ'ଣ ଏମିତି ଚିରି ପକାଉଚୁ !

: କିଛି ନା।

ଜିତୁ ପାଖକୁ ଯାଇ ଦେଖିଲା, ଗୁଡାଏ ପୁରୁଣା ଚିଠି। ସେଥିରୁ କେତେଟା ରଙ୍ଗୀନ ଲଫାପାର ଚିଠି।

: ଏଗୁଡା କଅଣ !

: ପୁରୁଣା ଚିଠି, କାମକୁ ଆସିବନି।

: ଆଚ୍ଛା ଆଚ୍ଛା ଏଟା ଗୋଟେ କାହାର ଫଟ ନା କଅଣ ! ଭୁଲରେ ଚିରି ଦେଲୁ ନା କ'ଣ !

ତିନିଖଣ୍ଡ ହୋଇ ଚିରିଯାଇଥିବା ଫଟ ଆଡକୁ ନ ଚାହିଁ ଅପା କହିଲା, ଦରକାର ନାହିଁ।

ରାତିରେ ଅପାର ଛାତିରେ ଭାରି କଷ୍ଟ ହୋଇଥିଲା। ସେ ଛଟପଟ ହେଲା ବିଛଣାରେ, କ'ଣ ବଟିକା ସବୁ ଖାଇଲା, ପବନରେ ବସିଲା, ଭାରି ଶୀତ କଲାରୁ ପୁଣି ଖଟକୁ ଆସିଲା, ହାତରେ ବହି ଖଣ୍ଡେ ଧରି ବସିଲା, ଢେର୍ ରାତିଯାକେ ତା'ର ନିଦ ହେଲା ନାହିଁ।

ସେଇଥିପାଇଁ ସେ ବାରମ୍ବାର ଢୁଳେଇ ପଡୁଥିଲା ବସ୍ ଭିତରେ, ପୁଣି ଉଠିପଡି ଅନୁମାନ କରୁଥିଲା ଆଉ କେତେ ବାଟ ଅଛି। ଏବେ ଅପା ଚାହିଁଥିଲା ବାହାରକୁ। ଜୋରରେ ଜୋରରେ ପଛକୁ ଚାଲିଯାଉଥିବା ମଣିଷ, ଗଛଲତା, ଫୁଲ ଆଉ ପବନ। ସତେକି ସବୁ ଗୁଡାକ ଛବି ଭଳି, ଅଛନ୍ତି ପୁଣି ନାହାନ୍ତି। ଅପା କ'ଣ ଭାବୁଥିଲା କେଜାଣି, ଦୀର୍ଘ ନିଃଶ୍ୱାସଟେ ପକାଇଲା।

ଜିତୁ ଆଡକୁ ମୁହଁ ଫେରାଇ କହିଲା: କେବେ ଡରି ଯିବୁନି, ଜିତୁ, କେବେ ବି ଟିକେ ଭୟ କରିବୁନି। ଭଗବାନ ଅଛନ୍ତି କି ନାହାନ୍ତି ମୁଁ ଜାଣିନି, ସତରେ ଜାଣିନି, କିନ୍ତୁ ପ୍ରକୃତରେ ଯଦି ଥାଆନ୍ତି, ସେ ଚାହାନ୍ତି ଯେ କେହି କେବେ ହାରିବା କଥା ନୁହେଁ, କେଭେ ଡରିଯିବା କଥା ନୁହେଁ।

ଅପା ଜିତୁର ହାତକୁ ଧରିଲା, ଝାଳରେ ଭିଜି ଯାଇଥିବା ଗୋଟିଏ ହାତରେ। ସେ ହାତରେ ଖଣ୍ଡେ ଛୋଟିଆ କାଗଜ ବି ଥିଲା। ସେ କହିଲା : ଯଦି ଦରକାର ପଡେ ତ ତୁ ସେମାନଙ୍କୁ ଏଇଠିକି ଫୋନ୍ କରିବାକୁ କହିବୁ, ଏଇ ନମ୍ବରରେ। ସିଏ ଆସି ମତେ ଡାକ୍ତରଖାନାରୁ ନେଇଯିବେ ଯୁଆଡେ ନେଇଯିବା କଥା। ତାଙ୍କୁ ଦେଖି ତୁ ନମସ୍କାର କରିବୁ, ସିଏ ଭାରି ଭଲ ମଣିଷ।

ଅପା କେବେ କାନ୍ଦେ ନାହିଁ, ସେ କେବେ କାନ୍ଦିବା କଥା ନୁହେଁ, କିନ୍ତୁ ଏବେ ତା' ଆଖିରେ ଟୋପେ ଲୁହ ଥିଲା।

■

ବିବର୍ଣ୍ଣ

କଫି ହାଉସ୍‌ରେ ଗହଳି ନଥିଲା।

ସମୟ ପ୍ରାୟ ଅଢ଼େଇଟା, ବେଶ୍ ଖରା ଥିଲା ବାହାରେ।

ଏତିକି ବେଳେ କଫି କପ୍‌ର ଆକର୍ଷଣ କମ୍ ରହିବା ହିଁ ସ୍ୱାଭାବିକ। ମୁଁ କିନ୍ତୁ ଆସି ବସିଥିଲି, କାରଣ ମତେ ଚାରିଟା ବେଳର ମିଟିଂ ପାଇଁ କେଉଁଠି ବସି ଅପେକ୍ଷା କରିବାକୁ ପଡିବ ଓ ହାତରେ ଆଣିଥିବା କାଗଜପତ୍ରକୁ ଆଉଥରେ ଦେଖି ନେବାକୁ ପଡିବ।

ମୋର ବେଶ୍ ସୁବିଧା ବି ହୋଇଥିଲା, ନିରୋଳା ଥିଲା କଫି ହାଉସ୍ ଭିତରଟି।

ମୁଁ କଫି ପାଇଁ ବରାଦ ଦେଇ ଫାଇଲ୍ ଫିଟାଇ ପଢିବାକୁ ଯାଉଛି, ଝିଅଟି ଆସିଥିଲା, ମୋ'ଠୁ ଟିକେ ଦୂରରେ ଗୋଟିଏ ଟେବୁଲ ପାଖରେ ବସି ପଡିଥିଲା। ଝିଅଟିର ବୟସ କୋଡ଼ିଏ କି ବାଇଶ ଭିତରେ, ପତଳା ଲମ୍ବା ଗଢଣ, କାନ୍ଧରେ ଗୋଟିଏ ବ୍ୟାଗ୍, ସମ୍ଭବତଃ ଖଣ୍ଡେ ଦିଖଣ୍ଡ ବହି ଥିଲା ସେଥିରେ। ସେ ପର୍ସ୍‌ରୁ ରୁମାଲ୍ କାଢି ମୁହଁ ପୋଛିଲା।

ୱେଟରଟିଏ ପାଖକୁ ଆସିଲା।

ଝିଅଟି କହିଲା, କଫି।

: ଆଉ କିଛି ?

: ନା।

ତା'ପରେ କହିଲା: ଗୋଟେ ଗ୍ଲାସ୍ ପାଣି।

: ଥଣ୍ଡା ?

: ନା।

ୱେଟର୍‌ଟି ଚାଲି ଗଲା ପରେ ଝିଅଟି ବାହାରକୁ ଚାହିଁଲା, ଖରା କେତେ ଟାଣ

କଳନା କରିବା ପାଇଁ କିମ୍ବା କାହାର ଆସିବାର ବାଟ ଚାହିଁ। ମୁଁ ମୋ ହାତର ଫାଇଲ୍‌କୁ ଆଖି ଫେରାଇ ନେଲି।

ତିନି ପୃଷ୍ଠାର ନୋଟ୍‌ଟି ପଢିବାରେ ସମୟ ବେଶି ଲାଗେ ନାହିଁ, ବିଶେଷ କରି ନିଜେ ଭାବିଚିନ୍ତି ଲେଖିଥିବା ନୋଟ୍। ମୁଁ ମୁହଁ ଉଠାଇ କାନ୍ଥଘଣ୍ଟାକୁ ଦେଖିଲି, ସମୟ ଦୁଇଟା ଛପନ, ମୋ' ହାତଘଣ୍ଟାରେ ଦୁଇଟା ବୟାଳିଶ୍। ଭାବିଲି ଆଉ ଗୋଟିଏ କପ୍ କଫି ପିଇଲେ ମନ୍ଦ ହୁଅନ୍ତା ନାହିଁ।

ୱେଟର୍‌ଟିର ଦେଖା ନଥିଲା। ବର୍ତ୍ତମାନ ଗରାଖ କେହି ନାହାନ୍ତି କି ଆସିବାର ବି ନାହିଁ, ଚାରିଟା ପରେ ଆସିଯିବେ ଆଖପାଖ ଅଫିସ୍‌ର ଘରବାହୁଡା ଲୋକ, ୟୁନିଭର୍ସିଟୀର ଛାତ୍ରଛାତ୍ରୀ। ଏବେ କଫି ହାଉସ୍ କର୍ମଚାରୀଙ୍କ ବିଶ୍ରାମର ସମୟ। କାମ ଚଳେଇ ନେବାକୁ ଏବେ ଜଣେ ହିଁ ୱେଟର୍ ରହିଚି।

ଟିକିଏ ପରେ ୱେଟର୍‌ଟି ଆସିଲା। ହାତରେ କଫି। ଝିଅଟି ପାଇଁ।

ମୃଦୁ ସ୍ୱରରେ ଝିଅଟି କଣ କହିଲା। ହୁଏତ ମନେ ପକାଇ ଦେଲା ପାଣି ଗ୍ଲାସ୍‌ଟି କଥା।

ଉଏଟରଟି ମୋ' ଆଡକୁ ଚାହିଁଲା ନାହିଁ, ଭିତରକୁ ଚାଲିଗଲା।

ଗୋଟିଏ ଗିଲାସ ପାଣି ପାଇଁ ଏତେ ଡେରି ହେବା କଥା ନୁହେଁ, କିନ୍ତୁ ୱେଟର୍‌ଟି ଆସୁ ନଥିଲା। ମୁଁ ମୋ' ଫାଇଲ୍ ଉପରେ ଆଖି ପକେଇଲି, ତା'ପରେ ଚାହିଁଲି ଚାରି ପାଖକୁ।

ବାହାରେ ନିଛାଟିଆ ଖରା। ଶୂନ୍‌ଶାନ୍ ରାସ୍ତା।

ଝିଅଟି ତା' ପର୍ସ୍‌ରୁ ମୋବାଇଲ୍ ଫୋନ୍‌ଟି ବାହାର କଲା, ନମ୍ବର ଟିପି ଡାକିଲା କାହାକୁ।

କିଛି ଉତ୍ତର ଆସିଲା ନାହିଁ, ସେ ଟିକେ ସମୟ ପରେ ଫୋନ୍ ରଖିଦେଲା। ସେ ତା'ପରେ ଚାହିଁଲା ରାସ୍ତାକୁ। ପିଚୁ ରାସ୍ତାରେ ଚିକ୍ ଚିକ୍ କରୁଥିଲା ଦି'ପହରର ଖରା, ପବନ କ୍ଲାନ୍ତ ହୋଇ ଝୁଲି ରହିଥିଲା ଓସ୍ତଗଛର ଡାଳରେ।

ଝିଅଟି ମୁହଁ ଫେରାଇ କଫି କପ୍‌କୁ ଦେଖିଲା, ସମ୍ଭବତଃ ତା'ର ଖୁବ୍ ବେଶୀ ଇଚ୍ଛା ନ ଥିଲା ପିଇବାକୁ। ସେ ଟିକେ ପରେ ପୁଣି ହାତରେ ଧରିଲା ଫୋନ୍‌ଟି, ଆଉ ଥରେ ନମ୍ବର ଟିପିଲା।

କିଛି ଜବାବ ମିଳିଲା ନାହିଁ। ସେ ଫୋନ୍ ରଖି ଦେଇ ଚାହିଁଲା କଫି କପ୍‌କୁ, ଏହି କ୍ଷଣି ଉଏଟର୍ ରଖି ଦେଇ ଯାଇଥିବା ପାଣି ଗ୍ଲାସ୍‌କୁ। ସେ ଥରେ ହାତ ବଢେଇଲା କଫି କପ୍ ଆଡକୁ, ତା'ପରେ ଥରେ ପାଣି ଗ୍ଲାସ୍ ଆଡକୁ। ବୋଧେ ଜାଣିପାରୁ ନ ଥିଲା ତା'ର କ'ଣ ଦରକାର।

ଠିକ୍ ସେତିକି ବେଳେ ମୋବାଇଲ୍ ଫୋନ୍‌ଟି ବାଜିଲା। ତରତର ହାତରେ ସେ ଉଠାଇ ନେଲା ଫୋନ୍‌ଟି। ଡାକିଲା ଆଗ୍ରହରେ: ସୁଜିତ୍ !

ଫୋନ୍ ସେପାଖରେ ସୁଜିତ୍ ନଥିଲା, ଥିଲା ଆଉ କେହି। ରଂ ନମ୍ବର। ଫୋନ୍ ରଖି ସେ ପୁଣି ଅନେଇଲା ବାହାରକୁ, ଯେମିତି କେହି ଜଣେ ଆସି ପହଞ୍ଚିଯିବ ସେହି କ୍ଷଣି, ଏବେ ହିଁ ତା'ର ଏଠାକୁ ଆସିବାର ଥିଲା।

ଝିଅଟି ତା' ପର୍ସ୍‌ରୁ କିଛି ଖୋଜିଲା, ପାଇଲା ନାହିଁ, ହାତ ବଢେଇ ପାଣି ଗ୍ଲାସ୍‌ଟିକୁ ଧରିଲା, ଢୋକେ ପାଣି ପିଇ ରଖିଦେଲା। ପୁଣି ଉଠାଇଲା ଗ୍ଲାସ୍‌ଟି, ଆଉ ଢୋକେ ପିଇଲା।

ସେ ପିଇଲା ଏମିତି ଢଙ୍ଗରେ, ଯେମିତି ଏଇ ଗୋଟିଏ ଗ୍ଲାସ୍ ପାଣି ତା' ପାଇଁ ରହିଚି ଆଜିକ ପାଇଁ, କିମ୍ବା ଅନିର୍ଦ୍ଦିଷ୍ଟ କାଳ ପାଇଁ।

ସେ ପୁଣି ମୋବାଇଲ୍ ଉଠାଇଲା, ନମ୍ବର ଟିପିଲା, ରିଂ ହେଲା ସେପାଖରେ।

: ସୁଜିତ୍ !

ସଂଯୋଗ କଟିଗଲା। ସେପାଖର ଲୋକଟି ଲାଇନ୍ କାଟିଦେଲା ବୋଧହୁଏ।

ଝିଅଟି ଢୋକେ ପାଣି ପିଇଲା ଗିଲାସରୁ। ଆଉ ଢୋକେ।

ପର୍ସ୍‌ରୁ ସେ ଖୋଜୁଥିବା କାଗଜଟି ମିଳିଗଲା ସମ୍ଭବତଃ। ସେ ଦେଖିଲା କାଗଜଟିକୁ, କ'ଣ ଟିକେ ଭାବିଲା, ତା'ପରେ ଖୋଜୁଥିବା ଉତ୍ତର ପାଇଯିବା ପରି କାଗଜଟି ରଖିଦେଲା ପର୍ସ ଭିତରେ। ମୋବାଇଲ୍ ବାଜିଲା।

ଝିଅଟି ନମ୍ବର ଦେଖିଲା, ତା'ପରେ ଜବାବ ଦେଲା: ହଁ ବାପା !... ନା ବାପା ମୁଁ ଘରକୁ ଏଯାଏ ଫେରିନି, ବାଟରେ ଅଛି, ... ହଁ ରେଜଲ୍‌ଟ୍ ଆଜି ବାହାରିଚି.... ନା.... ମୁଁ ତ ଭାବି ନଥିଲି ଏମିତି ହେବ ବୋଲି.... ପଛେ କଥା ହେବି ବାପା, ଟିକେ ପରେ...

ଝିଅଟି ଫୋନ୍ ରଖିଦେଲା।

ଟିକିଏ ପରେ ମୋବାଇଲ୍ ଆଉଥରେ ବାଜିଲା।

... ହଁ ବାପା ... ମୋ' ମନ ଭଲ ଅଛି ବାପା, ...ନା-ନା, ନୁହେଁ ବାପା ... ତୁମେ କେତେବେଳେ ଫେରିବ, ହଁ ମୁଁ ଆସି ସାରିଥିବି ! ...

ମୁଁ ମାଗିଥିବା ଦ୍ୱିତୀୟ କପ୍ କଫି ୱେଟର୍ ଟେବୁଲ୍‌ରେ ରଖି ଦେଇଗଲା। କହିଗଲା: ଚିନି ପଡି ନାହିଁ।

ମୁଁ କଫିରେ ଚିନି ଗୋଳାଇବି କି ନାହିଁ ଭାବୁ ଭାବୁ ଝିଅଟିର ସ୍ୱର ପୁଣି ଶୁଣା ଯାଇଥିଲା।

: ସୁଜିତ୍ ଥରଟେ ମୋ’ କଥା ଶୁଣ ! ସୁଜିତ୍ ! !

ସେପାଖରୁ କ’ଣ ଜବାବ ମିଳିଲା ଜାଣି ହେଲା ନାହିଁ। ତେବେ ଏତିକି ସ୍ପଷ୍ଟ ହେଲା ସେପାଖରୁ କେହି ଲାଇନ୍ କାଟି ପକାଇଲା ନାହିଁ। ବରଂ କଥା କହିଲା କିଛି ସମୟ। ସେତକ ଚୁପ୍‌ଚାପ୍ ଶୁଣିଲା ଝିଅଟି। ମଝି ମଝିରେ ସେ ଚେଷ୍ଟା କରୁଥିଲା କିଛି କହିବାକୁ, କିଛି ବୁଝାଇବାକୁ, କିନ୍ତୁ ଆର ପାଖର ସ୍ୱରଟି ତା’କୁ ସେ ସୁଯୋଗ ଦେଉ ନଥିଲା।

ରହି ରହି କହୁଥିଲା ଝିଅଟି : ତୁମେ ଏବେ ଅଛ କୋଉଠି, ସୁଜିତ୍! ... କେତେ ଦୂରରେ ?...ଏବେ ଆସିବା ସମ୍ଭବ ନୁହେଁ ?... ବ୍ୟସ୍ତ ଅଛ ? ...କ’ଣ ବହୁତ ବ୍ୟସ୍ତ ! ... କୁହ କେବେ ଦେଖା ହେବ ? ... କାଲି ?.... ଆଚ୍ଛା ନ ହେଲେ ପଅର ଦିନ ? ... ତେବେ କୁହ କେବେ ! ...

ଝିଅଟି ମୋବାଇଲ୍ ସ୍ୱିଚ୍ ଅଫ୍ କରିଦେଇ ରୁମାଲ୍‌ରେ ମୁହଁ ପୋଛିଲା। ଆଖିପତା ବି।

ଗରମ ଏବେ ବଢୁଥିଲା। ଆକାଶର ଦ୍ରାଘିମାରେ ପଥଭ୍ରଷ୍ଟ ମେଘ, ପବନରେ ବୈଶାଖର ନିଦାରୁଣ ତ୍ରାସ, କୃଷ୍ଣଚୂଡା ଗଛ ତଳେ ଲହଲହ ଜିଭ କାଢି ଧକଉଥିବା ରୋଗିଣା କୁକୁର।

ନିର୍ଜନ କଫିହାଉସ୍‌ଟି ମନେ ହେଉଥିଲା ଝଡ ବିଧ୍ୱସ୍ତ ଏକ ଜାହାଜର ପରିତ୍ୟକ୍ତ କ୍ୟାବିନ୍ ପରି। ଅପରାହ୍ଣର ଝାଳରେ ଥିଲା ପରିଶ୍ରାନ୍ତ ସମୁଦ୍ରର ଲବଣାକ୍ତ ଗନ୍ଧ।

ଦେଖିଲି, ଝିଅଟି ତା’ ପର୍ସ୍ ଖୋଲି କ’ଣ ସବୁ ଦେଖୁଚି। ହୁଏତ କିଛି ପୁରୁଣା ଚିଠି ଯାହା ସେ ଅଜଣା କାରଣରୁ ପଢି ପାରି ନାହିଁ, କିମ୍ବା ଅପାଶୋରା ଛବି କେତୋଟି, ଯେଉଁଠି ପ୍ରଚ୍ଛନ୍ନ ରହିଛି କାହାରି ଅଦୃଶ୍ୟ ଚିତ୍ର, କିମ୍ବା କଠିନ ବୀଜଗଣିତର କୌଣସି ସୂତ୍ର, ଅନାବଶ୍ୟକ କାରଣରୁ ଦୁର୍ବୋଧ।

ପର୍ସ୍‌ଟି ବନ୍ଦ କରିଦେଇ ଝିଅଟି ଚାହିଁଲା ଅନିର୍ଦ୍ଦିଷ୍ଟ ଆଖିରେ ତା’ ଚାରି ପାଖକୁ। ଥରଟିଏ ତା’ ଆଖି ମୋ’ ଆଖିରେ ମିଶିଗଲା। ସେ ଦୃଷ୍ଟି ଫେରାଇ ନେଲା ଅନ୍ୟ ଆଡକୁ। ହାତର ମାଣିକ ପଥରର ମୁଦିକୁ ଦେଖିଲା ନିବିଷ୍ଟ ଧ୍ୟାନରେ।

କାହାରି ଆସିବାର ଶବ୍ଦ ଶୁଣି ଝିଅଟି ମୁହଁ ଉଠାଇ ଚାହିଁଲା।

କଫି ହାଉସ୍‌ର କାଚ କବାଟ ଖୋଲି ଭିତରକୁ ପଶି ଆସିଥିଲା ଯୁବକଟିଏ, ସାଙ୍ଗରେ ଜଣେ ତରୁଣୀ। କାଚ ଝରକା ପାଖକୁ ଲାଗି ପଡିଥିବା ଗୋଟିଏ ଟେବୁଲ୍ ଆଡ଼କୁ ହାତ ଠାରି ତରୁଣୀଟି କହିଲା: ସୁଜିତ୍, ଏ ପାଖରେ ବସିବା ?

ଆଖିରୁ ରଙ୍ଗୀନ୍ ଋଷମା ଖୋଲି ଯୁବକଟି କହିଲା: ତୁମ ଇଚ୍ଛା।

ଦୁହେଁ ବସିଲେ ଏକାଠି।

ତରୁଣୀଟି ପଚାରିଲା : ଏବେ ତୁମକୁ କିଏ ଫୋନ୍ କରୁଥିଲା ? ସିକତା ?

ଯୁବକଟି କିଛି କହିଲା ନାହିଁ। ତା' ନୀରବତା ହିଁ ଥିଲା ସେହି ପ୍ରଶ୍ନର ଉତ୍ତର।

ତରୁଣୀଟି କହିଲା : ମତେ ତା' ନାଆଁଟା ଜମାରୁ ଭଲ ଲାଗେ ନି। ସେ ଝିଅଟାକୁ ବି ମତେ ଭଲ ଲାଗେ ନାହିଁ।

ଟେବୁଲ୍ ଉପରୁ ମୋର ତିନି ପୃଷ୍ଠାର ଫାଇଲ୍‌ଟି ଖସି ପଡ଼ିଲା। ମୁଁ ତା'କୁ ଉଠାଇ ଆଣିବା ସମୟରେ ଦେଖିଲି ଆର ପାଖ ଟେବୁଲରେ ଏକୁଟିଆ ବସିଥିବା ଝିଅଟି କେତେବେଳେ ଚୁପ୍‌ଚାପ୍ ସେଠାରୁ ଉଠି ଚାଲି ଯାଇଛି। ପରିତ୍ୟକ୍ତ ଚଉକି ତଳେ ପଡ଼ି ରହିଥିଲା କାଗଜ ଖଣ୍ଡେ, ପ୍ରଖର ସୁଅ ମୁହଁରେ ଓଲଟି ପଡ଼ିଥିବା କାଗଜ ଡଙ୍ଗା ପରି।

ନିଛାଟିଆ ଅପରାହ୍ନରେ କାହିଁ କେଉଁଠି ନିଃସଙ୍ଗ ହଳଦି ବସନ୍ତଟିଏ ରହି ରହି କାହାକୁ ଡାକୁଥିଲା, ଏକଥା ଜାଣି ସୁଦ୍ଧା, ତା' ଡାକର କେହି ଜବାବ ଦେବ ନାହିଁ।

ଧୂଳିଘର

ବସ୍ ଆସିବାକୁ ଆହୁରି ଘଣ୍ଟାଏ ଡେରି ଜାଣିବା ପରେ ମୁଁ ପାଖ ବହିଦୋକାନକୁ ଯାଇ ପତ୍ରପତ୍ରିକା ଦେଖିବାରେ ମନ ଦେଲି। ସମୟ ସନ୍ଧ୍ୟା ପାଞ୍ଚଟା, ବସ୍‌ଷ୍ଟାଣ୍ଡ୍‌ରେ ଭିଡ କ୍ରମଶଃ ବଢୁଚି। ଅପରାହ୍ନର ଅଠାଳିଆ ଆଲୁଅ ତରଳି ଆସୁଚି ପତଳା ପବନ ଭିତରେ।

ଗୋଟିଏ ପତ୍ରିକା ବାଛି ଦୋକାନୀ ହାତକୁ କୋଡ଼ିଏ ଟଙ୍କାର ନୋଟ୍ ଖଣ୍ଡେ ବଢ଼େଇ ଦେଉଦେଉ ମୋ' ପଛପଟେ ଠିଆହୋଇଥିବା ଛୋଟ ଝିଅଟିଏ କ୍ଷୀଣ ସ୍ୱରରେ କହିଲା, ବାବୁ ଗରୀବକୁ ସାହା ହୁଅନ୍ତୁ, ଦଶଟା ଟଙ୍କା ଦିଅନ୍ତୁ।

ବସ୍‌ଷ୍ଟାଣ୍ଡ୍‌ରେ ଏମିତି ଭିକ ମାଗିବା ଦୃଶ୍ୟ ଅସାଧାରଣ ନୁହେଁ। କିନ୍ତୁ ମତେ ଆଶ୍ଚର୍ଯ୍ୟ କଲା ତା'ର ଦଶଟି ଟଙ୍କା ମାଗିବାର ଅଭିପ୍ରାୟ।

ମୁଁ ତା'କୁ ଫେରିଚାହିଁବା ଭିତରେ ସେ ତା'ର ହାତମୁଠା ଭିତରୁ କାଢ଼ି ସାରିଥିଲା ଖଣ୍ଡେ ମଇଳା କାଗଜ।

-ମୋ ବାପାର ଲିଭର୍ ଖରାପ ହେଇଯାଇଛି ସାର୍, ତା'ର ଅପରେସନ୍ ହେବ।

ଝିଅଟିର ବୟସ ଦଶ କି ଏଗାର ଭିତରେ। ବେଶି ବି ହୋଇପାରେ। ଅଳ୍ପ ଅଳ୍ପ ଅନ୍ଧାର ଭିତରେ, ମଇଳାଫ୍ରକ୍ ତଳେ, ସେ ଦିଶୁଥିଲା ଅତି ପୁରୁଣା ଘଷରା ଛବିଟେ ପରି।

ମୁଁ କହିଲି, ଯା' ଯା' ପଇସା ନାହିଁ।

ସେ ଏଥିପାଇଁ ପ୍ରସ୍ତୁତ ଥିଲା। ସ୍ୱରକୁ ଆହୁରି କରୁଣ କରି କହିଲା, ମୋ ବାପା ମରିଯିବ ବାବୁ! ତା'ର ଅପରେସନ୍ ନ ହେଲେ ସେ ମରିଯିବ। ଗରୀବକୁ ଦୟା କରନ୍ତୁ। ଦଶଟା ଟଙ୍କା ଦିଅନ୍ତୁ।

-ମୋ ପାଖେ ପଇସା ନାହିଁ ଯା' ଭାଗ୍ ଏଠୁ।

-ଏଇ ଦେଖନ୍ତୁ ସାର୍, ଡାକ୍ତର କ'ଣ ଲେଖିଛନ୍ତି, ମୋ ବାପାର ରକ୍ତ ଦରକାର। ଆଠ ବୋତଲ ରକ୍ତ ଦରକାର।

ଆଠ ବୋତଲ ରକ୍ତ କ'ଣ ଦଶଟଙ୍କାରେ ମିଳିଯିବ ?

ମୁଁ ଏ ପ୍ରଶ୍ନ ପଚାରିବା ଭିତରେ ପଛଆଡୁ ଉଙ୍କିମାରିଲା ମୁହଁଟିଏ, ଚାରିପାଞ୍ଚ ବର୍ଷ ବୟସର ଗୋଟିଏ ପିଲାର ମୁହଁ।

ସେ କହିଲା - ମୋ ମାଆ ରାଣ୍ଡ ହୋଇଯିବ ସାର୍, ବାପା ମରିଗଲେ ମୋ' ମାଆ ରାଣ୍ଡ ହୋଇଯିବ।

ତା'ପରେ ସେ ବଡଭଉଣୀ ଆଡକୁ ଚାହିଁଲା ଆଶାୟୀ ଅଖିରେ, ତା'ଠାରୁ ପ୍ରତ୍ୟାଶିତ ଭୂମିକା ସେ ଠିକ୍ ଭାବେ ତୁଲାଇ ପାରିଛି କି ନାହିଁ ତାହା ଯାଞ୍ଚ କରି ନେବାକୁ।

ଝିଅଟିର ଆଚରଣକୁ ଜଣାପଡିଲା ନାହିଁ ତା'ର ମତାମତ। ସେ ପୁଣି କହି ଲାଗିଲା ମତେ ଚାହିଁ, ଭଗବାନ୍ ଆପଣଙ୍କର ସବୁ ଭଲ କରିବେ ବାବୁ, ଆପଣଙ୍କର ଧର୍ମ ହେବ, ପାଞ୍ଚଟା ଟଙ୍କା ଦିଅନ୍ତୁ।

ଛୋଟ ପିଲାଟି ମନେ କରେଇ ଦେଲା, ନାଇଁ ଲୋ, ପାଞ୍ଚ ନୁହେଁ, ଦଶଟଙ୍କା।

ପିଲାଟିକୁ ମୁଁ ପଚାରିଲି, ଲିଭର୍‌ଟା କୋଉଠି ଥାଏ, ଗୋଡ଼ରେ ନା ମୁଣ୍ଡରେ ?

ଦୃଢ଼ବିଶ୍ୱାସର ସହିତ ପିଲାଟି ନିଜ କପାଳରେ ହାତରଖି କହିଲା – ଏଇଠି, ଯା' ଭିତରେ।

ମୁଁ ଆଉ କିଛି କହିବା ଆଗରୁ ବୁକ୍‌ଷ୍ଟଲ୍ ମାଲିକଟି ପତ୍ରିକାବାବଦ ଟଙ୍କା ପନ୍ଦରଟି କାଟି ରଖି ଗୋଟିଏ ପାଞ୍ଚଟଙ୍କିଆ କଏନ୍ ମୋ' ଆଡକୁ ବଢ଼େଇଦେଲା।

କଏନ୍‌ଟି ମୁଁ ହାତରେ ଧରୁ ଧରୁ ତଳକୁ ଖସିପଡିଲା ଓ ଗଡିଯାଇ ପାହାଚ ତଳ ନର୍ଦ୍ଦମାରେ ପଡିଗଲା।

ଖପ୍ କରି ପିଲାଟି ସେ ଟଙ୍କାଟିକୁ ହାତ ପୂରାଇ ନର୍ଦ୍ଦମାପାଣିରୁ କାଢ଼ିଆଣିଲା ଓ ନିଜ କୃତିତ୍ୱକୁ ହାତପାପୁଲି ଉପରେ ଦେଖାଇଧରି କହିଲା ହେଇ ସାର୍ ନିଅନ୍ତୁ।

ନର୍ଦ୍ଦମା ପାଣିରେ ମଇଳା ଦେଖାଯାଉଥିଲା ପାଞ୍ଚଟଙ୍କାର କଏନ୍‌ଟି।

ଏ ଭୁଲ୍ ଦୋକାନୀର ନ ଥିଲା। ଏ ମୋର ଭୁଲ୍।

ଅତଏବ ମୁଁ ମୋ ନିଜ ତ୍ରୁଟିକୁ ସୁଧାରିନେଲି ଦୟାଶୀଳ ପନ୍ଥାରେ। କହିଲି: ଯା'ନେଇ ଯା'।

ଭାଇଭଉଣୀ ଦୁଇଟି ଖୁବ୍ ଖୁସିରେ ଦୌଡି ଚାଲିଗଲେ ସେଠାରୁ।

ମନରେ ମୋର ବିଶେଷ ଅନୁଶୋଚନା ନ ଥିଲା ଏଥିପାଇଁ, କାରଣ ଆଜି ମୁଁ କିଛି ଅଧିକା ରୋଜଗାର କରିଥିଲି, କିଛି ନ ହୋଇପାରିଲା ଭଳି କାମ କରି ପାରି।

ବସ୍ କାଳେ ଆସିଯାଇଥିବ, ଏଇ ଭରସାରେ ମୁଁ ଫେରି ଆସୁଥିଲି ବସ୍ ବେ' ପାଖକୁ, ଦେଖିଲି, ସେଇ ପିଲାଦୁଇଟି ଗୋଟିଏ ଗୁପ୍‌ଚୁପ୍‌ବାଲା ପାଖେ ଠିଆ ହୋଇ ଗୁପ୍‌ଚୁପ୍ ଖାଉଛନ୍ତି। ସେମାନଙ୍କ ସେଇ ଫୂର୍ତ୍ତି ପଛରେ ମୋର ଅନୁଗ୍ରହ ନିହିତ ଅଛି, ଏ କଥା ମତେ ଜଣା ଥିଲା।

ମୁଁ ଦେଖିଲି, ଗୁପ୍‌ଚୁପ୍ ଖିଆସରିବା ପରେ ଛୋଟ ପିଲାଟି ବଡଭଉଣୀକୁ ଜିଦ୍ କରି ଟାଣୁଥିଲା ଗୋଟେ ବେଲୁନ୍‌ବାଲା ଆଡକୁ ଓ ଝିଅଟି ଚିଡିଯାଇ କ'ଣ ସବୁ ତା'କୁ କହୁଥିଲା। ଶେଷରେ ସେ ସାନଭାଇର ଜିଦ୍ ପାଖେ ହାର୍ ମାନି ବେଲୁନ୍‌ବାଲା ପାଖକୁ ଯାଇଥିଲା।

ବାକି ଦୃଶ୍ୟ ମୁଁ ଦେଖିପାରି ନାହିଁ।

ଦ୍ୱିତୀୟଥର ପାଇଁ ମୁଁ ସେ ଝିଅଟିକୁ ଦେଖିଥିଲି ତା'ର ଚାରିମାସ ପରେ।

ଏଥରର ଦେଖା ଏକ୍‌ଜିବିସନ୍ ପଡିଆରେ। ସମୟ ଟିକେ ଗଡିଯାଇଥିଲା, ରାତି ଆଠଟା ହୁଏ କି ନ ହୁଏ।

ଗମ୍‌ଗମ୍ ଗହଳି ଭିତରେ ପ୍ରଥମେ ତା'ର ସ୍ୱର ମୁଁ ଶୁଣିପାରି ନଥିଲି। ଏପାଖେ ମାଇକ୍‌ର ଶବ୍ଦ, ସାମନାରେ ଉଜ୍ଜ୍ୱଳ ସାଜସଜ୍ଜା, ପଛଆଡେ ଛୋଟପିଲାଙ୍କର କାନ୍ଦ, ନାନା ଚିତ୍କାର, ଠେଲାପେଲା, ପୁଣି ହସାହସି।

ମୋ ମୁଡ୍ କିନ୍ତୁ ମୋଟେ ଭଲ ନଥିଲା। ଦିନଟା କଟିଥିଲା ବଡ ଝାମେଲାରେ, ଆଗକୁ ଥିଲା କେତେକ ଦୁଶ୍ଚିନ୍ତା, ଆଉ ତାହା ଯେମିତି ଯଥେଷ୍ଟ ନୁହେଁ, ମୋ ହାତରେ ଠନ୍ ଠନ୍ କରୁଥିଲା ଗୋଟିଏ ଅଚଳ ଟଙ୍କା।

ଟଙ୍କାଟି ମୋ ହାତକୁ କେମିତି ଆସିଲା ମୋର ଠିକ୍ ମନେ ପଡୁନାହିଁ। ନୋଟ୍ ସବୁ ମୁଁ ପାଇଲେ ଭଲକରି ଗଣେ ଓ ପକେଟ୍‌ରେ ରଖେ, କିନ୍ତୁ କଏନ୍ ପ୍ରତି ମୋର ସେତେ ନଜର ନ ଥାଏ। ଏ ଦି'ଟଙ୍କିଆ କଏନ୍‌ଟି କୋଉବାଟେ ମୋ' ହାତକୁ ଆସିଲା ମୋତେ ଜଣା ନାହିଁ।

ମୋ ମୁଡ୍ ଭଲ ନଥିବାର କାରଣ ତାହା ନୁହେଁ। ଅବିଶ୍ୱାସୀ ସଂସାରରେ ଏମିତି ଜାଲିଆତି ଘଟଣା କେବେ କେମିତି ଘଟିବ ନିଶ୍ଚୟ। କିନ୍ତୁ ମତେ ରାଗ ଲାଗିଥିଲା ଯେ ଦିନସାରା ଏ କଏନ୍‌ଟି ଲାଗି ମତେ ବଡ ହରକତ ଭୋଗିବାକୁ ପଡିଛି। ପ୍ରଥମେ ଗୋଟେ ପାନଦୋକାନରେ ଝାମେଲା ହେଲା। ସେତେବେଳଯାଏ

ମତେ ଜଣା ନଥିଲା ଯେ ଟଙ୍କାଟି ଅଚଳ। କଏନ୍‌ଟି ହାତରେ ଧରି ଦୋକାନୀଟି ଭଲ କରି ଦେଖିଲା, ପାପୁଲିରେ ଘଷିଲା, ତା'ପରେ କ୍ୟାବିନ୍ ତଳକୁ ପିଚ୍‌କିନା ମେଞ୍ଚେ ଜର୍ଦ୍ଦାମିଶା ଛେପ ପକେଇ କହିଲା – ଏ ହବ ନାହିଁ। ଆଉ କ'ଣ ଅଛି ଦିଅନ୍ତୁ।

ମୁଁ ପଚାରିଲି, କାହିଁକି, କ'ଣ ହେଲା?

-ଦେଖିପାରୁ ନାହାନ୍ତି ଟଙ୍କାଟା ଅଚଳ?

ସେ ମତେ ଟଙ୍କାଟି ଦେଖାଇଲା, କିନ୍ତୁ ମୁଁ କିଛି ଜାଣିପାରିଲି ନାହିଁ।

ମୁଁ ତା' ସହିତ ବୁଝାମଣା କରିବାକୁ ଚାହିଁଲି ଯେ ଏ ଅଚଳ ଟଙ୍କାଟି ପାଇଁ ମୁଁ ଦାୟୀ ନୁହେଁ, ମତେ କିଏ ଠକି ଦେଇଛି ଓ ଏ ଟଙ୍କାଟି ଯେହେତୁ ଅବିକଳ ଅସଲିଟଙ୍କା ପରି ଦେଖାଯାଉଛି, ଯା'କୁ ସେ ଗ୍ରହଣ କଲେ କ୍ଷତି ନାହିଁ।

କ୍ଷତି ନାହିଁ? ଶଃ ପୋଲିସ୍ ଦେଖିଲେ ବାନ୍ଧିନେବ। ଜାଲ୍‌ଟଙ୍କା ତିଆରି କରିବା, ଆଉ ପାଖରେ ରଖିବା ଏକା କଥା। ଦି'ଟାଯାକ ବେଆଇନ୍।

ମତେ କିନ୍ତୁ ଏତେ କଥା ଜଣା ନାହିଁ। ଗୋଟେ କଥା ମୁଁ ମୋଟେ ବୁଝି ବି ପାରେନା ଯେ ଜାଲ୍ ଟଙ୍କାରେ ଦୋଷ କ'ଣ? ଏଇ କଏନ୍‌ଟି କଥା ଦେଖାଯାଉ, କେତେ ଅବିକଳ, କେତେ ନିଖୁଣ ଦିଶୁଚି ଏ ଟଙ୍କାଟି। ଭାବନ୍ତୁ କେତେ ଯତ୍ନରେ, କେତେ ବୁଦ୍ଧି ଖଟେଇ ଏ ଜିନିଷଟି ତିଆରି ହୋଇଛି! ଗୋଟେ ମୂର୍ତ୍ତି ଗଢି, ଗୋଟେ ଛବି ଆଙ୍କି ଯଦି ଜଣେ ଏତେ ବାହାବା ପାଇପାରେ ଆମ ଦେଶରେ, ଏମିତି ଚମତ୍କାର କାରିଗରି ପାଇଁ କାହିଁକି ଟିକିଏ ବି ସହନଶୀଳତା ନାହିଁ କାହାରି?

ଏତେ ଯୁକ୍ତି ମୁଁ ଅବଶ୍ୟ କଲିନାହିଁ, ଖଣ୍ଡେ ନୋଟ୍ କାଢି ମୋର ଦେୟ ଚୁକେଇଲି।

ଏତିକିରେ ମୋର ବୋଝ ଗଲା ନାହିଁ। ଦିନସାରା ଚାରିଥର ମୁଁ ଚେଷ୍ଟା କରିଚି ପଇସାଟି ଚଳେଇନେବା ପାଇଁ, କିନ୍ତୁ ସବୁଠି ହାର ମାନିଲି। ମଣିଷ ଆଖିରେ ଯେ ଏତେ ସାବଧାନୀ ଦୃଷ୍ଟିଟିଏ ଡେରା ବାନ୍ଧିଛି, ଏକଥା ମୋର ଅଜଣା ଥିଲା। ଏମିତିକି ଏ ଟିକିଏ ପୂର୍ବରୁ ଅନ୍ଧାର ଭିତରେ ବସି ଝାଲମୁଢ଼ି ବିକୁଥିବା ଲୋକଟି କହିଲା, ଏଟା ଥାଉ, ନୋଟ୍ ଅଛି ତ ଖଣ୍ଡେ ଦିଅନ୍ତୁ।

ସେଇ ବିରକ୍ତି ମନଭିତରେ ଦିକ୍ ଦିକ୍ ହେଉଥିବା ସମୟରେ ଝିଅଟି ସାଙ୍ଗେ ଦେଖା।

ସେ ତୃତୀୟଥର ପାଇଁ ଟିକେ ବଡପାଟିରେ କହିଲା ପରେ ମୁଁ ତା'କଥା ଶୁଣିବାକୁ ପାଇଲି।

-ବଡବାବୁ, ଦୟା କରନ୍ତୁ, ଗରୀବ ହାତରେ ଗୋଟେ ଟଙ୍କା ଦିଅନ୍ତୁ।

ମୁଁ ମୁହଁବୁଲେଇ ଝିଅଟିକୁ ଦେଖିଲା କ୍ଷଣି ଚିହ୍ନିପାରିଲି। ସେ କିନ୍ତୁ ମତେ ସାଙ୍ଗେ ସାଙ୍ଗେ ଚିହ୍ନିପାରି ନ ଥିଲା।

-ବାବୁ, ମୋ ସାନଭାଇର ଗୋଡ଼ହାତ ଭାଙ୍ଗିଯାଇଛି, ସେ ମେଡିକାଲ୍‌ରେ ପଡିଛି, ଟିକେ ଦୟା ହେଉ, ଗୋଟିଏ ଟଙ୍କା ମିଳୁ।

ଗତଥରର ଉପଲକ୍ଷ୍ୟ ଥିଲା ବାପର ଦେହ ଭଲନାହିଁ, ଏଥରକ ଭାଇର ପାଳି।

-ତୋ' ବାପା ଦେହ ଏବେ କେମିତି ଅଛି ?

ଝିଅଟି ସ୍ପଷ୍ଟତଃ ଏମିତି ପ୍ରଶ୍ନ ପାଇଁ ପ୍ରସ୍ତୁତ ନ ଥିଲା। ସେ କିଛି ଉତ୍ତର ଦେଇ ପାରିଲା ନାହିଁ।

-ତୋ' ବାପ ଖବର କ'ଣ ? ତା'ର କ'ଣ ଅପରେସନ୍ ହେବାର ଥିଲା ପରା ?

ଅନ୍ଧାର ଭିତରେ ଏବେ ସେ ମତେ ଚିହ୍ନିପାରିଲା। ଯେଉଁଭଳି ପରିସ୍ଥିତିରେ ସେ ସେଦିନ ପାଞ୍ଚଟି ଟଙ୍କା ହାସଲ୍ କରିଥିଲା ତାହା ସହଜରେ ଭୁଲିବାର ନୁହେଁ ନିଶ୍ଚୟ।

-କ'ଣ ବିନା ଅପରେସନ୍‌ରେ ସେ ଭଲ ହୋଇଗଲା ? ବାଃ !

-ନା, ଡାକ୍ତର କହିଲା ତା'ର ଅପରେସନ୍ ହୋଇପାରିବ ନାହିଁ।

ମୁଁ ଆଉ କିଛି କହିବା ଆଗରୁ ସେ ପୁଣି କହିଲା, ବାପା ମରିଗଲା ଜନ୍ମାଷ୍ଟମୀ ଦିନ ରାତିରେ, ଥରଟେ ରକ୍ତବାନ୍ତି କରି।

ମିଛ କହୁଛି, କି ସତ, ଜାଣିବା କଷ୍ଟ। ଖୁବ୍ ଭଲ ଟ୍ରେନିଂ ମିଳିଥାଏ ଏମାନଙ୍କୁ, ଏଇ ଭିକ ମାଗିବା ଧନ୍ଦାରେ। ଜାଣନ୍ତି ଏଥିରେ ଲାଭ କେତେ ? ପଚାରନ୍ତୁ ମନ୍ଦିର ସାମନାରେ ବସିଥିବା ଭିକାରୀମାନଙ୍କୁ, ମେଳା ନିକଟରେ ବସିଥିବା ନିଷ୍କର୍ମାମାନଙ୍କୁ।

ମୋ ପକେଟ୍ ଭିତରେ ଠନ୍ ଠନ୍ କରୁଥିଲା ଅଚଳ ଟଙ୍କାଟି। କ'ଣ ଅଛି ଯା'ର ମୂଲ୍ୟ ?

ମୁଁ ତା'ହାତକୁ ବଢେଇ ଦେଲି ସେ କଏନ୍‌ଟି। ସେ ମୋ ହାତରୁ ସେଇଟି ଝାମ୍ପିନେଇ ଦୌଡି ପଳାଇଗଲା ସେଠାରୁ ଆଗଥର ପରି। ଆଉ ଠିକ୍ ଆଗଥର ପରି ସେ ଯାଇ ପହଞ୍ଚିଗଲା ଗୋଟିଏ ଗୁପ୍‌ଚୁପ୍‌ବାଲା ପାଖେ। ମଜାର କଥା ଏଇ ଯେ, ଏଥର ମୋର ସେଇ ଅଚଳ ଟଙ୍କାଟି ଦୋକାନଦାର ହାତରୁ ଫେରିଆସିଲା ନାହିଁ।

ଦୁଇଟି ପୁଡାରେ ଜଳଖିଆ ବାନ୍ଧିଦେଉ ଦେଉ ସେ ବିନା ଦ୍ୱିଧାରେ ଗ୍ରହଣ କରିନେଲା ଦୁଇଟଙ୍କିଆ ମୁଦ୍ରାଟିକୁ। ଝିଅଟି ତା'ପରେ ଚାଲିଲା ଗୋଟେ ଖେଳନା ଦୋକାନ ଆଡେ।

ଭାବିଲି ଯା' ହେଉ ଅଚଳ ଟଙ୍କାଟିର ସଦ୍‌ଗତି ହୋଇଗଲା।

ତୃତୀୟଥର ପାଇଁ ଏବଂ ଶେଷଥର ପାଇଁ ମୁଁ ସେ ଝିଅଟିକୁ ଦେଖିଥିଲି ପ୍ରାୟ ସାତ ଆଠ ମାସ ପରେ।

ଏଥର ତା'ର ଦେଖା ମିଳିଥିଲା ଅପରିଚ୍ଛନ୍ନ ଏକ ଗଳି ଭିତରେ, ଯେଉଁଠି ସୂର୍ଯ୍ୟ ପହଞ୍ଚେ କାମଚୋର ସରକାରୀ ଚାକିରିଆଟିଏ ପରି ବିଳମ୍ବରେ ଓ ଫେରିଆସେ ଚୁପ୍‌ଚାପ୍ ବିଟପୁରୁଷଟିଏ ପରି।

ଏମିତି ସ୍ଥାନକୁ ମୁଁ ଯିବାର ଅବଶ୍ୟ କାରଣଟିଏ ଥିଲା। ମୋର ଘର ତିଆରି କାମ ପ୍ରାୟ ସରିବା ଉପରେ, କିଛି ମୋଜାଇକ୍ ଓ କାଠକାମ ବାକି ରହିଛି। ମତେ ଜଣେ କହିଥିଲା, ଏଇ ଗଳିରେ ରହିଥିବା ଭୋଳିମିସ୍ତିରି ବଡ ଓସ୍ତାଦ୍ ଲୋକ, ବଢିଆ କାମ କରେ, ବେଇମାନି କରେ ନାହିଁ।

ବାଟ ପଚାରି ଯାଉଯାଉ ଗଳିମୁଣ୍ଡରେ ମୋ' ଦେଖା ହୋଇଗଲା ସେହି ଝିଅଟି ସାଙ୍ଗରେ।

ମତେ ଦେଖି ସେ ଚିହ୍ନିପାରିଲା ନିଶ୍ଚୟ, କାରଣ ସେ ମୋ' ପାଖକୁ ଦୌଡି ଆସିଲା ତତ୍‌କ୍ଷଣାତ୍ ଓ ହାତ ପତେଇ କହିଲା – ବାବୁ ଗୋଟେ ଟଙ୍କା ଦିଅନ୍ତୁ।

ଏମିତି ଢଙ୍ଗରେ, ଯେମିତି ଏ ତା'ର ନ୍ୟାଯ୍ୟ ଅଧିକାରର କଥା।

-କି ପଇସା ? ଯା' ଭାଗ୍ ଏଠୁ !

-ବାବୁ ମୋର ବାପା ନାହିଁ, ମାଆ ପାଗଳୀ, ଘରେ ଖାଇବାକୁ କିଛି ନାହିଁ।

ମତେ ଭାରି ଚିଡି ଲାଗିଲା। କହିଲି – ତୁ ଟା ଭାରି ମିଛେଇ, ସବୁଥର ତୁ କିଛି ନା କିଛି ଚାଲାକ୍ କଥା କହୁଚୁ, ଆଉ ପଇସା ଧରି ଗୁପ୍‌ଚୁପ୍ କିଣି ଖାଉଛୁ !

-ନାଇଁ ସାର୍, ମିଛ କହୁନି ମୋଟେ।

ଏଥର ଭାରି ଦବି ଯାଇଥିଲା ତା' ସ୍ୱର।

-ସତ କହ, ପ୍ରଥମ ଥର ତୁ ଆଉ ତୋ' ଭାଇ ଦିହେଁ ମିଶି ଗୁପ୍‌ଚୁପ୍ କିଣି ଖାଇ ନ ଥିଲ ? ତା'ପରେ ଯାଇ ବେଲୁନ୍ କିଣି ନ ଥିଲ ? ସେଥର କହିଥିଲୁ ତୋ' ବାପର ଅପରେସନ୍ ଲାଗି ଟଙ୍କା ଦରକାର !

-ହଁ ସାର୍ ! ସଂକୁଚିତ ସ୍ୱର ଝିଅଟିର।

-ଆଉ ତା'ପରେ ପଇସା ଧରି ଜଳଖିଆ କିଣିଥିଲୁ।

-ହଁ ହଜୁର୍।

ମ୍ରିୟମାଣ ଆଖିରେ ଚାହିଁଲା ଝିଅଟି ମୋ' ଆଡେ, ଜାଣିସାରିଥିଲା, ତା'ର ନିସ୍ତାର ନାହିଁ।

-ସବୁଥର ତୁ ମିଛ କହୁଚୁ, ଡାହା ମିଛ।

ଝିଅଟି ଗୋଟିଏ ହାତରେ ଧରିଥିଲା ଗୋଟେ ପୁରୁଣା ଟିଫିନ୍ କ୍ୟାରିୟର୍। ଆର ହାତଟି ସେ କୌଣସି କାରଣରୁ ଲୁଚେଇ ରଖିଥିଲା ମୋ' ଆଖି ସାମନାରୁ। ମୁଁ ଜେରା କଲା ପରି ପଚାରିଲି, ସେ ହାତରେ କ'ଣ ଧରିଚୁ?

ଝିଅଟି ବଡ ସଙ୍କୋଚରେ ତା'ହାତ ଦେଖାଇଲା। ତା'ହାତରେ ଥିଲା କିଟ୍‌କ୍ୟାଟ୍ ଚକୋଲେଟ୍‌ର ଗୋଟେ ଖୋଳ।

-ଓ, କିଟ୍‌କ୍ୟାଟ୍ ଚକୋଲେଟ୍ ଖିଆ ହେଉଥିଲା!

-ନାଇଁ, ବାବୁ, ଏଇ ଖୋଳଟା ତଳେ ପଡିଥିଲା ତ, ମୁଁ ତା'କୁ ଧରି ଦେଖୁଥିଲି।

-ଆଉ ଚାଟୁଥିଲୁ।

ଶ୍ଳେଷପୂର୍ଣ୍ଣ ସ୍ୱରରେ ମୁଁ କହିଲି। ସେ ମୁଣ୍ଡ ପୋତି ଦେଲା।

-ଶୁଣ୍, ତୋ'ର ସବୁ ଚାଲାକି ଧରାପଡିଲା। ତୋ' ବାପ ମରିନାହିଁ କି ତୋ' ଭାଇ ହସପିଟାଲ୍‌ରେ ପଡିନାହିଁ। ତୁ ମିଛ କହି ପଇସା ମାଗୁଛୁ ଆଉ ଚକୋଲେଟ୍ କି ଗୁପ୍‌ଚୁପ୍ କିଣି ପାଟି ସୁଆଦ କରୁଛୁ।

-ନାଇଁ ବାବୁ, ମୋ' ବାପା ମରିଯାଇଚି ରକ୍ତବାନ୍ତି କରି କରି, ଆଉ ମୋ' ଭାଇ ବି ମରିଗଲା ଡାକ୍ତରଖାନାରେ ...

ଠିକ୍ ଏତିକିବେଳେ, ପ୍ରାଗୈତିହାସିକ ସୁଡଙ୍ଗ ପରି ଦେଖାଯାଉଥିବା ସେହି ଗଳି ଭିତରୁ ବାହାରି ଆସିଥିଲା ସ୍ତ୍ରୀଲୋକଟିଏ। ଲାଲ୍ ରଙ୍ଗର ଶାଢି ଓ ବ୍ଲାଉଜ୍ ସାଙ୍ଗକୁ ତା' ମୁଣ୍ଡରେ ଥିଲା ଗୋଟେ ସିନ୍ଦୂରଟୋପା, ଠିକ୍ ଗୋଟେ ଅଧୁଲି ସାଇଜ୍‌ର।

ଗୋଟେ ହାତରେ ଦର୍ପଣଟିଏ ଓ ଆରହାତରେ ପାନିଆ ଧରି ସେ କୁଆଡେ ତରତର ହୋଇ ଚାଲିଯାଉଥିଲା ଯେମିତି।

ବାଟ ମଝିରେ ଝିଅଟିକୁ ଦେଖି ସେ ହଠାତ୍ ରହିଗଲା ଓ କର୍କଶ ସ୍ୱରରେ ପଚାରିଲା, କିଲୋ ପୋଡାମୁହିଁ, ତୁ ଏ ଯାଏ ଯାଇନୁ!

ଝିଅଟି ପାଇଁ ଯେମିତି ଅତି ଅପ୍ରତ୍ୟାଶିତ ଥିଲା ଏ ପରିସ୍ଥିତି। ସେ ବିଚଳିତ ହୋଇ କହିଲା – ହଁ ମାଆ ଯାଉଚି ତ ...

-ହଁ ମାଆ ଯାଉଚି ତ! ବିକୃତ ଶୁଣାଗଲା ଏବେ ସ୍ତ୍ରୀଲୋକଟିର ସ୍ୱର।

ସେ ତା' ହାତରେ ଧରିଥିବା ପାନିଆଟିକୁ ଏକ ନାମଅଜଣା ଅସ୍ତ୍ରପରି ହଲେଇ ହଲେଇ କହିଲା – ଛତରଖାଇ ଜାଣିଚୁ ତ ଠିକ୍ ଟାଇମ୍‌ରେ ରୁଟିଡାଲମା ନ ଖାଇଲେ ତୋ' ବାପାର ହଂସା ଉଡିଯାଏ, ଆଉ ତୋ' ଭାଇଟା ମୂଷାଛୁଆ ପରି ଚିଁ ଚିଁ ହଉଥାଏ ଭୋକରେ ! ସେତେବେଳଠୁ ରାନ୍ଧିବାଢ଼ି ତୋ' ହାତରେ ଦେଲିଣି, ଏ ଯାଏ ତୋ' ଯିବାର ନାଆଁଗନ୍ଧ ନାହିଁ। ଯା' ଭାଗ୍ ...

ଝିଅଟି ଡରିଡରି କହିଲା – ହଁ ମାଆ ଯାଉଚି।

ସ୍ତ୍ରୀ ଲୋକଟି ସନ୍ତୁଷ୍ଟ ହେଲାପରି ମୁଣ୍ଡ ହଲେଇ ପାଦ ବଢେଇଲା ଆଗକୁ। ଦି'ପାହୁଣ୍ଡ ଯାଇ କ'ଣ ଭାବି ଅଟକିଗଲା ପୁଣି। ଫେରିପଡି ଝିଅକୁ ଗୋଟେ ଆଙ୍ଗୁଠି ଦେଖାଇ କହିଲା – ଖବରଦାର୍ ଛତରଖାଇ, ସବୁଯାକ ଗୁପ୍‌ଚୁପ୍ ଭାଇକୁ ଦେବୁ, ଗୋଟେ ବି ତୁ ଛୁଇଁବୁ ନାହିଁ ! ଛୁଇଁଲେ ତଣ୍ଟିମୋଡି ତତେ ଚୁଲିରେ ପୂରେଇଦେବି ...

ତା'ପରେ ସ୍ତ୍ରୀଲୋକଟି ଚାଲିଗଲା ତା' ଆପଣା ବାଟରେ ତରତର ହୋଇ।

ତା' ଚଲାବାଟକୁ ଥରେ ଚାହିଁ ଝିଅଟି ଆଖି ଫେରାଇଲା ତା' ହାତର ଟିଫିନ୍‌ଡବା ଆଡକୁ। ତିନୋଟି ପୁରୁଣା ଆଲୁମିନିୟମ୍ ବାଟି ଏକାଠି ବନ୍ଧା ହୋଇଥିଲା ଦୁଇପରସ୍ତ ସୂତାରେ।

-ତୋ' ବାପା ଭାଇ ଏବେ କୋଉଠି ଅଛନ୍ତି ?

ମୋ' ପ୍ରଶ୍ନ ଶୁଣି ଝିଅଟି ମୁହଁ ଫେରାଇ ଚାହିଁଲା ମୋତେ। ତା'ପରେ ସେ ଚାହିଁଲା ଆକାଶ ଆଡକୁ, କିଛି ପ୍ରଶ୍ନର ନିର୍ଭୁଲ୍ ଉତ୍ତର ଖୋଜିହେଲା ପରି।

ତା'ର ଉତ୍ତର ସେ ପାଇଲା କି ନାହିଁ ମତେ ଜଣା ନାହିଁ। କିନ୍ତୁ ସେ ତା'ପରେ ଧୀରେ ଧୀରେ ଖୋଲିଲା ସେହି ଟିଫିନ୍ ଡବାଗୁଡିକୁ। ସବୁଥିରେ ଭର୍ତ୍ତି ହୋଇଥିଲା ମୁଠା ମୁଠା ମାଟିଗୋଡି ଓ କିଛି ଛିଣ୍ଡାକାଗଜ। ଛୋଟପିଲାଙ୍କ ମିଛିମିଛିକା ଧୂଳିଘର ପରି, ଅତି ଯତ୍ନରେ ସଜା ହୋଇଥିଲା ସେଇ ମାଟିଗୋଡି କାଗଜ।

ସେତକ ତଳେ ଢାଳି ଦେଇସାରି ଝିଅଟି ମତେ ଚାହିଁଲା। କହିଲା – ମୋ' ମାଆ ବାୟାଣି ହୋଇଯାଇଛି। ଭାଇ ମରିଗଲା ଦିନଠୁଁ ତା' ମୁଣ୍ଡ ଖରାପ ହୋଇଯାଇଛି।

ଏକଥା କହିଲାବେଳେ ଝିଅଟି ଟିକେ ବି କାନ୍ଦିଲା ନାହିଁ, ଟୋପେ ବି ଲୁହ ଖସିଲା ନାହିଁ ତା' ଆଖିରୁ। ସମ୍ଭବତଃ ସେ ଜାଣିଥିଲା, ସେ ଏବେ ବାସ କରୁଚି ଏମିତି ଏକ ପୃଥିବୀରେ, ଯେଉଁଠି ଏ ସବୁ ତୁଚ୍ଛ ଅସାର ଜିନିଷର କିଛି ପ୍ରାସଙ୍ଗିକତା ହିଁ ନାହିଁ।

■

ସଞ୍ଚାର ପଥ

ଘର ସାମନାରେ କିଛି ଆବର୍ଜନା, କିଛି ନର୍ଦ୍ଦମା ଗନ୍ଧ ଓ ବାରଣ୍ଡାରେ ଛିଣ୍ଡା ଛିଣ୍ଡା ଅନ୍ଧାର।

ଗୋଟିକ ପରେ ଗୋଟିଏ ସେ ସବୁ ଅତିକ୍ରମ କରି ଯୁବକଟି ଦାଣ୍ଡ କବାଟରେ ହାତ ମାରିଲା। ଏମିତି ସତର୍କ ହାତରେ, ଯେମିତି କାହାର ନିଦ ଅଚାନକ ଭାଙ୍ଗି ନ ଯାଏ।

ଦ୍ୱିତୀୟଥର କବାଟ ଠକ୍‌ଠକ୍ କରିବାକୁ ପଡ଼ିଲା ନାହିଁ, ଦରଆଉଜା କବାଟ ଆପେ ଆପେ ଫିଟିଗଲା କୁହୁକ ଦରଜା ପରି।

ଭିତରଟା ଅନ୍ଧାର।

ସେପଟ ଅଗଣାରୁ ଶୁଣାଗଲା ଏକ ଅସ୍ପଷ୍ଟ ନାରୀକଣ୍ଠର ସ୍ୱର- କିଏ ?

ଏବଂ ତା'ର ଟିକକ ପରେ, ଓଃ ତୁମେ !

ଘର ଭିତରେ ଆଲୁଅ ନାହିଁ, ବାରଣ୍ଡାରେ ନାହିଁ, ବସ୍ତୁତଃ ଏ ସାରା ପଡ଼ା ଗୋଟାକରେ ଏବେ ଆଲୁଅ ନାହିଁ।

ଲୋଡ୍ ଶେଡିଙ୍ଗ୍। ସନ୍ଧ୍ୟା ଛଅଟା ଠାରୁ ରାତି ସାଢ଼େ ଆଠଟା ପର୍ଯ୍ୟନ୍ତ।

:ଆସ ଭିତରକୁ।

ଯୁବକଟି ହାତରେ ଧରିଥିବା କାଗଜପୁଡ଼ିଆଟି ବଢ଼େଇ ଦେଲା ଝିଅଟି ହାତକୁ। ତା'ପରେ ଝୁଙ୍କିପଡ଼ି ଗୋଡ଼ର ଜୋତା ଖୋଲିବାକୁ ଲାଗିଲା।

: ଜେଜେବାପାଙ୍କୁ ଆଜି ପୁଣି ଜର। ଝିଅଟି କହିଲା ନିସ୍ତେଜ ଅନ୍ଧାର ଆଡ଼କୁ ଚାହିଁ।

: କେତେ ଅଛି ?

: କେଜାଣି, ହାତକୁ ତ ବେଶ ଉଷୁମ ଲାଗୁଛି।

ପ୍ରଶ୍ନଟି ଭୁଲ୍ ଥିଲା; କାରଣ ଯୁବକଟିର ମନେପଡିଲା ଯେ ଏ ଘରେ ଥିବା ଥର୍ମୋମିଟର୍‌ଟି ଭାଙ୍ଗିଯାଇଛି ଅନେକଦିନୁ। ନୂଆ ଥର୍ମୋମିଟର୍ ଆଉ କିଣାଯାଇପାରି ନାହିଁ।

: କିଛି ଓଷଦ ଦେଇଛ ?

: ନା। ଯଦି କାଲି ସକାଳକୁ ଜର ଥାଏ ତ ପାଦ୍ରୀ ଡାକ୍ତର ପାଖକୁ ଯିବି ଭାବିଛି।

ମହମବତୀଟିଏ ଝିଅଟି ଜଳେଇ ସାରିଥିଲା ଯା' ଭିତରେ। ସେଇ ଆଲୁଅ ଭିତରେ ଦିଶିଗଲା ଝିଅଟିର ଦୁଇଟି ମସୃଣ ହାତ, ଦୁଇଟି କ୍ଲାନ୍ତ ଆଖି ଓ ଗୋଟିଏ ବୋତାମ୍ ଖୋଲି ଯାଇଥିବା ବ୍ଲାଉଜ୍।

ଯୁବକଟି ପଚାରିଲା - କେତେବେଳେ ଅଫିସ୍‌ରୁ ଫେରିଲ ?

: ଘଣ୍ଟେ ହେବ। ଭିତରକୁ ଆସ, ଚା' ପାଣି ବସେଇଚି ଚୁଲିରେ।

ଭିତର ବାରଣ୍ଡାରେ ମିଞ୍ଜି ମିଞ୍ଜି ଜଳୁଥିବା ଗୋଟିଏ ଲଣ୍ଠନ, କିଛି ଅବରୁଦ୍ଧ ପବନ ଓ ଚତୁର୍ଦ୍ଦଶୀ ଆକାଶର ଟେନାଏ ଅନ୍ଧାର।

ମହମବତୀଟି ହାତରେ ଧରି ଝିଅଟି ଚାଲିଗଲା ରୋଷେଇଘର ଆଡ଼କୁ।

ବାରଣ୍ଡାରେ ପଡ଼ିଥିବା ରକ୍ତପୋଷଟି ଉପରେ ବସି ପଡ଼ିବା ଆଗରୁ ଯୁବକଟି ଥରେ ଚାହିଁଲା ଶୋଇବାଘର ଆଡ଼କୁ। ଘର ଭିତରୁ ଶୁଭୁଥିଲା ଲମ୍ବା ଲମ୍ବା ନିଦ୍ରିତ ନିଃଶ୍ୱାସ, କଫଭର୍ତ୍ତି ଛାତିର ଅନିୟମିତ ପ୍ରଶ୍ୱାସ ସହିତ।

ଦୂରରେ କୋଉଠି ଟିକେ ପାଟିତୁଣ୍ଡ ଶୁଭିଲା। ହୁଏତ ଗଳିମୁଣ୍ଡରେ ପାନଦୋକାନୀ ସହିତ କାହାରି ବଚସା, କି ଛୋଟକାଟର ଦୁର୍ଘଟଣା, କିମ୍ବା ସାହି ପିଲାଙ୍କ ହସାହସି ମଉଜ ମଜଲିସ୍।

ଦୂରକୁ ସବୁ ସମାନ। ହସ, କାନ୍ଦ, ରାଗ ବା ଦୁଃଖ। ଯୁବକଟି ଚାହିଁଲା ଚତୁର୍ଦ୍ଦଶୀର ଆକାଶ ଭିତରକୁ, କିଛି ଦିଶିଲା ନାହିଁ ସେ ପ୍ରସାରିତ ବ୍ୟାପ୍ତି ଭିତରେ। ଅନ୍ଧାର ଭିତରୁ ହାତଟିଏ ଭାସି ଆସିଲା, ସ୍ୱରଟିଏ ଶୁଣାଗଲା- ଚା' ନିଅ।

ଝିଅଟିର ହାତରେ ତା' ନିଜ ପାଇଁ ବି ଚା' କପ୍‌ଟିଏ ଥିଲା। ସେଇ କପ୍‌ରୁ ଢ଼ୋକେ ଚା' ପିଉପିଉ ଝିଅଟି ପଚାରିଲା ଅନୁଚ୍ଚ ସ୍ୱରରେ - ଏମିତି ଚୁପ୍‌ଚାପ୍ ଯେ ? ମନ କ'ଣ ଭଲ ନାହିଁ ?

: ଭଲଅଛି ତ !

ପ୍ରତ୍ୟୟହୀନ ଉତ୍ତରଟିଏ ଥିଲା ଯୁବକଟିର ସ୍ୱରରେ।

: ଇସ୍, ଆକାଶରେ କେତେ ତାରା !

ଝିଅଟି କହିଲା ଆକାଶକୁ ଚାହିଁ, ତା' ଆଖିଡୋଳା ଭିତରେ ବି ଝଟକି ଉଠିଥିଲା ଦୁଇଟି ନକ୍ଷତ୍ର।

: ଆଜି କି ତିଥି, ଆଜି କଅଣ ଅମାବାସ୍ୟା ?

ଏ ପ୍ରଶ୍ନର କିଛି ଉତ୍ତର ଦେଲାନି ଯୁବକଟି, ହୁଏତ ତା'କୁ ଉତ୍ତର ଜଣା ନ ଥିଲା, ଅଥବା ତା' ପାଇଁ ପ୍ରଶ୍ନଟି ଥିଲା ଅନାବଶ୍ୟକ।

ଶୋଇବାଘର ଭିତରୁ ଶୁଣାଯାଉଥିବା ନିଦ୍ରିତ ନିଃଶ୍ୱାସ ହଠାତ୍ ବିଖଣ୍ଡିତ ହେଲା ଦମକାଏ କଫକ୍ଲିଷ୍ଟ କାଶରେ। ତା' ସହିତ କ୍ଷୀଣ ଅବସନ୍ନ ଡାକଟିଏ – ମଞ୍ଜୁ, କୁଆଡ଼େ ଗଲୁ !

ଝିଅଟି ଅଧା ଚା' କପ୍‌ଟି ତକ୍ତପୋଷ ଉପରେ ରଖିଦେଇ ଚାଲିଗଲା ଶୋଇବା ଘରକୁ।

ପାଣି, କିମ୍ବା ଝାଡ଼ା, କିମ୍ବା ପରିସ୍ରା। କିମ୍ବା କଡ଼ ଲେଉଟାଇବା ପାଇଁ ଟିକିଏ ସାହାଯ୍ୟ। ଜଣେ ପକ୍ଷାଘାତ ରୋଗୀପାଇଁ ଯେତିକି ନୈମିତ୍ତିକ ସାହାଯ୍ୟ, ସେତିକି।

ଯୁବକଟି ବି ଅନୁସରଣ କଲା, ଚା' କପ୍‌ଟି ଖାଲି ହୋଇଗଲା ପରେ।

ଅନ୍ଧାର ଭିତରେ ଖଟ ଉପରେ ଶୋଇ ରହିଥିବା ମଣିଷଟି ନିଃଶ୍ୱାସ ବାରିବାରି ପଚାରିଲା – କିଏ ଯଯାତି ?

: ହଁ, ମୁଁ। ଉତ୍ତର ଦେଲା ଯୁବକଟି।

: ଏତେଦିନ ହେଲା ଆସୁ ନଥିଲ କାହିଁକି ? ଆମକୁ ଭୁଲିଗଲ ବୋଧେ ?

ଯୁବକଟି ଏହାର ଉତ୍ତର ଦେବାକୁ ଯାଇ ପୁଣି ଚୁପ୍ ହୋଇଗଲା। ପ୍ରାୟ ପ୍ରତିଦିନ ସନ୍ଧ୍ୟାରେ ସେ ଏଠାକୁ ଆସେ; କେବଳ କାଲି ଦିନକ ଆସି ନ ଥିଲା। ସେ ନ ଆସି ପାରିବାର ଉପଯୁକ୍ତ କାରଣ ବି ଥିଲା।

ବୁଢ଼ା ପଚାରିଲେ: କ'ଣ ସାଙ୍ଗରେ ଆଣିଚ ତ ? ଯାହା କହିଥିଲ ?

: ହଁ, ଆଣିଛି। ମଞ୍ଜୁ ହାତରେ ଦେଇଛି।

ଝିଅଟି କହିଲା : ଏବେ ନୁହେଁ ଜେଜେ। ଟିକେ ପରେ ଦେବି। ଏବେ ତ ଅନ୍ଧାର।

: ଅନ୍ଧାର ! ଶଳା ଅନ୍ଧାର ଭିତରେ କ'ଣ ମୁଠେ ମୁଢ଼ି ମିକ୍‌ଶ୍ଚର ଚୋବେଇବା ମନା ?

ବସ୍ତୁତଃ ଝିଅଟିର ଆପତ୍ତିର କାରଣ ଭିନ୍ନ ଥିଲା। ଜରୁଆ ଦେହରେ ବାହାର ଜିନିଷ ଖାଇଲେ କାଳେ ବେମାରି ବଢ଼ିବ, ଏଇ ଆଶଙ୍କା।

ଏଇ ମୁଢ଼ି ଗଣ୍ଡାକ ପାଇଁ ବୁଢ଼ାଙ୍କର ଭାରି ଲୋଭ। ସପ୍ତାହରେ ଦି' ଚାରି ଦିନ

ଠୁଙ୍ଗାଏ ମୁଢ଼ି ନ ଚୋବାଇଲେ ମିଜାଜ୍ ଖରାପ ହୋଇଯାଏ ତାଙ୍କର। ତେବେ ଘର ତିଆରି ମୁଢ଼ି ଚଳିବ ନାହିଁ, ସେଥିରେ ସାତରକମ ମସଲା କି ରସଦ ପଡ଼ିଥିବା ଦରକାର।

ଝିଅଟି ପଚାରିଲା - ଜେଜେ, ତୁମେ ରାତିରେ କ'ଣ ଖାଇବ ? ଭାତ ନା ରୁଟି ?

: ନିଆଁ ଖାଇବି, ନିଆଁ ଆଉ ପାଉଁଶ।

ବୁଢ଼ା କହିଲେ ଦାନ୍ତ ଚିପି। କଫ ଭର୍ତ୍ତି ଛାତିରେ ଟୁକୁଡାଏ କ୍ରୋଧ ମିଳେଇ ଗଲା ଘଡ଼ଘଡ଼ ଶବ୍ଦକରି।

ସବୁଦିନ ମିଜାଜ୍ ଅବଶ୍ୟ ଏମିତି ନ ଥାଏ। ଦିନେଦିନେ ଥାଏ ଭାରି ଶାନ୍ତ ଓ ପ୍ରସନ୍ନ।

ସେତେବେଳେ ସେ ଅନର୍ଗଳ ଗପି ଚାଲନ୍ତି ଅନେକ ସ୍ମୃତିର କାହାଣୀ। କୋରାପୁଟ ଜଙ୍ଗଲରେ ସେ ଦେଖିଥିବା ମଣିଷଖିଆ ବାଘଠୁ ଆରମ୍ଭ କରି କୋଣାର୍କର କୌଣସି ଏକ ବର୍ଷାରାତି। କିମ୍ବା ସାରୁପତ୍ରରେ ଚୁନାମାଛ ରାନ୍ଧିବାର ଏକ ଅଭିନବ ପଦ୍ଧତି।

: ରୁହ, ମୋ ଦେହ ଟିକିଏ ଭଲ ଆଡ଼କୁ ଯାଉ, ମୁଁ ଦିନେ ଚୂନାମାଛ ବାଟିବସା ରାନ୍ଧି ଖାଇବାକୁ ଦେବି। ଦେଖିବି, ହାତ ଚାଟୁଥିବ ଦିନଯାକ।

ଜେଜେଙ୍କ ଦୃଢ଼ ବିଶ୍ୱାସ ଯେ ସେ ଦିନେ ସାଷ୍ଟାମ ହୋଇଉଠିବେ ଆଗଭଳି। ହୁଏତ ବୟସ ବି କମିଯିବ, ପୁଣି ଫେରି ଆସିବ ବିପରୀତ ସଞ୍ଚାର ପଥରେ ପ୍ରୌଢ଼ତ୍ୱ, ଯୌବନ, କୈଶୋର ଓ ଶେଷରେ ପୌଗଣ୍ଡ। ଖାଲି ଏ ଶୀତଦିନ ସବୁ ପାରି ହୋଇଯାଉ।

ଝିଅଟି ଖାଲି ପାଣିଗ୍ଲାସ୍ ଓ ମୂତଭର୍ତ୍ତି ୟୁରିନାଲ୍ ନେଇ କୋଠାରୀରୁ ଚାଲିଗଲା ପରେ, ଚାରିପଟେ ଖାଲି ଅନ୍ଧାର, ବୁଢ଼ିଆଣୀ ଜାଲ ପରି ଅଠାଳିଆ ଓ ଅଦୃଶ୍ୟ।

ବୁଢ଼ାଙ୍କ ସ୍ୱର ଏବେ ଅଧିକ ସତେଜ ଓ ବିମୁକ୍ତ ଶୁଣାଗଲା।

: ଏଇ ଟିକେ ଆଗରୁ ମୁଁ ଗୋଟେ ସ୍ୱପ୍ନ ଦେଖୁଥିଲି, ବଡ଼ ଅଦ୍ଭୁତ ସ୍ୱପ୍ନ।

ବସିଥିବା ଟୁଲ୍ ଉପରୁ ଟିକିଏ ଆଗକୁ ଝୁଙ୍କି ପଡ଼ିଲା ଯୁବକଟି। ଅର୍ଥାତ୍ ମୁଁ ଆହୁରି ଶୁଣିବାକୁ ଚାହେଁ।

: ମୁଁ ସ୍ୱପ୍ନ ଦେଖିଲି, ଗୋଟେ ଧଳାଘୋଡ଼ା ପିଠିରେ ମୁଁ ବସିଛି। ବେଶ୍ ଡଉଲ୍‌ଡାଉଲ୍ ଘୋଡ଼ାଟିଏ, ଯେମିତି କି ଗୋଟେ ପକ୍ଷୀରାଜ ଘୋଡ଼ା। ଦି' ପାଖେ ଜଙ୍ଗଲ, ଶୂନ୍‌ଶାନ୍ ଚାରିଆଡ଼, ବରଫ ପଡୁଛି ଟୋପାଟୋପା। କିନ୍ତୁ ମୁଁ କୁଆଡ଼େ ଯାଉଛି ଜାଣିପାରୁ ନ ଥାଏ। ମୁଁ ଚାଲିଥାଏ ଅନେକ ବାଟ, ଅନେକ ବାଟ। ଆଉ ତା'ପରେ, ଟିକିଏ ଚାଦରଟା ଟାଣିଦିଅ ଗୋଡ଼ ତଳକୁ। ବାଁ ଗୋଡ଼ ତଳକୁ।

....ହଁ, ତା'ପରେ ମୁଁ ମିଶିଗଲି ଗୋଟେ ବଡ଼ ପ୍ରସେସନ୍ ଭିତରେ। ଜାଣିପାରୁ

ନ ଥାଏ କି ପ୍ରସେସନ୍। ଶେଷକୁ ଜାଣିଲି ସେଇଟା ମୋ ମ୍ୟାରେଜ୍ ପ୍ରସେସନ୍। ବହୁତ ସମୟ ଧରି ଚାଲିଲା ସେ ଶୋଭାଯାତ୍ରା, ମୋ' ଘୋଡ଼ା ଚାଲିଚାଲି ଥକିପଡ଼ିଥିଲା, ତା' ଦେହର ଧଳାରଙ୍ଗ ବଦଳି ଯାଇ ବାଇଗଣି ରଙ୍ଗ ହୋଇଯାଇଥିଲା, ଆଉ ବରଫ ସବୁ କୁକୁଡ଼ାର ପର ପରି ଉଡ଼ି ବୁଲୁଥିଲା ପବନରେ। ସେଇଠୁ....

ଜେଜେ ଟିକିଏ ଅଟକିଗଲେ। ହୁଏତ ଅନ୍ଧାର ଭିତରେ ହାଇ ମାରିଲେ, କିମ୍ବା ପାଟିରୁ ବୋହି ପଡ଼ିଥିବା ଲାଳ ପୋଛିଲେ ବାଁହାତ ପାପୁଲିରେ।

: ତା'ପରେ କ'ଣ ସବୁ ଘଟିଲା ମୋର ଠିକ୍ ଠିକ୍ ମନେ ପଡୁନାହିଁ। ଖାଲି ମନେ ପଡୁଛି ତା'ପରେ ମୋର ମଧୁଶଯ୍ୟା ହେଲା। ମଧୁଶଯ୍ୟାର ରାତି। ହାତ୍ ଶଳା କେଡ଼େ ଓଲୁଟେ ଥିଲି ମୁଁ ସେତେବେଳେ। କଞ୍ଚା ଓଲୁ!

ଅନ୍ଧାର ଭିତରେ ଘଡ଼ଘଡ଼ ଶବ୍ଦ ଶୁଣାଗଲା। ହୁଏତ ବୁଢ଼ା ହସୁଛନ୍ତି କ'ଣ ସବୁ ଭାବି।

ଘଡ଼ଘଡ଼ ଶବ୍ଦ କ୍ରମଶଃ ମିଳେଇ ଗଲା, ସମ୍ଭବତଃ ବୁଢ଼ା ପଚାଶବର୍ଷ ତଳର ସ୍ମୃତି ସବୁ ଘାଣ୍ଟିବାକୁ ଆରମ୍ଭ କରିଛନ୍ତି, କିମ୍ବା ଢ଼ୋଳେଇ ପଡ଼ିଛନ୍ତି କ୍ଳାନ୍ତ ହୋଇ।

କିଛି ସମୟ ନୀରବ ଅନ୍ଧାରରେ ବସିରହି, ଯୁବକଟି ବାହାରକୁ ଆସିଲା।

ବାହାରେ ଲଣ୍ଠନ ପାଖେ ବସି ଝିଅଟି ଅଟା ଦଳୁଥିଲା, ରାତିପାଇଁ ରୁଟି ତିଆରି କରିବ ବୋଲି। ତକ୍ତପୋଷ ଉପରେ ଥିଲା ଗୋଟିଏ ପୁରୁଣା ଟ୍ରାନ୍‌ଜିଷ୍ଟର।

ଝିଅଟି ଯୁବକଟି ଆଡ଼କୁ ଚାହିଁ କହିଲା - ଏଇଟା ପଡିଶାଘର ମହାନ୍ତିବାବୁ ଦେଇଛନ୍ତି, ଟିକେ ଦେଖିବ ତ, ଶର୍ଟ ୱେଭ୍ ଜମା ମୋଟେ ଭଲ ବାଜୁନି।

ଝିଅଟି କହିଲା ଏମିତି ଆଗ୍ରହରେ, ଯେମିତି ସାରା ପୃଥିବୀର ସବୁଠାରୁ ଗୁରୁତ୍ୱପୂର୍ଣ୍ଣ କାମଟି ସେ ସଅଁପି ଦେବାକୁ ଚାହେଁ ଏ ଯୁବକଟି ହାତରେ।

ଯୁବକଟି କିଛି ନକହି ଟ୍ରାନ୍‌ଜିଷ୍ଟରଟି ଉଠାଇ ଆଣିଲା ଖଟ ଉପରୁ। ସୁଇଚ୍ ମୋଡ଼ାମୋଡ଼ି କଲା ଟିକେ ସମୟ। କିଛି ଶବ୍ଦ ବାହାରିଲା ନାହିଁ।

: ମିଡ଼ିୟମ୍ ୱେଭ୍ ବି ବାଜୁନି। କିଛି ତ ବାଜୁନି। ବ୍ୟାଟେରି ଅଛି ତ ଯା ଭିତରେ!

ଆଜି ସେମିତି ଟ୍ରାନ୍‌ଜିଷ୍ଟରଟିଏ ଜଣେ ଗରାଖ ଆଣିଥିଲା ତା' ଦୋକାନକୁ। କହିଥିଲା - ସାତଦିନ ତଳେ ହେଭି ଡିୟୁଟି ବେଟେରୀ ପକେଇଚି, ଘଣ୍ଟାଏ ବି ବାଜିନି। ଦେଖିଲ କ'ଣ ବିଗିଡ଼ିଛି।

ଅଧଘଣ୍ଟା ଧରି ଗୋଟିଗୋଟି ସବୁ ତନଖି କଲାପରେ ସମସ୍ୟାଟି ଧରା ପଡ଼ିଥିଲା।

: କ'ଣ କହିଲ ? ବେଟେରୀ ଡାଉନ୍! ଏ ଶଳା ସେଇ ଆଦିକନ୍ଦିଆର କାମ!

ରାତିଯାକ ବିବିଧଭାରତୀ ଷ୍ଟେସନ୍ ଧରେଇଦେଇ ବଟିକା ଗିଳି ଶୋଇ ପଡୁଚି। ହଜାରେ ଥର ମନା କଲିଣି ଶଳାକୁ...

ପଇସାଟିଏ ବି ନ ଦେଇ ଲୋକଟି ତା'ପରେ ଚାଲି ଯାଇଥିଲା ଟ୍ରାନ୍‌ଜିଷ୍ଟରଟି ଧରି। ଯିବାବେଳେ ଗୋଟେ ରୁଷ୍ଟ ଆଭାସ ବି ଦେଇ ଯାଇଥିଲା ଯେ ଏ ସାମାନ୍ୟ ତ୍ରୁଟି ଧରିବାକୁ ଜଣେ ମେକାନିକ୍‌କୁ କ'ଣ ଅଧଘଣ୍ଟାଏ ସମୟ ଲାଗିବ !

ଦିନଯାକ ଆଜି ଆସିଥିଲେ ସାତଟି ଗରାଖ। ତିନିଜଣ ଅନ୍ୟଆଡ଼େ ଶସ୍ତା ପଡ଼ିବ କହି ଚାଲି ଯାଇଥିଲେ ଓ ଦୁଇଜଣ ଠିକ୍ ଅଛି, କାଲିକି ଦେଖିବା କହି ଫେରି ଯାଇଥିଲେ।

ଆଜିର ମୋଟ ଆଦାୟ ସତେଇଶଟଙ୍କା ପଚାଶ ପଇସା। ତିନିଟଙ୍କାର ମୁଢ଼ି ମିକ୍‌ଶ୍ଚର ବାଦ୍ ଗଲା ପରେ ପକେଟରେ ଆଉ ରହିଯାଇଛି ଚବିଶଟଙ୍କା ପଚାଶ ପଇସା। କାଲିର ରୋଜଗାର ଠାରୁ ଆଜିର ରୋଜଗାର ସାତ ଟଙ୍କା କମ୍।

ଶ୍ୟାମପ୍ରସାଦ ଠିକ୍ କହିଥିଲା। ଆଜିକାଲି ସମୟରେ ରେଡ଼ିଓ ମେକାନିକ୍ କାମ ସେମିତି ଖାସ୍ ଚଳିବ ନାହିଁ। କିଏ ଏବେ ଶୁଣୁଛି ରେଡ଼ିଓ ! ତା' ଠାରୁ ଭଲ ହେବ ଅର୍ଡର ସପ୍ଲାୟର୍ କାମ କି ପାନଦୋକାନ।

: ବୁଝିଲ ଆଜି ବି ସେ ଟୋକା ମତେ ବଡ଼ ବିରକ୍ତ କରୁଥିଲା। ଅଫିସ୍ ଯିବା ରାସ୍ତାରେ।

... ଅବଶ୍ୟ ବେଶି ସମୟ ବଦମାସି କରିବାକୁ ସମୟ ପାଇଲାନି। ସେପାଖରୁ ମହାନ୍ତିବାବୁଙ୍କ ସାନ ପୁଅ ଟୁକୁନା ଆସୁଥିଲା, ତା'କୁ ଦେଖି ଲୁଚିଗଲା କୁଆଡ଼େ।

ଚାରିପାଞ୍ଚଦିନ ତଳେ ଟୋକାଟି ଗୋଟେ ବାଜେ ଚିଠି ଲେଖିଥିଲା ଝିଅଟିକୁ। ଭାରି କଦର୍ଯ୍ୟ ଭାଷାରେ। ଅବଶ୍ୟ ଚିଠିର ଧାଡ଼ିଏ ବି ସେ ପଢ଼ିନାହିଁ। ଅଜଣା ହସ୍ତାକ୍ଷର ଦେଖି ସନ୍ଦେହରେ ଚିଠିଟି ସେ ଦେଇଥିଲା ଯଯାତିକୁ। ଯଯାତି ଚିଠିଟି ଉପରେ ଥରେ ଆଖି ବୁଲେଇ ଦେଇ ଟିକି ଟିକି ଚିରି ଫିଙ୍ଗି ଦେଇଥିଲା ନର୍ଦ୍ଦମାରେ।

ସେ ଚିଠିରେ କ'ଣ ଲେଖାଥିଲା ସେକଥା ସେ କହି ନ ଥିଲା ଝିଅଟିକୁ। ଆଉ ଆଜି ବି ଝିଅଟି ତା'କୁ କହିଲା ନାହିଁ ଟୋକାଟି କ'ଣ ଖରାପ କଥା ତା'କୁ ଶୁଣାଇଥିଲା ରାସ୍ତାରେ।

ଝିଅଟି ପରିବା କାଟିସାରି ରୋଷେଇଘରକୁ ଫେରିଯିବା ପରେ ବାରଣ୍ଡା ଏକା ଏକା, ଅଗଣା ଖାଲି ଖାଲି।

ଆକାଶରେ ଜହ୍ନ ନାହିଁ। କିନ୍ତୁ ଅସଂଖ୍ୟ ତାରା, ନିଶୂନ୍ ଅନ୍ଧାର ଭିତରେ।

ଦୂରରୁ ପଦେ ଗୀତ ଶୁଣାଗଲା। ହୁଏତ ରୋଷେଇଘର ଭିତରେ ଝିଅଟି ଟିକେ ଗୁଣୁଗୁଣୁ ହୋଇ ଚୁପ୍ ହୋଇଗଲା, କିମ୍ବା ଅଚିହ୍ନା ଚଢ଼େଇଟିଏ ଉଡ଼ିଗଲା ଆକାଶରେ ନିରୁଦ୍ଦିଷ୍ଟ ସାଥୀକୁ ଡାକି ଡାକି।

ପିଲାଟି ଦିନୁ ଯୁବକଟିର ଭାରି ଆକର୍ଷଣ ଥିଲା ରେଡ଼ିଓ ପ୍ରତି। ଅଦେଖା ପୃଥିବୀର ଅଜଣା ମଣିଷଟିଏ ଯେତେବେଳେ କଥା କହେ, ଗୀତଟିଏ ଗାଇଉଠେ, କିଭଳି ଆପ୍ଳୁତ ହୋଇଯାଏ ସାରା ଦେହମନ, ସମ୍ମୋହନ ତା'ର ବଢ଼ିଯାଏ ଯେତେବେଳେ କେଉଁ ନାମ ଅଜଣା ଷ୍ଟେସନ୍‌ରୁ ଅବୋଧ୍ୟ ଭାଷାର ସଂଳାପ ଶୁଭିଯାଏ ଅଚାନକ, କିମ୍ବା ସ୍ୱରଟିଏ ଭାସିଆସେ ଇଥରରେ ଥରି ଥରି।

କ'ଣ କହିବାକୁ ଚାହୁଁଛି ସେଇ ଅଦେଖା ମଣିଷଟି? କ'ଣ ତା'ର ଦୁଃଖ, କ'ଣ ନେଇ ତା'ର ଆନନ୍ଦ? କେମିତି ସେ ମଣିଷଟି ଦେଖିବାକୁ, କେମିତି ସେ ବଞ୍ଚି ଆସିଛି ଆଜିଯାଏଁ?

ଯୁବକଟି ଅନ୍ଧାରଭିଜା ଆକାଶର ସବୁଠୁ ବିଡ଼ମ୍ବିତ ଦିଶୁଥିବା ଗୋଟିଏ ନକ୍ଷତ୍ର ଆଡକୁ ଚାହିଁଲା, ତା'ପରେ ତକ୍ତପୋଷ ଉପରେ ନୀରବ ଗ୍ଳାନିରେ ମୁଣ୍ଡପୋତି ପଡ଼ି ରହିଥିବା ଟ୍ରାନଜିଷ୍ଟର୍‌ଟି ଆଡକୁ।

ହାତ ବଢ଼ାଇ ସେ ଟ୍ରାନ୍‌ଜିଷ୍ଟର୍‌ଟି ଉଠାଇ ଆଣିଲା। କୋଡ଼ଉପରେ ତା'କୁ ଧରି ରଖିଲା ଟିକେ ସମୟ। ତା'କୁ ଲାଗିଲା ଯେମିତି ଏ ଗୋଟେ ଅଦ୍ଭୁତ ଅନ୍ଧପୁଟୁଳି, ଯାହା ଭିତରେ ବାନ୍ଧି ହୋଇ ରହିଛି ଅନେକ ନିରୁକ୍ତ ଭାଷାର ଦୁର୍ବଳ ଡୋରି। ସେ ସେହି ଅନ୍ଧାର ଭିତରେ ଟ୍ରାନ୍‌ଜିଷ୍ଟର୍‌ର କଭର ଖୋଲି ଖୋଜିବାକୁ ଚେଷ୍ଟା କଲା ଏକ ଜଟିଳ ବନ୍ଧନୀର ସୂତ୍ର ନୀରବତାର, ଦୁର୍ବୋଧତାର, ଅନିଶ୍ଚିତ ବର୍ତ୍ତମାନର।

ନିମିଷକ ଭିତରେ ସତେ କି ମନ୍ତ୍ର ପାଇ ଜୀଇଁ ଉଠିଲା ଗୋଟେ ମଣିଷର ଆତ୍ମା। କେଉଁ ଏକ ଦୂର ଷ୍ଟେସନ୍‌ରୁ ଭାସି ଆସିଲା ଭଙ୍ଗାଭଙ୍ଗା ସଙ୍ଗୀତର ସ୍ୱର। ଟିକିଏ ପରେ ସେ ସ୍ୱର ନିଶ୍ଚୁପ୍ ହୋଇଗଲା।

ଟିଉନିଙ୍ଗ୍ ନବ୍ ଏପଟ ସେପଟ କରି ସେ ଦେଖିଲା, ସବୁତକ ବ୍ୟାଣ୍ଡ୍ ଚମତ୍କାର କାମ କରୁଛି, ଟୋନ୍, ବାସ୍ ଓ ଟ୍ରେବଲ୍ ମଧ୍ୟ ଠିକ୍ ରହିଛି।

କିନ୍ତୁ ଆଶ୍ଚର୍ଯ୍ୟ, ରେଡ଼ିଓଟି ବନ୍ଦ କଲା ପରେ ମଧ୍ୟ ଶୁଣା ଯାଉଥିଲା ଗୀତଟିଏ, ଯେମିତି କି ତାହା ଏ ପୃଥିବୀରେ ସବୁଠାରୁ ଆଦିମ ସ୍ୱର, ସବୁଠାରୁ ଦୀର୍ଘତମ ହୁଏତ।

ରୋଷେଇଘରେ ଗୁଣୁଗୁଣୁ ଗୀତ ଗାଉଥିଲା ଝିଅଟି। ସେ ଗୀତର ଆରୋହ ଓ ଅବରୋହରେ ବ୍ୟତିକ୍ରମ ଥିଲା ହୁଏତ, ହୁଏତ ତାଳ ଲୟ ଓ ଅନ୍ତରା ଠିକ୍ ନ ଥିଲା। କିନ୍ତୁ ଅଜଣା ପକ୍ଷୀର ବିମୁକ୍ତ ସ୍ୱର ପରି ତାହା ଥିଲା ଅପ୍ରତିହତ। ମହାକାଳର ପ୍ରତିଶ୍ରୁତି ପରି।

କେଉଁ ବିଶ୍ୱାସରେ, କେଉଁ ଉପଲବ୍ଧିରେ ଏ ଝିଅଟି ଏମିତି ବିଭୋର ଗୀତ ଗାଉଛି ? ତା'ର ହୁଏତ ଏବେ ଆଦୌ ମନେ ନାହିଁ, ତା' ବାପାମାଆଙ୍କ ମୁହଁଯୋଡିକ ଦେଖିବାକୁ କିଭଳି ଥିଲା, ସେ ଅବଶ୍ୟ ଜାଣେ ନାହିଁ କାଲି ସକାଳକୁ ଏ ଘରର ପକ୍ଷାଘାତ ଜୀର୍ଣ୍ଣ ମଣିଷଟିର ଦେହରେ ପ୍ରାଣ ଥିବ କି ନାହିଁ, ସେ ନିଶ୍ଚୟ ଜାଣେ ନାହିଁ ଆସନ୍ତା ମାସ ତା'ର ଅସ୍ଥାୟୀ ବେସରକାରୀ ଚାକିରିଟି ଥିବ କି ନାହିଁ।

କାହା ଉପରେ ତା'ର ଏତେ ଭରସା ? କେଉଁ ପ୍ରତ୍ୟୟ ନେଇ ସେ ଏତେ ନିଶ୍ଚିନ୍ତ ? ଝିଅଟିକୁ ସେ ତ କିଛି ପ୍ରତିଶ୍ରୁତି ଦେଇ ନାହିଁ, କିଛି ବି ଅଙ୍ଗୀକାର ଉଚ୍ଚାରିତ ହୋଇନାହିଁ ସେମାନଙ୍କ ଭିତରେ ?

ଯୁବକଟି ତକ୍ତପୋଷରୁ ଉଠି ଛିଡ଼ା ହେଲା। ପାଦେ ପାଦେ ଆଗେଇଯାଇ ପହଞ୍ଚିଲା ରୋଷେଇଘରର ସାମନାରେ। ଦେଖିଲା ଝିଅଟି ଧ୍ୟାନଦେଇ ରୁଟି ସେକୁଛି। ଚୁଲି ଆଲୁଅରେ ଉଜ୍ଜ୍ୱଳ ଦେଖାଯାଉଛି ତା'ର ଗୋଟିକ ଯାକ ମୁହଁ ଓ କିଛି ଅନାବୃତ ଛାତି।

ଯୁବକଟି ଡାକିଲା : ମଞ୍ଜୁ।

ଝିଅଟି ରୁଟି ସେକା ବନ୍ଦ କରି ଫେରି ଚାହିଁଲା। ନୀରବ ଜିଜ୍ଞାସାରେ।

: ମଞ୍ଜୁ, ତୁମକୁ ମୋର ଗୋଟେ କଥା କହିବାର ଅଛି।

: କ'ଣ ?

ଯୁବକଟି ଚୁପ୍ ରହିଲା, କିଛି କହିଲା ନାହିଁ।

ଟିକିଏ ପାଖକୁ ଆସିଲା ଝିଅଟି। ପଚାରିଲା: କ'ଣ କହୁଛ ?

: ମଞ୍ଜୁ !

ଯୁବକଟି ଲମ୍ବା ଲମ୍ବା ନିଃଶ୍ୱାସ ନେଲା ଦି'ଥର, ଯେମିତି ସେ ଅନେକ ବାଟ ଦୌଡ଼ି ସାରି ଦମ୍ ନେଉଛି।

ଝିଅଟି ଏବେ ରୋଷେଇଘରୁ ବାହାରି ଆସିଲା ବାରଣ୍ଡାକୁ। ପଚାରିଲା – ତୁମ ଦେହ କ'ଣ ଭଲ ନାହିଁ ?

: ଭଲ ଅଛି। ଆସ୍ତେ କହିଲା ଯୁବକଟି।

ତା'ପରେ, ବିସ୍ମୃତ ଏକ ସଂଳାପକୁ ହେଜି ହେଲାପରି କହିଲା: ମଞ୍ଜୁ, ମୁଁ କାଲି ଏଠିକି ଆସିବି ନାହିଁ।

: ଆସିବ ନାହିଁ ?

: ନା।

: କୁଆଡ଼େ ବାହାରକୁ ଯିବାର ଅଛି ବୋଧେ ?

: ନା।

: ତେବେ ?

ଅଗଣାରେ ଏବେ ଅଳ୍ପ ଅଳ୍ପ ପବନ ବୋହିଲା। ଭଙ୍ଗା ପାଚେରି ସେପାଖ ଓସ୍ତଗଛରେ ଟିକେ ଟିକେ ପତ୍ର ହଲିବାର ଶବ୍ଦ। କିନ୍ତୁ ତା'କୁ ଟପିଯାଇ ଶୁଭିଲା ଶୋଇବାଘର ଭିତରୁ ଖୁଁ ଖୁଁ କାଶ। ଆଉ ତା' ସାଙ୍ଗେ ଅବସନ୍ନ ଡାକଟିଏ : ମଞ୍ଜୁ, ମଞ୍ଜୁ....

: ମୁଁ କାଲି ଆସିବି ନାହିଁ। କେବେ ପୁଣି ଆସିବି କହି ବି ପାରିବି ନାହିଁ।

ନିରର୍ଥକ ସଂଳାପଟିଏ ଯେମିତି ଦୋହରାଇଥାଏ ଅଯୋଗ୍ୟ ଅଭିନେତାଟିଏ ମଞ୍ଚ ଉପରେ ଠିଆହୋଇ, ସେମିତି ଶୁଭିଲା ଯୁବକଟିର ସ୍ୱରଟି।

: ମଞ୍ଜୁ, ମଞ୍ଜୁ.... !

ଓସ୍ତଗଛର ପତ୍ର ଯେମିତି ଝଡି ପଡୁଥିଲା ଟପ୍ ଟପ୍ ଅନ୍ଧାରର ଆଁ-କରା ପାଟି ଭିତରକୁ, ପବନ ଭିତରେ ଥିଲା ଅସ୍ଥିର ଗୁଡ଼େ ନିଃଶ୍ୱାସର ଧାସ।

ଲଣ୍ଠନର କାଚ ଭିତରେ ଏ ଯାଏ ରହି ରହି ନାଚୁଥିଲା ଗୋଟେ ଜଳନ୍ତା ନିଃଶ୍ୱାସ : ହଠାତ୍ ଏକ ଅଶରୀରୀ ହାତ ଯେମିତି ତା'କୁ ପୋଛି ନେଇ ଚାଲିଗଲା ଆକାଶର ନିରୁଦ୍ଦିଷ୍ଟ ଅନ୍ତରାଳକୁ। ଏବେ ସବୁ ଅନ୍ଧାର।

ସବୁ ଅନ୍ଧାର ହୋଇଯିବା ପରେ ହିଁ ଝିଅଟି ଭଲକରି ଦେଖିପାରିଲା ଚାରିଆଡ଼। ସେ ଦେଖି ପାରିଲା ସେ କେତେ ଏକା ଏବଂ ସେ ବୁଝି ବି ପାରିଲା କେତେ ପରିପୂର୍ଣ୍ଣ ତା'ର ସେହି ଏକାକୀତ୍ୱ।

■

ଜହ୍ନରାତିର ଗପ, ସରି ନାହିଁ...

ରୋଷେଇଘରୁ ଥାଇ ମାଆ କଅଁଳ ସ୍ୱରରେ ଡାକିଲେ - ପିଲାମାନେ, ଆସ ଖାଇବ।

ଖାଇବାକୁ ବାଢ଼ିଲା ବେଳେ ମାଆ କେବେ କେମିତି କଅଁଳ କରି ଡାକନ୍ତି ନାହିଁ। ପାଟି କରି କହନ୍ତି, ଖାଇବାକୁ ବଢ଼ାହେଲା ଶୀଘ୍ର ଆସ, କିମ୍ବା ପିଲାଏ କାଚୁରୁମାଚୁରୁ ବନ୍ଦ କର, ଖାଇବ ଆସ।

ପିଲାଏ ମାନେ ଆମେ ତିନିଜଣ: ବନୁକକା, ପିଙ୍କିନାନୀ ଆଉ ମୁଁ। ଯଦି ସେତିକି ବେଳକୁ ବାପା ଦୋକାନରୁ ଫେରିଥାଆନ୍ତି ତ ସିଏ ବି।

ଅଗଣାରେ ସଞ୍ଜଦୀପ ସେଯାଏ ଲିଭି ନ ଥିଲା, ଜହ୍ନ ତଥାପି ଲଟକି ରହିଥିଲା ଭରତ ମଉସାଙ୍କ କଇଁଥଗଛ ଡାଳରେ, ମାଆ ଖାଇବାକୁ ଡାକିଲେ।

ଏତେ ଜଲ୍‌ଦି ଆମେ କେବେ ଖାଉନା, କିନ୍ତୁ ଆଜି ରାତିରେ ଆମକୁ ଶୀଘ୍ର ଶୋଇବାକୁ ହେବ। କାଲି ଖୁବ୍ ସକାଳେ ଉଠିବାର କଥା ଅଛି। କାଲି ଆମେ ଏ ଘର ଛାଡ଼ି ଚାଲିଯିବୁ।

ମାଆ ପୁଣି ଡାକିଲେ - ପିଲାମାନେ, ଖାଇବାକୁ ବସିପଡ଼।

ଆମେ ସବୁ ବସିପଡ଼ିବା କଥା, କିନ୍ତୁ ମୋର ଗୋଟେ କଥା ଚଟ୍‌କିନା ମନେ ପଡିଗଲା।

- ନାନୀ!

- କ'ଣ ବେ?

- ତୁ ପୁଣି ମତେ ବେ କହିଲୁ!

- ଭୁଲ୍ ହୋଇଗଲା। ଆଉ ଜମା କହିବିନି। ବିଦ୍ୟାରାଣୀ!

- ଆ' ମୋ ସାଙ୍ଗେ।

ମୁଁ ଆଗେ ଆଗେ ଗଲି। ମୋ ପଛରେ ପିଙ୍କିନାନୀ। ଆମେ ପାଞ୍ଚଖଣ୍ଡ କଦଳୀପତ୍ର

ଧୋଇଲୁ, ତା'ପରେ ରୋଷେଇଘର ପାଖ ବାରଣ୍ଡାରେ ବସିଲୁ। ଗୋଟିଏ ପତ୍ର ବନୁକକାଙ୍କର, ଗୋଟିଏ ପିଙ୍କିନାନୀର, ଗୋଟିଏ ମୋର। ବାକି ଦୁଇଟା ବାପା-ମାଆଙ୍କ ପାଇଁ।

କଳଦୀ ପତ୍ରରେ ଆମେ ସବୁଦିନ ଖାଉନା। ଆଜି କଥା ଅଲଗା। ଆମର ସବୁତକ ବାସନକୁସନ ବନ୍ଧା ସରିଚି। ଖଟ ଆଲମିରା ଲୁଗାପଟା ତ ଆଗରୁ ବନ୍ଧା ସରିଥିଲା। ଆଜି ରାତିକ ଏଠି କେମିତି କଟେଇ ଦେଲେ କାମ ଶେଷ।

ବନୁକକା ପ୍ଲାଷ୍ଟିକ୍ ଗ୍ଲାସରେ ସମସ୍ତଙ୍କ ପାଇଁ ପାଣି ନେଇ ଆସିଥିଲେ। ଆମେ ବସିରହିଲୁ ମାଆଙ୍କ ଅପେକ୍ଷାରେ।

ମାଆ ଡାକିଲେ - ଶୁଣୁଚ, ଖାଇବାକୁ ବଢ଼ା ହେବ।

ପାଖ ଘରେ, ଗୋଟିଏ ପୁରୁଣା ଶତରଞ୍ଜି ଉପରେ ସେମିତି ଶୋଇରହି ବାପା ଜବାବ ଦେଲେ - ନା, ମୁଁ ଖାଇବି ନାହିଁ। ଭୋକ ନାହିଁ।

ମୁଁ ଜାଣେ କାହିଁକି ତାଙ୍କ ମନ ଦୁଃଖ।

ମାଆ କହିଲେ ଆମକୁ ଚାହିଁ- ଆଜି ଆଉ କିଛି ନାହିଁ, ଭାତ ଆଉ ଆଳୁଭଜା। ସେତିକିରେ ଚଳେଇ ଦିଅ।

ପିଙ୍କିନାନୀଟା ଭାରି ରୁଷୁରି। ଏଟା ଖାଇବିନି, ସେଟା ଖାଇବିନି। ପରଟା ଥିଲେ କହିବ ପୁରି ଦିଅ, ପୁରି ଥିଲେ କହିବ ଧୋକ୍‌ଲା ଦିଅ। ଆମ୍ବଚଟଣି ଖାଇବ, କହିବ ବେଶି ମିଠା ହୋଇଯାଇଚି, ଆମ୍ବ ଆଚାର ଖାଇବ, କହିବ ବେଶି ଖଟା ହୋଇଯାଇଚି।

ଏବେ କିନ୍ତୁ ତା' ଢଙ୍ଗ ବହୁତ କମିଯାଇଛି। ଯାହା ଦେଲେ ଚୁପ୍‌ଚାପ୍ ଖାଇଦେବ। ମାଆ ଯାହା ରାନ୍ଧିଥିବେ ତା'କୁ ଭାରି ପ୍ରଶଂସା କରିବ।

କଦଳୀପତ୍ରରୁ ମୁହଁ ଉଠାଇ ପିଙ୍କିନାନୀ କହିଲା - ମମି, ଆଳୁଭଜା ଭାରି ବଢ଼ିଆ ହୋଇଛି।

ମାଆ ପାଖକୁ ଆସିଲେ। କହିଲେ - ଆଉ ଆଳୁଭଜା ଦେବି ?

ନାନୀ କହିଲା - ନାଇଁ, ମୋର ଢ଼େର୍ ଅଛି। ଆଉ ତା'କୁ ବି ଦିଅ ନାହିଁ, ତା'ର ବି ବହୁତ ଅଛି।

ଆଗ କଥା ହୋଇଥିଲେ ନାନୀ ଝମ୍ପି ପଡ଼ି କହିଥାଆନ୍ତା, ଦିଅ ଦିଅ ଆହୁରି ଦିଅ। ସେ ଏତେ ଏତେ ଆଇସ୍‌କ୍ରୀମ୍ ନେବ, ଚିକେନ୍ ନେବ, ପାଏସ୍ ନେବ, ସବୁ ଛାଡ଼ିବ।

କିନ୍ତୁ ଏବେ ସେ ସେମିତି କରେ ନାହିଁ। ଏବେ ତ ଏତେ ଏତେ ଆମ ଘରେ

ରନ୍ଧା ହୁଏନାହିଁ, ପାଣ୍ଡବ ବି ଆଉ ନାହିଁ ରାନ୍ଧିବା ପାଇଁ, ମାଆ ନିଜେ ସବୁ ରାନ୍ଧନ୍ତି, ବେଳେବେଳେ ନିଜେ ବାସନ ବି ମାଜନ୍ତି। ଲୁଗାପଟା ତ କାଚୁଛନ୍ତି ବହୁତ ଦିନରୁ।

- ତୁ କାହିଁକି ସେ କେକ୍‌ଟା ନ ଖାଇ ଅଧା ପକେଇଦେଲୁ !

ନାନୀ ମତେ ଧମକେଇ କହିଥିଲା ମୋ 'ଜନ୍ମଦିନ' ଦିନ। ଏଇ କେତେ ଦିନ ତଳେ।

ଆଗ ଥର ମୋ ଜନ୍ମଦିନ ହୋଇଥିଲା ଅର୍କିଡ୍ ହୋଟେଲ୍‌ରେ। ପ୍ରାୟ ଦୁଇ ଶହ ଜଣ ଲୋକ ଆସି ଖାଇଥିଲେ, ମୋତେ ପ୍ରେଜେଣ୍ଟ ଦେଇଥିଲେ, 'ହାପି ବାର୍ଥ ଡେ ଟୁ ଶିପୁନ୍' ବୋଲି ଗୀତ ଗାଇଥିଲେ।

ଏଥର ମୋର ଜନ୍ମଦିନ ହେଲା ଆମ ଘରେ। କେହି ଆସି ନ ଥିଲେ, ମାମୁଁ, ମାଇଁ ଓ ବନୁକକାଙ୍କ ଛଡ଼ା। ବାପା ମତେ ଖାଲି ଗୋଟେ ଟି-ସାର୍ଟ ଦେଇଥିଲେ, ମୋ' ମନକୁ ସେଟା ପାଇ ନ ଥିଲା ଜମା।

- ତୁ କାହିଁକି ସେ କେକ୍‌ଟା ନ ଖାଇ ଅଧା ପକେଇଦେଲୁ ?

ନାନୀ ମତେ ପଚାରିଥିଲା। ମୁଁ କହିଥିଲି- ମତେ ସେ କେକ୍‌ଟା ଜମା ଭଲ ଲାଗିଲା ନାହିଁ। କେମିତି ଗୋଟେ ପଚା ପଚା ଗନ୍ଧଉଥିଲା।

ମୁଁ ଯେମିତି କ'ଣ ଗୋଟେ ଭାରି ଖରାପ କଥା କହି ପକେଇଛି, ସେମିତି ସେ ଚମକିପଡ଼ି ଚାହିଁଥିଲା ବାପା ମାଆଙ୍କୁ। ସେମାନେ ଅଇଁଠା ବାସନ ଉଠାଉଥିଲେ, ମୋ' କଥା ଶୁଣିପାରି ନଥିଲେ।

ନାନୀ ମତେ ସବୁବେଳେ ସାବଧାନ କରିଦିଏ, ଦେଖ୍ ବେଶି ଖାଇବା ଜିନିଷ ନଷ୍ଟ କରିବୁ ନାହିଁ, କଲମ ହଜେଇବୁ ନାହିଁ, ନୂଆ ଜୋତାପାଇଁ ଜିଦି କରିବୁ ନାହିଁ, ଆଇସ୍‌କ୍ରୀମ୍ ପାଇଁ ପଇସା ମାଗିବୁ ନାହିଁ, ପଙ୍ଖା ବେଶି ଘୂରେଇବୁ ନାହିଁ।

- ପଙ୍ଖା କେମିତି ଘୂରେଇବି ନାହିଁ ଯେ ! ଆଗରୁ ତ ଏ.ସି. ଥିଲା, ଏବେ ପଙ୍ଖା ନହେଲେ କେମିତି ବସି ପାଠ ପଢ଼ିବି !

ନାନୀ ବୁଝେଇବାକୁ ଚେଷ୍ଟାକଲା, କହେ ଯେ ଏବେ ବାପାଙ୍କ ପାଖେ ପଇସା ନାହିଁ।

- ପଇସା ନାହିଁ ଯଦି ସେ ଦୋକାନରେ ବେଶି ବେଶି ଜିନିଷ ବିକୁନାହାନ୍ତି ?

- ଲସ୍ ହେଉଚି।

- ଲସ୍ ? ମାନେ ?

ଲସ୍ ମାନେ କ'ଣ ମୁଁ ବୁଝିପାରିଥିଲି। ଲସ୍ ମାନେ ଗରୀବ। ଆମେ ଗରୀବ ହୋଇଯାଇଛୁ।

ମୁଁ ତୃତୀୟରୁ ଚତୁର୍ଥକୁ ଗଲା ଦିନରୁ, ମାନେ ବର୍ଷେ ହେଲା, ଆମ ଘରେ କେମିତି ସବୁ ବଦଳି ବଦଳି ଯାଇଛି। ଏବେ ଆମେ ଛୁଟିଦିନରେ ପୁରୀ କି ବାଙ୍ଗାଲୋର୍ ଯାଉନାହୁଁ, ଏମିତି କି ନନ୍ଦନକାନନ ବି ନୁହେଁ। ଆମ ଗାଡ଼ି ବିକ୍ରି ହୋଇଯାଇଛି, ଫ୍ରିଜ୍‌ଟା ଖରାପ ହୋଇଯାଇଛି ଯେ ନୂଆ କିଣା ହୋଇନାହିଁ, ଆଉ ମୋ' ଜନ୍ମଦିନ କଥା ତ ଆଗରୁ କହିଛି।

ଚାରିମାସ ତଳେ ପାଣ୍ଡବ ଭାଇନା କାନ୍ଦି ପକେଇଥିଲା। ମାଆ ବି ଅଳ୍ପ ଟିକେ।

ବାପା କହିଲେ – ନାଇଁ ପାଣ୍ଡବ, ତୁମେ ଏବେ ଗାଁକୁ ଫେରିଯାଅ। ଆଉ ଚଳେଇ ହେବନାହିଁ।

ପାଣ୍ଡବ ଭାଇନା କହିଥିଲା – ନାଇଁ ମାମୁଁ (ସେ ବାପାଙ୍କୁ ମାମୁଁ ବୋଲି ଡାକେ, ଆମ ଗାଆଁର ଲୋକ ତ!) ସେମିତି କହନ୍ତୁ ନାହିଁ। ମୁଁ ଏଠି ଯେମିତ ହଉ ଚଳିଯିବି।

– ନାଇଁ ପାଣ୍ଡବ। ତୁମେ ଯାଅ। ତୁମର ଆଠ ମାସର ଦରମା ବାକି ରହିଲାଣି, ଦେବାକୁ ସାମର୍ଥ୍ୟ ନାହିଁ, ପୁଣି ଖର୍ଚ୍ଚବାର୍ଚ୍ଚ ତ ଦେଖୁଛ, ଜଣେ ଅଧିକା ଲୋକ ରହିଲେ....

ପାଣ୍ଡବ ଭାଇନା ଆଖିରୁ ଲୁହ ପୋଛିଲା। ତା'ପରେ ବାପା ମାଆଙ୍କୁ ମୁଣ୍ଡିଆ ମାରି ତା'ର ଲୁହା ଟ୍ରଙ୍କ୍ ଧରି ବାହାରିଗଲା ରାସ୍ତାକୁ। ସେ ଟ୍ରଙ୍କ୍‌ରେ ଥିଲା ବାପାଙ୍କ ପୁରୁଣା ଶାର୍ଟପେଣ୍ଟ କେତେଟା, ମାଆଙ୍କ ପୁରୁଣା ଶାଢ଼ି, ଆଉ ମୋର ଗୋଟେ ପୁରୁଣା ଖେଳନା।

ଅନ୍ୟ ଦିନ ହୋଇଥିଲେ ମୁଁ ମୋର ପୁରୁଣା ଖେଳନାଟା ପାଇଁ ମୁଣ୍ଡ ପିଟି ଦେଇ ଭୂଇଁରେ ଗଡ଼ି ଯାଇଥାଆନ୍ତି, କିନ୍ତୁ ମୋର ମନରେ କ'ଣ ପଶିଲା କେଜାଣି, ମୁଁ ଚୁପ୍ ରହିଥିଲି।

ପାଣ୍ଡବ ଭାଇନା ଏକୁଟିଆ ମୁଣ୍ଡପୋତି ଚାଲି ଯାଉଥିବା ଦେଖି, ମାଆ ଆଖି ଲୁହ ପୋଛିଥିଲେ। ତାଙ୍କ ଉପରେ ଘରକାମ ବେଶି ପଡ଼ିଗଲା ବୋଲି ନୁହେଁ, ପାଣ୍ଡବ ଭାଇନାକୁ ସେ ବହୁତ ଭଲପାଉଥିଲେ। ପୁଅ ଭଳି, ମାନେ ମୋ ଭଳି।

ପିଙ୍କିନାନୀ ଆଉ ଥରେ କହିଲା – ମମି, ଆଳୁଭଜା ଭାରି ବଢ଼ିଆ ହୋଇଛି। ନା ନା, ମୋର ଆଉ ଦରକାର ନାହିଁ, ଶିପୁନ୍‌ର ବି ଦରକାର ନାହିଁ।

ନାନୀର ମୋର ଗୋଟେ ଠାର ଭାଷା ଅଛି। ସେଟା ଆଉ କାହାକୁ ଜଣା ନାହିଁ। ସେ କହିଲା ଠାରରେ, ଆଳୁଭଜା ମାଗିବୁ ନାହିଁ। ଆଳୁଭଜା ଆଉ ନାହିଁ।

ଖାଇସାରି ଅଗଣାରେ ଆସି ହାତ ଧୋଉଚି, ମୋ' ଆଖିରେ ପଡ଼ିଲା ଆକାଶର ଜହ୍ନ। ଭାରି ସୁନ୍ଦର ଜହ୍ନ। ମତେ ଲାଗେ, ଆମ ଅଗଣାର ଜହ୍ନ କେବଳ ଆମର ଜହ୍ନ, ଆଉ କାହାରି ନୁହେଁ। ପୁରୀ ସମୁଦ୍ର କୂଳର ଜହ୍ନ, ଉଦ୍ୟାନ ବାଟିକାର ଜହ୍ନ, ରେଳ ଷ୍ଟେସନର ଜହ୍ନ, ସେସବୁ ଅଲଗା।

ମତେ ହଠାତ୍ ଭାରି କଷ୍ଟ ଲାଗଲା ଯେ ଏ ଅଗଣା, ଏ ଜହ୍ନକୁ ଛାଡ଼ି ଆମେ ଚାଲିଯାଉଛୁ। ଆଉ କେବେ ଦିନେ ଫେରିବୁ ନାହିଁ।

ଏ ଘର ଆମ ଘର, ଜେଜେବାପା ତିଆରି କରିଥିଲେ ବନୁକକା ଜନ୍ମହେବା ଆଗରୁ। ବାପା ଏ ଘରଟା ଆହୁରି ବାଗକୁ ଆଣିଥିଲେ, ନୂଆ ରୁମ୍, ନୂଆ ବଗିଚା, ନୂଆ ବାଲ୍‌କୋନି। ଭାରି ସୁନ୍ଦର ଦିଶୁଥିଲା ଆମ ଘର।

କେତେଦିନ ତଳେ ମାଆ କହୁଥିଲେ, ଆମକୁ ଏ ଘର ଛାଡ଼ି ଅନ୍ୟ ଘରକୁ ଯିବାକୁ ପଡ଼ିବ।

- କାହିଁକି ? ମୁଁ ପଚାରିଥିଲି।

- କାହିଁକି ? କାହିଁକି ? ନାନୀ ପଚାରିଥିଲା।

- ଏ ଘର ବିକ୍ରି ହୋଇଯାଇଛି।

- କାହିଁକି ?

ମାଆଙ୍କ ଆଖି ଅଶ୍ରୁ ଛଳଛଳ ହୋଇଯାଇଥିଲା। ହସିବାକୁ ଚେଷ୍ଟା କରି କହିଲେ - ଆମେ ଯୋଉ ନୂଆ ଘରକୁ ଯିବା, ତା' ପାଖରେ ଗୋଟେ ପାର୍କ୍ ଅଛି। ତୁମ ସ୍କୁଲକୁ ବି ପାଖ, ବାପାଙ୍କ ଦୋକାନ ବି।

ଆମେ ସବୁକଥା ଜାଣିପାରିଥିଲୁ, ଧୀରେ ଧୀରେ। ସେ ନୂଆ ଘରଟା କାଳେ ଭାରି ଛୋଟ, ଫ୍ଲାଟ୍ ଘର, ଗୋଟିଏ ବୋଲି ବାଥ୍‌ରୁମ୍। ଅଗଣା ନାହିଁ କି ବଗିଚା ନାହିଁ।

ରାତିରେ ବାପା କିଛି ଖାଇଲେ ନାହିଁ, ମାଆ ବି କିଛି ଖାଇଲେ ନାହିଁ। କଦଳୀପତ୍ର ଦୁଇଟା ସେମିତି ପଡ଼ି ରହିଲା ବାରଣ୍ଡାରେ। ଅଗଣାରେ ଜହ୍ନ ଥିଲା ଏକୁଟିଆ।

କ'ଣ ହଜେଇଦେଲା ପରି ବାପା ଚୁପ୍‌ଚାପ୍ ଘୂରି ବୁଲୁଥିଲେ ଏ ଘର ସେ ଘର। ଆଲୁଅ ଜାଳିଦେଇ କ'ଣ ଦେଖୁଥିଲେ, ପୁଣି ଆଲୁଅ ଲିଭେଇ ଦେଉଥିଲେ।

ଘରସାରା ଦେଖିବାର ତ ଆଉ କିଛି ନଥିଲା। ସବୁ ଘର ଫାଙ୍କା। ଯାହା କିଛି ଜିନିଷପତ୍ର, ସବୁ ବନ୍ଧାଛନ୍ଦା ହୋଇ ରହିଥିଲା ଦାଣ୍ଡପାଖ ଦୁଇଟି ଘରେ। କାଲି ସକାଳେ ଟ୍ରକ୍ ଆସିବ। ଆମକୁ ରେଡ଼ି ହେବାକୁ ପଡ଼ିବ ଶୀଘ୍ର ଶୀଘ୍ର।

ବାପାଙ୍କ ପଛେ ପଛେ ଛାଇପରି ମାଆ ବି ଯାଉଥିଲେ। ଡ୍ରଇଂରୁମ୍, ଷ୍ଟଡିରୁମ୍, ଶୋଇବାଘର, ଠାକୁରଘର।

ଶୋଇବାଘର ଦୁଆରେ ବାପା ଚୁପ୍‌ଚାପ୍ ଆସି ଠିଆହେଲେ। ଯେମିତି କାହାକୁ ମନେ ମନେ ଅପେକ୍ଷା କରିଛନ୍ତି।

ପଛରେ ଥାଇ ମାଆ କହିଲେ - ମନେଅଛି, ବାହାଘର ବାସି ଦିନ ଏ ଘରେ ତୁମେ କେମିତି ମତେ ଏକା ଦେଖି ପକାଇ...

ମାଆ ହସିବାକୁ ଚେଷ୍ଟା କଲେ, ଯେମିତି ମିଠା ହସ ସେ ହସନ୍ତି କେବେ କେବେ। କିନ୍ତୁ ସେ ହସି ପାରିଲେ ନାହିଁ, ଠସ୍ ଠସ୍ ଦି' ଟୋପା ଲୁହ ଗଡ଼ିଲା ତାଙ୍କ ଆଖିରୁ। ସେ ଦୂରକୁ ଚାଲିଗଲେ। ଠାକୁରଘର ଆଡ଼କୁ।

ଏ ଠାକୁରଘର ଜେଜେବାପାଙ୍କର ଅତି ପ୍ରିୟ ଥିଲା। ସବୁଦିନ ସକାଳେ ଧ୍ୟାନ କରନ୍ତି। ରାତିରେ ବସି ଗୀତା, ଭାଗବତ ପଢ଼ନ୍ତି। ଜେଜେମାଆ ଚାଲିଗଲା ଦିନଠୁ ମାଛମାଂସ ଖାଆନ୍ତି ନାହିଁ, ଦି'ଖଣ୍ଡି ଧୋତି, ଦି'ଖଣ୍ଡ ଚାଦର। ଏତିକି।

ବହୁତ ଧନୀ ଥିଲେ ଜେଜେବାପା। ପ୍ରକୃତରେ ଜେଜେମା'। ବହୁତ ଟଙ୍କା, ସୁନାଗହଣା ଥିଲା ଜେଜେମା'ଙ୍କର। ଏ ଘର ଜମି ମଧ୍ୟ ଜେଜେମା'ଙ୍କ ବାପା ଦେଇଥିଲେ।

ଜେଜେମା ମରିଗଲା ପରେ ଜାଣ ଜେଜେବାପା ବାବାଜୀ ହୋଇଗଲେ। ଅଧା ସମୟ ବଗିଚାରେ, ବାକି ଅଧା ସମୟ ଏଇ ଠାକୁରଘରେ।

ଭାରି ନିର୍ଲୋଭ ଥିଲେ ଜେଜେବାପା, ମାଆଙ୍କଠୁ ଯାହା ଶୁଣିବା କଥା। ଭାରି ଉପକାରୀ ବି। ଦୁଃଖୀରଙ୍କୀ ଲୋକଙ୍କ ପାଇଁ ତାଙ୍କ ହାତ ସବୁବେଳେ ଖୋଲା। କିନ୍ତୁ ଯାହା ସେ କରନ୍ତି ଲୁଚେଇ ଲୁଚେଇ। ବାପାମାଆ ଜମା ଜାଣିପାରନ୍ତି ନାହିଁ।

ଜେଜେ କହନ୍ତି ମାଆଙ୍କୁ - ବୋହୂ, ଏ ଠାକୁରଙ୍କୁ ସବୁଦିନ ପୂଜା କରୁଥିବୁ। ଏ ଠାକୁରଙ୍କ ଖଟୁଲି ତଳେ ତୋ'ର ଭାଗ୍ୟ ରହିଛି।

ମାଆ ଅବଶ୍ୟ ନିୟମିତ ପୂଜା କରନ୍ତି। ଧୂପଦୀପ ଦିଅନ୍ତି।

ବାପା କହନ୍ତି - ଦାନ କରୁଛନ୍ତି ଭଲକଥା ଯେ, କିନ୍ତୁ ଆମକୁ ଲୁଚେଇବାର କ'ଣ ଅଛି! ମୁଁ ତ କେବେ ବାଧା ଦେବା କଥା ଉଠୁନାହିଁ।

ମାଆ ଯାହା କହନ୍ତି ଉତ୍ତରରେ, ତା' ଅର୍ଥ, ଲୋକଙ୍କୁ ଦେଖେଇ ଶୁଣେଇ ଦାନ କଲେ ପୁଣ୍ୟ ମିଳେ ନାହିଁ।

- ଏଇ ତମ ଠାକୁର ନା! ଏଇ ତୁମ ମଧୁସୂଦନ!

ବାପା ଦିନେ ହିସ୍ ହିସ୍ ସ୍ୱରରେ କହିଥିଲେ, ଯୋଉଦିନ ବଡ଼ କଚେରୀ ମୋକଦ୍ଦମାରେ ସେ ହାରି ଯାଇଥିଲେ। କଚେରୀର ଅର୍ଡର ଧରି ସେ ଘରକୁ ଆସିଥିଲେ, ମାଆଙ୍କୁ ଠାକୁରଘରେ ବସି ପ୍ରାର୍ଥନା କରିବା ଦେଖି ଦାନ୍ତଚିପି କହିଥିଲେ।

ମାଆ କିଛି ନ କହି ଚୁପଚାପ୍ ଚାହିଁଥିଲେ ବାପାଙ୍କୁ। ନୀରବ ଆଖିରେ, ଯୋଉଥିରେ ଖାଲି ପ୍ରାର୍ଥନା ଛଡ଼ା ଆଉ କିଛି ନଥିଲା।

ସେଇ ମକଦ୍ଦମାରେ ହାରିବା ପରଠୁ ଆମ ଅବସ୍ଥା ଆହୁରି ଖରାପ ହୋଇଗଲା। ଗାଡ଼ି ବିକ୍ରି ହେଲା, ମାଆଙ୍କର ସବୁତକ ଗହଣା।

'ପିଙ୍କି ପାଇଁ କିଛି ରଖିପାରିଲି ନାହିଁ।' ମାଆ ରାତିରେ ଥରେ କାନ୍ଦି କାନ୍ଦି କହିଥିଲେ ବାପାଙ୍କୁ।

ବାପା ବି କେମିତି ଅଲଗା ଅଲଗା। ଆଗପରି ହସ ନଥିଲା ତାଙ୍କର, ଆଖି ଦୁଇଟା ତଳକୁ ତଳକୁ ପଶି ଯାଉଥିଲା।

ଠାକୁରଘର ପାଖରେ ମାଆ ଠିଆ ହୋଇଥିଲେ। ଚୁପ୍‌ଚାପ୍। ଅଗଣାରେ ଏକୁଟିଆ ଜହ୍ନ। ବାପା ଧୀର ପାଦରେ ଆସି ପହଞ୍ଚିଲେ।

କହିଲେ - ଠାକୁରଙ୍କୁ ସଜାଡ଼ି ରଖିବ ନାହିଁ! ସକାଳେ ଆଉ ସମୟ ନଥିବ ଯେ।

ମାଆ ଠିକ୍ କରିଥିଲେ କାଲି ସକାଳେ ଠାକୁରଙ୍କ ବାକ୍‌ସ ସଜେଇ ରଖିବେ। ଗାଧୋଇ ସାରି, ଧୂପଦୀପ ଦେଇସାରି।

ସେ କ'ଣ ଭାବିଲା ପରି କହିଲେ - ମୁଁ ଭାବୁଚି ଏଇନା ସଜାଡ଼ି ଦେବି। କାଲି ସକାଳକୁ, ମତେ ଲାଗୁଛି, ମୋର ବୋଧେ ଯେ'...ମାନେ ଅସୁବିଧା ହୋଇଯାଇପାରେ।

ବାପା କହିଲେ - ଯଦି ସେୟା ଭାବୁଚ ତ ଏବେ ହିଁ ସାରିଦିଅ। ବେଶି ରାତି କର ନାହିଁ।

ବାପା ଚାଲିଗଲେ ଦାଣ୍ଡପଟ ଘରକୁ, ଯାହା ଆଗରୁ ଥିଲା ଡ୍ରଇଂରୁମ୍। ସେଇଠି ସେ ତାଙ୍କର ଗୁଡ଼ାଏ ଫାଇଲ୍‌ପତ୍ର ସଜାଡ଼ି ରଖିବେ ଗୋଟିଏ ପେଟି ଭିତରେ।

ଅନ୍ଧାର ବାରଣ୍ଡାରେ ମତେ ଦେଖିପାରି ସେ କହିଲେ - ଶିପୁନ୍, ଯା' ଶୋଇବୁ। ପିଙ୍କିକୁ କହ ସେ ଶୋଇପଡୁ। ଗରମ ଲାଗୁଚି, ପଙ୍ଖାଟା ଦେଇଦେବ।

ମାଆ ଠାକୁର ଘର ଭିତରକୁ ଗଲେ। ମଧୁସୂଦନଙ୍କ ପାଖେ ବସିପଡ଼ିଲେ ଏମିତି, ଯେମିତି ସେ ମଧୁସୂଦନଙ୍କର ଗୋଟିଏ ଝିଅ। ମନଦୁଃଖ କରି ବସିପଡ଼ିଛନ୍ତି। ସେ କାନିରେ ଆଖି ପୋଛିଲେ।

ମାଆ ପିନ୍ଧିଥିଲେ ଗୋଟେ ଭାରି ସୁନ୍ଦର ଶାଢ଼ି। କାଳେ ଖୁବ୍ ଦାମିକା ବି। ଭାରି ପୁରୁଣା, ଭିତରଯାକ ଚିରିଚାରି ଯାଇଛି। ଫୋପାଡ଼ି ଦେଇ ଯିବା ଆଗରୁ ଆଜି ଦିନକ ପିନ୍ଧି ପକେଇଛନ୍ତି।

ମତେ କାହିଁକି ଏତେ କାନ୍ଦ ଲାଗୁଚି! ଏତେ ସୁନ୍ଦର ଶାଢ଼ି ପିନ୍ଧିଛନ୍ତି ମାଆ, ଠାକୁରଘର ଭିତର ନୀଳ ଆଲୁଅରେ ଏତେ ସୁନ୍ଦର ଦିଶୁଛି ତାଙ୍କ ମୁହଁ, ମଧୁସୂଦନଙ୍କ ମୂର୍ତ୍ତି ଚିକ୍‌ଚିକ୍ କରୁଛି ବେଦୀ ଉପରେ, ମତେ କାହିଁକି କାନ୍ଦ ଲାଗୁଚି!

ବାପା ଦିନେ ରାଗିଗଲା ପରି କହିଥିଲେ - ବାଃ, ପୂଜା କରୁଥାଅ ତୁମେ

ଦିନରାତି। କ'ଣ ତୁମକୁ ବାପା କହିଥିଲେ ଟି ? ଠାକୁରଙ୍କୁ ଦିନ୍ ପୂଜା କରୁଥିବୁ, ଏଇ ଠାକୁରଙ୍କ ଖଟୁଲି ତଳେ ତୋ'ର ଭାଗ୍ୟ ରହିଛି।

ମୁଁ ଚାହିଁଲି ଅଗଣାକୁ। ଏବେ ଜହ୍ନ ଚାଲିଯାଇଛି ଦୂରକୁ, ଶିମୂଳି ଗଛ ସେପାରି ଅଦୃଶ୍ୟ ଆକାଶକୁ। ଅନ୍ଧାର ଭିତରେ ନିଃଶ୍ୱାସ ଚାପିରଖି ବସିରହିଛି ପବନ। ଗଛ କୋରଡ଼ରେ ପେଚାଟିଏ ବସି ସକଉଚି ରହିରହିକା, ପୁରୁଣା କଥା ମନେ ପକାଇଲା ପରି।

ଠାକୁରଘରେ ଏକୁଟିଆ ମାଆ। ମନକୁ ମନ ବସି ମଧୁସୂଦନ, ଆଖଣ୍ଡଳମଣି, ଶିବ ପାର୍ବତୀଙ୍କ ମୂର୍ତ୍ତି ଓ ଫଟୋ ସଜାଡ଼ି ରଖୁଛନ୍ତି ଗୋଟେ କାର୍ଡ଼ବୋର୍ଡ ବାକ୍ସରେ। ଅଳ୍ପ କେତେଟା ମୂର୍ତ୍ତି ଆଉ ଫଟୋ। ଗୋଟିଏ ବଡ଼ ସିନ୍ଦୁକ ଉପରେ ପାଟକନା ବିଛେଇ ଠାକୁରଙ୍କୁ ପୂଜାପାଠ କରୁଥିଲେ ଜେଜେବାପା। ଏବେ ମାଆ ତାହା ହିଁ କରୁଛନ୍ତି। ସିନ୍ଦୁକ ଉପରେ ଠାକୁରଙ୍କ ବେଦୀ।

ଲୁହା ସିନ୍ଦୁକଟା ଭାରି ବଡ଼। ବେଶ୍ ଓଜନିଆ। ବାପା କହିଥିଲେ- ଖୋଲିବା ଦରକାର ନାହିଁ। ସେଇମିତି ଉଠେଇ ନେଇଯିବା ଆର ଘରକୁ।

ମାଆ ଏବେ ବଡ଼ ଶ୍ରଦ୍ଧାରେ ସେ ଲୁହା ସିନ୍ଦୁକକୁ ପୋଛୁଥିଲେ। ଯେତେ ହେଲେ ଆମ ଜେଜେବାପାଙ୍କ ସିନ୍ଦୁକ ନା !

ଏତିକି ବେଳେ ଠନ୍ କରି ରୋଷେଇଘରେ ଗୋଟେ ଶବ୍ଦ ହେଲା। କେହି ଜମାରୁ ଶୁଣିପାରିଲେନି, ହେଲେ ମୁଁ ଶୁଣିପାରିଲି।

ମୁଁ ଧାଇଁଗଲି ରୋଷେଇଘରକୁ।

ଦେଖିଲି, ରୋଷେଇଘରେ ଏକୁଟିଆ ଠିଆ ହୋଇଛି ପିଙ୍କିନାନୀ। ଡରରେ ଜଡ଼ସଡ଼ ହୋଇ।

ତଳେ ପଡ଼ିଥିଲା ଗୋଟେ କାଚ ବାସନ, ଯୋଉଥିରେ ମାଆ ଦହି ରଖିଥିଲେ, କାଲି ସକାଳେ ଟିକେ ଟିକେ ଖାଇ ଆମେ ଅନୁକୂଳ କରିବୁ ବୋଲି।

ଏବେ ସେଇ ଦହି ବାସନଟି ତଳେ ପଡ଼ି ଚୁରମାର୍ ହୋଇଯାଇଛି। ଖଣ୍ଡ ଖଣ୍ଡ କାଚ ଚଟାଣଯାକ।

ନାନୀ ଭାବିଥିଲା, ମୁଁ ଧାଇଁଯାଇ ବାପାମାଆଙ୍କୁ ଏକଥା ରିପୋଟ୍ କରିଦେବି। ସେଇ ଡରରେ ସେ ବିକଳ ହୋଇ ଖାଲି ମତେ ଚାହିଁରହିଲା, କିଛି କଥା ନ କହି।

ମୁଁ ତା' ପାଖକୁ ଆସିଲି।

ସକସକ କାନ୍ଦି ପକେଇଲା ନାନୀ। କହିଲା...

ନା, ସେ କହିବା କିଛି ଦରକାର ନ ଥିଲା। ମୁଁ ଦେଖି ପାରୁଥିଲି ସବୁକଥା।

ମାଆ ଥକି ଯାଇଛନ୍ତି, ସେଇଥିପାଇଁ ସେ ଆଜି ଡେକ୍‌ଚି କରେଇ ସବୁ ଧୋଇ ରଖିଥିଲା, ଗ୍ୟାସ୍ ଚୁଲିକୁ ପୋଛିଥିଲା, ବେସିନ୍ ସଫା କରିଥିଲା। ସେଇ ପିଙ୍କିନାନୀ ଯିଏ ଆଗରୁ ପାଣି ପିଇ ଗ୍ଲାସ୍‌ଟା ଧୋଇବାକୁ ବି ରାଜି ନ ଥିଲା।

ଡେକ୍‌ଚି କରେଇ ଦି'ଖଣ୍ଡ ଧୋଇ ଥାକରେ ରଖୁ ରଖୁ ଖସି ପଡ଼ିଥିଲା କାଚ ବାସନ ଗୋଟିକ, ଯୋଉଥିରେ ଥିଲା କାଲିପାଇଁ ଦହି।

ଚଟାଣଯାକ ଖାଲି କାଚ, ଦହି। ଟୋପେ ରକ୍ତ ବି।

କାଚ ଟୁକୁରା ଗୋଟାଇବାକୁ ଯାଇ ନାନୀ ମାଡ଼ି ପକେଇଥିଲା ଖଣ୍ଡେ କାଚ। ତା' ପାଦରେ ଟୋପେ ରକ୍ତ।

- କାଇଁ ଦେଖି ? କହି ମୁଁ ଆଣ୍ଠେଇ ପଡ଼ିଥିଲି ତା' ପାଦ ପାଖରେ।

ନା ବେଶି ନୁହେଁ, ଟୋପେ ମାତ୍ର ରକ୍ତ।

କହିଲି- ରହ, ଟିକେ ମଲମ ଆଣି ଲଗେଇ ଦେଉଚି। ବାପାମାଆ ଜମା ଜାଣି ପାରିବେ ନାହିଁ।

ଏତିକିବେଳେ ଠାକୁରଘରୁ ମାଆଙ୍କ ଡାକ ଶୁଭିଲା।

- ଶୁଣୁଚ !

ଥରେ ସେ ଡାକିଲେ ଡରିଗଲା ପରି, ଆଉ ଥରେ ସେ ଡାକିଲେ ଆଶ୍ଚର୍ଯ୍ୟ ହୋଇଗଲା ପରି, ତା'ପରେ ଡାକିଲେ ଯେମିତି ବାଟବଣା ହୋଇଯାଇଛନ୍ତି ଜଙ୍ଗଲ ଭିତରେ, ଅଜଣା ରାସ୍ତାରେ।

ଆମେ ସବୁ ଗୋଟି ଗୋଟି ହୋଇ ଠାକୁରଘରକୁ ଯାଇଥିଲୁ। ବାପା, ମୁଁ, ନାନୀ।

ମାଆ ବସିଥିଲେ ଲୁହା ସିନ୍ଦୁକ ପାଖରେ। ଯେମିତି ମନ୍ତ୍ର ବୋଲି କିଏ ତାଙ୍କୁ ପଥର କରିଦେଇଛି।

ତାଙ୍କ ସାମନାରେ ଖୋଲା ପଡ଼ିଥିଲା ଲୁହା ସିନ୍ଦୁକ। ଜେଜେବାପାଙ୍କ ଲୁହା ସିନ୍ଦୁକ।

ଠାକୁରମାନଙ୍କୁ ଯତ୍ନରେ ଗୋଟିଏ କାଗଜ ପେଟିରେ ରଖିସାରିବା ପରେ, ମାଆଙ୍କ ଆଖି ପଡ଼ିଥିଲା ଲୁହା ସିନ୍ଦୁକ ଉପରେ। ଜେଜେବାପାଙ୍କ ପୁରୁଣା ଲୁହା ସିନ୍ଦୁକ। ଖଣ୍ଡେ ତଉଲିଆରେ ସିନ୍ଦୁକକୁ ମାଆ ଭାରି ସରାଗରେ ପୋଛିଥିଲେ, ତା'ପରେ କ'ଣ ଭାବି ତା' ବାଙ୍କୁଣି ଖୋଲିଥିଲେ।

ଭିତରେ ଥିଲା କେତେଟା ପୁରୁଣା ଶାଢ଼ି, ସବୁ ଜେଜେମାଙ୍କର। ତା' ତଳକୁ ତାଙ୍କର ଗୋଟିଏ ଫଟୋ, ହସିହସିକା ଚାହିଁଛନ୍ତି ଜଣେଇ ଜଣେଇ। ଯେମିତି ମଜା

କଥାଟିଏ ତାଙ୍କୁ ଜଣା, କିନ୍ତୁ ଜେଜେବାପା ମନା କରିଛନ୍ତି କାହାକୁ କହିବା ପାଇଁ। ଫଟୋକୁ ଉଠାଇ ଆଣିଲା ପରେ, ତଳେ ଯାହା ଥିଲା ତାହା ଦେଖି ମାଆଙ୍କ ଆଖି ବୁଜି ହୋଇଯାଇଥିଲା।

ହଁ, ଆଖି ତାଙ୍କର ପୁରା ବୁଜି ହୋଇଯାଇଥିଲା। ମୁଁ ଯାଇ ଦେଖିଲା ବେଳକୁ ସେ ସେମିତି ବସି ରହିଥିଲେ ଆଖି ବୁଜି।

ଆଉ ବାପା ଗୋଟିଏ ଯନ୍ତ୍ର ପରି, କିଛି କଥା ନ କହି ସିନ୍ଦୁକ ଭିତରୁ ବାହାର କରୁଥିଲେ ଗୋଟି ଗୋଟି ଜିନିଷ। ଯେମିତି ଠାକୁରଙ୍କ ଆଦେଶ, ଯେମିତି ଜେଜେବାପାଙ୍କ ହୁକୁମ୍।

ସିନ୍ଦୁକ ଭିତରୁ ବାହାରୁଥିଲା ଗୋଟି ଗୋଟି ସୁନାମୋହର, ନାନା ରଙ୍ଗର ପଥର, ବୋଧେ ହୀରା, ମୋତି, ମାଣିକ; ପୁଣି କେତେ ପ୍ରକାରର, କେତେ ଡିଜାଇନ୍‌ର ଗହଣା। ଠାକୁରଘର ଭିତରର ନୀଳ ଆଲୁଅରେ ଚକ୍‌ଚକ୍ କରୁଥିଲା ସେସବୁ ସୁନା ମୋତି ମାଣିକ।

ମୁଁ ଜାଣେ, ଭଲକି ଜାଣେ, ଅନ୍ୟ ଦିନ ହୋଇଥିଲେ ପିଙ୍କିନାନୀ ଧପାସ୍ କରି ହାମୁଡେଇ ପଡ଼ିଥାଆନ୍ତା, ଆଉ ମାଡ଼ି ବସିଥାଆନ୍ତା ଗୋଟେ ଗହଣା ଉପରେ। 'ଏଇଟା ମୁଁ ପିନ୍ଧିବି।'

ଏବେ ସେ ସେମିତି କିଛି କଲାନାହିଁ। ମ୍ୟାଜିକ୍ ଶୋ' ଦେଖିବା ପରି ସେ ଚୁପ୍‌ଚାପ୍ ଦେଖୁଥିଲା ସିନ୍ଦୁକରୁ ବାହାରି ଆସୁଥିବା ଗୋଟି ଗୋଟି ସୁନା ମୋହରକୁ, ହୀରା ନୀଳା ମୋତି ମାଣିକକୁ।

ମୁଁ ତା' ପାଖକୁ ଜାକି ହୋଇ ଆସିଲି।

ଫିସ୍ ଫିସ୍ କରି ଡାକିଲି - ନାନୀ!

- ଉଁ?

- ଚାଲ୍ ତୋ' ଗୋଡ଼ରେ ମଲମ ମାରିଦେବି। ନ ହେଲେ କାଲିକୁ ପାଚିଯିବ, ଭାରି କଷ୍ଟ ପାଇବୁ।

ହାତ ଧରାଧରି ହୋଇ ଆମେ ଦୁହେଁ ବାହାରି ଆସିଲୁ ଅଗଣାକୁ।

ଅଗଣାରେ ଜହ୍ନ ନଥିଲା। ନ ଥାଉ; କାଲି ନିଶ୍ଚୟ ତା' ସହିତ ଦେଖାହେବ, ଏଇ ଅଗଣାରେ, ନ ହେଲେ ଅନ୍ୟ କୋଉଠି।

■

ସ୍ୱପ୍ନ ଓ ସୌଦାଗର

॥ ଏକ ॥

ସନ୍ଧ୍ୟା ଠିକ୍ ଛଅଟା ବେଳକୁ ସେହି ଲୋକଟି ଆସି ପହଞ୍ଚିଯାଏ।

ଜବାକୁସୁମ ତେଲରେ ଜର ଜର ଗୋଛାଏ ମୁଣ୍ଡ ବାଳକୁ ଲୋକଟି ସେତେବେଳେ ବେଶ୍ ଯତ୍ନରେ କୁଣ୍ଡାଇଥାଏ। ମୁହଁରେ ମାରିଥାଏ ସୁଗନ୍ଧିତ କ୍ରିମ୍ କିମ୍ବା ପାଉଡର୍, ଦେହର ସିଲ୍କ ପଞ୍ଜାବୀ ଓ ପାଦରେ ଡ୍ରିମ୍ ଫ୍ଲାୱାର୍ ଜୋତା।

ଏବଂ ପ୍ରଚ୍ଛନ୍ନ ଏକ ସୁଖାନୁଭୂତିରେ ଉଜ୍ଜ୍ୱଳ ହୋଇ ଉଠିଥାଏ ତା'ର ସାରା ମୁହଁ। ସେହି ହେଉଛି ଅନୀତାର ପ୍ରେମିକ।

ସତର ବର୍ଷର କ୍ଷୀଣାଙ୍ଗୀ ବାଳିକା ପ୍ରତି ଏହି ଅଠତିରିଶି ବର୍ଷର ଲୋକଟି ଯେ ହଠାତ୍ କିଭଳି ଆକୃଷ୍ଟ ହୋଇପଡ଼ିଲା, ତାହା ଆଦୌ ବୁଝି ହୁଏ ନାହିଁ। ବେଶ୍ ସୁଖ ଓ ସନ୍ତୋଷରେ ଥିଲା ଏ ଲୋକଟି ନିଜର ନିଃସଙ୍ଗ ଜୀବନକୁ ନେଇ, ନିଜର ସୀମିତ ବସ୍ତୁବାଦୀ ସଂସାରକୁ ନେଇ। କିନ୍ତୁ ହଠାତ୍ ଯେମିତି ସେ ବଦଳିଗଲା।

ଆକସ୍ମିକ ସେ ଅନୀତାର ପ୍ରେମରେ ପଡ଼ିଗଲା।

ଦିନେ ସଞ୍ଜବେଳେ, ସାତଟା ବାଜି ବି ନ ଥିଲା, ସେ ଆସି ପହଞ୍ଚିଗଲା, ଅନୀତାର ଘର ଠିକଣାରେ। ଅର୍ଥାତ୍ ସିଧା ମଧୁପଣ୍ଡିତଙ୍କ ଛୋଟ ଅଣଓସାରିଆ ବସା ପାଖରେ। ଡାକିଲା – ପଣ୍ଡିତେ, ଘରେ ଅଛନ୍ତି ?

ସ୍ୱରଟି ବେଶ୍ ଚିହ୍ନା ଚିହ୍ନା। କିନ୍ତୁ ସେମିତି ସ୍ୱରଟି ଆସି ଯେ ଘର ଦୁଆରେ ଡାକିବ, ଏମିତି କଳ୍ପନା ମଧୁପଣ୍ଡିତଙ୍କର ନ ଥିଲା। ସେହି ଅବିଶ୍ୱାସରେ ମଧୁପଣ୍ଡିତେ ପଚାରିଲେ : କିଏ ?

: ମୁଁ ହାଡୁ ସୁନ୍ଦରାୟ !

ନାମଟି ସହିତ ଅବଶ୍ୟ ଲୋକଟିର ସାମାନ୍ୟତମ ସାମଞ୍ଜସ୍ୟ ନଥିଲା, ବେଶ୍ ମୋଟାସୋଟା ବାଙ୍ଗର ମଣିଷଟିଏ। କଳା ନ ହେଲେ ବି ଚିକ୍କଣ ଶ୍ୟାମଳ ଦେହର ରଙ୍ଗ। ହାଡୁ ସୁନ୍ଦରାୟ କହିଲେ ଏମିତି ରୂପଟିଏ ସହଜରେ କଳ୍ପନାକୁ ଆସେ ନାହିଁ।

ପ୍ରତ୍ୟୁତ୍ତର ଶୁଣି ମଧୁପଣ୍ଡିତଙ୍କର ଆଉ ଅବିଶ୍ୱାସ କରିବାର କିଛି ନ ଥିଲା। ହାଡୁ ମହାଜନ ଓରଫ୍ ହାଡୁ ସୁନ୍ଦରାୟ ହିଁ ଦୁଆରେ ଠିଆ ହୋଇଛନ୍ତି।

କିନ୍ତୁ କାହିଁକି ?

ଏବେ ତାଙ୍କର ଆଖି ଦୁଇଟା ଅନ୍ଧ। କିଛି ସେ ଦେଖି ପାରନ୍ତି ନାହିଁ ଆଜିକାଲି। ତଥାପି ଅଣ୍ଡାଳି ଅଣ୍ଡାଳି ସେ ଦ୍ୱାର ପାଖକୁ ଆସିଲେ। ନିରର୍ଥକ ଆଉ ଥରେ ପଚାରିଲେ: କିଏ !

: ନମସ୍କାର ପଣ୍ଡିତ ମହାଶୟ ! ମୁଁ ହାଡୁ ସୁନ୍ଦରାୟ, ଏଇ ଏମିତି ଟିକିଏ ଚାଲିଆସିଲି।

ଏ ଗଳିର ଠିକ୍ ଶେଷ ମୁଣ୍ଡରେ ହାଡୁ ମହାଜନର ତେଜରାତି ଦୋକାନ। ତା'କୁ ଲାଗି ଅଳ୍ପ କେତେଦିନ ହେବ ଲୁଗା ଦୋକାନଟିଏ ବି ଖୋଲିଛି। ସକାଳ ଆଠଟା ଠାରୁ ରାତି ସାଢ଼େ ନଅଟା ପର୍ଯ୍ୟନ୍ତ ହାଡୁ ମହାଜନ ତା'ର ସେହି ଦୋକାନ ଘର ଭିତରେ ହିଁ ବସିଥାଏ। ମଝିରେ ଯାହା ଅଧଘଣ୍ଟାକ ପାଇଁ ଖାଇବାକୁ ଯାଏ ସେତିକି।

ସେ କାହିଁକି ଆପଣା ବ୍ୟବସାୟ ମାରା କରି ମଧୁ ପଣ୍ଡିତଙ୍କ ଦୁଆରେ ଠିଆ ହୋଇଛି, ତାହା ହଠାତ୍ ବୁଝାଗଲା ନାହିଁ।

ଅବଶ୍ୟ ଏଇ କେତେମାସ ପୂର୍ବେ ପଣ୍ଡିତଙ୍କ ଘର ସାମ୍ନାରେ ଖୁବ୍ ଗହଳି ଲାଗିଥିଲା। ପୂର୍ଣ୍ଣଚନ୍ଦ୍ର ସ୍ମାରକ ବିଦ୍ୟାପୀଠର ପ୍ରବୀଣ ଗଣିତ ଶିକ୍ଷକ ମଧୁସୂଦନ ମହାପାତ୍ରଙ୍କର ଅନେକ ଛାତ୍ର, ଅନେକ ପରିଚିତ ଶୁଭେଚ୍ଛୁ ଅଛନ୍ତି। ରେଟିନାଲ୍ ଡିଟାଚ୍‌ମେଣ୍ଟ ହେତୁ ହଠାତ୍ ସେ ଅନ୍ଧ ହୋଇଯିବା ପରେ, ବାଧ୍ୟ ହୋଇ ତାଙ୍କୁ ଅବସର ନେବାକୁ ପଡ଼ିଥିଲା, ଏକାବନ ବର୍ଷ ବୟସରେ। ସେହି କାରଣ ନେଇ ଅନେକ ଶୁଭାକାଙ୍‌କ୍ଷୀ ଗୁଣଗ୍ରାହୀ ସଜ୍ଜନ ତାଙ୍କୁ ଭେଟିବାକୁ ଆସିଥିଲେ। ସହାନୁଭୂତି ଦେଖାଇଥିଲେ। ଏମିତି ନିର୍ମାୟା ଏକନିଷ୍ଠ ଶିକ୍ଷକଙ୍କର ଏଭଳି ଦଶା ହେଲା ଭାବି ଦୁଃଖ କରିଥିଲେ।

କିନ୍ତୁ ତା' ବୋଲି ହାଡୁ ମହାଜନ, ଯିଏ ବିଦ୍ୟାର ଆଦ୍ୟ ଅକ୍ଷର ବି ଜାଣେ ନାହିଁ। ସଂସ୍କୃତ ଶୁଦ୍ଧ ଉଚ୍ଚାରଣ ଯାହା ପକ୍ଷରେ ଅପହଂଚ ଏକ ସ୍ୱପ୍ନ।

ହାଡୁ ମହାଜନ ଆଉ ଥରେ କହିଲା - ନମସ୍କାର ପଣ୍ଡିତ ମହାଶୟ ! ପ୍ରଭୁଙ୍କ କୃପାରୁ କେମିତି ଏବେ ଅଛନ୍ତି ?

ଗତ କେତେମାସ ଧରି ମଧୁ ପଣ୍ଡିତ ଅନ୍ଧ ହୋଇ ଘରେ ବସିଛନ୍ତି। ସ୍ତ୍ରୀ, ତିନୋଟି ବଢ଼ିଲା ଝିଅ ଓ ଗୋଟିଏ ପୁଅକୁ ନେଇ ତାଙ୍କର ଯେଉଁ ସଂସାର, ସେ ସଂସାରରେ ଏବେ ଦୁର୍ଦ୍ଦିନ ଘୋଟି ଆସିଛି। ବିଷମ ଦୁର୍ଦ୍ଦିନ। ସେ ଦୁଃଖର କାହାଣୀ କହି ବସିଲେ, କେବେ ଶେଷ ହେବ ନାହିଁ। ସେ ତେଣୁ ଖାଲି ହାତ ଟେକି ଶୂନ୍ୟକୁ ଦେଖାଇ କହିଲେ : ମଙ୍ଗଳମୟଙ୍କ ଇଚ୍ଛା।

ହାଡୁ ସୁନ୍ଦରାୟ ତା'ପରେ ବିନା ଆମନ୍ତ୍ରଣରେ ବାରଣ୍ଡା ଚଉକି ଉପରେ ବସି ପଡ଼ିଥିଲା। ଦୁଇ ଚାରିପଦ ଦୁଃଖସୁଖ ହୋଇଥିଲା। ଅଧଘଣ୍ଟାଏ ପରେ ନମସ୍କାରପୂର୍ବକ ବିଦାୟ ନେଇଥିଲା।

ପରଦିନ ସନ୍ଧ୍ୟାରେ ପୁଣି ଆସିଥିଲା ସେ ଲୋକଟି। ଦାଣ୍ଡରେ ଠିଆହୋଇ ସେହିଭଳି ଡାକିଥିଲା – ପଣ୍ଡିତ ମହାଶୟେ ଘରେ ଅଛନ୍ତି ?

ଅନ୍ଧ ମଣିଷ ପାଇଁ ଏବେ ଦିନରାତି ସମାନ। ହଠାତ୍ ଦୃଷ୍ଟିହୀନ ହୋଇଯିବା ପରେ ପଣ୍ଡିତଙ୍କ ଦେହ ବି ଯେମିତି ଧୀରେ ଧୀରେ ଅକର୍ମଣ୍ୟ ହୋଇ ଯାଇଥିଲା। ସେ ସେତେବେଳେ ଶୋଇ ରହିଥିଲେ ଘର ଭିତରେ।

ବାହାରେ ଡାକ ଶୁଣି ଛୋଟ ପୁଅଟି ଦାଣ୍ଡକୁ ବାହାରି ଆସିଲା। କହିଲା : ବାପା ଶୋଇଛନ୍ତି।

ଉତ୍ତରଟି ସୁନ୍ଦରାୟ ପାଇଁ ଅପ୍ରତ୍ୟାଶିତ। ସେ ପଚାରିଲା : କ'ଣ ନିଦରେ ?

ହଁ, ସଂକ୍ଷିପ୍ତ ଉତ୍ତର ଥିଲା ପିଲାଟିର।

ଟିକିଏ ନିରାଶ ହୋଇ ଅତିଥିଟି ଫେରିବାର ଉପକ୍ରମ କଲା। ତା' ପୂର୍ବରୁ ସାମାନ୍ୟ କୁଣ୍ଠିତ ଭାବରେ ପିଲାଟି ଆଡ଼କୁ ଚାହିଁଲା। କିଛି ନ କହି ତା' ହାତକୁ ବଢ଼ାଇ ଦେଲା ଦୁଇଟା ଭାରି ବ୍ୟାଗ୍।

: ଏଇଟା କଅଣ ?

: ନେଇଯାଅ। ମାଆଙ୍କୁ ଦେବ। କହିବ ହାଡୁ ସୁନ୍ଦରାୟ ଦେଇ ଯାଇଚନ୍ତି।

ଅନ୍ୟ କୌଣସି ପ୍ରଶ୍ନକୁ ଅପେକ୍ଷା ନ କରି ସେ ଚାଲିଗଲା।

ସେଦିନ ସେ ବ୍ୟାଗ୍‌ରେ ଥିଲା ତେଲଲୁଣ ସଂସାରରେ କିଛି ଆବଶ୍ୟକୀୟ ସାମଗ୍ରୀ। ବନସ୍ପତି ଘିଅ, ଗୁଣ୍ଡଦୁଧ, ସୋରିଷ ତେଲ ଓ କିଛି ପନିପରିବା – ଆଉ ତା' ସହିତ ଗୋଟିଏ ଭାରି ସୁନ୍ଦର ସୁପର ଫାଇନ୍ ଧୋତି। ଶେଷୋକ୍ତ ଜିନିଷଟି ସ୍ପଷ୍ଟତଃ ମଧୁ ପଣ୍ଡିତଙ୍କ ପାଇଁ ଉଦ୍ଦିଷ୍ଟ।

ପରଦିନ ସକାଳେ ମଧୁ ପଣ୍ଡିତଙ୍କ ଆଖି ଛଳଛଳ ହୋଇ ଯାଇଥିଲା।

: ମହାଜନେ ଏ କ'ଣ କଲ। ଜାଣ ତ ମୋ ଅବସ୍ଥା। କେମିତି ଦେବି ୟା'ର ଦାମ୍ ?

ହାଡୁ ମହାଜନ ବିନୟରେ ହାତ ଯୋଡ଼ିଥିଲା। କହିଥିଲା : 'ଗୁରୁଜୀ! ଆପଣଙ୍କର ଏତିକି ସେବା କରିବାର ଅଧିକାର କ'ଣ ମୋର ନାହିଁ? ଏତେ ଅଧମ ମୁଁ?'

: ନା ବାବା। ମୋ କଥାକୁ ତୁମେ ଭୁଲ ବୁଝିଲ, ତେବେ ଜାଣ ତ, କୌଟିଲ୍ୟ କହିଛନ୍ତି ....

'ଋଣ ଶେଷେଽଗ୍ନି ଶେଷଶ୍ଚ ବ୍ୟାଧି ଶେଷତଥେବ ଚ
ପୁନଶ୍ଚ ବର୍ଦ୍ଧତେ ଯସ୍ମତ୍ତସ୍ମା କ୍ଲେଷଂ ତୁ କାରୟେତ୍।'

ବିଚାରକଙ୍କ ଠାରୁ ରାୟ ଶୁଣି ନେବା ପରି ସୁନ୍ଦରାୟ ହାତଯୋଡ଼ି ଶୁଣିଲା ଏଇ ଦୁଇପଦ ଶ୍ଳୋକ। ତା'ପରେ କହିଲା – କିନ୍ତୁ ଗୁରୁଜୀ, ମୋ ଆତ୍ମା ଯେ ଡାକିଲା...

ଗଦ୍‌ଗଦ୍ ସ୍ୱରରେ ସେ କହିବାକୁ ଲାଗିଲା - ସେ ମୂର୍ଖ ସତ, ସେ ସରସ୍ୱତୀଙ୍କ ଆରାଧନା ଛାଡ଼ି ଲକ୍ଷ୍ମୀଙ୍କ ପଛରେ ଧାଇଁଛି ସତ; କିନ୍ତୁ ସେ ତ ମଣିଷ। ତା'ର ତ ଆତ୍ମା ଅଛି। ତା' ଅନ୍ତରାତ୍ମା ତ ଡାକୁଛି ସେହି ମଣିଷଟି ପାଦ ତଳେ ଯତ୍‌କିଞ୍ଚିତ୍ ପ୍ରଣାମୀ ଦେବାକୁ, ଯିଏ ପୁଣ୍ୟବନ୍ତ, ବିଦ୍ୱାନ୍ ପୁରୁଷ। ଅନ୍ଧ ହେଲେ ବି ସିଏ ଦିବ୍ୟଦ୍ରଷ୍ଟା।

ମଧୁପଣ୍ଡିତଙ୍କ ସ୍ତ୍ରୀ ଲାବଣ୍ୟ ଦେବୀ ଏଇ ଧୂଳିଧୂସରିତ ପୃଥିବୀର ମଣିଷ। ସେ ଜ୍ଞାନ ପଛରେ ଧାଇଁ ସଂସାରକୁ ଭୁଲିଯାଇ ନାହାନ୍ତି। ସେ ଜାଣନ୍ତି ଅଭାବ କ'ଣ, ଦୁଃଖ କ'ଣ। ସେ ଜାଣନ୍ତି ତିନିଶହ ଷାଠିଏ ଟଙ୍କାରେ କିଭଳି ପାଞ୍ଚପ୍ରାଣୀ କୁଟୁମ୍ବଙ୍କୁ ତିରିଶ ଦିନ ବଞ୍ଚିବାକୁ ହୁଏ। ଏବେ ପୁଣି ସେହି ତିନିଶହ ଷାଠିଏ ଟଙ୍କାର ପ୍ରତ୍ୟାଶା ବି ନାହିଁ। ପ୍ରାଇଭେଟ୍ ସ୍କୁଲ୍‌ରେ ପେନ୍‌ସନ୍ ବି ନ ଥାଏ।

ଧୂଳିମାଟି ପୃଥିବୀର ସେହି ଲାବଣ୍ୟ ଦେବୀ ତେଣୁ ହାଡୁ ମହାଜନର ଅଯାଚିତ କରୁଣା ଦେଖି ବିସ୍ମିତ ହୋଇଥିଲେ। ଖୁସି ବି ହୋଇଥିଲେ।

ସେ ତେଣୁ ତା' ପରଦିନ ଗୋଟିଏ କପ୍ ଚା' ହାତରେ ଧରି ପଦାକୁ ବାହାରି ଆସିଥିଲେ।

ହାଡୁ ମହାଜନ ତାଙ୍କୁ ଦେଖିପାରି ଚଉକିରୁ ଉଠି ପଡ଼ିଥିଲା। ମୁଣ୍ଡ ନୁଆଁଇ ନମସ୍କାର କରି କହିଲା: ମାଉସୀ, ମୋ ପାଇଁ ଏତେ ହଇରାଣ ହେଉଥିଲେ କାହିଁକି?

ଲାବଣ୍ୟ ଦେବୀ ହସି ହସି କହିଥିଲେ : ଆଉ ତମେ ତେବେ କାଲି ଏତେ ହଇରାଣ ହୋଇ ଶହେ ଟଙ୍କାର ସଉଦା ଧରି କାହିଁକି ଆସିଥିଲ?

ମଧୁ ପଣ୍ଡିତଙ୍କ ଦ୍ୱିଧା ଏବଂ ହାଡୁ ସୁନ୍ଦରାୟର ସଂକୋଚ - ଏଇ ଦୁଇଟିର ସରଳ ସମାଧାନ ଯେମିତି ମିଳିଗଲା ଲାବଣ୍ୟ ଦେବଙ୍କ ଗୋଟିଏ ପଦ କଥାରେ। ସେ କହିଲେ : ସ୍ନେହ ଦୁନିଆରେ ସବୁଠାରୁ ବଡ଼ ଜିନିଷ ବାବା। ସବୁରି ଉପରେ ସ୍ନେହ।

ଅତିଥିଟିର ସଂକୋଚ ତା'ପରେ କଟିଗଲା। ମଧୁପଣ୍ଡିତଙ୍କର ଦ୍ୱିଧା ମଧ୍ୟ ଆଉ ରହିଲା ନାହିଁ।

ବୁଦ୍ଧିମତୀ ଲାବଣ୍ୟ ଦେବୀ ସହଜରେ ବୁଝି ପାରିଥିଲେ, ହାଡୁ ସୁନ୍ଦରାୟ ତାଙ୍କ ବଡ଼ ଝିଅ ଅନୀତାର ପ୍ରେମରେ ପଡ଼ିଛି।

ସତର ବର୍ଷ ବୟସର ଝିଅ ଅନୀତା। ବାପା ଅନ୍ଧ ହୋଇ ଘରେ ବେକାର ହୋଇ ବସିବା ଦିନଠୁ କଲେଜ ପାଠ ଛାଡ଼ିଥିବା ଅନୀତା।

ତା'କୁ ବି ଏ ରହସ୍ୟ ବୁଝିବାକୁ ବେଶି ବେଳ ଲାଗିଲା ନାହିଁ।

ହାଡୁ ସୁନ୍ଦରାୟକୁ ସେ ଏଇ ପ୍ରଥମ କରି ଦେଖୁ ନାହିଁ। ଅନେକ ଦିନ ଧରି ଦେଖି ଆସୁଛି। ଏଇ ଗଳି ମୁଣ୍ଡରେ ତା'ର ଦୋକାନ। ଆଉ ଟିକିଏ ଛୋଟ ଥିଲା ବେଳେ ଅନୀତା ଅନେକ ଥର ତା' ଦୋକାନକୁ ଯାଇଛି। କେବେ ବାପାଙ୍କ ସାଙ୍ଗରେ, କେବେ ଏକା ଏକା - ଡାଲି, ଚାଉଳ କିଣିଛି, କ୍ୟାଶ୍ ବାକ୍ସ ପଛପଟେ ବସିଥିବା ନିସ୍ପୃହ ଏଇ ମଣିଷଟିକୁ ବି ଦେଖିଛି।

ସେ ଦେଖିଛି ସବୁବେଳେ ଶୂନ୍ୟ ଉଦାସ ଦୃଷ୍ଟିରେ ଲୋକଟି ଚାହିଁ ରହିଥାଏ ରାସ୍ତାକୁ। ଯେମିତି କାହାର ଅପେକ୍ଷାରେ ସେ ଅଛି, ଅନେକ ଦିନରୁ - ଅନେକ ଯୁଗରୁ। ଏମିତି ଅପେକ୍ଷା କରି କରି ଯେପରି ସେ ଶେଷକୁ ଭୁଲି ବି ଯାଇଛି, କାହା ପାଇଁ ତା'ର ଏ ପ୍ରଲମ୍ବିତ ପ୍ରତୀକ୍ଷା। ତଥାପି ଅପେକ୍ଷା କରିଛି।

ସେହି ଲୋକଟି ଏବେ ତାଙ୍କରି ଦ୍ୱାରସ୍ଥ। ଅନୀତାର ପ୍ରେମ ପାଇଁ।

ଦିନେ ବୋଉ ତା'କୁ ଡାକି କହିଲେ - ଅନୀତା, ଦାଣ୍ଡକୁ ଦୁଇ କପ୍ ଚା' ନେଇ ଯାଆ। ଭଦ୍ରଲୋକ ବସିଛନ୍ତି।

ଏ ଭଦ୍ରଲୋକ ଜଣକ କିଏ, ଅନୀତା ଜାଣେ। ହାଡୁ ମହାଜନକୁ ନ ଚିହ୍ନି ତା'ର ଉପାୟ ନାହିଁ।

ଚା' ନ ନେଇ ଯିବାର ଉପଯୁକ୍ତ ଗୋଟିଏ କାରଣ ଥିଲା ଅନୀତା ହାତରେ। ସେ କହିଲା: ମୁଁ ମୁଣ୍ଡ କୁଣ୍ଡଉଛି। ଡେରି ହେବ। ସବିତାକୁ କହ ସେ ନେଇଯିବ ଦାଣ୍ଡକୁ।

ଲାବଣ୍ୟ ଦେବୀଙ୍କ ଦୁଃଖ ଏ ଘରେ କେହି କିଛି ବୁଝନ୍ତି ନାହିଁ। ବାପ ଯେମିତି, ଏ ଝିଅଟା ବି ସେମିତି। କିଛି ବୁଝିବେ ନାହିଁ।

କିନ୍ତୁ ସେ କଥା କହି ଲାଭ ନାହିଁ। ଖାଲି କହିଲେ: ଠିକ୍ ଅଛି। ମୁଣ୍ଡ କୁଣ୍ଡେଇ ସାରି ନେଇଯିବୁ। ଚା' ପାଣି ତ ଚୁଲିରେ ବସି ନାହିଁ ଏଯାଏଁ।

ସମସ୍ତ ଅନିଚ୍ଛା ସତ୍ତ୍ୱେ ବାଧ୍ୟ ହୋଇ ଅନୀତାକୁ ଦୁଇକପ୍ ଚା' ନେଇଯିବାକୁ ହୋଇଥିଲା।

ଏବେ ଆଉ ବାହାର ବାରଣ୍ଡାରେ ନୁହେଁ, ଦାଣ୍ଡଘରେ ବସି ବସି ଗପସପ କରନ୍ତି ମଧୁ ପଣ୍ଡିତ ଓ ହାଡୁ ସୁନ୍ଦରାୟ। ଗପସପ ଆଉ କିଛି ନୁହେଁ - ମଧୁ ପଣ୍ଡିତ ଏଥିରେ ବକ୍ତା ଓ ହାଡୁ ଏକମାତ୍ର ବିଶ୍ୱସ୍ତ ଶ୍ରୋତା। ବିଷୟବସ୍ତୁଟି ଥାଏ ବକ୍ତାଙ୍କ ଇଚ୍ଛାଧୀନ। ସଂସ୍କୃତ ଭାଷାର ଉତ୍କର୍ଷଠାରୁ ଆରମ୍ଭ କରି ଅନିତ୍ୟ ମାୟାବୀ ଜୀବନ ପର୍ଯ୍ୟନ୍ତ ବିଭିନ୍ନ ବିଷୟରେ ପଣ୍ଡିତେ ମତାମତ ଦିଅନ୍ତି। ତାଙ୍କ ପାଇଁ ଉପସ୍ଥିତ ସଂସାର ଏକ ଭୌତିକ ସ୍ଥିତି ମାତ୍ର। ସେ ବଞ୍ଚି ରହନ୍ତି ବେଦ, ପୁରାଣ ଚର୍ଚ୍ଚିତ ଅତୀତଲୋକରେ। ସେସବୁ କଥା ଆଲୋଚନା କରି ସେ ଅତ୍ୟନ୍ତ ଆନନ୍ଦ ପାଆନ୍ତି।

ଅନୀତାକୁ ଚା' କପ୍ ଧରି ଆସିବା ଦେଖି ହଠାତ୍ ସେଦିନ ଲାଜରେ ଝାଉଁଳି ପଡ଼ିଥିଲା ଘର ଭିତରର ଅତିଥିଟି। ତା' ଦେହର ଶ୍ୟାମଳ ବର୍ଣ୍ଣରେ ଏକ ଅଦ୍ଭୁତ ବାଦାମୀ ରଙ୍ଗ ଉକୁଟି ଉଠିଥିଲା। ସେ ଚଉକିରୁ ଉଠି ପଡ଼ିଲା, ଯେମିତି ନିହାତି ବାଧ୍ୟ ଗୋଟିଏ ଛାତ୍ର ଶିକ୍ଷୟିତ୍ରୀଙ୍କୁ ଦେଖି ଧଡ଼ପଡ଼ ହୋଇ ଉଠିପଡ଼େ।

ଚା' କପ୍ ଦୁଇଟି ଟେବୁଲରେ ରଖି କୌଣସିମତେ ବାହାରକୁ ଚାଲିଆସି ଆଶ୍ୱସ୍ତିର ନିଃଶ୍ୱାସ ମାରିଲା ଅନୀତା।

ଲୋକଟି କିନ୍ତୁ ନିହାତି ଲାଜୁକ। ଅଠତିରିଶ ବର୍ଷ ବୟସର ଗୋଟିଏ ଦରପାଚିଲା ମଣିଷ ଯେ ଏତେ ଲାଜକୁଳା ଓ ସଙ୍କୁଚିତ ହୋଇପାରେ, ତାହା ନ ଦେଖି ବିଶ୍ୱାସ କରିହେବ ନାହିଁ।

ତା'ପରେ ଅନୀତା ଯେତେଥର ଚା' ନେଇ ଯାଇଛି, ଦେଖିଛି ଲୋକଟି କେମିତି ତା'କୁ ଚାହିଁ ହଠାତ୍ ଲାଜେଇ ଯାଏ। ବାପାଙ୍କ ସହିତ କଅଣ କଥା କହୁ କହୁ ହଠାତ୍ ଚୁପ୍ ହୋଇଯାଏ। ଅନୀତା ରୁମ୍‌ରୁ ବାହାରି ନ ଗଲା ପର୍ଯ୍ୟନ୍ତ ଆଉ ତୁଣ୍ଡ ଖୋଲେ ନାହିଁ ଲୋକଟାର।

ଏମିତି କି ଯେ ଲାଜ ଏ ବେରସିକ ଦରବୁଢ଼ା ମଣିଷଟାର!

ଏହିଭଳି କିଛିଦିନ ଯିବା ଆସିବା କଲା ପରେ ଦିନେ ହାଡୁ ସୁନ୍ଦରାୟ ସାହସ କରି ଅନୀତାକୁ ତୁଣ୍ଡ ଫିଟାଇଥିଲା।

ଅବଶ୍ୟ କିଛି ନାଟକୀୟ ଥିଲା ସମୁଦାୟ ବ୍ୟାପାରଟି।

ଅନୀତା ସେଦିନ ଚା' ନେଇ ଭିତରକୁ ଯିବା ପୂର୍ବରୁ ଲାବଣ୍ୟ ଦେବୀ ସ୍ୱାମୀଙ୍କୁ ଡାକିଲେ : ହଇହେ, ଟିକିଏ ଶୁଣିଯାଅ।

ବୈଦିକ ଯୁଗରେ ନାରୀ ସ୍ୱାଧୀନତା ସମ୍ପର୍କରେ ଏକ ସାରଗର୍ଭକ ଭାଷଣ ଦେଉ ଦେଉ ମଧୁ ପଣ୍ଡିତ ବିରକ୍ତ ହୋଇ ପଚାରିଲେ : କ'ଣ କହୁଛ?

: ଟିକିଏ ଶୁଣିଯାଅ କହୁଛି!

ମଧୁ ପଣ୍ଡିତ ଉଠିବାକୁ ନାରାଜ। କହିଲେ : ଏଇଠି ଆସି କହୁନା। ସୁନ୍ଦରାୟ ତ ଆମର ନିଜ ଘର ଲୋକ ପରି। ତାଙ୍କୁ ପୁଣି ଲାଜ କଅଣ ?

ଲାବଣ୍ୟଦେବୀ କ୍ଷୁଣ୍ଣ ହେଲେ ମନେ ମନେ। ଜ୍ଞାନୀ ଲୋକ ଯେ ଏତେ ନିର୍ବୋଧ ହୋଇପାରନ୍ତି; ସେକଥା ପଣ୍ଡିତଙ୍କୁ ନ ଦେଖିଲେ ବିଶ୍ୱାସ କରିହେବ ନାହିଁ। ଏତେ ଏତେ କରି ଗୋଟାଏ କଥା ସେ କାଲି ରାତିରେ ବୁଝାଇ କହିଛନ୍ତି ସ୍ୱାମୀଙ୍କୁ, ଅଥଚ -

ଶେଷକୁ ମଧୁ ପଣ୍ଡିତ ଭିତରକୁ ଯାଇଥିଲେ। ବିରକ୍ତିରେ ଗରଗର ହୋଇଥିଲେ - ମଣିଷକୁ ଏମାନେ ଶାନ୍ତିରେ ଘଡ଼ିଏ ବସେଇ ଦେବେ ନାହିଁ।

ନିର୍ଜନ କୋଠରୀରେ ଏବେ ଦୁଇଜଣ। ହାଡୁ ସୁନ୍ଦରାୟ ଓ ଅନୀତା। ନୂତନ ଯୁଗର ଦୁଇ ପ୍ରେମିକ ପ୍ରେମିକା।

ଆଗ୍ରହରେ ହାତ ବଢ଼ାଇ ଚା' କପ୍‌ଟି ନେଉ ନେଉ ସୁନ୍ଦରାୟ କହିଲା : ଆପଣଙ୍କ ଘର ଚା' ମତେ ଭାରି ଭଲ ଲାଗେ।

ଅନୀତା ନୀରବରେ ଫେରିବାକୁ ଚାହୁଁଥିଲା।

: ଆପଣ କିନ୍ତୁ ମୋ ଲାଗି ଦିନ୍ ଦିନ୍ କଷ୍ଟ କରି ଚା' କରୁଛନ୍ତି ମତେ ସେଇଟା ଜମାରୁ ଭଲ ଲାଗୁ ନାହିଁ।

ତଳକୁ ମୁହଁ ପୋତି କଥା କହୁଥିଲା ଲୋକଟି, ଚା' କପ୍‌କୁ ସମ୍ବୋଧନ କରି କହିଲା ପରି। ତା' କାନ ମୂଳରେ ସାମାନ୍ୟ ରକ୍ତିମା ଜମିଗଲା, ଶ୍ୟାମଳ ବର୍ଣ୍ଣ ଉପରେ ଏକ ଗାଢ଼ ବାଦାମୀ ରଙ୍ଗ ଉକୁଟି ଉଠିଲା।

: ମୁଁ ଆପଣଙ୍କ ପାଇଁ ଗୋଟିଏ ଜିନିଷ ଆଣିଛି। ଦେଖିବେ ?

ପଞ୍ଜାବୀ ପକେଟରେ ହାତ ପୂରାଇ ହାଡୁ ମହାଜନ ଖୋଜିଲା ସେ ସାଙ୍ଗରେ ଆଣିଥିବା ଜିନିଷଟିକୁ। ବସ୍ତୁତଃ, ଗତ ସପ୍ତାହେ କାଳ ସେ ଏ ଜିନିଷଟି ଧରି ଏଠାକୁ ଆସୁଛି, ପ୍ରେମର ପ୍ରଥମ ପ୍ରତୀକ ହିସାବରେ। କିନ୍ତୁ ଦେବା ପାଇଁ କୌଣସି ସୁଯୋଗ ସେ ଏଯାଏ ପାଇ ନାହିଁ।

ଆଜି କିନ୍ତୁ ମିଳି ଯାଇଛି ସୁବର୍ଣ୍ଣ ଏକ ଅବସର।

କମ୍ପିତ ହାତରେ ସେ ତେଣୁ କାଢ଼ିଲା ତା'ର ସଲଜ୍ଜ ସେଇ ଉପହାରଟି। କିନ୍ତୁ ଆଖି ଉଠାଇ ଦେଖେ ତ ଘର ଭିତରେ ଦ୍ୱିତୀୟ କେହି ନାହିଁ। ନିଃଶବ୍ଦରେ କେତେବେଳେ ଅନୀତା ସେହି କୋଠରୀରୁ ନିଷ୍କ୍ରାନ୍ତ ହୋଇଯାଇଛି।

ବିମର୍ଷ ଆଖିରେ ପ୍ରେମିକଟି ଦେଖିଲା ତା' ସାଙ୍ଗରେ ଆଣିଥିବା ଉପହାରଟିକୁ। ଦାମିକା ରଜନୀଗନ୍ଧା ଅତର ଶିଶିଟିଏ। ତା'ର ସାତରାତି ସ୍ୱପ୍ନର ରଜନୀଗନ୍ଧା।

ଶୂନ୍ୟ କୋଠରୀ ଭିତରେ କେହି ଦେଖିଲେ ନହିଁ; ହାଡୁ ମହାଜନର ଛାତି ଭିତରୁ ଗୋଟିଏ ଦୀର୍ଘ ନିଃଶ୍ୱାସ ବାହାରି କିପରି ଶୂନ୍ୟରେ ମିଳେଇଗଲା।

'...ହଁ କ'ଣ ମୁଁ ଏବେ କହୁଥିଲିଟି-' କହି କହି ଆସିଲେ ମଧୁ ପଣ୍ଡିତ। ଅନ୍ଧାରକୁ କଳ୍ପନାରେ ମାପି ମାପି।

: ହଁ, ମୁଁ ଯାହା କହୁଥିଲି - ଆଧୁନିକ ଯୁଗର ନାରୀ-ସ୍ୱାଧୀନତା ଓ ବୈଦିକ ଯୁଗର ନାରୀ-ସ୍ୱାଧୀନତା ଭିତରେ କ'ଣ ପ୍ରଭେଦ? ମୋ' ମତରେ ପ୍ରଭେଦ ଏତିକି ଯେ ଗୋଟିଏ ସ୍ୱାଧୀନତା ଆଧ୍ୟାତ୍ମିକ ମୂଲ୍ୟବୋଧ ଉପରେ ପ୍ରତିଷ୍ଠିତ ଓ ଅନ୍ୟଟି କେବଳ ଜାଗତିକ ସୁଖ ପାଇଁ ଉଦ୍ଦିଷ୍ଟ। ପ୍ରଜ୍ଞାନନ୍ଦ ସରସ୍ୱତୀ ତାଙ୍କ ଗ୍ରନ୍ଥରେ ଲେଖିଛନ୍ତି....

ହାଡୁ ମହାଜନ ଠିକ୍ ଶୁଣିପାରୁ ନ ଥିଲା ପଣ୍ଡିତେ କ'ଣ କହୁଛନ୍ତି। ତା' ମୁଣ୍ଡ ଭିତରଟା ଝିମ୍ ଝିମ୍ ହେଉଥିଲା। ହାତରେ ସେ ତଥାପି ଧରିଥିଲା ରଜନୀଗନ୍ଧାର ଅତର ଶିଶିଟି। କେଡ଼େ ଭାଗ୍ୟ, ମଧୁ ପଣ୍ଡିତଙ୍କର ଆଖି ନାହିଁ।

ଅନୀତାକୁ କିନ୍ତୁ ବ୍ୟାପାରଟି ଆଦୌ ଭଲ ଲାଗୁ ନଥିଲା। ତା'କୁ ଲାଗୁଥିଲା - ନିର୍ଲଜ୍ଜ, ରୁଚିହୀନ ଗୋଟିଏ ନାଟକ ଯେମିତି ଆରମ୍ଭ ହୋଇଛି, ଯାହାର ନାୟିକା ସେ ନିଜେ।

ମାଆ ପ୍ରଥମେ ପ୍ରଥମେ ପରୋକ୍ଷରେ, ଆଉ ତା'ପରେ ରୀତିମତ ସ୍ପଷ୍ଟ ଭାବରେ କହିଛନ୍ତି ନିଜ ମନକଥା।

ଏହା ତାଙ୍କ ମତରେ ଏକ ଦୁର୍ଲ୍ଲଭ ସୁଯୋଗ। ହାଡୁ ସୁନ୍ଦରାୟ ପରି ଜଣେ ଧନାଢ୍ୟ ଆଉ କୁଳୀନ ଲୋକ ଯଦି ଅନୀତା ସମ୍ପର୍କରେ ଆଗ୍ରହ ଦେଖାଇଥାଏ, ତେବେ ତ ତାହା ବଡ଼ ସୌଭାଗ୍ୟର କଥା। ହାଡୁ ସୁନ୍ଦରାୟର ନାହିଁ କ'ଣ? ପାଠ ଅବଶ୍ୟ ବେଶି ପଢ଼ି ନାହିଁ, ମାଟ୍ରିକ ପାସ୍ କରି ନାହିଁ ସମ୍ଭବତଃ, ଆଉ ତା'ର ବୟସ ଟିକିଏ ବେଶି। ବାସ୍! ତା'ଛଡ଼ା ଖୁଣି ଦେଲା ପରି ତା'ଠି ଅଛି କ'ଣ? ପୁରୁଷର ପୌରୁଷ ତା'ର ବିଦ୍ୟାକୁ ନେଇ ନୁହେଁ କିମ୍ବା ବୟସକୁ ନେଇ ନୁହେଁ, ତା'ର ବଞ୍ଚିବାର କ୍ଷମତାକୁ ନେଇ। ତା'ର ସଫଳତାକୁ ନେଇ।

ଆଉ ଗୋଟିଏ କଥା ସେ ଭଲ ଭାବରେ ବୁଝାଇ କହିଛନ୍ତି ଝିଅକୁ। ଭବିଷ୍ୟତ ପାଇଁ କ'ଣ ଆଶା ଅଛି ସେମାନଙ୍କର? ସେମାନେ ଚାରି ଭାଇ-ଭଉଣୀ। ଏକମାତ୍ର ଭାଇଟିର ବୟସ ଏବେ ମାତ୍ର ଏଗାର ବର୍ଷ। ଅନୀତା ତଳକୁ ଯେଉଁ ଦୁଇଜଣ ଭଉଣୀ ଅଛନ୍ତି, ସେମାନଙ୍କର ଭବିଷ୍ୟତର ରାସ୍ତା ସେତେ ସରଳ ନୁହେଁ। ଅସମୟରେ ଅନ୍ଧ ହୋଇ ଯାଇଥିବା ମଣିଷଠାରୁ ଏବେ କ'ଣ ଆଶା କରାଯାଇପାରିବ?

ମାଆଙ୍କ କଥା ଶୁଣି କେବଳ ଅନୀତା ନିଃଶବ୍ଦରେ ଝର ଝର କାନ୍ଦି ପକାଇଥିଲା।

: ଏ କ'ଣ ? କାନ୍ଦୁଛୁ କାହିଁକି ? କାନ୍ଦିବାର କଥା ଏଥିରେ କ'ଣ ଅଛି ?

ଆଖି ଲୁହ ପୋଛି, ମୁଣ୍ଡ ହଲାଇ ନୀରବରେ ଅନୀତା ସୂଚେଇ ଦେଇଥିଲା ଯେ, କାନ୍ଦିବା ପାଇଁ ସତରେ ଏଥିରେ କିଛି ନାହିଁ।

କିନ୍ତୁ ତଥାପି କାନ୍ଦ ଲାଗୁଥିଲା।

ହାଡ୍ଡୁ ସୁନ୍ଦରାୟର ଦୁଇ ଦୁଇଟା ଦୋକାନ, ଗୋଟିଏ ତିନି ମହଲା କୋଠାଘର ଓ ଯଥେଷ୍ଟ ବ୍ୟାଙ୍କ୍ ବାଲାନ୍ସ ଥିବା ସତ୍ତ୍ୱେ ବି ଆଖିକୁ ଲୁହ ଆସୁଥିଲା।

ଅନୀତାର ସେହି ଲୁହ ଭିତରେ ଗୋଟିଏ ସଦ୍ୟ ତରୁଣର ମୁହଁ ଉଛୁଳି ଉଠୁଥିଲା। ସେ ମୁହଁଟି ଏକଦା ସହପାଠୀ ଶାନ୍ତନୁର। ଶାନ୍ତନୁ ପଟ୍ଟନାୟକ।

ତା' ସହିତ ଅନୀତା କେବେ ଦିନେ ପଦେ ବି କଥା କହି ନାହିଁ। ଏ ଜୀବନରେ କେବେ ଦିନେ ପଦେ କଥା ହେବାର ବି ଆଶା ନାହିଁ। ସେ ଏବେ କେଉଁଠି ପାଠ ପଢୁଛି, ତାହା ବି ଜାଣେନା। ତଥାପି ସେଇ ମୁହଁଟିକୁ ଅନୀତା ମନେ ମନେ ଗୋପନରେ ଭଲ ପାଇଛି। ଭଲ ପାଇ ଉଲ୍ଲସିତ ହୋଇଛି। ବିନିଦ୍ର ରଜନୀରେ ସ୍ୱପ୍ନ ଦେଖିଛି !

ସେଇ ମୁହଁଟି ମନେ ପକାଇ ଅନୀତା ଝର ଝର କାନ୍ଦି ପକାଇଥିଲା। ସେହି ସ୍ୱପ୍ନ କଥା ଭାବି।

॥ ଦୁଇ ॥

: କାଲି ମୁଁ ଗୋଟାଏ ସ୍ୱପ୍ନ ଦେଖିଥିଲି। ବଡ଼ ଅଦ୍ଭୁତ ଗୋଟିଏ ସ୍ୱପ୍ନ। ତୁମ ବିଷୟରେ...

ସଲଜ୍ଜ ପୁରୁଷଟିଏ ଏ କଥା କହୁଥିଲା। ସତର ବର୍ଷ ବୟସର ଏକ ଅନୂଢ଼ା କିଶୋରୀକୁ।

କୋଠରି ଭିତରେ ସେମାନେ ଦୁଇଜଣ। ଜଣେ ଚଉକି ଉପରେ ବସିଛି ସଙ୍କୁଚିତ ହୋଇ। ହାତରେ ଚା' କପ୍ ଧରି, ଆଉ ଝିଅଟି ଟେବୁଲ୍ ପାଖେ ତଳକୁ ମୁହଁପୋତି ଠିଆ ହୋଇ ରହିଛି।

: ଶୁଣିବ ? ଶୁଣିବ ମୁଁ ସେ ସ୍ୱପ୍ନରେ କ'ଣ ଦେଖିଲି ?

ଜବାକୁସୁମ ତେଲରେ ଜର ଜର ଗୋଛାଏ ମୁଣ୍ଡବାଳକୁ ବଡ଼ ଯତ୍ନରେ କୁଣ୍ଡାଇଥାଏ ସେ ଲୋକଟି। ମୁହଁରେ ମାରିଥାଏ ସୁଗନ୍ଧ କ୍ରୀମ୍ ଓ ଦେହରେ ଥାଏ ସିଲ୍କ୍ ପଞ୍ଜାବୀ।

ସାମାନ୍ୟ ଲାଜରେ କୃଷ୍ଣପାଟଳ ରଙ୍ଗ ଧରିଥାଏ ତା'ର ସୁସ୍ପଷ୍ଟ ଶ୍ୟାମଳ ମୁଖାବୟବ।

ଲୋକଟି ଆବେଗ-ରଞ୍ଜିତ ସ୍ୱରରେ ଶୁଣାଇଲା ତା'ର ଗତ ବିନିଦ୍ର ରାତିର ସ୍ୱପ୍ନ ବୃତ୍ତାନ୍ତ। ଅନୀତା ମନ ଦେଇ ଶୁଣୁ ନ ଥିଲା ଲୋକଟି କ'ଣ କହୁଛି। ଶୁଣିବାର କୌଣସି ସ୍ପୃହା ତା'ର ନ ଥିଲା।

...ତା'ପରେ, ତା'ପରେ ମୁଁ ଦେଖିଲି, ଅଥଳ ସମୁଦ୍ର ଭିତରେ ମୁଁ ଉବୁଟୁବୁ ହେଉଛି। ଲୁଣିପାଣି ମୋ ଆଖି, ନାକ, କାନ ଭିତରେ ପଶିଯାଉଛି। ନିଃଶ୍ୱାସ ବନ୍ଦ ହୋଇଯାଉଛି ଧୀରେ ଧୀରେ....

ଲୋକଟି କହି ଲାଗିଥାଏ।

ଲାଜୁକ ଏହି ଲୋକଟି ଯେ ଏତେ ଗପୁଡ଼ା ହୋଇପାରେ, ସେକଥା କଳ୍ପନା କରିବା କଷ୍ଟ।

ଦୋକାନର କ୍ୟାଶ୍ ବାକ୍ସ ପାଖରେ ବସିଥିଲା ବେଳେ ଏ ଲୋକ ଥାଏ ନୀରବ, ନିଶ୍ଚୁପ୍। ପଥରରେ ଗଢ଼ା ମେଢ଼ ପରି ସ୍ଥିର ଅବିଚଳ। ମଧୁ ପଣ୍ଡିତଙ୍କ ପାଖରେ ବସିଥିବା ବେଳେ ମଧ୍ୟ କଥା ବେଶି ବାହାରେ ନାହିଁ ତା' ପାଟିରୁ।

କିନ୍ତୁ ଏବେ ଅନୀତା ପାଖରେ!

ଏଇ ମାତ୍ର ଦଶ ଦିନ ହେଲା ଆରମ୍ଭ ଏହି ନାଟକର ଦ୍ୱିତୀୟ ଅଙ୍କ।

ଆଉ ତା'ରି ଭିତରେ ଅନୀତା ଭଲ କରି ଲୋକଟିକୁ ଦେଖିବାର, ଚିହ୍ନିବାର ସୁଯୋଗ ପାଇଛି।

ଗପୁଡ଼ା ଏଇ ଲୋକଟିର ଜ୍ଞାନର ଦୌଡ଼ ଯେ ଅତି ସୀମିତ, ସେ କଥା ଆଳାପର ପ୍ରଥମ ଦିନରୁ ହିଁ ଅନୀତା ଜାଣି ସାରିଛି।

ମେଟ୍ରିକ୍ ପାଶ୍ କରିବା ପୂର୍ବରୁ ପୈତୃକ ଦୋକାନଟିରେ ଆସି ବସିଛି ହାଡୁ ସୁନ୍ଦରରାୟ। ଅବଶିଷ୍ଟ ଜୀବନ ତା'ର କେବଳ ଗୋଟିଏ ପରିପୁଷ୍ଟ କ୍ୟାଶ୍ ବାକ୍ସ ନିକଟରେ କଟିଛି। ମଣିଷର ମୁହଁକୁ ସେ କେବେ ଚାହିଁ ନାହିଁ। କାରଣ ସେ ଜାଣେ ସେଥିରେ ଲାଭ ନାହିଁ। ଲୋକସାନ ଅନେକ।

ତଥାପି ଥରେ ଅଧେ ଭୁଲ୍‌ରେ ସେ ଅନୀତାକୁ ଦେଖିଛି ତା' ଦୋକାନ ସାମ୍ନାରେ। କେବେ ବା କେମିତି, ସ୍କୁଲ କଲେଜ ଯିବା ବାଟରେ।

ତା'ପରେ ଦିନେ ଶୁଣିଛି ଏହି ଗଳିର ପ୍ରବୀଣ ଶିକ୍ଷକ ମଧୁ ମହାପାତ୍ରଙ୍କ ଦୁଃସମ୍ବାଦ, କେତୋଟି ଅଚିହ୍ନା ମୁହଁ ଧୀରେ ଧୀରେ ଚିହ୍ନି ହୋଇଯାଇଛି।

ଶେଷରେ ଆଜି ସେ ଏଇଠି ଆସି ପହଞ୍ଚିଛି।

ସବିତା ଦଶମ ଶ୍ରେଣୀର ଛାତ୍ର। ନୂଆ ନୂଆ ଦେଖୁଛି ପୃଥିବୀକୁ। ସେ ସାମାନ୍ୟ ଈର୍ଷାରେ ଆଉ ସାମାନ୍ୟ ପରିହାସରେ କହିଲା - ଅପା, ତୋ'ର ବହୁତ ଭାଗ୍ୟ!

ଅନୀତା ପ୍ରଥମେ ସାନ ଭଉଣୀର କଥାଟି ବୁଝିପାରି ନ ଥିଲା। ବିସ୍ମୟରେ ପଚାରିଥିଲା : କୋଉ କଥା କହୁଛୁ?

: ବାଃ! କିଛି ଜାଣୁନି ଯେମିତି! ଏଇ ଆମ ସ୍ପେଶାଲ୍ ଗେଷ୍ଟ୍‌ଙ୍କ କଥା ପଡ଼ିଛି...

ସବିତାର ବୟସ ଏବେ ପନ୍ଦର ବି ପୂରି ନାହିଁ। କିନ୍ତୁ ଅଯାଚିତ କରୁଣାରେ ଈଶ୍ୱର ପୂର୍ଣ୍ଣ କରି ଦେଇଛନ୍ତି ତା'ର ସାରା ଅବୟବ। ଅତ୍ୟନ୍ତ ସୁନ୍ଦରୀ ସେ। ସେହି ଗର୍ବରେ କିଛି ସ୍ଫୀତ ତା'ର ଛାତି।

: ତୁ ତ ଦିବ୍ୟ ଆରାମରେ ରହିବୁ ଏଥର। ତିନି ମହଲା କୋଠାଘର। ବାପା କହୁଥିଲେ ଗୋଟାଏ ଗାଡ଼ି କିଣିବାର ଯୋଗାଡ଼ ବି ଚାଲିଛି ଯା' ଭିତରେ। କି ମଜା!

ସାନ ଭଉଣୀକୁ କିଛି କହିପାରି ନ ଥିଲା ଅନୀତା। ଚୁପ୍‌ଚାପ୍ ନିଜ ଆଖିର ଲୁହକୁ ଲୁଚେଇବାକୁ ଚେଷ୍ଟା କରିଥିଲା।

: ନୂଆ ଆମ୍ବାସାଡ଼ର ଗାଡ଼ିରେ ଚଢ଼ି ଆମ କଥା ଭୁଲିଯିବୁ ନାହିଁ ଲୋ ଅପା - ମତେ ଅନ୍ତତଃ ଥରଟିଏ ତୋ' ଗାଡ଼ିରେ ବସେଇବୁ।

ସେଦିନ ସନ୍ଧ୍ୟାରେ, ଅଗଣା ଭିତରେ ବୁଲୁବୁଲୁ ଅନୀତା ଗୋଟିଏ ଗୋବର ପୋକ ଦେଖିଥିଲା। ବାହାର ନର୍ଦ୍ଦମାରୁ ଚାଲିଆସି ବାଡ଼ିଘର ପାହାଚ ଉପରେ ଚଢ଼ିବାକୁ ଚେଷ୍ଟା କରୁଛି - ଗୋଟିଏ କଳା ମଚମଚ ସୁପୁଷ୍ଟ ଗୋବର ପୋକ। ଅନୀତାର ହଠାତ୍ ମନେ ପଡ଼ିଗଲା କଳା ମଚମଚ ଆମ୍ବାସଡ଼ର କଥା, କଳା ମଚମଚ ଗୋଟିଏ ଚର୍ବିଳ ମସୃଣ ଦେହଧାରୀ ମଣିଷ କଥା।

ଅନୀତାର ପେଟ ଭିତରେ କ'ଣ ଯେମିତି ଘାଣ୍ଟିଚକଟି ହୋଇଗଲା।

ଧୀରେ ଧୀରେ ସେ ଶୋଇବା ଘର ଆଡ଼କୁ ଆସିଲା। ଘର ଭିତରେ ବାପା-ମାଆ କଅଣ କଥା ଭାଷା ହେଉଥାନ୍ତି।

ବାପାଙ୍କ ସ୍ୱର ପ୍ରଥମେ ଶୁଣିପାରିଲା ଅନୀତା। ସେ କହୁଥାଆନ୍ତି : ମତେ କିନ୍ତୁ କଥାଟା କେମିତି ବଡ଼ ୟେ-ୟେ ଲାଗୁଛି...

: ତୁମକୁ ତ ସବୁ କଥା ସବୁବେଳେ ୟେ-ୟେ ଲାଗେ। କ'ଣ ଗୋଟାଏ ତମେ ଝିଅ ଲାଗି ଧରି ଆଣିବ ଭାବିଚ? ବିଲାତ ଫେରନ୍ତା ଇଞ୍ଜିନିୟର...? ମାଆଙ୍କ ସ୍ୱର ବେଶ୍ ଶାଣିତ ଶୁଣା ଯାଉଥାଏ।

: ନାଇଁ ଯେ- ମାନେ...ସୁନ୍ଦରାୟର ବୟସ ବେଶି। ଆଉ ତା'ଛଡ଼ା...

: ସେମିତି ବାଛି ବସିଲେ ସମସ୍ତଙ୍କଠି ତ ଖୁଣ ବାହାରିବ। ଏତେ ଖୋଜି

ଖୋଜି ବାପା ତ ପୁଣି ମତେ ତମଠି ଛନ୍ଦି ଦେଇଥିଲେ ? ମୋ ବାପାଙ୍କର ନ ଥିଲା କ'ଣ....

ପଣ୍ଡିତେ ଚୁପ୍ ରହିଥିଲେ। ଏଇଟା ତାଙ୍କର ସବୁଠାରୁ ଦୁର୍ବଳତମ ବ୍ୟାପାର। ରୂପରେ, ଧନରେ, ବଂଶ ମର୍ଯ୍ୟାଦାରେ ସେ ଆଦୌ ସ୍ତ୍ରୀଙ୍କ ସମକକ୍ଷ ନୁହନ୍ତି। ସାମାନ୍ୟ ଟିକକ ବିଦ୍ୟାକୁ ବାଦ୍ ଦେଲେ, ଏକାନ୍ତ ନିଃସ୍ୱ ସେ।

ଲାବଣ୍ୟ ଦେବୀଙ୍କ ସ୍ୱର ଏଥର ଭାରି ନରମ ଶୁଣାଗଲା । ମୋ ସାନକୁହା ତମେ ମାନ। ରାଜି ହୋଇଯାଅ। ସବୁଆଡୁ ସବୁ କଥା ଭାବି ମୁଁ କହୁଛି। ହାଡୁ ସେଦିନ କ'ଣ କହୁଥିଲେ ଜାଣ ? କହୁଥିଲେ ତୁମ ଆଖି ଅପରେସନ୍ କଥା। ଭେଲୋର ବୋଲି କୋଉ ଜାଗାରେ ଗୋଟେ ଭାରି ଭଲ ଡାକ୍ତରଖାନା ଅଛି। ପଇସା ଖର୍ଚ୍ଚ କରି ସେଠିକି ଯାଇପାରିଲେ ତୁମ ଆଖି ନିଶ୍ଚୟ ଭଲ ହୋଇଯିବ। ଏକଦମ୍ ସତ କଥା। ସେ ବୁଝାବୁଝି କରିଛନ୍ତି ଅନେକ ଆଡୁ...

ମଧୁର ସ୍ନେହରେ ଆହୁରି ସ୍ନିଗ୍ଧ ଶୁଣାଗଲା ଲାବଣ୍ୟ ଦେବୀଙ୍କ ଗଳା : ଏମିତି ଭଲ ପିଲା ତମେ ଆଉ କୋଉଠୁ ପାଇବ ଭାବିଛ ?

ପଣ୍ଡିତଙ୍କ ଆଖି ଦୁଇଟା ଧୀରେ ଧୀରେ ବୁଜି ହୋଇଗଲା। କି ଆଶା, କି ଆନନ୍ଦ, ଆଉ କି ବା ଦୁଃଖ ଥିଲା ସେ ବନ୍ଦ ଆଖିର ପଲକ ତଳେ – ସେ କଥା କେହି ଜାଣିଲେ ନାହିଁ।

***

ହାଡୁ ସୁନ୍ଦରାୟର ରୋମାନସ୍ ଧୀରେ ଧୀରେ ବିକଶିତ ହେଉଥିଲା। ମୁକୁଳିତ ହେଉଥିଲା ତା' ଅଭ୍ୟନ୍ତରର ଅନେକ ଶଙ୍କିତ ପଲ୍ଲବ।

ନିହାତି ସାଦାସିଧା ବୋକା ବୋକା ମଣିଷଟିଏ ସେ। ଗପିବା ପାଇଁ ସେଭଳି କିଛି ଖୋରାକ ନ ଥିଲା ତା'ର। ଏକ ହଜାର ବର୍ଗଫୁଟ ଭିତରେ ସୀମିତ ଥିଲା ତା'ର ଜୀବନ ଓ ଜୀବନର ସମସ୍ତ ଅଭିଳାଷ। କ'ଣ ବା ସେ ଜାଣେ ?

କିନ୍ତୁ ହଠାତ୍ ଯେମିତି ଡେଣା ଲାଗିଥିଲା ତା'ର ସେହି ସ୍ୱପ୍ନର ପ୍ରଜାପତିରେ।

: ତୁମକୁ ଗପ ବହି ଖୁବ୍ ଭଲ ଲାଗେ ନା ? ସେ ପୁଲକିତ ହୋଇ ବେଳେବେଳେ ପ୍ରଶ୍ନ କରେ। ସଲଜ୍ଜ କୃତଜ୍ଞତାର ସହିତ ଟା' କପ୍‌ଟି ଅନୀତା ହାତରୁ ଗ୍ରହଣ କରିବା ପରେ –

...ମତେ ବି ଗପ ଭଲ ଲାଗେ। ଭାରି ଭଲ ଲାଗେ ସତରେ ! ସମୟ ମିଳୁନି ବୋଲି ଜମା ପଢ଼ି ପାରୁନି। ଏଥର କିନ୍ତୁ ମତେ ଯେମିତି ହେଉ ସମୟ କରିବାକୁ

ପଡ଼ିବ। ନା କ'ଣ କହୁଛ ? ସେ ହସେ ବୋକା ବୋକା ହସ।

ପୁଣି କେତେବେଳେ କହେ: ତୁମକୁ ଗୀତ ଶୁଣିବାକୁ ଭଲ ଲାଗେ। ନୁହେଁ? ମୁଁ ବି ଭଲପାଏ। କାଲି ରାତିରେ ଦୋକାନ ସଅଳ ବନ୍ଦ କରି ବିନାକା ଗୀତମାଳା ଶୁଣୁଥିଲି ! କେତେ ବଢ଼ିଆ ବଢ଼ିଆ ଗୀତ ଆଜିକାଲି ବିନାକା ଟୁଥପେଷ୍ଟ୍ କମ୍ପାନୀ ବାହାର କଲାଣି ସତରେ !

ଆଉ ଦିନେ କୁମାରୀ-ସୁଲଭ ଲଜ୍ଜାରେ ହଠାତ୍ ଝାଉଁଳି ପଡ଼ିଥିଲା ହାଡ୍ଡୁ ମହାଜନ। କହିଥିଲା: କାଲି ଗୋଟେ ଭାରି ମଜା କଥା ହେଲା। କହିବି ?

ସେ ମୁରୁକି ମୁରୁକି ହସିଥିଲା। ତା'ପରେ କହିଥିଲା : କାଲି ମୁଁ 'ପ୍ରିୟା' ଟକିଜ୍‌କୁ ଯାଇଥିଲି, ଗୋଟେ ସିନେମା ଦେଖିବାକୁ। ତମେ 'ପ୍ରିୟା' ଟକିଜ୍ ଦେଖିଛ ?

: ହଁ, ମୁଣ୍ଡ ହଲାଇ ସମ୍ମତି ଜଣାଏ ଅନୀତା।

: ମୁଁ କିନ୍ତୁ କେବେ ଦିନେ ଯାଇ ନଥିଲି। ଏଇ ଗତକାଲି ଫାଷ୍ଟ୍ କରିକି ଗଲି। ସିନେମା ଦେଖି ଅଇଲି। ବହୁତ ଭଲ ଲାଗିଲା ସିନେମାଟା। ଏତେ ଭଲ ଲାଗିଲା ଯେ ନିଦ ଲାଗିଗଲା ମଝିରେ, ଶୋଇପଡ଼ିଛି ତ ଶୋଇପଡ଼ିଛି। ସିନେମା ଭାଙ୍ଗିବା ପରେ ଗେଟ୍‌କିପର ମତେ ଆସି ଘୋଷାଡ଼ିବାରୁ ଯାଇ ନିଦ ଭାଙ୍ଗିଲା। ଭାରି ବଢ଼ିଆ ସିନେମାଟିଏ ସତରେ !

ତା'ପରେ ହାଡ୍ଡୁ ସୁନ୍ଦରାୟ କାନ୍ଦି ପକାଇଥିଲା। ନା - ଠିକ୍ ତା' ପରେ ନୁହେଁ। ଠିକ୍ ତା' ପରଦିନ। ଅପ୍ରତ୍ୟାଶିତ ଯେଭଳି ତା'ର ଆଗମନ, ଅପ୍ରତ୍ୟାଶିତ ଯେଭଳି ତା'ର ଆଚରଣ, ଠିକ୍ ସେହିପରି ଆକସ୍ମିକ ତା'ର ଏହି ଭାବାନ୍ତର।

ସେଦିନ ସୋମବାର ଅପରାହ୍ନ। ସବୁଦିନ ପରି ମଝି ଘରର ପ୍ରକାଶ୍ୟ ଗୋପନ ନିର୍ଜନତା ଭିତରେ ସେ ଦୁହେଁ ଏକାଠି ହୋଇଥିଲେ। ଅନୀତା ସେଦିନ ନିୟମିତ ଭାବରେ ଚା' କପ୍‌ଟି ହାତରେ ଧରି ଭିତରକୁ ଯାଇଥିଲା।

ରୋଷେଇଘରେ ସେତେବେଳେ ଗାଲରେ ହାତ ରଖି ଲାବଣ୍ୟଦେବୀ ଭାବୁଥାଆନ୍ତି, ଆଉ ଡେରି କରିବା ଠିକ୍ ହେବ ନାହିଁ। ପ୍ରସ୍ତାବଟି ଏଥର ଖୋଲାଖୋଲି ପକେଇବାକୁ ପଡ଼ିବ। ହାଡ୍ଡୁ ସୁନ୍ଦରାୟ ଯେମିତି ଲାଜକୁଳା ଡରୁଆ ମଣିଷ, ତା' ତୁଣ୍ଡରୁ ତ କିଛି ପଦେ ହେଲେ ବାହାରିବ ନାହିଁ। କେତେଦିନ ଚାଲିବ ଆଉ ଏ ଖେଳ-ଖେଳ ପ୍ରେମ।

ଖେଳ-ଖେଳ ପ୍ରେମରେ ପଡ଼ିଥିବା ମଣିଷଟି କିନ୍ତୁ ଠିକ୍ ସେତିକିବେଳେ ହଠାତ୍ କାନ୍ଦି ପକେଇଥିଲା, ଆଖିରୁ ଠପ୍ ଠପ୍ ଲୁହ ଗଡ଼େଇ। ତା' ପୂର୍ବରୁ ସେ ଅନୀତା ହାତରୁ ଧୀରେ ଭାବରେ ଚା' କପ୍‌ଟି ନେଇ ଟେବୁଲ୍ ଉପରେ ରଖିଥିଲା। ଡାକିଥିଲା-

ଅନୀତା !

ଏଇ ପ୍ରଥମ ହାଡ୍ଡୁ ସୁନ୍ଦରାୟ ଅନୀତାକୁ ନାମ ଧରି ସମ୍ବୋଧନ କଲା। କି ରକମ ଚମକି ପଡ଼ିଲା ଅନୀତା ନିଜ ନାଆଁଟି ଶୁଣି।

: ଅନୀତା !

ଅନ୍ୟ ସମୟରେ ପୁଲକିତ ଦେଖାଯାଉଥିବା ଏହି ପୁରୁଷଟି ଆଜି କିଭଳି ଭିନ୍ନ ଦେଖାଯାଉଥିଲା। କିଭଳି ବିମର୍ଷ, କିଭଳି କରୁଣ ଥିଲା ତା' ମୁହଁର ଭାଷା ଓ ବ୍ୟଞ୍ଜନା।

: ଗୋଟାଏ କଥା ମୁଁ ତୁମକୁ ପଚାରିବି ?

କି ପ୍ରଶ୍ନ ପଚାରିବ ଏହି ବିଗତ ଯୌବନ ମଣିଷଟି ? ଏତେ ଦୂର ସେ ଆଗେଇଯିବା ପରେ, ଭବିତବ୍ୟକୁ ଅନୀତା ମୁଣ୍ଡ ପାତି ଗ୍ରହଣ କରିନେବା ପରେ ?

: ମତେ ତୁମେ ସତ କଥା କହିବ କି ନାହିଁ, ସେଇଟା ତୁମ ଇଚ୍ଛା। କିନ୍ତୁ ସତ କହିଲେ ତୁମର ଭଲ ହେବ...ଆଉ ମୋର ବି।

ସାମାନ୍ୟ ଅସ୍ଥିର ହାତରେ ହାଡ୍ଡୁ ସୁନ୍ଦରାୟ ତା' କପ୍‌ଟି ଟେବୁଲ୍ ଉପରୁ ଉଠାଇ ଆଣିଲା। ପୁଣି ରଖିଦେଲା ଯୋଉଠି ସେଇଠି।

କହିଲା: ମୁଁ ମୂର୍ଖ, ପାଠ ପଢ଼ିନି ବେଶି। କିନ୍ତୁ ମୁଁ ବୁଝିପାରୁଛି ତୁମେ ମତେ ଭଲପାଅ ନାହିଁ। ତୁମେ ମତେ ଘୃଣା କର।

ଅନୀତାର ହାତ ଭିତରେ ଗୋଟିଏ ଛୁଞ୍ଚି ଫୋଡ଼ିହୋଇ ଯାଇଥିଲା ଦୁଇଦିନ ତଳେ। ସେ ଦରଜ କମି ଆସିଥିଲା ଯା' ଭିତରେ। କିନ୍ତୁ ହଠାତ୍ ଯେମିତି ବିନ୍ଧିବାକୁ ଆରମ୍ଭ କଲା ସେହି ଆଙ୍ଗୁଠିଟି। ସେ ବୁଢ଼ା ଆଙ୍ଗୁଠି ଟିପରେ ଚାପି ଧରିଲା ପୁରୁଣା କ୍ଷତଟି।

: ତୁମେ ଯେ ମୋତେ ଭଲ ପାଅନି, ଘୃଣା କର, ସେ କଥା ମୁଁ ଜାଣେ। ମୋର ଆଖି ଅଛି। ମୋର ଛାତି ତଳେ କଳିଜା ଅଛି। ମୁଁ ବୁଝି ପାରୁଛି ସେକଥା। କିନ୍ତୁ ଅନୀତା, ତୁମେ ମତେ ସତ କୁହ - ତୁମେ କ'ଣ ଆଉ କାହାକୁ ଭଲ ପାଅ ?

ଆପଣା ପ୍ରେମରେ ବିଭୋର, ନିଃସଙ୍ଗ ନିବିଷ୍ଟ ଏଇ ମଣିଷଟି ହଠାତ୍ ବଦଳି ଯାଇଥିଲା। ଏବେ ଭୀତଶଙ୍କିତ ତା' ଆଖିର ଭାଷା, ମୃଦୁକୁଣ୍ଠିତ ଭାବଭଙ୍ଗୀ।

: ତୁମର ବୟସ ସତର ବର୍ଷ। ତୁମେ ସୁନ୍ଦର। ତୁମେ କ'ଣ ସତରେ କାହାକୁ ମନେ ମନେ ଭଲ ପାଉ ନ ଥିବ ? ପ୍ରେମ କରୁ ନ ଥିବ ? ସତ କୁହ, ଲୁଚାଅ ନାହିଁ। ମୁଁ...ମୁଁ ଯେ ତୁମର ବାପ ଭଳି। ମତେ ତୁମେ ମିଛ କୁହ ନାହିଁ ଅନୀତା।

ଅନୀତା କିଛି କହିଲା ନାହିଁ। ଦେଖିଲା, ଟେବୁଲ ଉପରେ ତା' କପ୍‌ଟି ଥଣ୍ଡା ହୋଇଆସୁଛି। ମାଛିଟିଏ ଉଡ଼ି ବୁଲୁଛି ତା' ଚାରିପଟେ। କିନ୍ତୁ ବସିବାକୁ ସାହସ ପାଉ

ନାହିଁ।

.... ବହୁତ ଆଶା ନେଇ ମୁଁ ଏଠିକି ଆସିଥିଲି, ଅନେକ କଳ୍ପନା ନେଇ। ମନେ ମନେ ଭାବିଥିଲି, ଦିନେ ନା ଦିନେ ତୁମେ ମତେ...ଛାଡ଼, କେଡ଼େ ବୋକା ମୁଁ ସତରେ...

ହାଡ୍ଡୁ ସୁନ୍ଦରାୟ ଧୋତିର କୁଞ୍ଚ କାନିରେ ଆଖିକଣ ପୋଛିଲା। ନାକ ଅଗ ବି। ବୟସ୍କ ମୁହଁଟି ତା'ର ଦେଖା ଯାଉଥିଲା ପାଚିଲା ସପେଟା ପରି ପରିପୁଷ୍ଟ ଓ ନରମ।

ଅପରାଧ ସ୍ୱୀକାର କଲାଭଳି, ତଳକୁ ମୁହଁପୋତି ସେ କହିଲା: ମୁଁ ତୁମକୁ ଭଲ ପାଏ ଅନୀତା। ବହୁତ ଭଲ ପାଏ। ତୁମ ଆଖି ଦେଖିଲେ ମୋର ସମୁଦ୍ର କଥା ମନେ ପଡ଼େ, ଆଉ ତୁମର ନରମ ନରମ ଓଠ...

ହାଡ୍ଡୁ ସୁନ୍ଦରାୟ ତା'ପରେ ଠସ୍ ଠସ୍ କାନ୍ଦି ପକେଇଥିଲା। ମୋଟା ମୋଟା ଓଠ ଦୁଇଟି ତା'ର ଥରିଥିଲା କିଛି ସମୟ। ମାଂସଳ ଶରୀରରେ ଅନେକ ବିକ୍ଷୁବ୍ଧ ତରଙ୍ଗ ଖେଳି ଯାଇଥିଲା, ବେଳାଭୂମିର ବ୍ୟର୍ଥ ଲହଡ଼ି ପରି।

କାନ୍ଦ ଟିକିଏ କମିଯିବା ପରେ, ସେ ଅନୀତା ଆଡ଼କୁ ସିଧା ଚାହିଁଥିଲା, ଭିନ୍ନ ଆଖିର ଭାଷା ନେଇ। କହିଥିଲା: ମତେ ତୁମେ ସତ କୁହ ଅନୀତା - ତୁମେ କାହାକୁ ଭଲ ପାଅ। କ'ଣ ତା'ର ନାମ ଓ ଠିକଣା। ମୁଁ ନିଶ୍ଚୟ ତା'କୁ ଆଣି ତୁମ ପାଦତଳେ ପହଞ୍ଚାଇ ଦେବି। ନିଶ୍ଚୟ ତୁମେ ତା'କୁ ବାହା ହେବ। ସୁଖରେ ରହିବ। ତୁମେ ସୁଖୀ ହେଲେ ମତେ ବହୁତ ଭଲ ଲାଗିବ ଅନୀତା, ମତେ ବହୁତ ଭଲ ଲାଗିବ।

ହାଡ୍ଡୁ ମହାଜନ ତା'ପରେ ଚଉକିରୁ ଉଠି ଠିଆ ହେଲା। କିଛି ନିଶା ପ୍ରଭାବରେ ଯେମିତି ଟଳମଳ ଥିଲା ତା'ର ଦୁଇଟି ପାଦ। ସେ ଧୀରେ ଧୀରେ ଆଗେଇ ଆସି ଅନୀତାର ଦୁଇ ହାତକୁ ଚାପି ଧରିଲା ଆପଣା ଲୋମଶ କଠିନ ହାତ ଦୁଇଟାରେ। ତା'ପରେ, କପୋତ ପକ୍ଷୀ ପରି ଶଙ୍କିତ ଓ ଶିହରିତ ଅନୀତାର କୁମାରୀ ଦେହକୁ ସେ ଛାତି ଉପରେ ଭିଡ଼ିଧରି ଏକ ଗଭୀର ଉତ୍ତପ୍ତ ଚୁମ୍ବନର ମୁଦ୍ରା ଦେଇଗଲା।

ଆପଣାର ପ୍ରେମ ପାଇଁ। ଆପଣାର ସାମୟିକ ସ୍ୱପ୍ନ ପାଇଁ।

ତ୍ରିଭୁଜର ଚତୁର୍ଥ ବାହୁ

ସନ୍ଧ୍ୟା ପାଞ୍ଚଟାବେଳେ, ଠିକ୍ ଅଫିସ୍ ଛୁଟି ହେବା ପୂର୍ବରୁ ବଡ଼ ସାହେବ କହିଲେ, 'କେଶବ, ଆଜି ତୁମେ ମୋ ପାଇଁ ହଇରାଣ ହେବ।'

କେଶବ ଅଫିସ୍‌ର ଜଣେ ଅଧସ୍ତନ କର୍ମଚାରୀ। ଏଇ ଦୁଇତିନି ବର୍ଷ ହେଲା କାମରେ ଜଏନ୍ କରିଛି, ଚାକିରିର ତଳ ପାହାଚରେ। ବଡ଼ ସାହେବଙ୍କ କଥା ଶୁଣି ସେ କିଛି ନ କହି କେବଳ ଚାହିଁ ରହିଲା, ତାଙ୍କଠୁ ପରବର୍ତ୍ତୀ କଥା ଶୁଣିବା ଆଶାରେ।

ବଡ଼ ସାହେବ ଡ୍ରୟର ଖୋଲି ଗୋଟିଏ ଲଫାପା ବାହାର କଲେ। କେଶବ ହାତକୁ ବଢ଼ାଇଦେଇ କହିଲେ, 'ତୁମକୁ ମୋ ଘରେ ନିମନ୍ତ୍ରଣ ରହିଲା। ଆସିବ, ସାତଟା ଆଗରୁ।'

ଲଫାପା ନ ଖୋଲି ମଧ୍ୟ କେଶବ ଜାଣିପାରିଲା ଭିତରେ କ'ଣ ରହିଛି, କାରଣ ଏମିତି ଲଫାପାରେ ସେ ତ ଗତକାଲି ନିଜେ ଠିକଣା ଲେଖିଛି - ପ୍ରାୟ ପନ୍ଦର ଜଣଙ୍କ ନାମ ଓ ଠିକଣା।

ବଡ଼ ସାହେବ- ପଦବୀରେ ଯେତେ ବଡ଼ ହୁଅନ୍ତୁ ନା କାହିଁକି, ବୟସରେ ଖୁବ୍ ସାନ - ତାଙ୍କର ତୃତୀୟ ବର୍ଷିକୀ ବିବାହ ଉତ୍ସବ ପାଳନ କରୁଛନ୍ତି। ସାଙ୍ଗସାଥୀଙ୍କ ମେଳରେ କିଛି ହସଖୁସି, ମଉଜ ମଜଲିସ୍ ହେବ, ବିବାହ ବାର୍ଷିକୀ ଏଥିପାଇଁ ଉଦ୍ଦେଶ୍ୟ ନୁହେଁ, ଉପଲକ୍ଷ୍ୟ ମାତ୍ର। ସେଥିପାଇଁ ସେ ଯେ କେଶବକୁ ନିମନ୍ତ୍ରଣ କରିଥିବେ, ଏହା ବିଶ୍ୱାସ କରିବା କଷ୍ଟ। ଅବଶ୍ୟ ଅଫିସ୍ ଭିତରେ ସେ ସାହେବଙ୍କର ସବୁଠାରୁ ପ୍ରିୟପାତ୍ର। ଏ କଥା ଅଫିସ୍ ଲୋକଙ୍କ ଭିତରୁ କାହାରି କାହାରି ପକ୍ଷରେ ଈର୍ଷାର କାରଣ ମଧ୍ୟ। ସେହି ଶ୍ରଦ୍ଧା ହେତୁ ସାହେବ ଅନ୍ୟାନ୍ୟ କର୍ମଚାରୀଙ୍କୁ ଆପଣ କହିଲେ ମଧ୍ୟ, କେଶବକୁ 'ତୁମେ' ସମ୍ବୋଧନ କରନ୍ତି । କିନ୍ତୁ ସେଥିପାଇଁ ସେ ଯେ ତା'କୁ ତାଙ୍କ ବିବାହ ବାର୍ଷିକୀରେ ଯୋଗଦେବାକୁ ନିମନ୍ତ୍ରଣ କରିବେ, ଏ କଥା ତା'ର ବିଶ୍ୱାସ ହେଲା ନାହିଁ।

'ଏତେ ଡେରିରେ କହୁଛି ବୋଲି କିଛି ଭାବିବ ନାହିଁ କେଶବ। ମୋର କେମିତି ଖିଆଲ ହୋଇଥିଲା ଯେ ମୁଁ ତୁମକୁ ଆଗରୁ କହି ସାରିଛି, କିନ୍ତୁ ଏବେ ଲିଷ୍ଟ୍ ଦେଖୁ ଦେଖୁ ଜାଣିଲି ଯେ ତମକୁ କୁହା ହୋଇନାହିଁ। ଆଶା କରୁଛି ତୁମର କିଛି ଅସୁବିଧା ହେବ ନାହିଁ।'

ଅସୁବିଧା ହେବାର କିଛି ନଥିଲା। ଏପରି ଗୌରବରେ ଯେ କେହି ଖୁସି ହେବା କଥା। କେଶବ କ୍ଷୀଣ ପ୍ରତିବାଦ କରି ସେହି ସନ୍ତୋଷ ଚାପି ରଖିଲା ଯାହା।

ସାହେବ ପୁଣି ଟେବୁଲ୍ ଉପରକୁ ଝୁଙ୍କିପଡ଼ି ଲିଷ୍ଟ୍ ଦେଖିବାକୁ ଲାଗିଲେ। ହୁଏତ ଆଉ କେଉଁ ଅତିଥିଙ୍କ ନାମ ବାକି ପଡ଼ିଯାଇଥିବ।

କେଶବ ଫେରିବାର ଉପକ୍ରମ କଲା। ପଛରୁ ସାହେବ ଡାକି କହିଲେ, 'ହଁ, ମିସେସ୍‌ଙ୍କୁ ମଧ୍ୟ ସାଙ୍ଗରେ ଆଣିବ।'

କେଶବ ଏକ ବିନୀତ 'ଆଜ୍ଞା ହଁ' କହି ସାହେବଙ୍କ ପ୍ରକୋଷ୍ଠରୁ ବାହାରିଗଲା।

ଏସ୍ଟାବ୍ଲିସ୍‌ମେଣ୍ଟ ସେକ୍‌ସନର ସହଦେବ ତା' ଟେବୁଲ୍ ଉପରେ ମୁହଁମାଡ଼ି କାମ କରୁଥାଏ। ଏ ସବୁ କାମ ସରୁ ସରୁ ସଞ୍ଜ ସାତଟା ପାର ହୋଇଯିବ। ତା' ଆଗରୁ ଉଠିବା କଥା ନାହିଁ।

ନିଜ ଟେବୁଲ୍‌କୁ ଆସି, ଫାଇଲ୍‌ପତ୍ର ବାନ୍ଧି ଆଲମାରୀରେ ରଖୁ ରଖୁ କେଶବ କହିଲା, 'ଭାଇ ମୁଁ ଚାଲିଲି।'

ସହଦେବ ମୁଣ୍ଡ ଉଠାଇ କେଶବକୁ ଦେଖିଲା, ପଚାରିଲା 'କୁଆଡେ? ଏ ଆକାଉଣ୍ଟ୍ କାମ ନ ସାରି -' କେଶବ ତା'କୁ କଥା ସାରିବାକୁ ନ ଦେଇ କହିଲା, 'ମୋର ଗୋଟାଏ କାମ ଅଛି। ଅନ୍ୟଆଡ଼େ ଯିବାକୁ ହେବ।'

'କୁଆଡ଼େ?' ସହଦେବ ପ୍ରଶ୍ନଟି ଦୋହରାଇଲା।

'ଆଜି ସାହେବଙ୍କ 'ମ୍ୟାରେଜ୍ ଆନିର୍ଭରସରୀ'। ମତେ ସେ ଇନ୍‌ଭାଇଟ୍ କରିଛନ୍ତି।' କେଶବ ପକେଟରୁ ନିମନ୍ତ୍ରଣ ପତ୍ରଟି କାଢ଼ି ଟିକିଏ ବିଞ୍ଚିହେଲା ଓ ପୁଣି ପକେଟରେ ରଖିଦେଲା।

ସହକର୍ମୀ ଓ ସାଥୀ ହେଲେ ମଧ୍ୟ, ସହଦେବ ଓ କେଶବ ମଧ୍ୟରେ ଏକ ନୀରବ ପ୍ରତିଯୋଗିତା ଚାଲିଥାଏ ଅନବରତ। ସାହେବ ରାଗିଯାଇ ଜଣଙ୍କୁ ଗାଳିଦେଲେ, ଅନ୍ୟଜଣକ ଆସି ସାନ୍ତ୍ୱନା ଦେଇଥାଏ ଓ ମିଠାକଥା ଦି'ପଦ ଶୁଣାଇଥାଏ, କିନ୍ତୁ ସେ ମିଠାକଥା ଓ ସାନ୍ତ୍ୱନା ଭିତରେ ଏକପ୍ରକାର ସନ୍ତୋଷ ପୂରି ରହିଥାଏ। ଚାକିରି ଜୀବନରେ ବୋଧହୁଏ ଏହା ଏକ ଅସାଧାରଣ ଘଟଣା ନୁହେଁ।

ସହଦେବ ନିଜର କୌତୁହଳକୁ ଚାପିରଖିବା ହୁଏତ ଅଧିକ ଯୁକ୍ତିସଙ୍ଗତ ଥିଲା। ସେ କିନ୍ତୁ ପଚାରି ବସିଲା, 'ମ୍ୟାରେଜ୍ ଆନିଭର୍ସରୀକୁ ?'

'ହଁ।' ଗମ୍ଭୀର ହୋଇ କେଶବ କହିଲା, 'ମିସେସ୍ ସହିତ ଇନ୍‌ଭାଇଟ୍ କରିଛନ୍ତି।' ଆଉ କିଛି କହିବାକୁ ସମୟ ନ ଥିବା ପରି କେଶବ ତରତର ହୋଇ ଅଫିସରୁ ବାହରି ଆସିଲା।

ସାଇକେଲ ଚଢ଼ି ଘରେ ପହଞ୍ଚିବାବେଳକୁ ସନ୍ଧ୍ୟା ସାଢ଼େ ପାଞ୍ଚଟା। ଡେରି ବିଶେଷ ହୋଇନାହିଁ। ସେ ପାଦରୁ ଚଟି କାଢ଼ି ବିଛଣା ଉପରେ ଲମ୍ବା ହୋଇ ଶୋଇପଡ଼ିଲା।

ଅଫିସ୍‌ରୁ ଫେରି ଆସି ସ୍ୱାମୀକୁ ଏମିତି ଶୋଇଥିବା ଦେଖି ରେଖା ଆଶ୍ଚର୍ଯ୍ୟ ହେଲା, କିନ୍ତୁ ତା' ସ୍ୱରରେ ବିସ୍ମୟ ଅପେକ୍ଷା ବିରକ୍ତି ଥିଲା ଅଧିକ। ସେ କହିଲା 'ଏମିତି ଆସିକି ଶୋଇପଡ଼ିଲ ଯେ! କାଠ ସରିଯାଇଛି, ଗୋଲାକୁ ଯାଇ କାଠ ନ ଆଣିଲେ ରୋଷେଇ ହେବ କିମିତି ?'

କେଶବ ଥକିପଡ଼ି ଶୋଇଥିଲେ, ଏମିତି କଥା ଶୁଣି ସାଧାରଣତଃ ଚିଡ଼ି ଉଠିଥାଏ। କିନ୍ତୁ ଆଜି ସେ ବିଛଣାରୁ ଉଠି ଗମ୍ଭୀର ଭାବରେ କହିଲା, 'ରାତିରେ ଆଜି ରାନ୍ଧିବା ଦରକାର ନାହିଁ। ଆଜି ଗୋଟାଏ ନିମନ୍ତ୍ରଣ ଅଛି।'

'ନିମନ୍ତ୍ରଣ ?'

'ହଁ, ସାହେବଙ୍କ ଘରେ ନିମନ୍ତ୍ରଣ ଅଛି। ତାଙ୍କ ବିବାହ-ବାର୍ଷିକୀ ପାଇଁ ଖାଇବାକୁ ଡାକିଛନ୍ତି। ତୁମକୁ ଆଉ ମତେ।'

ରେଖା ବଡ଼ ଆଶ୍ଚର୍ଯ୍ୟ ହୋଇଗଲା। କେଶବ ଯେ ଥଟ୍ଟା କରୁନାହିଁ, ଏ ବିଷୟରେ ସେ ନିଃସନ୍ଦେହ। କେଶବ ଲୋକଟି ସବୁବେଳେ ସିରିଅସ୍। ଥଟ୍ଟା ପରିହାସ ତା' ଜାତକରେ ନାହିଁ। ଏପରି କି କୌଣସି ବିଶେଷ ବିଶେଷ ମୁହୂର୍ତ୍ତରେ, ରେଖା ତା' ସ୍ୱାମୀର ଆବେଗହୀନ ମୁହଁ ଚାହିଁ ଭାବେ, ବୋଧହୁଏ ଲୋକଟିକୁ ସେ ଠିକ୍ ଭାବେ ସନ୍ତୁଷ୍ଟ କରିପାରି ନାହିଁ।

କେଶବ ସେହିପରି ଗମ୍ଭୀର ଭାବରେ କହିଲା, 'ଶୀଘ୍ର ରେଡି ହୋଇଯାଅ। ସାତଟା ଆଗରୁ ପହଞ୍ଚିବାକୁ ହେବ।'

ଏବେ ଛଅଟା ବି ବାଜିନାହିଁ। ହାତରେ ସମୟ ଯଥେଷ୍ଟ। ସାହେବଙ୍କ ଘର ଏମିତି ଦୂର ମଧ୍ୟ ନୁହେଁ। ଖୁବ୍ ପାଖ। ଏଇ ରାସ୍ତା ସେପଟରେ ଧାଡି ଧାଡି ହୋଇ ଯୋଉ ସବୁ ବଙ୍ଗଳା ରହିଛି, ସେଇଥିରୁ ଗୋଟିକରେ ସେ ରହନ୍ତି। ଘର ବାରଣ୍ଡାରୁ ରେଖା ସେ ଘରଟିକୁ ଦେଖିବାକୁ ପାଏ। ଦେଖି ସ୍ୱାମୀକୁ ପଚାରେ -

'ଏଇ ତୁମ ସାହେବଙ୍କ ଘର ନା?'

'ହଁ।'

'ଏଇ ଯେଉଁ କଳା କାର୍‌ଟା ଗେଟ୍ ଭିତରେ ପଶିଲା, ସେଇଟା କାହାର ଗାଡ଼ି? ସାହେବଙ୍କର?'

'ନା। ସେଇଟା କାହିଁକି ତାଙ୍କର ହେବ! ସେଇଟା ଅନେଜା ସାହେବଙ୍କର। ଆମ ସାହେବଙ୍କର ଧଳା ଫିଆଟ୍ କାର୍।'

'ଆଉ ସେଇଟା କି ଗାଡ଼ି?'

'ସେଇଟା ଆମ୍ବାସାଡର୍। ପୁରୁଣା ମଡେଲ୍। ଏଇଟା ବିକିଦେଇ ଅନେଜା ସାହେବ ଗୋଟାଏ ଜାପାନୀ ଟୋୟେଟା ଗାଡ଼ି କିଣିବେ ବୋଲି ଶୁଣୁଥିଲି।'

ଏସବୁ ଖବର କେଶବକୁ ଖୁବ୍ ବେଶି ଜଣା। କେଉଁ ସାହେବଙ୍କର ନୂଆଗାଡ଼ି ଆସୁଛି, କେଉଁ ସାହେବ ବାହାହୋଇ କେତେଟଙ୍କା ଯୌତୁକ ପାଇଲେ, କେଉଁ ସାହେବଙ୍କର ବିବାହ ତାଙ୍କ ପ୍ରେମିକା ସହିତ ନ ହୋଇ ଅନ୍ୟତ୍ର ହେଲା ଓ ସେ ପ୍ରେମିକା ଏବେ କେଉଁଠି ଅଛି, କେଉଁ ଅଫିସରଙ୍କ ପଛରେ ଭିଜିଲାନ୍‌ସ ଲାଗିଛି, ଏ କଥା କେଶବର ନଖ ଦର୍ପଣରେ ରହିଛି।

କିନ୍ତୁ ରେଖା ନୂଆକରି ଗାଁରୁ ଆସିଛି। ସହରରେ ରହିବା ଏଇ ତା'ର ପ୍ରଥମ। ସେ ଆଶ୍ଚର୍ଯ୍ୟ ହୋଇ ସବୁକଥା ଦେଖେ ଓ ସ୍ୱାମୀକୁ ପଚାରେ।

'ଅଫିସର୍‌ମାନଙ୍କୁ ଖୁବ ବଢ଼ିଆ ଘର ମିଳିଛି, ନୁହେଁ?'

ଏହାର ଉତ୍ତରରେ କେଶବ ଗମ୍ଭୀର ହୋଇ ମନ୍ତବ୍ୟ ଦିଏ ଯେ, ଯେଉଁମାନେ ହାତରେ କ୍ଷମତା ରଖିଛନ୍ତି, ସେମାନେ ଯେ ଏପରି ସ୍ୱାର୍ଥପର ହେବେ, ଏଥିରେ ଆଶ୍ଚର୍ଯ୍ୟ ହେବାର କ'ଣ ଅଛି?

ରେଖା ଏହି ମନ୍ତବ୍ୟର ଗଭୀରତା ମାପିବାକୁ ନ ଯାଇ କେବଳ ମୁଗ୍ଧ ହୋଇ ସେ ସବୁ ଘରଗୁଡ଼ିକୁ ଦେଖିଥାଏ। ଭାରି ପର୍ଦ୍ଦା ଅନ୍ତରାଳରେ ସାମାନ୍ୟ ଦିଶି ଯାଉଥିବା ସାଜସଜ୍ଜାପୂର୍ଣ୍ଣ କୋଠରୀ, ସୁନ୍ଦର ଲନ୍, ବିରାଟ ଲୁହା ଗେଟ୍, ସୁନ୍ଦର ପୋଷାକ ପିନ୍ଧା ରୂପସୀ ରମଣୀ ଓ ହାଲୁକା ପବନରେ କେବେ କିମିତି ଭାସି ଆସୁଥିବା ଟୁକୁରାଏ ସଙ୍ଗୀତ।

'ବହୁତ ସୁଖରେ ଅଛନ୍ତି ସେମାନେ। ବହୁତ ମଜାରେ। ନୁହେଁ?'

ସ୍ତ୍ରୀ ସହିତ ଏଇଠି କେଶବ ଏକମତ ହୁଏନାହିଁ। ବ୍ୟସନରେ ବିଳାସ ହୁଏତ ଥାଇପାରେ, କିନ୍ତୁ ସୁଖ ନାହିଁ। ଏମାନଙ୍କର ପଇସା ଅଛି ସତ, ପୂର୍ଣ୍ଣତା ନାହିଁ। ବିପର୍ଯ୍ୟସ୍ତ ଦାମ୍ପତ୍ୟ ଜୀବନ। ଏଇ ସେଦିନ ଶୁଣିଲ ନାହିଁ ଅନେଜା ସାହେବଙ୍କ ମିସେସ୍ କି କାଣ୍ଡ କରୁଥିଲେ ଜଣେ ଡିଜିଏମ୍ ସାଙ୍ଗରେ!

ଏସବୁ ସତ୍ତ୍ୱେ କେଶବ ସହାନୁଭୂତି ଦେଖାଇବାକୁ ଯାଏ, ଯେତେବଡ଼ ହାକିମ ହେଲେ ମଧ୍ୟ, ସେମାନଙ୍କୁ ବି ତ ପୁଣି ଆପଣା ଷ୍ଟାଟସ୍ ରଖିବାକୁ ହେବ? ହାଇ ସୋସାଇଟିରେ ଏ ସବୁ ଏମିତି ଚାଲିଥାଏ।

ରେଖା ପଚାରିଲା 'କେଉଁ ଶାଢ଼ୀଟା ପିନ୍ଧି ମୁଁ ଆଜି ସାହେବଙ୍କ ଘରକୁ ଯିବି?'

ବାହାରକୁ ପିନ୍ଧି ଯିବାପରି ଶାଢ଼ୀ ଯେ ରେଖାର ଆଦୌ ନାହିଁ, ସେକଥା ନୁହେଁ। ଏଇ ବର୍ଷେ ହେଲା ସେ ବାହା ହୋଇଛି, ବାକ୍ସରେ ତା'ର ଭଲ ଶାଢ଼ୀ ଆଠ ଦଶଟା ଅଛି। ସେସବୁ ଶାଢ଼ୀ ଘରେ ପିନ୍ଧି ନଷ୍ଟ କରିଦେବା ପରି ଜିନିଷ ନୁହେଁ; ଅଥଚ ବାହାରକୁ ସେ ବିଶେଷ ବାହାରେ ବି ନାହିଁ। ତେଣୁ ସେ କେବେ କେମିତି ବାକ୍ସ ଫିଟାଇ ଶାଢ଼ୀଗୁଡ଼ିକ ଖେଳାଇ ଦେଖେ, ତା'ପରେ ପୁଣି ଭାଙ୍ଗିଭୁଙ୍ଗି ସାଇତି ରଖିଦିଏ।

ସ୍ତ୍ରୀର ଶାଢ଼ୀପିନ୍ଧା ସମ୍ପର୍କିତ କୌଣସି ପ୍ରଶ୍ନକୁ କେଶବ ଆଦୌ ପସନ୍ଦ କରେ ନାହିଁ। ସେ କହିଲା, 'ଯାହାହେଲେ ଗୋଟାଏ ପିନ୍ଧିପକାଅ, ପଚାରୁଛ କଣ?'

ଏପରି କହି ସେ ନିଜେ ନିଜ ପିନ୍ଧିବା ପୋଷାକ କଥା ଭାବିଲା, ଏଇ ପୋଷାକରେ ଚାଲିଗଲେ ଚଳିବ। କିନ୍ତୁ ପରେ ପୁଣି କ'ଣ ଭାବି ସେ ଆପଣା ବାକ୍ସ ଫିଟାଇଲା, ଲୁଗାପଟା ଘାଣ୍ଟି କିଛି ପୋଷାକ କାଢ଼ିଲା।

'ଏଇଗୁଡ଼ା ପିନ୍ଧି ତୁମେ ସେଠିକି ଯିବ?' ସ୍ତ୍ରୀର ପ୍ରଶ୍ନ ଶୁଣି କେଶବ ଜବାବ ଦେଲା, 'ହଁ କ୍ଷତି କଣ?'

ଫେବୃଆରୀ ମାସର ଦ୍ୱିତୀୟ ସପ୍ତାହରେ ଶୀତର ଆଉ ବିଶେଷ ପ୍ରକୋପ ନ ଥାଏ। ତଥାପି କେଶବ ବାହାର କଲା ତା'ର ଏକମାତ୍ର ଗରମ ସୁଟ୍, ଯାହା ସେ ବାହାଘର ବେଳେ ଶ୍ୱଶୁରଙ୍କଠାରୁ ପାଇଥିଲା। ଏ ସୁଟ୍ ହଳକ ତା'ର ବାକ୍ସରେ ପଡ଼ିଥାଏ - ପିନ୍ଧିବାକୁ ସମୟ କି ସୁଯୋଗ ଆସେନାହିଁ, କିନ୍ତୁ ଆଜି ତ ସୁଯୋଗ ମିଳିଛି, ପିନ୍ଧିଲେ କ୍ଷତି କଣ? ସବୁ ଅଫିସରମାନେ ଆଜି ବଢ଼ିଆ ବଢ଼ିଆ ସୁଟ୍ ପିନ୍ଧି ଆସିବେ, ସେ ଭଲ ପୋଷାକ ପିନ୍ଧି ନ ଗଲେ ଟିକିଏ ଖରାପ ବି ଦେଖାଯିବ।

ରେଖାକୁ ସଙ୍ଗରେ ନେଇ କେଶବ ଯେତେବେଳେ ଶର୍ମାସାହେବଙ୍କ ବଙ୍ଗଳା ପାଖରେ ପହଞ୍ଚିଲା, ସେତେବେଳେ ସାଢ଼େ ଛଅଟା ବାଜିଛି। ନିର୍ଦ୍ଧାରିତ ସମୟର ଅଧଘଣ୍ଟା ଆଗରୁ ସେ ଦୁହେଁ ଆସିଛନ୍ତି, ଅନ୍ୟ କେହି ଆସି ସେଯାଏ ପହଞ୍ଚି ନଥିବା ହିଁ ସ୍ୱାଭାବିକ।

କେଶବ ଭାବିଲା, ମନ୍ଦ ନୁହେଁ। ଏଇ ଅଧଘଣ୍ଟା ସେ ସାହେବଙ୍କ ପାଖେ ବସି ଅଫିସ୍ ସମ୍ପର୍କିତ ଦୁଃଖସୁଖ ଗପିବ।

ଗେଟ୍ ଫିଟାଇ ଭିତରକୁ ପଶିବା କ୍ଷଣି ଶର୍ମାସାହେବ ଘରୁ ବାହାରି ଆସିଲେ। ସାହେବଙ୍କୁ ଦେଖି, କେଶବ ଜାଣେନା କାହିଁକି, ଗରମ ସୁଟ୍ ଭିତରେ ଥିବା ତା ଦେହଟି କଣ୍ଟକିତ ହୋଇ ଉଠିଥିଲା। ସାହେବ ପିନ୍ଧିଥିଲେ ଧୋତି ଓ ପଞ୍ଜାବୀ।

ଦୂରରୁ ସାହେବ କେଶବକୁ ଚିହ୍ନି ପାରି ନ ଥିଲେ, ଅନ୍ୟ କେହି ଅତିଥି ଭାବି ପାଛୋଟି ଆଣିବା ପାଇଁ ଆଗେଇ ଆସିଥିଲେ, କିନ୍ତୁ ପାଖରେ ପହଞ୍ଚି, କେଶବକୁ ଚିହ୍ନିପାରି ଟିକିଏ ନିରାସକ୍ତ ଭାବରେ କହିଲେ, 'ଓ, ତୁମେ ଆସିଯାଇଛ।'

ତା'ପରେ ଘଡ଼ି ଦେଖିବାକୁ ହାତଟା ଉଠାଇବା ପରି କହିଲେ- ସାତଟା କ'ଣ ବାଜିଗଲାଣି ଏତେ ଶୀଘ୍ର।

'ନାଇଁ ସାର୍! ଟିକିଏ ଆଗରୁ ଚାଲିଆସିଲି, ଭାବିଲି...'

କେଶବ କ'ଣ ଭାବିଲା ସେ ବିଷୟରେ ସାହେବଙ୍କର କିଛି କୌତୁହଳ ନାହିଁ। ସେ ଡାକିଲେ; 'ଆସ ଆସ ଭିତରକୁ ଆସ।' କେବଶ ଯଦିଓ ସାହେବଙ୍କ ଘରକୁ ଅନେକ ଥର ଆସିଛି, ଫାଇଲ୍ ଧରି, ରେଖା ଏଠାକୁ ଆସିବା ପ୍ରଥମ। ଘୁରିଫେରି ସେ ଦେଖୁଥିଲା ଏଇ ଅଭିଜାତ ବଙ୍ଗଳାକୁ, ନରମ ଘାସର ଲନ୍, ନାମଅଜଣା ଫୁଲର ବଗିଚା, ନାଲି ଟାଇଲ୍‌ବିଛା ରାସ୍ତା, ଚକ୍ ଚକ୍ ମସୃଣ ବାରଣ୍ଡା ଓ ଶେଷରେ ସାଜସଜ୍ଜା ପୂର୍ଣ୍ଣ ଡ୍ରଇଂରୁମ୍। ସବୁକିଛି ସୁନ୍ଦର ସେ କୋଠରି ଭିତରେ।

ଅତିଥିମାନେ ଆସି ନଥାନ୍ତି ସେ ପର୍ଯ୍ୟନ୍ତ। ଶୂନ୍ୟ ଡ୍ରଇଂରୁମ୍ ଭିତରେ ଗୋଟିଏ ସୋଫା ଉପରେ ଅତି ସନ୍ତର୍ପଣରେ ବସିଲା ରେଖା। କେଶବ ବି ବସିବାକୁ ଯାଉଥିଲା। କିନ୍ତୁ ଦୁଆର ପାଖରୁ ଡାକିଲେ ସାହେବ।

'କେଶବ, ତମ ସହିତ ଗୋଟିଏ କାମ ଅଛି। ଇଆଡ଼େ ଟିକେ ଆସ।'

ସେଇ ଯେ କେଶବ ଚାଲିଗଲା, ଆଉ ତା' ସହିତ ରେଖାର ଦେଖା ହେଲା ନାହିଁ, ଯଦି ବା ହେଲା, କଥା କହିବାକୁ ସୁଯୋଗ ମିଳିଲା ନାହିଁ।

ଧୀରେ ଧୀରେ ଗୋଟି ଗୋଟି କରି ଅତିଥିମାନେ ଆସିଲେ, ସସ୍ତ୍ରୀକ, ସେମାନଙ୍କୁ ରେଖା ଚିହ୍ନେ ନାହିଁ, କିନ୍ତୁ ବାହାରେ କାର୍‌ରୁ ଓହ୍ଲାଇବାର ଠାଣି, ଇଂରାଜୀ କହିବାର କାଇଦା ଓ ବସିବାର ଢ଼ଙ୍ଗ ଦେଖି ବୁଝିପାରିଲା, ସେମାନେ ବଡ଼ ବଡ଼ ଅଫିସର୍ ବା ଅତିବିଶିଷ୍ଟ ବ୍ୟକ୍ତି ଏ ସହରର।

କିନ୍ତୁ ତା' ପୂର୍ବରୁ, ପ୍ରଥମେ ଦେଖା ହୋଇଥିଲା ସାହେବଙ୍କ ସ୍ତ୍ରୀଙ୍କ ସହିତ। ଡ୍ରଇଂରୁମ୍‌କୁ ପଶିଆସିବା କ୍ଷଣି ରେଖା ଉଠି ଠିଆ ହୋଇଥିଲା ଓ ନମସ୍କାର କରିଥିଲା।

'ବସନ୍ତୁ ବସନ୍ତୁ', ମିସେସ୍ ଶର୍ମା କହିଥିଲେ। 'ଆପଣ କେଶବବାବୁଙ୍କ ସ୍ତ୍ରୀ

ନା ? ଆସିଲେ ଭଲ ହେଲା । ଆପଣଙ୍କୁ ବି ନିମନ୍ତ୍ରଣ କରିବାପାଇଁ ମୁଁ ସାହେବଙ୍କୁ କହିଥିଲି, ଆପଣ ବସନ୍ତୁ, ମୁଁ ଆସୁଛି', କହି ମିସେସ୍ ଶର୍ମା ଚାଲିଗଲେ ।

ତା'ପରେ ଗୋଟି ଗୋଟି ହୋଇ ଯେତେ ଅତିଥି ଆସିଲେ ରେଖା ସେତେ ସଙ୍କୁଚିତ ହୋଇ ସୋଫାର କୋଣକୁ ଘୁଞ୍ଚିଯାଇ ମୁହଁ ପୋତି ବସି ରହିଲା । ଗାଁ ସ୍କୁଲରେ ଏକାଦଶ ଶ୍ରେଣୀ ପାଶ୍ କରିଥିବା ରେଖା ଇଂରାଜୀ କହିପାରେ ନାହିଁ ଠିକ୍ ଭାବରେ, କିନ୍ତୁ ସେମାନଙ୍କ କଥାବାର୍ତ୍ତା ବୁଝି ପାରୁଥିଲା ପ୍ରାୟ ସବୁ ।

ସାତଟା ବାଜିବା କ୍ଷଣି ସୁନ୍ଦର ଲଳିତସ୍ୱରରେ ରେକର୍ଡ ବାଜିଉଠିଲା, କିନ୍ତୁ ଗ୍ରାମୋଫୋନ୍‌ଟି କେଉଁଠି ଅଛି ତାହା ରେଖା ଦେଖିବାକୁ ପାଇଲା ନାହିଁ । ଧୀରେ ଧୀରେ ରେକର୍ଡ-ଗୀତର ସ୍ୱର ଓ ସ୍ୱାଦ ବଦଳିଗଲା । ଦୁର୍ବୋଧ୍ୟ ଉତ୍ତାଳ ବିଦେଶୀ ସଙ୍ଗୀତ, କେବେ କେବେ ଉଦ୍ଭଟ ।

ଆସିଥିବା ମହିଳା ଓ ପୁରୁଷ ଅତିଥିମାନେ ପରସ୍ପରଙ୍କ ପରଚିତ । ଏ ଛୋଟ ସହରରେ ବଡ଼ ସାହେବଙ୍କ ସଂଖ୍ୟା ସେତେ ବେଶି ନୁହେଁ । ଅଚିହ୍ନା ରହିବାର ପ୍ରଶ୍ନ ତେଣୁ ଉଠୁନାହିଁ । କିନ୍ତୁ ସେମାନେ ରେଖାକୁ ଚିହ୍ନିପାରିଲେ ନାହିଁ ।

ଜଣେ ବିପୁଳ-ଶରୀରା ଭଦ୍ରମହିଳା ରେଖା ପାଖରେ ଆସି ବସିଥିଲେ, ବେକ ମୋଡ଼ି, ଏକ ଅପୂର୍ବ ଦୃଷ୍ଟି ହାଣି, ରେଖାକୁ ପଚାରିଲେ ଇଂରାଜୀ ଭାଷାରେ, 'ଆପଣଙ୍କୁ ତ ମୁଁ ଚିହ୍ନିପାରିଲି ନାହିଁ । ମୁଁ ମିସେସ୍ ସାମନ୍ତରାୟ, ଅମୁକ ସାହେବଙ୍କ ଧର୍ମପତ୍ନୀ ।'

କୁଣ୍ଠିତ ଭାବରେ ରେଖା ଉତ୍ତର ଦେଲା, ନିଜ ମାତୃଭାଷାରେ 'ମୁଁ ଶ୍ରୀ କେଶବଚନ୍ଦ୍ର ଦାସଙ୍କ ସ୍ତ୍ରୀ ।'

'କେଶବ ଚନ୍ଦ୍ର ଦାସ ! ୟୁ ମିନ୍ ଆସିଷ୍ଟାଣ୍ଟ କମିଶନର ଅଫ୍ ଇନ୍‌କମ୍‌ଟ୍ୟାକ୍ସ, କେ.ସି. ଦାସ... ?' ରେଖାର ସ୍ୱର ଦବିଗଲା ଏଥର । ସେ କ୍ଷୀଣ ସ୍ୱରରେ କହିଲା 'ନା, ଶର୍ମାସାହେବଙ୍କ ଅଫିସ-ଷ୍ଟାଫ୍, କେଶବ ଚନ୍ଦ୍ର ଦାସ । ଏଇ ସେଇଠି ଠିଆ ହୋଇଛନ୍ତି ।'

ଅନତିଦୂରରେ କେଶବ ଠିଆ ହୋଇଥିଲା ଗରମ ସୁଟ୍ ପିନ୍ଧି, କିନ୍ତୁ ତା' ଠିଆ ହେବାର ଠାଣି ଏତେ ବିନୀତ ଓ ବଶମ୍ୱଦ ଯେ ରେଖାର ମନ ଖୁବ୍ ଦବିଗଲା । ଏବେ ଖରାଦିନ ନ ହେଲେ ବି ଶୀତ ଆଦୌ ନାହିଁ । ଅତିଥି ଅଭ୍ୟାଗତ ତେଣୁ ବୁଶ୍ ସାର୍ଟ ବା ଟୀ ସାର୍ଟ ପିନ୍ଧିଛନ୍ତି । ଶୀତ ଛାଡ଼ିଆସିବା ବେଳକୁ ଏମିତି ପିନ୍ଧିବାଟା ଗୋଟାଏ ଫେସନ୍, ସେମାନଙ୍କ ପାଖରେ କେଶବର ସୁଟ୍ ପିନ୍ଧା ରୂପଟି ମନେହେଲା ଯେମିତି ଏକ ଜୋକର୍‌ର ସାଜ । ତା'କୁ ଶର୍ମାସାହେବ କଅଣ କହୁଥାନ୍ତି ଓ ସେ ଜୋର୍‌ରେ ମୁଣ୍ଡ ହଲାଇ 'ହଁ' ମାରୁଥାଏ ।

ରେଖାଙ୍କୁ କେବଳ ଶେଷ ପଦକ ଶୁଣାଗଲା ଅସ୍ପଷ୍ଟ ଭାବରେ। 'ଗାଡ଼ିଟା ନେଇ ଚାଲିଯାଅ, ତାରାଚାନ୍ଦଙ୍କୁ ମୋ' ନାମ କହି ଜିନିଷଗୁଡ଼ାକ ନେଇ ଆସିବ, ଖୁବ୍ ଶୀଘ୍ର'

କେଶବ ଦ୍ରୁତ ପଦରେ ଅନ୍ତର୍ହିତ ହୋଇଗଲା।

ପୃଥୁଳଦେହୀ ମିସେସ୍ ସାମନ୍ତରାୟ ଏବେ ପାଖରେ ବସିଥିବା ଜଣେ ଶୀର୍ଣ୍ଣକାୟ ମହିଳାଙ୍କ ସହିତ ଘମାଘୋଟ ଆଲୋଚନାରେ ଲାଗିଯାଇଥାନ୍ତି। ବିଷୟବସ୍ତୁଟି ବେଶ୍ ରୁଚିକର। କୌଣସି ମି.ଦାସଙ୍କ ପ୍ରମୋସନ୍ ବନ୍ଦ ହେବାର ଦୁଃଖଦ କାରଣ।

ବାଜୁଥିବା ରେକର୍ଡକୁ ଲକ୍ଷ୍ୟକରି ଶୀର୍ଣ୍ଣଦେହୀ ମହିଳା ଜଣକ କହିଲେ, 'ମତେ ଏଲ୍‌ଭିସ୍ ପ୍ରିସ୍‌ଲେ ଜମ୍‌ମା ଭଲ ଲାଗେ ନାହିଁ। ଏମିତି ମାଇଚିଆ ସ୍ୱରରେ ସେ ଗୀତ ଗାଏ ଯେ...'

'ତା' ଠିକ୍। ତା' ଠିକ୍। ପ୍ରିସ୍‌ଲେର ଗୀତ ଶୁଣିବା ଅପେକ୍ଷା ବରଂ- କ'ଣ ତା' ନାଆଁଟି - ତଲତ୍ ମାମୁଦ୍‌ର ଗୀତ ଶୁଣିବା ଭଲ। ମେଲେରିଆ ରୋଗୀଙ୍କ ଗୀତଶୁଣିବା ମତେ ପୋଷାଏ ନାହିଁ, ମାଇ ଡିଅର!'

'ମାଇଁ ଫେଭରିଟ୍ ଇଜ୍ ଲେଡ୍ ଜେପେଲିନ୍!'

'ଲେଡ୍ ଜେପେଲିନ୍!' ଉଲ୍ଲସିତ ହୋଇ ଉଠିଲେ ମିସେସ୍ ସାମନ୍ତରାୟ। 'ଏ ରିଅଲ୍ ଜିନିଅସ୍! ତା' ରକ୍-ଏନ୍-ରୋଲ୍ ଆପଣ ଶୁଣିଛନ୍ତି? ମୁଁ ଏବେ କିଣିଛି ସେ ରେକର୍ଡଟି-'

ଦୁଇ ମହିଳା ବର୍ତ୍ତମାନ ଏହି ବିଦେଶୀ ଗାୟକଟିର ପ୍ରଶଂସାରେ ଶତମୁଖ ହୋଇଉଠିଲେ। ଏ ଗାୟକଟି ଏବେ ପଶ୍ଚିମରେ ଚହଳ ପକାଇ ଦେଇଛି। ଲୋକେ ତା'ପିଛା ପାଗଳ। ପ୍ରିସ୍‌ଲେ ପାଇଁ ଯେମିତି ଏକଦା ଚହଳ ପଡ଼ିଥିଲା।

ପୁରୁଷ ଗ୍ରୁପ୍‌ରେ ସାମ୍ପ୍ରତିକ ସମାଜ-ସମସ୍ୟା ନେଇ ଘମାଘୋଟ ବିଚାର ଚାଲିଥାଏ। ଜଣକର ମତ ଯେ ଜାତୀୟଚରିତ୍ରର ଅବକ୍ଷୟ ହିଁ ସାମାଜିକ ସମସ୍ୟାର ମୂଳ କାରଣ। ଅନ୍ୟ ଜଣେ ଅତି ଜୋର୍ ଦେଇ କହୁଥାଆନ୍ତି ଯେ, ଏ ଦେଶର ଜାତୀୟଚରିତ୍ର ବୋଲି କିଛି ନାହିଁ। ଏଣୁ ତା'ର ଅବକ୍ଷୟ ହେବାର ପ୍ରଶ୍ନ ନାହିଁ। ଆମକୁ ପ୍ରଥମେ ଜାତୀୟଚରିତ୍ର ସୃଷ୍ଟି କରିବାକୁ ପଡ଼ିବ। ଲୋକଙ୍କୁ ପ୍ରଥମେ ବୁଝାଇବାକୁ ପଡ଼ିବ ଯେ ଜାତୀୟ ଚରିତ୍ର ବିନା ଦେଶର ଅଗ୍ରଗତି ଅସମ୍ଭବ।

ଜଣେ ପତଳା ଧାରୁଆ ମୁହଁବାଲା ଭଦ୍ରଲୋକ ଖଣ୍ଡେ ରୁମାଲରେ ବାରମ୍ବାର ମୁହଁ ପୋଛିବାରେ ବ୍ୟସ୍ତ ଥାଆନ୍ତି। ଏତେ ଯୁକ୍ତିତର୍କ ଭିତରେ ସେ ଦାବି କରୁଥାଆନ୍ତି ଏତିକି - 'ପ୍ରଥମେ ମତେ କହନ୍ତୁ, ଜାତୀୟ ଚରିତ୍ର ଜିନିଷଟା କ'ଣ? କ'ଣ ତା'ର ଅର୍ଥ ଓ ସ୍ୱରୂପ?'

'ଜାତୀୟ ଚରିତ୍ରର ଅର୍ଥ ଜାଣନ୍ତିନି ? ଭେରି ସିମ୍ପଲ୍। ନ୍ୟାସ୍‌ନାଲ୍ କ୍ୟାରେକ୍ଟର୍।'

'ତା'ତ ବୁଝିଲି, କିନ୍ତୁ ସେଇ ନ୍ୟାସ୍‌ନାଲ୍ କ୍ୟାରେକ୍ଟରର ସିଗ୍‌ନିଫିକାନ୍‌ସ କ'ଣ ? କଣ୍ଟେଣ୍ଟସ୍ କ'ଣ ?'

'ସେଇକଥା ତ ମୂଳରୁ ପଡ଼ିଛି। ନ୍ୟାସ୍‌ନାଲ୍ କ୍ୟାରେକ୍ଟର ବିନା ଦେଶର ଅଗ୍ରଗତି ଅସମ୍ଭବ। ଦେଶର ଉନ୍ନତି ପାଇଁ ଯାହା ପ୍ରଥମେ ଗଢ଼ିବାକୁ ହେବ, ତାହା ହେଲା ଜାତୀୟ ଚରିତ୍ର।'

'ଜାତୀୟ ଚରିତ୍ର ଯଦି ଏତେ ଗୁରୁତ୍ୱପୂର୍ଣ୍ଣ କଥା... ତେବେ ଆମ ସମ୍ବିଧାନରେ ତା' କଥା ଉଲ୍ଲେଖ କରାଗଲା ନାହିଁ କାହିଁକି ?'

ଏସବୁ ଅତି ବଡ଼ ବଡ଼ ଗହନ କଥା। ରେଖା ତାହା ବୁଝିପାରିବ ନାହିଁ। ତେଣୁ ସେ ଅନ୍ୟଆଡ଼େ ପୁଣି ମନହେଲା।

- ସେଦିନ ମିସେସ୍ ସିହ୍ନା ପିନ୍ଧିଥିଲେ ପୋର୍ସେଲିନ୍ ବ୍ଲୁ ରଙ୍ଗର ଗୋଟିଏ ଶାଢ଼ୀ।

- ପୋସେଲିନ୍ ବ୍ଲୁ? ମତେ ତ ଲାଗୁଥିଲା ସେ ଶାଢ଼ୀର ରଙ୍ଗ ଟ୍ରାଫିକ୍ ବ୍ଲୁ। ଅନ୍ୟ ଜଣେ ଭଦ୍ରମହିଳା ଆପତ୍ତି କଲେ।

'ଆପଣ ତାଙ୍କୁ ଦିନରେ ଦେଖିଥିଲେ ନା ରାତିରେ ?' ପ୍ରଥମା ଜଣକ ଜେରା କଲେ ଦ୍ୱିତୀୟାଙ୍କୁ। 'ଆଲୁଅର ଏଫେକ୍ଟ ନେଇ ରଙ୍ଗଟା ବଦଳିଯାଏ। ଏଇ ଯେମିତି'– ସେ ଆପଣା ସ୍ୱାମୀଙ୍କ ଆଡ଼କୁ ଆଙ୍ଗୁଠି ଦେଖାଇ କହିଲେ 'ତାଙ୍କ ଟ୍ରାଉଜର୍ସର ରଙ୍ଗଟା। ଆପଣ ଭାବୁଥିବେ, ଏଇଟା ସ୍ମୋକ୍ ଗ୍ରେ କଲର୍, ମାତ୍ର ସନ୍ଧ୍ୟାବେଳେ ଜଣାଯିବ ରଙ୍ଗଟା ମର୍ସେଡିଜ୍ ଗ୍ରେ। ଦିନ ଆଲୁଅରେ କିନ୍ତୁ ଶେଡ୍‌ଟା ବିଲ୍‌କୁଲ ଅଲଗା। ଏକଦମ୍ ଲ୍ୟାଭେଣ୍ଡର୍ କଲର୍। ଇଏ ଗୋଟାଏ ନୂଆ ଜିନିଷ ବାହାରିଛି ଏବେ – ଜାପାନିଜ୍ ଷ୍ଟଫ୍। ଇମ୍ପୋର୍ଟେଡ୍।

ରେଖା ମନେ ମନେ ବ୍ୟସ୍ତ ହେଲା। ଏ ପର୍ଯ୍ୟନ୍ତ ସେ ଆସିଲେ ନାହିଁ କାହିଁକି ? ସମସ୍ତେ ଏବେ ଏକାଠି ବସି ଖୁସି ଗପରେ ମସ୍‌ଗୁଲ। କିନ୍ତୁ ସେ ସାହେବଙ୍କ ଗାଡ଼ି ନେଇ କୁଆଡ଼େ ଗଲେ ଯେ ଦେଖାଦର୍ଶନ ବି ମିଳିଲା ନାହିଁ ଏ ଯାଏଁ। ତା'କୁ ଏକା ଏକା ବଡ଼ ଅସ୍ୱସ୍ତି ବି ଲାଗୁଥିଲା।

ଶେଷରେ କେଶବ ଆସିଗଲା। ପ୍ରାୟ ଧଇଁସଇଁ ହୋଇ ଭିତରକୁ ପଶିଆସିଲା। 'ସାର୍, ଯାହା କହିଥିଲେ ସବୁ ନେଇଆସିଛି।'

'କିନ୍ତୁ ଏତେ ଡେରି ହେଲା ଯେ!'

'ସାର୍, କ'ଣ କରିଥାନ୍ତି ଆଉ! ତାରାଚାନ୍ଦ ପାଖରେ ବରଫ ନ ଥିଲା।'

'ବରଫ ନ ଥିଲା! ଏତେବଡ଼ ଦୋକାନଟିଏ କରିଛି - କ'ଣ ନା ବରଫ ନାହିଁ!'

ପାନୀୟ ଆସିଗଲା। ସିନେମାରେ ଜିନିଷଟି ଅନେକଥର ଦେଖିଛି ରେଖା, କିନ୍ତୁ ପାଖାପାଖି ଏଇ ପ୍ରଥମ। ପୁରୁଷମାନେ ଯାହା ପିଇଲେ, ସେଗୁଡିକର ନାମ ରମ୍, ବ୍ରାଣ୍ଡି ବା ହୁଇସ୍କି। ସ୍ତ୍ରୀଲୋକମାନେ ଯାହା ପିଇଲେ ତାହା ଜୀନ୍ ବା ଓ୍ୟାଇନ୍। ଜଣେ ଅଧେ ଲାଇମ୍ ଜୁସ୍ ପିଇବା ପସନ୍ଦ କଲେ। ରେଖା ମଧ୍ୟ ଗୋଟିଏ ଗ୍ଲାସ୍‌ରେ ଟିକିଏ ଜୁସ୍ ପିଇଲା।

ମିସେସ୍ ଅନେଜା କିନ୍ତୁ ସମସ୍ତଙ୍କୁ ଆଚମ୍ବିତ କରିଦେଲେ। ସେ କହିଲେ : 'ମୋର ବାବା ରମ୍ ପସନ୍ଦ।'

'ରମ୍!' ମିଷ୍ଟର ମହାନ୍ତି ପୁଲକିତ ହୋଇଉଠିଲେ।

'କାହିଁକି ? ଆପଣଙ୍କର କିଛି ଆପତ୍ତି ଅଛି କି ? ମୁଁ କନ୍‌ଭେନସନ୍‌ରେ ବିଶ୍ୱାସ କରେନାହିଁ। ଭଦ୍ର ମହିଳାମାନେ ଜୀନ୍ ପିଇବେ, ଭଦ୍ର ଲୋକମାନେ ହୁଇସ୍କି, ପୁରୁଷମାନେ ବ୍ରାଣ୍ଡି ଓ ଘୋଡ଼ାମାନେ ରମ୍। ଏ ବଡ଼ ପୁରୁଣାକାଳିଆ କଥା। 'ଆଇ ଡୁ ଲାଇକ୍ ରମ୍!'

ଥଣ୍ଡା ପାନୀୟ ପରେ ଯାହା ପରିବେଷଣ କରାଗଲା, ତାହାର ନାମ ଇଟାଲିଆନ୍ ଓ୍ୱେଡିଙ୍ଗ୍ ସୁପ୍। ସୁପ୍ ପିଇବା ପରେ ସମସ୍ତେ ଖାଇବା ଟେବୁଲ୍‌କୁ ଉଠି ଆସିଲେ। ହାତରେ ପ୍ଲେଟ୍ ଧରି ଠିଆହୋଇ ଖାଇବାକୁ ହୁଏ। ଗପ କରି କରି। ଖାଇବାଟା ଏଠି ଗୌଣ। ଗପସପଟା ମୁଖ୍ୟ।

ଖାଇବା ଜିନିଷରୁ ଅଧିକାଂଶ ନାମ ରେଖାର ଅଜଣା। ଅବଶ୍ୟ ନାମ ନ ଜାଣିଲେ ବି ଖାଦ୍ୟ ଉପଭୋଗ କରିହେବ, କିନ୍ତୁ ଯିଏ ନିରାମିଷାଶୀ, ତା'ପାଇଁ ଏହା ଗୋଟିଏ ସଙ୍କଟ।

ରେଖାର ସବୁଠାରୁ ଅଧିକ ଅସ୍ୱସ୍ତି ଥିଲା ଅନ୍ୟଠି। ସମସ୍ତେ ଖାଇବାରେ ଲାଗିଲେ, କିନ୍ତୁ କେଶବର ଦେଖାନାହିଁ। ବୋଧହୁଏ ତାକୁ ଶର୍ମାସାହେବ ଅନ୍ୟଆଡ଼େ ପଠାଇଛନ୍ତି ଆଉ କିଛି ଜିନିଷ ଆଣିବାପାଇଁ, କିମ୍ବା ହୁଏତ ସେ ଭିତରେ ଥାଇ କାମ ତଦାରଖ କରୁଛି। ଖାଇବା ଜିନିଷ ଗରମ ଗରମ ଠିକ୍ ସମୟରେ ଟେବୁଲ୍ ପର୍ଯ୍ୟନ୍ତ ପଠାଇବା ପାଇଁ ଯତ୍ନ କରୁଛି।

ଖାଦ୍ୟ ଥିଲା ପ୍ରଚୁର। ଦୁଇପ୍ରକାର ଡେସର୍ଟ୍ ପରିବେଷଣ ହେବାପରେ ଗୋଟିଏ ଟ୍ରେରେ ମିସେସ୍ ଶର୍ମା ନାନାପ୍ରକାର ମସଲା, ସିଗାରେଟ୍, ପାନ ଓ ଦାନ୍ତ ଖୁଣ୍ଟିବାପାଇଁ ବ୍ୟବହୃତ କାଠି ପରିବେଷଣ କଲେ।

ଖାଇସାରି ପୁଣି ଆପଣା ଆପଣା ସ୍ଥାନ ଅଧିକାର କରିନେଲେ ସମସ୍ତେ। ତୀବ୍ର କରତାଳି ଭିତରେ ମିଷ୍ଟର ମହାନ୍ତି ପ୍ରସ୍ତାବ ଦେଲେ ମିସେସ୍ ସାମନ୍ତରାୟ ଗୋଟିଏ ଗୀତ ବୋଲିବେ। ତାଙ୍କ ଗୀତ ବିନା ଏ ଆସରର ପୂର୍ଣ୍ଣତା ଆସିବନାହିଁ।

'ମୁଁ କି ଗୀତ ଜାଣେ, ମତେ ଗୀତଗାଇ ଆସେନାହିଁ ଆଦୌ, ବରଂ ମିସେସ୍ ମହାନ୍ତି ଗୋଟିଏ ଗାଆନ୍ତୁ'- ଏହିପରି ନାନା ପ୍ରତିବାଦ ପରେ ଶ୍ରୀମତୀ ସାମନ୍ତରାୟ ଗାଇବାକୁ ଆରମ୍ଭ କଲେ।

ଗୀତଟି ବିଦେଶୀ ଭାଷାର, କିନ୍ତୁ ଗୀତଟି ମଝି ମଝିରେ ଏତେ ବେସୁରା ହୋଇ ଉଠୁଥିଲା ଯେ, ରେଖା ଶୁଣି ନିଜେ ମନେ ମନେ କଣ୍ଟକିତ ହୋଇପଡୁଥିଲା। ଗୀତଟିର ପ୍ରଥମ ଦୁଇପଦ ବେଶ୍ ସୁବୋଧ- 'ମତେ ତୁମେ ସବୁଦିନ ଚୁମା ଦେବ ପଛକେ, ରବିବାର ଦିନ ଜମା ଚୁମା ଦେବ ନାହିଁ। କାରଣ ସେଇଟା ମୋର ବିଶ୍ରାମ ଦିନ-'

"But never never on a Sunday, a Sunday, a Sunday, for that's my day of rest..."

ଗୀତଟି ଗାଇସାରି ମିସେସ୍ ସାମନ୍ତରାୟଙ୍କ ଭାରି ଦେହଟି ଥକି ପଡ଼ିଥିଲା। ସେ ଜୋର୍ ନିଃଶ୍ୱାସ ମାରି ମାରି ବିଶ୍ରାମ ନେଲେ। ବିଶ୍ରାମ ନେବା ଭିତରେ ଦୋଷ ମାନିବା ପରି କହୁଥିଲେ- ମତେ ଜମା ଗୀତ ଗାଇ ଆସେନାହିଁ। ମୁଁ ତ ମୂଳରୁ କହୁଥିଲି ...

ଏ ପର୍ଯ୍ୟନ୍ତ ତଳକୁ ମୁହଁପୋତି ବସିଥିଲା ରେଖା। ତା'ର ଭୀଷଣ ଭୟ ହେଉଥିଲା, କାଳେ କେହି ତା'କୁ ଲକ୍ଷ୍ୟ କରି କହି ଉଠିବ, ଏଥର ଆପଣ ଗୋଟାଏ ଗୀତ ଗାଆନ୍ତୁ ପ୍ଲିଜ୍....

ଗୀତ ଯେ ତାକୁ ଆଦୌ ଗାଇଆସେ ନାହିଁ, ଏପରି ନୁହେଁ। ଟିକିଏ ଗୁଣୁଗୁଣୁ ହୋଇ ଗୀତ ଅନେକ ଗାଆନ୍ତି। ସେ ବି ସେମିତି ଗାଏ। ସ୍କୁଲର ବାର୍ଷିକ ଉତ୍ସବରେ ମଧ୍ୟ ସେ ଗୀତ ଗାଇଥାଏ, କିନ୍ତୁ ତା' ବୋଲି ଏଇଠି....! ଛି, ଲାଜରେ ସିଏ ମରିଯିବ ନାହିଁ!

ଭାଗ୍ୟର କଥା, ଗୀତ ବୋଲିବା ପାଇଁ କେହି ତା'କୁ ଅନୁରୋଧ କଲେ ନାହିଁ, କିନ୍ତୁ ସେ ମୁଣ୍ଡ ଉଠାଇ ଚାହିଁ ଦେଖିଲା, ଶର୍ମାସାହେବ ତା'କୁ ଅନାଇ ରହିଛନ୍ତି। ଆଖି ସହିତ ଆଖି ମିଳିଯିବା କ୍ଷଣି ଶର୍ମାସାହେବ ଆଖି ଅନ୍ୟଆଡ଼କୁ ଫେରାଇନେଲେ। ରେଖାର ସଂକୋଚ ପୁଣି ବଢ଼ିଗଲା।

ଶର୍ମାସାହେବ ତା'କୁ ଏମିତି ଚାହିଁଥିଲେ କାହିଁକି? ସେ କିଛି ବୁଝିପାରିଲା ନାହିଁ। ସଜାଡ଼ିହୋଇ ସେ ସେମିତି ମୁଣ୍ଡ ତଳକୁ କରି ବସିରହିଲା।

ଶର୍ମାସାହେବ ପାଦେ ପାଦେ ଆଗେଇ ଆସି ରେଖା ପାଖରେ ଠିଆ ହେଲେ। ଧୀରସ୍ୱରରେ କହିଲେ, ଆପଣଙ୍କୁ ବୋର୍ ଲାଗୁଛି ବୋଧହୁଏ।

ରେଖା ମୁଣ୍ଡ ଉଠାଇ ଚାହିଁଲା, କହିଲା - ନା।

- ଆପଣଙ୍କୁ ଅଡୁଆ ନିଶ୍ଚୟ ଲାଗୁଥିବ। କେଶବ ନାହିଁ।

ଡିନରର ଖାଇସାରି ଅନେକ କଫି ପିଇବା ପସନ୍ଦ କରନ୍ତି। ସେଇ କଫି ଯୋଗାଇବା ଉଦ୍ଦେଶ୍ୟରେ କେଶବ ଘର ଭିତରକୁ ଅସିଥିଲା। ଗୋଟିଏ ପିଅନ୍ କଫି ଧରି ଆସିଲା, କେଶବର କାମ କେବଳ ବିତରଣ ଠିକ୍ ରୂପେ ହେଉଛି କି ନାହିଁ ସେତକ ଦେଖିବା।

ଶର୍ମାସାହେବ ରେଖାକୁ କହିଲେ, ଆପଣ ତେବେ ଘରକୁ ଫେରିଯାଆନ୍ତୁ।

ଘର ଭିତରେ ବୁଲୁଥିବା କେଶବକୁ ଡାକି ପଚାରିଲେ - କେଶବ! ତମେ ଖାଇ ସାରିଲଣି ?

କେଶବ ନାହିଁ କଲା।

-ଶୀଘ୍ର ଖାଇନିଅ। ଅନେକ ଡେରି ହେଲାଣି। ଖାଇସାରି ଏଥର ଘରକୁ ଫେରିଯାଅ।

ଏଠିକାର ଆସର ଏତେ ଶୀଘ୍ର ସରିବ ନାହିଁ। ଅନେକ ରାତି ହେବ। କେହି କେହି ବ୍ରିଜ୍ ଖେଳି ବସିଲେଣି। ଆଉ କେତେଜଣ ଫ୍ଲାଶ୍ ଖେଳିବାକୁ ସଙ୍ଗୀ ଖୋଜୁଛନ୍ତି।

କେଶବକୁ ଖାଇବାକୁ ବେଶି ସମୟ ଲାଗିଲା ନାହିଁ। ପାଞ୍ଚମିନିଟ୍ ପରେ ଆସି ସେ ରେଖାକୁ କହିଲା - ଚାଲ ଯିବା।

ରେଖା ଉଠିପଡ଼ିଲା। କେଶବ ଯାଇ ଗୋଟି ଗୋଟି ସମସ୍ତ ଅଫିସରଙ୍କୁ ନମସ୍କାର କରି ମେଲାଣି ମାଗିଲା। ରେଖା ଶ୍ରୀମତୀ ଶର୍ମାଙ୍କୁ ନମସ୍କାର କରି କହିଲା, ମୁଁ ଯାଉଛି।

'ଆଉ ଦିନେ କେବେ ଆସିବ ଭଉଣୀ!' ଏତକ କହି ଶ୍ରୀମତୀ ଶର୍ମା ପୁଣି ଗପସପ କରିବାକୁ ଲାଗିଲେ।

ଦୁଇଜଣ ଏଥର ପଦାକୁ ବାହାରି ଆସିଲେ। ଏବେ ରାତି ଦଶଟା। ଆକାଶରେ ଜହ୍ନ ନାହିଁ, କିନ୍ତୁ ଅନେକ ତାରା।

ଫାଟକ ପାରିହୋଇ ସେମାନେ ରାସ୍ତାକୁ ଆସିଲେ। ରାସ୍ତା କ୍ରମଶଃ ଶୂନ୍‌ଶାନ୍ ହୋଇ ଆସିଛି। ସେହି ନିର୍ଜନ ରାସ୍ତାରେ ଦୁଇଜଣ ଚାଲିବାକୁ ଲାଗିଲେ। କିଛି କଥା ନ କହି, ନୀରବରେ।

ସେଇ ଛାୟାଚ୍ଛନ୍ନ ଅନ୍ଧକାର, ନୀରବ ନିର୍ଜନ ରାସ୍ତା ଓ ବିଷଣ୍ଣ ଶୀତଳ ପରିବେଶ ଭିତରେ ହଠାତ୍ ରେଖାର ଛାତି ଭିତରଟା ଶୂନ୍ୟ ହୋଇଗଲା। ଅବ୍ୟକ୍ତ

ଯନ୍ତ୍ରଣାର କୋହ।

କାହିଁକି ସେ ଏଠାକୁ ଆସିଲା? କଅଣ ଆଶା କରି! ସେ ନ ଆସିଥିଲେ କ'ଣ ଚଳି ନ ଥାନ୍ତା।

ଗରମ୍ ସୁଟ୍‌ପିନ୍ଧା ଏଇଲୋକଟି- ଯିଏ ତାର ସ୍ୱାମୀ- ତା' ପ୍ରତି ରେଖାର ହଠାତ୍ ଅସମ୍ଭବ ଅଭିମାନ ଆସିଗଲା।

ତୁମେ କାହିଁକି ଆସିଥିଲ ଏଠିକି? ତୁମେ ତ ସାମାନ୍ୟ ଗୋଟିଏ କିରାଣୀ- ଆଉ ଏମାନେ ବଡ଼ଲୋକ, ବଡ଼ ବଡ଼ ଅଫିସର- କି ଆଗ୍ରହରେ ତୁମେ ଏଠାକୁ ଆସିଥିଲ! କି ଅଧିକାରରେ!

ରେଖାର ମନଭିତରେ ଏ ପ୍ରଶ୍ନଟି ଛାଟିପିଟି ହେଲା। ସେ ମୁହଁ ଫିଟାଇ କିଛି କହିପାରିଲା ନାହିଁ ଯଦିଓ।

ସ୍ୱାମୀଙ୍କ ଆଡ଼କୁ ଚାହିଁଲା ରେଖା। ତା'ର ମନେହେଲା, ସେ ଠିକ୍ ପାଦ ପକାଇ ଚାଲି ପାରୁ ନାହାନ୍ତି। ସେ ବୋଧହୁଏ କ୍ଳାନ୍ତ। ହେବାର କଥା ତ! କମ୍ ପରିଶ୍ରମ ସେ ଆଜି କରିଛନ୍ତି! ରେଖାର ମନ ଭିତରେ ଏକ ଗଭୀର ସୋହାଗର ଢେଉ ଖେଳିଗଲା।

'ଏତେ ଶୀଘ୍ର ତୁମେ ଖାଇଦେଲ ଯେ! ପେଟ ପୂରାଇ ଖାଇନାହିଁ ବୋଧେ।' ସେ ସ୍ୱାମୀଙ୍କୁ ପଚାରିଲା।

କେଶବକୁ କେହି ପେଟପୁରାଇ ଖାଇବାକୁ କହି ନ ଥିବେ। ବଡ଼ ସାହେବ ଖାଇନେବାକୁ କହିଥିଲେ ଯଦିଓ, ତାହା ତ ଅନୁରୋଧ ନୁହେଁ, ଆଦେଶ।

ଏହାର ଉତ୍ତରରେ କେଶବ କିନ୍ତୁ କିଛି କହିଲା ନାହିଁ। ସେମିତି ନୀରବରେ ଝୁଲି ଝୁଲି ଚାଲିବାକୁ ଲାଗିଲା।

ରେଖାର ମନ ଭିତରେ ଗୋଟିଏ ଆଶଙ୍କା ଆସୁଥିଲା। ଭୟମିଶା ସନ୍ଦେହ। ସ୍ୱାମୀର ଟିକିଏ ନିକଟକୁ ଆସି ସେ ସେହି ସନ୍ଦେହକୁ ଯାଞ୍ଚ କରିବାକୁ ଚେଷ୍ଟାକଲା। ତା'ପରେ ଟିକିଏ ଶିହରିତ ସ୍ୱରରେ ପଚାରିଲା, 'ତୁମେ - ତୁମେ ମଦ ପିଇଛ!'

ଏମିତି ଗୋଟିଏ ଆଶଙ୍କା ତା' ମନକୁ ଆସିବା ସ୍ୱାଭାବିକ। ଏଇ ଘଣ୍ଟାଏ ପୂର୍ବରୁ ଯେଉଁ ବିଶେଷ ଗନ୍ଧ ତା' ନାସାରନ୍ଧ୍ର ଦେଇ ଯାଇଥିଲା, ତାହା ଏତେ ଶୀଘ୍ର ଭୁଲିଯିବା ତ ସମ୍ଭବ ନୁହେଁ!

ସ୍ୱାମୀର ମୁହଁରୁ ସେଇ ଗନ୍ଧ ବାରି ସେ କ୍ଷୀଣ ଚିତ୍କାର କରିଉଠିଲା, 'ତୁମେ ମଦ ପିଇଛ!'

'ହୁଁ, କ'ଣ ହୋଇଗଲା ସେଇଠୁ!' କେଶବ ଜଡ଼ିତ ଭାବରେ ଉଚ୍ଚାରଣ

କଲା, 'ମଦ ପିଇବାଟା କ'ଣ ପାପ!'

କେଶବ ତା'ପରେ ଟିକିଏ ଠିଆ ହୋଇପଡ଼ିଲା...ସେହି ମଝିରାସ୍ତା ଉପରେ। ହଠାତ୍ ମନେପଡ଼ିଗଲା ପରି କହିଲା - ମୁଁ ମୋ ଜୋତା ଛାଡ଼ିଦେଇ ଆସିଛି।

ତଳକୁ ନଇଁପଡି କେଶବ ଆପଣା ପାଦ ଦୁଇଟିକୁ ଅଣ୍ଡାଳି ଦେଖିଲା, ତା'ପାଦରେ ଜୋତା ଅଛି। ସିଧା ଠିଆ ହୋଇ କହିଲା - 'ମୋର ବହୁତ ଭାଗ୍ୟ। ଜୋତା ଛାଡ଼ି ଦେଇ ଆସି ନାହିଁ।' ତା'ପରେ ସେ ଝୁଲି ଝୁଲି ଚାଲିବାକୁ ଲାଗିଲା। ଇତସ୍ତତଃ ପଦକ୍ଷେପ।

'କିନ୍ତୁ - କିନ୍ତୁ ତୁମେ ମଦ କାହିଁକି ପିଇଲ!' ରେଖାର ସ୍ୱର କାନ୍ଦ କାନ୍ଦ ଶୁଣାଗଲା। 'ହେ ଭଗବାନ୍!'

'ଚୋପ୍! ଚୋପ୍! ଶାଳୀ, ଚୋପ୍!'

କେଶବ ତୁଣ୍ଡରୁ କେବେ ଏମିତି ଖରାପ ଗାଳି ବାହାରେ ନାହିଁ, କିନ୍ତୁ ବର୍ତ୍ତମାନ ସେ ହୋସ୍‌ରେ ନାହିଁ।

ଗୋଟାଏ କଥା ରେଖା ବୁଝିପାରିଲା। କଫି ଦେଉଥିବା ସମୟରେ କେଶବ ମଦ ପିଇ ନ ଥିଲା। ତା' ଅର୍ଥ ଖାଇବାକୁ ଯିବା ଅବସରରେ ସେ ପିଇଛି। କିନ୍ତୁ ଏପରି କଲା କାହିଁକି ?

ଏ ପ୍ରଶ୍ନର ଉତ୍ତର କେଶବ ନିଜେ ନିଜେ ହିଁ ଦେଲା। ଆପଣାକୁ ଆପେ ଶୁଣାଇବା ପରି କହିଲା - 'ଶଳା, ଖାଇବାକୁ ଆଉ କିଛି ନ ଥିଲା, କଅଣ ଆଉ କରନ୍ତି ? ବୋତଲ ଦିଇଟା ବଳିଥିଲା, ଓଲଡ୍ ମଙ୍କ୍ ରମ୍। ସେଥିରୁ ଦି'ଗ୍ଲାସ୍ ପିଇଦେଲି। କେତେ ଭଲ ଲାଗୁଛି ଏବେ ସତରେ!'

ଏଇ ମନଖୁସିକୁ ଆନ୍ତରିକ ଭାବରେ ଅନୁଭବ କରିବାକୁ ଯାଇ ସେ ଏଥର ଗୁଣୁ ଗୁଣୁ ହୋଇ ଗୀତ ଗାଇବାକୁ ଲାଗିଲା। ସେହି ଗୀତ ଗାଇବାର ଅବସର ଭିତରେ ଦୁହେଁ ଘର ପାଖରେ ପହଞ୍ଚି ସାରିଥିଲେ। ଘରଟି ଅନ୍ଧକାର ଭିତରେ ବୁଡି ରହିଥିଲା।

ରେଖା ଘରର ଦରଜା ଫିଟାଇ ଆଗେ ଆଗେ ଭିତରକୁ ପଶିଗଲା। ଆଲୁଅ ଭିତରେ ସ୍ୱାମୀର ସାମ୍ନା ସାମ୍ନି ହେବାର ସାହସ ବୋଧହୁଏ ତା'ର ନ ଥିଲା। ସେ ତେଣୁ ଆଲୁଅ ଜାଳିଲା ନାହିଁ।

କେଶବ କିନ୍ତୁ ଅଣ୍ଡାଳି ଅଣ୍ଡାଳି ଆଲୁଅର ସୁଇଚ୍ ଟିପିଦେଲା। ରାସ୍ତାର ଅନ୍ଧାରରୁ ଆସି ସେଇ ଆଲୁଅ ଭିତରେ ଆଖି ଝଲସିଗଲା ପ୍ରଥମେ।

ସେତକ ବିଭ୍ରମ କଟିଯିବା ପରେ କେଶବ ଟଳି ଟଳି ଯାଇ ସ୍ତ୍ରୀ ପାଖରେ

ପହଞ୍ଚିଲା। ଦେହରୁ କୋଟ୍‌ଟିକୁ କାଢ଼ି ଖଟ ଉପରେ ଫିଙ୍ଗିଦେଇ କହିଲା, 'ଏୟ୍, ଶାଳୀ, ଶୁଣ -'

ରେଖାର ଛାତି ଭିତରେ ଏବେ ଅସହ୍ୟ କୋହ। ସେ ବିପନ୍ନ ଆଖିରେ ତା' ସ୍ୱାମୀକୁ ଚାହିଁ ରହିଲା।

'ଶର୍ମାସାହେବ ଯେତେବେଳେ ତୋ' ପାଖରେ ଠିଆହୋଇ କଅଣ କହୁଥିଲେ ?'

କେଶବ ଯେମିତି ଅଦାଲତରେ ଜେରା କରିବସିଛି।

ଅଧିକ ବିପନ୍ନ ହୋଇ ଉଠିଲା ରେଖାର ଆଖିର ଭାଷା: 'କିଛି ନାଇଁ ତ।'

'କିଛି ନାଇଁ ?' ଗର୍ଜି ଉଠିଲା କେଶବ, 'ସତକହ, ତତେ ସେ ଯେତେବେଳେ କ'ଣ କହୁଥିଲେ ?'

'କିଛି କହୁ ନ ଥିଲେ।' ରେଖା ଡରି ଡରି ସ୍ୱାମୀର ହିଂସ୍ର ମୁହଁଟିକୁ ଚାହିଁଲା, କିନ୍ତୁ ବେଶି ସମୟ ପାଇଁ ନୁହେଁ।

ହାତ ଉଠାଇ ଗୋଟେ ଶକ୍ତଚାପୁଡ଼ା ମାରିଲା କେଶବ। ରେଖା ଭୟ ଓ ଯନ୍ତ୍ରଣାରେ ଚିତ୍କାର କରିଉଠିଲା।

'ମିଛ କଥା କହନାହିଁ। ତତେ ସେ କ'ଣ କହୁଥିଲେ ମୁଁ ଜାଣେ ! ମୁଁ ମୂଳରୁ ସବୁ କଥା ଦେଖିଛି। ଆସିବା ବେଳରୁ ସେ ତତେ ବାରମ୍ବାର ଦେଖୁଥିଲେ। ତତେ ସେ ସେତେବେଳେ ନିଶ୍ଚୟ କହିଛନ୍ତି - 'ତୁମେ ବଡ଼ ସୁନ୍ଦର।' ନିଶ୍ଚୟ କହିଛନ୍ତି....

ଗାଆଁରୁ ଏଇ ପ୍ରଥମ ସହରକୁ ଆସିଥିବା, ଏଇମାତ୍ର ଗୋଟିଏ ବର୍ଷ ତଳେ ବିବାହ କରି ସଂସାର ଆରମ୍ଭ କରିଥିବା, ରେଖା ନାମକ ଝିଅଟି ଜାଣେନାହିଁ- ମଦପିଇ ଆସିଥିବା ସ୍ୱାମୀକୁ କିପରି ଶାନ୍ତ କରିବାକୁ ହୁଏ। ସେ ତେଣୁ ଚୁପ୍‌ଚାପ୍ ଖଟ ଉପରେ ବସି କାନ୍ଦୁଥିଲା। କେବଳ ମାଡ଼ଖାଇବାର ଯନ୍ତ୍ରଣାରେ ନୁହେଁ, ଚିହ୍ନା ମଣିଷକୁ ହଠାତ୍ ହଜାଇ ଦେଇଥିବା ଦୁଃଖରେ।

'ତତେ ସେ ନିଶ୍ଚୟ ଏ କଥା କହିଥିବେ। ନିଶ୍ଚୟ ... And he was right...' କେଶବ ଏଥର ଇଂରାଜୀରେ କହିବା ଆରମ୍ଭ କରିଦେଲା, ''he was right; you were the most beautiful woman there — of all the bitches ! ସେମାନଙ୍କ ଭିତରେ ତୁମେ ଥିଲ ସବୁଠୁ ସୁନ୍ଦର !'

କେଶବର ସ୍ୱର କ୍ରମଶଃ ଉତ୍ତେଜିତ ହୋଇଉଠୁଥିଲା... 'କାହିଁକି ? ଜଣେ କିରାଣୀର ସ୍ତ୍ରୀ ସୁନ୍ଦର ହେବ ନାହିଁ ବୋଲି ଆଇନ୍ ଅଛି ନା କଣ ? କେଉଁଠି ଅଛି ସେ ଆଇନ୍ - କାହିଁ ଦେଖାଅ ମତେ-'

ଅସଂଯତ ପାଦରେ କେଶବ ରେଖା ପାଖକୁ ଆଗେଇ ଆସିଲା। ଗୋଟିଏ ଆଙ୍ଗୁଠି ଦେଖାଇ ଚିତ୍କାର କରି ପଚାରିଲା - କେଉଁଠି ଅଛି ସେ ଆଇନ୍, କାହିଁ ଦେଖାଅ ମତେ -

ତା'ପରେ ଟିକିଏ ରହି ପୁଣି ପଚାରିଲା :

କାହିଁ, ଦେଖାଅ ମତେ !

ଶେଷରେ ହିଂସ୍ର ପ୍ରମତ୍ତ ସ୍ୱରଟି ଖଣ୍ଡ ଖଣ୍ଡ ହୋଇ ଭାଙ୍ଗି ପଡ଼ିଲା।

'କାହିଁ - ଦେଖାଅ ମତେ !'

ତା'ପରେ କେଶବ ଝାମ୍ପି ପଡ଼ିଲା ତା' ସ୍ତ୍ରୀ ଉପରକୁ। ଉନ୍ମତ୍ତ ଭାବରେ ତା'ଉପରେ ମାଡ଼ ଚଢ଼ାଇବାରେ ଲାଗିଲା। ଏକ ଅଦ୍‌ଭୁତ ହିଂସ୍ର ଉଲ୍ଲାସ ଫୁଟି ଉଠିଥିଲା ତା'ଠି।

ଏମିତି କିଛି ସମୟ ମାଡ଼ ଦେବାପରେ ସେ ସିଧା ଠିଆ ହେବାକୁ ଚେଷ୍ଟା କଲା। ଦୁଇ ହାତରେ ରେଖାର ଲୁହଭିଜା ମୁହଁଟିକୁ ତୋଳିଧରି ଏକ ଦୃଷ୍ଟିରେ ଦେଖିଲା। ଦେଖିଲା: ଗଭୀର ଯନ୍ତ୍ରଣା ଓ ଅପମାନରେ ରେଖାର ମୁହଁ ଲାଲ ପଡ଼ିଯାଇଛି। ମାଡ଼ ବାଜି ତା' ତଳ ଓଠରୁ ଟିକିଏ କଟି ବି ଯାଇଛି। ବିନ୍ଦୁଏ ରକ୍ତ ଜମିଛି ସେ କ୍ଷତରେ।

ସେଇ ମୁହଁଟିକୁ କେଶବ କିଛିସମୟ ପାଇଁ ଚାହିଁରହିଲା ଏକ ଦୃଷ୍ଟିରେ। କ୍ରମଶଃ ତା' ଆଖି ଦୁଇଟିର ଅଭିବ୍ୟକ୍ତି ବଦଳିଗଲା।

ତା'ପରେ ସେ ବରଡ଼ାପତ୍ର ପରି ଥରୁଥିବା ରେଖାର ସେହି ଦେହକୁ ନିଜ ଛାତିରେ ଚାପିଧରି ଅଧୀର ଆଗ୍ରହରେ, ତା' ଓଠ, କପାଳ, ବେକ ଓ ଛାତି ଅଜସ୍ର ଚୁମ୍ବନରେ ଭରିଦେଲା।

ରେଖାର ବନ୍ଦ ଆଖି ଭିତରେ ସେତେବେଳେ କି ଭାବ ଫୁଟି ଉଠିଥିଲା, ତାହା କେହି ଦେଖି ପାରିଲେ ନାହିଁ।

ସକାଳର ମାନଚିତ୍ର

ବାପା ଚଟ୍‌କରି ବୁଲିପଡ଼ି ମତେ ଚାହିଁଲେ। ପଚାରିଲେ – କହିଲୁ, ସତର ଅଷ୍ଟାଁ କେତେ ?

ମୁଁ ଗୋଟିଏ ଆଖି ବନ୍ଦ କରି, ଆକାଶକୁ କଣେଇ କଣେଇ ଚାହିଁ ବାଟ ଚାଲୁଥିଲି। ପାଟି ଭିତରେ ମୋର ତଥାପି ମହମହ କରୁଥିଲା ଦରକଞ୍ଚା କରମଙ୍ଗାର ସ୍ୱାଦ। ମୁଁ ଛେପ ଢୋକି କହିଲି – ସାତ ଅଷ୍ଟାଁ? ସାତ ଅଷ୍ଟାଁ ଛପନ।

'ନା, ସାତ ଅଷ୍ଟାଁ ନୁହେଁ। ସତର ଅଷ୍ଟାଁ। ଜଲଦି କହ –'

'ସତର ଅଷ୍ଟାଁ? କହୁଛି, ସତର ଅଷ୍ଟାଁ, ସତର ଅଷ୍ଟାଁ –' ମୁଁ ତା' ଭିତରେ ମନେମନେ ଗୁଣି ଲାଗିଥିଲି ସତର ଓ ଆଠ ସଂଖ୍ୟା ଦୁଇଟି। ବାପା ସେ କଥା ବୁଝି ପାରିଥିଲେ। ଅଦୃଶ୍ୟ ଗାରଟିଏ ଟାଣିଦେଲା ପରି, ହାତ ହଲାଇ କହିଲେ-ଶୀଘ୍ର କହ।

ମୁଁ ଅଧା ଅଜାଣତରେ, ଅଧା ଇଚ୍ଛା କରି ଝୁଣ୍ଟି ପଡ଼ିଲି ବିଲ ହିଡ଼ ଉପରେ। ସିଧା ହୋଇ ଠିଆହେବା ଭିତରେ ମୋ'ର ଅଙ୍କକଷା ସରିଯାଇଥିଲା।

' ସତର ଅଷ୍ଟା ଶହେ ଛତିଶ !'

ବାପା କହିଲେ, 'ସାବାସ୍'। କିନ୍ତୁ ବେଶି ଉତ୍ସାହ ନଥିଲା ସେଥିରେ। କାରଣ ସେ ଜାଣି ସାରିଥିଲେ ଯେ ମୋ'ର ଉତ୍ତର ଭିତରେ ଫାଙ୍କି ଥିଲା। ଏମିତି ସାବାସି ଦେଲାବେଳେ ସେ ମତେ ସମ୍ଭବତଃ ଏତିକି କହିବାକୁ ଚାହୁଁଥିଲେ, ମୁଁ ପାରିବି। ମୋ'ର ଯୋଗ୍ୟତା ଅଛି। କିନ୍ତୁ ଚେଷ୍ଟା ଦରକାର, ପରିଶ୍ରମ ଦରକାର।

ମୁହଁ ଖୋଲି ବାପା ଏକଥା ମତେ କହିଛନ୍ତି ଅନେକଥର। ପରିଶ୍ରମର ସୁଫଳ ବିଷୟରେ ସେ ମୋତେ ଅନେକ ଛୋଟଛୋଟ ଗପ କହିଛନ୍ତି। ମୁଁ ଜାଣିପାରେ, ପ୍ରତି ଗପ ଭିତରେ ସେ ମୋତେ ହିଁ ଦେଖାଇବାକୁ, ଚିହ୍ନେଇବାକୁ ଚେଷ୍ଟା କରିଥାଆନ୍ତି।

ବାପା କହିଲେ, 'ଶୁଣ୍। ଶୁଣିପାରୁଚୁ ?'

ମୁଁ ଏଣିକି ତେଣିକି ଚାହିଁଲି।

ବାପା କାନଡେରି ପୁଣି କ'ଣ ଶୁଣିବାକୁ ଚେଷ୍ଟା କଲେ। ତା'ପରେ ମତେ ଚାହିଁ ପଚାରିଲେ- ଶୁଣିପାରିଲୁ ?

ମୋ କାନକୁ ସେତେବେଳେ ଅନେକ ଶବ୍ଦ ଆସୁଥିଲା। କିଆବଣ ସେପାଖରେ ମନ୍ଦାକିନୀ ନଈର କୁଳୁକୁଳୁ ଶବ୍ଦ, ହଗୁରାପାଟ ଆଡୁ ଗୋଟିଏ ବୁଲା କୁକୁରର କାଉଁ କାଉଁ ଶବ୍ଦ ଓ ମଉର୍ଣ୍ଣ ତେନ୍ଦୁଲକର୍ ଯୁବକ ସଙ୍ଘର ନୂଆ କରି କିଣା ହୋଇଥିବା ମାଇକ୍‌ରୁ ଡାନ୍‌ସ୍ ମିଉଜିକ୍; ଦୂରରୁ ଅସ୍ପଷ୍ଟ।

-କିଛି ଶୁଣି ପାରୁନାହୁଁ? ବାପା ପଚାରିଲେ।

ମୁଁ ମନା କଲି।

ବାପା ଟିକିଏ ଚୁପ୍ ରହିଲେ। ତା'ପରେ ହାତ ବଢ଼େଇ, ଆକାଶରୁ ଅଦୃଶ୍ୟ ବର୍ଷାପାଣି ଟୋପାଏ ଧରିପକାଇଲା ପରି, କହିଲେ-ଏଇ ଶୁଣ୍।

ହାରମୋନିୟମ୍‌ରୁ ଗୋଟିଏ ସ୍ୱର ଖୋଜିଖୋଜି ପାଇଛନ୍ତି, ଏମିତି ଖୁସିରେ ସେ ମତେ ଚାହିଁଲେ, କହିଲେ- କଜଳପାତି। ଗୋଟେ ନୁହେଁ, ଦୁଇଟା।

ମୁଁ ଏଥର ଶୁଣିପାରିଲି।

କେମିତି ବାପାଙ୍କ କାନକୁ ଏତେକଥା ଶୁଭିଯାଏ ! କେମିତି ଯେ ସେ ଦେଖିପାରନ୍ତି ଏତେ କଥା, ଏତେ ସହଜରେ !

-ଦୀପୁ, ଏଇ ଦେଖ୍, ମହାବିର୍ଯ୍ୟା ଗଛ। ଭାରି ସୁନ୍ଦର ଫୁଲ ଫୁଟେ ଏ ଗଛରେ। ସେ ଫୁଲରୁ ତୁଳା ବି ବାହାରେ।

ଆଉ କେବେ, ଖରାଦିନେ ସଞ୍ଜବେଳା ଅଗଣାରେ ବସି, ଆକାଶ ଆଡ଼କୁ ଆଙ୍ଗୁଠି ଦେଖାଇ କହିଉଠନ୍ତି, ଏଇ ଦେଖ୍ ଦୀପୁ, ଏଇ ତାରା ଗୋଟିକ ବଶିଷ୍ଠ ନକ୍ଷତ୍ର। ବଶିଷ୍ଠ କିଏ, ଜାଣୁ ?

ସପ୍ତର୍ଷି ମଣ୍ଡଳର ଗୋଟି ଗୋଟି ତାରା ଚିହ୍ନେଇ ଦେଉଦେଉ ବାପାଙ୍କ ଆଖି ଭିତରେ ବି ତାରାଟିଏ ଦପ୍‌ଦପ୍ ଜଳିଉଠେ। ପୁଣି ଲିଭିଯାଏ।

ଅଳ୍ପ ଅଳ୍ପ ଜହ୍ନଆଲୁଅରେ ଅଗଣାଟି ସେତେବେଳେ ଦିଶୁଥାଏ ଖୁବ୍ ଅଲଗା, ଗୋଟେ କୁହୁକ ରାଇଜର ଅସ୍ପଷ୍ଟ ଛବିଟିଏ ପରି। ପବନରେ ମଲ୍ଲିଫୁଲର ବାସ୍ନା। ମତେ ଲାଗେ, ସାରା ସଂସାର ଖାଲି ଏତିକି ହିଁ, ଆଉ ସେଥିରେ ଦି'ଜଣ ମାତ୍ର ରହିଛନ୍ତି, ବାପା ଓ ମୁଁ।

ବାପା ଆଉ କ'ଣ କହିବାକୁ ମୋ' ଆଡକୁ ଆଖି ଫେରାନ୍ତି, କିନ୍ତୁ ସେ କିଛି କହିବା ଆଗରୁ ରୋଷେଇଘରର ଗମ୍‌ଗମ୍ ଗରମ ଭିତରୁ ବାହାରି ଆସେ

ବୋଉ। ଲୁଗାକାନିରେ ନିଆଁଧାସ ଓ ଝାଳ ପୋଛୁପୋଛୁ କହେ, ହଉ ଏଥର ବନ୍ଦ କର ସେ ଫାଲତୁ ଗପସପ। ଖାଇବ ଆସ। ଆଜି ଡାଲ୍‌ମା କମ୍ ଅଛି, କୋଳିଆଚାର ଲଗେଇ ରୁଟି ଖାଇବାକୁ ପଡିବ।

ମଜାକଥାଟିଏ ଶୁଣିଲା ପରି ବାପା ଜଙ୍ଘରେ ଫଟାସ୍‌କିନା ଚାପୁଡାଟିଏ ମାରନ୍ତି। କହନ୍ତି, ଆରେ ଇଏ ତ ଭଲ ହେଲା! ରୁଟି, ଡାଲମା, ପୁଣି ଆଚାର : ତିନି ତିନିଟା ଆଇଟମ୍!

ଅନ୍ଧାର ଭିତରେ ବୋଉର ମୁହଁଛିଞ୍ଚଡା ଦିଶେନାହିଁ। କିନ୍ତୁ ତା'ର ଟାଆଁସିଆ ସ୍ୱର ଶୁଣାଯାଏ ପରିଷ୍କାର। ହଁ, ତିନିଟା କାହିଁକି, ଲୁଣ, ଲଙ୍କା ଆଉ ପିଇବା ପାଣି ମିଶେଇଲେ ତ ଛଅଟା ଆଇଟମ୍। ବେହିଆ କ'ଣ ଓଉଗଛରେ ଫଳନ୍ତି!

ବାପା ବେଶ୍ ଅଏସ୍ କରି ଖାଇବସନ୍ତି। ପାଞ୍ଚପଟ ରୁଟି ଓ ଅଧଗିନାଏ ଡାଲ୍‌ମା। ମୋ' ଥାଳିରେ ଥାଏ ଦୁଇପଟ ରୁଟି ଓ ଡାଲ୍‌ମା ଅଧଗିନାଏ। ମୁଁ ଖୁବ୍ ଜଗିରଖି ଡାଲ୍‌ମା ଖାଉଥାଏ, ଯେମିତି ପଛକୁ ଖାଲି ରୁଟି ବଳି ନ ପଡେ। କାରଣ ସେମିତି ହେଲେ ବାପା ମୋ' ଖାଲିଗିନାକୁ ଦେଖି, 'ଆରେ ତୋର ଡାଲ୍‌ମା ସରିଗଲା, ରୁଟି ଖାଇବୁ କେମିତି' କହି ନିଜ ଗିନାର ବାକିତକ ଡାଲ୍‌ମା ଢାଳି ଦେବେ। ତା'ମାନେ ବାପାଙ୍କ ପାଇଁ ଖାଲି ଶୁଖିଲା ରୁଟି ବଳିଥିବ ଚାରିପଟ।

ବହୁତ କଷ୍ଟରେ ମୁଁ ସେତିକି ଡାଲ୍‌ମାରେ ରୁଟି ଦି'ପଟ ଖାଏ, ଲୁଚେଇ ଲୁଚେଇ ପାଣି ଢୋକେ ଢୋକେ ପିଇ। ଗୋଟେ ମଜାକଥା ଅନେକ ଲୋକ ଜାଣନ୍ତି ନାହିଁ ଯେ ପାଣି ସାଙ୍ଗରେ ରୁଟି ଚୋବେଇ ଚୋବେଇ ଖାଇଲେ ମିଠାମିଠା ଲାଗେ ପାଟିକୁ। ବାସିରୁଟି ହେଲେ ଆହୁରି ସୁଆଦିଆ।

କୌଣସି ମତେ ରୁଟି ଡାଲ୍‌ମା ଖାଇସାରିବା ପରେ, ଆକଶରୁ ଥପ୍ କରି ଖସି ପଡିଲା ପରି, ମୋ' ଥାଳିରେ ପଡ଼ିଯାଏ ଗୋଟେ ଏଡେ ବଡ ପାଚିଲା ପିଜୁଳି।

'ଖାଆ', ବାପା କହନ୍ତି କଅଁଳିଆ ସ୍ୱରରେ, 'ଜାଣିଚୁ, ପିଜୁଳି ଭାରି ଭଲ ଜିନିଷ। ବହୁତ ଭିଟାମିନ୍ ଅଛି : ଅଙ୍ଗୁର ନାସ୍‌ପାତି ଯା' ତୁଳନାରେ କିଛି ନୁହେଁ।'

ଖାଦ୍ୟପ୍ରାଣ ଥାଉ କି ନଥାଉ, ମତେ ପିଜୁଳି ଖୁବ୍ ଭଲ ଲାଗେ। ସୁଆଦ ସାଙ୍ଗକୁ ତା' ବାସ୍‌ନା କି ଚମତ୍କାର!

ବାରଣ୍ଡାର ଛାଇଛାଇକା ଅନ୍ଧାରରେ ବସି ମୁଁ ପିଜୁଳି ଖାଇବା ଆରମ୍ଭ କରେ, ଆଉ ବାପା ଆରମ୍ଭ କରନ୍ତି ତାଙ୍କ କାମ।

ଅଗଣାରେ ଅଇଁଠା ବାସନ ଏକାଠି କରି ରଖୁ ରଖୁ ବୋଉ ବାପାଙ୍କ ଆଡକୁ

ଚାହେଁ। ଟିକେ ତେଢ଼ା ସ୍ୱରରେ କହେ- କ'ଣ ଆରମ୍ଭ ହେଲାଟି ତମର ଯେତେ ସବୁ ନବରଙ୍ଗ ! କି ପାଗଳା ଲୋକଟେ ସତେ !

ମତେ କିନ୍ତୁ ଭାରି ଭଲ ଲାଗେ ବାପାଙ୍କ ସେସବୁ 'ନବରଙ୍ଗ'। ଅବଶ୍ୟ ମତେ ସେ କାମରେ ଲାଗିଥିବା ବେଳେ ପାଖରେ ପଶିବାକୁ ଦିଅନ୍ତି ନାହିଁ, କିନ୍ତୁ ମୁଁ ଦୂରରୁ ଥାଇ ତାଙ୍କୁ ଦେଖେ। ଖୁସି ଲାଗେ ତାଙ୍କ କରାମତି ଦେଖି।

ଗୋଟେ ବଖରା ଭିତରେ ବାପା ଗଦା ଗଦା ସାଇତି ରଖିଥାଆନ୍ତି ଯାବତ ରକମର ଭଙ୍ଗା ଜିନିଷ- ଭଙ୍ଗା ଟେବୁଲ ଘଣ୍ଟା, ଭଙ୍ଗା ରେଡିଓ, ଭଙ୍ଗା ପଙ୍ଖା, ଭଙ୍ଗା ଟର୍ଚ୍ଚ୍‌ଲାଇଟ୍। ତା' ଭିତରୁ କଳକବ୍‌ଜା ବାହାର କରି ସେ ଚେଷ୍ଟା କରନ୍ତି ନୂଆ ରକମର ଚିଜ ତିଆରି କରିବାକୁ। ଥରେ ସେ ଗୋଟେ ଟ୍ରାନ୍‌ଜିଷ୍ଟର୍‌ର ଯନ୍ତ୍ରପାତି କାଢ଼ି ଗୋଟେ ଭଙ୍ଗା ଘଣ୍ଟାରେ କ'ଣ କେମିତି ଯୋଡ଼ାଯୋଡ଼ି କରି ଜିନିଷଟିଏ ତିଆରି କରିଥିଲେ ଯେ ସୁଇଚ୍ ଟିପିଲା କ୍ଷଣି ଟୁଂ ଟାଂ ବାଜା ବାଜୁଥିଲା। ଦି' ଦିନ ପରେ ସେଇଟା ଅବଶ୍ୟ ଖରାପ ହୋଇଗଲା।

ଆମ ପଡ଼ାଯାକର ଯେତେସବୁ ଭଙ୍ଗା ଦଦରା ଜିନିଷ, ବାପା ମାଗିଯାଚି ନେଇ ଆସନ୍ତି ଘରକୁ। ଭଙ୍ଗା ଟେବୁଲ୍ ଲ୍ୟାମ୍ପ, ଭଙ୍ଗା ହାତଘଣ୍ଟା, ଭଙ୍ଗା ପେଟ୍ରୋମାକ୍‌ସ୍, ଭଙ୍ଗା ସାଇକେଲ୍ ପମ୍ପ, ଏମିତିକି ଭଙ୍ଗା ଫାଉଣ୍ଟେନ୍ ପେନ୍ ବି। ଲୋକେ ମଧ୍ୟ ଖୁସି ଯେ ଯା'ହଉ ଘରର ଅଳିଆ ଆବର୍ଜନା ସଫା ହୋଇଗଲା।

ବେଳେବେଳେ କିଏ ବି କେମିତି କହନ୍ତି, ହଇଏ ବୃନ୍ଦାବନ, ଏ ଟର୍ଚ୍ଚ୍‌ଲାଇଟ୍‌ଟା ଟିକେ ଦେଖିବ ଟି ! ଗଲା ରଜ ସଂକ୍ରାନ୍ତି ବାସିଦିନ ଫକୀରପୁର ହାଟରୁ ଚବିଶ ଟଙ୍କା ଦେଇ କିଣିଥିଲି ଯେ ମାସକରେ ଖତମ୍ ହୋଇଗଲା। ଦେଖିଲ, ୟା'ର କ'ଣ କିଛି ହେଇପାରିବ ?

ବାପା ଗୋପିମଉସାଙ୍କ ହାତରୁ ଟର୍ଚ୍ଚ୍‌ଲାଇଟ୍‌ଟା ନିଅନ୍ତି। ଏପଟସେପଟ କ'ଣ ସବୁ ଦେଖନ୍ତି, ମୋଡ଼ାମୋଡ଼ି କରନ୍ତି। ପ୍ରଥମେ ଗୋଟେ ବ୍ଲେଡ୍‌ରେ, ତା'ପରେ ଗୋଟେ ପେଚକସ୍‌ରେ ଓ ଶେଷକୁ ଦାନ୍ତରେ କାମୁଡି କ'ଣ ଟିକିଏ ସଜିଲ୍ କରିବାକୁ ଚେଷ୍ଟା କରନ୍ତି। ଦଶ ମିନିଟ୍ ପରେ ବଢ଼େଇଦେଇ କହନ୍ତି – ହେଇ ନିଅ, ଠିକ୍ ହୋଇଗଲା।

ଗୋପିମଉସା ତା'ପରେ ତାଳିମାରି ନାଚି ଉଠନ୍ତି- ବାଃ! ବୃନ୍ଦାବନ ତ ଆମର ସତରେ ବଡ଼ ବୈଜ୍ଞାନିକଟାଏ ! ଦେଖିଲ ତା' କରାମତି !

ଯଦି କୌଣସି ଜିନିଷ ଖରାପ ହୋଇଗଲା, ଆଉ କୁଆଡୁ କିଛି ହୋଇ ନ ପାରିଲା, ତେବେ ପଡାର ସମସ୍ତେ ଆସନ୍ତି ବାପାଙ୍କ ପାଖକୁ। ଅଳିଆ ଗଦାକୁ ଫୋପାଡି ଦେବା ଆଗରୁ, ଥରଟିଏ ଶେଷ ଚେଷ୍ଟା କରନ୍ତି ବାପାଙ୍କ ପାଖରେ।

ଅନେକ ସମୟରେ ଭଙ୍ଗାଜିନିଷଟା ସଜ ହୋଇଯାଏ, କାମ କରେ ଠିକ୍ ଆଗ ପରି ।

ବାରଣ୍ଡାରେ ଅନ୍ଧାର ଭିତରେ ବସି ମୁଁ ଏବେ ଦେଖୁଥିଲି, ବାପା ଗୋଟିଏ ଟ୍ରାନ୍‌ଜିଷ୍ଟରର ଯନ୍ତ୍ରପାତି ସବୁ ଖୋଲାଖୋଲି କରି ମସିଣା ଉପରେ ସଜାଡି ରଖୁଥିଲେ । ତାଙ୍କ ଚାରିପାଖେ ନାନା ସରଞ୍ଜାମ, ସେଫ୍‌ଟି ପିନ୍‌ଠୁ ଆରମ୍ଭ କରି, ଦା' ହାତୁଡ଼ି ପର୍ଯ୍ୟନ୍ତ, ତା'ସହିତ ଟର୍ଚ୍ଚ୍ ବ୍ୟାଟେରି, ସିଲେଇ ମେସିନ୍ ତେଲ, ଭଙ୍ଗା ବଲ୍‌ବ୍, କଇଁଚି, ଡିଆସିଲି କାଠି, ଏପରିକି ବୋଉର ଦୁଇଟା ମୁଣ୍ଡକଣ୍ଟା ବି ।

ଆଜି ବୋଧହୁଏ ବାପା କିଛି ଗୋଟେ କଠିନ କାମରେ ହାତ ଦେଇଥିଲେ । କାରଣ ମଝିରେ ମଝିରେ ସେ ମୁଣ୍ଡ ପଛପଟ କୁଣ୍ଡେଇକୁଣ୍ଡେଇ ଚାହୁଁଥିଲେ ଆକାଶକୁ । ନହେଲେ ଗୋବିନ୍ଦ କକେଇଙ୍କ ବାଡି ପଛପଟ ଶିମୂଳିଗଛକୁ ।

ଶିମୂଳିଗଛର ଅନ୍ଧାର ଭିତରକୁ ଆଉଥରେ ଚାହିଁଦେଇ ବାପା ଯେମିତି ତାଙ୍କ ଆଇଡିଆ ଖୋଜି ପାଇଗଲେ । ତଡାକ୍ କିନା ସେ ବସିବା ଜାଗାରୁ ଉଠିପଡି ମଝିଘରକୁ ଗଲେ । ସେଇଠୁ ନେଇ ଆସିଲେ ଆଉ କେତେଟା ଭଙ୍ଗା ଯନ୍ତ୍ରପାତି, ମେଞ୍ଚାଏ ତାର ଓ ଟର୍ଚ୍ଚ୍ ବ୍ୟାଟେରି ଚାରିଖଣ୍ଡ ।

ଦଶପନ୍ଦର ମିନିଟ୍ ସେ ପୁଣି କାମରେ ଲାଗିଗଲେ । ଶିମୂଳିଗଛ ଆଡୁ ପେଚାଟାଏ କୁହେଇ ହେବା ଶବ୍ଦ ଭାସି ଆସୁଥାଏ, ପବନରେ ମିଶି ଯାଇଥାଏ ପାଚିଲା ବରକୋଳି ଓ ବାସି ଗୋବରର ଗନ୍ଧ ।

ହଠାତ୍ ଦୁମ୍ କରି କ'ଣ ଗୋଟିଏ ଫୁଟିଲା ।

'କ'ଣ ହେଲା, କ'ଣ ହେଲା' କହି ବୋଉ ଦୌଡିଆସିଲା ରୋଷେଇଘରୁ ।

ମେଂଚାଏ ଧୂଆଁ ଓ ପୋଡ଼ା ଗନ୍ଧ ଭିତରେ ଖୁଁ ଖୁଁ କାଶି ଲାଗିଥିଲେ ବାପା । ଗୋଟେ ଆଙ୍ଗୁଠି ଜଖମ ହୋଇଯାଇଥାଏ କି କ'ଣ, ଉପରକୁ ଟେକି ଧରିଥାନ୍ତି ଆଙ୍କୁଡିଟିଏ ଟେକି ରଖିବା ପରି ।

'ଯାଃ, ଗଲା ବିଗିଡିଗଲା, ତାର ଦୁଇଟା ଓଲଟପାଲଟ କରିଦେଲି ...' ସେ ଗୁଣୁଗୁଣୁ ହୋଇ କହିବା ମୁଁ ଶୁଣି ପାରୁଥିଲି ।

ବାପାଙ୍କ ଫୋଟକା ପଡିଯାଇଥିବା ଆଙ୍ଗୁଠିକୁ ଦେଖି, ଅଗଣାସାରା ଖେଳେଇହୋଇ ପଡ଼ିଥିବା ସାଜସରଞ୍ଜାମକୁ ଦେଖି, ପୋଡ଼ା ଗନ୍ଧ ଓ ଧୂଆଁକୁ ଥରେ ନିଃଶ୍ୱାସରେ ଟାଣିନେଇ, ବୋଉ ଢୋ'କିନା ମୁଣ୍ଡ ପିଟିଦେଲା ବାରଣ୍ଡା କାନ୍ଥରେ ।

'ହା ଦଇବ, ଏ ପାଗଳ ଦାଉରୁ ମୁଁ ମରିଯାଏ କେମିତି!' ଏତିକି କହି ବୋଉ

ଭୋ ଭୋ କାନ୍ଦିଥିଲା ପାଞ୍ଚ ମିନିଟ୍। ତା'ପରେ ସାରା ରାତି ସକେଇ ହୋଇଥିଲା ବିଛଣାରେ।

ବାପା ତାଙ୍କ ଫୋଟକା ହୋଇଯାଇଥିବା ଆଙ୍ଗୁଠିକୁ ସେମିତି ଟେକିଧରି ବୋଉ ପାଖକୁ ଯାଇଥିଲେ। ପ୍ରଥମେ ତା' ପାଦତଳେ ବସିଥିଲେ କିଛି ସମୟ, ତା'ପରେ ମୁଣ୍ଡ ପାଖେ ବସି ବାଆଁହାତରେ ତା' ପିଠି ଥାପୁଡେଇ ଦେଉଥିଲେ ଅନେକ ରାତିଯାଏ।

'ପାଗଳ, ଏ ଲୋକଟା ତୁଚ୍ଛା ପାଗଳ।' ବୋଉ ବାପାଙ୍କୁ ଏମିତି କହିବା ମୁଁ ଶୁଣିଛି ଅନେକ ଥର। ବିଶେଷ କରି ଆଈ କି ଅଜାଙ୍କ ପାଖରେ।

'ହଁ, ବାୟା ନୁହେଁ ତ ଆଉ କ'ଣ' ଆଈ ପୂରାପୂରି ରାଜି ହୋଇଯାଏ ବୋଉ କଥାରେ, 'ବାୟା ନହେଲେ ବାର ଏକର ଜମି ଥାଉଥାଉ ଦିଓଳି ଦି'ମୁଠା ଭାତ ଜୁଟନ୍ତା ନାହିଁ କାହିଁକି ?'

ଅଜା କିନ୍ତୁ ପଦେ ବି କିଛି କଥା କହନ୍ତି ନାହିଁ। ପକେଟରୁ ଶହେ କି ପଚାଶ ଟଙ୍କା କାଢି ଚୁପ୍ ଚାପ୍ ବୋଉ ହାତରେ ଧରେଇ ଦିଅନ୍ତି। ଯେମିତି ବାପା ପାଗଳ ବୋଲି ଅଜା ହିଁ ଦୋଷୀ।

ବାପାଙ୍କ ଆଙ୍ଗୁଳି ଫୋଟକା ହେବାର ବାରଘଣ୍ଟା ପରେ, ତାଙ୍କ ଓଠରୁ ଦି'ଟୋପା ରକ୍ତ ବାହାରି ଥିଲା। ତା' ପରଦିନ ସକାଳେ।

ଓଠରୁ ରକ୍ତ ଦି'ଟୋପା ପୋଛି, ବାପା ଥରିଲା ଥରିଲା ସ୍ୱରରେ ଗୋପିମଉସାଙ୍କୁ କହିଥିଲେ - ଏଇଟା ଭଲ ହେଲାନାହିଁ ଗୋପିଭାଇନା। ତୁମକୁ ଧର୍ମ ସହିବ ନାହିଁ।

ଗୋପିମଉସା ପୁଣି ଥରେ ହାତ ଉଞ୍ଚେଇ ବାପାଙ୍କ ଗାଲରେ ଚାପୁଡା କଷିବାକୁ ହୁଙ୍କି ଆସୁଥିଲେ, କିନ୍ତୁ ବିଦ୍ୟାଗଉଡ ତାଙ୍କୁ ଅଟକେଇ କହିଥିଲା- ଛାଡ଼ନ୍ତୁ ମାଲିକେ, ଛୋଟ ଲୋକଙ୍କୁ ହାତ ଉଠେଇ ଶରୀର ଅପବିତ୍ର କରନ୍ତୁ ନାହିଁ।

ଓଠରୁ ବୋହି ଆସିଥିବା ବାକି ଟୋପାକ ରକ୍ତ ପାପୁଲିରେ ପୋଛି ବାପା ମୋ ପିଠିରେ ହାତରଖି କହିଥିଲେ- ଚାଲ୍ ସଙ୍ଗାଳି, ଚାଲ୍ ଫେରିବା।

ଥରଥର କୋହରେ ମୋ' ଛାତି କେମିତି ରୁନ୍ଧି ହୋଇ ଯାଉଥିଲା। ଆଖିଲୁହରେ ରାସ୍ତା ଦିଶୁ ନ ଥିଲା ଆଗକୁ। ମୁଁ ଲୁହ ପୋଛି ପାରୁ ନଥିଲି, ନିଃଶ୍ୱାସ ଛାଡି ପାରୁ ନଥିଲି। ମତେ ଲାଗୁଥିଲା, ମୋ' ଲୁହ ଝରିବା ଦେଖିଲେ ବାପାଙ୍କୁ ବେଶି କଷ୍ଟ ଲାଗିବ, ରକ୍ତ ବୋହିବା କଷ୍ଟରୁ ବେଶି ଯୋଉ କଷ୍ଟ।

ସକାଳେ ପେଡିରୁ ଦଶଟଙ୍କା ବାହାର କରି ବୋଉ ବାପାଙ୍କ ହାତରେ ଦେଇଥିଲା ପାଏ ଚିନି, ତିନିପା' ଦୁଧ କିଣିଆଣିବା ଲାଗି। ମାଆ ମଙ୍ଗଳାଙ୍କ ପାଖେ

ଆଜି ରାତିରେ ପାଏସ୍ ଭୋଗ ହେବ, ସେଇଥିପାଇଁ। ରାତିରେ ପାଏସ୍ ଖାଇବି ବୋଲି ମୋ ମନ ବି ଭାରି ଖୁସି ଥିଲା।

ଗୋପିମଉସାଙ୍କ କଣ୍ଟ୍ରୋଲ୍ ଦୋକାନରୁ ବାପା ଚିନି ପାଏ କିଣି, ବ୍ୟାଗ୍‌ରେ ରଖୁରଖୁ, ଛୋଟ ଶିଶିଟିଏ ହାତରେ ଧରି ଆସି ପହଞ୍ଚିଥିଲା କେମ୍ପା ଦନେଇର ବୋହୂ ସଜନୀ।

'କକେଇ, ଦି' ଟଙ୍କାର ମାଟିତେଲ ଦିଅ।' ଖୁଣ୍ଟକୁ ଆଉଜି ଫିସ୍‌ଫିସ୍ କରି କହିଥିଲା ସଜନୀ, କେମ୍ପା ଦନେଇର ବୋହୂ।

-କ'ଣ କହିଲୁ ! ମାଟିତେଲ ! ଶଳା ଦି' ମାସ ହେଲା ସପ୍ଲାଇ ବନ୍ଦ। ବେଙ୍ଗ ମୂତିବା ପ୍ରମାଣ ତେଲ ବି ନାହିଁ ମୋ ଷ୍ଟକ୍‌ରେ।

-କକେଇ, ଘରେ ଭାରି ଅସୁବିଧା। ଚଢ଼େଇସ୍ୱର ପରି ଚିଁ ଚିଁ ସ୍ୱର ସଜନୀର।

-ଟୋପେ ବି ନାହିଁ ଲୋ ସଜନୀ। ତୋ' ଘଇତା ରାଣ –

ସଜନୀ ଚାଲି ଯାଇଥିଲା ଥିରିଥିରି ପାଦ ପକେଇ। ଏତେ ସାବଧାନରେ ଯେମିତି ମାଟିତଳଟା ଫାଙ୍କା, ଧସିପଡିବ ଟିକିଏ ଓଜନରେ।

ଗୋପିମଉସା ପଛରୁ ଡାକି କହିଲେ- ହଉ ନ ହେଲା, ରାତିକୁ ଆସିବୁ। ଦେଖିବା ଯଦି କିଛି ବ୍ୟବସ୍ଥା ହୋଇ ପାରିବ ସେତେବେଳେ।

କଥାଟା ଯେମିତି ଗୋଟେ ସାପ ପାଲଟିଯାଇ ତା' ସାମନାରେ ଚାଲିଗଲା, ସେମିତି ଚମକି ଉଠି, ସଜନୀ ଚାଲିଗଲା ତା' ରାସ୍ତାରେ। କିଛି ନ ଜାଣିଲା ପରି।

ସେ ଯିବା ପରେ, ବାପା କହିଥିଲେ-ଭାଇନା, ଏଇଟା ଠିକ୍ ହେଲା ନାହିଁ।

-କୋଉ କଥା ? ରେଜା ଛଅଟଙ୍କା ବାପାଙ୍କ ହାତକୁ ଦେଉଦେଉ ଗୋପିମଉସା ପଚାରିଲେ।

-ତମ ଭିତରଘର ଡ୍ରମ୍ ଭିତରେ କିରାସିନି ଖୁନ୍ଦିହୋଇ ରହିଛି, ଆଉ ତମେ କହିଲ କ'ଣ ନା ...

ବାପା ତାଙ୍କ କଥା ସାରିବା ଆଗରୁ, ଗୋପିମଉସା ତାଙ୍କ ଲମ୍ବା ନାକ ସିଟିକେଇ କହିଲେ-

-ଆରେ ବାଃ ! ଭାରି ସରାଗ ତ ତୋ'ର କେମ୍ପା ଦନେଇର ମାଇପ ଲାଗି ! କ'ଣ ଭିତିରିଆ କିଛି ଅଛି ନା କ'ଣ ବା ?

-ଗୋପିଭାଇନା, ମୁହଁ ସମ୍ଭାଳି କଥା କୁହ।

-ତୁ ବି ଶଳା ମୁହଁ ସମ୍ଭାଳି କଥା କହ।

-ଭାଇନା, ତୁମ ମତେ ଶଳା କହିଲ ?

-କହିଲି ଶଳା, ଭଲ କଲି। ଶଳା ମାରିବି ଗୋଟେ ଲାତ ଯେ ହଗୁରାପାଟରେ ଯାଇ ମୁହଁମାଡି ପଡିଯିବୁ।

ଗୋପିମଉସା ଲାତ ମାରିଲେ ନାହିଁ ଅବଶ୍ୟ, କିନ୍ତୁ ଏତେ ଜୋର୍‌ରେ ବାପାଙ୍କ ଆଡକୁ ହାତ ଛିଞ୍ଚାଡିଦେଲେ ଯେ ବାପାଙ୍କ ତଳଓଠରେ ବାଜି ଦି ଟୋପା ରକ୍ତ ବୋହି ପଡିଲା।

ଓଠରୁ ରକ୍ତ ପୋଛି ବାପା କହିଥିଲେ- ଗୋପିଭାଇନା, ତୁମକୁ ଧର୍ମ ସହିବ ନାହିଁ।

ଗୋପିମଉସା ବୋଧେ ଆହୁରି ଗୋଟେ ଚାପୁଡ଼ା ମାରିବାକୁ ହାତ ଉଞ୍ଚେଇଥିଲେ, କିନ୍ତୁ ସେତିକିବେଳେ ଖଞ୍ଜା ଭିତରୁ ବିଦ୍ୟାଗଉଡ ବାହାରି ଆସିଥିଲା, କହିଥିଲା- ଛାଡନ୍ତୁ ମାଲିକେ, ଛୋଟ ଲୋକଙ୍କୁ ହାତଉଠେଇ ଶରୀର ଅପବିତ୍ର କରନ୍ତୁ ନାହିଁ।

ଓଠରୁ ବୋହି ପଡିଥିବା ବାକି ଟୋପାକ ରକ୍ତ ପୋଛି, ବାପା ମୋ' ପିଠିରେ ହାତ ରଖି କହିଥିଲେ-ଚାଲ୍ ସଙ୍ଗାଳି, ଚାଲ ଫେରିବା।

ସେଇ ଶେଷଥର ବାପା ମୋ' ପିଠିରେ ହାତ ରଖିଥିଲେ। ମୋ' ଦିହ ଛୁଇଁଥିଲେ।

ଫେରିବା ବାଟସାରା ବାପା ମୋତେ ପଦେ ବି କଥା କହି ନଥିଲେ।

ତରତର ପାଦରେ ସେ ମୋ' ଆଗେ ଆଗେ ବାଟ ଚାଲୁଥିଲେ। ରାସ୍ତାରେ ଦେଖିବା ପାଇଁ, ଦେଖାଇବା ପାଇଁ ଅନେକ ଜିନିଷ ଥିଲା। ଟକଟକ ପାଚିଲା ବରଫଳ ଗୋଟେଇ ଖାଉଥିବା ଗୁଣ୍ଡୁଚିମୂଷା, ଗଛକୋରଡରେ ଚିଁ ଚିଁ ଡାକୁଥିବା ବଣିଚଢ଼େଇର ଛୁଆ, ମାଟି ଉପରର ନାଲି ଗୁଲୁଗୁଲୁ ସାଧବବୋହୂ। କେତେକଥା ଥିଲା ଆମ ଚାରିପାଖରେ, କିନ୍ତୁ ବାପା ଏକା ନହସରେ ଚାଲି ଲାଗିଥିଲେ ଗୋଟେ ଚାବିଦିଆ ଖେଳନା ପରି, ଯେମିତିକା ଖେଳନା ମୁଁ ଦେଖିଛି ଗୋପିମଉସାଙ୍କ ଗେଲବସରିଆ ପୁଅ ଶୋଭରାଜ୍ ପାଖରେ।

ପଧାନସାହି ରାସ୍ତା ଛାଡ଼ି ବାପା ଏବେ ହଗୁରାପାଟ ଆଡକୁ ମୁହେଁଇଥିଲେ। ହଗୁରାପାଟରେ ଏ ପାଖକୁ ମନ୍ଦାକିନୀ ନଦୀ; ସେ ପାଖେ ତ୍ରୈଲୋକ୍ୟନାଥ ମନ୍ଦିର ପାରି ହେଲେ, ବେହେରାପଡା। ସେଇଠୁ ତିନିପାଆ ଦୁଧ ଆଣିଲେ ଯାଇ ରାତିରେ ପୂଜା ପାଇଁ ପାଏସ୍ ତିଆରି ହେବ।

ଶୋଭରାଜ୍ ପାଖେ ଜାତିଜାତିକା ଖେଳନା, ବହୁତ ଦାମିକା, ବହୁତ ସୁନ୍ଦର। ତା' ଖେଳନା ଦେଖି ସାଙ୍ଗମାନେ ସମସ୍ତେ ଭାରି ଲୋଭ କରନ୍ତି। ମତେ ବି

ବେଳେ ବେଳେ ଲୋଭ ଲାଗେ। କିନ୍ତୁ ସେ ଲୋଭକୁ ମୁଁ ଚାପି ଦିଏ, ପରୀକ୍ଷାହଲ୍‌ରେ ବସି ହଠାତ୍ ମୂତ ମାଡ଼ିଲେ ଯେମିତି ଚାପିବାକୁ ପଡ଼େ, ସେମିତି।

ଶୋଭରାଜ ସାଙ୍ଗମାନଙ୍କୁ ବେଳେବେଳେ ତା' ଖେଳନା ଦେଖିବାକୁ କି ଖେଳିବାକୁ ଦିଏ। କିନ୍ତୁ ତା' ସହିତ ସର୍ତ୍ତ ବି ରଖିଥାଏ। ଯଦୁକୁ କୁହେ, ତୁ ତୋ' ବାପାଙ୍କ ପକେଟରୁ ଟଙ୍କାଏ ଚୋରିକରି ଆଣିଦେବୁ ତ, ତେବେ ଯାଇ ମୋ' ମିଲିଟାରୀ ସୈନ୍ୟ ଖେଳନାଟା ତତେ ଧରିବାକୁ ଦେବି। କାହାକୁ ସେ ତା' ମାମୁଙ୍କ ସିଗାରେଟ ଚୋରି କରିବାକୁ କହେ ତ ଆଉ କାହାକୁ ସେ ଗୋଟେ ବହୁତ ଖରାପ କାମ କରିବାକୁ ଡାକେ।

ତା'ର ଯେତେକ ଦୁଷ୍ଟାମି, ସବୁ ଏଇ ହଗୁରାପାଟରେ। ଗଛ ଆଢୁଆଳରେ ଲୁଚିଲୁଚି ବିଡି ଟାଣିବାଠୁ ଆରମ୍ଭ କରି, ଯେତେ ସବୁ ଖରାପ କାମ। ସବୁ ସେ କରେ ଏଇଠି ଲୁଚିଲୁଚିକା।

'ବାପା!' ମାଟି ଉପରେ ଆଣ୍ଠେଇପଡି ମୁଁ ଡାକିଥିଲି ବାପାଙ୍କୁ। ମୋ' ସାମନାରେ ଥିଲା ତିନିଟା ବିଶଲ୍ୟକରଣୀ ଗଛ। ଯାହାର ପତ୍ରରୁ ରସ ଚିପୁଡି ଲଗେଇଲେ ଘାଆ ଶୁଖିଯାଏ, କଷ୍ଟ କି ବଥିରା ରହେ ନାହିଁ ଆଉ।

'ବାପା, ବିଶଲ୍ୟକରଣୀ!'

ବାପା ଅଟକିଗଲେ। କିନ୍ତୁ ମୋର ଏ ଡାକ ଶୁଣି ନୁହେଁ, ଆଉ କାହାର ଡାକ ଶୁଣି।

ଡାକ ନୁହେଁ, ଚିତ୍କାର। ହଗୁରାପାଟ ସେପାଖରୁ ମନ୍ଦାକିନୀ ନଈ ଭିତରୁ ଶୁଭୁଥିଲା ଚିତ୍କାର କାହାରି। 'ରକ୍ଷାକର, ମତେ ରକ୍ଷାକର।' କାହାର ସେ ଡାକ ଜାଣି ହେଉ ନଥିଲା, କିନ୍ତୁ ସେ ବିକଳ ସ୍ୱର ସହିତ ଯୋଉ କୁକୁରର ଭୋ-ଭୋ ଚିତ୍କାର ଶୁଭୁଥିଲା, ସେ କୁକୁରଟି ଶୋଭରାଜ୍‌ର ପୋଷା କୁକୁର।

ମୁଁ କିଛି ବୁଝିବା ପୂର୍ବରୁ ବାପା ଦୌଡି ଯାଇଥିଲେ ସେଇ ଦିଗକୁ, ଯୋଉଠୁ ଏ ଚିତ୍କାର ଭାସି ଆସୁଥିଲା। ମନ୍ଦାକିନୀ ନଦୀ ଭିତରେ କାହାକୁ ସେ ଦେଖି ପାରିଥିଲେ ନିଶ୍ଚୟ। ହୁଡିବନ୍ଧ ଉପରେ ଠିଆହୋଇ ସେ ତାଙ୍କ ଦେହରୁ ସବୁତକ ପୋଷାକ ଖୋଲି ଦେଇଥିଲେ, ତା'ପରେ ଲଙ୍ଗଳା ଦେହରେ ସେ ଝାମ୍ପି ପଡିଥିଲେ ମନ୍ଦାକିନୀର ଅଥଳଥଳ ପାଣି ଭିତରକୁ।

ଏମିତି ଆକସ୍ମିକ ଏସବୁ ଦୃଶ୍ୟ ଯେ ମୁଁ କିଛି ବୁଝିପାରି ନଥିଲି କିଛି ସମୟ ପାଇଁ। ସବୁକଥା ମୁଁ ପୂରାପୂରି ବୁଝିବା ବେଳକୁ ସଞ୍ଜ ହୋଇ ଯାଇଥିଲା। ମାଆ ମଙ୍ଗଳାଙ୍କ ଲାଗି ପାଏସ୍ ତିଆରି କରିବାକୁ ମାନସିକ କରିଥିବା ମୋ' ବୋଉ ସେତେବେଳେ ପାଗଳୀଙ୍କ ପରି ମାଟିରେ ମୁଣ୍ଡପିଟି କାନ୍ଦୁଥିଲା ସଁ ସଁ କରି। ସେ ଯେ

ଏତେ କାନ୍ଦିପାରେ, ଏତେ ସମୟ ଧରି, ପୁଣି ବାପାଙ୍କ ପାଇଁ ଏକଥା ମୋ'ର ବିଶ୍ୱାସ ହେଉ ନଥିଲା।

ବାପାଙ୍କୁ ସେ ପଦେ କେବେ ମିଠା କଥା କହିବାର ମୋ'ର ମନେ ପଡୁନାହିଁ। ଆଜି ତା'ର ମାନସିକ ବି ଥିଲା, ମା' ମଙ୍ଗଳା ବାପାଙ୍କୁ ଭଲ ବୁଦ୍ଧି ଦିଅନ୍ତୁ, ଭଲ ବାଟକୁ ଆଣନ୍ତୁ। କିନ୍ତୁ ଏବେ ସେ ଏମିତି କାନ୍ଦୁଥିଲା, ଯେମିତି ସାରା ପୃଥିବୀରେ ଖାଲି ବାପା ହିଁ ଥିଲେ, ଏବଂ ବାପା ହିଁ ତା'ର ସବୁ।

ଶୋଭରାଜକୁ ପାଣି ଭିତରୁ ଉଦ୍ଧାର କରିବାକୁ ବାପାଙ୍କୁ ବହୁତ କଷ୍ଟ କରିବାକୁ ପଡିଥିଲା। କିନ୍ତୁ ଯାହାକୁ ବାପା ଉଦ୍ଧାର କରିପାରିଲେ ନାହିଁ, ସେ ଶୋଭରାଜର ପୋଷା ଡାହାଳ କୁକୁର ରବିନ୍। କୁକୁରକୁ ସାଙ୍ଗରେ ଧରି ନଈ ପହଁରିବା ଓ ପାଣି ଭିତରେ ଲୁଚକାଳି ଖେଳିବା ଯୋଜନାଟି ଶୋଭରାଜର ବହୁତ ପୁରୁଣା ନିଷ୍ପତ୍ତି ଥିଲା। ଆଜି ସୁଯୋଗ ପାଇ ସେ ଆସିଥିଲା ନଈକୂଳକୁ। ହଗୁରାପାଟ ପାଖରେ ନଈ ବଡ ଗହୀର, ଲୋକବାକ ଆସନ୍ତି ନାହିଁ ପ୍ରାୟ। ସେଇଥିପାଇଁ ଏ ସ୍ଥାନଟି ବାଛିଥିଲା ଶୋଭରାଜ।

ପାଣି ଭିତରୁ ରବିନ୍‌ର ମଲାଦେହଟି କାଢିବାକୁ ବେଶି ସମୟ ଲାଗି ନ ଥିଲା ବିଦ୍ୟା ଗଉଡକୁ। କିନ୍ତୁ ସାରାଦିନ, ସାତଜଣ ଲୋକ ନଈସାରା ପହଁରିପହଁରି ଖୋଜି ପାଇ ନ ଥିଲେ ବାପାଙ୍କୁ। ସତେ ଯେମିତି ପାଣି ଭିତରେ ମିଳେଇ ଯାଇଛି ବାପାଙ୍କ ଦେହଟି, କିମ୍ବା ସତେ କି ବାପା ବୋଲି କେହି କେବେ ଜଣେ ନ ଥିଲେ ଏ ପୃଥିବୀରେ। ସେ ଥିଲେ ଖାଲି ଗୋଟେ କଳ୍ପନା।

ବହୁତ ରାତିଯାଏ, ହଗୁରାପାଟର ମାଟି ଉପରେ, ମୁଣ୍ଡ ପିଟିପିଟି ବୋଉ ଶେଷକୁ ଅଜ୍ଞାନ ହୋଇ ଯାଇଥିଲା। ତା'ପରେ ଅଜା, ମାମୁ ଓ ଅନ୍ୟମାନେ ତା' ଅଚେତ ଦେହକୁ ଟେକିଟେକି ଘରଯାଏ ଆଣିଥିଲେ।

ଅନ୍ଧାର ଭିତରେ ମୁଁ ବି ଆସିଥିଲି ଏକାଏକା।

ମୋ' ଆଖିରେ ସେତେବେଳେ ଟିକେ ବି ଲୁହ ନ ଥିଲା। ଏବେ ବି ନାହିଁ।

ବାପାଙ୍କ କଥା ମୁଁ ବହୁତ ଭାବେ। ବହୁତ। ଭାବୁ ଭାବୁ ମତେ ଲାଗେ, ମୁଁ ଯେମିତି ଖାଲି ସ୍ୱପ୍ନ ହିଁ ଦେଖୁଛି। ରାତିସାରା, ଦିନରେ ବି। ଅନେକଥର ରାତି ପାହାନ୍ତା ପହରରେ ମୁଁ ବାପାଙ୍କୁ ଦେଖେ ସ୍ୱପ୍ନରେ। ମୁଁ ଦେଖିପାରେ, ମନ୍ଦାକିନୀ ନଈ ଭିତରୁ ଧୀରେ ଧୀରେ ବାପା ଉଠି ଆସୁଛନ୍ତି, ସମୁଦ୍ର ଭିତରୁ ଦେବତା ଜଣେ ବାହାରି ଆସିଲା ପରି। ଉଜ୍ଜ୍ୱଳ ମୁହଁ, ସୁନ୍ଦର ଆଖି। ଦେହଯାକରେ ତାଙ୍କର ନାନା ରକମର

ରତ୍ନ ଅଳଙ୍କାର। ହାତରେ ସେ ଧରିଥାଆନ୍ତି କ'ଣ ଗୋଟେ ଅଦ୍ଭୁତ ଜିନିଷ, ଯାହା ମୁଁ ଯେତେ ଚେଷ୍ଟା କଲେ ବି ଚିହ୍ନି ପାରେ ନାହିଁ।

ପ୍ରତିଥର ସେ ମନ୍ଦାକିନୀ ନଈରୁ ବାହାରି ଆସିବାକୁ ଚେଷ୍ଟା କରନ୍ତି ନଈକୂଳକୁ, ଯୋଉଠି ମୁଁ ଏକୁଟିଆ ବସିଥାଏ ତାଙ୍କୁ ଅପେକ୍ଷା କରି। କିନ୍ତୁ ସେ ମୋ' ପାଖରେ ପହଞ୍ଚିବା ଆଗରୁ ପ୍ରତିଥର ମୋ' ନିଦ ଭାଙ୍ଗିଯାଏ, ମୋ' ସାମନାରେ ଖାଲି ଥାଏ ଅଧା ଆଲୁଅ ଆଉ ଅଧା ଅନ୍ଧାର।

ଖଟସାରା ଅଣ୍ଡାଳି ଅଣ୍ଡାଳି ମୁଁ ବୋଉର ହାତଟିଏ ଖୋଜି ପାଏ। ଗୋଟିଏ ଝାଳଭିଜା ହାତ। ତା' ହାତ ପାପୁଲିଟା ଏମିତି ଖୋଲା ରହିଥାଏ, ଯେମିତି ସେ ଅପେକ୍ଷା କରି ରହିଛି ବାପାଙ୍କଠାରୁ କିଛି ଗୋଟେ ପାଇବ। ବୋଧେ ସେଇ ଅଦ୍ଭୁତ ଜିନିଷଟି, ଯାହା ମୁଁ ସ୍ୱପ୍ନରେ ଦେଖିଥିଲି।

ବୋଉ ହାତରେ କିନ୍ତୁ କିଛି ବି ନଥାଏ। ତା'ର ସେଇ ଫୁଙ୍ଗୁଳା ଟାଆଁସିଆ ହାତରେ।

■

ସାକ୍ଷାତକାର

ରବିବାର ସକାଳ ସବୁଦିନେ ମୋ ପାଇଁ ଉଦାସୀନ ଆଳସ୍ୟର ସକାଳ। ନିଦ ଭାଙ୍ଗେ ବିଳମ୍ବରେ, ବିଛଣାରୁ ଉଠେ ଆହୁରି ଡେରିରେ ଓ ଦିନର ଅଧାଅଧି ସମୟ କିଭଳି ବିତିଯାଏ, ଜାଣିହୁଏ ନାହିଁ।

ଅବଶ୍ୟ ଯଦି କିଛି କାମ ନଥାଏ, କିଛି ବାଧ୍ୟବାଧକତା ନ ଥାଏ।

ତୃତୀୟ କପ ଚା' ମାଗିବା ଉଚିତ ହେବ କି ନାହିଁ ଭାବୁ ଭାବୁ, କାଳିନ୍ଦୀ ଆସି କହିଲା, କିଏ ଜଣେ ଦେଖା କରିବାକୁ ଆସିଛନ୍ତି।

କାହାକୁ ଆସିବାକୁ କହି ନଥିଲି, ଯଦି ଅଫିସ୍‌ର କିଛି ଜରୁରୀ କାମ ଥାଆନ୍ତା, ପି.ଏ. କିମ୍ବା ଆଡିସନାଲ ସେକ୍ରେଟାରୀ ଜଣାଇ ଥାଆନ୍ତେ, କିଛି ଫୋନ ଆସିଥାଆନ୍ତା।

ମୋର କୌଣସି ଉତ୍ତରକୁ ଅପେକ୍ଷା ନକରି କାଳିନ୍ଦୀ ଫେରିଗଲା। ରବିବାର ସକାଳେ ବିନା ଆପଏଣ୍ଟମେଣ୍ଟରେ ଆସିବା ଲୋକଟି ଅବଶ୍ୟ ପ୍ରସ୍ତୁତ ହୋଇ ଆସିଥିବ ଧୈର୍ଯ୍ୟ ଧରି ଅପେକ୍ଷା କରିବା ପାଇଁ।

ସକାଳୁ ଉଠିବା ଭଲ ଅଭ୍ୟାସ, ମୋର ଆପତ୍ତି ନାହିଁ, କିନ୍ତୁ ମୋ ଦେହର ଜୈବିକ ଘଣ୍ଟା ଅଲଗା। ମୁଁ ଉଠେ ସାତଟାରେ, ଶୋଇବାକୁ ଯାଏ ଅନେକ ରାତିରେ, କେବେ କେବେ ବିଛଣାକୁ ଯିବା ବେଳକୁ ରାତି ଗୋଟାଏ ବାଜିଯାଇଥାଏ। ଚାକିରି କ୍ଷେତ୍ରରେ ଏ ଅଭ୍ୟାସ କୌଣସି ଅନ୍ତରାୟ ହୋଇ ନାହିଁ, ବରଂ କେବେ କେବେ ସହାୟକ ହୋଇଛି।

ଶୁଦ୍ଧାନନ୍ଦ ସ୍ମାରକ ଉଚ୍ଚ ବିଦ୍ୟାଳୟରେ ପାଠ ପଢୁଥିବା ବେଳେ, ତିନି ବର୍ଷ ହଷ୍ଟେଲରେ ରହିଥିଲି। ହଷ୍ଟେଲର ଦାୟିତ୍ୱରେ ଥିଲେ ବିପ୍ର ଆଚାର୍ଯ୍ୟ ସାର୍, ଧୋତି ପିନ୍ଧା, ପାଞ୍ଚ ଫୁଟ ତିନି ଇଞ୍ଚ ଉଚ୍ଚତାର ମଣିଷ। ସଂସ୍କୃତ, ଗଣିତ ଓ ଇଂରାଜୀ ପାଠକୁ ସମାନ ଦକ୍ଷତାରେ ପଢାଇବା ଶିକ୍ଷକ ତାଙ୍କ ଭଳି କ୍ୱଚିତ୍ ଥିଲେ ସେ ସମୟରେ। ସେ

ମୋ ପ୍ରତି ଅଧିକ ଦୃଷ୍ଟି ଦେଉଥିଲେ ଏଇଥି ପାଇଁ ଯେ ମୋର ଗଣିତ ଖୁବ ଭଲ ହେଉଥିଲା, ସବୁବେଳେ ଶହେକୁ ଶହେ ରଖୁଥିଲି, କିନ୍ତୁ ସଂସ୍କୃତରେ ଫେଲ୍ ହେଉଥିଲି।

'ତୋ'ର ସଂସ୍କୃତ ହେବ ନାହିଁ, ତୁ ଯେ ପର୍ଯ୍ୟନ୍ତ ବ୍ରାହ୍ମମୁହୂର୍ତ୍ତରେ ଉଠି ବ୍ୟାକରଣ ଅଭ୍ୟାସ ନ କରିଛୁ।'

ଆଚାର୍ଯ୍ୟ ସାର୍‌ଙ୍କ ଅନେକ ତାଗିଦ ସତ୍ତ୍ୱେ ମୁଁ ସକାଳେ ଉଠିପାରୁ ନଥିଲି, ସଂସ୍କୃତରେ ଭଲ ନମ୍ବର ରଖିପାରୁ ନ ଥିଲି।

ଫାଇନାଲ ପରୀକ୍ଷାର ସପ୍ତାହକ ଆଗରୁ ଆଚାର୍ଯ୍ୟ ସାର୍ ମତେ ଡାକି ଦଶଟି ପ୍ରଶ୍ନର ସହଜ ଉତ୍ତର ଡାକି ଦେଇଥିଲେ, ଫଳରେ ମୁଁ ପାସ୍ କରିଥିଲି। ପରୀକ୍ଷାରେ ଭଲ ନମ୍ବର ବି ଥିଲା, କାରଣ ଅଙ୍କ ଓ ବିଜ୍ଞାନରେ ମୁଁ ଖୁବ ଭଲ କରିଥିଲି।

ଆଚାର୍ଯ୍ୟ ପଣ୍ଡିତଙ୍କର ସବୁଠୁ ଭଲ ଗୁଣ ଥିଲା, ସେ ସବୁ ଛାତ୍ରଙ୍କୁ ସମାନ ଭାବେ ଭଲ ପାଉଥିଲେ, ପରୀକ୍ଷାଖାତାର ନମ୍ବର ଅନୁଯାୟୀ ତାଙ୍କ ଶ୍ରଦ୍ଧାର ପାତର ଅନ୍ତର ନଥିଲା।

'ତୁ ସବୁଦିନ ବ୍ରାହ୍ମ ମୁହୂର୍ତ୍ତରେ ଉଠିବାକୁ ଚେଷ୍ଟା କରିବୁ, ସେଇଟା ହିଁ ଦିନର ସବୁଠୁ ମହତ୍ତ୍ୱପୂର୍ଣ୍ଣ ସମୟ। ତୁ ଜୀବନରେ ବହୁତ ଉନ୍ନତି କରିପାରୁ, ସଫଳ ହୋଇପାରୁ, କିନ୍ତୁ ମନର ଶାନ୍ତି ମିଳିବ ନାହିଁ, ବ୍ରାହ୍ମମୁହୂର୍ତ୍ତରେ ନ ଉଠିଲେ, ଅଧ୍ୟାୟେ ଗୀତା ନ ପଢିଲେ।'

ଅନେକ ଉପଦେଶ ଦିଅନ୍ତି ଆଚାର୍ଯ୍ୟ ପଣ୍ଡିତ, ଅନେକ ଭଲ କଥା କହନ୍ତି। ସବୁବେଳେ ମହାତ୍ମା ଗାନ୍ଧୀଙ୍କ ଉଦାହରଣ ଦିଅନ୍ତି, କହନ୍ତି, ଜୀବନରେ ଯେତେବେଳେ ସଂଶୟ ଉପୁଜିବ, ବାଟ ଖୋଜି ପାଇବ ନାହିଁ, ସେତେବେଳେ ଗାନ୍ଧୀଜୀଙ୍କୁ ମନେ ପକାଇବ, ତାଙ୍କରି ଜୀବନୀ ଭିତରୁ ସମାଧାନର ସୂତ୍ର ପାଇବ।

ଶୋଇବା ଘରକୁ ସୁନୀତା ଆସିଲେ, ଚା' କପ୍ ବିଛଣା କଡ ଟେବୁଲରେ ରଖି କହି ଦେଇଗଲେ : ଘଣ୍ଟାକୁ ଦେଖ, ନଅଟା ପଚିଶ।

ପରେ ପରେ ଆସିଲା କାଳିନ୍ଦୀ, କହିଲା, ଲୋକଟାକୁ ବିଦା କରିଦେବି? କହିବି କାଲି ଅଫିସ୍‌ରେ ଦେଖା କର?

: କୋଉଠୁ ଆସିଛି?

: ଖାଲି କହିଲା, ସାହେବ ମତେ ଜାଣନ୍ତି। ଦେଖିଲେ ଚିହ୍ନିବେ।

ଏ ବଡ ବିଚିତ୍ର ପ୍ରକୃତି ଲୋକଙ୍କର। ପରିଚୟ ଦେବେ ନାହିଁ। ବୁଲେଇ ବଙ୍କେଇ କଥା କହିବେ।

ରେସିଡେନ୍ସିଆଲ ଅଫିସ୍ ବାରଣ୍ଡାରେ ଲୋକଟି ବସି ରହିଥିଲା, ମୋ ପାଦଶବ୍ଦ

ଶୁଣି ବେଞ୍ଚରୁ ଉଠି ଠିଆ ହେଲା।

ଲୋକଟିର ମୁହଁକୁ ସିଧା ନ ଚାହିଁ ମୁଁ ପଚାରିଲି, କ'ଣ କାମ ଥିଲା!

ଲୋକଟି ଉତ୍ତର ଦେଲା ନାହିଁ, ଚୁପଚାପ୍ ଛିଡା ହୋଇ ରହିଲା।

ଲୋକଟିର ମୁହଁକୁ ଚାହିଁଲି, ମୋ ଆଖିରେ ତନ୍ଦ୍ରା ସେଯାଏ ଭରି ରହିଥିଲା, କିଛି କିଛି। ଚିହ୍ନି ପାରିଲି ନାହିଁ ଲୋକଟିକୁ।

ଲୋକଟି ମତେ ନମସ୍କାର କଲା ନାହିଁ, ଅଳ୍ପ ହାତ ଟେକିଲା, ଅଧା ଅଭିବାଦନ ଓ ଅଧା କଲ୍ୟାଣ କଲା ପରି।

ତା'ପରେ ପଚାରିଲା, ତୁମେ ଭଲ ଅଛ ଅଜିତ?

ମୁଁ ଲୋକଟି ମୁହଁକୁ ଆଉଥରେ ଚାହିଁଲି।

: ଆପଣ!

: ଶୁଣିଲି ଶୋଇଥିଲ, ଭାବିଲି ଦେହ ଭଲ ନାହିଁ, ଫେରି ଯିବି।

ମୁଁ ଦୁଇପାଦ ଆଗକୁ ଯାଇ ତାଙ୍କ ପାଦ ଛୁଇଁଲି।

: ସାର୍, ଆପଣ!

: ବହୁତ ଦିନ ପରେ ଦେଖା। ଉଣେଇଶ ବର୍ଷ ପରେ!

ଗଣିତର ନିର୍ଭୁଲ୍ ଉତ୍ତର ଦେବା ପରି ସ୍ଥିର ସ୍ୱରରେ କହିଲେ ବିପ୍ର ଆଚାର୍ଯ୍ୟ ସାର। ସେହି ସ୍ୱର, ସେହି ଗାମ୍ଭୀର୍ଯ୍ୟ।

କିନ୍ତୁ ତାଙ୍କ ଚେହେରା ଆଗ ଭଳି ନଥିଲା। ସେଦିନର ସ୍ନିଗ୍ଧ ଉଜ୍ଜ୍ୱଳ ରୂପ ଏବେ ଲିଭି ଯାଇଛି ଦେହରୁ, ସିଝିଯାଇଥିବା କଞ୍ଚା ଗଛ ପରି ଦୁର୍ବଳ ଅବନତ ଦେହଟିଏ।

: ସାର, ଭିତରକୁ ଆସନ୍ତୁ।

: ଛୁଟି ଦିନ, ତୁମକୁ ବ୍ୟସ୍ତ କରିବି ନାହିଁ।

କୁଣ୍ଠିତ ପାଦରେ ଆଚାର୍ଯ୍ୟ ସାର୍ ମୋତେ ଅନୁସରଣ କରି ଭିତରକୁ ଆସିଲେ। ସୋଫାରେ ବସିଲେ, ହାତର ଝୁଲା ଖଣ୍ଡିକ ତଳେ ଥୋଇ ଦେଇ।

ଦେହରେ ତାଙ୍କର ସେହି ପୋଷାକ, ମୋଟା ଖଦଡ କନାର; ବେକରେ ରୁଦ୍ରାକ୍ଷ ମାଳୀ, ନ ଦିଶିଲା ପରି ଚନ୍ଦନ ଟିପା କପାଳରେ।

ଭାରି ନିଷ୍ଠାବାନ ଥିଲେ ଆଚାର୍ଯ୍ୟ ସାର୍, ଭାରି ନ୍ୟାୟବାନ। ନିୟମିତ କ୍ଲାସ୍ କରନ୍ତି, ସୁନ୍ଦର ଗପ ସବୁ କହନ୍ତି ପଢେଇବା ଭିତରେ। ସହଜରୁ ଆହୁରି ସହଜ ପ୍ରଶ୍ନ ପକାନ୍ତି ସେ ପରୀକ୍ଷାରେ, ଯେମିତି କି ସବୁଠୁ ଦୁର୍ବଳ ଛାତ୍ରଟିଏ ବି ପାସ୍ କରି ଯାଇପାରିବ, ଆଉ ସେଥିରେ ଅତି ଜଟିଳ ପ୍ରଶ୍ନ ବି ଥାଏ, ସବୁଠୁ ମେଧାବୀ

ଛାତ୍ରକୁ ଘର୍ମାକ୍ତ କରି ଦେବା ପାଇଁ।

ତାଙ୍କୁ ଦେଖି ମୋର ଆଗ୍ରହ ହୋଇଥାଏ, ଭବିଷ୍ୟତରେ ମୁଁ ଜଣେ ଶିକ୍ଷକ ହେବାପାଇଁ, କିନ୍ତୁ ସମୟ କ୍ରମେ ମୁଁ ପ୍ରଶାସନିକ ବୃତ୍ତିକୁ ହିଁ ଆଦରି ନେଲି।

: ତୁମ କଥା ମୁଁ ପଢେ ଖବରକାଗଜରୁ, ଶୁଣେ ଲୋକଙ୍କ ଠାରୁ। ଭଲ ଲାଗେ ତୁମ ବିଷୟରେ ଦି ପଦ ଭଲ କଥା ଶୁଣି। ଗତ ଥର ବନ୍ୟା ସମୟରେ ତୁମେ ଭଲ କାମ କରିଥିଲ।

: ସାର, ଚା' ପାଇଁ କହିବି ?

ପ୍ରଶ୍ନଟି ପଚାରି ଭୁଲ କଲି। ସାର୍ ଚା, କଫି, ପାନ କିଛି ଛୁଅନ୍ତି ନାହିଁ।

: ନାଇଁ ରେ ବାୟା, ଚା' ତ ପିଏନି, ଥଣ୍ଡାପାଣି ଗିଲାସେ ପିଇବି, ଭାରି ଶୋଷ।

ସେ କହିଲେ କୋମଳ ସ୍ୱରରେ।

କାଳିନ୍ଦୀ ପାଣି ଗ୍ଲାସ ସହିତ ଗୋଟିଏ ପ୍ଲେଟ୍ ଭର୍ତ୍ତି ଫଳ ନେଇ ଆସିଥିଲା।

ଉଣେଇଶ ବର୍ଷ ପରେ ଆଚାର୍ଯ୍ୟ ସାର୍‌ଙ୍କ ସହିତ ଦେଖା। ସମୟର ନିର୍ମମ ସ୍ୱାକ୍ଷର ତାଙ୍କ ଶରୀରରେ ଥିଲା ସ୍ପଷ୍ଟ ଓ ଗଭୀର। ଦୁର୍ବଳ ଅବସନ୍ନ ଦେହ, ଆଖି ତଳେ ଗହୀର କଳା ଦାଗ, ବସିବା ଢଙ୍ଗରେ ଅନୁକ୍ତ ବିପନ୍ନବୋଧ।

କିନ୍ତୁ ସ୍ୱର ଥିଲା ଆଗଭଳି ଉଦାର ଗମ୍ଭୀର।

ମୋ' ଠାରୁ ଭଲମନ୍ଦ ଦି ପଦ ପଚାରି ବୁଝିବା ପରେ ସେ କହିଥିଲେ, ମୁଁ ଆସିବାକୁ ଇଚ୍ଛା କରୁ ନଥିଲି, ମନ୍ଦାକିନୀ ବହୁତ ବାଧ୍ୟ କଲେ ବୋଲି ଆସିଲି –

ବୁଝି ହେଲା, ଗୁରୁମା'ଙ୍କ ନାମ ମନ୍ଦାକିନୀ।

: ତୁମର ବାପି କଥା ମନେ ଥିବ !

: ବାପି ! କେମିତି ଅଛି ସେ ?

ଆଚାର୍ଯ୍ୟସାର୍‌ଙ୍କ ଗୋଟିଏ ବୋଲି ପୁଅ, ବାପି। ମୋ' ଠାରୁ ଢେର ସାନ ଥିଲା ବୟସରେ।

: ତା' ଲାଗି ସବୁ ଚିନ୍ତା।

ଆଚାର୍ଯ୍ୟ ସାର୍ ଭାରି ଶୋଷ କଲା ପରି ଗ୍ଲାସ୍‌ର ଅବଶିଷ୍ଟ ପାଣି ଢକଢକ କରି ପିଇଦେଲେ। ଲୁଗା କାନିରେ ଓଠ ପୋଛି କହିଲେ, ମନ୍ଦାକିନୀଙ୍କ ଏବେ ଡିପ୍ରେସନ ବାହାରିଛି, ସିଭିୟର ମେଣ୍ଟାଲ ଡିପ୍ରେସନ। ଆଗରୁ ଅଳ୍ପ ଅଳ୍ପ ଥିଲା, ବଢିଗଲା ମୋର କ୍ୟାନ୍‌ସର ଅପରେସନ ପରେ ପରେ... ଆଜି କ'ଣ ବେଶି ଗରମ ପଡିଛି ନା କ'ଣ, ଟିକେ ଫ୍ୟାନ୍ ସ୍ପିଡ୍ ବଢେଇ ଦେବ !

ମୁଁ ପଙ୍ଖାର ସ୍ପିଡ୍ ବଢେଇ ଦେଇ ଆସି ପୁଣି ପାଖରେ ବସିଲି।

ଆଚାର୍ଯ୍ୟ ସାର୍ ମୁହଁର ଝାଳ ପୋଛିଲେ, ଚଷମାର କାଚ।

: ତୁମର ରବିବାରରେ ବି ବହୁତ କାମ, ନୁହେଁ!

ମୋ ଟେବୁଲ ଉପରେ ଜମା ହୋଇଥିବା ଫାଇଲ୍ ଓ ଡାକ ବସ୍ତାନିକୁ ଚାହିଁ କହିଲେ ଆଚାର୍ଯ୍ୟ ସାର୍। କହିଥିଲେ, ଏତେ କାମ - ବହୁତ ସକାଳୁ ଉଠି ସବୁ ସାରିବାକୁ ପଡୁଥିବ!

... ମୋ ଛାତ୍ରମାନଙ୍କ ଉନ୍ନତି ଦେଖିଲେ ମତେ ଭାରି ଖୁସି ଲାଗେ, ନିଜ ଜୀବନ ସାର୍ଥକ ହେଲା ପରି ଲାଗେ। ସୁଧାଂଶୁ ଭଲ ଡାକ୍ତର ହେଇଛି, ପ୍ରବୀର ଭଲ ଓକିଲ, ସୁରେଶ ଆମେରିକାରେ, ଆଉ ତୁମେ....

... କିନ୍ତୁ ବାପିର କୁଆଡୁ କିଛି ହେଲାନି, ତା'ର କୋଉଥିରେ ନିଷ୍ଠା ରହିଲାନି, ନା ପାଠରେ, ନା ବ୍ୟବସାୟରେ, ନା ଫୁଟବଲରେ ନା କୋଉଥିରେ।

... ଚାକିରି ଆଶାରେ ସେ ଗୋଟେ ପରେ ଗୋଟେ ପରୀକ୍ଷା ଦେଇ ଚାଲିଛି, ଇଣ୍ଟରଭିଉ ଦେଉଛି। କୁଆଡୁ କିଛି ହବାର ନାହିଁ।

...ଗଲା ସାତଦିନ ଧରି ମନ୍ଦାକିନୀ ବହୁତ କନ୍ଦାକଟା କରୁଛନ୍ତି, ଏକା ଜିଦ୍ ତୁମକୁ ଆସି ଦେଖା କରିବା ପାଇଁ। ବାପି ପାଇଁ।

: ବାପି ଗୋଟେ ପରୀକ୍ଷା ଦେଇଛି, ତୁମ ବିଭାଗରେ ଚାକିରି ପାଇଁ... କିରାଣୀ ଚାକିରି ... ଇଣ୍ଟରଭିଉ ଅଛି ଆସନ୍ତା ସପ୍ତାହ -

ବଡ କଷ୍ଟରେ କହୁଥାନ୍ତି ଆଚାର୍ଯ୍ୟ ସାର୍, ପାହାଡ ଉଠିବା ପରି, ପରିଶ୍ରାନ୍ତ ଦୁର୍ବଳ ସ୍ୱରରେ।

ଟେଲିଫୋନ ବାଜିଲା, ମୁଁ ଉଠିଯାଇ ଫୋନ ଧରିଲି। ଜଣେ ସହକର୍ମୀଙ୍କ ଫୋନ। ତିନି ମିନିଟ କଥା ହେବା ପରେ କହିଲି, ପରେ କଥା ହେବି, ଏବେ ଟିକିଏ ବ୍ୟସ୍ତ ଅଛି।

ଫେରିଆସି ମୁଁ ସୋଫାରେ ବସୁ ବସୁ ଆଚାର୍ଯ୍ୟ ସାର୍ କହିଲେ, ମୁଁ ଏଥର ଉଠୁଛି, ତୁମେ ବ୍ୟସ୍ତ ମଣିଷ, ବହୁତ କାମ।

ମୁଁ କିଛି କହିବା ଆଗରୁ ସେ ଉଠି ସାରିଥିଲେ, କାନ୍ଧରେ ଖଦଡ ବ୍ୟାଗ୍ ଗୋଟିକ ଝୁଲାଇ।

ମୁଁ ତାଙ୍କୁ ଅନୁସରଣ କରି ଦରଜା ପର୍ଯ୍ୟନ୍ତ ଗଲି। ସେ ଟିକିଏ ଅଟକି ଗଲେ, ମୋ ଆଡ଼କୁ ଚାହିଁ ଛଳ ଛଳ ଆଖିରେ କହିଲେ, ତୁମେ କିଛି ଭାବିବ ନାହିଁ ଅଜିତ, ମନ୍ଦାକିନୀଙ୍କ କଥା ମୁଁ ଭାଙ୍ଗି ପାରିଲି ନାହିଁ -

ପୁରୁଣା ଛିଣ୍ଡା ଚଟି ହଳକ ପାଦରେ ଗଳାଇ ସେ ବାରଣ୍ଡା ତଳକୁ ଓହ୍ଲାଇ ଗଲେ।

ମୁଁ ତାଙ୍କ ଫେରିବା ବାଟକୁ ଟିକିଏ ସମୟ ଚାହିଁ ଭିତରକୁ ଆସିଲି ।

ଭିତରକୁ ଆସିଲା କ୍ଷଣି ମୋ ଆଖିରେ ପଡିଥିଲା ଆଚାର୍ଯ୍ୟ ସାର୍ ଛାଡି ଯାଇଥିବା ଜିନିଷଟିଏ ଉପରେ । ଗୋଟିଏ ଛୋଟ କାଗଜ ପୁଟୁଳି ଥିଲା କଫି ଟେବୁଲ ଉପରେ, ପୁରୁଣା ଖବରକାଗଜରେ ବନ୍ଧା ଗୋଟିଏ ପୁଟୁଳି ।

ଟିକିଏ ପାଖକୁ ଯାଇ ଦେଖିଲି, ବିଡାଏ କାଗଜ ବନ୍ଧା ହୋଇ ରହିଥିଲା ସେଥିରେ । ପୁଟୁଳି ନଖୋଲି ମଧ୍ୟ ଅନୁମାନ କରି ହେଉ ଥିଲା ଭିତରେ ପୁଳାଏ ନୋଟ୍ ରହିଛି ।

ମୋତେ ଭାରି ବିଚଳିତ ଲାଗିଲା, ଭାରି କଷ୍ଟ, ଭାରି ଅପମାନ ବି । ବିପ୍ର ଆଚାର୍ଯ୍ୟ ସାର୍ ମୋ ଘରକୁ ଆସି ଟଙ୍କା ଲାଞ୍ଚ ଦେଇଯିବେ, ମୋତେ, ତାଙ୍କ ପୁଅର ଚାକିରି ପାଇଁ! ମୋ ଆଖିରେ ଖେଳିଗଲା ମୋ ପିଲାଦିନର ସ୍ମୃତି, ଅପାପବିଦ୍ଧ କୈଶୋରର ସ୍ମୃତି । ଜୀବନର ସୁନ୍ଦର ଛବି ଆଙ୍କି ଦେଉଥିବା, ନୀତି ଓ ନ୍ୟାୟର ନିର୍ଭୁଲ ପଥକୁ ଚିହ୍ନେଇ ଦେଉଥିବା ଜଣେ ଶିକ୍ଷକ କିଭଳି ଏପରି କାମ କରିବାକୁ ଗଲେ !

ଫାଟକ ବନ୍ଦ କରି, ମୁଣ୍ଡ ନୁଆଇଁ, ପାଦ ଟିପି ଟିପି ଚାଲିଯାଉଥିବା, ପଣ୍ଡିତ ବିପ୍ର ଆଚାର୍ଯ୍ୟଙ୍କର ଅପସୃୟମାନ ରୂପଟି ମୋ ଆଖିରେ ଦିଶି ଦିଶି ଗଲା । ବେସରକାରୀ ସ୍କୁଲରୁ ବିନା ପେନସନ୍‌ରେ ଅବସର ନେଇଥିବା, ରୋଗ ଓ ପାରିବାରିକ ସମସ୍ୟାରେ ଛନ୍ଦି ହୋଇଯାଇଥିବା ମଣିଷଟିଏ ବଞ୍ଚି ରହିବାର ବାଟ ଖୋଜୁଛି, ଦରାଣ୍ଡୁଛି କିଛି ବି ଆଶ୍ରୟ ।

କାଳିନ୍ଦୀ ଭିତରକୁ ଆସିଲା, ପାଣି ଗ୍ଲାସ୍ ଓ ପ୍ଲେଟ୍ ଟେବୁଲରୁ ଉଠାଇ ନେବା ପାଇଁ । ସାମାନ୍ୟ ଅସାବଧାନତା ଯୋଗୁ ତା' ହାତ ବାଜି ସେହି କାଗଜ ପୁଟୁଳିଟି ତଳକୁ ଖସି ପଡିଲା । ଭଲଭାବେ ବନ୍ଧା ହୋଇ ନଥିବା ପୁଟୁଳିଟି ଏବେ ଫିଟିଗଲା ।

ପୁଟୁଳି ଭିତରେ ଥିଲା ଖଣ୍ଡେ ବହି, ଗୋଟିଏ ଛୋଟ ବହି ।

କାଳିନ୍ଦୀ ବହି ଖଣ୍ଡିକ ଟେବୁଲ ଉପରେ ରଖିଦେଇ ଚାଲିଗଲା ।

ମୁଁ ନଇଁ ପଡି ବହିଟିକୁ ଦେଖିଲି । ହାତ ପାପୁଲିରେ ଧରି ହେବା ପରି ଛୋଟ ବହିଟିଏ, ଆଚାର୍ଯ୍ୟ ହରିହରଙ୍କ ସମ୍ପାଦିତ ଶ୍ରୀମଦ୍ ଭଗବତ୍ ଗୀତା ।

ବହିର ଭିତର ପୃଷ୍ଠାରେ ଲେଖାଥିଲା ସୁନ୍ଦର ଅକ୍ଷରରେ, 'ପ୍ରଭୁଙ୍କର ପ୍ରିୟ ହୁଅ, ଆଶୀର୍ବାଦ ସହିତ : ଶ୍ରୀ ବିପ୍ର ଚରଣ ଆଚାର୍ଯ୍ୟ' ।

ବହିଟିକୁ ମୁଁ ହାତରେ ଧରିଲି କିଛି ସମୟ । ଯେମିତି ତା' ଭିତରେ କାହାରି ନିଃଶ୍ୱାସ ବୋହୁଛି, ଧୀର ଓ ଅବିରତ ।

ଗୋଟିଏ ପ୍ରଶ୍ନର ଉତ୍ତର ନଥିଲା ମୋ ପାଖରେ, ଗୋଟିଏ ଛୋଟ ପ୍ରଶ୍ନର

ଉତ୍ତର। ଏତେ ବାଟ କଷ୍ଟ କରି ଆଚାର୍ଯ୍ୟ ସାର୍ ଆସିଥିଲେ, ଏମିତି ରୋଗା ଦେହରେ।
କିନ୍ତୁ ଫେରିବା ପର୍ଯ୍ୟନ୍ତ ସେ ବାପିର ଭଲ ନାଁଟି ମତେ କହିଲେ ନାହିଁ କାହିଁକି!
ରୋଲ ନମ୍ବର ଲେଖାଥିବା ଗୋଟିଏ ଛୋଟ ଚିରକୁଟ ମୋ ହାତରେ ଗୁଞ୍ଜିଦେଇ
ଗଲେ ନାହିଁ କାହିଁକି!

 କାହିଁକି ସେ ମୋ ପାଖକୁ ଆସିଥିଲେ, ଏତେ ଦୂର ବାଟରୁ!

ଭଗ୍ନାଂଶ

ଲୋକଟି ଖବରକାଗଜ ଭିତରୁ ମୁଣ୍ଡ ଉଠାଇ ହାତଘଡ଼ିକୁ ଚାହିଁଲା ଓ ତା'ପରେ ସହଯାତ୍ରୀଟି ଆଡକୁ ଅନେଇ ପଚାରିଲା– କ'ଣ ଆପଣ ଏଥର ଶୋଇବେ ?

ସହଯାତ୍ରୀଟି ଯା' ଭିତରେ ପାଖ ବର୍ଥରେ ତା'ର ବିଛଣା ସଜେଇ ସାରିଥିଲା, ଟିକିଏ ଆଢୁଆଳ ହୋଇ ପ୍ୟାଣ୍ଟ ବଦଳେଇ ପାଇଜାମା ପିନ୍ଧି ସାରିଥିଲା ଓ ମନିପର୍ସ, ଚଷମା ଓ ପକେଟ୍‌ର କଲମ ଖଣ୍ଡିକ ହାତ ବ୍ୟାଗ୍‌ରେ ସାବଧାନତାର ସହିତ ରଖି ସାରିଥିଲା ।

ହାତଘଡିରେ ସମୟ ଏବେ ରାତି ସାଢ଼େ ନଅଟା । ଟ୍ରେନ ଚାଲିଚି ଊର୍ଦ୍ଧ୍ୱଶ୍ୱାସରେ । ବାହାରେ ଶୀତ, ଅନ୍ଧାର ଓ ନିର୍ଜନତା ।

ଚାରିଜଣିଆ କୁପେ ଭିତରେ ଆଜି ଯାତ୍ରୀ ଦୁଇଜଣ, ଉପର ବର୍ଥ ଦୁଇଟି ଲାଗି ରାତିକ ପାଇଁ କେହି ଦାବିଦାର ନ ଥିଲେ ।

ସହଯାତ୍ରୀଟି ମୁହଁ ବୁଲେଇ ଲୋକଟି ଆଡକୁ ଚାହିଁଲା । ତା'ପରେ କହିଲା– ନା, ଏବେ ନୁହେଁ ।

ଟିକିଏ ନୀରବତା ପରେ ସେ ପଚାରିଲା - ଆପଣ କେତେଦୂର ଯିବେ ?

- ଶେଷ ଷ୍ଟେସନ୍ ପର୍ଯ୍ୟନ୍ତ । ଆପଣ ?

- ମୁଁ ବି ।

ଟ୍ରେନ୍‌ର ସ୍ପିଡ୍ ବଢିବା ସାଙ୍ଗେ ସାଙ୍ଗେ କମ୍ପାର୍ଟମେଣ୍ଟ ଭିତରର ଆଲୁଅ ଆହୁରି ଉଜ୍ଜ୍ୱଳ ହୋଇ ଉଠୁଥିଲା, ପାଦତଳର ଠପାସ୍ ଠପାସ୍ ଯାନ୍ତ୍ରିକ ଶବ୍ଦ ଆହୁରି କ୍ଷିପ୍ର ।

ବିଛଣା ଉପରେ ବସିପଡି ସହଯାତ୍ରୀଟି ପଚାରିଲା-କ'ଣ କିଛି ଖାସ୍ କଥା ଅଛି ଆଜିର ଖବରକାଗଜରେ ?

ଲୋକଟି କହିଲା – ହଁ, ଅନେକ ଅଛି । ଆପଣ ଆଜିକା କାଗଜ ଦେଖିନାହାନ୍ତି ?

-ମୁଁ ଖବରକାଗଜ ପଢ଼େ ନାହିଁ। ତକିଆ ଉପରେ ଆଉଜି ପଡି ସହଯାତ୍ରୀଟି କହିଲା।

-ଆପଣ ଖବରକାଗଜ ପଢ଼ନ୍ତି ନାହିଁ?

-ନା, ଇଚ୍ଛା ହୁଏ ନାହିଁ।

-ମୁଁ ପଢ଼େ। ମତେ ବହୁତ ଭଲ ଲାଗେ ପେପର୍ ପଢିବାପାଇଁ। ଦିନକୁ ମୁଁ ତିନିଟା ପେପର୍ ପଢି ସାରିଦିଏ। ଏ ନିଶା ଯା' ହେଉ ଆପଣଙ୍କର ନାହିଁ। ପଇସା ଅନ୍ତତଃ କିଛି ବଞ୍ଚିଯାଉଥିବ ଆପଣଙ୍କର।

ସହଯାତ୍ରୀଟି କହିଲା- ଖବରକାଗଜ ପଢେ ନାହିଁ ବୋଲି କହିଥିଲି। କିଣେ ନାହିଁ ବୋଲି ତ କହିନାହିଁ।

-କିଣନ୍ତି ତେବେ କାହିଁକି?

-ରାତିରେ ଗୋଧୋଇ ସାରି ପୋଛିହେବା ଦରକାର ପଡେ, ସେଇଥିପାଇଁ।

-ପୋଛି ହୁଅନ୍ତି? ଖବରକାଗଜରେ ପୋଛି ହୁଅନ୍ତି?

-ନା, ତଉଲିଆରେ ପୋଛିହୁଏ। କିନ୍ତୁ ଶୋଇଲା ଘର କାର୍ପେଟ୍ ଓଦା ହୋଇଯିବ ବୋଲି ମତେ ଖବରକାଗଜ ପକେଇ ଠିଆ ହେବାକୁ ପଡେ, ପୋଛି ହେଲା ବେଳେ।

ଲୋକଟି ତା' ହାତର ସମ୍ବାଦପତ୍ରଟି ସିଟ୍‌ରେ ରଖିଦେଇ ସହଯାତ୍ରୀ ଆଡକୁ ଚାହିଁଲା। ଟିକଏ ଭାବିଲା ପରେ କହିଲା - ଆପଣ ବାଥ୍‌ରୁମ୍‌ରେ ପୋଛି ହୋଇ ପଡ଼ନ୍ତି ନାହିଁ?

-ବାଥ୍‌ରୁମ୍‌ରେ ମିରର୍ ନାହିଁ। ସେଠି ମିରର୍ ଲଗେଇବାକୁ ଜାଗା ନାହିଁ।

ଗୋଟିଏ ସମସ୍ୟାର ସମାଧାନ କରିବାରେ ସାହାଯ୍ୟ କଲାପରି ସହଯାତ୍ରୀଟି ପୁଣି କହିଲା- ମିରର୍ ଦେଖି ପୋଛି ହେବା ଅଭ୍ୟାସ ମୋର ନାହିଁ। କିନ୍ତୁ ଗପସପ କରିବାକୁ ତ କିଏ ଜଣେ ସାଙ୍ଗରେ ଥିବା ଦରକାର, ଗାଧୋଇ ସାରି ପୋଛିପାଛି ହେଲାବେଳେ।

-କିଏ ଥାଏ ସାଙ୍ଗରେ?

-ମୁଁ ନିଜେ, ଆଉ କିଏ?

ସହଯାତ୍ରୀଟି ପଙ୍ଖାର ସ୍ପିଡ୍ ଟିକିଏ କମେଇଦେଲା, ମୁଣ୍ଡପାଖର ରିଡିଙ୍ଗ୍ ଲାଇଟ୍ ଜଳିଚି କି ନାହିଁ ପରୀକ୍ଷା କରିନେଲା, ତା'ପରେ ଲମ୍ବା ହାଇ ମାରିଲା ହାତମୁଠା କରି।

ଲୋକଟି ପଚାରିଲା ସହୃଦୟତାର ସହିତ - ନିଦ ଲାଗିଲାଣି ଆପଣଙ୍କୁ, ନୁହେଁ?

- ନିଦ? ନା...

ଅପ୍ରିୟ କିଛି ବିଷୟ ନେଇ କଥା ନ ହେବାକୁ ପଣ କଲା ପରି ସହଯାତ୍ରୀଟି ସଂକ୍ଷିପ୍ତ ଜବାବ ଦେଲା। ତା'ପରେ ଭାବିଲା ସୌଜନ୍ୟ ଖାତିରରେ କିଛି ଅପ୍ରିୟ ବିଷୟ କଥା ହେବାକୁ ବି ପଡ଼େ। ସେ ପଚାରିଲା- ଆପଣ ବୋଧେ ଏବେ ଶୋଇବେ ?

ଲୋକଟି ହାତଘଡ଼ିକୁ ଦେଖିଲା, ସମ୍ଭବତଃ ଚତୁର୍ଥଥର ପାଇଁ ଏଇ ଅଧଘଣ୍ଟାକ ଭିତରେ। ତା'ପରେ କହିଲା- ନା,ଏବେ ନୁହେଁ। ଆଉ ଘଣ୍ଟାଏ ଚାଳିଶ ମିନିଟ୍ ପରେ ମୁଁ ଶୋଇପଡିବି। ସବୁଦିନ ମୁଁ ରାତି ଏଗାରଟା ବେଳକୁ ଶୁଏ।

-ରାତି ଏଗାରଟା ବେଳକୁ ?

-ଠିକ୍ ଏଗାରଟା ବେଳକୁ। ପାଞ୍ଚମିନିଟ୍ ବିଳମ୍ବ ବି ମୁଁ ସହିପାରେ ନାହିଁ।

ଲୋକଟି ଏହି ସତ୍ୟଟି ଉଦ୍‌ଘୋଷଣା କରି ତା'ର ବିଶାଳ ପେଟଟି ଉପରେ ହାତ ବୁଲାଇଲା, ଛୋଟ ପିଲାଟିଏ ଯେମିତି ଗୋଟିଏ ନିଷିଦ୍ଧ ଖାଦ୍ୟ ଖାଇବାର କୀର୍ତ୍ତି ଓ ଅପକୀର୍ତ୍ତିର ଦ୍ୱନ୍ଦ୍ୱ ଭିତରେ ଛନ୍ଦି ହୋଇ ପେଟ ଆଉଁସିବାକୁ ଲାଗେ।

-ଆପଣ କେତେବେଳେ ଶୁଅନ୍ତି ? ଲୋକଟି ପଚାରିଲା।

-ମୁଁ ଖଟକୁ ଯାଏ ରାତି ବାରଟା ପରେ। ଦିନେ ଦିନେ ଦେଢ଼ଟା ବି ବାଜିଯାଏ।

-ବହୁତ ପଢାପଢି ଲେଖାଲେଖି କରନ୍ତି ବୋଧେ ?

-ପଢାପଢିରେ ମୋର ସେତେ କିଛି ଆଗ୍ରହ ନାହିଁ। କିନ୍ତୁ ଲେଖାଲେଖି କରେ ସାମାନ୍ୟ।

ଛିକ୍ !

ସହଯାତ୍ରୀଟି ଛିଙ୍କିଲା ଏଡେ ପାଟିଟେ କରି। ଆଉ ତା' ଭିତରେ ପରିଷ୍କାର ଲେଖି ହୋଇଗଲା ତା'ର ନାସ୍ତିବାଚକ ପ୍ରତ୍ୟୁତ୍ତର ଗୋଟିକ।

'ମୁଁ ଲେଖକ ନୁହେଁ।' ରୁମାଲ୍‌ରେ ମୁହଁପୋଛି ସହଯାତ୍ରୀଟି କହିଲା, 'ତେବେ, ବିଶୁଦ୍ଧ ଓଡିଆରେ କହିବି ଯଦି, ମୁଁ ଜଣେ ଲେଖାକାର।'

-ଲେଖାକାର ?

-ଆକାଉଣ୍ଟାଣ୍ଟ।

ସହଯାତ୍ରୀଟି ଯା' ଭିତରେ ଗୋଡ଼ହାତ ଟେକି ବିଛଣା ଉପରେ ଆରାମ କରି ବସି ସାରିଥିଲା। ଯେମିତି ସେ ରୋଚକ ଓ ଆନନ୍ଦଦାୟକ ଏକ ଲମ୍ବା ସମୟର ମୁହାଁମୁହିଁ ହେବାକୁ ଯାଉଛି, ପୂର୍ବ ପରିକଳ୍ପନା ମୁତାବକ।

ପିଠିପଟ ତକିଆଟି କୋଡ଼ ଉପରକୁ ଉଠେଇ ନେଇ ସହଯାତ୍ରୀଟି ଲୋକ ଆଡ଼କୁ ଚାହିଁ କହିଲା- ମୁଁ ଅଫିସ୍‌ରୁ ଫେରୁ ଫେରୁ ରାତି ପ୍ରାୟ ନଅଟା ବାଜି ସାରିଥାଏ।

କେବେ କେବେ ସାଢେ ନଅଟା। ଘରର କବାଟ ଫିଟେଇ ମୁଁ ସିଧା ବାଥ୍‌ରୁମ୍‌କୁ ଚାଲିଯାଏ। ପରିସ୍ରା କରିସାରି, ଗୋଧୋଇବାକୁ ପ୍ରସ୍ତୁତ ହୁଏ।

ଲୋକଟି ପଚାରିଲା-ଆପଣ ସବୁଦିନେ ଏତେ ରାତିରେ ଫେରନ୍ତି, ଆପଣଙ୍କ ସ୍ତ୍ରୀ କିଛି କହନ୍ତି ନାହିଁ? ମୋ' ଭାରିଯା ହୋଇଥିଲେ ତ - ହେଃ ଛାଡନ୍ତୁ ତା' କଥା!

-ମୋ ସ୍ତ୍ରୀ ମୋ ପାଖେ ନଥାଏ। ସେ ଥାଏ ରାଞ୍ଚିରେ, କ'ଣ ଗୋଟେ ରିସର୍ଚ୍ଚ କରୁଚି ଇଂରାଜୀ ସାହିତ୍ୟରେ। ପାଞ୍ଚବର୍ଷ ହେଲାଣି, ତା' କାମ ସରୁ ନାହିଁ କି ସେ ଆସିପାରୁ ନାହିଁ।

-ତା' ମାନେ ଆପଣ ବାହାରୁ ଖାଇ ଘରକୁ ଫେରନ୍ତି, ନାଇଁ?

-ହଁ, ଅଫିସ କାଣ୍ଟିନ୍‌ରୁ ଖାଇଦିଏ। ବେଶି ନୁହେଁ, ଦି' ପିସ୍ ପାଉଁରୁଟି, କପେ ଦୁଧ, ଗୋଟେ କଦଳୀ। କିନ୍ତୁ ସାଙ୍ଗରେ ମୋର ରହିଥାଏ ପ୍ରଚୁର ଖାଦ୍ୟ। ରାତିରେ ପୁଣି ଭୋକ ଲାଗିବ ତ!

-ହଁ ଆଜ୍ଞା, ନିଶ୍ଚେ ଭୋକ ଲାଗିବ। ମୁଁ ତ ଦିନ୍ ରାତିରେ ଥାଳିଏ ଭାତ ଖାଏ, ତିନି ପ୍ରକାର ତରକାରି, ମାଉଁସ କି ମାଛ ନିଶ୍ଚୟ ତା'ସାଙ୍ଗରେ। ଶେଷକୁ ପାଏସ୍ କିମ୍ବା ପୁଡିଙ୍ଗ୍। ତଥାପି ଭୋକ ଲାଗେ ରାତିରେ, ନିଦରୁ ଉଠି ରୋଷେଇଘର ଅଣ୍ଡାଳେ, ମିସେସ୍‌ଠୁ ଗାଳି ଖାଏ ...

ଲୋକଟି ପେଟ ଉପରେ ହାତ ବୁଲେଇ ଆଣି ହସିଲା, ନିରୀହ ଦୋଷଟିଏ ମାନିଗଲା ପରି।

ହାତଘଡ଼ିକୁ ଅନ୍ୟମନସ୍କ ଭାବେ ଥରେ ଦେଖି ସହଯାତ୍ରୀଟି ପଚାରିଲା- ଗାଡ଼ି କେତେବେଳେ ପହଞ୍ଚିବ ଆମ ଷ୍ଟେସନରେ?

-ରାଇଟ୍ ଟାଇମ୍ ସାଢ଼େ ସାତଟା। କିନ୍ତୁ ଡେରି ତ ହୁଏ ପ୍ରାୟ ସବୁଦିନ। ନଅଟା ବାଜିଯାଏ।

ସହଯାତ୍ରୀଟି ଟିକିଏ ଅସ୍ଥିର ହେଲା ତା' ବିଛଣା ଉପରେ। କିନ୍ତୁ ଲୋକଟି ତାହା ଲକ୍ଷ୍ୟ କରିପାରିଲା ନାହିଁ, କହିଲା- ମନ୍ଦ ନୁହେଁ। ସକାଳୁ ଡେରିଯାଏ ଶୋଇହେବ। ମତେ ଆଜ୍ଞା ଯେତେ ଡାକିଲେ ବି ସାତଟା ଆଗରୁ ନିଦ ଭାଙ୍ଗେ ନାହିଁ। ସତକଥା ଆଜ୍ଞା, ମଣିଷ ଜୀବନରେ ମାତ୍ର ତିନିଟା ଜିନିଷରେ ସୁଖ ଅଛି : ଆହାର, ନିଦ୍ରା ଆଉ ଆର ଜିନିଷଟା କଅଣ ମୋର ଏଇନା ମନେପଡୁନି। କିନ୍ତୁ ସବୁଠୁ ବଡ଼ ସୁଖ ନିଦ।

ସହଯାତ୍ରୀ ତା' ବିଛଣା ଉପରେ ଆଣ୍ଠୁମାଡି ବସିଲା, ଜଙ୍ଘ ଉପରେ ହାତ ଦୁଇଟି ରଖି।

-କ'ଣ ଆଜ୍ଞା ପ୍ରାର୍ଥନା କରିବାକୁ ବସିଲେ ?

ସହଯାତ୍ରୀଟି ହସିଦେଇ କହିଲା-ନା।

ଟିକିଏ ପରେ କହିଲା-ମୁଁ ଏମିତି ବସେ। ଗାଧୋଇ ସାରିଆସି ଖଟ ଉପରେ ମୁଁ ଏମିତି ବସେ କିଛି ସମୟ।

-ବଜ୍ରାସନ ? ସେଇଟା ଗୋଟେ ଭଲ ଆସନ। ଏମିତି ବସିଲେ ହଜମ ଭାରି ଭଲ ହୁଏ, ବାୟୁ ଛାଡିଯାଏ। କିନ୍ତୁ ସୁପ୍ତ ବଜ୍ରାସନ କେବେ କରିଛନ୍ତି ? ଭାରି କଷ୍ଟ ସେଇଟା। ମୋ ଦ୍ୱାରା ଜମା ହେଲାନାହିଁ।

ସହଯାତ୍ରୀଟି କହିଲା - ନା, ଆସନ-ଫାସନ କ'ଣ ମତେ ଜଣା ନାହିଁ। ମତେ ଏମିତି ବସିଲେ ସୁବିଧା ହୁଏ। ଖଟ ପାଖରେ ପଡିଥିବା ଟେବୁଲରେ ଲେଖାଲେଖି କରିବାକୁ ସୁବିଧା ହୁଏ।

-କ'ଣ ସବୁ ଲେଖନ୍ତି ? ଆଗ୍ରହ ଦେଖାଇ ଲୋକଟି ପଚାରିଲା।

-ଦିନଯାକର ଯେତେସବୁ ବାକିଆ କାମ। ଅଫିସ୍‌ର ଯେତେକ ଅଛିଣ୍ଡା ଜଞ୍ଜାଳ। ସେସବୁ ସାରିବାକୁ ମତେ ଦି'ଘଣ୍ଟା ଲାଗେ।

-ତା'ମାନେ ରାତି ଏଗାରଟା। ମୋର ଶୋଇବା ସମୟ।

-କାମ ସାରିବା ପରେ ମୁଁ ଠିଆହୁଏ।

-କ'ଣ ଖଟ ଉପରେ ?

-ନା, କାର୍ପେଟ୍ ଉପରେ।

-ତା'ପରେ କ'ଣ କରନ୍ତି ?

ସହଯାତ୍ରୀଟି ଏବେ ଟିକିଏ ଚୁପ୍ ରହିଲା। କ'ଣ ମନେକରି ପକେଟ୍‌ରେ ହାତ ପୂରାଇଲା। ଆଶ୍ୱସ୍ତ ହୋଇ କହିଲା - ନା, ଭୁଲିନାହିଁ।

-କ'ଣ ଭୁଲିଯାଇଥିଲେ ? ଟ୍ରେନ୍ ଟିକେଟ୍ ?

-ନା, ଟିକେଟ୍ ଅଛି ମନିପର୍ସରେ।

-ତେବେ କ'ଣ ଖୋଜୁଥିଲେ ?

-କାଲ୍‌କୁଲେଟର୍।

-ଓ, କାଲକୁଲେଟର୍ ! ସତରେ ଭାରି ଅଦ୍ଭୁତ ଜିନିଷ ଗୋଟିଏ। କେତେ ମସଲା ଅଛି ତା' ଭିତରେ ! ମନେକରନ୍ତୁ ଆପଣ ଅଣତିରିଶ ହଜାର ନଅଶହ ଅନେଶୋତକୁ ତିରିଶହଜାର ଶୂନ୍‌ଶୂନ୍ ଏକରେ ଗୁଣନ କରିବେ, ତେବେ ଧାଏଁ କିନା ଲେଖି ହୋଇଯିବ-

-ଅଣାନବେ କୋଟି ଅନେଶୋତ ଲକ୍ଷ ଅନେଶୋତ ହଜାର ନଅଶହ ଅନେଶୋତ।

-ଆଜ୍ଞା ?

-ଅଣାନବେ କୋଟି ଅନେଶୋତ ଲକ୍ଷ ଅନେଶୋତ ହଜାର ନଅଶହ ଅନେଶୋତ।

ଲୋକଟି ଆଖି ବଡ଼ବଡ଼ କରି ଚାହିଁଲା ସହଯାତ୍ରୀକୁ। ଏ ଉତ୍ତରକୁ ସେ କେମିତି ଗ୍ରହଣ କରିବ ବୁଝିପାରୁ ନଥିଲା। ସୁତରାଂ ସେ ପୁଣି କହିଲା -

କିମ୍ବା ଭାବନ୍ତୁ ଆପଣ ଶୂନ୍ ଦଶମିକ ଶୂନ୍ ଏକକୁ ଶୂନ୍ ଦଶମିକ ଶୂନ୍ ଶୂନ୍ ଶୂନ୍ ଶୂନ୍ ଛଅରେ ହରଣ କରିବେ, ତେବେ ଚଟ୍‌କିନା ବାହାରି ଆସିବ ...

-ଶହେ ଷୋହଳ ଦଶମିକ ଛଅ ଛଅ ଛଅ ଛଅ ...

ଲୋକଟି ହସିଲା ଜୋରରେ। ହେଃ, ଭାରି ଥଟ୍ଟା କରିଜାଣନ୍ତି ଆପଣ। ଏକରୁ ଛୋଟ ଗୋଟେ ସଂଖ୍ୟାକୁ ଏକରୁ ଛୋଟ ଆଉ ଗୋଟେ ସଂଖ୍ୟାରେ ହରଣ କଲେ, ଏତେ ବଡ଼ ସଂଖ୍ୟାଟିଏ ବାହାରିବ ! ହେଃ !

ସହଯାତ୍ରୀ କିନ୍ତୁ ଆଦୌ ହସିଲା ନାହିଁ। କିପରି କରୁଣ ଦିଶୁଥିଲା ତା' ମୁହଁଟି। ଯେମିତି ଏଇ ଅସମ୍ଭବ କଥାଟି ପାଇଁ ସେ ନିଜେ ହିଁ ଦାୟୀ।

ସେ ମନକୁ ମନ ବୁଝେଇବା ପରି କହିଲା- ଗଣିତ ସୂତ୍ରଗୁଡାକ ଭାରି ଅଦ୍‌ଭୂତ ସତରେ, ଭାରି ଅଦ୍‌ଭୂତ।

ପୂର୍ଣ୍ଣପ୍ରାଣରେ ସମର୍ଥନ ଜଣାଇଲା ଲୋକଟି। କହିଲା- ଖାଣ୍ଟି କଥା। ଗଣିତର କିଛି ବାଗ ନାହିଁ। ଦେଖୁନାହାନ୍ତି, ଦଶକୁ ଦଶରେ ଗୁଣିଲେ ଶହେ, ଷୋହଳକୁ ଷୋହଳରେ ଗୁଣିଲେ ତିନିଶହ ଷୋହଳ ନା କ'ଣ, ହେଲେ ଏକ୍‌କୁ ଏକ୍‌ରେ ଗୁଣିଲେ ସେଇ ଏକ। ଶଳା ବଢିଲା ନାହିଁ କି ଛିଣ୍ଡିଲା ନାହିଁ।

ନିଜ ବିଶ୍ଳେଷଣରେ ନିଜେ ସମ୍ପୂର୍ଣ୍ଣ ତୁଷ୍ଟ ହୋଇ ଲୋକଟି ତା' ହାତଘଡିକୁ ଦେଖିଲା। ତା'ପରେ କହିଲା- ଆଉ ରହିଲା ପଚିଶ ମିନିଟ୍।

-କ'ଣ ଆଗ ଷ୍ଟେସନ୍‌ରେ ପହଞ୍ଚିବା ପାଇଁ ?

-ନା, ଆଜ୍ଞା, ମୁଁ ଶୋଇବାକୁ। ଏଇନା ଟାଇମ୍ ହେଲା ଦଶଟା ବାକି ପଇଁତିରିଶ ମିନିଟ୍।

- ଏଗାରଟା ପଇଁତିରିଶ ମିନିଟ୍ ବେଳକୁ ମୁଁ କାର୍ପେଟ୍ ଉପରେ ଠିଆ ହୋଇଥାଏ। ବାରଟା ପଇଁତିରିଶ ବେଳକୁ ମୁଁ ଆରାମ ଚଉକିରେ ଆସି ବସେ।

ନାଟକର ସଂଳାପ ପଢିଲା ପରି ସହଯାତ୍ରୀ ଜଣକ କହିଲା।

-ଘଣ୍ଟାଏ କାଳ ଆପଣ ଏମିତି ଠିଆ ହୋଇଥାଆନ୍ତି କାର୍ପେଟ୍ ଉପରେ ?

-ହଁ।

-ଠିଆ ହୋଇ କ'ଣ କରୁଥାଆନ୍ତି ଆପଣ ? ବ୍ୟାୟାମ୍ ? ରାତିରେ ଭଲ ନିଦ ହେବ ବୋଲି ?

-ନା, ବ୍ୟାୟାମ୍ ଫ୍ୟାୟାମ୍ ମତେ କିଛି ଜଣାନାହିଁ। ମୁଁ ଗଣୁଥାଏ।

-କ'ଣ ଗଣୁଥାଆନ୍ତି ଆଜ୍ଞା, ଟଙ୍କା ?

-ନା।

-ତେବେ କ'ଣ ? ଆକାଶର ତାରା ?

-ନା। ମୋ ଘର ଭିତରୁ ତାରା ଦେଖାଯାଆନ୍ତି ନାହିଁ।

ଟିକିଏ ରହି ସହଯାତ୍ରୀ କହିଲା-ମୁଁ ସଂଖ୍ୟା ଗଣୁଥାଏ। ଏକ ଦୁଇ ତିନି ଚାରି ପାଞ୍ଚ ଛଅ ସାତ ...

ଲୋକଟି ଅଣ୍ଟା ସିଧା କରି ବସିଲା। ଖବରକାଗଜକୁ ଆହୁରି ଦୂରକୁ ଆଡେଇ ଦେଇ। ପଚାରିଲା :

-ଘଣ୍ଟାଏ କାଳ ଆପଣ ଏମିତି ଗଣୁଥାଆନ୍ତି ?

-ହଁ।

-ତେବେ ତ ଘଣ୍ଟାଏ ଭିତରେ କୋଡିଏ କି ପଚିଶ ହଜାର ଗଣିଦେଉଥିବେ।

-ନା, ସାତ ହଜାର ପାଞ୍ଚଶହଠୁ ବେଶି ଗଣିହେବ ନାହିଁ। କିନ୍ତୁ ମୁଁ ଗଣିପାରେ ଅତି ବେଶିରେ ଶହେ କିମ୍ବା ଦୁଇଶହ ପର୍ଯ୍ୟନ୍ତ।

-ଏତେ କମ୍!

-ମୋର କିଛି ଦୋଷ ନାହିଁ। ମୋ' ସାଙ୍ଗରେ ଯିଏ ଥାଏ, ଦୋଷ ତାଆରି।

-କିଏ ଥାଏ ଆପଣଙ୍କ ସାଙ୍ଗରେ, ଏତେ ରାତିରେ !

-ଆଉ କିଏ ? ମୁଁ ନିଜେ !

-ଆପଣ ନିଜେ ?

-ହଁ ଆଇନା ଭିତରେ ମୁଁ ଚାହିଁଥାଏ ମତେ। ଆମେ ଦୁହେଁଯାକ ରାଜି ହେଲା ପରେ ମୁଁ ଗଣେ ଏକ୍। କିନ୍ତୁ ଯେ ପର୍ଯ୍ୟନ୍ତ ସେ ମତେ ଅନୁମତି ଦିଏ ନାହିଁ, ସେ ପର୍ଯ୍ୟନ୍ତ ମୁଁ ଦୁଇ ଗଣିପାରେ ନାହିଁ। ଦିନେ ଦିନେ ରାତିରେ ମୁଁ ତେଇଶଠାରୁ ଅଧିକ ଗଣିପାରେ ନାହିଁ। ମୋ ଘଣ୍ଟାକ ମିଆଦ ପୂରିଯାଏ। ରାତି ସାଢେ ବାରଟା ବାଜେ କାନ୍ଥ ଘଣ୍ଟାରେ।

... ତା'ପରେ ମୁଁ ଆସି ଆରାମଚଉକିରେ ବସେ।

-ଆଚ୍ଛା ଆପଣ ତ କହିଲେ ନାହିଁ, ସେତେବେଳେ ଆପଣ କଅଣ ପିନ୍ଧିଥାଆନ୍ତି ?

-ଆପଣ ପଚାରିଥିଲେ ନିଶ୍ଚୟ କହିଥାନ୍ତି। ଗାଧୋଇ ସାରି ଆସିଲା ପରେ ମୁଁ ଗୋଟେ ନାଲିରଙ୍ଗର ଜଙ୍ଘିଆ ପିନ୍ଧିଥାଏ।

-ଆରାମ ଚଉକିରେ ବସି ଆପଣ କ'ଣ କରନ୍ତି ?

-ମୋ ସାମନାକୁ ଦେଖେ।

-ସାମନାକୁ ? ସାମନାରେ କ'ଣ ଥାଏ ?

-ଗୋଟଏ ଅଏଲ ପେଣ୍ଟିଙ୍ଗ୍। ମୋ ସ୍ତ୍ରୀ ଆଙ୍କି ଦେଇ ଯାଇଥିବା ଗୋଟିଏ ତୈଳଚିତ୍ର। ସେଘର କାନ୍ଥରେ ଆଉ କିଛି ନଥାଏ ଯା'କୁ ଛାଡି। ସେଇଟା ମୁଁ ଦେଖିବାକୁ ଲାଗେ।

-କି ଛବି ଥାଏ ସେ ତୈଳଚିତ୍ରରେ ? କାହାର ଛବି ?

-ସେ ଛବି ଭିତରେ କ'ଣ ଅଛି ମୁଁ କହି ପାରୁନାହିଁ। କିନ୍ତୁ ମୋ ସ୍ତ୍ରୀ ସେ ଛବିର ନାମ ଦେଇଯାଇଛି 'ଭଗ୍ନାଂଶ'। ଆଙ୍କିବା ତାରିଖ ଦେଇଛି କୋଉ ଗୋଟିଏ ବର୍ଷ ଏପ୍ରିଲ ମାସ ଏକତିରଶ ତାରିଖ। ତେବେ ...

ଲୋକଟି ବାଧା ଦେଇ କହିଲା-ଟିକିଏ ରହନ୍ତୁ।

ତା'ପରେ ସେ ତାଳ ଦେଇ ଗୁଣୁଗୁଣୁ କରି ଗାଇଲା-

Thirty days has September,
April, June and November ...

ଦୁଇଥର ଢଗ ଖଣ୍ଡିକ ଗାଇସାରି ସେ ସହଯାତ୍ରୀକୁ କହିଲା- କିନ୍ତୁ ଏପ୍ରିଲ ମାସରେ ତ ତିରିଶ ଦିନ। ଏକତିରଶ ତାରିଖ କୁଆଡୁ ଆସିଲା ?

-ସେଇକଥା ହିଁ ମୁଁ ବସି ବସି ଭାବେ ଅନେକ ସମୟ ଧରି। ଏ ତାରିଖ କୋଉଠୁ ଆସିଲା ? ସମ୍ଭବତଃ ସେ ଦିନଟି ଥିଲା ଏପ୍ରିଲ୍ ତିରିଶ ତାରିଖ। କିମ୍ବା ହୁଏତ ଆମ ସମସ୍ତଙ୍କ ଅଜଣାରେ ଦିନଟିଏ କେବେ ପାରି ହୋଇଯାଇଛି ରାତି ଅନ୍ଧାର ଭିତରେ, ଲୁଚି ଲୁଚି। ... ମୁଁ ଏମିତି ଭାବୁଭାବୁ ରାତି ଗୋଟାଏ ହୋଇଯାଏ।

-ଓଃ, ରାତି ଗୋଟାଏ !

କାନ କୁଣ୍ଡାଉକୁଣ୍ଡାଉ ଲୋକଟି ଟିପ୍ପଣୀ ଦେଲା- ରାତି ଗୋଟାଏ ବେଳକୁ ମୋର ଆଖିପା ପହଡେ ନିଦ ପାରି ହୋଇ ଯାଇଥାଏ। ଭାତନିଦ ଜମି ଯାଇଥାଏ ଆଚ୍ଛାକରି। ଦିନେ ଦିନେ ସେତିକିବେଳକୁ ମୋ' ଭାରିଯା ମତେ ଭାରି ବିରକ୍ତ କରେ। ଫୁସୁରୁଫୁସୁରୁ କରି ମୋ' କାନରେ କହେ, 'ହେ, ଉଠ ମ ଟିକିଏ, ମୋ' ଆଡକୁ ଚାହଁ ମ ଟିକିଏ ! କ'ଣ ଏମିତି ଶୋଇଚ ଗୋଟେ ବଳଦ ପରି।' ମୁଁ ତା' ମତଲବ ବୁଝିପାରେ। ଜମା ଉଠେ ନାହିଁ ...'

ନିଜ କୃତିତ୍ୱରେ ଢେର୍ ସନ୍ତୁଷ୍ଟ ହୋଇ ଲୋକଟି ହସିବାକୁ ଲାଗିଲା।

ସହଯାତ୍ରୀ କହିଲା- ତୈଳଚିତ୍ର ଭିତରେ କ'ଣ ଅଛି, ମୁଁ ବହୁତ ସମୟ ଧରି

ଜାଣିବାକୁ ଚେଷ୍ଟା କରେ, କେତୋଟି ରଙ୍ଗ ଅଛି ଠଉରେଇବାକୁ ଚେଷ୍ଟା କରେ। ଦିନେ ଦିନେ ଲାଗେ, ପ୍ରାୟ ସତର କି ଅଠର ପ୍ରକାର ରଙ୍ଗ ଅଛି ସେ ଚିତ୍ରରେ। ଗୋଟିଏ ରଙ୍ଗ ଆଉ ଗୋଟିଏ ରଙ୍ଗଠୁ ବିଲକୁଲ ଅଲଗା।

-ଆଉ ରହିଲା ଦଶ ମିନିଟ୍। ଲୋକଟି ତା' ହାତଘଣ୍ଟାକୁ ଦେଖି କହିଲା।

-କୋଉଥିପାଇଁ !

-ଏଗାରଟା ବାଜିବାପାଇଁ। ହଁ, କୁହନ୍ତୁ ତା'ପରେ କ'ଣ ହେଲା ?

ଯେମିତି ଗୋଟିଏ ଜମାଟ ଉପନ୍ୟାସର ସଂକ୍ଷିପ୍ତ ସାର ଶୁଣୁଚି, ସେମିତି ଆଗ୍ରହ ଦେଖାଇ ଲୋକଟି କହିଲା।

-ତୈଳଚିତ୍ରଟି ଦେଖୁ ଦେଖୁ କେତେ ସମୟ କଟିଯାଏ, ମୋର ଜମା ହୋସ୍ ରହେନାହିଁ। ମୁଁ ଶେଷରେ ଉଠି ଠିଆହୁଏ।

-ଆରାମଚଉକି ଉପରେ ?

-ନା, କାର୍ପେଟ୍ ଉପରେ।

ଟିକିଏ ରହି, ସହଯାତ୍ରୀଟି ପଚାରିଲା-'ଆପଣ ପଲ୍ କର୍ଣ୍ଣଙ୍କ ନାଆଁ ଶୁଣିଛନ୍ତି ?'

-କ'ଣ କହିଲେ, କୁମ୍ଭକର୍ଣ୍ଣ ?

-ନା, Paul Kern, ହଙ୍ଗେରୀ ଦେଶର ଜଣେ ଲୋକ। ପ୍ରଥମ ବିଶ୍ୱଯୁଦ୍ଧରେ ଗୁଳିମାଡ଼ ଖାଇ ଏ ସୈନିକର ମଗଜରୁ ଚିରୁଡ଼ାଏ ଉଡିଯାଇଥିଲା। ତଥାପି ସେ ବଞ୍ଚିଯାଇଥିଲା କୌଣସି ମତେ। ତା'ପରେ ଯେତେଦିନ ସେ ବଞ୍ଚିଗଲା ସେ ମିନିଟିଏ ପାଇଁ ଶୋଇ ନଥିଲା, ଆଦୌ ଶୋଇ ପାରି ନଥିଲା। ଏମିତି ସେ ବଞ୍ଚିଥିଲା ସତେଇଶ ବର୍ଷ।

- ସତେଇଶ ବର୍ଷ ! ମୋଟ କେତେ ରାତି ହେବ କହିଲେ ?

ନଅ ହଜାର ଆଠଶହ ଏକସ୍ତରିଟି ରାତି। ଏ ହିସାବ ଭଲକରି ଜଣାଥିଲା ସହଯାତ୍ରୀକୁ। କିନ୍ତୁ ସେ ହିସାବ ଲୋକଟିକୁ ଦେଲାନାହିଁ। ସେ ସାଙ୍ଗରେ ଆଣିଥିବା ପାଣି ବୋତଲକୁ ଦି'ଢୋକ ପାଣି ଢକଢକ କରି ପିଇଲା, ହାତ ପାପୁଲିରେ ମୁହଁ ପୋଛି, ଅଳ୍ପ ହସିଲା କିମ୍ବା କାଶିଲା।

-ଆପଣଙ୍କୁ ଭୋକ ଲାଗୁଥିବ।

ଦରଦୀ ଲୋକଟି କହିଲା ସହଯାତ୍ରୀକୁ ଚାହିଁ।

-ହଁ, ଭୋକ ଲାଗୁଥାଏ, ଆରାମଚଉକି ଉପରୁ ଓହ୍ଲାଇ ଆସି କାର୍ପେଟ୍‌ରେ ଠିଆ ହୋଇ ସାରିଲା ପରେ ମୋର ମନେପଡିଯାଏ, ମତେ ଭୋକ କରୁଚି। ମୁଁ ଠୁଙ୍ଗାଟି ହାତରେ ଧରି ଖାଇବାକୁ ଆରମ୍ଭ କରେ।

-ଅଫିସ୍ କ୍ୟାଣ୍ଟିନ୍‌ରୁ ଯୋଉ ଠୁଙ୍ଗାକ ଜଳଖିଆ ଆଣିଥାଆନ୍ତି ? ସେ ଠୁଙ୍ଗା ଭିତରେ କ'ଣ ଥାଏ ?

-ଜାଣେ ନାହିଁ। କ୍ୟାଣ୍ଟିନ୍‌ର ଖୁଣ୍ଟିଆବାବୁ ଯାହା ଯେମିତି ଦେଇଥାଏ। ମୁଁ ଖାଇବାକୁ ଆରମ୍ଭ କରେ ଦକ୍ଷିଣ ଦିଗକୁ ମୁହଁ କରି।

-ଦକ୍ଷିଣ ଦିଗ ?

-ଯୋଉ କାନ୍ଥରେ ଆଇନାଟି ଲଗାଯାଇଥାଏ, ସେଇଟା ଦକ୍ଷିଣ ଦିଗ। ଆଗ ମୁଁ ଖାଇବା ଆରମ୍ଭ କରେ। ଦର୍ପଣ ଭିତରେ ସେ ମତେ ଦେଖୁଥାଏ ଡାହାଣା ଟୋକାଟିଏ ପରି। ତା'ପରେ ସେ ଖାଇବାକୁ ଲାଗେ। ମୁଁ ଅନେଇ ରହିଥାଏ ଚୁପ୍‌ଚାପ୍।

ଖାଇବା କାମ ସରିବା ପରେ ମୁଁ ଠୁଙ୍ଗାଟି ତଳେ ପକେଇ ଦିଏ। କାର୍ପେଟ୍ ଉପରେ ସେମିତି ଠିଆ ହୋଇ ରୁହେ। କେତେ ସମୟ କହିପାରିବି ନାହିଁ। ସମୟ ତା'ପରେ ମାଦଳ ପାଲଟିଯାଏ, ପବନର ଡେଣା ସବୁ ଝଡିପଡେ ଗୋଟି ଗୋଟି କରି।

... ମତେ ସେତେବେଳେ ଭାରି କ୍ଳାନ୍ତ ଲାଗୁଥାଏ। ଭାରି ନିସ୍ତେଜ। କିନ୍ତୁ ମୁଁ ଖଟ ପାଖକୁ ଯାଇପାରେ ନାହିଁ। ଯିବାକୁ ମୋର ସାହସ ବି ହୁଏ ନାହିଁ। କାରଣ ମୁଁ ଜାଣେ ମତେ ଜମା ନିଦ ହେବ ନାହିଁ। ଏତେ ବି ଟିକିଏ ନିଦ ହେବନାହିଁ। ଜାଣନ୍ତି, ନିଦ ମୋ ଆଖିକୁ ଆସିନାହିଁ ଗତ ଏଗାର ବର୍ଷ। ମୁଁ ବହୁତ ଚେଷ୍ଟା କରିଚି ଟିକିଏ ସମୟ ନିଦରେ ଶୋଇପଡିବାକୁ। ଘଣ୍ଟା ଘଣ୍ଟା ବହି ପଢିଛି, ଔଷଧ ଖାଇଛି, ପ୍ରାର୍ଥନା କରିଛି। କିନ୍ତୁ ଟୋପେ ବି ନିଦ ଆସିନାହିଁ ମୋ' ଆଖିକୁ।

ଏବେ ମୋର ଆଉ ଗୋଟେ ଅସୁବିଧା ଆସି ପହଞ୍ଚିଛି। ଏବେ ମୁଁ ଆଖି ବୁଜିଲେ ହିଁ ସ୍ୱପ୍ନ ଦେଖିବାକୁ ଆରମ୍ଭ କରେ। ସାଙ୍ଘାତିକ ବୀଭତ୍ସ ସ୍ୱପ୍ନସବୁ। ସୀମାହୀନ ଲଗାତର ସ୍ୱପ୍ନ। ନିଦବଟିକା ଖାଇଲେ ସେ ସ୍ୱପ୍ନ ଆହୁରି ଗୋଳେଇ ହୋଇଯାଏ, ଆହୁରି ଜଘନ୍ୟ ପାଲଟିଯାଏ।

ଜାଣେ ନାହିଁ, ଏମିତି ବିନିଦ୍ର ହୋଇ ମତେ କେତେଦିନ ବଞ୍ଚିବାକୁ ହେବ, କେତେ ରାତି। ମୁଁ ବେଳେବେଳେ ଭାବେ, ଯଦି ଜୀବନରେ ସବୁଠୁ ବଳି କିଛି ଦୁଃଖ ଥାଏ, ସବୁଠାରୁ ବେଶି ଅବସୋସର କଥା ଥାଏ ତା' ହେଉଚି ...

ସହଯାତ୍ରୀଟି ଏ ପର୍ଯ୍ୟନ୍ତ ମୁହଁପୋତି କଥା କହୁଥିଲା। ଏବେ ସେ ଆଖି ଉଠେଇ ଦେଖିଲା, ତା' ସାମନା ବର୍ଥରେ ବସିଥିବା ଲୋକଟିକୁ। ଧ୍ୟାନରେ ବସିଲାପରି ଲୋକଟି ଏବେ ବସି ରହିଥିଲା ତା' ବର୍ଥ୍ ଉପରେ। ହାତ ଦୁଇଟି କୋଡ ଉପରେ ରଖି, ଗହୀର ନିଦରେ ଆଖି ବୁଜି। ସହଯାତ୍ରୀ ଦେଖିଲା, ତା' ହାତ ଘଣ୍ଟାରେ ସମୟ ଏବେ ରାତି ଏଗାରଟା ବାଜି ପାଞ୍ଚ ମିନିଟ୍। ■

ତନୟ

ଚଷମାକାଚ ଉପରେ ବିନ୍ଦୁ ବିନ୍ଦୁ ଜଳକଣା ଜମି ଆସିବା ପରେ, ସବୁଆଡ଼ ଦିଶୁଥିଲା କୁହୁଡ଼ିଆ, ଅନିଶ୍ଚିତ ଓ ଦୂରଦୂର।

ସମୁଦ୍ର କୂଳର ଏପାଖକୁ ବେଶି କେହି ଆସନ୍ତି ନାହିଁ; ଏତେ କିଛି ସୁନ୍ଦର ଦୃଶ୍ୟ ନାହିଁ ଏଠି, ଅସମତଳ ବାଲିସ୍ତୂପ ଭିତରେ ଚାଲିବା ବି ସେତେ ସହଜ ନୁହେଁ।

ଚଷମାକାଚରୁ ବୁନ୍ଦାବୁନ୍ଦା ପାଣି ପୋଛୁ ପୋଛୁ ସୋମନାଥ ଚାହିଁଲା ଅସ୍ଥିର ସମୁଦ୍ରର ଢେଉ ଆଡକୁ, ଓ ମଳିନ ପଡି ଆସୁଥିବା ଆକାଶକୁ।

ଘୁ' ଘୁ' ଢେଉ ଗର୍ଜନ ଭିତରେ, ବିରାମ ଚିହ୍ନ ପରି ଶୁଭି ଯାଉଥିଲା ଅଚିହ୍ନା ପକ୍ଷୀର ସ୍ୱନ ଓ ଖୁବ୍ ଦୂରରୁ ମଣିଷର ସ୍ୱର। ବାକି ଯାହା ନିର୍ଜନତା।

ସୋମନାଥ ଧୀର ସ୍ୱରରେ ପଚାରିଲା, ଯିବା ଏଥର ?

ଦେବଯାନୀ ଚାହିଁଥିଲା ସମୁଦ୍ର ଆଡକୁ। କିନ୍ତୁ ସେହି ନିଷ୍ପଲକ ଦୃଷ୍ଟି ଥିଲା ଭାବଲେଶଶୂନ୍ୟ। ଯେମିତି କି ପଥରରେ ଗଢ଼ା ଦୁଇଟି ଆଖି।

କିନ୍ତୁ ପଥରରେ ତିଆରି ଆଖିରୁ ଲୁହଧାର ଗଡେ ନାହିଁ। ସମୁଦ୍ର ଯେତେ ପାଖରେ ଥିଲେ ବି।

ଆଖି ଲୁହ ପୋଛିବାର କୌଣସି ପ୍ରଚେଷ୍ଟା ନ କରି, ଦେବଯାନୀ ଚାହିଁଲା ସୋମନାଥକୁ। ସେ ଦୃଷ୍ଟିରେ ଥିଲା ଅନୁନୟର କ୍ଷୀଣ ପରିଭାଷା।

ହାତ ଘଣ୍ଟାକୁ ଚାହିଁ ସୋମନାଥ କହିଥିଲା - ଡେରି ହେଲାଣି, ତୁମକୁ ଭୋକ ଲାଗୁଥିବ।

ଯା'ଠାରୁ ଅକ୍ଷମ ଦୁର୍ବଳ ଯୁକ୍ତି ହୁଏତ ନ ଥାଇପାରେ। ସୋମନାଥର ହାତବ୍ୟାଗ୍ ଭିତରେ ଏବେ ରହିଛି ଦୁଇଟି କେକ୍, ଗୋଟେ ବଡ ଅମୁଲ୍ ଚକୋଲେଟ୍ ଓ ଅଦ୍ଧ

ଫଳମୂଳ। ଦେବଯାନୀର ହାତରେ ଗୋଟେ ବଡ ଚନାଚୂର ପ୍ୟାକେଟ୍, ସେଥିରୁ ଗୋଟିଏ ଦାନା ବି ସେ ପାଟିକୁ ନେଇନାହିଁ।

ଭୋକ ଲାଗିଲାଣି ବୋଲି ଏବେ ଯେ ଫେରିବାକୁ ହେବ, ଏ ଯୁକ୍ତି ତେଣୁ ନିରର୍ଥକ।

ସୋମନାଥ ସନ୍ତର୍ପଣରେ ହାତ ବଢ଼ାଇ ଧରିଲା ଦେବଯାନୀର ଗୋଟିଏ ହାତ। ସମୁଦ୍ର ପବନରେ ଅଳ୍ପ ଅଳ୍ପ ଭିଜା ହାତଟି ଥିଲା ନିସ୍ପନ୍ଦ, ନିଦରେ ଶୋଇଥିବା ଗୋଟିଏ ଶିଶୁର ଅବୟବ ପରି।

ସୋମନାଥର ଛାତି ଭିତରୁ ଦୀର୍ଘ ନିଃଶ୍ୱାସଟିଏ ବାହାରି ଆସିଲା; ଲିଭି ନ ଥିବା ଦାହର ତାତିଲା ଅନୁଭବ ଥିଲା ସେହି ନିଃଶ୍ୱାସରେ।

'ବୁବୁନ୍‌କୁ ଦେଖିଲେ ମତେ ଲାଗେ ସେ ଯେମିତି ଅବିକଳ ତୁମ ପରି। ସେମିତି ମୁହଁ, ସେମିତି ହାତପାଦ ...'

ତିନିବର୍ଷର ଶିଶୁଟିକୁ କୋଡ଼ରେ ଧରି ସୋମନାଥ କହିଛି ଅନେକଥର। ମୁଗ୍ଧ ଆଖିରେ ଚାହିଁ।

'ନା, ତା' ଆଖି ଦୁଇଟା ଠିକ୍ ତୁମ ପରି। ଆଉ ତା' ଓଠ! ତୁମରି ଭଳି ଦୁଷ୍ଟ ଦୁଷ୍ଟ...'

ଦେବଯାନୀର କଥା ନ ସରୁଣୁ ସୋମନାଥ ଦୌରାତ୍ମ୍ୟ ଆରମ୍ଭ କରିଦିଏ ସ୍ତ୍ରୀ ଉପରେ, ଦୁଷ୍ଟ ଦୁଷ୍ଟ ଓଠରେ।

ତିନିବର୍ଷର ବୁବୁନ୍ ସତେ ଯେମିତି ଥିଲା ଏକ ବିସ୍ମୟ-ବାଳକ। କେତେବେଳେ ସେ ଦିଶେ ସୋମନାଥ ପରି, ପର ମୁହୂର୍ତ୍ତରେ ଦେବଯାନୀର ଅବିକଳ ଛାଞ୍ଚ। ଆଶ୍ଚର୍ଯ୍ୟ ଲାଗେ କିଭଳି ଉପାଦାନରେ ତିଆରି ହୁଏ ନୂଆ ମଣିଷଟିଏ। କେମିତି ପୁଣି ସେ ବଢ଼େ, ରାତିଦିନ ରାତିଦିନ।

ଥରଟିଏ ସେ ଦୁହେଁ ବୁବୁନ୍‌କୁ ଛାଡ଼ି ହାଇଦ୍ରାବାଦ ଯାଇଥିଲେ। ଦୁଇଦିନ ପାଇଁ ଗୋଟିଏ ବାହାଘର ନିମନ୍ତ୍ରଣରେ। ବୁବୁନ୍ ଅବଶ୍ୟ ଖୁସିରେ ରହିଗଲା ତା' ଆଈଙ୍କ ପାଖରେ, ମଣ୍ଡାପିଠା, କିସ୍‌ମିସ୍ ଓ ଅହିରାଜ ଗଳ୍ପ ପ୍ରଲୋଭନରେ। କିନ୍ତୁ ଦୁଇଟି ଯାକ ରାତି ଦେବଯାନୀ ଅନିଦ୍ରା ରହିଥିଲା। ବୁବୁନ୍ କଥା ଭାବିଭାବି।

-ଏମିତି ବ୍ୟସ୍ତ ହେଉଛ, ବୁବୁନ୍ ତ ଦିନେ ପୁଣି ବଡ଼ ହୋଇ ପାଠ ପଢ଼ିବାକୁ ଯିବ, ଦରକାର ହେଲେ ଆମେରିକା।

-ମୁଁ ମରିଯିବି। ବୁବୁନ୍‌କୁ ଛାଡି ମୁଁ ଦିନଟିଏ ବି ବଞ୍ଚିପାରିବି ନାହିଁ।

ଏ କଥା କହିଥିଲା ଦେବଯାନୀ ହାଇଦ୍ରାବାଦର ଗୋଟିଏ ରେସ୍ତୋରାଁରେ ବସି, ଆଖିରୁ ଟୋପାଏ ଲୁହ ପୋଛୁ ପୋଛୁ।

ସାତ ବର୍ଷ ତଳେ।

ସାତ ବର୍ଷ ତଳର ସେହି ଟୋପାକ ଲୁହ ଅନ୍ତରାଳରେ ଥିଲା ଚାଇନିଜ୍ ସୁପ୍‌ର ରାଗୁଆ ଲଙ୍କା, ଆଉ କିଛି ନୁହେଁ; ଏ ଦୁର୍ବଳ ଯୁକ୍ତି ଦେବଯାନୀ ଅବଶ୍ୟ କେତେଥର କରିଛି, ବୁବୁନ୍‌କୁ କୋଡ଼ରେ ଧରି, ସୋମନାଥର ପ୍ରଚ୍ଛନ୍ନ କୌତୁକଭରା ପରିହାସର ଉତ୍ତରରେ। କିନ୍ତୁ ସମୟର ନିର୍ମମ ପରିହାସ ପାଇଁ ସେ ଦୁହେଁ କେହି ବି ପ୍ରସ୍ତୁତ ନଥିଲେ।

ସମୟ ଆସିଥିଲା ଅବିଳମ୍ବ ପାଦରେ, ତା'ର ଖୁବ୍ ଅଳ୍ପ ଦିନ ପରେ।

ସୋମନାଥ କହିଲା - ଉଠ ଏଥର। ସଞ୍ଜ ପରେ ଫେରିବାକୁ ଅସୁବିଧା ହେବ।

ନିର୍ବାକ୍ ଆଖିରେ ଦେବଯାନୀ ଥରେ ଦେଖିଲା ସୋମନାଥକୁ ଓ ଥରେ ଚାରିପାଖର ନିର୍ଜନତାକୁ।

ସେ ଠିଆ ହେଲା କିଛି ନ କହି। ମୁଣ୍ଡ ଉପର ଦେଇ ଉଡିଗଲେ ଦୁଇଟି ସାମୁଦ୍ରିକ ପକ୍ଷୀ, ଅଦୃଶ୍ୟ ରାସ୍ତାଟିଏ ଖୋଜି ଖୋଜି ଗଲା ପରି।

ଗୋଟିଏ ପକ୍ଷୀ ଦେହରୁ ଧଳା ପରଟିଏ ଝଡିପଡି ଭାସିଗଲା ପବନରେ। ସମୁଦ୍ର ଆଡକୁ।

ସୋମନାଥ ପଚାରିଲା - ପାଣି ପିଇବ ?

ଦେବଯାନୀ ମୁଣ୍ଡ ହଲାଇ ମନା କଲା।

ସ୍ୱର୍ଗଦ୍ୱାର ଏଠୁ ବେଶ୍ ଦୂର। ସ୍ୱର୍ଗଦ୍ୱାର ପାରି ହେଲା ପରେ, କିଛି ଦୂରରେ, ସେମାନେ ରହୁଥିବା ହଲିଡେ ହୋମ୍, ଯେଉଁଠି ସେମାନେ ଆସି ରହନ୍ତି ପ୍ରତିଥର।

ବାହାଘରର ମାସକ ପରେ ଦୁହେଁ ପ୍ରଥମ କରି ଏଇ ହଲିଡେ ହୋମ୍‌କୁ ଆସି ରହିଥିଲେ। କମ୍ପାନୀର ନିଜସ୍ୱ ଗେଷ୍ଟ୍ ହାଉସ୍, ଏଣୁ ସୋମନାଥକୁ ଅଳ୍ପ ପଇସା ଦେବାକୁ ପଡିଥିଲା, କର୍ମଚାରୀ ହିସାବରେ।

ହଲିଡେ ହୋମ୍‌କୁ ଦେଖି ଦେବଯାନୀ ଖୁବ୍ ଖୁସି ହୋଇ ଯାଇଥିଲା। କାଚ ଝରକା ସେପାଖରେ ସମୁଦ୍ର, ଛୋଟ ବଗିଚାରେ ନାନା ରଙ୍ଗର ଫୁଲ, ଆଉ କୋଠରି ଭିତରେ ନରମ ଉଷୁମ ବିଛଣା।

-ମତେ ଏଇ ବିଛଣା ହିଁ ସବୁଠୁ ବେଶି ଭଲ ଲାଗୁଛି। ଚାରିକାତ ମେଲାଇ ସୋମନାଥ ଶୋଇ ପଡିଥିଲା ଖଟ ଉପରେ। କହିଥିଲା, ଏ ବିଛଣା ଛାଡି ମୋର କୁଆଡେ ବି ଯିବାକୁ ମନ ହେଉନାହିଁ।

ବସ୍ତୁତଃ ତାହାହିଁ ହୋଇଥିଲା। ସୁଦୀର୍ଘ ସମୟ ସେମାନଙ୍କର କଟିଥିଲା କୋଠରି ଭିତରେ।

ପରଥରକ ଆସିବା ବେଳକୁ ସାଙ୍ଗରେ ଥିଲା ବୁବୁନ୍, ତିନିବର୍ଷର ଚଳଚଞ୍ଚଳ ଶିଶୁଟିଏ। ଏ ପାଖରେ ସମୁଦ୍ରର ମୋହ, ସେପାଖରେ ବାପାମାଆଙ୍କ କୋଡ଼, ପୁଣି ତା' ସହିତ ବଗିଚାର ଜାତିଜାତିକା ଫୁଲ ଓ ପ୍ରଜାପତି।

ସମୁଦ୍ର ପ୍ରତି ବୁବୁନ୍‌ର ଏତେ ଆକର୍ଷଣ ଦେଖି ସୋମନାଥ କହିଥିଲା-ଦେଖିଲେ ଲାଗୁଚି ବୁବୁନ ଯେମିତି ଏଇ ପ୍ରଥମ ପୁରୀ ଆସି ସମୁଦ୍ର ଦେଖୁନାହିଁ। ସମୁଦ୍ର ସହିତ ତା' ସମ୍ପର୍କ ଯେମିତି ଜନ୍ମାଜନ୍ମାନ୍ତରର।

ଗୋଟିଏ ରହସ୍ୟ ଜାଣିଥିବା ପରି ଦେବଯାନୀ ଓଠ ଚିପି ହସେ। କୁହେ, ମୋର ତ ସେଇ ଧାରଣା। ଗତଥର ଆମେ ଏଠାକୁ ଆସିବାବେଳେ ସେ ଆମକୁ ହିଁ ଏଠି ଅପେକ୍ଷା କରି ରହିଥିଲା।

ପାଖରେ ବସି ପେପରମିଣ୍ଟ୍ ଚୋବାଇ ରସ ଢୋକୁ ଢୋକୁ ବୁବୁନ୍ ତା'ର ରାୟ ଶୁଣାଇ ଦେଇଥିଲା। କହିଥିଲା- ହଁ ହଁ, ମୁଁ ଏଇଠି ଥିଲି। ଏଇ ଖଟରେ ତୁମ ଦିହିଁଙ୍କ ମଝିରେ ଶୋଇଥିଲି।

-ଆଃ !

ଆଉ ଟିକକରେ ଦେବଯାନୀ ଝୁଣ୍ଟି ପଡି ଯାଇଥାଆନ୍ତା, ତଳେ ଅସମତଳ ବାଲିସ୍ତୁପ ଉପରେ ଚାଲୁ ଚାଲୁ। ସୋମନାଥର ହାତ ଧରି ପକାଇ ସେ ଠିଆ ହୋଇଗଲା ଅଳ୍ପ ଅଳ୍ପ ଅନ୍ଧାର ଥିବା ଝାଉଁବଣ ତଳେ।

ସ୍ୱର୍ଗଦ୍ୱାର ଏଠୁ ଆଉ ବେଶି ଦୂର ନୁହେଁ।

ଏଇ ଝାଉଁବଣ ତଳେ କଟିଥିଲା ଗୋଟିଏ ସନ୍ଧ୍ୟା, ସାତବର୍ଷ ତଳେ। ସେମାନେ ଦି'ଜଣ ଓ ବୁବୁନ୍।

ବୁବୁନ୍ ସେଦିନ ଖୁବ୍ ଖୁସି ଥିଲା। ନାଲିରଙ୍ଗର ବେଲୁନ୍, କୋନ୍ ଆଇସ୍‌କ୍ରିମ, ଚିନାବାଦାମ ଓ ଗୋଟିଏ ଧଳା ଫରଫର ଶଙ୍ଖ, ଏ ସମସ୍ତ ଉପଢୌକନ ବଦଳରେ ସେ ଏକଠାରୁ ତିରିଶ ପର୍ଯ୍ୟନ୍ତ ସଂଖ୍ୟା ଗଣିଥିଲା ଓଡିଆରେ ଓ ଇଂରାଜୀରେ। ବା-ବା-ବ୍ଲାକ୍‌ଶିପ୍ ଓ ହେ-ଆନନ୍ଦମୟ-କୋଟି-ଭୁବନ-ପାଳକ ବୋଲି ସାରି ସେ ମାଆଙ୍କଠାରୁ ତିନୋଟି ଓ ବାପାଙ୍କଠାରୁ ଦୁଇଟି ଚୁମା ଖାଇସାରି ପ୍ରସ୍ତାବ ଦେଇଥିଲା, ବାପାଙ୍କଠାରୁ ପ୍ରାପ୍ୟ ତୃତୀୟ ଚୁମାଟି ତା'ର ଦରକାର ନାହିଁ, ତାହା ମାଆଙ୍କୁ ଦିଆଯାଇପାରେ।

ଏହାର ଠିକ୍ ଘଣ୍ଟାଏ ପରେ ବୁବୁନ୍ ନିଖୋଜ ହୋଇ ଯାଇଥିଲା ସ୍ୱର୍ଗଦ୍ୱାର ସାମନା ଗହଳିରେ।

ସେଦିନ ଝୁଲଣ ଯାତ୍ରା ବୋଲି ସହରରେ ବେଶି ଭିଡ ଥିଲା। ସେହି ଭିତର

କିୟଦଂଶ ସମୁଦ୍ର କୂଳକୁ ଲମ୍ବି ଆସିଥିଲା। ଅସଂଖ୍ୟ ଲୋକଙ୍କ ଗହଳି ଭିତରେ, ଆଗକୁ ଯାଉ ଯାଉ ହଠାତ୍ ଦେଖାଗଲା ବୁବୁନ୍ ସାଙ୍ଗରେ ନାହିଁ।

ଏଇ ଟିକିଏ ଆଗରୁ ସେ ଜିଦ୍ କରିଥିଲା, ଆଉ ସେ କାଖରେ ନ ରହି ପାଦରେ ଚାଲିବ। ଗୋଡରେ ନାଲିଜୋତା, ହାତରେ ବେଲୁନ୍, ଅଣ୍ଟାରେ ପିସ୍ତଲ୍। ଏମିତି ଅବସ୍ଥାରେ କାଖରେ ବସି ଯିବା ଆଦୌ ଗ୍ରହଣଯୋଗ୍ୟ ନ ଥିଲା ତା'ପାଇଁ।

-ବୁବୁନ୍ କୁଆଡେ ଗଲା ? ଦେବଯାନୀ ବ୍ୟସ୍ତ ହୋଇ ପଚାରିଥିଲା।

-ବୁବୁନ୍ !

-ବୁବୁନ୍ କାହିଁ, ବୁବୁନ୍ !

-ବୁବୁନ୍ ! ବୁବୁନ୍ ! !

କେହି କହିପାରିଲେ ନାହିଁ। ନା ରାସ୍ତାର ଫେରିବାଲା, ନା ପଣ୍ଡା ପଣ୍ଡା ତୀର୍ଥଯାତ୍ରୀ, ନା ଦୂର ସହରର ପର୍ଯ୍ୟଟକ, ନା ନୋଳିଆ, ନା ପୋଲିସ୍। ଏତେ ଲୋକ ଥିଲେ ସମୁଦ୍ର ବାଲିରେ, କିନ୍ତୁ କେହି କହିପାରିଲେ ନାହିଁ ନାଲିଜୋତା ପିନ୍ଧା, ସବୁଜ ହଳଦୀ ଟି-ସାର୍ଟ ପିନ୍ଧା, ସ୍ୱାସ୍ଥ୍ୟବାନ୍, ଗୋରା, ସ୍ପଷ୍ଟ କିନ୍ତୁ ଖଣ୍ଡି ଖଣ୍ଡି କଥା କହୁଥିବା ତିନିବର୍ଷର ଶିଶୁଟି କୁଆଡେ ଚାଲିଗଲା !

ତା'ନାମ ବୁବୁନ୍। ଓଡିଆ କହେ। ଅଳ୍ପ ଅଳ୍ପ ଇଂରାଜୀ ବୁଝିପାରେ। ଗୋଟିଏ ହାତରେ ବେଲୁନ୍, ଆରହାତରେ ଧଳା ଫରଫର କୁନି ଶଙ୍ଖ, ଅଣ୍ଟାରେ ପିସ୍ତଲ୍।

-ସତସତିକା ପିସ୍ତଲ୍ ?

ଦୂରରୁ ଆସିଥିବା ତୀର୍ଥଯାତ୍ରୀଟିଏ ପଚାରିଲା।

-ନା ନା, ଖେଳନା ପିସ୍ତଲ୍। ବୟସ ଜମା ତିନିବର୍ଷ। ବାପାମାଆଙ୍କ ନାଆଁ ବି କହିପାରିବ : ସୋମନାଥ ମହାପାତ୍ର। ଦେବଯାନୀ ମହାପାତ୍ର। ତା' ନିଜ ନାଆଁ ବୁବୁନ୍। ଘର କାଂସବାହାଲ୍। ନା, ସମ୍ବଲପୁର ଜିଲ୍ଲା ନୁହେଁ, ସୁନ୍ଦରଗଡ ଜିଲ୍ଲା, ରାଉରକେଲାଠୁ ପନ୍ଦର କିଲୋମିଟର ଦୂର। ଓଡିଆ କହିପାରେ। ଇଂରାଜୀ ଟିକେ ଟିକେ। ସବୁଜ ହଳଦୀ ରଙ୍ଗର ଟି ସାର୍ଟ। ଧଳା ହାଫ୍‌ପ୍ୟାଣ୍ଟ। ଲାଲ୍ ରଙ୍ଗର ଜୋତା। ହାତରେ ବେଲୁନ୍। ଅଣ୍ଟାରେ ପିସ୍ତଲ୍। ନାନା, ଅସଲି ପିସ୍ତଲ ନୁହେଁ, ନକଲି। ବୟସ ମୋଟେ ତିନିବର୍ଷ ..

ରାତି ପ୍ରାୟ ପାହି ପାହି ଆସିଥିଲା। ସି ବିଚ୍ ଥାନାଠୁ ଆରମ୍ଭ କରି ନୋଳିଆ ବସ୍ତିଯାଏ, ହଲିଡେ ହୋମ୍‌ଠାରୁ ଅରମ୍ଭ କରି ବଳିଆପଣ୍ଡା ଯାଏ। ମଝିରେ ସ୍ୱର୍ଗଦ୍ୱାର।

ସ୍ୱର୍ଗଦ୍ୱାର ସାମନା ବାଲି ଉପରେ ବସି ପଡିଲା ପରେ ଦେବଯାନୀକୁ ଲାଗୁଥିଲା ସେ ଯେମିତି ବିଦୀର୍ଣ୍ଣ ହୋଇଯାଉଛି ଅସହ୍ୟ ଯନ୍ତ୍ରଣାରେ। ଦେହର ଅଙ୍ଗପ୍ରତ୍ୟଙ୍ଗ ଯେମିତି

ବିଚ୍ଛିନ୍ନ ହୋଇଯାଉଛି ଖଣ୍ଡ ଖଣ୍ଡ କାଚ ପରି। ନିର୍ଜୀବ, ଅନ୍ତଃସାରଶୂନ୍ୟ କାଚ। ସମୁଦ୍ର, ଆକାଶ ଓ ପୃଥିବୀ ଏକାଠି ଗୋଳେଇ ହୋଇଯାଉଥିଲେ ଗୋଟିଏ ଶୂନ୍ୟଗର୍ଭ ଆବର୍ତ୍ତ ଭିତରେ।

ସୋମନାଥ ସେ ପର୍ଯ୍ୟନ୍ତ କଥା କହି ଚାଲିଥିଲା ଅନବରତ। କିନ୍ତୁ ଏବେ ତା' କଥାରୁ କିଛି ଅର୍ଥ ବାହାରୁ ନ ଥିଲା। ବେଳେବେଳେ ସେ ଧକେଇ ଉଠୁଥିଲା ପଥର ତଳେ ଚିପି ହୋଇ ରହିଥିବା ତୃଣଭୋଜୀ ପଶୁଟିଏ ପରି।

ବୁବୁନ୍ ଯେପରି ନିଶ୍ଚିହ୍ନ ହୋଇଯାଇଥିଲା ସସାଗରା ଧରାରୁ। ମିଳେଇ ଯାଇଥିଲା ପବନରେ।

ପରବର୍ତ୍ତୀ ସତର ଦିନର ସବୁ ପରିଶ୍ରମ ଅକାରଣ ହିଁ ହୋଇଥିଲା। ଜ୍ୱର ଜର୍ଜରିତ ଦେବଯାନୀର ପ୍ରାୟ ନିର୍ଜୀବ ଦେହଟି ସାଙ୍ଗରେ ଧରି ସୋମନାଥ ଫେରିଆସିଥିଲା ତା'ର ପୁରୁଣା ଆଶ୍ରୟକୁ।

ଫେରି ଆସିବା ପରେ ବି, ଖୋଜାଖୋଜି ଜାରି ରହିଥିଲା ଅନେକ ଦିନ ଧରି। ପୋଲିସ, ମଠ, ମନ୍ଦିର, ନୋଳିଆ ବସ୍ତି। ଖବରକାଗଜ, ସ୍ୱେଚ୍ଛାସେବୀ ସଙ୍ଗଠନ, ଜ୍ୟୋତିଷ, ତାନ୍ତ୍ରିକ। ସବୁ ଥିଲା ନିଷ୍ଫଳ।

ସ୍ୱର୍ଗଦ୍ୱାର ପାଖ ହେଲା ପରେ, ଦେବଯାନୀ ବସି ପଡ଼ିଥିଲା ବାଲି ଉପରେ। ଖୁବ୍ ଥକି ଯାଇଥିବା ପରି।

ଦୁର୍ବଳ ସ୍ୱରରେ କହିଲା - ଟିକେ ପାଣି ଦିଅ।

ହାତବ୍ୟାଗ୍ ଭିତରୁ ପାଣି ବୋତଲଟି କାଢ଼ି ସୋମନାଥ ଦେବଯାନୀକୁ ବଢ଼େଇ ଦେଲା।

ଟିକିଏ ଉପରକୁ ମୁହଁ ଟେକି ପାଣି ପିଉ ପିଉ ତା' ଓଠର ଦୁଇଫାଙ୍କ ଦେଇ ଦି'ଧାର ପାଣି ବୋହିଗଲା ବେକ ଓ ଛାତି ଦେଇ। ଦି'ଧାର ପାଣି ଯେମିତି ମନେହେଲା ବାଟ ହଜେଇ ଦେଇଥିବା ଦି'ଧାର ଲୁହ।

ହଠାତ୍ କ'ଣ ଦେଖି ଚମକି ଉଠିଲା ଦେବଯାନୀ। ପାଣି ପିଇବା ବନ୍ଦ କରି ସେ ଅସ୍ଫୁଟ ଉତ୍ତେଜନାରେ କହି ଉଠିଲା-ଏଇ ଦେଖ! ଏଇ ଦେଖ!

ସୋମନାଥ ମୁହଁ ବୁଲେଇ ଦେଖିଲା। କିଛି ତା' ଆଖିରେ ପଡିଲା ନାହିଁ ପ୍ରଥମେ।

ଆଉ ଥରେ ଦେଖିବା ପରେ ଦୃଶ୍ୟଟି ତା' ଆଖିରେ ପଡିଥିଲା। ଦୁଇତିନି ବର୍ଷର ଶିଶୁଟିଏ ବାପାମାଆଙ୍କ ହାତଧରି ସମୁଦ୍ର ବାଲିରେ ବାଟ ଚାଲୁଛି। ଦେହରେ ନାଲିରଙ୍ଗର ଟି ସାର୍ଟ, ପାଦରେ ଧଳା ଜୋତା, ହାତରେ ପ୍ଲାଷ୍ଟିକ୍ ଖେଳନା। ସାମଞ୍ଜସ୍ୟ ଭିତରେ କେବଳ ଏତିକି, ପିଲାଟିର ଚାଲିବା ଢଙ୍ଗ ଅବିକଳ ବୁବୁନ୍ ଭଳି। ଛଟପଟ

ଭାବ ଭିତରେ, ଚଞ୍ଚଳ ଚାହାଣିରେ, ଦରୋଟି ଭାଷାରେ ଏମିତି ଏକ ଅଭିନ୍ନତା ଥିଲା ଯାହା ସାତବର୍ଷର ସ୍ମୃତିକୁ ଚୂର୍‌ମାର୍ କରି ଦେଉଥିଲା ସମୟର ଉଜାଣି ଢେଉରେ।

-ବୁବୁନ୍ !

ତାତିଲା ନିଃଶ୍ୱାସ ଭିତରେ ନିଃଶବ୍ଦରେ ବୋହିଗଲା ଶୋକାର୍ତ୍ତ ଉଚ୍ଚାରଣଟିଏ।

ରାତି ଅନ୍ଧାର ଭିତରେ ଥରେ ଥରେ ଦେବଯାନୀ ନିଦରୁ ଉଠିବସେ। ବ୍ୟାକୁଳ ଉତ୍ତେଜନାରେ କହିଉଠେ- ଶୁଣୁଚ ! ଶୁଣୁଚ ! ବୁବୁନ୍ ଡାକୁଚି।

ତା'ପରେ ସେ ବାହାରିଆସେ ବାରଣ୍ଡାକୁ। ନିଶୂନ୍ ଅନ୍ଧାର ବାହାରେ। ପରିତ୍ୟକ୍ତ ନିର୍ଜନତା। ସେଇ ଅନ୍ଧାର ଭିତରେ ସେ ଝରଝର କାନ୍ଦି ପକାଏ। କଲିଜା ଖଣ୍ଡ ଖଣ୍ଡ ହୋଇ ଯେମିତି ବାହାରିପଡେ ଲୁହ। ବନ୍ଧ୍ୟା ଜରାୟୁ ଭିତରେ ଯେମିତି ହାହାକାରଟିଏ ଖେଳେଇ ହୋଇଯାଏ ପ୍ରବଞ୍ଚନା ପରି।

ସେ ସେମିତି ବସିରହେ ବାରଣ୍ଡାରେ ଅବଶିଷ୍ଟ ରାତି। ବୁବୁନ୍ କ'ଣ ସତରେ ଫେରିବ ନାହିଁ ? ସତରେ ? କାହିଁକି ଭଗବାନ୍ ଏମିତି ଦଣ୍ଡ ଦେଲେ ? ମୋ' ଜାଣିବାରେ ମୁଁ ତ କାହାରି କିଛି କ୍ଷତି କରିନାହିଁ। ମୋ' ଠାରୁ ଆହୁରି ଆହୁରି ପାପୀ ବଞ୍ଚି ରହିଛନ୍ତି ଏ ପୃଥିବୀରେ, ବଞ୍ଚିଛନ୍ତି ସୁଖରେ, ଏମିତି ଦୁର୍ଭୋଗ ନ ଭୋଗି, ଏମିତି ପୁତ୍ରଶୋକ ନ ସହି। ମୁଁ କି ପାପ କରିଥିଲି ! ତିନିବର୍ଷର ନିରୀହ ଶିଶୁ ବୁବୁନ୍, ସେ କ'ଣ ବା କ୍ଷତି କରିଥିଲା କାହାର ? ସତରେ କ'ଣ ଭଗବାନ୍ ବୋଲି କେହି ଅଛନ୍ତି।

ଦେବଯାନୀର ତଥାପି ଭରସା ଥିଲା, ଭଗବାନ୍ ଅଛନ୍ତି। ନିୟତିର କିଛି କରୁଣା ରହିଛି। ହଠାତ୍ ଦିନେ, ଦୁଃସ୍ୱପ୍ନରୁ ଉଠି ବସିବା ପରି, ସେ ଦେଖିବ ବୁବୁନ୍ ଫେରି ଆସିଛି। ତା' ପାଖକୁ। ଅକ୍ଷତ ଶରୀରରେ, ସୁଶୀଳ ମନରେ।

ଏହି ପ୍ରତ୍ୟାଶାରେ ରାତି ପରେ ରାତି ବିତିଯାଏ। ଦିନ ପରେ ଦିନ।

ଦେବଯାନୀ ପ୍ରତିବର୍ଷ ପୁରୀ ସହରକୁ ଆସେ, ଜିଦ୍ କରି, ନ ହେଲେ ଅଳି କରି। ମୁଁ ଆଉ କିଛି ଚାହୁଁନି, ଥରଟେ ପୁରୀ ଯିବି, ପଛେ ଦିନକ ପାଇଁ।

ସହରରେ ଯେଉଁ ସାତଟି ଦିନ ସେମାନେ ରହନ୍ତି, ତା'ଭିତରେ ସେ ମନେ ମନେ ଖୋଜୁଥାଏ ମୁହଁଟିଏ। ବେଳେବେଳେ ଭ୍ରାନ୍ତି ଭାଙ୍ଗିଯାଏ: ସେ ସାତବର୍ଷ ତଳର ଶିଶୁଟି ଏବେ ଦଶବର୍ଷର ବାଳକ। ଯଦି ବଞ୍ଚି ରହିଥାଏ କାହିଁ କୋଉଠି।

ଯଦି ବଞ୍ଚି ରହିଥାଏ, କେମିତି ସେ ବଞ୍ଚି ରହିଛି ? ଭୋକରେ, ଉପାସରେ, ପଶୁପରି କିଛି ଗୋଟେ ଜୀବନ ? ଯେମିତି ବେଳେବେଳେ ଘଟିଥାଏ କାହାଣୀରେ, ନାଟକରେ !

ସେ କ'ଣ ବସି ଭିକ ମାଗୁଛି ବଡ଼ଦାଣ୍ଡରେ, ଚୋରି କରୁଛି ରାତି ଅନ୍ଧାରରେ, କିମ୍ବା କିଛି ଘୃଣ୍ୟ ଜୈବିକ ବୃତ୍ତିରେ ବିତୁଛି ତା'ର ବିନିଦ୍ର ରାତି ସବୁ !

କେମିତି ବଞ୍ଚୁଛି ମୋ' ବୁବୁନ୍ ! ମୋ ଦେହରକ୍ତମାଂସରୁ ଗଢ଼ା ନିରୀହ ଶିଶୁଟି, ଯାହା ଆଖିରୁ ଲୁହ ଝରିଲେ ମୋ ମନ ଉଦାସ ହୋଇଯାଉଥିଲା, ଦେହରୁ ବିନ୍ଦୁଏ ରକ୍ତ ଝରିଲେ ଆତ୍ମା ରୁଧିରାକ୍ତ ହୋଇଯାଉଥିଲା, କେମିତି ବଞ୍ଚିଛି ତା'ର ଅସହାୟ ଜୀବନ !

ଏଇ ବର୍ତ୍ତମାନ ସେ କୋଉଠି ଅଛି ? ତା'କୁ କ'ଣ ଏବେ ଭୋକ କରୁଛି, ଶୋଇବାକୁ ସେ ଜାଗାଟିଏ ଖୋଜି ବୁଲୁଛି, ନା ଅନ୍ଧାର ଭିତରେ ଏକୁଟିଆ ଡରିଯାଇ କାନ୍ଦୁଛି କାହାକୁ ନ ପାଇ । ଯା'ଠୁ କ'ଣ ଭଲ ନୁହେଁ ଯେ ସେ ମରିଯାଇଛି ? ଭାସିଯାଇଛି ଏଇ ସମୁଦ୍ର ପାଣିରେ । ସେଦିନ ରାତିରେ, ସାତବର୍ଷ ତଳେ ।

ଦେବଯାନୀର ଆଖିପତା ତଳେ ଜମିଥିବା ଓଦାଓଦା ଅନୁଭବ ଏବେ ତା' ଚାରିପାଖର ପୃଥିବୀକୁ ଢାଙ୍କି ଦେଉଥିଲା ଅସ୍ପଷ୍ଟ କୁହୁଡ଼ିରେ ।

ଯେମିତି ଅନ୍ଧାର ହିଁ ସବୁଠୁ ନିର୍ଭରଯୋଗ୍ୟ ସହଚର, ସେଭଳି ବିଶ୍ୱାସରେ ଦେବଯାନୀ ତଳୁ ଉଠି ଠିଆ ହେଲା, ଆଗକୁ ଯିବାଲାଗି ।

ଟିକିଏ ଆଗରେ ସ୍ୱର୍ଗଦ୍ୱାର । ଏ ପାଖରେ ହସ ଖୁସିରେ ଝଲମଲ ସମୁଦ୍ରକୂଳ । ଆକାଶରେ ଜହ୍ନ, ପବନରେ ଭିଜା ମାଟିର ଗନ୍ଧ ।

ସ୍ୱର୍ଗଦ୍ୱାର ପାଖେ ପହଞ୍ଚିଲା ପରେ ଦେବଯାନୀ ଦେଖିଲା, ଶ୍ମଶାନରେ ଦୁଇଟି ଜୁଇ ଜଳୁଛି । ଶବାଧାର କଡ଼େ କଡ଼େ କିଛି ଆତ୍ମୀୟ ସ୍ୱଜନ, କେତୋଟି ଶବବାହକ ।

ଈଷାନ କୋଣର ପବନରେ ଜୁଇ ଦୁଇଟି ହୁତ୍ ହୁତ୍ ଜଳିବା ଆରମ୍ଭ କରିଥିଲା । ସମୁଦ୍ରର ଅଠାଳିଆ ପବନ ସହିତ ଧୂଆଁ ଓ ପୋଡ଼ା ମାଂସର ଗନ୍ଧ ମିଶି ବିବଶ ଭାବଟିଏ କୁଣ୍ଡଳି ମୋଡ଼ି ମୋଡ଼ି ଉଠୁଥିଲା ଆକାଶକୁ । ଅଦୃଶ୍ୟ ସିଡ଼ିରେ କେହି ଯେମିତି ଉପରକୁ ଯିବାକୁ ଅପେକ୍ଷା କରି ରହିଛି ସ୍ୱର୍ଗଦ୍ୱାରର ବିବର୍ଣ୍ଣ, ବିଧ୍ୱସ୍ତ ପାଚେରି କଡ଼ରେ ।

ଦେବଯାନୀ ଝରଝର କାନ୍ଦି ପକାଇଲା । ଝଡ ପବନରେ ପଥର ମୂର୍ତ୍ତିଟିଏ ତଳକୁ ଢଳି ପଡ଼ିଲା ପରି ସେ ଲୋଟି ପଡ଼ିଲା ସମୁଦ୍ର ବାଲିରେ । ଆଣ୍ଠୁମାଡ଼ି ବସି, ସେ କହିଲା ମନ୍ତ୍ରପାଠ କଲାପରି, ଧୀର ଉଚ୍ଚାରଣରେ –

-ଭଗବାନ୍, ମୁଁ ବୁବୁନ୍‌କୁ ଆଉ ଖୋଜିବି ନାହିଁ, ତା' ବଞ୍ଚିବା ବି ମୋର ଲୋଡ଼ା ନାହିଁ । ତୁମେ ଥରଟିଏ, ଖାଲି ଥରଟିଏ, ମୋ ପୁଅର ଶବ ମତେ ଦେଖାଇଦିଅ । ମତେ ଦେଖାଇଦିଅ, ସେ ଆଉ ବଞ୍ଚିନାହିଁ, ସେ ଜୀବନରେ ନାହିଁ । ମୋର ସବୁ ସୁଖ ବଦଳରେ, ମୋର ସର୍ବସ୍ୱ ବଦଳରେ, ଦୟାକରି ମତେ ଖାଲି ଏତିକି ହିଁ ଦେଖାଇଦିଅ, ମାତ୍ର ଥରଟିଏ, ମୋ ପିଲାର ମଲାଦେହ ।

ରଙ୍ଗନାଥ

ପ୍ରଥମ ପରିଚୟ ଦିନ ହିଁ ରଙ୍ଗନାଥ ମତେ କହିଥିଲା – ଦେଖ, ତୁମ ସହିତ ମୋର ଆଦୌ ପଡ଼ିବ ନାହିଁ।

କଥାଟି କିପରି ଅସ୍ୱାଭାବିକ। ଅପ୍ରୀତିକର ମଧ୍ୟ। ମୁଁ ଟିକିଏ ଆଶ୍ଚର୍ଯ୍ୟ ହୋଇ କହିଲି- କାହିଁକି ? ପଡ଼ିବ ନାହିଁ କାହିଁକି ?

ଏ ପ୍ରଶ୍ନର ସିଧାସଳଖ କୌଣସି ଉତ୍ତର ମୁଁ ତା'ଠାରୁ ପାଇ ନ ଥିଲି। ସେ ମତେ ନ ଚାହିଁ ରୁମ୍‌ଟି ଆଉଥରେ ଭଲକରି ଦେଖିସାରି ପଚାରିଲା- ଆଚ୍ଛା ମୁଁ ଯଦି ମୋ' ପଢା ଟେବୁଲ୍‌ଟା ଏଇ ଝରକା ପାଖରେ ରଖେ, ତୁମର କିଛି ଅସୁବିଧା ହେବ ?

ଅସୁବିଧା କିଛି ନ ଥିଲା। କହିଲି - ନା, ମୋର କୌଣସି ଆପତ୍ତି ନାହିଁ। ଇଚ୍ଛାକଲେ ରଖିପାର।

-ତୁମେ ସିଗାରେଟ୍ ପିଅ ? ରଙ୍ଗନାଥର ପରବର୍ତ୍ତୀ ପ୍ରଶ୍ନ।

-ନା।

-ମଦ ପିଅ ?

- ନା।

-ବେଶ ଭଲକଥା। ରଙ୍ଗନାଥର ସ୍ୱରରେ ଆଶ୍ୱସ୍ତି ଯେତେ ନ ଥିଲା, ତା'ଠାରୁ ଅଧିକ ଥିଲା ଅଭିଭାବକ ସୁଲଭ ସନ୍ତୋଷ।

ପୋଷ୍ଟ୍ ଗ୍ରାଜୁଏଟ୍ ହଷ୍ଟେଲ୍‌ରେ ରଙ୍ଗନାଥ ଆସି ରହିବାର ଏ ପ୍ରଥମ ଦିନ। ତା'ର ଆଠ ଦଶଦିନ ପୂର୍ବରୁ ମୁଁ ଆସି ରହିଥିଲି ସେହି ହଷ୍ଟେଲ୍‌ରେ, ସେହି ନିର୍ଦ୍ଦିଷ୍ଟ ରୁମ୍‌ରେ। ପ୍ରଥମେ ଆର୍ଟ୍‌ସ୍ ଛାତ୍ରଙ୍କ ନାମଲେଖା ହୋଇଥିଲା, ତା'ପରେ ସାଇନ୍‌ସ ଛାତ୍ରଙ୍କର। ପୁଣି ପ୍ରଚଳିତ ପରମ୍ପରା ଅନୁସାରେ ପ୍ରତି ରୁମ୍‌ରେ ଜଣେ ଲେଖାଏଁ ଆର୍ଟ୍‌ସ୍

ଛାତ୍ର ସହିତ ଜଣେ ଲେଖାଏଁ ସାଇନ୍ସ ଛାତ୍ର ରହିବ। ସେହି ହିସାବରେ ରଙ୍ଗନାଥ ମୋର ସହବାସୀ।

ରଙ୍ଗନାଥ ଦେଖିବାକୁ ସେପରି କିଛି ଆକର୍ଷଣୀୟ ନୁହେଁ। ସାମାନ୍ୟ ଶ୍ୟାମଳ ବର୍ଣ୍ଣ, ପତଳା ଦୁର୍ବଳ ଦେହ। ମୁହଁର କୌଣସି ବୈଶିଷ୍ଟ୍ୟ ନାହିଁ, ଆଖି ଦୁଇଟି ବ୍ୟତୀତ। ଠିଆହେବା ଓ ବସିବା ଠାଣିରେ ଏକପ୍ରକାର ଆତ୍ମପ୍ରତ୍ୟୟର ଛାପ ରହିଛି, ଯାହା ବେଳେବେଳେ ଔଦ୍ଧତ୍ୟ ବୋଲି ମନେହୁଏ।

'ତୁମ ସହିତ ମୋର ଆଦୌ ପଡ଼ିବ ନାହିଁ', ଏଇ କଥାଟି ମତେ କିଭଳି ଅଦ୍ଭୂତ ବେଖାପ ମନେ ହୋଇଥିଲା। ପ୍ରଥମ ପରିଚୟ ଦିନ ଏମିତି ତ କେହି କେବେ କହେ ନାହିଁ। ମୁଁ ତେଣୁ ସେଦିନ ସଞ୍ଜରେ ପ୍ରଶ୍ନଟି ଦୋହରାଇଥିଲି - ଏଇ ତମେ ଯେ କହିଲ, ତୁମ ସହିତ ମୋର ଆଦୌ ପଡିବ ନାହିଁ -ଏମିତି କହିବାର ମାନେ ?

ରଙ୍ଗନାଥ ସେତେବେଳେ ବସି ତା'ର ବହିସବୁ ସଜାଡି ରଖିବା ଆରମ୍ଭ କରିଥିଲା। ଅସଂଖ୍ୟ ବହି। ବିଜ୍ଞାନର ଛାତ୍ର ହିସାବରେ ତା'ପାଖରେ କେବଳ ବିଜ୍ଞାନ ସମ୍ପର୍କିତ ବହି ଯେ ପ୍ରଚୁର ଥିଲା ତା' ନୁହେଁ, ପୁରାଣ, ଦର୍ଶନ ଓ ଇତିହାସର କେତେଖଣ୍ଡ ବହି ବି। କାଗଜ ପେଟିରୁ ବହି କାଢ଼ି ସଜାଡି ରଖୁ ରଖୁ ସେ କହିଲା ମନକୁ ମନ, ଏତେଗୁଡ଼େ ବହି ବାହାରେ ନ ରଖି, ମୁଁ ଭାବୁଛି, ଅଧା ବହି ଆଲମାରୀ ଭିତରେ ରଖିବି। କିନ୍ତୁ ସେ ତା' ଆଲମାରୀ ଫିଟାଇ ଦେଖିଲା, ସେଥିରେ ବହି ରଖିବାକୁ ବେଶି ଜାଗା ନାହିଁ। ମୋତେ ଚାହିଁ ପଚାରିଲା, ତୁମ ଆଲମାରୀରେ ଏ କେତେଟା ବହି ରଖିବାକୁ ଜାଗା ହେବ ?

ମୋ ଆଲମାରୀଟା ଫାଙ୍କା ପଡିଥାଏ। ଦି'ଖଣ୍ଡ ବହି ଓ ଟ୍ରାନ୍‌ଜିଷ୍ଟର୍‌ଟି ବ୍ୟତୀତ ସେଥିରେ ରଖିବାକୁ କିଛି ଜିନିଷ ମୋର ନାହିଁ। ମୁଁ ଆପତ୍ତି କଲିନାହିଁ।

ସେଇଠି ବହି ରଖୁ ରଖୁ, ରଙ୍ଗନାଥର ଦୃଷ୍ଟି ପଡିଥିଲା ଟ୍ରାନ୍‌ଜିଷ୍ଟର୍‌ଟି ଉପରେ।

-ଏଇ ଟ୍ରାନ୍‌ଜିଷ୍ଟର୍‌ଟି ତୁମର ?

-ହଁ। ମୁଁ ଉତ୍‌ଫୁଲ୍ଲ ହୋଇ କହିଲି। ଆଜି ରାତି ଆଠଟାରେ 'ବିନାକା ଗୀତମାଲା' ଅଛି। ଶୁଣିବ ?

ରଙ୍ଗନାଥ ଗମ୍ଭୀର ହୋଇଗଲା। ଟିକିଏ ନୀରବ ରହି କହିଲା- ଦେଖ, ତୁମେ ଆର୍ଟ୍‌ସ୍ ପିଲା। ଯାହା ଯେମିତି ପଢ଼ି ପାସ୍ କରିଯିବ। ମୁଁ ଫିଜିକ୍ସ ଷ୍ଟୁଡେଣ୍ଟ। ମତେ ମନଦେଇ ବସି ପଢ଼ିବାକୁ ହେବ।

ମତେ କଥାଟି ବାଧିଲା। ତଥାପି ଭଦ୍ରତା ଦେଖାଇ କହିଲି- ଠିକ୍ ଅଛି। ତୁମର ଅସୁବିଧା ହେଲେ ମୁଁ ଟ୍ରାନ୍‌ଜିଷ୍ଟର୍ ବଜେଇବି ନାହିଁ।

ରଙ୍ଗନାଥର ଅସନ୍ତୋଷର କାରଣ ବୋଧହୁଏ ଅନ୍ୟଠି ଥିଲା। ସେ ସାମାନ୍ୟ ଅସନ୍ତୁଷ୍ଟ ଓ କିଛି ବିରକ୍ତ ସ୍ୱରରେ ପଚାରିଲା-ତୁମକୁ ସତରେ ଗୀତ ଶୁଣିବାକୁ ଭଲ ଲାଗେ ?

ଗୀତ ଶୁଣିବାକୁ ମତେ ଖୁବ୍ ଭଲ ଲାଗେ, ଏହା ଏକ ଅସାଧାରଣ ବିଷୟ ହୁଏତ ନୁହେଁ, କିନ୍ତୁ ମୋର ସଙ୍ଗୀର ହାବଭାବରୁ ମନେହେଲା, ଏହା ସ୍ୱୀକାର କରିବା ସ୍ପୃହଣୀୟ ହେବନାହିଁ।

କହିଲି – ହଁ, କେବେ କେମିତି ଶୁଣିଲେ ଭଲ ଲାଗେ।

-ମୁଁ ବୁଝିପାରେନି ଜମା, ଗୀତ ଶୁଣିବାର ସଉକ ଲୋକଙ୍କର ଏତେ ଥାଏ କାହିଁକି ! କ'ଣ ମିଳେ ଏମିତି ଘଣ୍ଟା ଘଣ୍ଟା ଧରି ଗୀତ ଶୁଣିଲେ ? ଅଯଥା ସମୟ ନଷ୍ଟ। ଖବରକାଗଜ ତ ପଢୁଛ। 'ସାଉଣ୍ଡ୍ ପଲ୍ୟୁସନ୍' କ'ଣ ଜାଣିଛ ?

କଳା ଛାତ୍ର ହିସାବରେ ମୁଁ ଖବରକାଗଜ ନିୟମିତ ପଢ଼ିଥାଏ, କିନ୍ତୁ ସାଉଣ୍ଡ୍ ପଲ୍ୟୁସନ୍ କଥା କେବେ କେଉଁଠି ପଢିଥିବା ମନେ ପଡ଼ିଲା ନାହିଁ। ମୁଁ ସେକଥା ସ୍ୱୀକାର କଲି।

-ଦେଖ। ଖବରକାଗଜ ନିୟମିତ ପଢ଼ିବା ଉଚିତ। ଅନ୍ତତଃ ଷ୍ଟେଟସ୍‌ମ୍ୟାନ୍‌ଟା ପଢିବ। ଭଲ ଇଂରାଜୀ ଥାଏ ସେ ଖବରକାଗଜରେ। ହଁ, ସାଉଣ୍ଡ୍ ପଲ୍ୟୁସନ୍ କଥା କହୁଥିଲି ...

ତା'ପରେ ରଙ୍ଗନାଥ ମତେ ବୁଝାଇ ବସିଲା ସଭ୍ୟତାର ଏହି ନବୀନତମ କୁପ୍ରଭାବ ବିଷୟରେ। ଶବ୍ଦ, ବିଶେଷତଃ ଆଧୁନିକ ଯାନ୍ତ୍ରିକ ପୃଥିବୀର ଶବ୍ଦ, ମଣିଷର ବ୍ୟାଧି ଓ ମାନସିକ ଅଶାନ୍ତି ପାଇଁ ଦାୟୀ। ରଙ୍ଗନାଥର ମତ ଯେ ଯଦି ପାଶ୍ଚାତ୍ୟ ଦେଶରେ ପ୍ରଚଳିତ ଉତ୍କଟ ସଙ୍ଗୀତ ପୁରାପୁରି ବନ୍ଦ କରିଦିଆଯାଏ, ତେବେ ସେ ଦେଶରେ ମାନସିକ ବ୍ୟାଧିର ପ୍ରାଦୁର୍ଭାବ ଯଥେଷ୍ଟ କମିଯିବ। ଆମେ ଆଉ କରୁଛୁ କଅଣ, ଆମେ ତ ପାଶ୍ଚାତ୍ୟ ସଙ୍ଗୀତ ଅନୁକରଣ କରି ସେମାନଙ୍କ ମାନସିକ ଅଶାନ୍ତି ମାଗି ଆଣୁଛୁ।

ଉଣେଇଶ ସତୁରି ମସିହାରେ, ଆମ ଚାରିପାଖେ ବିଟିଲସ୍ ସଙ୍ଗୀତର ପ୍ରଚଣ୍ଡ କୋଳାହଳ। ମୋତେ ପପ୍ ମିଉଜିକ୍ ଖୁବ୍ ଭଲ ଲାଗେ, ହିପ୍-ହପ୍ ମ୍ୟୁଜିକ୍ ବି। ଆର ଡି ବର୍ମନର ଗୀତ, 'ହିରପ୍, ଟାରା ଟାରା ଟାରା' ମୋର ଅତ୍ୟନ୍ତ ପ୍ରିୟ।

ମୁଁ ଚୁପଚାପ୍ ତା'ଠାରୁ ସାଉଣ୍ଡ୍ ପଲ୍ୟୁସନ୍ ଉପରେ ସୁଦୀର୍ଘ ଭାଷଣଟି ଶୁଣିଲି। ସେଥିରୁ ମେଜରମେଣ୍ଟ୍ ଅଫ୍ ଡେସିବେଲ୍, ସୁପରଇମ୍‌ପୋଜିସନ୍ ଅଫ୍ ସାଉଣ୍ଡ ଓ୍ୱେଭସ୍, ଏନ-ଆଇ-ଏଚ-ଏଲ୍ ... ଏମିତି ଅନେକ କଥା ମୋର ବୋଧଶକ୍ତିର ବାହାରେ ଥିଲା।

-ଦେଖ। ତୁମେ ଭାବୁଥିବ, ମୁଁ ତୁମକୁ ବିରକ୍ତ ହେଉଛି କିମ୍ବା ଗାଳି ଦେଉଛି, କିନ୍ତୁ ତା' ଠିକ୍ ନୁହେଁ। ଟିକିଏ ଭଲକରି ଭାବି ଦେଖ – ମୁଁ ଯାହା କହୁଛି ଠିକ୍ କହୁଛି। ତୁମର ଭଲ ପାଇଁ କହୁଛି।

ମୋର ରଙ୍ଗନାଥ ସହିତ ଏ ବିଷୟରେ ତର୍କ କରିବାକୁ ଆଦୌ ଇଚ୍ଛା ହେଲା ନାହିଁ। ନୂଆକରି ପରିଚିତ ହୋଇଥିବା ସହପାଠୀ ସହିତ ଯୁକ୍ତିତର୍କ ଆରମ୍ଭ ନ କରି ଟିକିଏ ଖାପ ଖୁଆଇ ନେବା ଭଲ। କିଛି ଦିନ ଏକାଠି ରହିବାକୁ ପଡିବ ଯେତେବେଳେ !

ପରଦିନ ସକାଳୁ ମୁଁ ରଙ୍ଗନାଥର ଅନ୍ୟାନ୍ୟ ବୈଚିତ୍ର୍ୟ ଦେଖିବାକୁ ପାଇଥିଲି।

ସକାଳ ହୋଇନାହିଁ - ଭୋର ଚାରିଟା ମୋ' ପାଇଁ ସୁଖ ନିଦ୍ରାର ଅପୂର୍ବ ସମୟ - ରଙ୍ଗନାଥର ଆଲାର୍ମ୍ ଘଡ଼ି ବାଜିଉଠିଲା। ସେ ଧଡ଼ପଡ଼ ହୋଇ ଉଠିବସିଲା ବିଛଣାରୁ। ଆଣ୍ଠୁମାଡ଼ି ବସି ପ୍ରାର୍ଥନା ବୋଲିଲା କିଛି ସମୟ ଧରି। କେତେ ସମୟ ତାହା କହିପାରିବି ନାହିଁ, କାରଣ ମୁଁ ଥିଲି ଅଧା ନିଦ ଓ ଅଧା ସ୍ୱପ୍ନ ଭିତରେ। ବିଛଣା ଛାଡି, ସେହି ପାହାନ୍ତି ଅନ୍ଧାର ଭିତରେ ସେ ବାଥ୍‌ରୁମ୍‌କୁ ଗଲା। ଗାଧୁଆପାଧୁଆ ସାରି ଟେବୁଲ୍ ଲ୍ୟାମ୍ପ୍ ଜାଳି ପଢ଼ି ବସିଲା।

ମୁଁ ମୋର ଶେଷପ୍ରସ୍ଥ ନିଦରୁ ଉଠିବା ବେଳକୁ ସକାଳ ଆଠଟା ହେଲାଣି। ମୁଁ ନିଦରୁ ଉଠିବା ଦେଖି ରଙ୍ଗନାଥ କହିଲା :

-ତୁମେ ଏତେ ଡେରିରେ ଉଠ ପ୍ରତିଦିନ ?

ସକାଳୁ ଉଠି ଏ ପ୍ରଶ୍ନଟିର ଉତ୍ତର ଦେବାକୁ କାହାକୁ ଭଲ ଲାଗେ ନାହିଁ। ଟିକିଏ ଗମ୍ଭୀର ହୋଇ, ନିଜର ଆତ୍ମସମ୍ମାନ ସମ୍ପର୍କରେ ବେଶ୍ ସଚେତନ ଥିଲା ପରି କହିଲି – ହଁ। ଯେ ମୋ' ଅଭ୍ୟାସ।

ରଙ୍ଗନାଥର ଧାରଣା ଥିଲା ଏ ପ୍ରଶ୍ନ ଶୁଣି ମୁଁ ଲଜ୍ଜିତ ହୋଇଯିବି। ଆଜି ଏତେ ଡେରିରେ ଉଠିବା ମୋ ପକ୍ଷରେ ଏକ ବ୍ୟତିକ୍ରମ ବୋଲି ସଫେଇ ଦେବି। କିନ୍ତୁ ମୋର ଏହି ନିର୍ବିକାର ଜବାବ ଶୁଣି ସେ ଅସନ୍ତୁଷ୍ଟ ହେଲା।

-ଏତେ ଡେରିରେ ନିଦରୁ ଉଠିଲେ କ'ଣ ସ୍ୱାସ୍ଥ୍ୟ ଭଲ ରହେ ? ସ୍ୱାସ୍ଥ୍ୟ ହିଁ ସମ୍ପଦ। ଆଉ ତା'ଠାରୁ ବଡ କଥା ହେଲା ମାନସିକ ଶାନ୍ତି। ବଡ଼ି ସକାଳୁ ଉଠି ଘଣ୍ଟାଏ ଦୁଇଘଣ୍ଟା ପଢିବା ପରେ ଯେଉଁ ମାନସିକ ଶାନ୍ତି ମିଳେ, ତାହା ତୁମେ କେବେ ବୁଝିପାରିବ ନାହିଁ।

ଏକଥା ସତ। ମୁଁ କେବେକେବେ ପାହାନ୍ତି ପହରରୁ ଉଠି ପଢି ବସି ଦେଖିଛି, ପାଠରେ ବେଶ୍ ମନ ଲାଗିଥାଏ ସେହି ସମୟରେ। କିନ୍ତୁ ଅଧିକାଂଶ ସମୟରେ

ବିଛଣାର ମୋହ ଛାଡ଼ି ଉଠି ହୁଏନାହିଁ। 'ଏଇ ଉଠିବି ଏଇ ଉଠିବି' ଭାବୁ ଭାବୁ ପୁଣି ଆଖିପତା ଏକାଠି ହୋଇଯାଏ। ଆଖି ଫିଟାଇବା ବେଳକୁ ସକାଳ ଆଠଟା।

ହଷ୍ଟେଲ୍‌ରେ ଆମକୁ ସକାଳେ ଜଳଖିଆ ଦିଆଯାଏ ନାହିଁ, କିନ୍ତୁ ଜଣେ ଦୁଇଜଣ ଉତ୍ସାହୀ ବୁଲା ବିକାଳୀ ନିୟମିତ ଆସି ବରା, ପିଆଜି ଏମିତି କିଛି ବିକି ଥାଆନ୍ତି, ତା' ସହିତ ଗରମ ଚା' ମଧ୍ଯ ଦେଇଯାଆନ୍ତି। ସାଢ଼େ ଆଠଟା ବେଳେ ଜଣେ ଆସି ମତେ ନିୟମ ମୁତାବକ ବରା ଦୁଇଟା ଓ କପେ ଚା' ଦେଲା। ତା'ପରେ ରଙ୍ଗନାଥକୁ ଉଦ୍ଦେଶ୍ୟ କରି ପଚାରିଲା, ଆପଣଙ୍କୁ କିଛି ଦେବି ?

ରଙ୍ଗନାଥ ପଢ଼ା ଟେବୁଲରୁ ମୁଣ୍ଡ ନ ଉଠାଇ ଜବାବ ଦେଲା – ନା, ମୋର ଜଳଖିଆ ଅଛି।

କାଲି ରାତିରେ କେଜାଣି କେତେବେଳେ ସେ ମୁଗ ଓ ବୁଟ ପାଣିରେ ବତୁରାଇ ରଖିଥିଲା। ଗୋଟିଏ ଛୋଟ ଗିନାରେ ଗୁଡ଼ ମିଶାଇ ସେ ସେତକ ଖାଇବସିଲା। ତା' ପୂର୍ବରୁ ମତେ ଚାହିଁ ପଚାରିଲା- ତୁମେ ଗଜାମୁଗ ଖାଇବ ? ଅଳ୍ପ ଦି'ଟା ?

ମୁଁ କହିଲି – ନା, ମୋର ତ ଇଏ ଅଛି। ବରା ଓ ଚାହା ଦେଖାଇ ମୁଁ କହିଲି।

ରଙ୍ଗନାଥ କିଛି ନ କହି ଚୁପ୍‌ଚାପ୍ ଆପଣା ଜଳଖିଆ ଖାଇବାକୁ ଲାଗିଲା। ଖାଇସାରି, ବାଟିଟି ପରିଷ୍କାର ଧୋଇ, ଯଥାସ୍ଥାନରେ ରଖି କହିଲା- ଗୋଟେ କଥା ତୁମକୁ କହିବି ?

–ହଁ, କୁହ।

–ଏମିତି ବରା ପିଆଜି ଖାଇବାଟା କ'ଣ ସ୍ୱାସ୍ଥ୍ୟପକ୍ଷରେ ଭଲ ?

–ନା, ତା' ତ ନୁହେଁ। ହେଲେ ଏଇଠି ଆଉ ଅନ୍ୟ ଜିନିଷ ମିଳୁଛି ବା କ'ଣ ?

–ଆଉ କିଛି ମିଳୁନାହିଁ ବୋଲି ବରା ଖାଇବ, ଆଉ ସୁଡ଼୍ ସୁଡ଼୍ କରି ଚା' ପିଇବ ?

ରଙ୍ଗନାଥ ଯେ ଏମିତି ରାଗିଯିବ, ସେକଥା ମୋ କଳ୍ପନାରେ ନଥିଲା।

–ଦେଖ, ମୁଁ ତୁମ ଭଲପାଇଁ କହୁଛି। ମୁଁ କିଛି ନ କହିଲେ ଚଳନ୍ତା, କିନ୍ତୁ ମୁଁ ତୁମ ସାଙ୍ଗ, ତୁମ ଭୁଲ୍ ମୁଁ ଦେଖାଇଦେବା ଉଚିତ। ସେଥିରେ ତୁମର ମଙ୍ଗଳ। ଏଇ ବଜାର ତିଆରି ବରା ପିଆଜିରେ ହଇଜା, ଟାଇଫଏଡ୍ ଠାରୁ ଆରମ୍ଭ କରି ଜଣ୍ଡିସ୍ ପର୍ଯ୍ୟନ୍ତ କି ରୋଗ ଯେ ନ ହେବ, କହି ହେବ ନାହିଁ। ଆଉ ଚା' ପିଇଲେ ...

ରଙ୍ଗନାଥ ବିଶ୍ୱବିଦ୍ୟାଳୟର ଜଣେ କୃତୀଛାତ୍ର ଏକଥା ମୁଁ ଆଗରୁ ଜାଣିଥିଲି। ସେ ମାଟ୍ରିକ୍‌ଠାରୁ ଆରମ୍ଭକରି ବି.ଏସ୍.ସି. ପର୍ଯ୍ୟନ୍ତ ସବୁ ପରୀକ୍ଷାରେ ନୂଆ-ନୂଆ ରେକର୍ଡ ରଖି ଆସିଛି, କିନ୍ତୁ ନିହାତି ସାଧାରଣ ବିଷୟରେ ତା'ର ଜ୍ଞାନ ଯେ ଏପରି ଅସାଧାରଣ, ସେ କଥା ମୁଁ ଅନୁଭବ କଲି ଏଇ ସୁଯୋଗରେ।

ସେଦିନ ଚା' ପିଇବାର ଅପକାରିତା ସମ୍ପର୍କରେ ସେ ମତେ ଦୀର୍ଘ ବକ୍ତୃତା ଶୁଣାଇଥିଲା। କହିଥିଲା, ଜାଣିଚ, ଚାହା ଖାଇବାଟା ଖରାପ। ଏ ବିଷୟ ନେଇ ପୃଥିବୀ ସାରା ବହୁତ ରିସର୍ଚ୍ଚ ହୋଇଛି। ଏବେ ଆମେରିକାର ଏମ୍.ଆଇ.ଟି.ରେ ରିସର୍ଚ୍ଚ ପରେ ଯାହା ଜଣାପଡିଲା, ତାହା ଶୁଣିଲେ ଯେ କେହି ଡରିଯିବ। ଚା' କିମ୍ବା କଫି ପିଇଲେ ପାକସ୍ଥଳୀରେ ପହଞ୍ଚିବାର ଦଶ ମିନିଟ୍ ଭିତରେ ପାକସ୍ଥଳୀରେ ଉତ୍ତାପ ୧୫ ଡିଗ୍ରୀ ଫାରେନ୍‌ହାଇଟ୍ ଅଧିକା ହୋଇଯାଏ। ପେଟରେ ହାଇଡ୍ରୋକ୍ଲୋରିକ୍ ଏସିଡ୍‌ର ପରିମାଣ ଚାରିଗୁଣ ହୋଇଯାଏ। ହୃତ୍‌ପିଣ୍ଡର କମ୍ପନ ଶତକଡା ପନ୍ଦର ଭାଗ ବଢିଯାଏ। ଫୁସ୍‌ଫୁସ୍ ଶତକଡା ଦଶଭାଗ ଅଧିକ ପରିଶ୍ରମ କରେ। ଦେହରେ ଲୌହ ଅଂଶର ଅଭାବରେ, ହେମୋଗ୍ଲୋବିନ୍ ଅଭାବରୁ ମଣିଷର ଏନିମିଆ ହୁଏ, ଫେଟିଗ୍, ଚେଷ୍ଟ୍ ପେନ୍, ଏପରିକି ହାର୍ଟ୍ ଡିଜିଜ୍ ... ଏକଥା ଜାଣି ତୁମେ ଆଉ ଚା' ପିଇବାକୁ ମନ କରିବ?

ଏସବୁ ଶୁଣିବା ପରେ ଚା'ନିଶା ପାଇଁ କୌଣସି ଯୁକ୍ତି ଦେଇ ହେବ ନାହିଁ। ମୁଁ ତେଣୁ ବାଆଁରେଇ କହିଲି - ଅଭ୍ୟାସ ହୋଇଯାଇଛି ତ...

-ଅଭ୍ୟାସ! ଅଭ୍ୟାସର ଦାସ ହେବାଟା କ'ଣ ଖୁବ୍ ଭଲ କଥା?

ମୋର ଏଥର ପ୍ରକୃତରେ ବଡ଼ ରାଗ ହୋଇଗଲା। ଗତକାଲି ଟ୍ରାନ୍‌ଜିଷ୍ଟର୍ ସମ୍ପର୍କରେ ଓ ଆଜି ସକାଳେ ନିଦରୁ ଉଠିବା ସମ୍ପର୍କରେ ସେ ଯାହା ମନ୍ତବ୍ୟ ଦେଇଥିଲା, ତାହା ମତେ ଭଲ ଲାଗିନଥିଲା; କିନ୍ତୁ ଏଇ ବର୍ତ୍ତମାନର ଭାଷଣ ଅତ୍ୟନ୍ତ ବିରକ୍ତିକର ମନେହେଲା ମତେ। ମୁଁ ଗମ୍ଭୀର ସ୍ୱରରେ କହିଲି : ଦେଖ, ମୁଁ ଅଭ୍ୟାସର ଦାସ ନୁହେଁ। ମୋର ଅଭ୍ୟାସ ମୋର ରୁଚି ଉପରେ ନିର୍ଭର କରୁଛି। ମତେ ଯେତେବେଳେ ଚା' ପିଇବାଟା ଭଲ ଲାଗୁଚି, ସେ ସମ୍ପର୍କରେ ମୁଁ କାହାଠାରୁ କୌଣସି ମତାମତ ନ ଶୁଣିଲେ ଖୁସିହେବି।

ରଙ୍ଗନାଥ ବି ଏଥର ଗମ୍ଭୀର ହୋଇଗଲା। କହିଲା - ମୁଁ ତୁମକୁ ସାଙ୍ଗ ହିସାବରେ ସତର୍କ କରି ଦେଉଥିଲି, କିନ୍ତୁ ତୁମେ ଯଦି ଭୁଲ ବୁଝିବ, ତେବେ ମୋର କିଛି କହିବାର ନାହିଁ।

-ମୋର ସେଥିରେ କିଛି ଆପତ୍ତି ନାହିଁ, କିନ୍ତୁ ବ୍ୟକ୍ତିଗତ ରୁଚି ଅରୁଚି ବିଷୟରେ କେହି କାହାକୁ କିଛି ନ କହିବା ଉଚିତ। ଅନ୍ତତଃ ଆମେମାନେ ନିଜର ଭଲମନ୍ଦ ବୁଝିବା ବୟସକୁ ଆସିଗଲୁଣି। ଏବେ କାହାରି ଉପଦେଶ ଶୁଣିବାକୁ ଭଲ ଲାଗେ ନାହିଁ।

ରଙ୍ଗନାଥ ଧଡ଼୍‌କରି ଚଉକିରୁ ଉଠି ଆସି ମୋ' ଟେବୁଲ ପାଖରେ ଝୁଙ୍କି ପଡିଲା। ମୋ ଡାହାଣ ହାତଟି ଧରି ହ୍ୟାଣ୍ଡସେକ୍ କଲାପରି ଝାଙ୍କି କହିଲା - ମୋର ତେବେ ଭୁଲ ହୋଇଯାଇଛି। ଏକ୍‌ସକ୍ୟୁଜ୍ ମି ...

ମୁହଁଟା ତା'ର ଲାଲ ପଡି ଯାଇଥାଏ – ତାହା ରାଗ କି ଅପମାନ ମୁଁ ବୁଝିପାରିଲି ନାହିଁ। ସେ ତା'ପରେ ପୁଣି ଦୌଡିଯାଇ ଆପଣା ଚଉକିରେ ବସିପଡିଲା। କଲେଜ୍‌କୁ ବାହାରିବା ପର୍ଯ୍ୟନ୍ତ ଆଉ ମୋର କଥାବାର୍ତ୍ତା ହୋଇ ନାହିଁ।

କଲେଜରୁ ଫେରିବାବେଳେ ମଧ୍ୟ ସେ ସେମିତି ଗମ୍ଭୀର ଥିଲା। ତା' ଅର୍ଥ ସେ ମୋ ସହିତ କଥାବାର୍ତ୍ତା କରିବାକୁ ରାଜି ନୁହେଁ। ମୁଁ ଭାବିଲି, ଇଏ ଭଲ ହେଲା। ସହପାଠୀଠାରୁ ଗୁରୁଜନ ସୁଲଭ ଆଚରଣ ମୁଁ ଆଶା କରେ ନାହିଁ। ମୋ ରୁଚି, ମୋ ପସନ୍ଦ ମୋ ନିଜର। ମୁଁ ଆଉ ଛୋଟପିଲା ବି ନୁହେଁ।

କିନ୍ତୁ ଏକା ରୁମ୍‌ରେ ଥାଇ ଦୁଇଜଣ ଆଦୌ କଥାବାର୍ତ୍ତା କରିବେ ନାହିଁ, ଏ ମଧ୍ୟ ଅତ୍ୟନ୍ତ ଅସ୍ୱସ୍ତିକର ପରିସ୍ଥିତି। ମୁଁ ପୁଣି ଟିକିଏ ଗପୁଡା ଧରଣର ପିଲା। ଏଣୁ ମୋର ଅସୁବିଧା ଅଧିକ।

ରଙ୍ଗନାଥ ସହିତ ମୁଁ ଦୁଇଦିନ କଥାବାର୍ତ୍ତା ହୋଇନାହିଁ, ଅର୍ଥାତ୍ ସେ ମୋତେ କୌଣସି କଥା କହିନଥିଲା, କିନ୍ତୁ ସେଇ ଅବସରରେ ମୁଁ ମୋର ଅନ୍ୟାନ୍ୟ ସହପାଠୀଙ୍କଠାରୁ ତା' ବିରୁଦ୍ଧରେ ଅନେକ କଟୁ ମନ୍ତବ୍ୟ ଶୁଣିଥିଲି। ସେ ବଡ ଚିଡ଼ଚିଡ଼ା, କଳିହୁଡ଼ା ଓ ଅନ୍ୟମାନଙ୍କୁ ଉପଦେଶ ଦେବାକୁ ଭଲପାଏ। ଗାଆଁ ସ୍କୁଲ ଓ ଗାଉଁଲୀ କଲେଜରେ ଆଦର୍ଶ ଛାତ୍ର ହିସାବରେ ବିଶେଷ ସମ୍ମାନ ଓ ମର୍ଯ୍ୟାଦା ପାଉଥିବା ଜଣେ ଛାତ୍ର ପକ୍ଷରେ ଏ ପ୍ରକାର ବ୍ୟବହାର ଅନେକଙ୍କୁ ବେଶି ଆଶ୍ଚର୍ଯ୍ୟଜନକ ଲାଗି ନ ଥିଲା।

ମତେ କିନ୍ତୁ ତା' ଚରିତ୍ରର ଅନ୍ୟ ଏକ ଦିଗ ବେଶି ଆଶ୍ଚର୍ଯ୍ୟଜନକ ମନେ ହେଲା। ତା' ହେଉଛି, ସେ ଯେତେ ଶୀଘ୍ର ଅନ୍ୟ ସହିତ କଳି କରିପାରେ, ତା'ଠାରୁ ଅଧିକ ଶୀଘ୍ର କଳି ମେଣ୍ଟାଇ ମିଳାମିଶା କରିନେଇପାରେ। ଏମିତି ଦୁଇଦିନ କଥାବାର୍ତ୍ତା ନହୋଇ ରହିବା ପରେ ତୃତୀୟ ଦିନ ସକାଳେ, ସେ ଟିକିଏ କୁଣ୍ଠିତ ସ୍ୱରରେ କହିଲା – ମୋ ଉପରେ ତୁମେ ଏବେ ବି ରାଗିକି ଅଛ, ନୁହେଁ!

ରଙ୍ଗନାଥ ସାମାନ୍ୟ ହସିବାକୁ ଚେଷ୍ଟା କରୁଥିଲା, କିନ୍ତୁ ହସ ତା' ଓଠରେ ଫୁଟି ଉଠୁନଥିଲା ଠିକ୍ ଭାବରେ। ମୁଁ କହିଲି - ନା ତୁମ ଉପରେ ରାଗିବି କାହିଁକି ? ବରଂ ମୁଁ ଭାବୁଥିଲି ମୋ' ସହିତ ତୁମେ କଥା ହେବାକୁ ଇଚ୍ଛା କରୁନ।

ଆମର ତା'ପରେ ବୁଝାମଣା ହୋଇଗଲା। ସେ ମୋତେ ତା' ଗଜାମୁଗରୁ ଅଧା ଖାଇବାକୁ ଦେଲା। ମୁଁ କିନ୍ତୁ ପ୍ରତିଦାନ ଦେଇପାରିଲି ନାହିଁ, କାରଣ ବରା ପିଆଜି ସେ ଖାଏ ନାହିଁ ଆଦୌ।

ପରଦିନ ସକାଳେ ରଙ୍ଗନାଥ ନିଦରୁ ଉଠି, ମୁଁ ମନଧ୍ୟାନ ଦେଇ ପଢ଼ି ବସିଥିବାର ଦେଖି ବେଶ୍ ଆଶ୍ଚର୍ଯ୍ୟ ହୋଇଗଲା। ଭାରି ଖୁସି ବି। କହିଲା - ବାଃ, ଏ ଭଲ ଅଭ୍ୟାସ। Keep it up.

ମୁଁ କହିଲି- ରାତିରୁ ଉଠି ନ ଥିଲେ ଚଳି ନଥାନ୍ତା। ଶର୍ମିଷ୍ଠାର ଖାତା ମତେ ଆଜି ଫେରାଇ ଦେବାକୁ ପଡିବ।

ମୁଁ ଲକ୍ଷ୍ୟ କଲି, ରଙ୍ଗନାଥ ଯେମିତି ଅଳ୍ପ ଚମକି ପଡିଲା। ଟିକିଏ ଚୁପ୍ ରହି ପଚାରିଲା - କାହାର ଖାତା ?

-ଶର୍ମିଷ୍ଠା, ଆମ କ୍ଲାସର ଶର୍ମିଷ୍ଠା। ସେଦିନ ମୁଁ ସୁଜିତ୍ ସାଙ୍ଗରେ ମ୍ୟାଟିନୀ ଶୋ'ରେ 'ପ୍ରେମକହାନୀ' ଦେଖିବାକୁ ଚାଲିଯାଇଥିଲି। ସେଇ କ୍ଲାସ୍ ନୋଟ୍ ଶର୍ମିଷ୍ଠା ପାଖରୁ ଆଣିଛି। ଆଜି ଫେରାଇ ଦେବାକୁ ପଡିବ।

ମୋର ମନେହେଲା, ରଙ୍ଗନାଥ ମତେ ଏବେ ଦୁଇଟି କାରଣରୁ ସମାଲୋଚନା ଆରମ୍ଭ କରିଦେବ। ପ୍ରଥମତଃ, ମୁଁ କ୍ଲାସକୁ ନ ଯାଇ ସିନେମା ଦେଖି ପଳାଇଥିଲି ଓ ଦ୍ୱିତୀୟତଃ, ଶର୍ମିଷ୍ଠା ନାମ୍ନୀ ଏକ ଝିଅ ସହିତ ମୁଁ ବନ୍ଧୁତା ସ୍ଥାପନ କରୁଛି। କିନ୍ତୁ ଆଶ୍ଚର୍ଯ୍ୟର କଥା ରଙ୍ଗନାଥ ପଦେ ହେଲେ ବି କିଛି କହିଲା ନାହିଁ। ନୀରବରେ ନିଜ ପଢାବହିରେ ମନଦେଲା।

ସେଦିନ ସନ୍ଧ୍ୟାବେଳେ, ଆମେ ଦୁହେଁ ଏକାଠି ହେବା ସମୟରେ, ରଙ୍ଗନାଥ କହିଲା- ଏଇଟା କ'ଣ ଭଲ କଥା ?

-କୋଉ କଥା ?

-ନା, ତୁମକୁ ସେ କଥା କହି ଲାଭ ନାହିଁ! ଏବେ ତ ସମୟ ହୋଇଛି ସେଇଆ। ତୁମକୁ ଏକା ଦୋଷ ଦେଇ ଲାଭ କ'ଣ ?

ମୁଁ ରଙ୍ଗନାଥ କଥାରୁ କିଛି ହେଲେ ବୁଝିପାରିଲି ନାହିଁ, କିନ୍ତୁ ଏକଥା ବୁଝିଲି ଯେ ତା'କୁ ପଚାରିଲେ କିଛି ଫଳ ମିଳିବ ନାହିଁ - ସେ ବରଂ ନିଜେ ଯାହା କହିବ କହୁ।

ରଙ୍ଗନାଥ ଟେବୁଲ ଲ୍ୟାମ୍ପର ସ୍ୱିଚ୍ ଜଳାଇ ପଢ଼ି ବସିଲା ଖାତାବହି ଫିଟାଇ। ମିନିଟିଏ ମାତ୍ର ସେ ଆଡକୁ ଚାହିଁ, ମୁହଁ ଫେରାଇ ମତେ ପଚାରିଲା- ଶର୍ମିଷ୍ଠା କେମିତିକା ଝିଅ ?

ଏମିତି ଏକ ପ୍ରଶ୍ନ ମୋ ପାଇଁ ଅତ୍ୟନ୍ତ ଅଭାବିତ। ଶର୍ମିଷ୍ଠା କିପରି ଝିଅ - ସେକଥା ଅନ୍ୟ କେହି ସାଙ୍ଗ ପଚାରିଲେ ମୁଁ ଖୁବ୍ ଶୀଘ୍ର ଜବାବ ଦେଇଦିଅନ୍ତି, କିନ୍ତୁ ରଙ୍ଗନାଥର ପ୍ରଶ୍ନ ଭିତରେ କି ମର୍ମ ଅଛି କିପରି ଜାଣିବି ? ରଙ୍ଗନାଥ ଯେ ଆମଠୁ ସମ୍ପୂର୍ଣ୍ଣ ଅଲଗା।

-ଏଇ ସେଇ ଝିଅ...ଏଇ ନୋଟ୍‌ଟା ଲାଗି.. ମୁଁ ତା' ସହିତ ...

-ଥାଉ। ମୁଁ ତୁମର କୈଫୟତ ଚାହୁଁନାହିଁ, କିନ୍ତୁ ଯେ' କ'ଣ ଭଲକଥା? ଝିଅମାନଙ୍କ ସହିତ ଆମ ପୁଅମାନଙ୍କର ସମ୍ପର୍କ କ'ଣ? ସେମାନଙ୍କ ସହିତ ମିଶି ମାଇଣ୍ଡ୍ ଅଯଥା ଡାଇଭର୍ଟ୍ କରି ଲାଭ କ'ଣ?

କ୍ଳାସ୍‌ର ଝିଅମାନଙ୍କ ସହିତ ଟିକିଏ ଗପିବାକୁ ବେଶ୍ ଭଲ ଲାଗେ। ଯେତେ ନିରର୍ଥକ ବିଷୟରେ ହେଉ ପଛକେ। ଏମିତି ଗପିସାରି କୌଣସି ଉପନ୍ୟାସ ବା ସିନେମାର ଗଳ୍ପଟିଏ ମନେ ପକାଇ ବେଶ୍ ଉଚ୍ଚାଟ ଲାଗେ। ଯଦିବା ଠିକ୍ ଜଣାଥାଏ ଯେ ଉପନ୍ୟାସର ପୃଥିବୀଠାରୁ ଏ ଧୂଳିଧୂସରିତ ସଂସାର ଢେର ଅଲଗା।

-ଶର୍ମିଷ୍ଠାକୁ ତୁମେ ଲଭ୍ କରୁଛ?

ପ୍ରଶ୍ନ ଶୁଣି ଟିକେ ଚମକି ଉଠିଲି। ଚମକିବାର କାରଣ ଏଇ ଯେ ଏହା ମୁଁ ଶୁଣିଲି ରଙ୍ଗନାଥ ପରି ଏକ ଆପାତ ନିର୍ଲିପ୍ତ ତରୁଣ ମୁହଁରୁ। ଯେ ସିନେମା କେବେ ଦେଖିନାହିଁ, ଗୀତ ଶୁଣେନାହିଁ, ଉପନ୍ୟାସ ପଢେନାହିଁ – କେବଳ ଯେ ଇତିହାସ, ପଦାର୍ଥ ବିଜ୍ଞାନ ଓ ଦର୍ଶନ ପରି ତିନୋଟି ସାମଞ୍ଜସ୍ୟହୀନ ପାଠ୍ୟକୁ ଆୟତ୍ତ କରିଛି - ତା' ମୁହଁରୁ ଏ ପ୍ରଶ୍ନଟି ଅପ୍ରତ୍ୟାଶିତ।

ଲଭ୍ ମାନେ? ମୁଁ କହିଲି- ମତେ ତା' ସହିତ କଥାବାର୍ତ୍ତା ହେବାକୁ ବେଶ୍ ଭଲ ଲାଗେ। ଏକା କ୍ଳାସର ଝିଅ ଯେତେବେଳେ ...

ରଙ୍ଗନାଥର ସ୍ୱର ଗମ୍ଭୀର ହୋଇଉଠିଲା ଏଥର- ତୁମର ତା' ପ୍ରତି ଲଭ୍ ଯଦି ନାହିଁ, ତେବେ ଏମିତି ମିଳାମିଶା କରୁଛ କାହିଁକି? ସେଥିରେ ତୁମର ମାନସିକ ଶାନ୍ତି ନଷ୍ଟ ହେବ, ପୁଣି ତା'ର ମଧ୍ୟ ବଦ୍‌ନାମ! ତା'ର ତ ପୁଣି ଭବିଷ୍ୟତ ଅଛି।

ମୁଁ ଏଥର ହସିଥିଲି- ଭବିଷ୍ୟତ! ଜାଣ, ସେ ଜଣେ ଖୁବ୍ ବଡଲୋକର ଝିଅ! ସେ ଯାହାକୁ ଇଚ୍ଛା କରିବ ତାକୁ ବାହା ହେବ। ଆଉ ତା' ଚରିତ୍ର? ବାଣୀବିହାରରେ ତୁମ ଛଡା ଆଉ ସମସ୍ତେ ଜାଣନ୍ତି ସେ କେମିତିକା ଝିଅ ... ନମ୍ବର ୱାନ ସି.ପି...

ରଙ୍ଗନାଥ ଚୁପ୍ ହୋଇଗଲା ତା'ପରେ। ଆଉ କିଛି କହିଲା ନାହିଁ।

ପରଦିନ କିନ୍ତୁ ଗୋଟିଏ କରୁଣ ଘଟଣା ଘଟିଲା। ସେତେବେଳେ ରାତି ପ୍ରାୟ ସାଢ଼େ ବାରଟା। ଏତେ ରାତିଯାଏ ରଙ୍ଗନାଥ କେବେ ବାହାରେ ରହେ ନାହିଁ। କିନ୍ତୁ ସେଦିନ ବହୁତ ରାତି ଯାଏ ତା'ର ଦେଖା ମିଳିଲା ନାହିଁ। ତା'ପରେ, ରାତି ସାଢେ ବାରଟା ପରେ, ରଙ୍ଗନାଥ ଫେରିଲା। ଫେରି ...

ନା, ମୂଳରୁ କଥାଟି ଆରମ୍ଭ କରେ।

ସେଦିନ ସକାଳୁ ଉଠି ଖବରକାଗଜ ପଢ଼ିସାରି ରଙ୍ଗନାଥ ମନକୁ ମନ କହିଥିଲା, ଏ ପୃଥିବୀରେ ପାପ ଅନେକ। ଏମିତି ପାପପୂର୍ଣ୍ଣ ପୃଥିବୀରେ ମଣିଷ ବଞ୍ଚିରହିଛି କିପରି, ସେକଥା ଭାବି ଆଶ୍ଚର୍ଯ୍ୟ ଲାଗୁଛି। ଭଲ ମଣିଷ କଷ୍ଟ ପାଉଛି, ଆଉ ପାପୀ ସୁଖରେ ରହିଛି – ଏ କି ନ୍ୟାୟ ଭଗବାନଙ୍କର!

ମୁଁ ତା'କଥାରୁ କିଛି ବୁଝିପାରି ନ ଥିଲି, କିନ୍ତୁ ରଙ୍ଗନାଥ ହାତରୁ ଖବର କାଗଜଟି ନେଇ ପଢ଼ିବା ସମୟରେ ସମ୍ବାଦଟିଏ ମୋର ଦୃଷ୍ଟି ଆକର୍ଷଣ କରିଥିଲା। ଗୋଟିଏ ଛୋଟ, ମର୍ମନ୍ତୁଦ ଘଟଣା। ଗୋଟିଏ ଜେଲ୍ ଫେରନ୍ତା ଦାଗୀ ଜଣେ ପୋଲିସ୍ ଇନ୍‌ସପେକ୍ଟରଙ୍କ ଅଢେଇ ବର୍ଷର ପୁଅକୁ ହତ୍ୟାକରି ପୋଖରୀରେ ଫିଙ୍ଗିଦେଇ ଚାଲି ଯାଇଛି। ପ୍ରତିହିଂସାର କାରଣ - ଦାୟିତ୍ୱସଂପନ୍ନ ଅଫିସର୍ ଜଣକ ସେହି ଅପରାଧୀକୁ ଧରିଥିଲେ।

କ୍ଲାସ୍ ଯିବା ପର୍ଯ୍ୟନ୍ତ ରଙ୍ଗନାଥ ବିଷଣ୍ଣ ରହିଥିଲା। ତା'ପାଟିରୁ ପଦେ ବି କଥା ଶୁଣି ନଥିଲି। କେବଳ ଏତିକି ସେ କହିଥିଲା, ମନକୁ ମନ କହିଲା ପରି, ଆଜି କ୍ଲାସ୍‌ରୁ ଫେରି ସେ ଟାଉନ୍ ବସ୍‌ରେ କ୍ୟାପିଟାଲ୍ ଯିବ, ତା'ର ଦୁଇ ଖଣ୍ଡ ପଢା ବହି କିଣିବାର ଅଛି।

କିନ୍ତୁ ରାତି ସାଢେ ବାରଟା ଯାଏ ଯେତେବେଳେ ସେ ଫେରିଲା ନାହିଁ, ମୁଁ ମନେ ମନେ ଆଶ୍ଚର୍ଯ୍ୟ ହେଲି। ଏମିତି ଡେରି ତା'ର କେବେ ହୁଏ ନାହିଁ।

ସେହି ସମୟରେ ହଷ୍ଟେଲ ବାରଣ୍ଡାରେ ମୁଁ କିଛି କୋଳାହଳ ଶୁଣିବାକୁ ପାଇଲି। କୋଳାହଳ କ୍ରମଶଃ ନିକଟତର ହେଲା। ତା'ପରେ ମୋ' ରୁମ୍ ଭିତରକୁ ତିନିଜଣ ପିଲା ପଶି ଆସିଲେ, ଉଦ୍‌ବିଗ୍ନ ସ୍ୱରରେ କଥା କହି କହି।

ମୁଁ ଦେଖିଲି ସେମାନେ ରଙ୍ଗନାଥକୁ ବୋହି ଆଣିଛନ୍ତି ରୁମ୍ ଭିତରକୁ, ତା'ର ଦେହଯାକ ରକ୍ତ। ସେ ଚେଷ୍ଟା କରୁଥିଲା ନ କାନ୍ଦିବାକୁ, କୋହ ଢୋକିବାକୁ।

ମୁଁ ସ୍ତମ୍ଭୀତ ହୋଇଗଲି। ପଚାରିଲି- ଏ କ'ଣ ? ଏମିତି କ'ଣ ହେଲା ?

ମୋର ପ୍ରଶ୍ନକୁ ଶୁଣିପାରି ନ ଥିବା ପରି ସେମାନେ ରଙ୍ଗନାଥକୁ ବିଛଣା ଉପରେ ଆଣି ଶୁଆଇ ଦେଲେ। ଜଣେ ପଚାରିଲା - ଚିରାକନା ଅଛି ? ରକ୍ତ ପୋଛି ଦେବାକୁ ପଡିବ, ଆହୁରି ରକ୍ତ ବାହାରୁଛି।

ରଙ୍ଗନାଥ କ୍ଷୀଣ ସ୍ୱରରେ ଟିକିଏ ପାଣି ମାଗିଲା।

ମୁଁ ଦୌଡିଯାଇ ପାଣି ଆଣିଦେଲି। ଅତି କଷ୍ଟରେ ସେ ଦି'ଢୋକ ପିଇଲା, ପାଣି ସହିତ କୋହ ଢୋକି ଢୋକି। ସାଙ୍ଗରେ ଆସିଥିବା ତିନିଜଣଙ୍କ ଭିତରୁ ଦେବେଶ ଓ ମଦନ ଗୋଟିଏ ଭିଜାକନାରେ ତା' ମୁହଁ ଓ ହାତର ରକ୍ତ ପୋଛି ଦେଲେ। ଜଣେ ଟିକିଏ ଗରମ ଦୁଧ କେଉଁଠୁ ଆଣି ପିଇବାକୁ ଦେଲା।

ରଙ୍ଗନାଥର କ୍ଷତ ସେମିତି କିଛି ସାଙ୍ଘାତିକ ନଥିଲା। କିନ୍ତୁ ମାଡ଼ ବାଜି ନାକରୁ ଓଠରୁ ବହୁତ ରକ୍ତ ବାହାରି ଥିଲା। ଲୁହା ଚେନ୍ ମାଡ଼ରେ ହାତର ଆଙ୍ଗୁଠି ପାପୁଲି କହୁଣି ମଧ୍ୟ ଫାଟି ଯାଇଥିଲା। କିନ୍ତୁ କ୍ଷତର ଯନ୍ତ୍ରଣା ଯାହା ନୁହେଁ, ତା'ଠାରୁ ଅଧିକ ଅପମାନର ଜ୍ୱାଳା ଚରି ଯାଇଥିଲା ତା' ଦେହସାରା।

ଅନେକ ବୁଝାଇ ଗ୍ଲାସ୍‌କ ଦୁଧ ଦେବେଶ ତା'କୁ ପିଆଇବା ଭିତରେ, ରୁମ୍ ବାହାରକୁ ଡାକିନେଇ ମଦନ ମତେ ଘଟଣାଟି ଶୁଣାଇ ଥିଲା।

ଘଟଣାଟି ଏମିତି କିଛି ନୂଆ ନୁହେଁ। ଟାଉନ୍ ବସ୍‌ରେ ଏମିତି ଅନେକ ଘଟିଥାଏ। ଆମେ ସବୁ ଦେଖି ନ ଦେଖିଲା ପରି ବ୍ୟବହାର କରିଥାଉ। ପଛରେ ଅବଶ୍ୟ ଆମେ ସମସ୍ତେ ସମାଲୋଚନା କରୁ, ସାମାନ୍ୟ ଦୁଃଖ ବି ପ୍ରକାଶ କରୁ। କିନ୍ତୁ ଶେଷକୁ ଭୁଲିଯାଉ ଅତି ସହଜରେ। ଏଥିରେ ମୁଣ୍ଡ ଖେଳାଇଲେ ପାଠ ପଢ଼ିବାକୁ ସମୟ ଆଉ ମିଳିବ!

ରଙ୍ଗନାଥ ପାଇଁ ଘଟଣାଟି କିନ୍ତୁ ନୂଆ।

ସବୁଦିନ ପରି ଆଜି ମଧ୍ୟ ଟାଉନ୍ ବସ୍‌ରେ ବେଶ୍ ଭିଡ଼ ହୋଇଥିଲା। ସାଢେ ପାଞ୍ଚଟାବେଳେ ଏମିତି ଭିଡ଼ ସ୍ୱାଭାବିକ, କାରଣ ସେତେବେଳେ ୟୁନିଭରସିଟି ଅଫିସ୍ ମଧ୍ୟ ବନ୍ଦ ହୋଇଯାଏ। ପିଲାଏ ଓ ଅନ୍ୟାନ୍ୟ ଯାତ୍ରୀମାନେ କୌଣସି ଉପାୟରେ ବସ୍‌ରେ ପଶିଯାଆନ୍ତି, ଠେଲାପେଲା ଗହଳି ଭିତରେ ଝୁଲି ଝୁଲି ଯିବାକୁ ହୁଏ ସାରା ରାସ୍ତା। ଝିଅମାନେ ବି ସେଥିରୁ ବାଦ୍ ଯାଆନ୍ତି ନାହିଁ।

ସେହିପରି ଗହଳି ନିର୍ମଳ ଦାସ ପରି ପିଲାଙ୍କ ପାଇଁ ବେଶ୍ ଉପଭୋଗ୍ୟ। ନିର୍ମଳ ଦାସକୁ ଚିହ୍ନନ୍ତି ନାହିଁ, ଏପରି ଲୋକ ସହରରେ କମ୍ ଅଛନ୍ତି। ଏପରି କିଛି ଦୁଷ୍ଟାମି ନାହିଁ, ଯାହା ତା'ପକ୍ଷରେ ଅସମ୍ଭବ। କିନ୍ତୁ ତା'ଦୁଷ୍ଟାମି ଦେଖି କେହି ଜମା ପାଟି ଫିଟାନ୍ତି ନାହିଁ। ଅନ୍ୟ ଆଡ଼କୁ ଅନାନ୍ତି କିମ୍ବା ଆଖି ବନ୍ଦ କରି ଢ଼ୋଳାନ୍ତି।

ଅତି କଷ୍ଟରେ ଗହଳି ଭିତରେ ପଶି ରଙ୍ଗନାଥ ଯେଉଁଠି ଠିଆହେଲା, ଠିକ୍ ସେଇଠି ପାଖକୁ ଲାଗି ଛିଡା ହୋଇଥାଏ ନିର୍ମଳ। ହାତରେ ଗୋଟିଏ ଜଳନ୍ତା ସିଗାରେଟ୍ ଧରି। ମୁଁ ଜାଣେ ନାହିଁ, ରଙ୍ଗନାଥ ହୁଏ ତ ପ୍ରଥମେ ନିର୍ମଳକୁ କହିବା ପାଇଁ ଭାବିଥିବ ଯେ ସିଗାରେଟ୍ ଖାଇବା ଭଲ ନୁହେଁ। ହୁଏତ 'ଧୂମପାନ ନିଷେଧ' ଲେଖାଟି ଦେଖାଇ ଦେବା ପାଇଁ ମଧ୍ୟ ସେ ମନେ ମନେ ଭାବିଥିବ। ତା'ପରେ କ'ଣ ଭାବି ଚୁପ୍ ରହିଥିବ।

ଭିଡ଼ ଭିତରେ ଠିକ୍ ନିର୍ମଳର ଡାହାଣ ପଟରେ ଯିଏ ଠିଆ ହୋଇଥିଲା, ସେ ଆମ ସହିତ ଇକନମିକ୍‌ସ ପଢୁଥିବା ଝିଅଟିଏ - ତା' ନାମ ସୁଚିତ୍ରା। ସେ କ୍ୟାମ୍ପ୍ ଭିତରେ, ହଷ୍ଟେଲ୍‌ରେ ରହୁଥିଲେ ମଧ୍ୟ, ତା' ମଉସାଙ୍କୁ ଦେଖିବା ପାଇଁ କ୍ୟାପିଟାଲ୍ ହସ୍‌ପିଟାଲ୍‌କୁ ବେଳେବେଳେ ଯିବାଆସିବା କରୁଥିଲା। ରଙ୍ଗନାଥ ଦେଖିବାକୁ ପାଇଲା

ନିର୍ମଳର ହାତରେ ଥିବା ଜଳନ୍ତା ସିଗାରେଟ୍‌ଟି ଧୀରେ ଧୀରେ ଉଠି ଆସି ଝିଅଟିର ଖୋଲା ପିଠିକୁ ସ୍ପର୍ଶ କଲା ଗୋଟିଏ ମୁହୂର୍ତ୍ତ ପାଇଁ। ତା'ପରେ ଦୂରେଇ ଗଲା। ବିଜୁଳି ଆଘାତ ପାଇଲା ପରି ଚମକି ପଡ଼ିଥିଲା ସୁଚିତ୍ରା। କିନ୍ତୁ ପଛକୁ ଫେରି ଚାହିଁଲା ନାହିଁ। କାରଣ ସେ ଜାଣେ, ତା' ପଛପଟେ ନିର୍ମଳ ହିଁ ଠିଆ ହୋଇଛି।

ଏ ଏକ ଆକସ୍ମିକ ଘଟଣା, ଏମିତି ଭାବି ରଙ୍ଗନାଥ ହୁଏତ କଥାଟି ଭୁଲି ଯାଇଥାନ୍ତା। କିନ୍ତୁ ତା'ର ଠିକ୍ ଦୁଇ ମିନିଟ୍ ପରେ, ଏଇ କୌତୁକଟିର ପୁନାରାବୃତ୍ତି ହେଲା। ଧୀର ଭାବରେ, ନ ଜାଣିଲା ପରି, ନିର୍ମଳ ପୁଣି ଥରେ ଜଳନ୍ତା ସିଗାରେଟ୍ ଛୁଆଁଇ ଦେଲା ସୁଚିତ୍ରାର ଦେହରେ, ଏଥର ତା' ଅଣ୍ଟା ପାଖରେ। ଏବେ ବୋଧହୁଏ ସୁଚିତ୍ରାକୁ ବେଶି କଷ୍ଟ ଲାଗିଲା, କାରଣ ତା' ଓଠରୁ ଏକ ଅସ୍ଫୁଟ ଶବ୍ଦ ବାହାରି ଆସିଲା। କିନ୍ତୁ ସେ ପ୍ରତିବାଦ କଲା ନାହିଁ, ଚୁପ୍ ରହିଲା ସେମିତି।

ତୃତୀୟ ଥର ଏ ଘଟଣାଟି ଘଟିବା ପରେ ରଙ୍ଗନାଥ ଆଉ ସହିପାରିଲା ନାହିଁ। ନିର୍ମଳର ଗୋଟିଏ ହାତକୁ ଝାଙ୍କି ଦେଇ କହିଲା-ଆପଣ ଯେ' କ'ଣ କରୁଛନ୍ତି ?

ନିର୍ମଳ ଦାସ ନିର୍ବିକାର ଦୃଷ୍ଟିରେ ଟିକିଏ ଚାହିଁଲା ରଙ୍ଗନାଥକୁ। ଯେମିତି କିଛି ଘଟି ନାହିଁ, ଘଟିବାର ନାହିଁ।

ରଙ୍ଗନାଥ ପକ୍ଷରେ ଏହା ବି ଯେମିତି ଅସହ୍ୟ। ସେ ପୁଣି କହି ଉଠିଲା - ଆପଣ ସେ ଭଦ୍ରମହିଳାଙ୍କ ଦେହରେ ସିଗାରେଟ୍ ଚେଙ୍କି ଦେଲେ କାହିଁକି ?

ନିର୍ମଳ ଏଥର ବି ନିର୍ବିକାର। ମନେ ମନେ ସେ ହୁଏତ ଭାବିଥିବ - ଏ ପିଲାଟି ସହରରେ ନୂଆ। ମୋତେ ଚିହ୍ନେ ନାହିଁ।

ରଙ୍ଗନାଥ ଚିତ୍କାର କରି କହିଲା-'ଗାଡି ରଖ।' ପାଖରେ ବସିଥିବା ଲୋକମାନେ ରଙ୍ଗନାଥର ଏ ପ୍ରକାର ଆଚରଣ ଦେଖି ଆଶ୍ଚର୍ଯ୍ୟ ହେଲେ। ଗାଡି ନ ରହିବା ଦେଖି ରଙ୍ଗନାଥ ଆଉଥରେ ଚିତ୍କାର କଲା, ଗାଡି ରଖ, ଗାଡି ରଖ ... ଏ 'ଭଦ୍ରଲୋକ' ଜଣକ ସେଇ 'ଭଦ୍ରମହିଳା'ଙ୍କ ଦେହରେ ... ଇତ୍ୟାଦି, ଇତ୍ୟାଦି।

ଶେଷରେ ଗାଡି ଅଟକିଲା। ପାଖ ଲୋକେ ବୁଝିବାକୁ ଚାହିଁଲେ ଘଟଣା କ'ଣ। ଦେବେଶ ମଧ୍ୟ ସେଇ ଭିଡ ଭିତରେ ଥିଲା। ଆଶ୍ଚର୍ଯ୍ୟର କଥା, ଶେଷ ପର୍ଯ୍ୟନ୍ତ ସୁଚିତ୍ରା ନାମକ ଝିଅଟି ଚୁପ୍‌ଚାପ୍ ସେମିତି ଠିଆ ହୋଇ ରହିଥିଲା, ପଦେ ବି କଥା ନ କହି। ତା'କୁ ବାରମ୍ବାର ପଚାରିବା ପରେ ସେ ଭୀରୁ ଦୃଷ୍ଟିରେ ନିର୍ମଳ ଆଡକୁ ଚାହିଁ ଖାଲି କହିଥିଲା - ମୁଁ କିଛି ଜାଣେ ନାହିଁ।

ଏପରି ପରିସ୍ଥିତିର ସମାଧାନ କିଛି ଜଟିଳ ନୁହେଁ। ବସ୍ ପୁଣି ଚାଲିଥିଲା, ଜଣେ ଅଧେ କେବଳ କୌତୁହଳୀ ଆଖିରେ ରଙ୍ଗନାଥ ଆଡ଼କୁ ଅନାଇଥିଲେ।

ବସ୍‌ଷ୍ଟାଣ୍ଡ୍‌ରେ ବସ୍ ରହିବା ପରେ ରଙ୍ଗନାଥ ଓହ୍ଲାଇ ପଡିଥିଲା। ନିର୍ମଳ ଦାସ ବି। ନିର୍ମଳ ଟିକିଏ ଓଠଚିପି ହସିଦେଇ ଗହଳିରେ ମିଶି ଯାଇଥିଲା।

ତା'ପର ଘଟଣାଟି ଘଟିଥିଲା ରଙ୍ଗନାଥ ବାଣୀବିହାରକୁ ଫେରିଆସିବା ବାଟରେ। ମେନ୍ ଗେଟ୍ ପାଖ ଅନ୍ଧାର ଭିତରେ ତିନିଜଣ ପିଲା ଅପେକ୍ଷା କରି ରହିଥିଲେ। ନିର୍ମଳ ଅବଶ୍ୟ ସେମାନଙ୍କ ଭିତରେ ନ ଥିଲା।

ଘଟଣାଟି ନିଜ ଆଖିରେ କେହି ଦେଖି ନାହାନ୍ତି। କିନ୍ତୁ ଅନୁମାନ କରିବାକୁ ବେଶି କଷ୍ଟ ସ୍ୱୀକାର କରିବାକୁ ପଡିବ ନାହିଁ। ରଙ୍ଗନାଥ ପରି ଦୁର୍ବଳ ପିଲାଟିକୁ ସେମାନେ ଅତି ସହଜରେ କାବୁ କରି ନେଇଥିବେ, ଶାସ୍ତି ଦେଇଥିବେ ନିଜ ଇଚ୍ଛାମତେ। ପ୍ରମାଣ ତ ମୋ' ଆଖି ସାମନାରେ, ରଙ୍ଗନାଥର ସାରା ଦେହରେ।

ରଙ୍ଗନାଥକୁ ଯାହା ବେଶି କଷ୍ଟ ଦେଇଥିବ, ତାହା ଏଇ ଶାରୀରିକ କ୍ଲେଶ ନୁହେଁ, ଅଶ୍ଳୀଳ ଗାଳି ଓ ଅପମାନ।

ମାଡ଼ ଖାଇ ତଳେ ପଡିଥିବା ଅବସ୍ଥାରେ ତା'କୁ ମଦନ ଓ ଦେବେଶ ହିଁ ଦେଖିଥିଲେ। କେବେ ଦିନେ ଆଲୁଅ ଦେଉ ନ ଥିବା ଗୋଟିଏ ବତୀଖୁଣ୍ଟ ତଳେ, ରଙ୍ଗନାଥ ପଡ଼ି ରହି କାନ୍ଦୁଥିଲା, କିମ୍ବା ନ କାନ୍ଦିବାକୁ ଚେଷ୍ଟା କରୁଥିଲା। ସମୟ ସେତେବେଳେ ରାତି ଏଗାରଟା।

ସେଠାରୁ ରୁମ୍ ପର୍ଯ୍ୟନ୍ତ ବୁଝାଇ ଶୁଝାଇ ଆଣିବାକୁ ସେମାନଙ୍କୁ ପୁରା ଦେଢ ଘଣ୍ଟା ସମୟ ଲାଗିଥିଲା। ରଙ୍ଗନାଥ ଆଦୌ ରାଜି ନ ଥିଲା ଆସିବାକୁ, ମତେ ତୁମେ ଏଇଠି ଛାଡି ଦେଇ ଯାଅ। ଆଉ ସେମାନଙ୍କୁ ଡାକିଆଣ - ସେମାନେ ମତେ ଆହୁରି ମାରନ୍ତୁ। ପିଟି ପିଟି ସେମାନେ ମତେ ମାରି ଦିଅନ୍ତୁ, ମୁଁ ମରିଯିବାକୁ ଚାହେଁ ଆଜି। ଏଇଠି।

ରକ୍ତ ଭିଜା କନା ଫିଙ୍ଗି ସାରି ହାତ ସଫା କରି, ମୁଁ ମୋ ରୁମ୍ ଭିତରକୁ ଫେରି ଆସିଲି।

ସେତେବେଳେ ମୋ ରୁମରେ ଆଉ କେହି ନ ଥିଲେ। ରଙ୍ଗନାଥ ତା' ବିଛଣାରେ ଏକା। ଶୂନ୍ୟ ନିର୍ଜଳ ଆଖିରେ ସେ ଚାହିଁ ରହିଛି ଛାତକୁ। ମୁହଁରୁ ରକ୍ତଦାଗ ସମ୍ପୂର୍ଣ୍ଣ ଚାଲିଯାଇ ନାହିଁ, ଚିହ୍ନ ତଥାପି ରହିଛି। ଲୁଗାପଟାରେ ରକ୍ତ। ଦେହ ପଥର ପରି କଠିନ।

ମୁଁ ହାତ ବଢ଼ାଇ ତା' ମୁଣ୍ଡ ବାଳକୁ ଆଉଁସି ଦେଲି।

ରଙ୍ଗନାଥ ମୁହଁ ବୁଲାଇ ମତେ ଚାହିଁଲା। ତା' ଆଖିର ଶୂନ୍ୟ ନୀରବତା କ୍ରମଶଃ ମିଳେଇ ଗଲା।

-ତୁମେ ବି କ'ଣ ସେମାନଙ୍କ ପରି ଜଣେ! ତୁମେ ବି କ'ଣ ଏବେ କହିବାକୁ ଆରମ୍ଭ କରିବ ମୁଁ ଭୁଲ୍ କରିଛି ?

... ତୁମେ ସମସ୍ତେ ସେୟା ହିଁ କୁହ! ତୁମେ ସମସ୍ତେ ଭାବ, ସବୁ ଭୁଲ୍, ମୁଁ ଯାହା କହେ ବା କରେ, ସବୁ ଭୁଲ୍। ସବୁ ଯଦି ମୋର ଭୁଲ୍, ସବୁତକ ଯଦି ମୋର ଦୋଷ, ମତେ ତୁମେ ମାରି ଦେଉନ କାହିଁକି ? ମତେ ତୁମେ ମାରିଦିଅ - ପିଟି ପିଟି, ଲୁହାଚେନ୍‌ରେ। ମତେ ତୁମେ ମାରିଦିଅ, ଜୋତା, ପଥର, ଚାବୁକ୍ ... ଯାହା ପାଉଛ, ସେଥିରେ! ମୋ' ଦେହରୁ ତୁମେ ବସି ବସି ରକ୍ତ ପୋଛିବା କ'ଣ ଦରକାର ?

ରଙ୍ଗନାଥ ଆହୁରି କ'ଣ ସବୁ କହି ଥାଆନ୍ତା, କିନ୍ତୁ ଦରଜା ଆଡକୁ ଚାହିଁ ଦେଇ ସେ ଚୁପ୍ ହୋଇଗଲା। ମୁଁ ମଧ୍ୟ ଦରଜା ଆଡକୁ ଆଖି ଫେରାଇଲି।

ଦେଖିଲି, କବାଟ ପାଖରେ ଝିଅଟିଏ ଚୁପ୍‌ଚାପ୍ ଠିଆ ହୋଇ ରହିଛି।

ଝିଅଟିର ନାମ ସୁଚିତ୍ରା।

ବହୁବ୍ରୀହି

ଖଡଗପୁର ଷ୍ଟେସନ ଛାଡ଼ିବା ପରେ କୋଚିନ ଏକସ୍‌ପ୍ରେସ୍‌ର ଗତି କ୍ରମଶଃ ବଢ଼ିବାରେ ଲାଗିଥିଲା ।

ସେକେଣ୍ଡ୍ କ୍ଲାସ୍ ଡବାର ଗୋଟିଏ ଅନ୍ଧାରୁଆ କୋଣରେ ବସି ଶ୍ରୀକାନ୍ତ ଚେଷ୍ଟା କରୁଥିଲା ଟିକିଏ ଶୋଇପଡ଼ିବା ପାଇଁ । ସାରା ଦିନର ଅସ୍ଥିରତା ଏବେ କ୍ଲାନ୍ତିର ଛଦ୍ମବେଶ ନେଇ ଭାରି ହୋଇ ଆସୁଥିଲା ତା' ଆଖି ପତା ଉପରେ ।

ବାହାରେ ଡିସେମ୍ବର ରାତିର ଶୀତ ଓ ଅନ୍ଧାର । ହାତ ଘଡ଼ିରେ ଏବେ ସମୟ ଏଗାରଟା । ରେଳବାଇର ସମୟ-ସାରିଣୀ ଅନୁସାରେ ଏବେ ଟ୍ରେନ୍ ରାଜଘାଟ ଷ୍ଟେସନ ପାରି ହେବା କଥା । କିନ୍ତୁ ଶ୍ରୀକାନ୍ତର ହାତଘଣ୍ଟା ବାର ମିନିଟ୍ ଫାଷ୍ଟ୍ ଓ ଟ୍ରେନ ଚାଲିଛି ବତିଶ ମିନିଟ୍ ଲେଟ୍‌ରେ । ତେଣୁ ଏଇ ବର୍ତ୍ତମାନ ଟ୍ରେନ ନାରାୟଣଗଡ଼ ଷ୍ଟେସନ ପଛକୁ ଫିଙ୍ଗିଦେଇ ଚାଲିଗଲା ।

ଶ୍ରୀକାନ୍ତ ଚାରିପାଖେ ବେଶ ଗହଳି । ବିଡ଼ିଧୂଆଁ, ଖୁଁଖୁଁ କାଶର ଉତ୍‌ପୀଡ଼ନ ଓ ଅଛିଣ୍ଡା ଗପସପ ଭିତରେ ନିଦ ଟିକିଏ ଯୋଗାଡ଼ କରିନେବା ସେତେ ସହଜ ନୁହେଁ । କିନ୍ତୁ ବ୍ରହ୍ମପୁର ବଡ ଡାକ୍ତରଖାନାର ଡ୍ୟୁଟିରୁମ୍ ଭିତରେ ଅନାୟାସ ନିଦ୍ରାରେ ଶୋଇଯାଇ ପାରୁଥିବା ଜଣେ ଅକିଞ୍ଚନ ହାଉସ୍ ସର୍ଜନ୍ ପାଇଁ ଯେ ଏମିତି କିଛି ବିଡ଼ମ୍ବନା ନୁହେଁ ।

ଅକିଞ୍ଚନ ପଦଟା ହିଁ ଠିକ୍ ।

ସାଢ଼େ ପାଞ୍ଚବର୍ଷର ପାଠକୁ ମନଦେଇ ପଢ଼ି ସାରିବା ପରେ ସୁଦ୍ଧା ସିନିୟର ଡାକ୍ତର, ନର୍ସ ଏମିତି କି ବେହେରା ଆଖିରେ ବି ତମେ ଗୋଟେ କୃପାଯୋଗ୍ୟ ମଣିଷ । ତମକୁ ଫାଇବ୍ରଏଡ୍ ଟିଉମର ଚିହ୍ନି ଆସେ ନାହିଁ, ଇସିଜି ରିପୋର୍ଟ ପଢିଆସେ ନାହିଁ, ଏମିତି କି ସାମାନ୍ୟ ଗୋଟେ ସବ୍‌କ୍ୟୁଟାନସ୍ ଇଂଜେକସନ୍ ବି ତୁମକୁ ଫୋଡି ଆସେ ନାହିଁ ଠିକ୍ ରକମ । ସିନିୟର ଡାକ୍ତରମାନେ ତୁମକୁ ପେସେଣ୍ଟ ଆଗରେ ଗାଳି ଦିଅନ୍ତି,

ନର୍ସମାନେ ନାଆଁ ଧରି ଡାକନ୍ତି ଓ ବେହେରାମାନେ ପଦେ ବି ପାଟି ଫିଟାନ୍ତି ନାହିଁ ହଜାରେ ଥର ନେହୁରା ହୋଇ ଡାକିଲେ ସୁଦ୍ଧା। କୋଚିନ୍ ଏକସ୍‌ପ୍ରେସ୍‌ର ଏକ ଅନ୍ଧାରୁଆ ଡବା ଭିତରେ, ଗହଳି ଓ ଗନ୍ଧ ଭିତରେ, ନିଦ ନ ଆସିବାର କୌଣସି ଯୁକ୍ତିଯୁକ୍ତ କାରଣ ନ ଥିଲା।

ଡଫେଲ୍ ବ୍ୟାଗ୍ ଖଣ୍ଡିକ ପିଠି ପଟେ ରଖି, ଶ୍ରୀକାନ୍ତ ନିଦରେ ଢୁଳେଇବାକୁ ଆରମ୍ଭ କଲା ଓ ସେହିକ୍ଷଣି ଆରମ୍ଭ ହେଲା ସମୟର ପଶ୍ଚାତ୍ ଗତି।

:ଡିଫାଇନ୍ ଷ୍ଟାନ୍‌ଫୋର୍ଡ-ବାଇନେଟ୍ ଟେଷ୍ଟ୍!

:ପାର୍ଡନ ସାର୍?

:ପ୍ଲିଜ୍ ଡିଫାଇନ୍ ଷ୍ଟାନ୍‌ଫୋର୍ଡ-ବାଇନେଟ୍ କୋସେଣ୍ଟ୍ ଟେଷ୍ଟ୍।

: ଦି ଷ୍ଟାନଫୋର୍ଡ-ବାଇନେଟ୍ ଟେଷ୍ଟ୍, ଅର୍ ଦି ଇଂଟେଲିଜେନସ୍ କୋସେଣ୍ଟ ଟେଷ୍ଟ୍ ଇଜ ଏ ରିଭିଜନ ଅଫ୍ ଦି ବାଇନେଟ୍ ସିମନ୍ ଟେଷ୍ଟ୍, ଟୁ ମେଜର ଦି କଣ୍ଡିସନ୍ ଅଫ୍ ମେଣ୍ଟାଲି ଡିଫେକ୍ଟିଭ୍...

ଠୋ ଠୋ ହସରେ ଫାଟି ପଡିଲା ଶୀତତାପ ନିୟନ୍ତ୍ରିତ ଇଣ୍ଟରଭିଉ ରୁମଟି ଓ ଶ୍ରୀକାନ୍ତର ପତଳା ନିଦ ଭାଙ୍ଗିଗଲା ମଝିରୁ। ସେ ବୋକା ବୋକା ଆଖିରେ ଚାହିଁ ଦେଖିଲା ଚାରି ଆଡକୁ। ଗହଳି ଓ ଗନ୍ଧ। ଶବ୍ଦ ଓ ଅନ୍ଧାର। ସେ ଏବେ ଅକ୍‌ଲାଣ୍ଡ ରୋଡ୍‌ର ସାତ ମହଲା ଉପରେ, ଗୋଟିଏ ଶୀତତାପ ନିୟନ୍ତ୍ରିତ କୋଠରି ଭିତରେ ବସି ଇଣ୍ଟରଭିଉ ଦେଉ ନାହିଁ, ସେ ବସିଛି କୋଚିନ ଏକସ୍‌ପ୍ରେସ୍‌ର ଏକ ବିନା ରିଜର୍ଭେସନ୍‌ବାଲା ସିଟ୍ ଉପରେ। ବାହାରେ ଘୁ ଘୁ ଶୀତ ଆଉ ଅନ୍ଧାର।

ଆଜି ତା' ଇଣ୍ଟରଭିଉ ଭଲ ହେଲା ନାହିଁ। ଭଲ ହେଲା ନାହିଁ, କାରଣ ସେମାନେ ତାକୁ ଯାହା ଯେମିତି ପଚାରିବା କଥା ପଚାରିଲେ ନାହିଁ। ସେମାନେ ତା'କୁ ପଚାରିଲେ ହାଇପରଟ୍ରିକୋସିସ୍ କ'ଣ, ହାଣ୍ଡ-ସ୍କୁଲର-ଖ୍ରୀଷ୍ଟିୟାନ୍ ରୋଗ କେମିତି ଚିହ୍ନିବ, ଆଉ ହାଲୁସିନେସନ୍ ବିଷୟରେ ଯାହା ଜାଣିଚ କୁହ। ତା'ପରେ ଅବଶ୍ୟ ପଚାରିଥିଲେ ପାର୍କିନ୍‌ସନସ୍ ରୋଗ ବିଷୟରେ, ଯାହାର ସେ ଖୁବ୍ ଭଲ ଉତ୍ତର ଦେଇଥିଲା। ଶେଷ ପ୍ରଶ୍ନଟି ଥିଲା ଷ୍ଟାନ୍‌ଫୋର୍ଡ-ବାଇନେଟ୍ ପରୀକ୍ଷାକୁ ନେଇ।

ସେହି ପ୍ରଶ୍ନର ଉତ୍ତର ଦେଉ ଦେଉ ଜଣେ ଇଣ୍ଟରଭିଉକାରୀ କ'ଣ ଗୋଟେ ରହସ୍ୟ ମନ୍ତବ୍ୟ ଦେଇଥିଲେ ଓ ତା'ପରେ ଠୋ ଠୋ ହସରେ କୋଠରିଟି ଫାଟି ପଡିଥିଲା। ତିନିଜଣ ପ୍ରଶ୍ନ କର୍ତ୍ତାଙ୍କ ମୁହଁକୁ ଗୋଟି ଗୋଟି କରି ଚାହିଁଥିଲା ଶ୍ରୀକାନ୍ତ ନିରାଶ ଲଜ୍ଜାରେ।

ଇଣ୍ଟରଭିଉ ସରିବାକୁ ଆଉ ବେଶି ସମୟ ଲାଗି ନଥିଲା। ତା'ପରେ ଅକ୍‌ଲାଣ୍ଡ ରୋଡ୍‌ର ଫୁଟପାଥ୍ ଉପରେ ଦରସିଝା ଘୁଘୁନି ଓ କଷା ଚା' ଖାଉ ଖାଉ ସେ ଅନ୍ୟାନ୍ୟ ପ୍ରାର୍ଥୀଙ୍କ ଠାରୁ ଜାଣିଥିଲା ବୋର୍ଡ ସଦସ୍ୟମାନଙ୍କର ପରିଚୟ। ଜଣେ ଅଲ୍ ଇଣ୍ଡିଆ ଇନ୍‌ଷ୍ଟିଚ୍ୟୁଟ୍‌ର ଖ୍ୟାତନାମା ଡାକ୍ତର, ଜଣେ ଆସିଥିଲେ ଭେଲୋର୍ ହସ୍ପିଟାଲରୁ ଓ ଶେଷ ଜଣକ ଥିଲେ ଜଣେ ବିଶିଷ୍ଟ ସାଇକୋଲୋଜିଷ୍ଟ। ଅବଶ୍ୟ ଶେଷୋକ୍ତ ଭଦ୍ରଲୋକଙ୍କ ସମ୍ପର୍କରେ ମତାନ୍ତର ଥିଲା, କେହି କହିଥିଲା ସେ ଜଣେ ଅବସରପ୍ରାପ୍ତ ବ୍ରିଗେଡିଅର୍। ସେ ଆସିଛନ୍ତି ସ୍ମାର୍ଟନେସ୍ ଦେଖିବାକୁ।

:ଆପଣଙ୍କର ଏତେ ଚିନ୍ତା କ'ଣ, ଆପଣଙ୍କ ରେସିଡେନ୍ସି ସରିବାକୁ ଆହୁରି ଚାରିମାସ ବାକି ଅଛି।

ତିନିବର୍ଷ ଧରି ବେକାର ବସିଥିବା ଜଣେ ପ୍ରତିଯୋଗୀ ପ୍ରାର୍ଥୀ କହିଲେ, ସହୃଦୟତା ଦେଖାଇ। ସେହି ପ୍ରାର୍ଥୀର ଶୁଖିଲା ଖସ୍‌ଖସ୍ ମୁହଁକୁ ଦେଖି ଶ୍ରୀକାନ୍ତ ଭାବିଥିଲା ପିଲାଟି ନିଶ୍ଚେ ଭିଟାମିନ୍ ଅଭାବରୁ ଜେରୋସିସ୍ ରୋଗରେ ଭୋଗୁଚି। ପ୍ରଚୁର ପରିମାଣରେ ଅଣ୍ଡା, ଘିଅ, ପନିପରିବା ଖାଇଲେ ପିଲାଟି ନିଶ୍ଚେ ଡଉଲ୍ ଡାଉଲ୍ ଦେଖା ଯାଆନ୍ତା, ଠିକ୍ ଦୂରଦର୍ଶନର ଉଦୟବୀର ଶରଣଦାସ ପରି।

ଧକ୍‌ଧକ୍ ଧଡ଼୍‌ଧଡ଼୍ ଶବ୍ଦ କରି ଠିକ୍ ଏତିକି ବେଳେ ଟ୍ରେନ୍‌ଟି ଶୁଖିଲା ନଦୀର ପୋଲଟିଏ ପାରି ହୋଇଗଲା। ତା'ପରେ ପୁଣି ସେଇ ଠପାସ୍ ଠପାସ୍ ଶବ୍ଦ, ଷ୍ଟେଥୋସ୍କୋପ୍‌ର ଲବ୍‌ଡପ୍ ଶବ୍ଦ ପରି ନିୟମିତ, ନିରବିଚ୍ଛିନ୍ନ।

ସେହି ଶବ୍ଦ ଶୁଣୁଶୁଣୁ ଶ୍ରୀକାନ୍ତ ଶୋଇବାକୁ ଚେଷ୍ଟା କଲା, ଅନ୍ତତଃ କିଛି ଗୋଟେ ମଧୁର ସ୍ୱପ୍ନ ଖୋଜିବାକୁ ଚେଷ୍ଟା କଲା।

ବେଶି ସମୟ ବିତିନାହିଁ, କେହି ଜଣେ ବ୍ୟସ୍ତ ହୋଇ କମ୍ପାଟ୍‌ମେଣ୍ଟ ଭିତରକୁ ପଶି ଆସିଲା। ପଚାରିଲା, ଏଠି କିଏ ଡାକ୍ତର ଅଛନ୍ତି ! ଅତି ଶୀଘ୍ର ଦରକାର।

ପ୍ରଶ୍ନଟି ଏମିତି ଅତର୍କିତ ଓ ଉଚ୍ଛନ୍ନ ଯେ ଶ୍ରୀକାନ୍ତ ବୁଝିପାରିଲା ନାହିଁ। ଡବା ଭିତରର ଅନ୍ୟାନ୍ୟ ଯାତ୍ରୀମାନେ ମଧ୍ୟ କାବା ହୋଇ ଲୋକଟି ଆଡ଼କୁ ଚାହିଁଲେ।

ଲୋକଟା ଥିଲା ଜଣେ କୋଚ୍ ଆଟେଣ୍ଡାଣ୍ଟ୍। ତା' ପୋଷାକ, ଛାତିର ପିତଳ ମୋହର ଆଉ ବଚନଭଙ୍ଗୀ ସବୁଥିରୁ ଚିହ୍ନା ପଡିଗଲା ଯେ ସେ ପାଖ ଫାଷ୍ଟକ୍ଲାସ୍ ରିଜର୍ଭ କମ୍ପାର୍ଟମେଣ୍ଟର ଅଧିକୃତ କର୍ମଚାରୀ।

ଗୋଟିଏ ହାତରେ ପାଦର ଗୋଇଠି ଆଉଁସୁ ଆଉଁସୁ ଓ ଆର ହାତରେ ତିନିସୁନ୍ଦରୀ ମାର୍କା ବିଡ଼ି ଟାଣୁ ଟାଣୁ କଲିକତି ଶ୍ରମିକଟିଏ ରାୟ ଦେଇ କହିଲା, ଯାଃ ଶଳା,ଏଠି କୋଉଠୁ ଡାକ୍ତର ଆସିବେ ବା !

ଆଟେଣ୍ଡାଣ୍ଟଟି ସବୁଆଡକୁ ନଜର ବୁଲାଇ ନିଶ୍ଚିତ ହୋଇଗଲା ଯେ ଏଠି କେହି ଡାକ୍ତର ନାହାନ୍ତି। ସେ ଆଗକୁ ଆଗେଇଗଲା, ଏହି ଐଶ୍ୱରୀୟ ବିଶ୍ୱାସରେ ଯେ କୋଚିନ୍ ସୁପରଫାଷ୍ଟ୍ ଏକସ୍‌ପ୍ରେସ୍‌ର ଏ ମୁଣ୍ଡରୁ ସେମୁଣ୍ଡ ପର୍ଯ୍ୟନ୍ତ ଖୋଜି ଆସିଲେ ଡାକ୍ତର ଗୋଟେ କୋଉଠି ମିଳିବ ହିଁ ମିଳିବ।

ଭେଷ୍ଟିବୁଲାର୍ ପ୍ୟାସେଜ୍ ଦେଇ ଲୋକଟି ପାଖ ବଗିକୁ ଚାଲିଯିବା ପରେ, ନିଦୁଆ କମ୍ପାର୍ଟମେଣ୍ଟ ଭିତରେ ଗୁଞ୍ଜରଣ ଖେଳିଗଲା।

ଡାକ୍ତର ! ଡାକ୍ତର କ'ଣ ଦରକାର ? କାହାର କ'ଣ ହୋଇଛି ? କେହି କା' ଛାତିରେ ଛୁରୀ ଚଳେଇ ଦେଇନି ତ ! ନା କାହାର ଡେଲିଭେରୀ ସମୟ ଆସିଗଲା !

ପଛପଟ ରିଜର୍ଭ୍ କମ୍ପାର୍ଟମେଣ୍ଟ ଆଡୁ ଦଉଡ଼ି ଆସିଲା ଆଉ କେହି ଜଣେ, କାହାକୁ ନ ଚାହିଁ ଶୂନ୍ୟକୁ ପଚାରିଲା- କାଇଁ ? ଡାକ୍ତର ମିଳିଲେ ?

ଶ୍ରୀକାନ୍ତ ଠିଆ ହୋଇ ପଡିଲା। ଏଇ ଡାକରାର ପ୍ରତ୍ୟୁତ୍ତରରେ ନୁହେଁ, ତା' ପଛପଟ ଉପେଲ୍ ବ୍ୟାଗ୍‌ରେ ବାହାରି ପଡିଥିବା ହୁକ ଖଣ୍ଡିକ ପିଠି ଉପରେ ଟିକେ ବେଶି ଜୋରରେ ଗେବି ହୋଇଗଲା ବୋଲି। ସେ ପୁଣି ବସି ପଡିଲା।

କାହାର କ'ଣ ହୋଇଛି ?

ଉପର ବର୍ଥରୁ ଗୁଜୁରାଟୀ ଭଦ୍ରଲୋକ ଜଣେ ପଚାରିଲେ। କିନ୍ତୁ ତାଙ୍କ ପ୍ରଶ୍ନର ଉତ୍ତର କେହି ଦେଲେ ନାହିଁ।

ଦୁଇ ନମ୍ବର ଡାକ୍ତର-ଖୋଜାଳୀ ଜଣକ ଦ୍ରୁତ ପାଦରେ ଆଗେଇଗଲେ ତାଙ୍କ ଆବିଷ୍କାର ଅଭିଜାନରେ।

ସେପାଖ ପାରାଭାଡିରୁ ଯାତ୍ରୀଟିଏ ଉଠିଯାଇଥିଲା ପରିସ୍ରା କରିବାକୁ। ଫେରିଆସି କହିଲା, କିଏ ଜଣେ ମୂର୍ଚ୍ଛା ହେଇଯାଇଛି ଫାଷ୍ଟକ୍ଲାସ୍ ବଗିରେ। ଓଃ କହି ଗୁଜୁରାଟୀ ଯାତ୍ରୀ ଜଣକ ଫେରି ଯାଉଥିଲେ ତାଙ୍କ ସୁଖନିଦ୍ରାକୁ, କିନ୍ତୁ କ'ଣ ଭାବି ତଡାକ୍ କିନା ଉଠି ବସିଲେ। ଗୋଟିଏ ଆଙ୍ଗୁଠି ଶ୍ରୀକାନ୍ତ ଆଡକୁ ଦେଖାଇ କହିଲେ, ଆପଣ ପରା ଜଣେ ଡାକ୍ତର !

ଗୁଜୁରାଟୀଟି ସର୍ବଜ୍ଞ ନୁହେଁ। କଥା କ'ଣ କି ହାଓଡା ଷ୍ଟେସନ୍‌ରେ ଗାଡ଼ି ଚଢିବା ବେଳେ ଭିଟାମିନ୍ ଡେଫିସିଏନ୍‌ସି ଭୋଗୁଥିବା ପ୍ରାର୍ଥୀ ଜଣକ କାମରୂପ ଏକସ୍‌ପ୍ରେସ୍ ପ୍ରତୀକ୍ଷାରେ ବସିରହି ଶ୍ରୀକାନ୍ତକୁ ବିଦାୟ ଦେଇଥିଲା, 'ବାଏ ବାଏ ଡକ୍‌ଟର ଦାସ' କହି। ଆଉ ଟ୍ରେନରେ ଥାଇ ଶ୍ରୀକାନ୍ତ ଅନୁରୂପ ହାତ ହଲାଇ ଶୁଭେଚ୍ଛା ଜଣାଇଥିଲା, 'ବାଏ ବାଏ-'

ଠିକ୍ ସେତିକି ବେଳେ ଗୁଜୁରାଟୀ ଲୋକଟି ଗାଡ଼ିକୁ ଉଠିଥିଲା ଗୋଟିଏ

କହୁଣିରେ ଶ୍ରୀକାନ୍ତକୁ ଠେଲି। ସେ କିନ୍ତୁ ଠିକ୍ ଶୁଣି ନେଇଛି, ଶ୍ରୀକାନ୍ତର ଅନ୍ୟନାମ 'ବାଏ ବାଏ ଡକ୍‌ଟର ଦାସ'। ସେ ଏବେ ଆଙ୍ଗୁଠି ଦେଖାଇ ପଚାରିଲା, ଆପଣ ପରା ଜଣେ ଡାକ୍ତର!

ସମସ୍ତେ ଶ୍ରୀକାନ୍ତ ଆଡକୁ ଚାହିଁଲେ। ରେଳଡବା ଭିତରେ ଡାକ୍ତର ହିସାବରେ ଚିହ୍ନା ପଡିବାରେ ଏମିତି କିଛି ଲଜ୍ଜା ନାହିଁ। କିନ୍ତୁ ଶ୍ରୀକାନ୍ତକୁ କେମିତି ଅସହଜ ଲାଗିଲା।

ଆଉ ଜଣେ ଯାତ୍ରୀ ଧାରକରା ସମ୍ବାଦଟିଏ ଧରି ପହଞ୍ଚିଲା। କହିଲା, ଝିଅଟିଏ ଅଚେତା ହୋଇ ଯାଇଛି, ଫାଷ୍ଟ୍ କ୍ଲାସ୍ ଡବା ଭିତରେ।

'ଆରେ ସତ ନା କ'ଣ!' କହିଲା କେହି ଜଣେ ଝରକା ପାଖ ବର୍ଥରୁ, ଅନ୍ଧାରରେ, 'ଡାକ୍ତର ବାବୁ ଜଲଦି ଯାଆନ୍ତୁ। ଝିଅଟେ ମୂର୍ଚ୍ଛା ହୋଇଯାଇଛି।'

ଡାକ୍ତର ଖୋଜି ଯାଇଥିବା କୋଚ୍ ଆଟେଣ୍ଡାଣ୍ଟ୍ ଜଣକ ଏବେ ଫେରି ଆସିଥିଲା ତା'ର ବିଫଳ ଅଭିଜାନରୁ। ସେ ଯତ୍‌ପରୋନାସ୍ତି ସରକାର ଅନୁମୋଦିତ ଭଦ୍ରତା କଣ୍ଠରେ ଫୁଟାଇ ଡାକିଲା, ଆସନ୍ତୁ ଡାକ୍ତର ସାହେବ, ଟିକେ ସାହାଯ୍ୟ କରନ୍ତୁ।

ଶ୍ରୀକାନ୍ତର ପଦକ୍ଷେପ ଏବେ ଉଦାର, ଆତ୍ମବିଶ୍ୱାସପୂର୍ଣ୍ଣ। ଏକମାତ୍ର ସହଚାରୀ ଡଫେଲ୍ ବ୍ୟାଗ୍‌କୁ କାନ୍ଧରେ ଥୋଇ ପଚାରିଲା, ପେସେଣ୍ଟ୍ କୋଉଠି?

ପାର୍କକୁ ପବନ ଖାଇବାକୁ ଗଲାବେଳେ ବି ହାଉସ୍ ସର୍ଜନ୍ ପାଖରେ ଷ୍ଟେଥୋଟିଏ ମହଜୁଦ୍ ଥାଏ। ଆଉ ଗୋଟେ ଅଧେ ଆନୁସଙ୍ଗିକ ବସ୍ତୁ ବି।

ଆଜି ତା'ର ବ୍ୟତିକ୍ରମ ନ ଥିଲା।

ଭେଷ୍ଟିବୁଲାର୍ ପ୍ୟାସେଜ୍‌ର ଠିକ୍ ଆରପାଖେ ଫାଷ୍ଟ କ୍ଲାସ୍ କମ୍ପାର୍ଟମେଣ୍ଟ। ଗୋଟିଏ ଦୁଇଜଣିଆ କୁପେ ବାହାରେ କିଛି କୌତୁହଳୀ ଯାତ୍ରୀ।

'ପାଖେଇ ଯାଆନ୍ତୁ, ଡାକ୍ତର ସାହେବ ଆସିଛନ୍ତି।'

ଦେଖଣାହାରୀ ଆଡେଇ ଗଲେ, ଶ୍ରୀକାନ୍ତ କ୍ୟାବିନ୍ ଭିତରକୁ ପଶିଲା। ପଶିଲା ଏବଂ ବିସ୍ମିତ ହୋଇଗଲା।

ତଳ ବର୍ଥଟିରେ ଶୋଇଥିଲା ଅନିନ୍ଦ୍ୟ ସୁନ୍ଦରୀ ଝିଅଟିଏ। ହଁ, ଅନିନ୍ଦ୍ୟ ସୁନ୍ଦରୀ। ବୟସ ସତର ଅଠରରୁ ବେଶି ନୁହେଁ, ଦେହରେ ହାଲୁକା ସବୁଜ ରଙ୍ଗର ରାତ୍ରି ପୋଷାକ। ମୁଣ୍ଡ ପାଖେ ତକିଆ, ହାତରେ ଖଣ୍ଡେ ରଙ୍ଗୀନ୍ ପତ୍ରିକା।

ଝିଅଟିର ଚେତାହୀନ ମୁହଁଟି ମୋଟାମୋଟି ପାଣିରେ ଭିଜି ଯାଇଛି। ଅନ୍ୟ କାହାରି ସାହାଯ୍ୟ ମାଗିବା ଆଗରୁ ସହଯାତ୍ରୀ ଜଣକ ପାଣି ଛାଟି ଚେତା କରିବାରେ ବିଫଳ ହୋଇଛନ୍ତି।

:କୁହନ୍ତୁ ଡାକ୍ତରଙ୍କୁ କେମିତି କ'ଣ ହେଲା ?

ଡିଟେକଟିଭ୍ ଉପନ୍ୟାସର କନିଷ୍ଠ ଗୋଇନ୍ଦାଙ୍କ ପରି ପ୍ରଶ୍ନଟି ପଚାରିଲା କୋଚ ଆଟେଣ୍ଡାଣ୍ଟ, ପାଖରେ ବିବ୍ରତ ଭାବେ ଠିଆ ହୋଇଥିବା ସହଯାତ୍ରୀଙ୍କୁ ଚାହିଁ।

ତାଙ୍କ ବୟାନ ଶୁଣିବାକୁ ଅପେକ୍ଷା ନ କରି ଶ୍ରୀକାନ୍ତ ଝୁଙ୍କି ପଡିଲା ଝିଅଟି ପାଖରେ।

ଝିଅଟି ନିଃଶ୍ୱାସ ନେଉଥିଲା ଧୀରେ ଧୀରେ। ପଲସ୍ ସାମାନ୍ୟ ଦୁର୍ବଳ। ଶ୍ରୀକାନ୍ତ ଝିଅଟିର ଆଖିପତା ଲେଉଟାଇ ଦେଖିଲା, ତା'ପରେ ପଛକୁ ଚାହିଁ କହିଲା, ମତେ ଟିକିଏ ସାହାଯ୍ୟ କରନ୍ତୁ।

ସହଯାତ୍ରୀ ଜଣକ ପାଖକୁ ଆସିଲେ। ଶ୍ରୀକାନ୍ତ ଆପଣାର ଉଫେଲ୍ ବ୍ୟାଗ୍ ଖଣ୍ଡିକ ଉପରେ ଝିଅଟିର ପାଦ ଦୁଇଟି ଥୋଇ ଏପରି ଭାବରେ ଶୁଆଇ ଦେଲା ଯେପରିକି ତା' ମୁଣ୍ଡକୁ ଅଧିକ ରକ୍ତ ଚଳପ୍ରଚଳ ହୋଇ ପାରିବ। ତା'ପରେ କହିଲା – ଖଣ୍ଡେ ଚାଦର ଅଛି ତ ଘୋଡେଇ ଦଅନ୍ତୁ।

କମ୍ବଳଟିଏ ହାତରେ ଧରି ଯାତ୍ରୀ ଜଣକ ବ୍ୟାକୁଳ ଭାବେ ପଚାରିଲେ, ମୋ' ଝିଅର କଣ ହୋଇଛି ଡାକ୍ତର ବାବୁ, ତା' ଚେତା କାହିଁକି ଫେରୁନାହିଁ!

:ବ୍ୟସ୍ତ ହୁଅନ୍ତୁ ନାହିଁ, ସବୁ ଠିକ୍ ଅଛି।

ଗମ୍ଭୀର ଭାବେ ଉତ୍ତର ଦେଲା ଶ୍ରୀକାନ୍ତ।

ସବୁ ଠିକ୍ ଅଛି ବୋଲି ସେ କହିଲା ସିନା, କିନ୍ତୁ ନିର୍ଭର ଭାବେ କହିହେବ ନାହିଁ ଏ କଥା। ସାମୟିକ ଥଣ୍ଡା, ଗରମ, ଭୋକ, ଭୟ କିମ୍ବା ଯନ୍ତ୍ରଣା ହେତୁ ଅଚେତ ହୋଇଯିବା ସମ୍ଭବ, କିନ୍ତୁ ସେ କଥା ତ କେହି ଜୋର୍ ଦେଇ କହି ପାରିବ ନାହିଁ!

ଅଚେତ ହୋଇ ପଡ଼ିବାର ଅନେକ ବିପଜ୍ଜନକ ସୂଚନା ବି ରହିଛି। ବାହାରକୁ ଏତେ ସୁନ୍ଦର ଦେଖାଯାଉଛି ଝିଅଟି (ଶ୍ରୀକାନ୍ତ ଆଉଥରେ ଆଡ଼ଆଖିରେ ଦେଖିନେଲା ଝିଅଟିକୁ), କିନ୍ତୁ ଭିତରେ କି ରୋଗ ବସା ବାନ୍ଧିବାକୁ ଆରମ୍ଭ କରିଚି କିଏ ଜାଣେ! ରିଚାର୍ଡସନ୍‌ଙ୍କ ବହିର ଧାଡ଼ିଏ ଏଠି ପ୍ରଣିଧାନଯୋଗ୍ୟ –

Like a cough, it may be a sign of something seriously wrong that demands prompt attention.

କିନ୍ତୁ କି ପ୍ରକାରର ପ୍ରମ୍ପଟ୍ ଆଟେନ୍‌ସନ୍ ଦିଆଯାଇ ପାରିବ ଏ ଝିଅଟିକୁ କୋଚିନ୍ ଏକ୍ସପ୍ରେସ୍‌ର ଗତିଶୀଳ ଛାୟାନ୍ଧକାର ଭିତରେ ? ପରବର୍ତ୍ତୀ ରେଳଷ୍ଟେସନ୍ ଭୁବନେଶ୍ୱର ଏଠାରୁ ଚାରିଘଣ୍ଟା ଦୂରରେ।

ଅଚେତ ହେବାର ଅନେକ କାରଣ ଥାଏ : ହାଇ ବ୍ଲଡ୍‌ପ୍ରେସରଠୁ ଆରମ୍ଭ କରି ବ୍ରେନ୍ ଇନ୍‌ଜୁରି, ପଏଜନିଙ୍ଗ୍, ହେମୋରେଜ୍, ସିଫିଲିସ୍। ମାତ୍ର ଇନ୍‌ଭେଷ୍ଟିଗେସନ୍ ନ କରି କିଛି କହିବା କଷ୍ଟ।

ଝିଅଟି ପାଖକୁ ଯାଇ ଶ୍ରୀକାନ୍ତ ଆଉଥରେ ନାଡ଼ି ଚିପିଲା, ଷ୍ଟେଥୋ ଲଗାଇ ହୃତ୍‌କମ୍ପନ ଶୁଣିଲା। ଛାତିର ନିରାପଦ ଅଞ୍ଚଳରେ ହାତ ଦେଇ ଦେହର ଉତ୍ତାପ ମାପିଲା। ତରୁଣୀଟିର ଓଦା ଓଦା ଦେହ କ୍ରମଶଃ ସ୍ୱାଭାବିକ ହୋଇ ଆସୁଛି। ହଠାତ୍ ତା'ର ମନେ ପଡ଼ିଗଲା, ତା' ବ୍ୟାଗ୍ ଭିତରେ ଗୋଟିଏ ଜିନିଷ ଅଛି, ଯାହା ଏବେ ଅମୃତ ଭଳି କାମ ଦେବ। ଜିନିଷଟି ନିତାନ୍ତ ସାଧାରଣ, ସେ ପାଇଥିଲା ଗୋଟିଏ ବଦାନ୍ୟ ମେଡିକାଲ ରିପ୍ରେଜେଣ୍ଟେଟଭ୍ ହାତରୁ, କଲିକତା ବାହାରିବା ଆଗ ଦିନ। ସେ ଉଠିଯାଇ ବ୍ୟାଗ୍ ଭିତରୁ ବାହର କରି ଆଣିଲା ସେହି ବସ୍ତୁଟି, ସ୍ମେଲିଙ୍ଗ୍ ସଲ୍ଟର ଗୋଟେ ଛୋଟ ଶିଶି, ଯାହା ଉପରେ ଲେଖା ଥିଲା, ଚେମ୍ବରସ୍ କମ୍ପାନୀ ଦ୍ୱାରା ପ୍ରସ୍ତୁତ 'ଡେମି-ଗଡ୍'। ନାମଟି ପଢି ଦେଇ କୋଚ୍ ଆଟେଣ୍ଡାଣ୍ଟର ଆଖି ଉଜ୍ଜ୍ୱଳ ହୋଇ ଉଠିଲା, କିନ୍ତୁ ସେ କିଛି କହିଲା ନାହିଁ।

ଗୋଟିଏ ତୁଳାରେ ଦୁଇ ଟୋପା ସ୍ମେଲିଙ୍ଗ୍ ସଲ୍ଟ ଭିଜାଇ, ଶ୍ରୀକାନ୍ତ ଝିଅଟିର ନାକ ଆଗରେ ଧରି ରଖିଲା ମିନିଟିଏ ପାଇଁ।

ଧୀରେ, ଅତି ଧୀରେ, ଝିଅଟି ଆଖି ଫିଟେଇଲା।

:ବନ୍ଦନା !

ବାପାଙ୍କ ଡାକ ଶୁଣି ଝିଅଟି ଭାବହୀନ, ନିଷ୍ପ୍ରଭ ଦୃଷ୍ଟିରେ ଚାହିଁଲା, ତା'ପରେ ଆଖି ବନ୍ଦ କରିଦେଲା। ତା'ର ଗୋଟିଏ ନରମ ହାତ ଖୋଜି ଖୋଜି ଧରିଲା ଡାକ୍ତରଙ୍କ ଡାହାଣ ହାତକୁ।

ଶ୍ରୀକାନ୍ତର ଶଙ୍କିତ ହାତଟି ଥିଲା ଝିଅଟି ଶୋଇଥିବା ବିଛଣାର ଗୋଟିଏ ଧାରରେ, ଯେଉଁଠି ଝିଅଟିର ସବୁଜ ରାତ୍ରି ପୋଷାକରେ ଲାଗିଥିବା ଫ୍ରିଲ୍, ଦୁଇଟି ରାଜହଂସ ପରି, ଡ଼େଣା ମେଲାଇ ଉଡ଼ି ଯିବାକୁ ବସିଛନ୍ତି। ସେହି ପୋଷାକ ତଳେ, ସାମାନ୍ୟ ଝାଳ ଆଉ ଗୋରା ଚମ ଅନ୍ତରାଳରେ ଟ୍ରାପେଜିଅସ୍ ମାଂସପେଶୀ ଈଷତ୍ କମ୍ପି କମ୍ପି ଉଠୁଥିଲା। ସେଇ ମାଂସପେଶୀର ଟିକିଏ ତଳକୁ, କ୍ଲାଭିକଲ୍ ହାଡ଼ ସହିତ ସମାନ୍ତରାଳ ଭାବେ ଛୋଟ ସୁନାହାରଟିଏ ଝଟକି ଉଠୁଥିଲା ଲାଜକୁଳି ଝିଅର ଚୋରା ହସଟିଏ ପରି।

ସାମାନ୍ୟ ଆତ୍ମସଚେତନ ହେବା ପରେ ଶ୍ରୀକାନ୍ତ ଜାଣି ପାରିଲା ବନ୍ଦନାର ହାତମୁଠା ତଳେ ତା' ହାତ କ୍ରମଶଃ ଝାଳେଇ ଉଠୁଛି।

:ଆପଣଙ୍କୁ ଏବେ କେମିତି ଲାଗୁଛି ? ନା – ଉଠନ୍ତୁ ନାହିଁ ଜମ୍ମାରୁ। ସେମିତି ଶୋଇ ରହନ୍ତୁ ଟିକେ ସମୟ।

କ୍ଷୀଣ ସ୍ୱରରେ ବନ୍ଦନା କହିଲା – ଭାରି ଶୋଷ ଲାଗୁଛି।

ଶ୍ରୀକାନ୍ତ ପଚାରିଲା - ଗରମ ଦୁଧ କି ଓଭାଲଟିନ୍ ଅଛି ? ଥିଲେ ଅଳ୍ପ ଦିଅନ୍ତୁ।

ଦୁଧ କି ଓଭାଲଟିନ୍ ନ ଥିଲା। କଫି ଥିଲା ଫ୍ଲାସ୍କରେ।

ବନ୍ଦନାର କ୍ଲାଭିକଲ୍ ହାଡ଼ ଉପରେ ଚାପି ହୋଇଗଲା ଶ୍ରୀକାନ୍ତର ମେଟାକାର୍ପାଲ୍ ହାଡ଼ କେତୋଟି। ଅର୍ଥାତ୍ ବନ୍ଦନାର କାନ୍ଧକୁ ଚାପ ଦେଲା ଶ୍ରୀକାନ୍ତର ହାତ। ସେ କହିଲା- ଉଠନ୍ତୁ ନାହିଁ, ସେମିତି ଶୋଇ ଶୋଇ ପିଅନ୍ତୁ।

ବନ୍ଦନା କଫି ପିଇବା ଅବସରରେ ଶ୍ରୀକାନ୍ତ ପଚାରିଲା : ଆଗରୁ କେବେ ବନ୍ଦନାର - ଆଇ ମିନ୍ - ମିସ୍ ବନ୍ଦନାଙ୍କର ଏଭଳି ଏପିସୋଡ୍ ହୋଇଥିଲା ?

: ମୋର ତ କାହିଁ ମନେ ପଡୁନାହିଁ। କହିଲେ ବନ୍ଦନାର ବାପା।

ତା'ପରେ କ'ଣ ଭାବି କହିଲେ, ଆଜି ତ ଜାଣିଛନ୍ତି ଶୁକ୍ରବାର, ସନ୍ତୋଷୀ ମାଆଙ୍କ ପୂଜା। ଦିନଟା ଯାକ ପୁରା ଓପାସ, ବାହାର ଜିନିଷ ଜମା ଛୁଇଁଲା ନାହିଁ।

କୋଚ୍ ଆଟେଣ୍ଡାଣ୍ଟ ଏଥର ମୁଗଧ ସପ୍ରଶଂସ ଆଖିରେ ଦେଖିଲା ଝିଅଟିକୁ।

ଭଦ୍ରଲୋକ ଜଣକ ତା'ପରେ ସିଧାସଳଖ ଶ୍ରୀକାନ୍ତର ମୁହଁକୁ ଚାହିଁଲେ। ଆଉ ଶ୍ରୀକାନ୍ତ ବି ଏଇ ପ୍ରଥମ ତାଙ୍କୁ ଭଲ ଭାବେ ଦେଖିଲା। କିନ୍ତୁ ସେ କିଛି କହିବା ଆଗରୁ ଭଦ୍ରଲୋକ କହିଲେ, ଆଚ୍ଛା, ଆପଣଙ୍କୁ ମୁଁ ଆଗରୁ କୋଉଠି ଦେଖିଛି କହନ୍ତୁ ତ !

କହିବା ଦରକାର ପଡ଼ିଲା ନାହିଁ। ଭଦ୍ରଲୋକଙ୍କର ଠିକ୍ ମନେ ପଡ଼ିଗଲା।

: ଆଜି ତୁମେ... ଆଜି ଆପଣ ଗୋଟେ ଇଣ୍ଟରଭିଉ ପାଇଁ ଅକ୍‌ଲାଣ୍ଡ୍ ରୋଡ୍‌କୁ ଆସିଥିଲେ ନା !

ଶ୍ରୀକାନ୍ତ ଭାବି ଆଶ୍ଚର୍ଯ୍ୟ ହୋଇଗଲା କେତେ ସହଜରେ ମଣିଷର ପରିଚୟ ବଦଳିଯାଏ ଅଲଗା ପୋଷାକ ଓ ପରିବେଶରେ ! ସକାଳେ ସୁଟ୍ ଟାଇ ପରିହିତ ସମ୍ଭ୍ରାନ୍ତ ବ୍ୟକ୍ତି ଏବେ ପାଇଜାମା କୁର୍ତାର ସାର୍ବଜନୀନ ଖୋଳପାରେ ଛପି ଯାଇଛନ୍ତି। ଇଣ୍ଟରଭିଉ ବୋର୍ଡ଼ରେ ବସି ଅପହଞ୍ଚ, ଅନ୍ୟ ଗ୍ରହର ଉଜ୍ଜ୍ୱଳ ଅଧିବାସୀ ପରି ଦିଶୁଥିବା ମଣିଷଟି ଏବେ ପାଣିରେ ଭାସି ଯାଉଥିବା ଡଙ୍ଗାର ନିରୁପାୟ ନାଉରୀ ପରି ବିପନ୍ନ।

: କହନ୍ତୁ ତ କି ଅଦଭୂତ ଯୋଗାଯୋଗ ! ମୁଁ ବ୍ରିଗେଡ଼ିୟର୍ ଚୌଧୁରୀ।

ନିମିଷକରେ ରୂପ ବଦଳି ଯାଇଥିଲା ଭଦ୍ରଲୋକଙ୍କର। ସେହି ଦୃପ୍ତ ଭଙ୍ଗୀ, ସେହି ସମ୍ଭ୍ରାନ୍ତ ପ୍ରଲେପ ମୁହଁରେ। ଯୁଦ୍ଧରୁ ଫେରିଥିବା ପରି।

: ୟୁ ଆର୍ ଡକ୍ଟର ଦାସ, ରାଇଟ୍ ?

ଏପରି କହି, ସେ ଖୁବ୍ ଜୋରରେ ଝାଙ୍କି ଦେଲେ ଶ୍ରୀକାନ୍ତର ନିର୍ଜୀବ ହାତକୁ। ଆର୍ମି କାଇଦାରେ ହାଣ୍ଡସେକ୍ କରି। କହିଲେ, କଂଗ୍ରାଚୁଲେସନସ୍, ଡକ୍ଟର!

ତା'ପରେ, ମିଲିଟାରୀ ଇଂରାଜୀରେ, ଯାହା ସେ କହିଲେ, ତା'ର ସାରାଂଶ, ଶ୍ରୀକାନ୍ତ ଆଜିର ଇଂଟରଭିଉରେ ଭଲ କରିଛି, ପ୍ରଥମ ସ୍ଥାନ ପାଇଛି।

ବୁଲିପଡ଼ି, ଝିଅକୁ କହିଲେ : ବନ୍ଦନା, ମିଟ୍ ଦିସ୍ ୟଙ୍ଗ୍ ଫିଜିସିଆନ୍, ହି ଇଜ୍ ଏ ରିୟଲ୍ ଟାଲେଣ୍ଟ!

ଆକସ୍ମିକ ଲଜ୍ଜାର ବୋଝ ବୋହି ଶ୍ରୀକାନ୍ତ ତଳକୁ ମୁହଁ ପୋତିଥିଲେ ସୁଦ୍ଧା ଠିକ୍ ଭାବେ ଦେଖି ପାରିଥିଲା, ବନ୍ଦନାର ଆଖିର ଉପକୂଳରୁ ସପ୍ରଶଂସ ଅଭିବ୍ୟକ୍ତିଟିଏ ଓହ୍ଲାଇ ଆସିଥିଲା ଓଠ ଯାଏ, ଏକ ମୃଦୁହାସ୍ୟର ରକ୍ତିମା ନେଇ।

ଶ୍ରୀକାନ୍ତ ଯଦି ଟିକେ ଟଳମଳ ହୋଇଯାଇଥାଏ, ସେଥିପାଇଁ ଟ୍ରେନ୍ ହିଁ ଦାୟୀ, କାରଣ ଟ୍ରେନଟି ହଠାତ୍ ଗତି ବଢ଼ାଇ ଦେଇଥିଲା, ଚମକାଇ ଦେଲା ପରି ହୁଇସିଲ୍ ମାରିଥିଲା।

ବ୍ରିଗେଡିଅର୍ ଚୌଧୁରୀ କିନ୍ତୁ ଆଦୌ ଛାଡିବା ଲୋକ ନୁହନ୍ତି। ବନ୍ଦନାର ଏହି ସାମୟିକ ଅଚେତ ହୋଇଯିବା ଘଟଣା ଡାକ୍ତରୀଶାସ୍ତ୍ର ଦୃଷ୍ଟିରୁ କଗ୍ନିଜିବୁଲ୍ ବ୍ୟାପାର ନୁହେଁ ଜାଣିପାରି ସେ ପ୍ରଫୁଲ୍ଲ ଥିଲେ। ସେ ବାଧ୍ୟ କରି ଶ୍ରୀକାନ୍ତକୁ ବସାଇ ରଖିଲେ, ଗୋଟିଏ କପ୍ ଗରମ କଫି ତା' ହାତକୁ ବଢ଼ାଇ ଦେଇ ସେ ବନ୍ଦନାର ଆରୋଗ୍ୟ ତଥା ଇଂଟରଭିଉରେ ଶ୍ରୀକାନ୍ତର କୃତିତ୍ୱକୁ ସେଲିବ୍ରେଟ୍ କଲେ।

ବନ୍ଦନା ନିକଟରେ ସେଇ ଯୋଉ ପନ୍ଦର ମିନିଟ୍ ସମୟ ବସିଥିଲା ଶ୍ରୀକାନ୍ତ, ତା'ର ପରମାୟୁ ଦାର୍ଶନିକ ବିଚାରରୁ ଖୁବ୍ ଲମ୍ବା। ସେଇ ଅବସରରେ ବନ୍ଦନା ମୁଗ୍ଧ ଆଖିରେ ତା'କୁ ଦେଖୁଥିଲା ଥରକୁ ଥର, ଓ ବିଦାୟ କ୍ଷଣରେ କହିଥିଲା- ମତେ ବଂଚେଇ ଦେଲେ ଆପଣ, ଅଚେତ ହେବା ଆଗରୁ ମୋତେ ଯେମିତି ଖରାପ ଲାଗୁଥିଲା ନା...

ସେ ଅବଶ୍ୟ କହିଥିଲା ନୀରବ ଆଖିର ଭାଷାରେ, କେବଳ ଶ୍ରୀକାନ୍ତକୁ ଶୁଭିଲା ପରି ଭାଷା। ତା'ର ଉତ୍ତର ଶ୍ରୀକାନ୍ତ ଦେଇଥିଲା, ବ୍ରିଗେଡିଅରଙ୍କୁ ଚାହିଁ, କିନ୍ତୁ ବନ୍ଦନାକୁ ହିଁ।

:ଡରିବାର କିଛି ନାହିଁ,ଏ ଖାଲି ସାମୟିକ ଦୁର୍ବଳତା।

ଏତିକି କହି, ଶ୍ରୀକାନ୍ତ ଭାବିଥିଲା, ସାମୟିକ ଦୁର୍ବଳତା କ'ଣ ଏମିତି ଏକ ସଂକ୍ରାମକ ବ୍ୟାଧି ଯେ ରୋଗିଣୀଟି ପାଖରେ ବସି ଏବେ ତା' ନିଜର କାନମୁଣ୍ଡା ଓ ଗାଲ ବାରମ୍ବାର ଲାଲ୍ ହୋଇ ଯାଉଛି! ସେ ବି କ'ଣ ଆଉ ଟିକିଏ ପରେ ମୂର୍ଚ୍ଛା ହୋଇଯିବ!

ଗୁଡ୍ ନାଇଟ୍ କହି ଶ୍ରୀକାନ୍ତ ଯେତେବେଳେ ଫାଷ୍ଟ୍ କ୍ଲାସ୍ କ୍ୟାବିନ୍‌ରୁ ବାହାରି ଆସିଲା, ସେତେବେଳେ ହଠାତ୍ ଆକାଶର ଜହ୍ନ, ଝରକା ସେପାଖେ, ଉଜ୍ଜ୍ୱଳ ହୋଇ ଉଠିଥିଲା। ପବନରେ ଭରି ଯାଇଥିଲା ଅଦେଖା ଫୁଲର ବାସ୍‌ନା। କେମିତି ସେ ଯାଇ ଆପଣାର ସଂକୀର୍ଣ୍ଣ, ଅକିଂଚନ ସିଟ୍‌ରେ ବସିଲା, ଆଲୁଅ ଜଳୁ ନଥିବା ବଗି ଭିତରେ, ଗହଳି ଭିତରେ, ତା'ର ମନେ ନାହିଁ। ସକାଳ ସାଢ଼େ ଚାରିଟାରେ ଟ୍ରେନ୍ ତା' ଷ୍ଟେସନ୍‌ରେ ପହଞ୍ଚିବ, ତା' ଆଗରୁ ଦୁଇ ଚାରି ଘଣ୍ଟା ଶୋଇଯିବା ଦରକାର,ଏଭଳି ଭାବି ସେ ଆଖିପତା ମୁଦିଥିଲା।

ସକାଳୁ ଯେତେବେଳେ ତା' ଆଖି ଖୋଲେ, ସେ ଦେଖେ ତା'ର ପ୍ରତ୍ୟାଶିତ ଷ୍ଟେସନ୍‌ରେ ଗାଡ଼ି ଆସି ଅନେକ ବେଳୁ ଅଟକିଛି। ଖାଲି ଅଟକି ତ ନାହିଁ, ଘଣ୍ଟା ଦେଖି ଗାର୍ଡ଼ ସବୁଜ ପତାକା ହଲାଇବାକୁ ବି ଆରମ୍ଭ କଲାଣି।

ସେ ତରତର ହୋଇ ଡଫେଲ୍ ବ୍ୟାଗ୍‌ଟି କାନ୍ଧରେ ପକାଇ ପ୍ଲାଟଫର୍ମ୍‌କୁ ଓହ୍ଲାଇ ପଡ଼ିଲା। ଠିକ୍ ସେହିକ୍ଷଣି ଟ୍ରେନ୍‌ର ଚକ ଗଡ଼ିବାକୁ ଆରମ୍ଭ କଲା ଲୁହା ଧାରଣା ଉପରେ।

ଜଳନ୍ତା ଦୀର୍ଘନିଃଶ୍ୱାସ ପରି ହିସହିସ୍ ବାମ୍ଫ ବାହାରି ଆସିଲା ରେଳ ଇଂଜିନ୍‌ରୁ। ଦୂରେଇ ଗଲା ଏକ ଅସାମାନ୍ୟ ସ୍ମୃତିର ସହଚର।

ରିକ୍‌ସାରେ ବସି, ପାହାନ୍ତି ପବନର ଆର୍ଦ୍ରତା ଭିତରେ ଈଷତ୍ ଥରିଯାଇ ଶ୍ରୀକାନ୍ତ ଭାବିଲା, କାଲିର ଘଟଣା କ'ଣ ସତ ! ନା ଖାଲି ଗୋଟିଏ ସ୍ୱପ୍ନ ?

ସେ ଠିକ୍ ମନେ ପକାଇ ପାରିଲା ନାହିଁ।

କାଲି ରାତିର ଘଟଣାରେ ଆଉ କାହାକୁ ସେ ସାକ୍ଷୀ ପାଇବ ! ଖାଲି ଏଇ ହତଭାଗା ପୁରୁଣା ଡଫେଲ୍ ବ୍ୟାଗଲକୁ ବାଦ ଦେଲେ ? ଯା'କୁ କ'ଣ ପଚାରି ବୁଝିହେବ, କାଲି ରାତିରେ କ'ଣ କେମିତି ଘଟିଗଲା ?

ପ୍ରଶ୍ନଟି ମନକୁ ମନ ପଚାରିଦେଇ ଲାଜେଇଗଲା ଶ୍ରୀକାନ୍ତ। ଏଇ ଡଫେଲ୍ ବ୍ୟାଗ୍ ତେବେ ସବୁ ଦେଖିଛି, ସବୁ ଜାଣିଛି। କାଲି ରାତିରେ ଯେତେବେଳେ ଶ୍ରୀକାନ୍ତ ବନ୍ଦନାର ପାଦ ପାଖରୁ ବ୍ୟାଗ୍‌ଟି ଉଠାଇ ଆଣିଥିଲା, ସେତେବେଳେ, ବ୍ରିଗେଡ଼ିୟର୍‌ଙ୍କ ଅଜ୍ଞାତରେ ବନ୍ଦନା ଗୋଟେ ଦୁଃସାହସିକ କାମ କରିଥିଲା। ସେ ଚଟ୍ କିନା ତା' କାନ୍ଧ ଉପରେ ହାଲୁକା ଚୁମାଟିଏ ଦେଇଥିଲା।

ହାଲୁକା ଚୁମା !

ଶ୍ରୀକାନ୍ତ ଅବଜ୍ଞାରେ ଓଠ ବଙ୍କେଇ ଚାହିଁଥିଲା ବ୍ୟାଗଟି ଆଡ଼କୁ। କହିଥିଲା, ତତେ କ'ଣ ଜଣା ଚୁମ୍ବନର ମାନେ କ'ଣ ! ମୁଁ ଡାକ୍ତର, ମତେ ପଚାର ମୁଁ କହିବି।

କିସ୍ ମାନେ ପ୍ରେମ ନୁହେଁ, ପରିଣୟ ନୁହେଁ, ପ୍ରତାରଣା ବି ନୁହେଁ। Kiss is a mere anatomical juxtaposition of two orbicularis oris muscles in a state of contraction. ମୂର୍ଖ, କିଛି ବୁଝିଲୁ ଏଥିରୁ ?

ଡଫେଲ୍ ବ୍ୟାଗ୍‌ଟି କରୁଣ ଭାବେ କହିଲା, ପାଠଶାଠ ତ ପଢ଼ିନାହିଁ, ଏତେ ବଡ଼ କଥା କେମିତି ବୁଝିବି ? କିନ୍ତୁ କାଲି ରାତିରେ ତୁମେ ସ୍ୱପ୍ନ ଦେଖିଥିଲ କି ନାହିଁ ତାହା ଜାଣିବା ପାଇଁ ତୁମକୁ ଅପେକ୍ଷା କରିବାକୁ ପଡିବ, ତୁମ ଇଂଟରଭିଉର ଫଳ ବାହାରିବା ଯାଏ। ସେତେଦିନ ଯାଏ ତୁମେ ସ୍ୱପ୍ନ ଦେଖିବାରେ ମୋର ଅବଶ୍ୟ ଆପତ୍ତି ନାହିଁ।

ପାହାନ୍ତା ଆକାଶର ଆଞ୍ଜୁଳାଏ ଥଣ୍ଡା ପବନ ଶ୍ରୀକାନ୍ତର ମୁହଁ ଉପରେ ବୋହିଗଲା ପୃଥିବୀର ଉତ୍ତର ସୀମାନ୍ତରୁ।

■

ଆଦିମ

ଅରୂପ ହାତରେ ଧରିଥିଲା ଗୋଟିଏ ଛୋଟ ପ୍ୟାକେଟ୍, ପୁରୁଣା ଖବର କାଗଜରେ ବନ୍ଧା ପୁଟୁଳିଟିଏ।

ସୁମିତ୍ରା ପଚାରିଥିଲା - ଏ କ'ଣ ?

- କିଛି ନୁହେଁ। ଗୋଟେ ପଥର ମୂର୍ତ୍ତି।

- ନଟରାଜ ?

- ନା, ନଟରାଜ ନୁହନ୍ତି।

କହିବା ଭିତରେ ପୁଟୁଳିଟି ଫିଟାଇ ସାରିଥିଲା ଅରୂପ।

ସୁମିତ୍ରା ପାଖକୁ ଆସି ଦେଖିଥିଲା। 'ଏ କି ପ୍ରକାର ମୂର୍ତ୍ତି ? ବଡ଼ ଅଦ୍ଭୁତ ତ !'

କିଛି ଅଦ୍ଭୂତ, କିଛି ଅଲଗା ଧରଣର ମୂର୍ତ୍ତିଟିଏ। ଗୋଟିଏ ବୁଢ଼ାଲୋକ, ଦୁର୍ବଳ, ଶୀର୍ଣ୍ଣଦେହୀ। କୋଳରେ ତା'ର ଗୋଟିଏ ଛୋଟ ଶିଶୁ। କାହାରି ଦେହରେ ପୋଷାକ ନାହିଁ।

ଲଙ୍ଗଳା ଭୋକିଲା ମଣିଷଟି ବିମର୍ଷ ଆଖିରେ ଚାହିଁ ରହିଛି ଶିଶୁଟିକୁ। ଶିଶୁଟିର ଆଖିରେ ବି ଜ୍ୟୋତି ନାହିଁ।

-ଏ ମୂର୍ତ୍ତି କୋଉଠୁ ଆଣିଲ ?

ଅରୂପ ଯାଇଥିଲା ମାଳ ଅଞ୍ଚଳକୁ, ସରକାରୀ ଗସ୍ତରେ। ବର୍ତ୍ତମାନ ଘରେ ଆସି ପହଞ୍ଚିଛି। ସେ କିଛି ନ କହି, ମୂର୍ତ୍ତିଟି ଟେବୁଲ ଉପରେ ରଖି ଲୁଗା ପାଲଟିବାକୁ ଗଲା।

ଗାଧୁଆ ଘରୁ ଫେରିଆସି ଦେଖିଲା ସୁମିତ୍ରା ମୂର୍ତ୍ତିଟିକୁ ଭଲକରି ଦେଖୁଚି।

ସୁମିତ୍ରା ପଚାରିଲା - ଏଇଟା କୋଉଥିରେ ତିଆରି ? ମୁଗୁନି ପଥର ?

- ନା, ଅଲଗା ପଦାର୍ଥ, ଆହୁରି ଓଜନିଆ ମୁଗୁନି ପଥର ଠାରୁ, ରଙ୍ଗ ବି ଦେଖ ଅଲଗା।

-ବଡ଼ ବିଚିତ୍ର। ଏ ଛୋଟ ପିଲାର ଆଖି ଦୁଇଟା ଦେଖୁଛ ?

-ହଁ, ଭୋକିଲା ଆଖିର ଭାଷା ଯେମିତି ହୋଇଥାଏ।

-ଏଇଟା ତୁମେ ଶୋଇବା ଘରେ ରଖିବ ?

-ଡ୍ରଇଂ ରୁମ୍‌ରେ ରଖିଲା ପରି ମୂର୍ତ୍ତି ଏ ନୁହେଁ ସୁମିତ୍ରା।

ଖାଇବା ଟେବୁଲରେ ବସି ସୁମିତ୍ରା ପଚାରିଥିଲା- କୁବେରଗଡ଼ କେମିତିକା ଜାଗା ?

ଅରୂପ ଆଗରୁ କେବେ କୁବେରଗଡ଼ ଯାଇ ନଥିଲା। ଅପହଞ୍ଚ ଅନୁନ୍ନତ ଅଂଚଳ। କେନ୍ଦୁପତ୍ର, ମହୁଲ, ମାଣ୍ଡିଆ ଛଡ଼ା ଆଉ କିଛି ମିଳେ ନାହିଁ। ଏ ସବୁ ସହିତ କିଛି ସମ୍ପର୍କ ନଥିଲା ତା' ଗସ୍ତକ୍ରମରେ, ସେ ଯାଇଥିଲା ସର୍ଭେ ବିଭାଗର କିଛି କାମ ଦେଖିବାକୁ।

-ଧୂଳି ମହାରଣାର ଘର କୁବେରଗଡ଼ ପାଖରେ, ଟୁକୁରାପଡା ମୌଜାରେ।

-ଧୂଳି ମହାରଣା ?

-ଏଇ ମୂର୍ତ୍ତିର କାରିଗର।

ଅଦିନ ଝଡ଼ ବର୍ଷା ଭିତରେ ଅରୂପ ଭେଟିଥିଲା ଧୂଳି ମହାରଣାକୁ, କାଲି ସଞ୍ଜରେ, ଆକସ୍ମିକ।

ସେହି ବୃତ୍ତାନ୍ତ ସେ କହିଥିଲା ସୁମିତ୍ରାକୁ, ସବିସ୍ତୃତ, ରାତିରେ ଶୋଇବା ସମୟରେ।

କୁବେରଗଡ଼ ଅଞ୍ଚଳର ସର୍ଭେ କାମ ଦେଖିସାରି ଅପରାହ୍ନରେ ଅରୂପ ଫେରୁଥିଲା ଗୋଟିଏ ପୁରୁଣା ଟାକ୍‌ସିରେ, ଡେପୁଟି ସର୍ଭେ ଅଫିସର ପ୍ରଭଞ୍ଜନ ସହିତ, ଜଙ୍ଗଲ ବିଭାଗର ଗୋଟିଏ ଛୋଟ ଡାକ ବଙ୍ଗଳାକୁ। ବାଟରେ ହଠାତ୍ ବର୍ଷା ଆରମ୍ଭ ହୋଇ ଯାଇଥିଲା। ପ୍ରଥମେ ଅଳ୍ପ ଅଳ୍ପ ପବନ, ତା'ପରେ ପ୍ରବଳ ବର୍ଷା, ବତାସ, ବିଜୁଳି। ପୃଥିବୀକୁ ଥରାଇ ଦେବା ପରି। ପାହାଡ଼ି ରାସ୍ତାରେ ଆଗକୁ ଯିବା ଆଉ ସହଜ ନ ଥିଲା।

ଟାକ୍‌ସିର ଡ୍ରାଇଭର୍ ବିଭୀଷଣ ଥିଲା ସେହି ଅଞ୍ଚଳର। ସେ କହିଥିଲା ଆଉ ଅଠର କିଲୋମିଟର ଗଲେ ଛୋଟ ଗାଆଁଟିଏ ପଡିବ। ସେଇଠି ରହିଯାଇ ହେବ ଘଡ଼ିଏ।

କିନ୍ତୁ ତାହା ସମ୍ଭବ ହୋଇ ନ ଥିଲା। ମେଘ ବର୍ଷା ଭିତରେ ଅଙ୍କା ବଙ୍କା ରାସ୍ତା ଛପି ଯାଉଥିଲା ଆରଣ୍ୟକ ସରୀସୃପ ପରି।

ଅବଶେଷରେ ଗାଡି ରହିଥିଲା ଗୋଟିଏ ପାହାଡ଼ କଡ଼ରେ, ନିଛାଟିଆ ଜଙ୍ଗଲ ଭିତରେ। ପାଖରେ ଗୋଟିଏ ବୋଲି ଘର।

-ଏ କୋଉ ଜାଗା? ପଚାରିଥିଲା ପ୍ରଭଞ୍ଜନ।

- ଗୋଟେ ଗାଆଁ ଥିଲା ଏଇଠି। ବହୁତ ଦିନ ତଳେ।

ଅରୂପ ଚାରି ଆଡକୁ ଦେଖିଲା, ଅରଣ୍ୟ, ପର୍ବତ ଓ ନିର୍ଜନତା ଭିନ୍ନ କିଛି ନ ଥିଲା ତା' ଚାରି ପାଖରେ।

ବିଭୀଷଣ କହିଥିଲା, ଏବେ କିଛି ନାହିଁ। ଖାଲି ଏଇ ଗୋଟିକ ଘର ଛାଡି।

ଘରଟି ଆଡ଼କୁ ଆଖି ଫେରାଇଥିଲା ଅରୂପ। ଗୋଟିଏ ଭଙ୍ଗାରୁଜା ପୁରୁଣା ଘର। ଚାଳ ଘର, ମାଟି କାନ୍ଥ। କିନ୍ତୁ ତାହା ହିଁ ଆଶ୍ରୟ ଥିଲା ବର୍ତ୍ତମାନ ପରିସ୍ଥିତିରେ। ଏମିତି ଝଡ଼ ବର୍ଷା ପବନରେ ଗାଡି ଭିତରେ ବସିବା ନିରାପଦ ନୁହେଁ, ସମ୍ଭବ ବି ନୁହେଁ।

ପ୍ରଭଞ୍ଜନ କହିଲା ଏମିତି ଅପନ୍ତରା ଜାଗାରେ ରହୁଛି କିଏ?

ରହୁଥିବା ଲୋକଟିର ଛାଇ ଦିଶିଗଲା ଘର ଭିତରୁ। ଶୀର୍ଣ୍ଣ ଦେହଟିଏ, ନଇଁ ଆସୁଥିବା ପ୍ରଶ୍ନ ଚିହ୍ନ ପରି। ଲୋକଟି ତା' ପରେ ଅଦୃଶ୍ୟ ହୋଇଗଲା।

ବିଭୀଷଣ କହିଥିଲା ଏଠି ଗୋଟିଏ ଗାଁ ଥିଲା, ପନ୍ଦର କୋଡିଏ ପରିବାର ରହୁଥିଲେ। କ'ଣ ଗୋଟେ ମହାମାରୀ ହୋଇଥିଲା କେତେ ବର୍ଷ ତଳେ। ଅଜଣା ବ୍ୟାଧିରେ ଅଧାଅଧି ଲୋକ ମରିଗଲେ, ପ୍ରାୟ ସବୁ ଭେଣ୍ଡା ବୟସର ଲୋକ। ତା'ପରେ ବାକି ଲୋକ ଗାଁ ଛାଡି ଚାଲିଗଲେ। କହିଥିଲେ କୋପ ଦୃଷ୍ଟି ପଡିଛି ହାଡ଼ଚୋଷି ଠାକୁରାଣୀର। କେହି ବଞ୍ଚିବେ ନାହିଁ।

କେବଳ ଧୂଳି ମହାରଣା ରହିଗଲା। କହିଲା ମୁଁ ଖାତିର କରେନି ହାଡ଼ଚୋଷିକୁ। ସେ ତ ମୋର ସବୁ ନେଇ ଚାଲିଗଲା। ଏବେ ଆସୁ, ମତେ ବି ନେଇଯାଉ।

ଧୂଳି ମହାରଣାର କେହି ଆଉ ନ ଥିଲେ। ସ୍ତ୍ରୀ ଚାଲିଯାଇଥିଲା ଅନେକ ଦିନରୁ, ପାଖରେ ପୁଅବୋହୂ ଥିଲେ, ନାତିଟିଏ ବି। ମହାମାରୀ ଆସିଲା, ଭେଣ୍ଡା ପୁଅ, ଯୁଆନ ବୋହୂକୁ ନେଇ ଚାଲିଗଲା, ଗୋଟିଏ ଦିନରେ। କେବଳ ବାକି ଥିଲା ନାତିଟି। ସେ ବି ଦିନେ ଚାଲିଗଲା।

ସେବେଠୁ ସେ ଏଇଠି ଅଛି। ଏକୁଟିଆ।

-ଏକୁଟିଆ, ଏଇ ଜଙ୍ଗଲ ଭିତରେ! ଚଳେ କେମିତି?

କେହି ଏ ପ୍ରଶ୍ନ ପଚାରିଲେ, ଧୂଳି ମହାରଣା ହାତ ଠାରି ଆକାଶକୁ ଇଶାରା କରେ, କହେ - ସିଏ ଚଳଉଛି।

ବିଭୀଷଣ କହିଥିଲା - ଭିତରକୁ ଯିବା ?

ଅନ୍ୟ ଗତି ହିଁ ନଥିଲା। ପ୍ରଭଞ୍ଜନ ଓ ଅରୂପ ଗାଡ଼ିରୁ ଓହ୍ଲାଇଲେ।

ଝରକା ଫାଙ୍କରୁ ଲୋକଟି ସେମାନଙ୍କୁ ଦେଖିଲା। ବିଭୀଷଣର ମୁହଁଟିକୁ ସମ୍ଭବତଃ ଚିହ୍ନି ପାରି, କେହି ଡାକିବା ଆଗରୁ, ସେ ଆସି କବାଟ ଖୋଲିଦେଲା।

ଅନ୍ଧାରୁଆ ଘର।

ଗୋଟିଏ କୋଠରୀ ଭିତରେ ଥିଲା ସଂସାରର ସବୁ ସାଧନ ଓ ସରଞ୍ଜାମ: ରୋଷେଇ ଉପକରଣ, ବିଛଣାପତ୍ର, ସିନ୍ଦୁକ, ଲାଉତୁମ୍ବା, ଧନୁଶର, ମୃଦଙ୍ଗ, ହରିଣ ଛାଲ।

ହରିଣ ଛାଲଟି ବିଛେଇ ଦେଇ ଲୋକଟି ବସିବାକୁ ଇଶାରା କଲା, ନୀରବରେ।

ଘରଟି ଭିତରେ କିଛି ଗୋଟାଏ ଗନ୍ଧ ଥିଲା, ଜଳିଜଳି ଲିଭି ଯାଇଥିବା ଝୁଣାର, ଶୁଖି ଯାଇଥିବା ଜଙ୍ଗଲୀ ଫୁଲର, କିମ୍ବା ଅନେକ ଦିନ ଧରି ବନ୍ଦ ରହିଥିବା ପଥରରେ ଗଢ଼ା ମନ୍ଦିରର।

-ମୂର୍ତ୍ତି ତିଆରି କରେ ଧୂଳି ମହାରଣା। ବହୁତ ପ୍ରକାରର ପଥର ମୂର୍ତ୍ତି। ବିଭୀଷଣ କହିଥିଲା।

ଅରୂପ ଦେଖିଥିଲା ଲୋକଟିକୁ। ଅସ୍ଥିସାର, ଦୁର୍ବଳ ଲୋକଟିଏ। ବୟସ ଅଶିଠୁ ଅଧିକ। ପରିଶ୍ରାନ୍ତ ନିସ୍ତେଜ ଦୁଇଟି ଆଖି।

ଲୋକଟି କିଛି ନ କହି, ସେମିତି ନୀରବରେ, ଦୁଇଟି ପିଜୁଳି ଓ ଦୁଇଟି କଦଳୀ ଆଣି ସାମନାରେ ରଖିଲା।

-ନା ନା, ବ୍ୟସ୍ତ ହୁଅ ନାଇଁ, ଆମେ ଏବେ ଖାଇଛୁ, ଭୋକ ନାହିଁ। କହିଥିଲା ପ୍ରଭଞ୍ଜନ।

'ଗୋଟେ ପିଜୁଳି ଚାଖନ୍ତୁ ନା, ଭାରି ସୁଆଦିଆ।' ବିଭୀଷଣ ଗୋଟିଏ ପାଚିଲା ପିଜୁଳି ଧୂଳି ହାତରୁ ନେଇ ଖାଉ ଖାଉ କହିଲା।

ବର୍ଷା ଛାଡିବାର ନଥିଲା। ପିଜୁଳି ଓ କଦଳୀ ଖାଇବା ପରେ ଚୁପଚାପ୍ ବସି ରହିବାକୁ ହେଲା କିଛି ସମୟ।

ବିଭୀଷଣ କହିଲା, 'ମୂର୍ତ୍ତି ଦେଖିବେ ? ବାଡ଼ି ପାଖକୁ ଚାଲନ୍ତୁ !'

ଘର ପଛପଟ ପିଣ୍ଡା ଉପରେ, ସାରା ଅଗଣାରେ ପଡି ରହିଥିଲା ଅନେକ ପଥର ମୂର୍ତ୍ତି, ଭଙ୍ଗା ଭଙ୍ଗା ପଥର ଖଣ୍ଡ, ଗୁଣ୍ଡ ଗୁଣ୍ଡ ଆଦିମ ମାଟି।

ଅଗଣାର ମୂର୍ତ୍ତି ସବୁ ଭିଜୁଥିଲେ ବର୍ଷା ପାଣିରେ। ପିଣ୍ଡା ଉପରେ ଥିବା ମୂର୍ତ୍ତିସବୁ

ନିଶ୍ଚଳ ଦୃଷ୍ଟିରେ ଦେଖୁଥିଲେ ଆକାଶକୁ, ମେଘରୁ ଝରି ଆସୁଥିବା ଜଳବିନ୍ଦୁକୁ।

ବର୍ଷା ଧୀରେ ଧୀରେ କମି ଆସୁଥିଲା। ଅପରାହ୍ଣର କ୍ଷୟିଷ୍ଣୁ ଆଲୋକ କିଛି ଉଜ୍ଜ୍ୱଳ ହୋଇ ଉଠିଥିଲା ମେଘଢଙ୍କା ଆକାଶରେ।

ଅରୂପ ମୂର୍ତ୍ତି ଗୁଡ଼ିକୁ ଦେଖିଥିଲା, ପ୍ରଭଞ୍ଜନ ବି। ନାନା ପ୍ରକାରର ମୂର୍ତ୍ତି, ନାନା ଉଚ୍ଚତାର। ସୁନ୍ଦର ଥିଲା ସେ ସବୁ ମୂର୍ତ୍ତି, କୁଶଳୀ ହାତର ସ୍ପର୍ଶ ଥିଲା ସେଥିରେ। କିନ୍ତୁ ଟିକିଏ ଭଲକି ଦେଖିଲେ ମନେହେବ, ପ୍ରତିଟି ମୂର୍ତ୍ତିରେ ଯେମିତି ଥିଲା କିଛି କିଛି ଅଭାବ, କିଛି କିଛି ବ୍ୟତିକ୍ରମ।

- ଏ ମୂର୍ତ୍ତି ଜମାରୁ ବିକ୍ରି ହୁଏ ନାହିଁ କୁବେରଗଡ଼ ହାଟରେ, କେହି କିଣନ୍ତି ନାହିଁ। କିନ୍ତୁ ତା' ପଥର ବାସନ ବିକ୍ରି ହୁଏ ଢ଼େର, ଦିଅଁ ଖଟୁଲି, ଦୀପ ରୁଖା ବି।

କହିଥିଲା ବିଭୀଷଣ, ଗୋଟିଏ ପଲମ ତଳୁ ଉଠାଇ ନେଇ, ହାତରେ ଧରି।

'କିନ୍ତୁ', ସେ ଆହୁରି କହିଥିଲା, 'ଗୋଟିଏରୁ ଯୋଡ଼େ ବି ବାସନ ବିକିବ ନାଇଁ ସେ ହାଟରେ, ଘରକୁ ଫେରିଆସି ଏଇ ମୂର୍ତ୍ତି ସବୁ ଗଢ଼ିବ। ଗଢୁଥିବ, ଦେଖୁଥିବ, ଭାଙ୍ଗୁଥିବ। ନହେଲେ ସେ ମୃଦଙ୍ଗଟାକୁ ରାତିଦିନ ପିଟି ଚାଲିଥିବ।'

ଅରୂପ ଦେଖିଲା ମୂର୍ତ୍ତିଗୁଡ଼ିକୁ। ଅଦ୍ଭୁତ ଶରୀରର ସରୀସୃପ, ଅଦ୍ଭୁତ କିସମର ପଶୁପକ୍ଷୀ। ଅଦ୍ଭୁତ ମଣିଷର ପ୍ରତିକୃତି।

ସେଥିରୁ ଗୋଟିଏ ଥିଲା ଦୁଇ ଭୋକିଲା ମଣିଷର ମୂର୍ତ୍ତି, ଗୋଟିଏ ବୁଢ଼ା ମଣିଷ, ଗୋଟିଏ ଛୋଟପିଲା।

ପଥରର ଦେହ, ପଥରର ଆଖି, ପଥରର ସାନ୍ଦ୍ର ନୀରବତା। ସେ ଦୁଇଟି ଦେହ ଓ ଚାରୋଟି ଆଖିରେ ଯେଉଁ ଅଭିଭାଷା ଥିଲା, ସେଥିରେ ଆନନ୍ଦ ନ ଥିଲା, ଦୁଃଖ ନଥିଲା, ସ୍ୱପ୍ନ ନ ଥିଲା, ସ୍ମୃତି ବି ନ ଥିଲା।

ବୁଢ଼ାଲୋକଟି ଦିଶୁଥିଲା ଧୂଳି ମହାରଣା ଭଳି, ଦୁର୍ବଳ, ନିରନ୍ନ।

ଅରୂପ କହିଥିଲା - ମୁଁ ଏଇ ମୂର୍ତ୍ତିଟା କିଣିବି।

ଧୂଳି ମହାରଣାର ନିରାସକ୍ତ ନିଷ୍ପ୍ରଭ ଦୁଇ ଆଖି ଟିକିଏ ତରଳି ଗଲା, କୁହୁଡ଼ି ପରି ପାଂଶୁଳ ଦ୍ରବଣରେ।

ସେ ତା'ର କେତୋଟି ଶୀର୍ଣ୍ଣ ଆଙ୍ଗୁଠିରେ ସ୍ପର୍ଶ କଲା ମୂର୍ତ୍ତିକୁ। କହିଲା- ନା।

ଟିକେ ଚୁପ ରହି କହିଥିଲା, ଅରୂପ ଇଚ୍ଛା କଲେ ଅନ୍ୟ ଯେ କୌଣସି ମୂର୍ତ୍ତି ନେଇପାରେ, ଏଇଟିକୁ ଛାଡ଼ି।

-ମତେ ଏଇଟା ସବୁଠୁ ବେଶି ଭଲ ଲାଗୁଚି, କେମିତି ନୂଆ ରକମର; ଅଲଗା।

-ନା।

ସ୍ତିମିତ କିନ୍ତୁ ଅବିଚଳ ସ୍ୱରଟିଏ।

ଅରୂପ ଅନ୍ୟାନ୍ୟ ସବୁ ମୂର୍ତ୍ତି ଦେଖିଥିଲା। ନାନା ଗଢ଼ଣର ମୂର୍ତ୍ତି। ସବୁଥିରେ ରହିଥିଲା ଏକ ଅପହଞ୍ଚ ଅସମ୍ପୂର୍ଣ୍ଣ ଭାବ। କିଛି କମ୍ ଥିଲା ପରି, କିଛି ଛାଡ଼ି ଯାଇଥିବା ପରି। ଯେମିତି ଧୂଳି ଆଉ କେବେ ଦିନେ ସେତକ ସାରିବ, କିମ୍ବା ଆଉ ଅନ୍ୟ କେହି ଜଣେ।

ଅରୂପ ପୁଣି ଥରେ ଦେଖିଥିଲା ଲଙ୍ଗଳା ମଣିଷର ସେହି ମୂର୍ତ୍ତିଟିକୁ। ମନ୍ୱନ୍ତରର ସାକ୍ଷୀ ପରି ଦୁଇଟି ମଣିଷ। ଗୁଣୁ ଗୁଣୁ ସ୍ୱରରେ କିଛି କହିଥିଲା ଧୂଳି ମହାରଣା, ପ୍ରଥମେ ଶୁଭିଲା ନାହିଁ।

ତା'ପରେ ଶୁଭିଲା ଭଳି ସ୍ୱରରେ କହିଥିଲା - ଠିକ୍ ଅଛି, ନେଇଯାଅ।

ଖୁବ ଯତ୍ନରେ, ଗୋଟିଏ ପୁରୁଣା ଖବରକାଗଜରେ ମୂର୍ତ୍ତିଟି ବାନ୍ଧି ସେ ଅରୂପ ହାତକୁ ବଢ଼ାଇ ଦେଇଥିଲା। କିନ୍ତୁ ସେ କିଛି ଦାମ୍ ନେଲା ନାହିଁ। କହିଥିଲା, ବିକିବା ପାଇଁ ମୂର୍ତ୍ତିଟି ସେ ତିଆରି କରି ନ ଥିଲା। ସେ ଅବଶ୍ୟ ଦାମ୍ ନେଇଥିଲା ବିଭୀଷଣ ଠାରୁ ଦୁଇଟି ପଥର ବାସନର। ପ୍ରଭଞ୍ଜନ ବି କିଣିଥିଲା ଦୀପଦାନିଟିଏ।

... ଜାଣ, ଫେରନ୍ତା ବାଟରେ ମୋତେ ଲାଗୁଥିଲା, ଯେମିତି ଧୂଳି ମହାରଣା ଆମକୁ ଅନୁସରଣ କରୁଛି, ସାରା ସମୟ, ସାରା ରାସ୍ତା, ଯେମିତି ତା'ର କିଛି କହିବାର ଥିଲା, କହି ନାହିଁ।

ଅରୂପ କହିଥିଲା ଶୋଇବା ଘରର ଛାୟାଚ୍ଛନ୍ନ ଅନ୍ଧାର ଭିତରେ। ତା' ସ୍ୱର ଶୁଭିଥିଲା ଅନେକ ଦୂରର କ୍ଳାନ୍ତ ସ୍ୱରଟିଏ ପରି।

ସେଇ ଅନ୍ଧାର ଭିତରେ ମନେ ହେଉଥିଲା ମୂର୍ତ୍ତିଟି ସତେ କି ଜୀବନ୍ତ ହୋଇ ଉଠୁଛି ଧୀରେ ଧୀରେ, ତା' ଦେହରେ ସ୍ପନ୍ଦନ ଆସିଛି, ହୁଏତ ସେ ନିଃଶ୍ୱାସ ବି ନେଉଛି !

ସୁମିତ୍ରା ପରଦିନ ସକାଳେ ଦିନ ଆଲୁଅରେ ମୂର୍ତ୍ତିଟି ଦେଖିଥିଲା। ଶିଶୁର ଆଖିରେ ଥିଲା ଭୋକର ଛବି, ନିରାଶ୍ରୟ ଜୀବନର ଛବି।

-ଜାଣ, ଏ ପୃଥିବୀରେ କେତେ ଭୋକିଲା ଶିଶୁ ଅଛନ୍ତି ? କେତେ ପିଲା ଭୋକିଲା ପେଟରେ ଶୋଇବାକୁ ଯାଆନ୍ତି ! ଆମେ ଏଇ କଥା ହେବା ଭିତରେ ପାଖରେ କୋଉଠି ପିଲାଟିଏ ମରିଯାଇଛି। ଭୋକରେ।

କହିଥିଲା ଅରୂପ, ଟିକିଏ ଚୁପ ରହିଥିଲା; ତା'ପରେ କହିଥିଲା :

... ଗତବର୍ଷ ଅନାହାରରେ ସାଢେ ଚାରିକୋଟି ଲୋକ ମରିଛନ୍ତି, ଯଦିଓ ସାରା ପୃଥିବୀରେ ବଳକା ଅଛି ଅଠତିରିଶ କୋଟି ଲୋକଙ୍କ ପାଇଁ ଆବଶ୍ୟକ ସୁଷମ ଖାଦ୍ୟ।

ସଞ୍ଜରେ ଅଫିସ୍‌ରୁ ଫେରି ଅରୂପ ମୂର୍ତ୍ତିଟିକୁ ନିରେଖି ଦେଖିଥିଲା।

-କ'ଣ ଦେଖୁଚ ?

ପଚାରିଥିଲା ସୁମିତ୍ରା।

ଅରୂପ କହିଥିଲା, ଏ ମୂର୍ତ୍ତି ବିଷୟରେ ଭାବୁଥିଲି ସାରା ଦିନ। କିଛି ଗୋଟେ ନାହିଁ ତା' ଭିତରେ, ଆଉ ତାହା ହିଁ ତା'ର ବିଶେଷତ୍ୱ। ଏ ପଥର ବି ଦେଖ ଭିନ୍ନ ପ୍ରକାରର।

-ତୁମେ ତ କହିଥିଲ ମୁଗୁନି ପଥର ନୁହେଁ ବୋଲି। ତେବେ କ'ଣ ଜିପ୍‌ସମ୍ ନା ଆଉ କଅଣ !

-କିଛି ଗୋଟିଏ ବିରଳ ଧାତୁ। ପ୍ରଭଞ୍ଜନ ଗୋଟିଏ ଦୀପଦାନି ଆଣିଥିଲା। ତା'କୁ ସେ ଧାତୁ ପ୍ରତିଷ୍ଠାନର ରିଜିଓନାଲ ଲାବରେଟୋରୀରେ ଦେଇଛି। କି ଜିନିଷ ଜାଣିବା ପାଇଁ।

ପରଦିନ ଅଫିସରୁ ଫେରି ଅରୂପ କହିଥିଲା, ଏ ମୂର୍ତ୍ତିଟି କେଉଁ ପଦାର୍ଥରୁ ତିଆରି ଜାଣ ?

- କୋଉଥିରୁ ?

- ରୋଡିୟମ୍।

- ରେଡ଼ିଅମ୍ ?

- ନା , ରୋଡିୟମ୍। ଅତି ବିରଳ ଧାତୁ, ଅତି ମୂଲ୍ୟବାନ ବି।

- ସୁନା ଠାରୁ ବି ?

- ଅନ୍ତତଃ ଆଠ ଗୁଣା ଅଧିକ ଦାମ।

- ସତରେ ?

ପ୍ଲାଟିନମ୍ ଭଳି ଏହି ଧାତୁ ଅତି ମୂଲ୍ୟବାନ, ହାଇଟେକ ଫୁଏଲ-ସେଲ ଟେକ୍ନୋଲୋଜିଠୁ ଆରମ୍ଭ କରି ଫାର୍ମାସ୍ୟୁଟିକାଲ, ଜୁଏଲରୀ ଯାଏଁ। ବିଦେଶରେ ଏହାର ଖୁବ ଚାହିଦା। ଆମ ଦେଶରେ ପ୍ରାୟ ମିଳେ ନାହିଁ। ଯାହା ଅଳ୍ପ କିଛି ମିଳିଥାଏ ଦକ୍ଷିଣ ଭାରତର ଦୁର୍ଗମ ଅଞ୍ଚଳରେ।

ପରବର୍ତ୍ତୀ ସମୟର ଘଟଣାକ୍ରମ ଥିଲା କ୍ଷିପ୍ର ଓ ପ୍ରଶାସନ ପାଇଁ ଗୁରୁତ୍ୱପୂର୍ଣ୍ଣ। ଖଣି ବିଭାଗରେ ଏ ଖବର ପହଞ୍ଚିବାରେ ବିଳମ୍ବ ହେଲା ନାହିଁ। ରିଜିଓନାଲ ଲାବରେଟୋରୀର ମୁଖ୍ୟ ନିଜେ ସେହି ପରୀକ୍ଷା ରିପୋର୍ଟ ନେଇ ଦିଲ୍ଲୀ ଗଲେ, ଆଲୋଚନା କଲେ, ବିଶେଷଜ୍ଞ ଦଳ କେନ୍ଦ୍ରରୁ ଆସି ପହଞ୍ଚିଗଲେ ସରଜମିନ୍‌ରେ।

ରେଭିନ୍ୟୁ ବିଭାଗର ସର୍ଭେ ସଂସ୍ଥା ସହିତ ବିଶେଷ ସମ୍ପର୍କ ନଥିଲା ଏଥିରେ।

କିଛି ପୁରୁଣା ଟ୍ରାଭର୍ସ୍ ଡାଟା ମାଗି ନେଇ ବିଶେଷଜ୍ଞ ଦଳ କୁବେରଗଡ଼ ଯାଇଥିଲେ। ଦୁଷ୍ପ୍ରାପ୍ୟ ରତ୍ନର ଅନ୍ୱେଷଣରେ। ଥିଓଡୋଲାଇଟ୍ ସର୍ଭେର ଅଗ୍ରଗତି ଦେଖିବା ପାଇଁ ଦିନେ ପ୍ରଭଞ୍ଜନ ବି ଯାଇଥିଲା କୁବେରଗଡ ଅଞ୍ଚଳକୁ। ସେଇ ବାଟରେ ଥିଲା ଧୂଳି ମହାରଣାର ଘର।

ଏଥର ଗାଡ଼ିରେ ବିଭୀଷଣ ଡ୍ରାଇଭର ନଥିଲା। ଥିଲା ଆଉ ଜଣେ ଡ୍ରାଇଭର। ସାରା ରାସ୍ତା ପ୍ରଭଞ୍ଜନ ଅନାଇ ବସିଥିଲା ଧୂଳି ମହାରଣାର ଘରକୁ। କିନ୍ତୁ ଦେଖିବାକୁ ପାଇଲା ନାହିଁ। ନୂଆ ଡ୍ରାଇଭର କହିପାରିଲା ନାହିଁ, ଧୂଳି ମହାରଣାର ଘର କୋଉଠି ରହିଗଲା। ଧୂଳି ମହାରଣା ସମ୍ପର୍କରେ ସେ ଏତିକି ଶୁଣିଥିଲା ଯେ ଲୋକଟି ମୁଣ୍ଡ-ପାଗଳ, ସାରା ରାତି ସେ ଗପୁଥାଏ ଅଦଭୂତ ମଣିଷ ଓ ବିକଟାଳ ପଶୁଙ୍କ ସହିତ, ଆଉ ଦିନ ସାରା ମୃଦଙ୍ଗ ବଜାଉ ଥାଏ।

ପ୍ରଭଞ୍ଜନ ଏ କଥା କହିଥିଲା ଅରୂପକୁ, କୁବେରଗଡରୁ ଫେରିବା ପରେ।

ଖଣି ବିଭାଗର ସର୍ବେକ୍ଷଣ ଚାଲିଲା ପୁରା ଦମରେ। ରତ୍ନ-ଖଣିର ସୀମା ସରହଦ ଚିହ୍ନିତ ହେଲା। ବିସ୍ତୃତ ଆଲୋଚନା ପରେ ପ୍ରୋଜେକ୍ଟ ରିପୋର୍ଟ ପ୍ରସ୍ତୁତ ହେଲା। କୁହାଗଲା, ରିଜର୍ଭ ଜଙ୍ଗଲ, ଏଣୁ ଆଇନତଃ କାହାରି ଅଧିକାର ନାହିଁ ତା' ଭିତରେ ବସବାସ କରିବା ପାଇଁ। ଯିଏ ରହିଛି ସେ ଅନୁପ୍ରବେଶକାରୀ, ବହିଷ୍କାରଯୋଗ୍ୟ। ଧୂଳି ମହାରଣା ନିରୁଦ୍ଦିଷ୍ଟ ହୋଇଯାଇଥିଲା ସେହି ଦିନଠାରୁ।

ଶୋଇବା ଘର ଟେବୁଲ ଉପରେ ସେହି ପଥର ମୂର୍ତ୍ତିଟି ସେମିତି ରହିଥିଲା। ଦୁଇଟି ବୁଭୁକ୍ଷୁ ଶରୀର, ଦୁଇ ଯୋଡ଼ା ବିମର୍ଷ ଆଖି।

ସୁମିତ୍ରା ସେ ମୂର୍ତ୍ତିଟିକୁ ଦେଖେ। ଅରୂପ ଚାହିଁ ରହେ ଶିଥିଳ ଆଖିରେ।

ଦିନେ ରାତିରେ ସୁମିତ୍ରା କହିଲା, ଆଜି ମୁଁ ତା'କୁ ଦେଖିଲି।

- କାହାକୁ ଦେଖିଲ ?

- ଧୂଳି ମହାରଣାକୁ।

- କାହାକୁ !

- ଧୂଳି ମହାରଣାକୁ। ସେ ଆମ ଘର ସାମନା ନାଗେଶ୍ୱର ଗଛ ମୂଳେ ବସି ରହି ସବୁଆଡକୁ ଦେଖୁଥିଲା।

ଅରୂପ ଅବିଶ୍ୱାସ ଆଖିରେ ଚାହିଁଲା ସୁମିତ୍ରାକୁ। ତୁମେ କେମିତି ଜାଣିଲ ସେ ଧୂଳି ମହାରଣା ?

- ବାଃ, ଜାଣିବିନି କେମିତି ଯେ ! ତୁମେ ନିଜେ ତ ତା' କଥା ମତେ ଟିକିନିଖି କହିଛ।

- କହିଛି, କିନ୍ତୁ ତୁମେ ତା' ଚେହେରା ...

ସୁମିତ୍ରା ଆଙ୍ଗୁଠି ଦେଖାଇଲା ମୂର୍ତ୍ତିଟି ଆଡକୁ। କହିଲା, ଲୋକଟା ଦେଖିବାକୁ ଠିକ୍ ତା' ଭଳି। ତୁମେ କହି ନ ଥିଲ ସେ ଦେଖିବାକୁ ଅବିକଳ ତା' ଭଳି?

- ଯେତେ ସବୁ କଳ୍ପନା ତୁମର!

- ଖବରଦାର ତୁମେ ସେମିତି କହିବନି। ତୁମେ କାହିଁକି ମତେ ଏମିତି ନିର୍ବୋଧ ମନେ କର! ସେଦିନ ସେମିତି କହିଲ ରାତିରେ ଆକାଶରୁ ଉଲ୍‌କା ଖସି ନ ଥିଲା, ସେଇଟା ଥିଲା ମୋର ଦୃଷ୍ଟିଭ୍ରମ। ପରଦିନ ମିସେସ୍ ମହାନ୍ତି କହିଥିଲେ ଉଲ୍‌କା ଖସିଥିଲା ଆକାଶରୁ। ଗୋଟେ ନୁହେଁ ପୁଣି ଦୁଇଟା।

ଅରୂପ ଚୁପ୍ ହୋଇଗଲା। ଆଉ କିଛି ଯୁକ୍ତି ନ କରି।

ପରଦିନ ସେଇ କଥା ଆଉଥରେ କହିଲା ସୁମିତ୍ରା। ଧୂଳି ମହାରଣା ଆସିଥିଲା, ନାଗେଶ୍ୱର ଗଛ ତଳେ ବସି 'ଆମରି' ଘରକୁ ଚାହିଁ ରହିଥିଲା କିଛି ସମୟ।

- କେତେବେଳେ?

- ମୁଁ ଦି'ପହରେ ଭାତ ଖାଇ ସାରିବା ପରେ। ସେ ବସିଥିଲା ପ୍ରାୟ ଦୁଇଘଣ୍ଟା। ତା'ପରେ ହଠାତ୍ ଉଠି କୁଆଡେ ଚାଲି ଯାଇଥିଲା, ମୁଁ ଦେଖି ପାରି ନଥିଲି।

ଅରୂପ ରାସ୍ତା ସେକଡର ନାଗେଶ୍ୱର ଗଛଟି ଆଡକୁ ଚାହିଁଲା। ବିଶାଳ ଗଛଟି ଏବେ ନିଛାଟିଆ, ନିରୋଳା। ସେ କିଛି କହିଲା ନାହିଁ।

- ମୁଁ ଭାବୁଛି, କାଲି ସେ ଆସିଲେ ମୁଁ ତା' ପାଖକୁ ଯିବି। ପଚାରିବି, ସେ ଆସୁଛି କାହିଁକି, କ'ଣ ସେ ଚାହୁଁଛି।

- ସୁମିତ୍ରା!

- କ'ଣ ହେଲା?

- ନା, କିଛି ନା।

ଅରୂପ ସ୍ଥିର କଲା ଏ ବିଷୟରେ ସେ କଥା ହେବ, କିନ୍ତୁ ଏବେ ନୁହେଁ।

ରାତିରେ ସୁମିତ୍ରା ଅରୂପକୁ ହଲାଇ ନିଦରୁ ଉଠାଇ ଦେଲା। 'ଏଇ, ଦେଖ ଦେଖ! ସେ ଆସିଚି!'

ନିଦ ମଳମଳ ଆଖିରେ ଅରୂପ ଚାହିଁଲା ବାହାରକୁ, ଯେଉଁ ଦିଗକୁ ସୁମିତ୍ରା ଆଙ୍ଗୁଠି ଦେଖାଇଥିଲା। ନାଗେଶ୍ୱର ଗଛ ଛାଇ ତଳେ କେହି ଜଣେ ବସିବା ପରି ଦିଶୁଛି। ଜହ୍ନ ଆଲୁଅରେ ସବୁ ଆଡ଼ ଉଜ୍ଜ୍ୱଳ, ଅତୀନ୍ଦ୍ରିୟ। ନାଗେଶ୍ୱର ଗଛର ଗହଳ ଛାଇ ତଳେ ମାୟାବୀ ଅନ୍ଧକାର।

- ଦେଖୁଛ ସେ ତା' ହାତରେ ଧରିଚି ଗୋଟିଏ ପଥର ମୂର୍ତ୍ତି? ବାରମ୍ବାର

ଦେଖୁଚି ସେ ମୂର୍ତ୍ତିକୁ, ଆଉ ଆମ ଘର ଆଡ଼କୁ ଚାହୁଁଚି। କାହିଁକି ସେ ଆସୁଚି ଦିନଦିନ ଆମ ଘରକୁ, କ'ଣ ଚାହୁଁଚି ସେ!

ସୁମିତ୍ରା ଆଉ ଶୋଇଲା ନାହିଁ, ବିଛଣାରେ ବସି ଝରକାକୁ ଚାହିଁ ରହିଲା। ଅରୂପ ବି ଅନାଇ ରହିଲା ବିଭ୍ରମ ଆଖିରେ।

ଦିନଯାକ କାମରେ ବ୍ୟସ୍ତ ଥାଇ ସୁମିତ୍ରା ଖୁବ ଥକିଯାଇ ଥିଲା ହୁଏତ, ସେ ନିଦରେ ଢଳି ପଡିଲା ଟିକିଏ ପରେ। କିନ୍ତୁ ଅରୂପକୁ ନିଦ ଆସିଲା ନାହିଁ। ସେ ସେହିଭଳି ଚାହିଁ ରହିଲା ବାହାରକୁ। ନାଗେଶ୍ୱର ଗଛର ଛାୟାଘନ ଅନ୍ଧାରକୁ।

କିଏ କ'ଣ ବସିଛି ସେ ଗଛ ତଳେ, ସାରା ରାତି? ଧୂଳି ମହାରଣା? କେମିତି ସେ ଜାଣିଲା ଅରୂପର ଠିକଣା?

ଅରୂପ ସନ୍ତର୍ପଣରେ, କିଛି ଶବ୍ଦ ନ କରି, ଖଟରୁ ଓହ୍ଲାଇ ବାହାରକୁ ଆସିଲା। ବାହାରେ ଅଳ୍ପ ଅଳ୍ପ ଶୀତ। ଉଜ୍ଜ୍ୱଳ ଜହ୍ନ ଆକାଶରେ। ନାଗେଶ୍ୱର ଗଛ ତଳେ ଛାୟା ଛାୟା ଅନ୍ଧାର।

ଅରୂପ ଚାହୁଁଥିଲା ଚଞ୍ଚଳ ପାଦରେ ଚାଲିବାକୁ, କିନ୍ତୁ ପାଦ ଉଠୁ ନ ଥିଲା ଏତେ ସହଜରେ। ସେ ଧୀରେ ଧୀରେ ଅତିକ୍ରମ କଲା ଘର ସାମନାର ରାସ୍ତା, କିଛି ଫାଙ୍କା ଜମି, ତା' ଆଗକୁ ଥିଲା ଛାଇ ଆଲୁଅରେ ଭିଜୁଥିବା ନାଗେଶ୍ୱର ଗଛ।

ଗଛଟି ଏମିତି ସ୍ତବ୍ଧ ଥିଲା ଯେମିତିକି ଗୋଟିଏ ପଥରରେ ଗଢ଼ା ବିଶାଳ ମୂର୍ତ୍ତି। ପବନ ଥିଲା ନିଶ୍ଚଳ, ଜହ୍ନର ଆଲୁଅ ଥିଲା ଅବିରତ ପ୍ରଶାନ୍ତ, ଗଛ ତଳର ଛାଇ ଥିଲା ଶୂନ୍ୟ ଓ ପରିତ୍ୟକ୍ତ, ସାରା ସଂସାର ଯେମିତି ଗୋଟିଏ ନିର୍ଜନ ଦ୍ୱୀପ।

ଅଦ୍ଭୁତ କିଛି ଗନ୍ଧ ଘେରି ରହିଥିଲା ଚତୁର୍ଦ୍ଦିଗରେ। ଜଳିଜଳି ଲିଭି ଯାଇଥିବା ଝୁଣାର, ଶୁଖି ଯାଇଥିବା କେଉଁ ଅଜଣା ଫୁଲର, କିମ୍ବା ଭିଜାମାଟିର ପରିଚିତ ଆଦିମ ଗନ୍ଧ।

କେହି ଜଣେ ସମ୍ଭବତଃ ଠିଆ ହୋଇଥିଲା ତା' ପଛ ଆଡେ, ନିଃଶବ୍ଦରେ। ହୁଏତ ସୁମିତ୍ରା, ହୁଏତ ଧୂଳି ମହାରଣା।

ଆକାଶ ସେତୁ

ସୁଦୀପ୍ତର ଗୋଟିଏ ହାତକୁ ଖପ୍ କରି ଧରିପକାଇ ଲୋକଟି କହିଲା – ଟିକିଏ ରହନ୍ତୁ। ଖାଲି ମିନିଟିଏ ପାଇଁ ମତେ ହାତଟା ଦେଖାନ୍ତୁ।

ସୁଦୀପ୍ତ ଏଥିପାଇଁ ମୋଟେ ପ୍ରସ୍ତୁତ ନ ଥିଲା। ସେ ସାମାନ୍ୟ ବଳ ପ୍ରୟୋଗ କରି ହାତଟି ଟାଣି ନେବାକୁ ଚେଷ୍ଟା କଲା ଲୋକଟି କବଳରୁ। କହିଲା- ଛାଡନ୍ତୁ, ମୁଁ ବଡ ବ୍ୟସ୍ତ ଅଛି ଏବେ।

- ମୁଁ ଜାଣିଛି ଆଜ୍ଞା। ଭଲ କରି ଜାଣିଛି। କିନ୍ତୁ ଏବେ ଆପଣ ଯୋଉଠିକି ଯାଉଛନ୍ତି, ସେଠିକି ଯିବା ନିରର୍ଥକ। ବିଲ୍‌କୁଲ୍ ନିରର୍ଥକ।

ଲୋକଟି ୟା' ଭିତରେ ସୁଦୀପ୍ତର ହାତଟି ଛାଡି ଦେଇଥିଲା ନିଜ ହାତ ମୁଠାରୁ। ଆଖିରୁ ଖସି ପଡୁଥିବା ସତରଟଙ୍କିଆ ପ୍ରଚକ୍ଷୁ ନାକଅଗରେ ସଜାଡୁ ସଜାଡୁ କହିଲା - ଆପଣ ତା'କୁ ଯେତେ ବିଶ୍ୱାସ କରୁଛନ୍ତି, ସେତେ କରିବା ଭଲ ନୁହେଁ। ସେ ଭାରି ସ୍ୱାର୍ଥପର। ହଉ, ତା' ପାଖକୁ ଯିବେ ଯଦି ଯାଆନ୍ତୁ।

ଲୋକଟିର କଥାରେ ସାମାନ୍ୟ ଆଶ୍ଚର୍ଯ୍ୟ ହୋଇ ଯାଇଥିଲା ସୁଦୀପ୍ତ। ତା'ର କଥା କହିବାର ଢଙ୍ଗ ଓ ଆଚରଣ ଭିତରେ ଏମିତି ଭାବଟିଏ ଥିଲା ଯେମିତି ସେ ଦୁହେଁ ପରସ୍ପରର ଅତି ପରିଚିତ, ସବୁଦିନ ସେମାନଙ୍କର ଦେଖା ହୁଏ, ଏଇଠି, ଏତିକିବେଳେ, ନିୟମିତ।

ଲୋକଟି ସଂପୂର୍ଣ୍ଣ ଅଚିହ୍ନା, ଅଜଣା। ଏଇ ବାଟ ଦେଇ ଅବଶ୍ୟ ସୁଦୀପ୍ତ ସବୁଦିନ ଯାଏ, କେବେ ମୋପେଡ୍‌ରେ, କେବେ ଚାଲିଚାଲି। ଫୁଟପାଥ୍‌ରେ ଧାଡିବାନ୍ଧି ବସିଥିବା ଭିକାରୀ, ଚିନାବାଦାମବାଲା, ଫଳବିକାଳୀ, ଯାଦୁ-କାଛୁ-କୁଣ୍ଡିଆର ଅବ୍ୟର୍ଥ ଔଷଧ ବିକୁଥିବା ବୁଲାବିକାଳୀ ଓ ତାସ୍‌ଖେଳରେ ଏକପ୍ରାଣ କିଛି ନିଷ୍କର୍ମା ଲୋକଙ୍କୁ ଆଡ ଆଖିରେ ଚାହିଁ ସେ ଚାଲିଯାଏ ତା ରାସ୍ତାରେ। ଓଭରବ୍ରିଜ୍ ପାରି ହୋଇ ପୁରୁଣା ଷ୍ଟେସନ୍ ବଜାର ରାସ୍ତା ଧରେ।

କିନ୍ତୁ ଏଇ ଲୋକଟି ସହିତ ପଦେ କେବେ କଥା ହୋଇ ନାହିଁ ଆଗରୁ। ଦେଖିଥିବ ହୁଏତ, ମନେ ନାହିଁ।

ଲୋକଟା ପିନ୍ଧିଥିଲା ଗୋଟିଏ ପୁରୁଣା ଲୋଚାକୋଚା କାମିଜ। ଖଦଡ଼ ଧୋତିରେ ଧୂଳିମାଟିର ଦାଗ ଥିଲା। ମୁହଁରେ ପାଞ୍ଚସାତଦିନର ଅଚ'। ଦାଢ଼ି, ଶିରାଳ ହାତରେ ଥିଲା ଅଭାବ ଓ ଭୋକର ସ୍ପଷ୍ଟ ନଖଚିହ୍ନ।

ଲୋକଟି କହିଲା, ମିନିଟିଏ ପାଇଁ ମତେ ହାତଟା ଦେଖାନ୍ତୁ। ମୁଁ କହିବି ଆପଣଙ୍କ ଭାଗ୍ୟରେ କ'ଣ ଅଛି। ଚାକିରୀ, ପ୍ରେମ, ବିବାହ...

'ମୋର ଚାକିରୀ ଅଛି, ପ୍ରେମ ନାହିଁ, ବିବାହ କରିବା ନ କରିବା ମୋର ଇଚ୍ଛାର କଥା -' ଏମିତି ଉତ୍ତରଟିଏ ସୁଦୀପ୍ତ ମନକୁ ଆସିଥିଲା, ସେ କଥା ନ କହି ସେ ଏତିକି କହିଲା ଟିକିଏ କଠିନ ସ୍ୱରରେ – ହାତଟା ଛାଡ଼ନ୍ତୁ। ମୁଁ ବଡ଼ ବ୍ୟସ୍ତ ଅଛି।

ଲୋକଟି ତା' ହାତ ଛାଡି ଦେଇଥିଲା; ସ୍ୱଇଚ୍ଛାରେ ନୁହେଁ, ଦିହରେ ତା'ର ସେତେ ବଳ ନ ଥିଲା ବୋଲି। କିନ୍ତୁ ସେ କହିଥିଲା, ତୁମେ ଯେଉଁଠିକି ଯାଉଛ, ସେଠାକୁ ଯିବା ନିରର୍ଥକ। ଆହୁରି ବି କହିଥିଲା, ତୁମେ ଯାହା ପାଖକୁ ଯାଉଚ, ସେ ସ୍ୱାର୍ଥପର, ତା'କୁ ଏତେ ବିଶ୍ୱାସ କରିବା ଉଚିତ ନୁହେଁ।

ଓଭରବ୍ରିଜ୍ ପାର ହୋଇ ସୁଦୀପ୍ତ ପୁରୁଣା ଷ୍ଟେସନ୍ ବଜାର ରାସ୍ତାରେ ଯିବାବେଳେ ମନେ ମନେ ହସିଥିଲା। ଏଇ ଜ୍ୟୋତିଷଗୁଡାକ ସତରେ ବଡ ବିଚିତ୍ର ଜନ୍ତୁ। ଦିପହର ଖରାରେ ବସି ଭୋକିଲା କୁକୁର ପରି ଧକଉଥିବା ଏ ଲୋକ ଗୁଡାକ ଧପ୍‌ପାବାଜି ଓ ଶଠତାର ଚରମ ଦୃଷ୍ଟାନ୍ତ। କେମିତି ଯେ ଦିନ ପରେ ଦିନ ସାରା ଜୀବନ ଏମାନେ ଅନର୍ଗଳ ଗପିଯାଆନ୍ତି ଗୁଡାଏ ଡାହାମିଛ, ଆଖିପତା ଟିକେ ବି ନ ପକାଇ!

ଆହୁରି ଆଶ୍ଚର୍ଯ୍ୟ ଲାଗେ ସେଇ ମୂର୍ଖ-ଶିରୋମଣିମାନଙ୍କୁ ଦେଖି, ଯେଉଁମାନେ ପକେଟରୁ ପଇସା ଦେଇ ଏ କଂଚାମିଛ ଗିଳିଯାଆନ୍ତି ଆଖିବାଟେ, କାନବାଟେ। ମୁହଁରେ ଏମିତି ଭାବଟିଏ, ସତେ କି ଦୈବବାଣୀ ଶୁଣୁଛନ୍ତି ଖୋଦ ବ୍ରହ୍ମାଙ୍କ ଶ୍ରୀମୁଖରୁ!

ସେଃ, ଲୋକଟା କହିଲା କ'ଣ ନା ତୁମେ ଯୋଉଠିକି ଯାଉଚ, ସେଠିକି ଯିବା ନିରର୍ଥକ। ଯାହା ପାଖକୁ ଯାଉଚ ସେ ଭାରି ସ୍ୱାର୍ଥପର, ଅବିଶ୍ୱାସୀ। ସତେ ଯେମିତି ଲୋକଟା ତ୍ରିକାଳଦର୍ଶୀ ମହର୍ଷି ବିଶ୍ୱାମିତ୍ର!

କିନ୍ତୁ ବଡ ଆଶ୍ଚର୍ଯ୍ୟର ବିଷୟ, ଲୋକଟିର କଥା କେମିତି ସତ ଫଳିଯାଇଥିଲା।

ପୋଷ୍ଟଅଫିସ୍ ଲେନ୍‌ରେ ପହଞ୍ଚି ସୁଦୀପ୍ତ ଦେଖିଥିଲା, ଗୌରାଙ୍ଗ ଘରେ ନାହିଁ। କୁଆଡେ ବାହାରି ଯାଇଛି ସ୍କୁଟର ଧରି। ଯଦିଓ ସେ କଥା ଦେଇଥିଲା ଘରେ ଅପେକ୍ଷା କରିଥିବ ସନ୍ଧ୍ୟା ଠିକ୍ ଛଅଟା ବେଳେ।

ସାତଟା ପରେ ସେ ଫେରିଲା ଘରକୁ, ସୁଦୀପ୍ତକୁ ଦେଖି କହିଲା -ନାଇଁରେ ଭାଇ, ଆଜି ବି ମୁଁ ଆଣି ପାରିଲି ନାହିଁ।

: ଆଣି ପାରିଲୁ ନାହିଁ ! ଭଗବାନ୍, ମୁଁ ଏବେ କଣ କରିବି ...

ଏଇ ଅବସୋସର ଅବଶିଷ୍ଟାଂଶ ଶୁଣିବାକୁ ସମୟ ନ ଥିଲା ଗୌରାଙ୍ଗର। ସେ ଘର ଭିତରକୁ ଗଲା ଓ କିଛି ସମୟ ପରେ ଫେରିଲା ଲୁଙ୍ଗି ପାଲଟି, ଦେହରେ ମେଂଚାଏ ପାଉଡର ବୋଳି। କହିଲା, ଶଳା କି ଗରମ ରେ !

ସୁଦୀପ୍ତ ପ୍ରକୃତରେ ଏମିତି ଉତ୍ତର ଆଜି ଆଶା କରି ନ ଥିଲା ଗୌରାଙ୍ଗଠାରୁ। ସେ କଥା ଦେଇଥିଲା ସେ ନିଶ୍ଚୟ ଯେ କୌଣସି ମତେ ରେଭିନ୍ୟୁ ବୋର୍ଡ ଅଫିସରୁ ଦରଖାସ୍ତ ଫର୍ମଟିଏ ଧରି ଆସିବ, ଆଜି ହିଁ। ଦରଖାସ୍ତ ମିଳିବାର ଆଜି ହିଁ ଥିଲା ଶେଷଦିନ। ତିନିଦିନ ଧରି 'ଆଜି ଆଣି ପାରିଲି ନାହିଁ, କାଲି ନିଶ୍ଚୟ' କହି କହି ଆଜି ବି ଆଣି ନାହିଁ।

ଅଫିସରେ ଅଡିଟ୍ ଚାଲିଚି ବୋଲି ମାତ୍ର ଛଅମାସ ହେଲା ଚାକିରିରେ ଜଏନ୍ କରିଥିବା ସୁଦୀପ୍ତକୁ ଆଦୌ ଛୁଟି ମିଳିଲା ନାହିଁ। ଗୌରାଙ୍ଗ ସବୁଦିନ କଟକ ଅପ୍ ଡାଉନ୍ କରି ରେଭେନ୍ୟୁ ବୋର୍ଡରେ ଚାକିରି କରେ। ସେ ପ୍ରତିଶ୍ରୁତି ଦେଇଥିଲା, ଫର୍ମଟିଏ ନେଇ ଆସିବ। ଟଙ୍କା ବି ନେଇଛି ଆଗତୁରା, ଫର୍ମ ପାଇଁ।

: ଇସ୍, ଆଣିଲୁ ନାହିଁ ! ମୁଁ ଏବେ କ'ଣ କରିବି ଯେ !

: କ'ଣ କରିବୁ ? କିଛି ନା। ଯୋଉ ଚାକିରି ଖଣ୍ଡିକ ଧରିଚୁ, ତା'କୁ ସମ୍ଭାଳି ରଖ। ତୁ କ'ଣ ଭାବୁଚୁ ସେ ଜବ୍ ଖଣ୍ଡିକ ତତେ ମିଳି ଥାଆନ୍ତା ? ଶଳା ଯୋଉ ଧରାଧରି, ପଲିଟିକ୍ସ୍ ତା ଭିତରେ !

ପରଦିନ ଅଫିସ୍ ଫେରନ୍ତା ବାଟରେ, ସୁଦୀପ୍ତକୁ ଅଟକେଇଥିଲା ସେଇ ଭଣ୍ଡ ଲୋକଟି ଓଭରବ୍ରିଜ୍ ତଳ ଫୁଟପାଥ୍ ଉପରେ। କହିଥିଲା – ମିନିଟିଏ ରହନ୍ତୁ। ମୋର ଗୋଟିଏ ବୋଲି କଥା କହିବାକୁ ଅଛି ଆପଣଙ୍କୁ।

ତା'ପରେ କହିଥିଲା - ଆପଣଙ୍କର ଅନେକ ଭଲଗୁଣ ଅଛି। କିନ୍ତୁ ଗୋଟାଏ କଥା, ଗୁରୁଜନଙ୍କୁ କ'ଣ ଏମିତି ଦୁଃଖ ଦେବା ଉଚିତ ? ମାଆ, ବାପା- ଏମାନଙ୍କ ମନରେ ...

:ମୋର ବାପା ନାହାନ୍ତି।

ଗୋଟିଏ ଅଦୃଶ୍ୟ ବ୍ୟୂହ ଭିତରୁ ନିଜକୁ ଛଡାଇ ଆଣିବା ପରି ଆଗକୁ ଆଗକୁ ଚାଲିଯାଇଥିଲା ସୁଦୀପ୍ତ, ଚଟି ଘୋଷାଡି ଘୋଷାଡି।

ଘରେ ପହଞ୍ଚି ଦେଖିଥିଲା ଡାକବାଲା କବାଟ ଫାଙ୍କରେ ଖଣ୍ଡେ ପୋଷ୍ଟକାର୍ଡ୍ ଗୁଞ୍ଜିଦେଇ ଯାଇଛି। ଗାଆଁରୁ ବୋଉ ଦେଇଥିବା ଖଣ୍ଡେ ଚିଠି।

ବୋଉର ଦୁଃଖ ଓ ଅଭିମାନ, ସୁଦୀପ୍ତ ନିୟମିତ ଚିଠି ଦେଉ ନାହିଁ। ବର୍ଷଟିଏ ହେବ ଗାଆଁକୁ ଯାଇ ନାହିଁ। ସବୁଠୁ ବଡ ଅଭିଯୋଗ, ନରଣଗଡ ମହାପାତ୍ରଘରର ସାନଝିଅ ସମ୍ବନ୍ଧରେ ଯୋଉ ପ୍ରସ୍ତାବ ଆସିଛି, ସେ ସମ୍ପର୍କରେ ସେ ହଁ କି ନାହିଁ କିଛି ଲେଖି ଜଣାଉ ନାହିଁ।

ଚିଠିଟି ପକେଟରେ ରଖୁ ରଖୁ ସୁଦୀପ୍ତ ହସିଥିଲା ମନେ ମନେ। ବାଃ, ଭଣ୍ଡ ଜ୍ୟୋତିଷଟି ତେବେ ଏ ପୋଷ୍ଟକାର୍ଡ଼୍ ଖଣ୍ଡକ ପଢିଦେଇଛି ଆଗରୁ, ତା' ଦିବ୍ୟ ଚକ୍ଷୁରେ!

ସପ୍ତାହେ ପର୍ଯ୍ୟନ୍ତ ତା'ପରେ ସୁଦୀପ୍ତ ସେ ଜ୍ୟୋତିଷଟିକୁ ଆଉ ଦେଖିବାକୁ ପାଇ ନ ଥିଲା।

ସପ୍ତାହକ ପରେ, କୌଣସି ଗୋଟିଏ ଛୁଟି ଦିନରେ, ଲୋକଟି ହଠାତ୍ ଆବିର୍ଭୂତ ହୋଇଥିଲା ଆଲାଦିନ୍ ଉପାଖ୍ୟାନର ଦୁର୍ବାର ଦୈତ୍ୟ ପରି ଓଭରବ୍ରିଜ୍‌ର ଅପେକ୍ଷାକୃତ ନିର୍ଜନ କୋଣରେ। ବିନା ଭୂମିକାରେ କହିଥିଲା - ଆପଣ ପ୍ରକୃତରେ ଜଣେ ହୃଦୟବାନ୍ ଲୋକ। ଅତି କୋମଳ ଆପଣଙ୍କର ମନ। କିନ୍ତୁ ଆପଣ ସେକଥା ବାହାରକୁ ଜଣାନ୍ତି ନାହିଁ। ଭାରି ରୁକ୍ଷ ରୁକ୍ଷ ଦେଖାଇ ହୁଅନ୍ତି।

:ମତେ ଛାଡ, ମୁଁ ଯାଏଁ।

:ଲୋକେ ଆପଣଙ୍କୁ ବେଳେବେଳେ ଭୁଲ ବୁଝନ୍ତି ଏଥିପାଇଁ। କିନ୍ତୁ ଆପଣ ନିର୍ବିକାର। ଆପଣ ଭଲ କରି ଜାଣନ୍ତି ଆପଣ ଖରାପ ମଣିଷ ନୁହନ୍ତି, ଆପଣଙ୍କ ଭିତରେ ହୃଦୟ ଅଛି, ଭଲ ପାଇବା ଅଛି।

: ଟିକେ ଘୁଞ୍ଚିକରି ଛିଡା ହୁଅ। ତୁମେ ଆଜି ବହୁତ ପିଆଜ ଖାଇଛ।

କଥାଟି ସତ। ସୁଦୀପ୍ତକୁ ଦେଖିକରି ଚାଲି ଆସିବା ଆଗରୁ ଲୋକଟି ଗୋଟିଏ ପଟ ରୁଟି ଓ ଫାଳେ ପିଆଜ ଖାଉଥିଲା। ଖାଲି ପାଟିର ଗନ୍ଧ ନୁହେଁ, ଆଖିର ଦି ଟୋପା ଠସ୍‌ଠସ୍ ଲୁହ ବି ପ୍ରମାଣ ଦେଉଥିଲା ଯେ ସେ ଏବେ ବସି ପିଆଜ ଚୋବାଉଥିଲା। ସମ୍ଭବତଃ ଆଜି ଦିନର ଏକମାତ୍ର ଭୋଜନ।

ଲୋକଟି ଭାରି ଦୁର୍ବଳ। ଲୁଗାପଟା ସେଦିନଠୁ ଆହୁରି ମଇଳା। ମୁଣ୍ଡବାଳ ଆହୁରି ନୁଖୁରା।

:ଆପଣ ଥରେ ଖାଲି ହାତଟା ମତେ ଦେଖାନ୍ତୁ, ମିନିଟିଏ ପାଇଁ। ମୁଁ କହିଦେବି ଆପଣଙ୍କ ଭବିଷ୍ୟତ। ଆପଣଙ୍କ ପ୍ରେମ ଆଗ ନା ଆଗ ଆପଣଙ୍କ ଚାକିରି। ମୁଁ ଆପଣଙ୍କ କପାଳରେ ରାଜଚକ୍ର ଓ ଇନ୍ଦ୍ରନାଭ ମୁଦ୍ରା ଦେଖି ଜାଣି ପାରୁଚି, ଆପଣ ବହୁତ ଉପରକୁ ଉଠିବେ। ଏ ଯୋଉ ଚାକିରି ଆପଣ ଏବେ କରୁଛନ୍ତି, ଇଏ ଆପଣଙ୍କ ଯୋଗ୍ୟ ନୁହେଁ, ଆପଣ ଆଗକୁ ଯିବେ ବହୁତ ବହୁତ...

: ଦେଖ, ମୁଁ ତୁମକୁ ଦୁଇଟା ଟଙ୍କା ଦେଉଚି, ତୁମେ ମୋତେ ଦୟାକରି ଛାଡିଦିଅ। ମୋର ସିଆଡେ ଜରୁରି କାମ ଅଛି।

'ଆଉ ଆପଣଙ୍କ ପ୍ରେମ...' ମୁଖସ୍ତ ଦେବା ଭଳି ଲୋକଟି କହିବାକୁ ଲାଗିଲା ଏକା ନିଃଶ୍ୱାସରେ,'ଆପଣଙ୍କ ପ୍ରେମ ଅଲଗା ରକମର ପ୍ରେମ। ଏ ଯାଏ ଆପଣ କାହାକୁ ମନଲାଖି ପାଇ ନାହାନ୍ତି ପ୍ରେମ କରିବା ଲାଗି। ଯୋଉମାନେ ଆପଣଙ୍କ ପାଖକୁ ଆସିଛନ୍ତି ସେମାନେ ପ୍ରକୃତ ପ୍ରେମ ଧରି ଆସି ନାହାନ୍ତି। କିଏ ଦେଖିଛି ଆପଣଙ୍କ ଚେହେରାକୁ, କିଏ ଦେଖିଛି ଆପଣଙ୍କ ଖାନଦାନିକୁ, କିଏ ଆସିଚି ତୁଚ୍ଛା ଦେହ-ଲାଳସାରେ। କିନ୍ତୁ ଆପଣଙ୍କ ପ୍ରେମ ଅଲଗା ସ୍ତରର। କୋଟିକେ ଗୋଟିଏ ମିଳେ ଏମିତି ନଜିର ପ୍ରେମର।

ସୁଦୀପ୍ତ ସ୍ୱରରେ ଥିଲା ପ୍ରଚ୍ଛନ୍ନ ବ୍ୟଙ୍ଗ - ହଁ, ଠିକ୍ ଯେମିତି ଥିଲା ସମ୍ରାଟ ଶାହ୍‌ଜାହାନ୍‌ଙ୍କ ପ୍ରେମ, ସମ୍ରାଟ ଅଷ୍ଟମ ଏଡ୍‌ଓ୍ୱାଡ୍‌ଙ୍କ ପ୍ରେମ।

: ନା, ଠିକ୍ ଯେମିତି ତପସ୍ୱୀ ଋଷ୍ୟଶୃଙ୍ଗଙ୍କର ପ୍ରେମ, ଠିକ୍ ଯେମିତି ଶତାଭିଷେକର ପ୍ରେମ।

ଋଷ୍ୟଶୃଙ୍ଗ ନାମଟି ସୁଦୀପ୍ତ ପାଖେ ଅଳ୍ପ ଅଳ୍ପ ଚିହ୍ନା, ଯଦିଓ ଗପଟି ଠିକ୍ ମନେପଡୁନି। କିନ୍ତୁ ଏଇ ଶତାଭିଷେକ ଭଦ୍ରଲୋକଟି କିଏ ?

: ତେବେ ଆପଣଙ୍କ ଲାଗି ଗୋଟେ ସୁଖବର ଅଛି। ଯାହାକୁ ଆପଣ ମନେମନେ ଖୋଜୁଥିଲେ ଏତେଦିନ, ସେ ଅଚାନକ ଆସି ପହଞ୍ଚିଯିବ ଆପଣଙ୍କ ପାଖରେ। ଆପଣଙ୍କ ବାହୁବନ୍ଧନ ଭିତରେ ଧରା ଦେବ ନିଜକୁ। ଅତି ଶୀଘ୍ର –

ପକେଟରୁ ଖଣ୍ଡେ ଦୁଇଟଙ୍କିଆ ନୋଟ୍ କାଢି ଲୋକଟି ହାତରେ ଗୁଞ୍ଜି ଦେଇ ସୁଦୀପ୍ତ ଆଗେଇଗଲା ତା' ରାସ୍ତାରେ ଅଧିକ ସମୟ ନଷ୍ଟ ନ କରି।

ଚନ୍ଦ୍ରଶେଖରପୁର ଯିବାକୁ ହେଲେ ମୋପେଡ୍ ଦରକାର, ନ ହେଲେ ବସ୍। ମୋପେଡ୍ ଭାଙ୍ଗିକି ପଡିଚି, ଏଣୁ ବସ୍ ହିଁ ଭରସା।

ଛୁଟିଦିନ ହେଲେ ବି ଖୁବ୍ ଗହଳି ଥିଲା ବସ୍‌ରେ। ଯାତ୍ରୀଙ୍କ ଭିତରୁ ଅନେକ ନନ୍ଦନକାନନ ଯାଉଥିଲେ ସପରିବାର। ଛୋଟପିଲାଙ୍କ କାନ୍ଦଣା, ଚିତ୍କାର ଓ ହସରେ ବସ୍ ଭିତରଟା ଫାଟି ପଡୁଥିଲା। ପୁରୁଣା ବସ୍ ଇଞ୍ଜିନ୍ ବି ଫାଟି ପଡିଲା ପରି ଶବ୍ଦ କରୁଥିଲା ରହି ରହି।

ଚନ୍ଦ୍ରଶେଖରପୁର ବସ୍ ଷ୍ଟପ୍‌ରେ ଗାଡି ରହିଲା କ୍ଷଣି କିଛି ଲୋକ ଠେଲିପେଲି ହୋଇ ଓହ୍ଲାଇବାକୁ ଆରମ୍ଭ କଲେ, ଏମିତି ଆତୁର ହୋଇ ଯେମିତି କି ଇଞ୍ଜିନରେ ନିଆଁ ଲାଗି ଯାଇଛି। ସେଇ ଠେଲାପେଲା ଭିତରେ ଭାସି ଭାସି ତଳକୁ ଓହ୍ଲାଇ ଆସିଲା ସୁଦୀପ୍ତ। ତଳେ ଠିଆ ହୋଇ ସେ ଶାର୍ଟ-କଲାର ସଜାଡିଲା, ମନିପର୍ସ ଠିକଣା

ସ୍ଥାନରେ ଅଛି କି ନାହିଁ ଦେଖିନେଲା ଓ ଶେଷକୁ ପେଣ୍ଟର ଚେନ୍ ଫିଟି ଯାଇଛି କି ନାହିଁ ତାହା ବି ଚେକ୍ କରିନେଲା।

ଠିକ୍ ଏତିକି ବେଳକୁ ତା' ଉପରକୁ ଝାମ୍ପି ପଡିଲା ଝିଅଟିଏ ବସ୍ ଭିତରୁ।

ସୁଦୀପ୍ତ ପ୍ରଥମେ ଚମକି ପଡିଲା। କିନ୍ତୁ କିଛି ଭାବିବା ଆଗରୁ କିମ୍ବା ବୁଝି ପାରିବା ଆଗରୁ, ସେ ଧରି ପକାଇଲା ସେଇ ଝିଅଟିକୁ। କଅଁଳା ବାଛୁରୀକୁ କୋଡ଼କୁ ଉଠାଇ ନେଲା ପରି ସେ ଝିଅଟିକୁ ଧରିପକାଇଲା ଦୁଇ ହାତରେ।

ତା'ପରେ ଦୁହେଁ ଦୁହିଙ୍କ ଠାରୁ ବିଛିନ୍ନ ହୋଇଗଲେ, ମହାକାଶର ଗୋଟିଏ ଯମଜ ଜ୍ୟୋତିଷ୍କ ବିସ୍ଫୋରଣରେ ଦୁଇଖଣ୍ଡ ହୋଇଗଲା ପରି।

ଝିଅଟି ନିଜକୁ ପ୍ରକୃତିସ୍ଥ କରି ନିଜର ଶାଢି ସଜାଡିନେଲା, ତା'ପରେ ଏକ ଚଞ୍ଚଳ ଦୃଷ୍ଟିରେ ତା'କୁ ଚାହିଁ ଦେଇ ଯିବାକୁ ଲାଗିଲା ତା' ବାଟରେ, ଫ୍ଲାଟ୍ କଲୋନୀ ଆଡକୁ।

ଆଉ ଟିକକରେ ଏଇ ଝିଅଟି ବସ୍‌ରୁ ଖସିପଡି ହାତଗୋଡ ଭାଙ୍ଗି ଥାଆନ୍ତା, ମୁଁ ଥିଲି ବୋଲି ରକ୍ଷା ପାଇଗଲା, ମନେ ମନେ ଏହି ଅଭିନନ୍ଦନ ପତ୍ରଟି ନିଜକୁ ଉତ୍ସର୍ଗ କରି ସୁଦୀପ୍ତ ଯିବାକୁ ଲାଗିଲା ତା' ବାଟରେ।

ଝିଅଟିର ଦେହ ଭାରି ହାଲୁକା। ମନେମନେ ଭାବିଲା ସୁଦୀପ୍ତ। ଭାବିଲା, କେତେ ଓଜନ ହେବ ଝିଅଟିର! ଏଇ ଧର କୋଡିଏ କିଲୋଗ୍ରାମ ଭିତରେ। ହେଃ, ଏତେ କମ୍ କେମିତି ହେବ! ଚାଳିଶ କିଲୋ ପାଖାପାଖି ହେବ। ତେବେ ସେ ଯାହା ହେଉ, ଭାରି ନରମ ଲାଗିଥିଲା ତା' ଦେହଟି। ଖେଳନାଟିଏ ହାତରେ ଧରିଲା ଭଳି।

ଝିଅଟିର ଆଖି ଦୁଇଟି ସୁନ୍ଦର। ମୁହଁଟି ବି। କପାଳରେ ସେ ଗୋଟେ ନାଲି କୁଙ୍କୁମଟିପା ମାରିଥିଲା, ବେଶ୍ ଭଲ ଦିଶୁଥିଲା ଯାହାହେଉ।

ଯାହାହେଉ, ଝିଅଟା ଆଜି ବଞ୍ଚିଗଲା। ଠିକ୍ ସେଇ ଜାଗାରେ ସୁଦୀପ୍ତ ନ ଥିଲେ, ଝିଅଟାର ଅବସ୍ଥା କ'ଣ ଯେ ହୋଇଥାଆନ୍ତା, ତାହା ଅନୁମାନ କରିବା କଷ୍ଟ। ଯାହାହେଉ, କିଛି ତ ହୋଇନାହିଁ। ଯାହାହେଉ, ଯାହାହେଉ ...

ଜଣେ ଇତର ଲୋକକୁ ନେଇ ଏତେ ଚିନ୍ତା କରିବା ଅନାବଶ୍ୟକ, ଏହି ପରାମର୍ଶ ନିଜକୁ ଦେଇ ସୁଦୀପ୍ତ ତା' କାମକଥା ଭାବିବା ଆରମ୍ଭ କଲା।

ଝିଅଟିକୁ କିନ୍ତୁ ଭୁଲିଯିବା ସମ୍ଭବ ହେଲା ନାହିଁ , କାରଣ ତା' ପରବର୍ତ୍ତୀ ପାଞ୍ଚଟି ଦିନ ଭିତରେ ସୁଦୀପ୍ତ ତା'କୁ ଦୁଇଥର ଦେଖିବାକୁ ପାଇଥିଲା। ଥରଟିଏ ଇନ୍ଦ୍ରଧନୁ ମାର୍କେଟ୍‌ରେ, ଆଉ ଥରଟିଏ ପୁଣି ସେହି ବସ୍ ଭିତରେ, ସେଇ ଚନ୍ଦ୍ରଶେଖରପୁର ରାସ୍ତାରେ।

ବସ୍ ଭିତରେ ମୁହାଁମୁହିଁ ହୋଇଗଲା କ୍ଷଣି ଝିଅଟି ସାମାନ୍ୟ ଅପ୍ରତିଭ ହୋଇଯାଇଥିଲା । ତାର ଚଞ୍ଚଳ ଆଖି ଦୁଇଟି ନିରାଶ୍ରୟ ନୌକା ପରି ଘୁଞ୍ଚିଯାଇ ଆଶ୍ରୟ ନେଇଥିଲା ବସ୍‌ର ଆପଦକାଳୀନ କବାଟ ଦିହରେ ।

କିଛି ନ ଜାଣିଲା ପରି ଅନ୍ୟଆଡେ ମୁହଁ ଫେରାଇ ନେଇଥିଲା ସୁଦୀପ୍ତ । କିନ୍ତୁ ମଝି ମଝିରେ ତା' ଆଖି ପଡିଯାଉଥିଲା ଝିଅଟି ଉପରେ । ପତଳା, ଲମ୍ବା ଝିଅଟିଏ । ଦେହର ଶାଢି ଯଦିଓ ଦିଶୁଥିଲା ପୁରୁଣା, ତଥାପି ପରିଷ୍କାର ଓ ମାର୍ଜିତ । ମୁଣ୍ଡର କୁଞ୍ଚି କୁଞ୍ଚି କଳା ବାଳ ଖେଳାଇ ହୋଇ ଯାଇଥିଲା ପିଠି ଉପରେ ।

ଝିଅଟିର ଆଖି ଯୋଡାକ ଭାରି ସୁନ୍ଦର । ଏମିତି ଯୋଡିଏ ଆଖି ସେ ଆଗରୁ କୋଉଠି ଦେଖିଛି । କୋଉଠି ? କେବେ ?

ସେଦିନ ରାତି ସାରା ସ୍ୱପ୍ନରେ ସେ ଭାବି ହୋଇଥିଲା, କିନ୍ତୁ ମୀମାଂସାରେ ପହଞ୍ଚିପାରି ନ ଥିଲା ।

: ଦେଖନ୍ତୁ, ପ୍ରେମ ଯଦି କରିବେ ତ, ତାହା ସ୍ୱର୍ଗୀୟ ହିଁ ହେବା ଆବଶ୍ୟକ । ଠିକ୍ ରାଜା ସମ୍ବରଣଙ୍କ ପରି, ଋଷି ଜଗତ୍‌କାରୁଙ୍କ ପ୍ରେମ ପରି । ଦେହାଶ୍ରୟୀ ପ୍ରେମ ଆପଣଙ୍କ ପାଇଁ ନୁହେଁ ।

ଓଭରବ୍ରିଜ୍ ତଳେ ସୁଦୀପ୍ତକୁ ଅଟକାଇ ରଖି ପରାମର୍ଶ ଦେବାକୁ ଆରମ୍ଭ କରିଥିଲା ଜ୍ୟୋତିଷ ବୁଢାଟି ଠିକ୍ ତା' ପରଦିନ, ଗୋଟିଏ ହାତରେ ତାଳପତ୍ର ପୋଥି ଓ ଆର ହାତରେ ପୁରୁଣା ପ୍ରଚକ୍ଷୁ ଖଣ୍ଡିକ ଧରି ।

: ବାଃ, ଜଣା ପଡୁଛି ପ୍ରେମବିଦ୍ୟାରେ ବି ତୁମର ଭାରି ଦଖଲ ଅଛି ! ଜ୍ୟୋତିଷ ବିଦ୍ୟା ପରି !

ସୁଦୀପ୍ତର ସ୍ୱରରେ ଯେଉଁ ଶ୍ଳେଷ ଥିଲା, ତା'କୁ ଆଦୌ ଗ୍ରାହ୍ୟ ନ କରି ଲୋକଟି ସେହିପରି କହିଲା ଗମ୍ଭୀର ଭାବେ ।

: ହଁ, ପଢାପଢି ଅଳ୍ପ ବହୁତ କରିଥିଲି, ଅନେକ ଦିନ ଆଗେ । ବାତ୍ସାୟନର କାମସୂତ୍ରଠୁ ଆରମ୍ଭ କରି କୌଟିଲ୍ୟର ଅର୍ଥଶାସ୍ତ୍ର ପର୍ଯ୍ୟନ୍ତ । ସଂସ୍କୃତ ମାଷ୍ଟର ଥିଲି ତ, ଭାରି ଭଲ ଲାଗୁଥିଲା କାବ୍ୟ-ଶାସ୍ତ୍ର ପଢିବାକୁ ।

:ସେ ଚାକିରି ଛାଡିଦେଲ କାହିଁକି ? ଭଲ ତ ଥିଲା –

:ମୁଁ ଛାଡିବି କାହିଁକି, ସରକାର ଛଡାଇନେଲେ । ପିଲାଏ ହିନ୍ଦୀ ପଢିଲେ, ଦେଶର ରାଷ୍ଟ୍ରଭାଷା; ସଂସ୍କୃତ ଉଠିଗଲା । ଏବେ ଏଇ ବିଦ୍ୟାକୁ ଆଦରିଚି ।

ଲୋକଟି ପୁଣି କହିବାକୁ ଆରମ୍ଭ କଲା, ମନ୍ତ୍ରପାଠ ଅଧାରୁ ପଢିଲା ଭଳି - ପ୍ରେମ କରିବେ ତ ସ୍ୱର୍ଗୀୟ ପ୍ରେମ । ଯାହା ଆତ୍ମାକୁ ଶୁଦ୍ଧ କରିଦେବ । ସେଇ ପ୍ରେମ

ଏବେ ଆସୁଚି ଆପଣଙ୍କ ଜୀବନରେ। ସାର୍ଥକ ପ୍ରେମ। ମତେ ଆପଣ ଖାଲି ଆପଣଙ୍କ ଜନ୍ମ ତାରିଖଟି କହନ୍ତୁ, ଆଉ କୁହନ୍ତୁ ଗୋଟିଏ ଫୁଲର ନାଆଁ, ଧଳାଫୁଲ ଛଡା ଆଉ ଯେ କୌଣସି ରଙ୍ଗର ଫୁଲ...

:ଦେଖ, ଏବେ ଦଶଟା ବାଜି ପଚିଶ ମିନିଟ୍। ଏଇ ସାଙ୍ଗେ ସାଙ୍ଗେ ଅଫିସ୍‌ରେ ନ ପହଞ୍ଚିଲେ ମୋର ଗୋଟେ ଦିନର କାଜୁଆଲ୍ ଲିଭ୍ କଟିଯିବ।

ସୁଦୀପ୍ତ ଘୁଞ୍ଚିଯିବାକୁ ଆରମ୍ଭ କଲା।

ବାଧା ନ ଦେଇ, ଜ୍ୟୋତିଷଟି କହିଲା – ହଉ, ଠିକ୍ ଅଛି। ସଞ୍ଜକୁ ଆସିବେ। ମୁଁ ସବୁକଥା କହିଦେବି। ମୋର ଏ ପ୍ରଚକ୍ଷୁଟା ସଜାଡିବା ପାଇଁ ଟଙ୍କା କେତେଟା ଦରକାର। ଅତି କମ୍ ରେ ପାଞ୍ଚଟା ଟଙ୍କା ଦେଇ ଥାଆନ୍ତୁ ..

:ଏବେ ନୁହେଁ, ପରେ। ଆଉ କେବେ।

ଅଫିସ୍ ଡେରି ହୋଇ ଯାଉଛି, ଅନ୍ତତଃ ଏଗାରଟା ଆଗରୁ ନ ପହଞ୍ଚିଲେ ଅସୁବିଧା, ଏଇ ବ୍ୟସ୍ତତା ନେଇ ସୁଦୀପ୍ତ ସାଙ୍ଗେ ସାଙ୍ଗେ ଗୋଟିଏ ଚଳନ୍ତା ଟାଉନବସ୍ ଭିତରକୁ ଚଢିଗଲା।

ଭିତରେ ଖୁବ୍ ଗହଳି। ତା'ରି ଭିତରେ ଠେଲିପେଲି ହୋଇ ଯାଉ ଯାଉ ସେ ମୁହାଁମୁହିଁ ହୋଇଗଲା ସେଇ ଝିଅଟି ସହିତ।

ଯାହା ଅସମ୍ଭବ, ତାହା ହିଁ ଘଟିଲା ତାପରେ। ଝିଅଟି ସୁଦୀପ୍ତକୁ ଦେଖି ଅଳ୍ପ ହସିଦେଲା, ସୁନ୍ଦର ସହଜ ହସଟିଏ। ତା'ପରେ ଟିକିଏ ଘୁଞ୍ଚିଯାଇ ଜାଗା କରିଦେଲା ସୁଦୀପ୍ତ ପାଇଁ।

ଝିଅଟିର ସେଇ ହସ ଟିକକ ତା'କୁ ଭାରି ଭଲ ଲାଗିଲା। ଯେମିତି ସ୍ୱର୍ଗୀୟ ହସ।

ଭାବି ଦେଇ ଆଶ୍ଚର୍ଯ୍ୟ ହୋଇଗଲା ସୁଦୀପ୍ତ। ସ୍ୱର୍ଗୀୟ ହସ ! ସ୍ୱର୍ଗୀୟ ଭାବନାଟି ତା' ମୁଣ୍ଡକୁ ଆସିଲା କେମିତି ?

ସୁଦୀପ୍ତ ଝିଅଟିକୁ ଆଉ ଥରେ ଚାହିଁଲା, ଲୁଚେଇ ଲୁଚେଇ। ନ ଜାଣିବା ପରି ଅଭିନୟ କରୁଥିବା ଭିତରେ ଝିଅଟି ବି ଲୁଚେଇ ଲୁଚେଇ ଜାଣି ସାରିଥିଲା ଯେ ପିଲାଟି ତା'କୁ ଲୁଚେଇ ଲୁଚେଇ ଚାହୁଁଚି।

ଗାଡ଼ି ଭିତରେ ଖୁବ୍ ଗହଳି। ପାଟିତୁଣ୍ଡ, ଠେଲାପେଲା ଓ ଝାଳଗନ୍ଧ ଭିତରେ ବଡ ବିରକ୍ତିକର ପରିବେଶ। ତା'ରି ଭିତରେ, ଛୋଟ ଝରଣାର କୁଳୁକୁଳୁ ପରି ଶୁଣାଗଲା ଗୋଟିଏ ସ୍ୱର। ସମ୍ଭବତଃ ପାଖରେ ଠିଆ ହୋଇଥିବା ଝିଅଟି ସୁଦୀପ୍ତକୁ ଆସ୍ତେ କରି କ'ଣ କହିଲା।

:ଆପଣ ମତେ କିଛି କହିଲେ ?

ଆଗକୁ ସାମାନ୍ୟ ଝୁଙ୍କିପଡି ପଚାରିଲା ସୁଦୀପ୍ତ, ଆଗ୍ରହରେ।

ଝିଅଟି ମୁହଁ ଫେରେଇ ଅବାକ୍ ଆଖିରେ ଦେଖିଲା ସୁଦୀପ୍ତକୁ। ମୁଣ୍ଡ ହଲାଇ ନାହିଁ କରିବା ସହିତ ଅଳ୍ପ ହସିଦେଲା ଚିକ୍ ମିକ୍ ଦାନ୍ତ ଦେଖାଇ।

ଆଉ ଠିକ୍ ସେହିକ୍ଷଣି ବସ୍ ଆସି ଅଟକି ଥିଲା ସୁଦୀପ୍ତର ଗନ୍ତବ୍ୟ ସ୍ଥାନରେ। ଭିଡ ଭିତରେ ମାଡି ମକଚି ହୋଇ କିଛି ଲୋକ ଓହ୍ଲାଇଲେ ଓ ସେ ବି।

ବସ୍ ଚାଲିଗଲା।

ଅଫିସ୍‌ରେ କାମ କରୁକରୁ ସୁଦୀପ୍ତ ମଝିରେ ମଝିରେ ଭାବୁଥିଲା ସେଇ ଭଣ୍ଡ ଜ୍ୟୋତିଷଟି କଥା। ଅତି ସାଧାରଣ କଥାକୁଏମତି ଖଞ୍ଜରେ କହୁଥିବ ସତେ କି ତ୍ରିକାଳଦର୍ଶୀ ବ୍ରହ୍ମା !

ଭବିଷ୍ୟତ ବାଣୀ ! ହାଃ – ଆକାଶର ଗ୍ରହ ନକ୍ଷତ୍ର, ସୂର୍ଯ୍ୟ ଚନ୍ଦ୍ର ତାରାଙ୍କର କିଛି କାମ ନାହିଁ, ସେମାନେ ବସିବସି ତୁମ ଚାକିରି, ତୁମ ଦେହପା' ଆଉ ତୁମ ପ୍ରେମ ବିଷୟରେ ଚିନ୍ତା କରି କରି ମରୁଥିବେ। ସ୍ୱର୍ଗୀୟ ପ୍ରେମ ! ଫୁଃ –

କିନ୍ତୁ ଯା' ହେଉ ତା' କଥା ଗୁଡାକ ଅବଶ୍ୟ କେମିତି ଗୋଟି ଗୋଟି କରି ବାଜି ଯାଉଛି। ଏଇ ଯେମିତି ଗୌରାଙ୍ଗର ବିଶ୍ୱାସଘାତକତା କଥା, ଗୁରୁଜନଙ୍କ ମନରେ ଦୁଃଖ ଦେବା କଥା, ବାହୁବନ୍ଧନରେ ସ୍ୱର୍ଗୀୟ ପ୍ରେମ ଧରାଦେବା କଥା ..

:ଆଃ, ଅନ୍ଧ ନା କ'ଣ ! ଦେଖି ଚାହିଁ ବାଟ ଚାଲ। ଏଇନା ଯାଇଥାନ୍ତ ସିଧା ସ୍ୱର୍ଗଧାମକୁ..

ଗୋଟିଏ ମଟର୍‌ସାଇକେଲ୍ ଚଢାଲୋକ ଠାରୁ ଧମକ ଖାଇ ସୁଦୀପ୍ତ ବୁଝିପାରିଲା, ସେ ଭାରି ଅନ୍ୟମନସ୍କ ହୋଇ ବାଟ ଚାଲୁଚି, ଅଫିସ୍ ଫେରନ୍ତା ରାସ୍ତାରେ।

ଟିକିଏ ଆଗରେ ଓଭରବ୍ରିଜ୍। ପ୍ରାଗୈତିହାସିକ ସରୀସୃପର ଦେହ ପରି ଭାରି ଓ ନିସ୍ପନ୍ଦ।

ତା' ଛାଇ ତଳେ କେତେଟା ଭିକାରି, ଭୋକିଲା କୁକୁର, କ୍ଳାନ୍ତଶ୍ରାନ୍ତ ଷଣ୍ଢ ଓ ଗୁଲିଗପରେ ମସଗୁଲ୍ କେତେଟା ଅଳସୁଆ ଟୋକା।

ସେମାନଙ୍କ ଉହାଡରୁ ଉଙ୍କି ମାରିଲା ଗୋଟିଏ ମଣିଷ। ଲୋଚାକୋଚା ମଇଳା ଲୁଗାପିନ୍ଧା ଦୁର୍ବଳ ମଣିଷଟିଏ।

ପ୍ରଚକ୍ଷୁ ଅଭାବରୁ ସେ ଭଲ କରି ଦେଖିପାରୁ ନ ଥିଲା ଦୂରର ଜିନିଷ। କିନ୍ତୁ ସୁଦୀପ୍ତର ଗାଢ ସବୁଜ ରଙ୍ଗର ଶାର୍ଟ ଖଣ୍ଡିକ ଚିହ୍ନିବାରେ ତା'ର ବିଶେଷ ଅସୁବିଧା ନ ଥିଲା।

ସେ ତରତର ହୋଇ ପାଖକୁ ଆସିଲା । ସେ ଚେଷ୍ଟା କଲା ହସିବାକୁ, ତା'ର ରୁଗ୍‌ଣ ଫୁସଫୁସ୍‌କୁ ଯଥାସମ୍ଭବ ଫୁଲେଇ ।

କହିଲା- ଆସନ୍ତୁ, ଆସନ୍ତୁ ମିନିଟିଏ ପାଇଁ । ଏବେ ମାହେନ୍ଦ୍ରବେଳା, ବୃହସ୍ପତି ଏଇକ୍ଷଣି ମୂଳାନକ୍ଷତ୍ର ଧନୁରାଶିକୁ ସ୍ୱଚାର ଗମନ କରୁଛନ୍ତି । ତହିଁରେ ଆଜି ପୁଣି ରୋହିଣୀ ସ୍ନାନଯୋଗ, ଏତିକିବେଳେ ମନସ୍କାମନା ସବୁ ପୂର୍ଣ୍ଣ ହେବାର ସମୟ । କୁହନ୍ତୁ, ଆପଣଙ୍କ ମନରେ କି ପ୍ରଶ୍ନ ରହିଛି, କି ମାନସିକ ଅଛି, କୁହନ୍ତୁ ମନ ଖୋଲି –

ଲୋକଟି ଦେହରେ ଏବେ ଭାରି ଉତ୍କଟ ଗନ୍ଧ । ଝାଳ, ନୁଖୁରା ବାଳ ଓ କଞ୍ଚା ମାଟିର ଗନ୍ଧ ସହିତ ଶୁଖୁଆର ଗନ୍ଧ । ଯେମିତି ଏଇଠି କୋଉଠି ଗୋଟିଏ ମଢ଼ ପୋଡ଼ା ଚାଲିଛି, କିମ୍ବା ହୁଏତ ଏ ଲୋକଟି ସଦ୍ୟ ମଶାଣିରୁ ଉଠି ଆସିଚି କାହାର ବାଧା ନ ମାନି ।

ସାରା ଦିନଟି ଭିତରେ ସେ ହୁଏତ ଚାରିପାଞ୍ଚଟି ଚିହ୍ନରା ଗ୍ରାହକ ପାଉନାହିଁ । କିମ୍ବା ଗୋଟିଏ ବି କାହାକୁ ପାଉନାହିଁ, ଯିଏ ବିଶ୍ୱାସରେ, ଆଗ୍ରହରେ ହାତ ଦେଖାଇ, କୋଷ୍ଠୀ ଦେଖାଇ ବୁଝିନେବ ତା' ଅତୀତ, ବର୍ତ୍ତମାନ ଓ ଭବିଷ୍ୟତ । ବୁଝିନେବ ତା' ଚାକିରିର ଉନ୍ନତି, ମାଲିମକଦ୍ଦମାରେ ଜିତାପଟ, ଝିଅ ବାହାଘରର ସମ୍ଭାବନା, ପେଟମରା ବ୍ୟାଧିର ଉପଶମ କିମ୍ବା ତା'ର ଦ୍ୱିତୀୟପକ୍ଷ ସ୍ତ୍ରୀ ସାଙ୍ଗେ ଚୋରା ପୀରତି କରୁଥିବା ବିଟପୁରୁଷର ନିର୍ଭୁଲ ପରିଚୟ ।

ଲୋକଟି ଧରିନେଲା ସୁଦୀପ୍ତର ହାତ ଏତେ ତତ୍ପରତାର ସହିତ, ସତେ ଯେମିତି ନୌକାରେ ବସିରହି ପାଣି ଭିତରୁ ଧରିନେଉଚି ଭାସି ଯାଉଥିବା ଆହୁଲା ଖଣ୍ଡକ ।

ଆଖି ଦୁଇଟା ମିଟ୍‌ମିଟ୍ କରି, ଆସନ୍ନ ସନ୍ଧ୍ୟାର ଅନ୍ଧାର ଭିତରୁ କିଛି ଆଲୋକରଶ୍ମି ଶୋଷି ନେଇ, ସେ ଦେଖିବାକୁ ଚେଷ୍ଟା କଲା ସୁଦୀପ୍ତ ହାତର କିଛି ଦୃଶ୍ୟ, କିଛି ଅଦୃଶ୍ୟ, ରେଖାଚିତ୍ରକୁ ।

:ଇସ୍, କି ଭାଗ୍ୟବାନ ଆପଣ ! ଏମିତି ଭାଗ୍ୟ ବହୁତ କମ୍ ହାତରେ ମୁଁ ଦେଖିଚି । ଆଉ ମାତ୍ର ମାସ ସାତଟା ଭିତରେ, ହଁ ସାତଟା ମାସ ଭିତରେ ହିଁ, ଅନେକ କଥା ଘଟିଯିବ ଆପଣଙ୍କ ଜୀବନରେ । ବଡ ଚାକିରି, ଜମଜମାଟ ପ୍ରେମ ପୁଣି ବିବାହ ..

ହାତଟା ଗୋଟେ ଝଟକାରେ ଟାଣି ନେଇ ସୁଦୀପ୍ତ କହିଲା, ମୋ' କଥା ଥାଉ । ସାତମାସ ପରେ ତୁମ ନିଜର କ'ଣ ହେବ, ସେକଥା ମାଲୁମ୍ ଅଛି ତ ?

ତୀବ୍ର ଶୁଣାଗଲା ସୁଦୀପ୍ତର ସ୍ୱରରେ ସେହି ବିଦ୍ରୂପ ।

ଲୋକଟି ହଡ଼ବଡ଼େଇ ଗଲା ଏ ପ୍ରଶ୍ନ ଶୁଣି । ଏଭଳି ପ୍ରଶ୍ନ ସେ ମୋଟେ ଆଶା ହିଁ କରି ନଥିଲା । ସେ ଅବିଶ୍ୱାସ କଲା ପରି ଉଚ୍ଚାରଣ କଲା, ମୋ ନିଜ କଥା ?

: ହଁ, ତୁମ ନିଜ କଥା। ତୁମେ ତୁମ ନିଜର କର-କୋଷ୍ଠୀ-କପାଳ ତଲାସ କରି ଦେଖି ସାରିଚ ତ ଆଗକୁ ତମର କ'ଣ ଅଛି ?

ଲୋକଟି ଦୁର୍ବଳ ଭାବେ କହିଲା, ହଁ, ଜଣା ଅଛି।

:କ'ଣ ଜଣା ଅଛି ?

:ସେତେବେଳେ ମୋର ଆଉ ଦୁଃଖ ବୋଲି କିଛି ନ ଥିବ।

:ବାଃ, ଭାରି ଭଲ ଖବର। ସେତେବେଳେ ତୁମେ ଦିଲ୍ଲୀ ଦରବାରରେ ବସି ପ୍ରଧାନମନ୍ତ୍ରୀଙ୍କ ଜାତକ ଦେଖୁଥିବ, ନୁହେଁ?

:ନା, ସେୟା ନୁହେଁ।

:ତେବେ ?

:ସେତେବେଳେ, ଆଉ ସାତମାସ ପରେ, ମୁଁ ଆଉ ନ ଥିବି।

:କ'ଣ କହିଲ ?

ଆଞ୍ଜୁଳାଏ ପାଣି ଯେମିତି କିଏ ଢ଼ାଳି ଦେଇଥିଲା ଜଳି ଉଠୁଥିବା ଚିରୁଡ଼ାଏ ନିଆଁ ଉପରେ। ସଞ୍ଜ ଆଲୁଅର ବିମର୍ଷ ଛାଇ ତଳେ ଝାଉଁଳି ପଡିଥିଲା ଲୋକଟିର ମୁହଁଟି। ସେ ଗୁଣୁଗୁଣୁ ହୋଇ କହିଲା, ମୁଁ ଜାଣେ, ମୁଁ ଜାଣେ।

ଅନ୍ଧାରରେ, ପୋଥିରୁ ଅକ୍ଷର ଚିହ୍ନି ଚିହ୍ନି ପଢ଼ିବା ପରି, ଅସ୍ଫୁଟ ଅନୁଚ୍ଚ ସ୍ୱରରେ ସେ କହିବାକୁ ଲାଗିଲା, ଥରେ ନୁହେଁ, ଅନେକଥର ମୁଁ ମୋ ଜାତକ କଷି ସାରିଛି। ମୋର କିଛି ଆଉ ସନ୍ଦେହ ନାହିଁ। ମିଥୁନ ମାସ ହରିଶୟନ ଏକାଦଶୀ ଆଗରୁ ଦିନେ ମୋର ପରୁଆନା ଆସିଯିବ। ସେ ରାତିଟି ଥିବ କୃଷ୍ଣପକ୍ଷର ଗୋଟେ ବେଯୋଡ଼ ତିଥି, ଭୀଷଣ ବର୍ଷା ହେଉଥିବ ରାତିସାରା। କେହି ନ ଥିବେ ମୋ ପାଖରେ। ସେତିକିବେଳେ ମୋର ସବୁ ଦୁଃଖ ଚାଲିଯିବ, ସବୁ ଦୁଃଖ ଧୋଇ ହୋଇଯିବ ସେ ରାତିରେ।

ପୁରୁଣା ବ୍ଲାକ୍‌ବୋର୍ଡ ଉପରେ ଅଙ୍କା ଛବିଟିଏ ପରି ଏବେ ଅସ୍ପଷ୍ଟ ଦିଶୁଥିଲା ଲୋକଟି। ଆକାଶର ଶବାଧାର ଉପରେ ବିଞ୍ଚି ହୋଇ ଆସୁଥିଲା ଛୋଟ ଛୋଟ ଫୁଲ ପରି କେତୋଟି ମଳିନ ନକ୍ଷତ୍ର। ପବନ ଧୀରେ ଧୀରେ ଭାରି ହୋଇଆସୁଥିଲା ଅନ୍ଧାର ଭିତରେ।

ଫୁଟପାଥ୍ ଉପରେ, ଯୋଉଠି ସେ ଲୋକଟି ବିଛେଇ ଦେଇଥିଲା ତା' ଛିଣ୍ଡା ମସିଣା, ପୁରୁଣା ତାଳପତ୍ର ପୋଥି, ଖଡିରତ୍ନ ପଞ୍ଜିକା ଓ ଅନ୍ୟାନ୍ୟ ସବୁ ଆବଶ୍ୟକ ସରଞ୍ଜାମ, ସେଇଠି ସେ ଏବେ ଦେଖିବାକୁ ପାଇଲା ବୁଲା କୁକୁରଟିଏ ଏପଟ ସେପଟ ହେଉଛି। ମସିଣା ଓ ପୋଥିକୁ ଭଲକରି ଶୁଂଘି ନିଶ୍ଚିତ ହେବାକୁ ଚେଷ୍ଟା କରୁଛି ସେଇ ସବୁ ବସ୍ତୁଗୁଡ଼ିକ ଉପରେ ଗୋଡ଼ ଟେକି ପରିସ୍ରା କରିବା ସ୍ପୃହଣୀୟ କି ନୁହେଁ।

ହାସ୍ –ହାସ୍ ପାଟି କରି ଲୋକଟି ଦଉଡ଼ି ଗଲା କୁକୁର ଆଡ଼କୁ। କିନ୍ତୁ ପୁରା ବାଟ ଯାଇ ନ ପାରି ବସି ପଡିଲା ମାଟି ଉପରେ। ଅଦେଖା ପଥର ବନ୍ଧ ଉପରେ ଝୁଣ୍ଟି ପଡିଲା ପରି।

କୁକୁରଟି ବର୍ତ୍ତମାନ ନିଜ ଅସମାପ୍ତ ତଦନ୍ତରୁ ମୁହଁ ଟେକି ବୁଢ଼ାଟି ଆଡକୁ ଚାହିଁଲା। ତା' ମୁହଁରେ ଯାହା ଥିଲା ତାହା ଟିକିଏ କୌତୁହଳ ଓ ଟିକିଏ କରୁଣା।

କୁକୁରଟି ତା'ପରେ ଧୀର ଧୀର ପାଦ ପକେଇ ସେ ସ୍ଥାନ ଛାଡ଼ି ଚାଲିଗଲା।

■

ବଞ୍ଚିବାର ଦିନ

ପେଟ ଭିତରଟା କେମିତି ଘାଣ୍ଟି ହୋଇଯାଉଥିଲା, ବାନ୍ତି ଉଠେଇବା ପରି।

ଅଗଣା କଡ଼ରେ ବସି ପଡ଼ିଲା ସାବିତ୍ରୀ, ମୁହଁ ତଳକୁ କରି, କିନ୍ତୁ ବାନ୍ତି ହେଲା ନାହିଁ। ପେଟ ଭିତରର ଘାଣ୍ଟଚକଟା କମି ଆସିଲା ଆସ୍ତେ ଆସ୍ତେ। ସେ ସେମିତି ବସି ରହିଲା ଦୁଇ ମିନିଟ।

ଘର ଭିତରୁ ଡାକ ଶୁଭିଲା : ମମ୍ମି, ଭୋକ ହେଲାଣି...

ମମ୍ମି ଡାକଟା ସାବିତ୍ରୀର ପସନ୍ଦ ନୁହେଁ। କିନ୍ତୁ ବାଇଧର କହିଥିଲା, ବୋଉ ଡାକଟା ପୁରୁଣା କାଳିଆ, ମମ୍ମି ଡାକଟା ସୁନ୍ଦର ଶୁଭେ।

ପୁଅର ନାଁ ଅଭିମନ୍ୟୁ ଦେବାକୁ ଚାହିଁଥିଲା ସାବିତ୍ରୀ, କିନ୍ତୁ ବାଇଧର କହିଲା : ସ୍ପୁଟନିକ୍।

ଆଦରରେ ପିଣ୍ଟୁ।

ପିଣ୍ଟୁ ପୁଣି ଡାକିଲା : ମମ୍ମି.....

ଅଗଣାତଳ ନର୍ଦ୍ଦମାରେ ସାଲୁବାଲୁ ପୋକ କେତେଟା, ଆମ୍ବ ଚୋପାର ଟଳମଳ ଡଙ୍ଗା ଉପରେ ବସି। ଗନ୍ଧ ଆସୁଥିଲା, ପଚାପଚା ଗନ୍ଧ; କ'ଣ ଗୋଟେ ମରିଚି କୋଉଠି, ଜାଣି ହେଉ ନଥିଲା।

ସାବିତ୍ରୀ ଆଣ୍ଠୁ ଉପରେ ଭରା ଦେଇ ଉଠିଲା, ପେଟ ଭିତରର ଅଦୃଶ୍ୟ ସତ୍ତାଟି ଟିକେ ଚମକି ପଡିଲା ପରି ହଲଚଲ ହେଲା, ତା'ପରେ ଶୋଇ ପଡ଼ିଲା।

: ନା, ବାଲିପାଣି ନୁହେଁ, ମୁଁ ଦୁଧ ପିଇବି-

ପିଣ୍ଟୁ କଡ ଲେଉଟାଇ ଶୋଇଲା, କାନ୍ଥ ଆଡ଼କୁ ମୁହଁ କରି।

ରାତି ପାଇଁ ଅଳ୍ପ ଟିକେ ଶାଗୁ ଥିଲା। ସେତିକି ମାତ୍ର ସମ୍ବଳ ରାତିକ ପାଇଁ; ସାବିତ୍ରୀ ପଚାରିଲା, ଶାଗୁ ଖାଇବୁ !

ଅଧା ଇଚ୍ଛା ଅଧା ଅନିଚ୍ଛାରେ ପିଣ୍ଟୁ ହଁ ମାରିଲା, ସେମିତି କାନ୍ଥକୁ ମୁହଁ କରି।

ଆଜିକୁ ତେର ଦିନ ହେଲାଣି, ଗଣି ଗଣି ତେର ଦିନ, ଡାକ୍ତର ବଇଦ କହିପାରୁ ନାହାନ୍ତି ପିଣ୍ଟୁର କି ବେମାରି ହୋଇଛି। କ୍ଲିନିକ୍‌ର ଡାକ୍ତର କେତେ ଗୁଡ଼େ ପରୀକ୍ଷା କରିବାକୁ କହିଥିଲେ, ହାତରେ ପଇସା ନଥିବାରୁ ହେଇପାରିଲା ନାହିଁ। ବଇଦ ତିନି କିସମର ଓଷଦ ଦେଇଥିଲା, ଡାକ୍ତର ପାଞ୍ଚ ପ୍ରକାରର, କିନ୍ତୁ ଜର ଛାଡ଼ି ନାହିଁ, ପିଲାଟା ସେଦିନଠୁ ଖଟରେ ଶୋଇଛି, ଉଠିନାହିଁ।

ଜର ବେଳେବେଳେ ଏମିତି ବଢ଼ିଯାଏ ଯେ ଦିହରେ ହାତ ରଖି ହେବ ନାହିଁ, ପିଲାଟା ବାଉଳି ଚାଉଳି ହବାକୁ ଆରମ୍ଭ କରେ, ଅନବରତ କାନ୍ଦେ, ଥରଟେ କାନ୍ଦୁ କାନ୍ଦୁ ଏମିତି ହସିଲା ଯେ ସାବିତ୍ରୀ ଡରିଗଲା।

ବାଇଧର ତିନିଦିନ ପରେ ଘରକୁ ଫେରି ଶୁଣିଥିଲା; କହିଥିଲା, କିଏ ଗୁଣିଗାରେଡ଼ି କରିଦେଇଛି ପରା, ଗୁଣ୍ଡୁଚି ନାଏକ ଗୁଣିଆ ପାଖକୁ ଥରଟେ ନେବାକୁ ପଡିବ। ସାବିତ୍ରୀର ଆଦୌ ଇଚ୍ଛା ନଥିଲା; ବାଇଧର ତା' ପରଦିନ ଭୋରୁ ପୁଣି ଟ୍ରକ୍ ଧରି ଚାଲିଗଲା ଟେନ୍‌ସା, ପୁଅକୁ ଆଉ ଗୁଣିଆ ପାଖକୁ ନେବା କଥା ଉଠିଲା ନାହିଁ।

ଫେରିଲା ସେ ଦୁଇ ଦିନ ପରେ, ସାଙ୍ଗରେ ସେଇ ଟୋକଲୀଟାକୁ ଧରି।

ଏବେ ଏଇ ଟୋକୀଟାକୁ ନେଇ ବାଇଧର ମାତିଛି, ଆଗରୁ ଆସୁଥିଲା ଗୋଟେ ବଙ୍ଗାଳୀ ଟୋକୀ, ତା' ଆଗରୁ ଛତିଶଗଡ଼ି ଝିଅଟେ। ଏବେ ଏଇ ଦକ୍ଷିଣୀ ଟୋକୀ କାବେରୀ।

ଟୋକୀଟା ଅସଲ ଖଣ୍ଡେ। ଟ୍ରକରୁ ଓହ୍ଲେଇ ଦୁମ୍‌ଦୁମ୍ ପଶି ଆସିବ ଘର ଭିତରକୁ, ସତେକି ତା' ନିଜ ଜମିଦାରୀ, ସାବିତ୍ରୀ ତା' ପୋଇଲି, ବାଇଧର ତା'ର ଗୁମାସ୍ତା କି ଚାକର।

ଘରେ ପଶି ସେ ଏଡେ ପାଟିଟେ କରି ଡାକିବ ପିଣ୍ଟୁକୁ, କହିବ: ହେ ଟୋକା, ଆଇଲୁ ମୋ' ଅଣ୍ଟାଟା ଚିପିଦେଲୁ, ସାଲୁର୍ ଘାଟିରୁ ଏଯାଏ ଟ୍ରକରେ ବସି ବସି ମୋ ଅଣ୍ଟାପିଚା ରକ ରକ କରୁଛି।

ରୋଷେଇ ଘରେ ସେତେବେଳେ ବସି ବାଇଧର ବାସି ରୁଟି ଚୋବାଉଥିବ, ସାବିତ୍ରୀ ବାସନ ମାଜୁଥିବ କି ଆଉ କ'ଣ କରୁଥିବ, ସେ ଟୋକୀର କଥା ଶୁଣିପାରି ବାଇଧରକୁ କହିବ: ଖବରଦାର, ସେ ମାଇକିନା ଯଦି ମୋ' ପୁଅ ସାଙ୍ଗେ ପଦଟେ ଉଁ-ଚୁଁ କରେ ତ ତା' ଛାଲ ଉତାରି ଦେବି।

ବାଇଧର ଚୁପଚାପ୍ ରୁଟି ଗିଳିବାରେ ଲାଗେ, ଯେମିତି ତା' ସଂସାରରେ କେହି ନାହାନ୍ତି, ନା ସାବିତ୍ରୀ ନା ସେଇ ସ୍ତ୍ରୀଲୋକଟା। ଟିକେ ପରେ ବାଇଧର ରଡ଼ିଟେ ପକେଇ ଡାକିବ, ଆବେ ପିଣ୍ଟୁ, ଆ' ଦେଖିବୁ ତ କ'ଣ ଆଣିଛି ତୋ' ଲାଗି...

ପିଣ୍ଟୁ ପାଖରେ ହିଁ ଥାଏ, ଅପେକ୍ଷା କରିଥାଏ ରୋଷେଇଘର କବାଟ ସେପାଖରେ। ସେ ଦଉଡ଼ି ଆସି ଲଦି ହୋଇ ପଡ଼ିବ ବାପାର ପିଠିରେ।

ବାଇଧର ତା’ ପକେଟରୁ ବାହାର କରେ ବଢ଼ିଆ ଗୋଟେ ଖେଳନା କି ପ୍ୟାକେଟ୍‌ଭର୍ତ୍ତି ଲେବେନ୍‌ଚୁସ୍। ଗତ ଥରକ ସେ ଆଣିଥିଲା ଗୋଟେ ଚମତ୍କାର ଖେଳନା, ଚକ ଚକ କଳା ରଙ୍ଗର ଖଣ୍ଡେ ପିସ୍ତଲ୍। ପ୍ରଥମ ଗୁଳିଟା ଏମିତି ଶବ୍ଦ କଲା ଯେ ସାବିତ୍ରୀ ଚମକି ପଡିଲା।

: ବାପା ମତେ ଦିଅ ମତେ ଦିଅ...

ପରକୁ ପର ତିନିଟା ଗୁଳି ଫୁଟିଲା, ଜବରଦସ୍ତ ଗୁଳି; ଶୋଇବା ଘରୁ ଉଠି ଆସିଲା କାବେରୀ, ବଡ ପାଟିକରି କହିଲା, ବନ୍ଦ କର, କାନ ଫାଟିଯାଉଛି ଶବ୍ଦରେ, ତୋ’ ଗାଡ଼ିରେ ବସି ବସି ମୋ ହାଡ଼ ମାଉଁସ ପେଶି ହେଇଯାଇଛି। ମତେ ଏବେ ଟିକେ ଶାନ୍ତିରେ ଶୋଇବାକୁ ଦେ...

ହାଇ ମାରିମାରିକା କାବେରୀ ଫେରି ଯାଇଥିଲା ଶୋଇବା ଘରକୁ।

ରାତିରେ ସେ ଦି’ଜଣ ବାହାରେ ଖାଆନ୍ତି, କୋଉ ହୋଟେଲ୍‌ରେ କି କୋଉ ସଙ୍ଗାତ ଘରେ। ଗଲାବେଳେ ବାଇଧର କହିଯାଏ ଫେରିବାକୁ ବହୁତ ରାତି ହେବ, ସେମାନେ ତେଣୁ ସଙ୍ଗାତ ଘରେ ରହିଯିବେ ରାତିକ।

ସାବିତ୍ରୀ କିଛି ଉତ୍ତର ନଦେଇ ଦଡାମ୍ କିନା ବନ୍ଦ କରିଦିଏ ଦରଜା, ବିଛଣାରେ କଚାଡ଼ି ହୋଇପଡେ।

ଆଗରୁ ସେ ଭାରି କାନ୍ଦୁଥିଲା, ଛୋଟ ପିଲାଙ୍କ ପରି କଇଁ କଇଁ ହୋଇ। ଏମିତି କି ବାଇଧରର ଗୋଡ଼ ତଳେ ପଡି ରହୁଥିଲା; ଲୁହରେ, ଚୁମାରେ ଓଦା କରିଦେଉଥିଲା ଦୁଇଟା ଯାକ ପାଦ- ‘ମତେ ଛାଡି ତୁମେ କୁଆଡ଼େ ଯାଅ ନାହିଁ, ତୁମକୁ ମୋ ରାଣ’। ସାରା ସମୟ ବାଇଧର ଚୁପ ରହୁଥିଲା, ଏକଦମ୍ ନୀରବ। କାନ୍ଦି କାନ୍ଦି ସାବିତ୍ରୀ ଥକିଗଲା ପରେ ସେ ବାହାରି ଯାଉଥିଲା ଘରୁ, ସେମିତି ନୀରବରେ।

ଏବେ ନୀରବତା ସାବିତ୍ରୀର। ସେ କଥା କହେ ନାହିଁ, ଯାହା କହେ ସେହି ଭାଷାରେ ସିଏ କେବେ ନଥାଏ।

ପୁଅ ଦେହ ଖରାପ ବୋଲି ଗଲା ଶନିବାର ଦିନ ବାଇଧର କାବେରୀକୁ ସାଙ୍ଗରେ ଆଣି ନଥିଲା। ଆସିଥିଲା ସଞ୍ଜରେ, କହିଥିଲା ଭୋରୁ ଭୋରୁ ବାହାରି ଯିବ ସୁନାବେଡ଼ା, ଆସିବ ପାଞ୍ଚ ଦିନ ପରେ।

ପୁଅ ଶୋଇଥିଲା ଘର ଭିତରେ, ଅଲଗା ଅଲଗା ବିଛଣା ପାରି ସେ ଦିହେଁ ଶୋଇଥିଲେ ଅଗଣାରେ। ଟିକିଏ ପରେ ବାଇଧର ଘୁଞ୍ଚି ଆସିଥିଲା ପାଖକୁ,

ସାବିତ୍ରୀର ଲୁଗାକୁ ଟାଣିଥିଲା। ବିଛଣାରୁ ଉଠିପଡ଼ି ହିସ୍ ହିସ୍ ସ୍ୱରରେ ସାବିତ୍ରୀ କହିଥିଲା, ତମକୁ ଲାଜ ମାଡୁନି, ପେଟରେ ସାତ ମାସର ଛୁଆ, ଆର ଗୋଟାକ ଦରମଲା ହେଲାଣି ରୋଗରେ ସଢ଼ିସଢ଼ି, ଆଉ ତମର ସୁଆଗ ବୋହି ପଡୁଛି!

ବାଇଧର ପାଟିରେ ଫଣଫଣ ଗନ୍ଧ ଥିଲା ଦେଶୀ ମଦର। ସେ କିଛି କଥା କହି ନଥିଲା, ତୁଳାତକିଆ ଗୋଟିକ ଦୁଇ ଗୋଡ଼ ସନ୍ଧିରେ ଜାକି ଶୋଇବାକୁ ଚେଷ୍ଟା କରିଥିଲା ବାକିତକ ରାତି।

ପିଣ୍ଟୁର ଦେହ ଖରାପ ସତ୍ତ୍ୱେ ବାଇଧର ଘରେ ରହୁ ନଥିଲା, କହୁଥିଲା, ମାଲିକ ତା'କୁ ଛୁଟି ଦେଉନି, ଶୁଣେଇ ଦେଉଚି, ଛୁଟି ଦରକାର ତ ଯା' ତତେ ପୂରାପୂରି ଛୁଟି ଦେଇଦେଲି, ଘରକୁ ଯା', ପିଲା କଥା ବୁଝ, ମାଈପ କଥା ବୁଝ...

ଟଙ୍କା କଥା ଉଠିଲେ ବାଇଧର କହେ, ଦରମା ବାକିଆ ରଖିଛି ମାଲିକ, ଦେଉନି, କହୁଚି ବିଲ୍ ପାସ ହେଇନି, ନୂଆ ଅଫିସରଟା ମହା ଖେଚଡ଼, ବିଲ୍ ପାସ କରୁନି, ଭାରି ଖେଳୁଛି...

ସାବିତ୍ରୀ ଜାଣେ ନାହିଁ କେତେ ସତ କେତେ ମିଛ କହୁଚି ବାଇଧର, ତା'କୁ ସେ ବିଶ୍ୱାସ କରିପାରେନି, ଭଲ ପାଇବା ତ କାହିଁ କେତେଦିନରୁ ପୋଛି ହେଇଯାଇଛି ମନ ଭିତରୁ।

ଟୁନିବୋଉ କହେ ଅନେକ ଥର, ସବୁ ଅଣ୍ଡିରିପିଲାଏ ସମାନ ଲୋ ସାବିତ୍ରୀ, ସବୁ ସେଇ ଗୋଟିଏ ଲାଉର ମଞ୍ଜି, ଏଇ ଟୁନିବାପକୁ ଦେଖ୍...

ସଞ୍ଜୀବଲିତା ବଲୁବଲୁ ସେଦିହେଁ ମୀମାଂସାରେ ପହଞ୍ଚନ୍ତି, ଭଗବାନ ମାଇପି ଜାତିକୁ ଜନମ ଦେଇଛନ୍ତି ତା' ମନର ବଳ ପରଖିବାକୁ, ତା' ଦିହ କେତେ ଟାଣ ମାପିବାକୁ।

ଖାଲି ଏଇ ବକଟେ ପିଲା ପାଇଁ ସାବିତ୍ରୀ ସବୁ ସହି ଯିବାକୁ ପ୍ରସ୍ତୁତ, ସବୁ ମାନ ଅପମାନ, ସବୁ ଦୁଃଖକଷ୍ଟ।

ପେଟ ଭିତରେ କଡ଼ ଲେଉଟାଇ କିଏସେ କହିଲା, ଜଣେ ନୁହେଁ, ଦୁଇଜଣ।

: ମମ୍ମି, ମୁଁ ବଡ଼ ହେଲେ କ'ଣ ହେବି କହିଲୁ!

କୋଡ଼ରେ ଢଳିପଡି ପଚାରେ ପିଣ୍ଟୁ। ସାବିତ୍ରୀ କହେ: କ'ଣ ହେବୁ?

ସବୁଥର ଅଲଗା ଅଲଗା ଉତ୍ତର ଥାଏ : ବାପାଙ୍କ ପରି ଟ୍ରକ ଡ୍ରାଇଭର, କିମ୍ବା ଏରୋପ୍ଲେନ୍‌ର ଡ୍ରାଇଭର, ନ ହେଲେ ବନ୍ଧୁକ ଧରିଥିବା ପୁଲିସ୍।

ଥରଟିଏ ସେ କହିଥିଲା, ସେ ମ୍ୟାଜିସିଆନ୍ ହବ, ମସ୍ତ ବଡ଼ ମ୍ୟାଜିସିଆନ୍।

: ମ୍ୟାଜିସିଆନ୍!

ଗଲା ଦଶରା ବେଳେ ପିଣ୍ଟୁ ମେଳଣ ପଡ଼ିଆରେ ମେଜିକ୍ ଶୋ’ ଦେଖିଥିଲା, ମେଜିକ୍‌ବାଲାଟି କେମିତି ଚାହୁଁ ଚାହୁଁ ଶୂନ୍ୟରୁ ଫୁଲ ବର୍ଷା କଲା, ଗୋଟେ ଷୋଳ ବରଷର ଝିଅକୁ ଆଲମାରି ଭିତରେ ପୁରେଇ ଅନ୍ତର୍ଦ୍ଧାନ କରିଦେଲା, ଆଉ ଗୋଟେ ଝିଅକୁ ଦିଗଡ଼ କାଟି ପୁଣି ବଞ୍ଚେଇ ଦେଲା, ଏମିତି କେତେ କ’ଣ !

ପିଣ୍ଟୁ କହିଥିଲା : ହଁ, ମୁଁ ମେଜିସିଆନ୍ ହେବି, ତତେ ଭଲରେ ରଖିବି, ଭଲ ଭଲ ଖାଇବା ଜିନିଷ, ଭଲ ଭଲ ଶାଢ଼ି, ଭଲ ଭଲ ଖେଳନା, ଆଉ ଭଲ ଗୋଟେ ଟିଭି, ତୋ’ ଲାଗି ମୁଁ ସବୁ ଆଣିଦେବି....

ପୁଅକୁ କୁଣ୍ଢାଇ ଧରି ସାବିତ୍ରୀ କହିଥିଲା, ମୋର କିଛି ଲୋଡ଼ା ନାହିଁରେ ଧନ, ତୋ’ ଛଡା ମୋର ଆଉ କିଛି ଦରକାର ନାହିଁ -

ତା’ପରେ ସାବିତ୍ରୀ କାନ୍ଦି ପକେଇଥିଲା ସକ ସକ ହୋଇ। କୋଉ ଦୁଃଖରେ ସେକଥା ପିଣ୍ଟୁ ମୋଟେ ବୁଝି ପାରିଲା ନାହିଁ।

ଘର ଭିତରୁ ଡାକ ଶୁଭିଲା : ମମ୍ମି, ମମ୍ମି...

ଅତି ଆତୁର ସ୍ୱରଟିଏ, ଖୁବ ଅଲଗା।

ସାବିତ୍ରୀ ରୋଷେଇଘରୁ ବାହାରି ଆସିଲା, ଶୋଇବା ଘରକୁ ଗଲା।

ଖଟ ଉପରେ ଅସ୍ଥିର ଭାବରେ ଏକଡ଼ ସେକଡ଼ ହେଉଥିଲା ପିଣ୍ଟୁ, ମୁଣ୍ଡରେ ହାତରଖି।

: ବୋଉ, ବୋଉ-

ପିଣ୍ଟୁ କେବେ ବୋଉ ଡାକେ ନାହିଁ, କିନ୍ତୁ ଡାକେ କେବେ କେବେ ଅତି ସରାଗରେ, କିମ୍ବା ଖୁବ୍ ଡରିଯାଇ।

: ପିଣ୍ଟୁ, ଧନରେ !

: ମୋ’ ମୁଣ୍ଡ ଭିତରଟା କ’ଣ ହେଇଯାଉଛି ବୋଉ -

ସାବିତ୍ରୀ ପୁଅକୁ କୋଡେଇ ନେଲା, ଖଇ ଫୁଟୁଥିଲା ତା’ ଦେହରେ।

ବୋଉର ହାତରେ କ’ଣ ଥିଲା କେଜାଣି, ପିଣ୍ଟୁର ସ୍ତିମିତ ଆଖି ଉଜ୍ଜ୍ୱଳ ହୋଇଉଠିଲା ନିମିଷକ ପାଇଁ। ସେ ଜାକି ଧରିଲା ସାବିତ୍ରୀକୁ, ଦୁଇ ଦୁର୍ବଳ ହାତରେ।

: ତୁ ବହୁତ ଭଲ, ବୋଉ, ତତେ ମୁଁ ବହୁତ ଭଲ ପାଏ-

ଯେପରିକି ସେହି ସନ୍ତୋଷରେ ପିଲାଟି ଆଖି ବୁଜିଲା, ଦୁଇଟି ନରମ ଆଖିପତା ମୁଦି ହୋଇଗଲା; ଝରକା ଦେଇ ବୋହି ଗଲା ହାବୁକାଏ ପବନ।

: ଖିରୀ ଖାଇବୁ ଧନ, ପାଳୁଅ ଖିରୀ !

ପିଣ୍ଟୁ ଖିରୀ ଖାଇବାକୁ ଭଲ ପାଏ, ଚାଉଳ ହେଉ, ସୁଜି ହେଉ, ସିମେଇ ହେଉ।

ପିଣ୍ଟୁ କିଛି ଉତ୍ତର ଦେଲା ନାହିଁ।

: ପିଣ୍ଟୁ !

ପିଣ୍ଟୁ ଏମିତି ଚୁପ୍ ଯେମିତି ତା'ର ଆଉ କିଛି କହିବାର ନାହିଁ।

ସରକାରୀ ଡାକ୍ତରଖାନା ଘରଠୁ ଅଢ଼େଇ କିଲୋମିଟର ଦୂର, ଅଟୋ ଦିଶୁ ନଥିଲା ରାସ୍ତାରେ, ମିଳିଥିଲେ ଭଡା ପାଇଁ ପଇସା ବି ନ ଥିଲା ପାଖରେ। ଖରା ବେଳଟାରେ ଛୁଆକୁ ବୋହି ବୋହି ଆସିବା ସହଜ ନଥିଲା।

ଡାକ୍ତର ନ ଥିଲେ ହସପିଟାଲ୍‌ରେ। ବାରଣ୍ଡାରେ ବସିଥିବା ସଫେଇବାଲାଟି ଏକା ଏକା ସାପଲୁଡୁ ଖେଳୁଥିଲା, ମନପ୍ରାଣ ଦେଇ। ଲୁଡୁପାଲିରୁ ମୁଣ୍ଡ ଉଠାଇ ସେ ଦେଖିଲା ମା'ଛାତିରେ ଲଟକିଥିବା ପିଲାଟିକୁ, ନିସ୍ପୃହ ଆଖିରେ।

ମା' କାନ୍ଧରେ ପିଣ୍ଟୁ ଶୋଇପଡ଼ିଥିଲା ନିଦରେ : ଏଭଳି ଗହୀର ନିଦ ଯେ ଭାଙ୍ଗି ନଥିଲା ଏତେ ସମୟ ଧରି; ଶାନ୍ତିର ନିଦ, ଥକି ଯାଇ ବିଶ୍ରାମ ନେବାର ନିଦ।

: ଡାକ୍ତର ବାବୁ କେତେବେଳେ ଆସିବେ ଆଜ୍ଞା ! ସାବିତ୍ରୀ ପଚାରିଲା, ଛୁଆର ଢ଼ଳି ପଡୁଥିବା ମୁଣ୍ଡକୁ ସିଧା କରୁ କରୁ।

: ଆସିବେ ନାହିଁ, ଢ଼େଙ୍କାନାଳ ଯାଇଛନ୍ତି, ମିଟିଙ୍ଗ୍‌କୁ, କଲେକ୍ଟରଙ୍କ ଫାରୁଏଲ୍ ମିଟିଙ୍ଗ୍ ! ଅନାସକ୍ତ ଗଳାରେ କହିଲା ଲୋକଟି।

: କେହି ଦିଦି ନାହାନ୍ତି.... ?

: ଅଛନ୍ତି, ଅଛନ୍ତି, ଘରେ ଅଛନ୍ତି।

ସାବିତ୍ରୀ ପିଲାଟିକୁ ବାରଣ୍ଡାରେ ଶୁଆଇଦେଲା। ସେହି ଅବସରରେ ଖସି ପଡିଥିବା ପଣତ ତଳର ଛାତିକୁ ଦେଖିବାର ସୁଯୋଗ ହାତଛଡ଼ା କଲା ନାହିଁ ଲୋକଟି।

ସେ ପାଖକୁ ଆସିଲା, ପିଲାଟିକୁ ଥରେ ଦେଖି ନେଇ ପଚାରିଲା, କ'ଣ ହେଇଚି !

ସାବିତ୍ରୀର ନୀରବତା ହିଁ ସୂଚେଇ ଦେଲା, ସେ ଜାଣେ ନାହିଁ।

ଲୋକଟି ପିଲାଟିକୁ ଓଲଟ ପାଲଟ କଲା, ଭାକୁଡ଼ ମାଛକୁ ଓଲଟ ପାଲଟ କରି ଦେଖିଲା ପରି।

ତା'ପରେ ସାବିତ୍ରୀକୁ ଚାହିଁ କହିଥିଲା : ଡେରି କରିଦେଲ, ବୁଝିଲ, ବହୁତ ଡେରି କରିଦେଲ, ଏବେ ଏଠି ଆଉ କରିବାର କିଛି ନାହିଁ...

ସାବିତ୍ରୀ ଶୁଣି ପାରି ନଥିଲା ଲୋକଟି କ'ଣ କହିଲା, ସେ ଚେଷ୍ଟା କରୁଥିଲା ପୁଅର ହାତରୁ ପୁରୁଣା ଅଧୁଲିଟିଏ କାଢ଼ି ନେବା ପାଇଁ।

କାଲିରାତିରେ ପିଣ୍ଟୁ କହିଥିଲା, ବୋଉ ମୁଁ ବଡ଼ ହେଲେ ଫରେନ୍ ଯିବି ! ଏରୋପ୍ଲେନ୍‌ରେ ବସି।

ପଚାରିଥିଲା, ଫରେନ୍‌ଟା ଏଠୁ କେତେ ଦୂର!

କେତେ ଦୂର ସାବିତ୍ରୀ କହି ପାରିଲା ନାହିଁ, ଖାଲି କହିଥିଲା, ଫରେନ୍ ଯିବାକୁ ବହୁତ ପଇସା ପଡେ।

ଆଜି ସକାଳେ ପକେଟ୍‌ର କେଉଁ ଅଥଳ ଗହୀରରୁ ଅଧୁଲିଟିଏ କାଢ଼ି ସେ ଦେଖୁଥିଲା, ଭାବୁଥିଲା ହୁଏତ, ବହୁତ ପଇସା ମାନେ କେତେ ପଇସା!

ଲୋକଟି ଚେତେଇ ଦେଲା, କହିଲା, ସହଳ ସହଳ ଘାଟକୁ ଚାଲିଯାଅ, ସଞ୍ଜ ହେଇଗଲେ ଷ୍ଟାଫ୍ ଚାଲିଯିବେ, କାଠଫାଠ ବି ଯୋଗାଡ଼ ହେଇପାରିବ ନାହିଁ।

ପେଟ ଭିତରେ ଏ ପର୍ଯ୍ୟନ୍ତ ଚୁପଚାପ୍ ଶୋଇ ରହିଥିବା ମାଂସ ପିଣ୍ଡୁଳାଟି ଏବେ ହଲଚଲ ହେବାକୁ ଆରମ୍ଭ କଲା, ଛାତି ଭିତରେ ଝମ ଝମ କରି କ'ଣ ଗୋଟିଏ ଭାଙ୍ଗି ପଡ଼ିଲା ପରି ଲାଗିଲା, ପବନରେ ବିଷ ଚରିଗଲା ଯେମିତି, ସାବିତ୍ରୀର ଚେତା ହଜି ଯାଉଥିଲା।

ଚେତା ହଜିଲା ନାହିଁ, ହଜି ଯିବାର ବିଳାସ ତା' ଭାଗ୍ୟରେ ନାହିଁ, ସେ ଝୁଙ୍କି ପଡି ଦେଖିଲା ପୁଅର ମୁହଁକୁ, ତା'ର ସାରା ଦେହକୁ। ସେ ତା'କୁ ଛୁଇଁଲା ଆଙ୍ଗୁଠିରେ, ଦୁଇହାତ ମୁଠାରେ; ସାରା ଦେହ ଅଜାଡ଼ିଦେଲା ପିଲାଟି ଉପରେ।

ଲୋକଟି ବୁଦ୍ଧିମାନ୍, ସଂସାରକୁ ଚିହ୍ନି ସାରିଲାଣି ଭଲ କରି, ସେ କହିଲା ପାଖକୁ ଲାଗି ଆସି, ତୁମେ ଏଠୁ ଶୀଘ୍ର ଚାଲି ନ ଗଲେ ବିପଦ, ତୁମକୁ ବିପଦ। ଏଇନେ ମିଡିଆବାଲାଏ ଆସିଯିବେ, ତୁମ ପୁଅର ଫଟ ଉଠେଇବେ, ତୁମକୁ ନାନା କଥା ଏଣୁତେଣୁ ପଚାରିବେ, ଡାକ୍ତରବାବୁଙ୍କ ଖାଲି ଚଉକିର ଫଟ ଉଠେଇ କହିବେ, ଡାକ୍ତରବାବୁ ଭୋଜି ଖାଇ ଯାଇଛନ୍ତି, ଏଣେ ଚିକିତ୍ସା ନପାଇ ପିଲାର ପ୍ରାଣ ଚାଲିଗଲା, ସେଉଠୁ ମାଜିଷ୍ଟ୍ରେଟ୍ ଇନିକୁଆରି, ପୁଲିସ୍ ଇନିକୁଆରି, ନା ବାବା ନା...

ସାବିତ୍ରୀ କିଛି ବୁଝି ନପାରିଲା ପରି ଚାହିଁଲା ତା' ଚାରିପାଖକୁ, ଏତେ ଶୂନଶାନ୍ ତା' ଚାରିପାଖର ସଂସାର, ଏତେ ଅସହାୟ ଏ ସାରା ଧରିତ୍ରୀ!

ସେ ଭାବି ପାରିଲା ନାହଁ କ'ଣ କହିବ, କ'ଣ କରିବ।

ଲୋକଟି କହିଲା : ଟ୍ରଲିବାଲା ତ ସହଜେ ମଙ୍ଗିବେ ନାହିଁ, ତେବେ ମୋର ଜଣେ ଚିହ୍ନା ଅଛି, କହିଲେ ଆସିବ। ଚାଳିଶ ଟଙ୍କା ନବ, ଡାକିବି!

ଆଜି ସକାଳେ ବି ପିଣ୍ଟୁ କହିଥିଲା, ସେ ବଡ ହେଲେ ଫରେନ୍ ଯିବ, ବୋଉକୁ ନେଇଯିବ ସାଙ୍ଗରେ, ଯେତେ ଟଙ୍କା ପଡୁ ପଛେ।

ଟଙ୍କା ଅଛି ତ ପାଖରେ? ଲୋକଟି ପଚାରିଲା, କହିଲା – ଆଠଶହ ତ ଜରୁର

ଲାଗିଯିବ, କର୍ପୋରେସନ କାଠ ଆଜିକାଲି ମିଳିବା ମୁସକିଲ। ମଶାଣିବାଲାଙ୍କ କି ବା ଦୋଷ, ଶଳା ସରକାର ତ ଖାଲି ବସି ବସି ...

ପେଟ ଭିତରେ ଛଟପଟ ହେଉଥିଲା କଷ୍ଟଟିଏ, ଭୋକର, କୋହର, ବିଭ୍ରାନ୍ତିର। ବାନ୍ତି ଲାଗିଲା, କିନ୍ତୁ ବାନ୍ତି ହେଲାନି, ପେଟ ଭିତରେ ଅଦୃଶ୍ୟ ସତ୍ତାଟି ଶାନ୍ତ ହୋଇଗଲା।

: ଶୁଣିବ ଯଦି, ଗୋଟେ କଥା କହନ୍ତି...

ପାଖକୁ ଘୁଞ୍ଚି ଆସିଲା ଲୋକଟି, ଖୁବ୍ ପାଖକୁ। କହିଲା- ଫରେନ୍‌ରେ, ମାନେ ବିଦେଶରେ, ବହୁତ ରିସର୍ଚ୍ଚ ଚାଲିଛି, ମଣିଷକୁ ବଞ୍ଚେଇ ଦେବା ପାଇଁ ରିସର୍ଚ୍ଚ। ମତେ ଜଣେ କହୁଥିଲେ, ଆଜି ସକାଳେ। ଫରେନ୍‌ରେ ଥା'ନ୍ତି, ଛୁଟିରେ ଘରକୁ ଆସିଛନ୍ତି, ସେ କହୁଥିଲେ ମଲା ଛୁଆଟିଏ ମିଳନ୍ତା କି ସେ ଦେଶକୁ ନେଇ ଯାଆନ୍ତି, କିଏ ଜାଣେ, ବଞ୍ଚି ଯାଆନ୍ତା, କେତେ ଉପକାର ହୁଅନ୍ତା !

: ତମେ ରାଜି ହେବ ଯଦି, ଏଇନେ ଖବର ନିଅନ୍ତି...

ସାବିତ୍ରୀ ବସି ପଡିଲା ତଳେ, ଏମିତି ଥକି ପଡି ଯେମିତି ସେ ଦୌଡି ଦୌଡି ଆସିଛି ଅଣଚାଶ ଯୋଜନ, ଖରାରେ, ତାତିଲା ମାଟିରେ, ଡହଡହ ଶୋଷରେ। ପେଟ ଭିତରର ଭୋକିଲା ଶିଶୁଟି ଏବେ ପୁଣି ଛାଟିପିଟି ହେଉଥିଲା, ଧକ୍କା ଦେଉଥିଲା ଅନ୍ତଃନଳୀକୁ।

ଲୋକଟି କହିଲା, ଥକି ଯାଇଛ, ଏଣିକି ଆସ।

ଗହଗହ କରୁଥିବା ଡାକ୍ତରଖାନାରେ ଏମିତି ନିରୋଳା ସଫାସୁତୁରା ରୁମ୍‌ଟିଏ ଥାଏ, ନ ଦେଖିଲେ ବିଶ୍ୱାସ ହବ ନାହିଁ। ଡାକ୍ତରବାବୁଙ୍କ ବିଶ୍ରାମ ଘର। ସେ ରୁମ୍‌ରେ ବସିଲା କ୍ଷଣି ଦୁଇଟି ଲୋକ ଆସିଗଲେ, ସତେ କି ଶୂନ୍ୟରୁ। ଗୋଟିଏ ଲୋକ ଦେଖିବାକୁ ଡେଙ୍ଗା, କଳା, ନାକ ତଳେ କହରା ନିଶ। ଆର ଲୋକଟି ମୋଟା, ବାଙ୍ଗରା, କଥା କହେ ମୁଣ୍ଡ ଟୁଙ୍ଗାରି। ସେ ପଚାରିଲା : ଏଇ !

ମନକୁ ବେଶୀ ପାଉ ନଥିଲା ପରି ଆର ଲୋକଟି କହିଲା, ବହୁତ ଛୋଟିଆ ପେଟ। ଦି କେଜି ଯାଏ କି ନ ଯାଏ, ହଉ, ଠିକ୍ ଅଛି, କେତେ !

ସାବିତ୍ରୀକୁ ନ ଶୁଭିବା ପରି ସଫେଇବାଲାଟି କହିଲା, ପଚିଶ।

: ହୁସ, ପଚିଶ ନା ଆଳୁ ! ପନ୍ଦର -

ମୋଟା ଲୋକଟି ଏଥର ମଧ୍ୟସ୍ଥି କଲା ପରି ବୁଝାଇଲା, ଏ କାମରେ କେତେ ରିସ୍କ୍ ରହିଛି। ନାର୍କୋଟିକ୍ ବାଲାଏ ଯମ ପରି ଛକି ରହିଛନ୍ତି, ନାକରେ ବାସନା ଶୁଙ୍ଘିଶୁଙ୍ଘି ଆସି ହାବୁଡ଼ିଯିବେ। ଧରାପଡ଼ିଲ ବୋଇଲେ ମଲ ବୋଲି ଜାଣ, ଏରୋପ୍ଲେନ୍‌ରୁ ଘୋଷାଡି ଆଣି ସିଧା ଫାଶିରେ ଲଟକେଇ ଦେବେ। ପନ୍ଦର ମିଳୁଛି ମାନେ ବୁଝିରଖ ବହୁତ ମିଳୁଛି ତମକୁ।

ଆଖିରେ ଆଖିରେ ବାକି କଥା ସାରି ସଫେଇବାଲାଟି ଆସିଲା ସାବିତ୍ରୀ ପାଖକୁ, କହିଲା, ଏମାନେ ଦଶ ହଜାର ଦବାକୁ ଚାହୁଁଛନ୍ତି, ରିସର୍ଚ୍ଚ ଅନୁଦାନ। ଅନୁଦାନ ମାନେ କ'ଣ ଜାଣିଛ ତ ? ସବ୍‌ସିଡି-

....ବିଦେଶ ସରକାର ଆମ ସରକାର ପରି ବେଧୁଆ ନୁହେଁ, ସେମାନେ ଠିକ୍ କହନ୍ତି, ଠିକ୍ କରନ୍ତି।

ବହୁତ ସୁନ୍ଦର ପୋଷାକ ସେମାନେ ଆଣିଥିଲେ ସାଙ୍ଗରେ, ଯତ୍ନ କରି ପିଣ୍ଟୁକୁ ପିନ୍ଧାଇ ଦେଲେ, ଦେହରେ ଭଲ କି ଅତର ମାରିଦେଲେ, ତା'ପରେ ଅତି ଆଦରରେ କାନ୍ଧରେ ପକାଇ ଡେଙ୍ଗା ନିଶୁଆ ଲୋକଟି ପଦାକୁ ବାହାରି ଗଲା।

ପେଟ ଭିତରର ଶିଶୁଟି ଏଥର କଥା କହି ପାରିଲା ଯେମିତି। କହିଲା : ବୋଉ, ଭୋକ - ଭାରି ଭୋକ !

BLACK EAGLE BOOKS

www.blackeaglebooks.org
info@blackeaglebooks.org

Black Eagle Books, an independent publisher, was founded as
a nonprofit organization in April, 2019. It is our mission to
connect and engage the Indian diaspora and the world at large
with the best of works of world literature published on a
collaborative platform, with special emphasis on
foregrounding Contemporary Classics and New Writing.

www.ingramcontent.com/pod-product-compliance
Lightning Source LLC
Chambersburg PA
CBHW020140120726
47903CB00007B/2338